嘉定年鉴

中国知识资源总库

中国年鉴全文数据库全文收录年鉴

2010

（总第二十卷）

《嘉定年鉴》编纂委员会 编

学林出版社

11月18日，中共上海市委宣传部、上海世博会事务协调局、上海市嘉定区人民政府在嘉定举办"汽车与郊区生活：我们理想的现代新城"世博论坛　　　　（陈启宇 摄）

9月22日，嘉定区举办"尊孔崇孔 喜迎世博"2009上海孔子文化周活动　　　　（区旅游局 供稿）

4月30日，嘉定区举办迎世博倒计时一周年轨道交通建设者与市民大联欢活动　　　　（陈启宇 摄）

9月23日，菊园新区举行"世博风 祖国颂 一家亲"千人欢歌赛活动　　　　（陈启宇 摄）

江桥镇江桥一村小区综合整治工程竣工　　（江桥镇 供稿）

南翔镇永丰村农村环境综合整治面貌一新　（南翔镇 供稿）

7月28日，华侨华人与上海国际汽车城发展——新能源汽车技术与产业发展研讨会在 上海国际汽车城举行
（陈启宇 摄）

9月19日，上海地面交通工具风洞中心在同济大学嘉定校区落成

10月15日，上海大众汽车第500万辆轿车下线

10月11日，混合动力汽车技术研讨会在上海国际汽车城举行

9月10日，第四届上海进口汽车博览会在上海汽车会展中心开幕

11月3日，2009中国国际工业博览会开幕，上海国际汽车城以"上海市新能源汽车及关键零部件产业基地"为主题参展

5月9日，"凯迪拉克赛道征服日"活动在上海国际赛车场举行

3月15日，2009年上海国际卡丁车世界会员赛在上海国际赛车场拉开帷幕

5月24日，2009中国房车锦标赛第一分站在上海国际赛车场举行

（本栏照片除署名作者外由上海国际汽车城建设领导小组办公室供稿）

区委、区政府领导调研嘉定新城建设情况 　　　　　（新城公司 供稿）

5月18日，嘉定新城项目签约暨推介会召开 　（陈启宇 摄）

10月26日，嘉定新城发展有限公司举行嘉定新城五星级酒店签约仪式 （新城公司 供稿）

12月24日，上海交通大学医学院附属瑞金医院（嘉定）开工典礼在嘉定新城举行 　　　　　（新城公司 供稿）

7月23日，新城地产白银路项目奠基典礼（新城公司 供稿）

上海嘉定新城：

贵单位在 2008-2009 中国城市建设与环境提升
成果评估活动中，贡献突出，荣获 2008-2009 年度：

中国最佳生态宜居城市（区、县）

中国城市建设与环境大会组委会
二〇〇九年四月

11月25日，上海交通大学、上海市教育委员会、上海市嘉定区人民政府举行上海交大附中嘉定分校合作协议签约仪式 （新城公司 供稿）

建设中的嘉定新城 （陈启宇 摄）

8月，嘉定新城城市规划展示馆开馆 （陈启宇 摄）

7月4日，国内百家媒体摄影记者集聚嘉定新城，举行为期三天的嘉定新城荷花摄影采风活动 （新城公司 供稿）

嘉定新城绿化一角 （陈启宇 摄）

12月2日，区四套班子领导视察轨道交通十一号线南翔站 　　　　　（区轨道公司 供稿）

2月12日，触网架设 　　　（区轨道公司 供稿）

7月21日，车辆段施工现场 　　　　　（王 俊 摄）

　6月30日，轨道交通十一号线首辆列车运抵上海赛车场
车辆段 　　　　　（区轨道公司 供稿）

11月23日，南翔站点配套市政公路中佳路铺设沥青作业
　　　　　（区轨道公司 供稿）

欢庆锣鼓

12月22日，嘉定市民巡访团成员在站台试用自动售票机

（区轨道公司 供稿）

12月31日，轨道交通十一号线试运营嘉定首发式暨表彰大会在嘉定北站举行

（区轨道公司 供稿）

12月31日，轨道交通十一号线试运营，市民登上首发列车

（区轨道公司 供稿）

7月18日，上海市新能源汽车及关键零部件产业基地（嘉定）揭牌暨项目签约仪式在上海虹桥迎宾馆举行
（区经委 供稿）

9月17日，山特维克矿山工程机械（中国）有限公司举行新工厂开业典礼，中共嘉定区委书记金建忠（左一）、瑞典驻华大使林川Mikael Lindstrom（中）等出席开业典礼 （区经委 供稿）

11月21日，由万达集团投资40亿元的上海江桥万达广场项目举行开工典礼 （江桥镇 供稿）

嘉定年鉴 **J**IADING

11月17日，一汽大众华东备件中心
在外冈镇举行入驻签约仪式
（区经委 供稿）

12月8日，京东商城华东地
区总部落户嘉定工业区
（区经委 供稿）

10月28日，上海皮尔博格有色零部件有限公司新厂区举行奠
基仪式　　　　　　　　　　　　　　（区经委 供稿）

9月9日，上汽马瑞利动力总成有限公司在嘉定工业区开工
建设　　　　　　　　　　　　　　　（区经委 供稿）

10月30日，网宿科技通过创业板成功上市，实现嘉定区培育企业板上市零的突破
（区经委 供稿）

9月25日，上海市新材料高新技术产业化稀土专项推进会在嘉定举行
（区经委 供稿）

11月27日，中国科学院上海分院、上海市嘉定区人民政府举办高新技术产业化推进会
（区经委 供稿）

6月24日，上海市大型居住社区江桥基地启动仪式在江桥镇举行
（江桥镇 供稿）

12月23日，上海绿洲投资控股集团有限公司揭牌仪式暨绿洲香格丽花园项目开工典礼在徐行镇举行
（绿洲集团 供稿）

12月29日，南翔职业介绍所、人才
发展服务南翔分中心揭牌
（区人社局 供稿）

12月24日，上海建筑文化中心在
马陆镇大裕村举行奠基典礼
（马陆镇 供稿）

　　马陆镇以大裕村、大宏村为试点，以葡萄产业文化为抓手，全面推进
社会主义新农村建设。通过道路拓宽黑化、桥梁改造、河道疏浚清理、污
水纳管、环境绿化及停车场、群众活动中心的建设，呈现出面貌一新的新
农村景象
（马陆镇 供稿）

5月11日，嘉定区举行纪念嘉
定解放六十周年升旗仪式
　　　（陈启宇 陆一星 王　俊摄）

9月22日，嘉定区召开工、青、妇各界庆祝中华人民共和
国成立六十周年大会　　　　　　　　　（陈启宇 摄）

5月11日，嘉定区举行纪念嘉定解放六十周年座谈会
　　　　　　　　　　　　　　　　（陈启宇 摄）

9月25日，上海南翔小笼文化展开幕。图为千桌万人小
笼宴现场 （区旅游局 供稿）

7月5日，2009上海马陆葡萄节开幕 （区旅游局 供稿）

9月18日，嘉定区举行第三届老年人书画展开幕式
（陈启宇 摄）

9月27日，嘉定区庆祝中华人民共和国成立六十周年游园活
动华亭人家专场 （区旅游局 供稿）

10月2日，嘉定区庆祝中华人民共和国成立六十周年游园活动嘉定镇街道、南翔镇、徐
行镇、真新街道专场 （沈 强摄）

1月13日，嘉定区在外冈新苑举行2009年文化、科技、卫生"三下乡"活动开幕式
（柳百泉 摄）

4月10日，2009年嘉定区社区文化展演月开幕式暨首场文艺演出在菊园新区社区文化活动中心广场举行 （菊园新区 供稿）

12月7日，江桥镇社区文化体育活动中心举行落成典礼
（江桥镇 供稿）

9月26日，嘉定区第四届运动会举行开幕式 （陈启宇 摄）

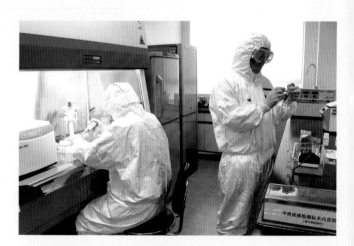

疾控部门应对预防甲型H1N1流感 （陈启宇 摄）

4月28日，嘉定区劳动关系和谐企业表彰暨 "五一" 国际劳动节庆祝大会在区综合办公楼举行 （陈启宇 摄）

4月30日，嘉定青年纪念 "五四" 运动九十周年主题集会暨第五届 "嘉定十大杰出青年" 颁奖典礼在区综合办公楼举行
（团区委 供稿）

5月15日，嘉定区举行 "我爱我嘉，绿色迎世博" 暨 "邻里互助一家亲，文明和谐迎世博" 活动启动仪式
（区妇联 供稿）

5月8~16日，嘉定区第三届残疾人运动会召开
（陈启宇 摄）

嘉定北水关遗址挖掘 （陈启宇 摄）

9月28日，嘉定区庆祝中华人民共和国成立六十周年暨2009上海汽车文化节开幕大型主题晚会在汽车博览公园隆重举行
（陈启宇 摄）

10月16日，嘉定区举办"人才 创业 就业"研讨会
（区人社局 供稿）

10月3日，"乐在此、乐翻天"音乐派对活动
（区旅游局 供稿）

8月19日，大型舞蹈综艺节目"与车共舞"在上海汽车会展中心开机
（区旅游局 供稿）

撰稿单位审稿人名录

陆奕绎	沙建秋	童伟跃	顾惠清	徐 嵘	甘永康	陆晓明
张 旗	金林泉	黄正德	魏滨海	朱明荣	潘志荣	杨海龙
陈 技	倪 琴	汪志平	刘 勤	沈建民	强仁良	冯卫星
沈 蓉	宋虹霞	高雷平	嵇人凤	朱 芳	李正秀	秦高荣
夏以群	周坚钢	金伟荣	汤 艳	张永娥	孟 懿	时 洁
汪丽萍	杨祖柏	武建斌	袁俊健	李贵荣	方正杰	杨承韬
潘定生	万伟龙	肖 伟	王世聪	孙红良	宋建明	陆惠明
张建良	沈 勇	荣文伟	陶维平	杨伯兴	沈 硕	袁 浩
张玉利	肖惠兴	谢志音	陈爱民	郭海萍	杨利邦	汤文斐
陈 彪	王小平	鲁 嵘	刘 泉	俞宝美	刘俊体	陆济忠
赵正华	张 磊	邹冬沪	刘冰岩	李国平	陈 新	金卫平
王岳新	唐明亮	沈齐青	项伟民	刘家纬	蔡建英	张 明
蒋 黎	顾 华	陆 玲	李建平	高明学	高 远	张 伟
朱慧敏	汪 泙	茹雅德	王庆平	周 超	张雪华	张 枫
徐仁兴	庄明秋	赵明华	王国庆	吉峻岭	吴雪芬	於武进
沈贵勰	潘金根	陆伟国	苏永强	温大健	顾文其	严伟中
周志良	汪金其	金 一	徐薇玉	王永国	陆荣荣	黄伟杰
曹永琪	王建中	周宗直	谢吕法	燕小明	周建华	蔺乐平
方云芬	丁耀臣	李向红	杨 阳	沈浩平	何 蓉	杨炳康
王建中	沈 峰	樊 珠	陈 懿	田晓余	王瑛瑾	陆晓忠
冯健华	俞 敏	张丽萍	蒋洁民	谢 铭	仇建良	顾 焕
叶音平	戴东传	夏左鹄	贺战军	屈 炜	杨建华	徐 杰
蒋震华	朱 俭	周殿芳				

编　辑　说　明

一、《嘉定年鉴》是中共嘉定区委、嘉定区人民政府决定编纂的地方综合性年鉴,由《嘉定年鉴》编纂委员会主持编纂,区地方志办公室负责编辑。

二、《嘉定年鉴》以邓小平理论和"三个代表"重要思想为指导,贯彻落实科学发展观,增强建设社会主义先进文化的能力,推进和谐社会建设。力求全面系统、翔实准确地按年度汇辑全区各方面的资料和信息,为物质文明、政治文明和精神文明建设服务。是嘉定政治、经济、文化、社会等领域信息的总汇,是具有权威性、系统性、科学性的工具书。

三、《嘉定年鉴(1988~1990)》为首卷。至1994年卷(总第五卷)止,其封面上所标的年份与书内汇辑的资料年份是一致的。自1996年卷(总第六卷)起,封面上所标的年份为编辑年份,其内容为上一年的资料。《嘉定年鉴(2010)》为总第二十卷,记录时限为2009年1月1日到12月31日。因此,本卷中未特别注明年份的事物,均为2009年中所发生。

四、本年鉴卷首为特载、嘉定概貌、大事记、专记、专文。"百科"部分按栏目、分目、条目三个层次编排。栏目大体以党政群团、治安司法、经济发展、城镇建设、社会事业、镇(街道)、部(市)属单位选介、先进人物与集体等为序。共设栏目27个,分目194个,条目1366条,收录统计表格105张。全区经济及社会发展统计资料等编入附录。全书共有串文照片203帧。卷末有索引,特设专题宣传彩页。

五、本年鉴"荣誉榜"栏目选收2009年度市级条线以上及部分区级先进个人与集体名录。

六、本年鉴附录内的统计资料由区统计局提供。正文中的数据由各部门提供,若有出入,则以统计资料为准。

七、本年鉴的条目由各撰稿单位确定专人撰稿,并经单位有关领导审定。撰稿人姓名署于条目之后。若同一人撰写数个条目且又连在一起的,则在最后一个条目下署名。

八、本年鉴前有目录,后有索引。索引主要采用主题分析法,按主题词首字的汉语拼音字母顺序排列。索引包括条目索引、附表索引、串文图片索引,其使用方法详见索引说明。

九、本年鉴在编纂过程中得到各撰稿单位的大力支持,在此谨致谢忱。疏漏和错误之处,祈请读者批评指正。

目 录

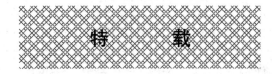

专　文

中共嘉定区委

嘉定区人民代表大会

嘉定区人民政府

政协嘉定区委员会

民主党派地方组织·群众团体

武装民防·治安司法

上海国际汽车城

工　　业

对外经济·合作交流

商品贸易·旅游业

现代服务业

建筑业·房地产业

交通运输

邮电·公用事业

金 融 业

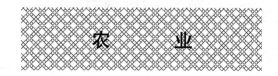

农　业

综合经济管理

劳动保障

城镇建设与管理

科技·信息化

教育·文化

卫生·体育

民政·社会生活

镇·街道·工业区·新区

部(市)属单位选介

荣　誉　榜

干部名录

附　录

索　引

彩　页

封面摄影　陈恩汛
封底摄影　张建华

特　载

编辑　孙培兴

以改革创新精神全力推进"两个融合"
努力实现嘉定科学发展新跨越

——2010年1月10日在中共嘉定区委四届十次全会上的报告

中共嘉定区委书记　金建忠

2009年是嘉定发展历史上极不平凡的一年,我们经受了国际金融危机引发的外部冲击和自身发展转型的严峻挑战,较为圆满地完成了各项目标任务,取得了来之不易的成绩。这些成绩的取得,是党中央和市委、市政府正确领导的结果,是全区人民团结奋斗的结果。一年来,面对特殊困难,广大党员干部所表现出的不畏艰难、勇于创新、开拓奋进、敢为人先的精神,必将成为我们推进嘉定未来发展的宝贵财富和强大动力。

同时,这场金融危机深刻警示我们,转变经济发展方式已刻不容缓、迫在眉睫。这次中央经济工作会议和市委九届十次全会明确提出,必须把加快转变经济发展方式,作为深入贯彻落实科学发展观的重要目标和战略举措。对嘉定来说,贯彻落实中央和市委的要求,核心任务是进一步解放思想,转变发展思路,创新体制机制,优化发展举措,坚定不移地加快推进"加速城市化进程、促进'两个融合'"的发展战略。下面,我受区委常委会委托,围绕"以改革创新精神全力推进'两个融合',努力实现嘉定科学发展新跨越"这一主题,向全会作报告。

一、统一思想,把改革创新作为推动嘉定科学发展的强大动力

改革创新是推动社会文明进步和生产力飞跃发展的根本动力,是解决制约经济社会发展诸多矛盾和问题的必由之路。胡锦涛总书记强调指出,全党一定要坚持改革开放的正确方向,坚持不懈地把改革创新精神贯彻到治国理政

各个环节。当前,嘉定已站在一个新的发展起点上,新的机遇扑面而来,新的挑战接踵而至,坚持改革创新,比以往任何时候显得更加紧迫、更加重要。

(一)坚持改革创新是顺应嘉定新阶段发展要求的迫切需要

准确把握新阶段发展特征,主动顺应新阶段发展要求,是坚持改革创新、推动科学发展的基本前提。实践每前进一步,改革必须深化一步,创新必须跟进一步,停滞和倒退都没有出路。党的十六大以来,党中央准确把握国内外形势发展变化,主动顺应我国阶段性发展要求,坚持改革创新,提出了科学发展观等一系列重大战略思想,坚持不懈地推进政治、经济、社会、文化和党的建设等领域的全方位改革,实现了经济社会又好又快发展。

当前,嘉定已进入了工业化中后期发展阶段。按照经济发展的一般规律,这一时期发展基础更好、发展动力更强,但深层次的矛盾也日益显露,面临的挑战将更加严峻。目前,嘉定新阶段发展特征主要表现在三个方面:一是进入了经济发展方式转变的关键期。发展面临的资源、生产要素和环境制约越来越突出,主要依靠二产拉动经济增长的发展模式难以为继。加快发展现代服务业,形成二、三产业融合发展的新格局已成为必然选择,依靠科技进步有效积聚经济发展的内生动力已成为当务之急。二是进入了城市化推进的加速期。嘉定新城建设渐入佳境,"一核两翼"规划布局进一步深化,基础设施和功能性项目加快建设,土地

等各类资源要素加快集聚。如何提高新城建设品质，完善新城综合服务功能，推进产城融合互进，是摆在我们面前的一项重大任务。三是进入了社会发展的转型期。随着经济社会的持续发展，社会结构、社会组织形式正在发生深刻变化，人民群众思想活动的独立性、选择性、多变性、差异性明显增强，在提高生活质量、享有公共服务、参与社会管理、利益协调诉求等方面提出了许多新要求。加快和谐社会建设，确保广大人民群众持续共享改革发展成果的任务更加繁重。

我们必须切实把握这些发展特征，主动顺应新阶段发展要求，坚持改革创新，才能提高改革决策的科学性，增强改革措施的协调性，增创嘉定科学发展的新优势。

（二）坚持改革创新是应对各种复杂局面的制胜法宝

回顾嘉定改革开放30多年的发展历程，我们坚持把改革创新作为贯穿始终的一条主线，勇于破除制约发展的思想观念和体制机制障碍，最大限度地解放和发展生产力，实现了一次又一次的重大大跨越。特别是2008年下半年以来，面对国际金融危机的严重冲击，我们坚决贯彻落实中央和市委应对危机的一系列决策部署，顺势应变调整发展思路，从危机中寻找发展机遇，在创新中拓展发展空间，经济社会发展实现了新的突破。实践充分证明，坚持改革创新是我们应对各种复杂局面、推进科学发展的一条基本经验，也是我们战胜困难的有力武器。

展望2010年，尽管经济发展环境好于2009年，但面临的形势依然十分复杂，积极变化和不利影响同时显现，短期问题和长期问题相互交织，经济发展中的不确定、不可预料的因素增多。从国际看，世界经济复苏的基础还不稳固，导致危机爆发的各种深层次矛盾并未完全消除，全球性挑战压力增大，特别是发达国家的失业率居高不下，消费疲软、产能过剩状况没有明显改善，实体经济回升面临较多困难。从国内看，经济回升内在动力仍然不足，结构性矛盾仍很突出。尽管中央经济工作会议提出2010年总体政策基调不变，但随着宏观经济环境的变化，围绕调结构、促转型的要求，在房地产、信贷等方面的政策必然会随时调整。从嘉定看，发展任务更加艰巨繁重。我们既要加快淘汰落后产能，调整优化产业结构，又要巩固现有产业优势，保持一定增长速度；既要推动新城主城区快出形象、出好形象，实现与南翔、安亭两翼的联动发展，又要推进产城融合互进，统筹城乡发展，加快城市化进程；既要加速推进大开发大建设，又要最大限度地减少社会矛盾，使城市化发展的成果、发展方式转变的成效更好地惠及广大人民群众。同时，我们还要着眼长三角一体化发展趋势，加强区域合作，实现错位竞争，构筑自身独特的发展优势。所有的这些都对我们今年的工作提出了更高要求，考验着我们的智慧和能力。

我们必须正确研判形势，把握宏观经济环境对区域经济运行的影响，坚持改革创新，努力增强工作的预见性、针对性和有效性，积极应对各种复杂局面的挑战，不断提升嘉定综合竞争力。

（三）坚持改革创新是抢抓机遇、破解难题的根本途径

新的一年，嘉定发展既面临着前所未有的机遇，又面临

着许多亟待突破的瓶颈。当前，嘉定新一轮发展的综合优势正在进一步显现，在全市发展战略中的地位和作用更加凸显。城镇规划布局和产业规划布局的日益完善，为我们全力推进产城融合发展奠定了坚实基础。轨道交通十一号线（嘉定段）的开通试运营，嘉闵高架和A17公路的规划建设，使嘉定与市中心区的联系更加紧密，区位优势更加突出。瑞金医院（嘉定）、东方肝胆医院（嘉定）、交大附中嘉定分校等一大批优质社会事业项目的入驻，"十所一中心一基地"等国家级科研院所的集聚，三所高校产业基地的建设，市级新能源汽车及关键零部件产业基地的启动，为嘉定持续发展增添了源源不断的动力。随着城乡建设用地"增减挂钩"政策和"批而未用"建设用地平移政策的实施，高强度动拆迁和土地储备的持续推进，为产城融合发展提供了充分的空间载体。这些机遇汇合一起，相互叠加，倍增效应正在释放。我们必须切实把握，充分利用，顺势而上。

同时，我们也要清醒地认识到，嘉定发展道路上还存在不少困难和问题。在这次市委全会上俞正声书记指出的问题，在嘉定都不同程度地存在。从嘉定看，突出表现在产业结构不尽合理、产城融合尚需破题、社会事业相对滞后、生态环境亟待改善等方面。这些瓶颈因素的存在，既有属于结构性的矛盾，也有体制性原因，更有既有观念的束缚和既有路径的依赖。特别是在推进"两个融合"的问题上，我们不少干部还处于"不适应"的状态。这种"不适应"主要反映在发展理念、发展思路和方式方法等方面不能与时俱进，缺乏打破老框框、勇闯新途径的胆识，破解难题的办法还不多，突破瓶颈的力度还不大。

在这样一个充满机遇与希望、压力与挑战的关键时期，迫切要求我们坚持改革创新，勇于探索推进嘉定新一轮发展的新途径、新渠道、新机制，提高抢抓机遇、破解难题、驾驭全局的能力，牢牢把握科学发展的主动权。

总之，哪里有改革创新，哪里就有发展的新局面。当前，嘉定"两个融合"发展的美丽画卷正在逐步展现，把发展蓝图变为美好现实，需要我们坚定不移地走改革创新之路，不断推进理念创新、思路创新、制度创新和机制创新，也需要我们不断脚踏实地，艰苦奋斗，扎实工作，只有这样才能跨过经济转型这道坎，打赢城市化发展这场仗，实现嘉定经济社会全面协调可持续发展。

二、全面发力，以改革创新精神深入推进各项工作

2010年是上海世博会的举办之年，是完成"十一五"规划和谋划"十二五"发展的关键之年，更是嘉定大调整、大建设、大发展的全面发力之年。区委对2010年工作的总体要求是：高举中国特色社会主义伟大旗帜，坚持以邓小平理论和"三个代表"重要思想为指导，深入贯彻落实科学发展观，全面贯彻党的十七届四中全会、中央经济工作会议和市委九届十次全会精神，坚持以解放思想为先导，以改革创新为动力，确保世博任务圆满完成，确保经济发展方式转变取得新进展，确保民生持续改善，确保社会和谐稳定，确保"十一五"规划目标全面实现和高质量编制好"十二五"规划，深入推进"两个融合"，努力开创嘉定科学发展新局面。按照这一总体要求，在2010年工作中，我们要抓住关键，突

出重点、统筹安排，以求真务实、开拓创新的精神，推动各项工作上新台阶，确保各项目标顺利实现，在科学发展道路上迈出更加坚实的步伐。

（一）加速产城融合进程，推动城市化建设取得突破性进展

抓住国家积极实施长三角一体化战略和上海加快推进重点郊区新城建设的机遇，紧紧围绕"聚焦一个核心、延伸两翼"的嘉定城市化发展道路，创新发展思路和手段，加大要素集聚力度，推动产城融合互进，实现产业功能、城市服务功能的合理配置，从而进一步提高新城发展的可持续性和集聚力、辐射力、带动力。

1. 加快推进"三大组团"联动发展

"三大组团"联动发展，既是更大范围扩大新城规模体量、形成集聚效应的重要步骤，又是整体推进嘉定区城市化发展的核心举措。要继续深化城市控详规划，优化城市空间布局，促进新城主城区、安亭、南翔"三大组团"有效对接、紧密联动、协调发展，形成整体推进的强劲态势。

新城主城区，要拓展原有中心区 17 平方公里的规划范围，往东、往西分别延伸至澄浏公路和 F1 赛车场，并形成成片往南推进的发展格局。加快完善新城主城区交通网络，抓紧启动伊宁路 S5 立交、永盛路、白银路、沪宜公路等主要道路开工建设和综合改造，加速形成"四纵四横一环"交通网络。加快生态景观建设，年内完成远香湖、紫气东来、环城林带、石岗门塘"四大景观"工程，启动北郊湿地一期工程建设。高标准推进瑞金医院、新城图书馆、保利剧院等功能性项目建设，确保早日建成运营。按照减量、增绿、提升功能的原则，加强老城区改造，加快推进南门商务圈和北水湾建设，促进新老城联动发展。南翔地区，要进一步深化区域发展规划，向北拓展至蕰藻浜，实现与新城主城区规划的全面对接。加快轨道交通南翔站综合开发，推进大型居住社区、银南翔文化商务区以及历史文化风貌区建设，形成"一站三片"城市发展格局。协调推进嘉闵高架、A17 公路建设，实现与虹桥综合交通枢纽港的无缝对接。安亭地区，要紧紧围绕汽车产业链的拓展和延伸，加快编制国际汽车城 90 平方公里发展战略规划。聚焦汽车城 25 平方公里核心区规划建设，加快推进"大小鱼头"地块开发、轨道交通站点和环同济知识经济圈建设，凸显汽车城鲜明的产业特色、高端的城市功能和国际化的城市风貌。

此外，江桥地区，作为虹桥综合交通枢纽港的北虹桥板块，要主动融入大虹桥开发建设，加快完善区域发展总体规划，优化基础设施、生态环境和产业布局，真正凸显区位优势和应有价值。

2. 抓紧研究解决产城融合互进中的核心问题

城市化与产业化的融合发展，是一个系统工程。当前，最需要破解的核心问题，就是要按照新城建设之初确立的"创业创新"城市特质要求，强化产业对城市发展的支撑作用，从根本上避免出现"空城"或"睡城"现象。

关于产业规划编制完善问题。按照两规合一的要求，在不断优化新城中心区规划的同时，必须加紧编制完善主城区现代服务业发展规划。要在综合考虑自身发展基础、人口结构、消费水平、商务成本、工业配套等因素的基础上，合理确定新城服务业发展的目标定位、产业布局、主导产业，形成与长三角一体化发展相协调、与上海"四个中心"建设相适应的中长期产业发展规划。要同步推进南翔、安亭地区产业发展规划的编制，实现"三大组团"产业规划之间的衔接和协调，形成对接联动、错位互进的"一盘棋"格局。要进一步强化业态引导与控制，对已建成的商务楼宇要进行全面梳理，避免产业同质化、功能雷同化；要加紧研究新城主城区商业中心的规划选址，对即将建造的商务楼宇，要紧密围绕业态发展的需求，及时提出建筑设计等方面的要求，着力形成产业特色，推进产业集聚。负责"三大组团"开发建设的有关单位，必须进一步强化产业发展职能，成立专门机构狠抓规划的实施推进。

关于载体建设问题。载体是城市形态和产业构成的综合体。只有在载体建设上率先突破，产城融合的基础才更加坚实。当前，要着力推进轨道交通、沪宁城际铁站点综合开发，加快马陆文化信息产业园、张江高科技园区嘉定分区、南翔智地企业总部园、环同济知识经济圈等建设，为都市型工业、生产性服务业、消费性服务业等符合城市业态要求的产业提供发展平台。同时，要充分发挥瑞金医院、东方肝胆医院等优质公共性服务业项目的品牌效应、资源优势，带动周边地块开发，尽快形成新的经济增长点。

关于土地资源问题。要抓住城乡建设用地"增减挂钩"政策和"批而未用"建设用地平移政策出台的有利时机，大力推进宅基地置换和建设用地清理流转工作。按照"总体规划、滚动开发"的原则，抓紧研究制定全区宅基地置换行动计划，以外冈为重点，集中力量，重点突破。与此同时，徐行、华亭、嘉定工业区包括南部等有条件的街镇也要稳步实施。对清理节余后的土地，要实行全区统筹，通过建立土地市场流通机制，向新城建设及高新技术产业、现代服务业发展倾斜。同时，要紧紧抓住当前土地价值大幅提升的机遇，加快土地储备和出让。

3. 加快体制机制和政策创新

产城融合互进是一项长期的战略任务，迫切需要通过体制机制和政策创新，整合集聚各方资源，最大限度地激发各类主体的积极性和创造性，为新城建设发展增添活力。

完善管理体制和推进机制。当前，我们在推进新城建设的进程中，采用了以区级公司为主，相关街镇配合的开发运行模式，取得了积极效果。但随着开发建设的不断深入，由于区属企业与相关各街镇工作目标、管理责任和利益分配的差异，客观上也出现了协调成本比较高、资源较为分散、开发速度不够快的问题。因此，去年我们对国际汽车城的管理体制进行了调整。下一步，要在总结汽车城经验得失的基础上，对新城主城区的管理体制、推进机制作深入研究，重点完善全区联动开发、区域利益分配、社会管理等机制，从而有力推动新城的开发建设。

健全多元化投融资体制。充分发挥区属公司投融资主体平台作用，组织新城公司、国资公司、轨道公司、汽车城集团公司、城投公司等区属公司全方位参与土地储备与开发、基础性功能项目建设，在进一步实现自身做大做强的同时，

吸引、带动市场力量参与新城建设,着力改变主要依靠体制内力量推进的局面。要着力拓宽市场力量参与新城建设的领域,除产业类项目外,社会事业项目、市政建设项目也要开放。要积极扩大直接融资比例,推进资本市场化运作,灵活运用多种融资渠道,创新投融资方式。

进一步加大政策创新力度。在深入研究中央和市委、市政府关于发展现代服务业政策文件的基础上,对嘉定现有服务业扶持政策进行全面梳理。对已经取得突破的政策,要进一步放大政策效应;对不完善的政策要尽快完善,特别是要及时出台个性化政策,大力引进和扶持符合新城长远发展要求的产业项目。比如,去年我们通过出台专项优惠政策,引进了保利、洲际等知名五星级酒店,填补了新城酒店业态的空白。下一阶段,要结合产业发展规划,创新政策、完善机制,着力引进总部经济、文化创意、信息服务、休闲娱乐等新城发展急需的高品质项目,促进新城功能完善和人气集聚,进一步提升新城区域价值和城市形象。

(二)加快二、三产融合发展,推动产业结构调整取得实质性进展

嘉定经济要保持平稳较快发展,不仅要有短期保增长的非常之策,更要有长期可持续发展的长远之计。我们必须要有壮士断腕的决心和勇气,着力打破原有的思维惯性和路径依赖,找准切入点和突破口,采取有效举措,全力促进产业在创新中求转型,在转型中促发展。

1. 着力在自主创新中推进产业转型

加快产业转型升级的核心在于提高自主创新能力。国际金融危机爆发以来,我区高新技术企业表现出不同寻常的抗风险能力,企业效益逆势上扬,净利润和上缴税金分别增长33.2%和53.5%。实践证明,切实提高自主创新能力是企业应对危机、抵御风险的根本途径,也是提升产业能级、加快产业转型的必由之路。

聚焦自主创新关键领域。推进新能源汽车研发、制造,是国家战略,也是市委、市政府交给嘉定的一项重大任务。目前,新能源汽车及关键零部件产业基地建设进展顺利,产学研合力基本形成,部分重点产业项目开始实质性启动。下阶段要根据市里已经出台的有关政策,进一步研究细化,在资金扶持、品牌创建、政府采购、人才引进等各个方面进一步加大扶持力度,促进企业研发平台、公共服务平台以及营运示范平台建设,大力引进、培育优质品牌项目,力争新能源汽车产业在短期内形成实质性突破。

完善自主创新政策体系。充分发挥"十所一中心一基地"等国家级科研院所的集聚优势,加快推进科技创新公共服务平台建设,通过进一步完善产学研合作平台,推动科研成果就地转化,更好地为产业转型提供强大支撑。加大财政对科技创新的扶持力度,继续放大"小巨人"计划等政策效应,推动企业成为研发投入、技术创新和成果应用的主体。积极推动企业改制上市,扶持一批符合产业导向、成长性良好、科技含量高的企业利用资本市场做强做大。

强化自主创新人才支撑。紧扣转型发展需要,大力实施人才优先发展战略,进一步完善优秀人才住房保障政策,结合国家"千人计划",面向全国、面向海外,吸纳优秀的科技专家和善于组织研发、成果转化的科技企业家,以及拥有科研成果、研发能力强的留学归国人才。对学科和技术领军人才、拔尖人才,要给予特殊政策,吸引他们来嘉定创业,把先进技术、专利成果带到嘉定来转化,为推动我区科技发展、转型发展增添动力。

2. 着力在扩大开放中促进产业转型

发展方式的转变不是闭门造车。在开放中实现转型,这既是我们多年的经验,也是我们的优势。要坚持扩大开放,通过加快淘汰一批、引进一批、投入一批,推动产业在动态调整中实现转型升级。

大力引进高端产业。积极转变招商理念,坚持二、三产并重,引进的项目必须是产出率高、环境影响小、用工总量少、技术先进的优质项目。特别要招大引强,要招"领头羊",有了一定数量的国内外知名大项目,才能起到集聚、辐射、引领作用。要充分发挥现有制造业的优势,推动产业链向研发、设计和营销、信息两端延伸,大力引进、发展总部经济,积极培育发展文化信息产业,加快发展生产性服务业。要按照全区产业布局,对各个区域的资源优势、产业需求加强梳理,强化区镇联动,充分发挥区级招商平台作用,锁定重点区域、重点行业、重点企业,集聚力量,形成突破。嘉定工业区要加快由依靠政策优势向依靠政务、商务、生态环境优势的转变,努力打造成为高端产业的集聚区、科技创新的先导区和现代化的新城区。

加快淘汰落后产能。淘汰落后产能是调整优化产业结构的必然选择。必须制定计划方案,明确时间表,抓紧推进。除"两高一低"企业外,紧盯生态环保、用地用工、税收贡献"三大指标",对一些"只发光、不发热"的企业也要坚决淘汰。南部地区,包括新城中心区、江桥、南翔、马陆部分工业园区以及安亭的黄渡等地区共30平方公里的区域,要成片淘汰,大规模地实施"退二进三"。北部地区,要选择性地进行淘汰。虽然在短期内可能对工业产值、就业等产生一定影响,但从长远看,经历这一轮阵痛,就能拓展发展空间、积蓄发展能量、减轻资源环境压力,加快调结构、促转型的进程,为今后可持续发展奠定坚实基础,从而赢得一个较长的快速增长期。

继续强化有效投入。推动产业转型,除盘活存量外,关键是调整增量,必须要有大项目、好项目的支撑,这关系到未来区域经济的竞争力和可持续发展能力。今年,全区固定资产投资任务是320亿元(重点投向先进制造业、现代服务业、房地产业、基础设施建设、社会事业建设、生态环境建设),这是一项硬任务,必须不折不扣地完成。目前,全区项目建设虽然总体进展顺利,但部分项目推进不快的问题依然存在,因各种原因未开工的项目也有不少。要加强跟踪服务、跟踪落实,突出抓好投资规模大、带动能力强的项目,力争早日竣工,迅速产生效益,使嘉定经济发展的基础更实、实力更强、后劲更足。对已批未建的项目,要加强检查,对未按时开工的,必须坚决收回土地,由区里统筹安排。

3. 着力在转变政府职能中推进产业转型

实现产业转型和经济发展方式的转变,主要症结在于体制障碍,突破口是转变政府职能。要真正把政府职能转

变到经济调节、市场监管、社会管理和公共服务上来，不断加大改革力度，提高服务管理水平，形成有利于二、三产融合发展的良好环境。

进一步改进政府服务。坚持寓管理于服务之中，健全联系服务企业的长效机制，通过建立重点产业项目领导分工联系制度、项目行政审批跟踪服务制度、加大融资帮扶力度等措施，为企业提供全方位的服务。坚持以市场为导向，通过典型引路，引导企业在优化产品结构、市场结构和组织结构上下功夫，依靠科技创新不断提升产业能级，拓展新的发展空间。

进一步强化政策引导。加紧研究调结构、促转型的对策措施，通过发挥政策导向作用，在产业集聚、发展转型方面形成强大的助推力。按照产业规划和功能定位，相关部门在实施前置审批时，要严把项目准入关，使符合产业定位的项目导入相应园区，形成产业板块的集中集聚效应。要进一步完善扶持重点产业发展的政策和相应措施，在吸引先进制造业和现代服务业大项目、优质项目上取得新突破。

进一步完善考核体系。按照调结构、促转型的要求，根据不同地区的产业功能定位，进一步完善差别化的考核政策，切实淡化唯GDP的目标导向，强化衡量经济发展方式转变深度和广度的指标体系。要进一步推进收入分配制度、审批制度、政府管理体制、选人用人等方面的改革，形成有利于发展方式转变的系统性政策合力。

（三）加快民生工程建设，推动社会建设取得持续性进展

加速推进城市化进程、加快产业转型升级的过程，也应该是全区人民群众共享嘉定改革发展新成果的过程。要切实按照俞正声书记关于"必须在人民群众生活水平逐步改善中实现转变"的要求，始终把保障和改善民生放在突出位置，让嘉定人民安居乐业，享受更加美好的生活。

切实提高人民群众收入水平。应当看到，在我区GDP、财政收入等经济指标连续多年保持两位数增长的情况下，人民群众的收入增长速度相对滞后。因此，必须多策并举，把群众的收入增长提高到一个新水平。要把加快动迁配套商品房建设作为今年最大的民心工程，通过动迁安置和宅基地置换，切实改善居民的居住条件，大幅度增加家庭财富，同时通过规范化的房屋租赁、参股集体经济组织等方式，有效增加居民的财产性收入。要实施更加积极的就业政策，着力缓解企业淘汰和动迁力度不断加大带来的就业压力，在确保就业稳定的基础上，通过积极开展劳动关系和谐企业创建活动，不断健全企业职工工资正常增长机制，进一步增加居民的工资性收入。要在继续扩大社会保障覆盖面的基础上，积极推动符合条件人员转入"城保"，进一步完善"农保"退休人员的养老金增长机制，稳步提高社会保障标准，增加居民的保障性收入。要积极推进农村土地流转，提高农业规模化、集约化经营水平，拓宽增收渠道，增加农民的经营性收入。要完善"一口上下"社会救助机制，加大对特殊困难群体的救助力度。

着力改善人民群众生活质量。要在加快新城教育、卫生、文化等优质社会事业项目建设的同时，进一步优化城乡公共服务资源配置，积极推动优质资源向农村和社区转移，实现城乡公共服务均衡化。要以迎世博工作为契机，全力推进城乡环境综合整治工程，加大旧区综合改造和市容环境整治力度，稳步推进以村宅综合改造为重点的新农村建设，实现人民群众生活环境的优质化。要增强社区公共服务能力，进一步强化"三个中心"的服务功能，健全公共服务资源共享机制，促进政府服务、公益服务、便民服务有机结合，实现社会公共服务的多样化。

有效增强人民群众安全感。要紧紧抓住影响社会和谐稳定的源头性、根本性、基础性问题，以社会矛盾化解、社会管理创新、公正廉洁执法为工作重点，全力维护社会和谐稳定，进一步增强人民群众的安全感。要围绕世博安保工作主线，深入推进平安创建活动，不断完善治安防控网络体系，切实提高全区社会面防控水平，不折不扣完成世博安保任务，为世博会的顺利举办作出应有贡献。要不断创新社会管理方式，完善"两个实有"全覆盖管理工作，进一步提高实有人口服务和管理水平。要努力从源头上预防和减少影响社会稳定的问题产生，特别是对一些信访老户、历史遗留问题，要集中一切可用资源和手段，变稳控为化解，着力减少社会不和谐因素。要深入推进公正廉洁执法，从健全执法制度、严密执法程序、改进执法方式等方面入手，进一步提高执法能力和执法公信力。

三、加强党建，为实现科学发展新跨越提供坚强保障

深入贯彻落实科学发展观，加快转变经济发展方式，必须进一步加强和改进党的领导，以改革创新精神推进党的建设新的伟大工程。当前要特别重视和关注以下几个方面。

（一）着力提高党的建设科学化水平

党的十七届四中全会通过的《关于加强和改进新形势下党的建设若干重大问题的决定》，提出了提高党的建设科学化水平这一重大命题和重大任务。按照中央《决定》和市委《实施意见》的精神，区委结合实际，研究制定了《实施方案》，进一步明确了18个部分108项党建工作任务。今年党建工作的主线就是要抓好区委《实施方案》的贯彻落实，着力提高党的建设科学化水平。

思想政治建设方面。要认真落实好区委制定的《关于进一步加强和改进领导班子思想政治建设的意见》，以高举旗帜、坚定信念、践行宗旨为根本，努力把全区各级领导班子建设成为坚定贯彻党的理论和路线方针政策、善于领导和推动科学发展的坚强领导集体。要抓好理论学习，围绕创建学习型领导班子和学习型党组织，重点抓好党委（党组）中心组学习。要加强干部教育培训，提高针对性和有效性。要继续巩固深入学习实践科学发展观活动的成果，增强党员干部贯彻落实科学发展观的自觉性和坚定性。

党内民主建设方面。要继续扩大区委全委会讨论决定重大问题的范围，完善全委会票决重要干部制度。要在区镇两级全面落实党代会代表任期制，深入推进镇党代会常任制试点工作。要进一步扩大"公推直选"范围，对下一届镇党委换届实行"公推直选"进行研究和准备。要提高选人用人公信度，将干部提拔任用公示扩大到网络和主要媒

体,把"一报告两评议"制度推广到所有具有干部任免权的单位。

基层党建方面。要严格落实基层党建工作责任制,全面推进、分类指导各个领域基层党组织建设。创新组织设置方式,突出加强规模以下非公经济组织和新社会组织党的建设。要坚持"三会一课"制度,确保组织活动的正常开展。要加强基层党组织书记队伍和专职党务干部队伍建设,健全基层党建工作资源支撑体系,增强基层党组织的生机和活力。

反腐倡廉建设方面。要严格落实党风廉政建设责任制,推进惩防体系建设。坚持制度建设和科技手段相结合,继续加强和扩大网络监察系统建设,把更多涉及经济、民生的重大事项纳入监管范围。要加强对领导干部权力运行的监督,建立领导干部廉政档案和廉情分析监测平台,实施"三重一大"制度执行情况通报制。

(二)切实做好新时期党的群众工作

随着所有制结构的多元化和人民群众利益诉求的多元化,党的群众工作的对象和环境都发生了很大变化,这就要求我们在继承和发扬党的群众工作优良传统的基础上,不断创新群众工作的方法和途径。

要善于和群众沟通交流。要深入基层,真诚倾听群众呼声。特别是对动迁、企业改制等一些涉及群众切身利益的问题,要换位思考,设身处地为群众着想,通过与群众心贴心、面对面的沟通交流,求得群众的理解和支持。要重视舆情,善于从舆情中了解群众的愿望、诉求、关切和意见,作为开展工作的重要参考。要充分运用报刊、网络和电视等媒体,直言回答群众关心的问题,争取群众支持。

要进一步拓宽民意反映渠道。要深化"月末走访"、"进组入户"、"双向汇报"、"四民工程"等联系群众、服务群众的特色做法,建立党委委员联系党代表、党代表联系党员、党员联系群众的制度和党代表接待日制度,畅通自下而上的社情民意反映渠道,构建党和政府主导的维护群众合法权益机制。要增进党和政府与社会各界的交流互动,健全协商求同对话机制。要推进党务公开、政务公开,健全市民参与重大公共政策的制定、实施、评估、监督的制度,完善公共政策意见征集制度,重视在重大决策中反映群众意愿和诉求,认真采纳群众提出的意见和建议,努力做到公共政策在调整各方利益上的平衡,促进形成社会共识。

要动员社会力量做好群众工作。要进一步发挥人大代表、政协委员的职能作用,更好地联系群众、参政议政、建言献策。要进一步发挥民主党派、无党派人士、统战团体在团结联系广大统一战线成员和社会各界群众上的优势和作用,支持他们协助党和政府开展协调关系、化解矛盾、团结和凝聚各方力量的工作。要以党的建设带动工会、共青团、

妇联等人民团体建设,探索建立党群工作联动机制,充分发挥群团组织在社会管理、公共服务和维护群众合法权益中的作用。

(三)努力建设一支作风过硬的干部队伍

加强党员干部作风建设,是加快推进"两个融合",实现科学发展新跨越的根本保证。全区各级党员干部尤其是领导干部,必须不断强化干事创业的意识,以良好的作风和卓有成效的工作,带领全区人民不断开创工作新局面。

要弘扬团结拼搏、励精图治的作风,做到"想干事"。各级干部要始终保持昂扬向上的进取精神,把"想干事"作为一种追求、一种责任、一种境界。要做到"在其位、谋其事、尽其责",时刻把嘉定发展的事业放在第一位,永远保持奋发有为的朝气,最大限度地发挥自己的潜能,克服一切困难,集中精力干事业,一心一意抓发展。当前,特别要防止在少数同志中产生松劲倾向,以为"金融危机最困难的时期总算熬过来了,可以放松一下了"。要实现嘉定"两个融合"发展的大变化,就需要更大的干劲,不是舒舒服服躺在那里坐享其成,大干就要吃苦,就要流汗,就要花时间、动脑筋、想办法、出主意、破难题。

要弘扬勤学善思、勇于攻坚的作风,做到"能干事"。各级干部要坚持勤学习善思考,围绕城市建设和产业转型的新课题,加紧学习研究新知识,不断拓展新思路,切实提高"能干事"的本领。要把主要精力集中到区委的中心工作上来,既善于组织和协调各方力量,又善于抓住主要矛盾、关键环节和重点工作,统筹安排,协调推进。要大力倡导"先行先试、敢破敢立"的进取精神,形成敢想、敢闯、敢试的良好氛围,锐意改革创新,善于攻坚克难,力争早日攻下加速城市化之坚,克服产业转型、结构调整之难。

要弘扬真抓实干、务求实效的作风,做到"干成事"。"干成事"是我们所追求的最终目标,是检验一切工作的标准。各级干部要认认真真地对待每一件事,做到干一事成一事,积小胜为大胜。衡量工作有没有取得实绩,一看工作任务完成的质量,既要纵向比,看工作有哪些新进展,又要横向比,看与周边地区的差距;二看人民群众的满意度,把群众答应不答应、满意不满意作为一切工作的出发点和落脚点;三看是否经得起历史的检验,既让群众满意,又让子孙受惠。要重实际、求实效,通过兢兢业业的工作,让人民群众得到实实在在的好处。

同志们,新的一年开启新的历程,新的起点昭示新的希望。让我们在科学发展观的指引下,以强烈的事业心和责任感,继续解放思想、更新观念、抢抓机遇、勇于突破,努力开创我区加速城市化进程、促进"两个融合"的工作新局面,为实现嘉定科学发展、率先发展、跨越发展作出新的更大贡献!

政府工作报告

——2010 年 1 月 20 日在上海市嘉定区第四届人民代表大会第五次会议上

嘉定区区长 孙继伟

各位代表：

现在，我代表嘉定区人民政府，向大会作政府工作报告，请予审议，并请各位政协委员和其他列席人员提出意见。

一、2009 年工作的回顾

2009 年，面对国际金融危机冲击和自身发展转型的双重考验，全区人民在市委、市政府和区委的坚强领导下，以开展深入学习实践科学发展观活动为契机，以实现"四个确保"为目标，认真落实区四届人大四次会议提出的目标任务，变危机为机遇，化挑战为动力，在全力确保经济增长的同时，结构调整不停步，城市建设不停步，改善民生不停步，继续保持了经济社会平稳较快发展的良好势头。

（一）保增长主要任务全面完成，产业结构调整不断加快

一年来，我们始终把保持经济平稳较快发展作为政府工作的首要任务，加强对经济运行形势的分析研判，进一步落实了强化招商引资、加大固定资产投资力度、推进产业项目落地等重要举措，取得了积极成效。

主要经济指标超额完成。全区实现增加值 706.2 亿元，比上年增长 11.2%。完成财政总收入 232.8 亿元，其中地方财政收入 68 亿元，分别增长 13.2% 和 17%。完成固定资产投资 293.5 亿元，比上年增长 40.6%。引进合同外资 8.5 亿美元，到位资金 6.4 亿美元，均超额完成年度计划。

科技创新能力显著增强。积极推动科研院所总部回归扩容，与中科院上海分院签订高新技术产业化合作框架协议，促进科技成果就地转化。中科院硅酸盐所、光机所、微系统所、应用物理所等产业化项目全面开工，华东计算所总部及产业基地签约落地，中科院技术物理研究所、中科院电动汽车研发中心先后入驻。上海物联网中心、上海新能源产业基地、国家基础软件基地等一批战略性新兴产业基地落户嘉定。鼓励企业利用资本市场做大做强，"网宿科技"在深交所创业板成功实现首批上市。"小巨人"计划深入实施，品牌建设与技术创新大力推进，新增中国驰名商标 4 个，占全市总量的 50%，50 家企业被评为市级高新技术企业。

产业结构不断优化。新能源汽车产业加快集聚。新能源汽车及关键零部件产业基地揭牌成立，环同济产业园和嘉定工业区创业创新园等新能源汽车重点研发基地集聚效应进一步显现，一批新能源汽车研发和生产企业相继入驻，郊区首条使用新能源电动车的公交线路正式运营。现代服务业集聚区加快建设。着力推进上海文化信息产业园、中国国际广告创意产业基地等集聚区建设，京东商城等一批知名企业先后入驻，文化信息产业形成集聚态势。上海西郊生产性服务业集聚区、上海南翔智地企业总部园被评为市级生产性服务业功能区，金沙·3131 创意产业集聚区被评为市级创意产业集聚区。总部经济招商成效显著，引进地区总部、研发中心、销售中心共 10 家，占全市引进总量的 13.8%。房地产项目加快建设，新开工面积 279.9 万平方米，同比增长 50.3%。旅游业快速发展，州桥国家 AAAA 级旅游景区、马陆葡萄公园和华亭人家 AAA 级旅游景区成功创建，2009 上海汽车文化节和上海旅游节嘉定系列活动顺利举办。农业布局规划基本完成，土地流转进一步加快。农产品品牌战略取得新进展，新增市著名商标 3 个，嘉定现代农业园区农产品加工业基地被评为全国农产品加工业示范基地。劣势企业淘汰力度不断加大，通过成片淘汰、重点项目淘汰、与周边省市联动合作等方式，淘汰劣势企业 392 家，盘活土地 5 221 亩，节约标准煤 14.5 万吨。

（二）有序实施迎世博 600 天行动计划，城市化进程不断加快

一年来，我们始终把实施迎世博 600 天行动计划作为提升城市现代化水平的重要抓手，围绕"迎世博盛会，展嘉定风采"主题，加大迎世博各项工作推进力度，进一步提升城市建设和管理水平，着力推进城乡统筹协调发展。

嘉定新城建设进一步加快。中心区城市功能逐步完善。城市规划覆盖面不断扩大，伊宁路以北骨干道路体系基本形成，新增绿化水系面积 38 万平方米。新城规划展示馆建成使用，瑞金医院（嘉定）、新城图书馆（文化馆）等公益性项目开工建设，交大附中签约落户。老城改造不断深入，州桥老街业态加快调整，西门地区保护性改造规划进一步深化，一批改造项目有序实施。南门商务圈和北水湾建设加快推进。汽车城核心区 25 平方公里的控详规划修编工作不断加快，轨道交通十一号线墨玉路站商业平台等项目启动建设。南翔大型居住社区控详规划编制完成，首期建设地块动迁和土地出让全面完成，古镇改造取得阶段性成效。

迎世博 600 天行动计划扎实推进。第四轮"环保三年行动计划"启动实施，污染排放量进一步削减，环境质量稳中趋好。环境综合整治初见成效，整治铁路、国省道沿线 158 公里、主要河道 198 公里、黑臭河道 142 公里、店招店牌和广告牌 1.7 万块，世博会定点接待酒店、景点以及公交枢纽整治任务全面完成。城市网格化管理体制机制不断完善，案件处置效率显著提高。以窗口服务日、立功竞赛、志愿者行动等活动为载体，进一步优化窗口行业服务环境，行

业面貌和服务水平明显改善。坚持宣传教育与管理执法相结合,迎世博志愿服务、市民礼仪教育和世博知识培训广泛开展,市民文明素质不断提高。世博主题体验之旅示范点成功创建,嘉定成为全市唯一的城乡互动世博之旅示范区。

基础设施体系不断完善。轨道交通十一号线(嘉定段)通车试运营,9个站点的综合开发地块全部出让。长途客运站开工建设,新辟和调整32条公交线路与轨道交通十一号线沿线站点配套衔接。轨道交通十三号线(嘉定段)启动建设。与京沪高速铁路、沪宁城际铁路建设同步实施道路穿越工程,金昌路、嘉盛西路等道路启动建设。新城燃气门站建设完成,嘉北自来水厂基本建成,新增污水管网61.7公里。

社会主义新农村建设有序推进。完成徐行、华亭等新市镇镇区中心控详规划编制和上报工作,外冈镇宅基地置换一期全面完成。2072户村宅改造工程和54个重点整治村生活污水集中处理工程竣工,农村环境面貌持续改善。经济薄弱村路、桥改造进一步推进,翻建、维修危桥65座,改造路面7万平方米。大裕村文化艺术集聚区建设稳步推进,6个著名艺术家及艺术机构签约入驻,艺术家工作室加快建设。

(三)加大投入和改革力度,民生工作不断推进

一年来,我们始终把保障和改善民生作为政府一切工作的出发点和落脚点,不断提高就业和保障水平,进一步推进各项社会事业发展。

促进就业工作切实加强。政府扶持力度不断加大,帮助困难企业稳定就业岗位、促进创业就业等政策相继出台,促进重点群体和困难群体就业。和谐劳动关系企业创建活动积极开展,政府、企业、职工三方共赢格局进一步形成。构建区、镇、村三级就业服务网络,举办各类人力资源招聘会和职业培训活动,促进就业服务向基层延伸。全年新增就业岗位26988个,转移农村富余劳动力8173人,城镇登记失业人数控制在市下达指标7540人以内。

社会保障水平不断提升。征、用地人员出劳办法和"镇保"制度进一步完善,城镇高龄无保障老人和遗属生活困难补贴人员纳入社会保障工作稳步推进。完善城镇居民基本医疗保障办法,健全农村养老金发放与财力增长匹配机制,"农保"退休人员养老金最低发放标准提高至每人每月300元,加上户籍性质不变的土地流转,每月再补贴160元。"一口上下"社会救助机制不断完善,发放各类救助金1.8亿元。住房保障进一步加强。完成旧住房综合改造50万平方米,廉租房受益面扩大到387户。动迁配套商品房加快建设,新开工基地9个,交付使用基地7个。

各项社会事业加快发展。教育经费投入继续加大,义务教育学校绩效工资启动实施。教育资源配置进一步完善,新建和新开办学校9所,全面启动中小学校舍安全工程。农民工同住子女教育工作不断加强,享受免费义务教育的农民工同住子女比例提高到80%。职业教育和技能培训大力推进,服务经济社会发展作用进一步发挥。南翔医院和区妇幼保健医院迁建、东方肝胆外科医院建设有序推进,15个市级标准化村卫生室成功创建。全力防控甲型H1N1流感等各类传染病,区域公共卫生安全保障不断加强。基本药品零差率政策深入实施,药品集中采购范围进一步扩大。卫生创建有力推进,顺利通过国家卫生区复审。

建成一批社区公共运动场、农民健身点、农家书屋等文化体育设施,嘉定区第四届运动会成功举办,群众性文化体育活动蓬勃开展。此外,人口与计划生育工作继续加强,妇女儿童事业稳步发展,残疾人工作有序推进,民族宗教和侨务工作进一步强化。

(四)加强社会综合管理,社会稳定基础不断巩固

一年来,我们始终把加强社会综合管理作为政府工作的重要内容,健全机制,整合资源,扎实推进矛盾化解、综合治理和社区管理,进一步促进社会和谐稳定。

社会矛盾进一步化解。构建全区大调解工作格局,区社会矛盾纠纷调解中心成立运行,预防和化解社会矛盾纠纷功能不断强化。开展信访突出矛盾调处工作,领导接访活动有序推进,信访矛盾化解力度不断加大。充分依托全国信访信息系统和互联网等载体,深入推进电话信访和网上信访工作,信访受理和办理渠道进一步畅通。

平安建设深入推进。治安防控体系不断完善,加大对治安复杂地区和治安突出问题的排查整治力度,"110"报警类案件接报数持续下降。来沪人员的服务和管理进一步加强,"实有人口、实有房屋"全覆盖管理基本完成。食品药品安全、产品质量监管得到强化,安全生产、应急管理进一步加强,年内未发生重大安全事故。

社区管理不断强化。加大社区基础设施投入,打造服务平台,拓展服务功能,进一步满足社区居民需求。村委会、居委会换届选举工作圆满完成,直选覆盖面不断扩大。建立社区"睦邻点"1071个,进一步融洽社区人际关系,激发基层社会活力。嘉定区成为首批全国和谐社区建设示范城区之一,市和谐社区建设示范街镇、示范居委会创建率均达100%。

(五)加快政府职能转变,政府自身建设不断加强

一年来,我们通过开展深入学习实践科学发展观活动,进一步加强自身建设,着力提高政府的行政效能和服务水平,为实现"四个确保"夯实基础。政府机构改革顺利实施,政府工作部门由30个精简到28个,工作职责进一步明确,组织结构得到优化。行政审批制度改革力度不断加大,精简行政审批流程,行政效能进一步提高。财政预算支出管理不断强化,推行公务卡制度试点,政府采购"管采分离"工作积极推进。审计工作切实加强,形成了"以政府审计为主导、审计中心为骨干、社会审计为辅助"的监管机制,基本实现对区级财政性资金投资项目审计全覆盖。政府信息公开工作深入推进,全年公开信息1228条。切实做好人大代表书面意见和政协提案的办理工作,共办理人大代表书面意见77件、政协提案180件,办理质量和水平进一步提高。

各位代表,过去的一年,是振奋人心的一年,我区经济社会发展各项工作都在大步向前。在产业发展上,结构调整步伐进一步加快,产业能级显著提升,科技创新能力不断提高,新能源汽车、文化信息等战略性新兴产业加快发展。在城市建设上,"聚焦一个核心、延伸两翼"的发展战略得到确立,新城建设有力推进,安亭、南翔地区快速发展,城市功能进一步完善和提升。在改善民生上,一大批教育、医疗、文化、体育设施加快建设,瑞金医院(嘉定)、交大附中嘉定分校等优质社会事业资源纷纷落户,倍受瞩目的轨道交通十一号线(嘉定段)通车试运营,嘉定市民就医、就学、

出行等民生工作取得重大突破。

在推进全区经济社会发展的过程中，主要体现出三个特点：一是在体制机制创新上加大了力度。进一步创新完善工作机制，对重点区域、重点工作加强了资源整合、明晰了权责分配、形成了工作合力。实施安亭镇、黄渡镇行政区划"撤二建一"，成立汽车城管委会和汽车城集团公司，为汽车城发展增添了活力。建立由城投公司、新城公司等五大区属企业共同参与老城改造的工作机制，加快老城改造步伐。二是在突破发展瓶颈上加大了力度。针对开发建设任务重、土地资源紧缺的情况，一方面，克服困难、全力以赴加快动迁。全年动迁农户5 151户、企业527家，腾空各类基地79个，为重大工程的顺利推进奠定了坚实基础。另一方面，加快农民宅基地置换探索和实践步伐，为实现农民生活方式和生产方式转变、提高农民收入和城市化水平闯出了新路。此外，合理调整用地结构，明确新增用地指标除保证市级工业园区项目建设以外，全部向城市建设和现代服务业发展倾斜。三是在政策措施聚焦上加大了力度。根据嘉定实际，围绕产业发展、新城建设、促进就业、引进人才等工作，先后制定了促进总部经济发展和文化信息产业发展若干意见、促进五星级酒店项目引进扶持办法和促进嘉定区大学毕业生创业就业实施意见等一系列政策措施，取得了积极成效。特别是针对嘉定新一轮发展对高层次人才的大量需求，制定了优秀人才住房保障等政策，全方位、多层次地解决优秀人才的住房问题，为人才的集聚创造了良好的环境，上海国际汽车城还被授予国家级海外高层次人才创新创业基地。

各位代表，过去一年，我们在区委的领导下，在全区上下的共同努力下，既凝聚了力量，战胜了困难，全面完成了"四个确保"的各项任务，又抓住了机遇，理清了思路，为今年大发展的全面发力奠定了基础。这些成绩的取得来之不易，这是我们认真执行市委、市政府和区委的正确决策与部署，不断求真务实、开拓创新的结果，也是全区人民团结一心、奋力拼搏的结果。在此，我谨代表嘉定区人民政府，向辛勤工作在各条战线上的全区人民，向给予政府工作大力支持的人大代表和政协委员，向嘉定地区的部市属单位和驻区部队，向所有关心支持嘉定建设并为之作出贡献的同志们、朋友们，致以崇高的敬意和衷心的感谢！

在总结成绩的同时，我们也清醒地认识到，当前经济社会发展中还存在一些问题。主要表现在：虽然经济逐步回升，但调结构、促转型的步伐有待进一步加快。城市化、产业化融合度还不高，城市建设和管理有待进一步强化。改善民生的力度与群众日益增长的需求还有差距，社会建设有待进一步加强。对于这些发展中的问题，我们将在今后的工作中努力予以解决。

二、2010年工作的重点

今年是上海世博会举办之年，是完成"十一五"规划的最后一年，也是我区加快城市化进程和加速结构调整、产业转型的一年。无论从嘉定积累的基础来看，还是从外部发展环境的要求来看，今年都到了一个关键的转折阶段，需要全区上下齐心协力、全面发力、快出成果。

今年经济社会发展的总体思路是：以科学发展观为引领，认真贯彻党的十七届四中全会、中央经济工作会议和市委九届十次全会精神，按照区委四届十次全会的要求，以更加开放的思想观念、更加执著的进取精神、更加扎实的工作作风，抓住宝贵机遇，战胜各种困难，确保世博任务圆满完成，确保经济发展方式转变取得新进展，确保民生持续改善，确保社会和谐稳定，确保"十一五"规划目标全面实现和高质量编制好"十二五"规划，为"两个融合"目标的深入推进奠定坚实的基础。

今年经济社会发展的主要目标是：增加值比上年增长10%；规模以上工业总产值同比增长6%；财政总收入同比增长9%，其中地方财政收入同比增长10%；固定资产投资完成320亿元左右；合同外资完成8.5亿美元；二氧化硫和化学需氧量减排量完成市下达指标；城乡居民家庭人均可支配收入稳定增长；城镇登记失业人数控制在8 000人以内。重点做好以下几项工作：

（一）全力推进新城建设，进一步加速城市化进程

紧紧抓住市委、市政府把嘉定新城作为郊区新城建设的重中之重和发展大型居住社区主阵地的重大契机，深入实施"聚焦一个核心、延伸两翼"发展战略，加大政策聚焦、资源整合和重点项目集聚，全面发力，加快新城建设，有力带动全区城市化水平进一步提升。

加快完善城市规划布局。继续深化城市控详规划，优化城市空间布局，促进主城区、安亭、南翔三大组团有效对接、紧密联动。拓展新城中心区17平方公里范围，往东、往西分别延伸至澄浏公路和F1赛车场，逐步形成成片往南推进的发展格局。围绕汽车产业链的拓展和延伸，加快编制国际汽车城90平方公里发展战略规划，完成核心区25平方公里的控详规划修编。不断深化南翔地区的区域发展规划，向北拓展至蕰藻浜，实现与新城主城区的全面对接。加快完善北虹桥区域发展总体规划，优化基础设施、生态环境和产业布局，进一步凸显区位优势。

着力推进组合型新城建设。不断完善中心区城市功能。加快高品质市场性项目的引进，建成一批精品楼盘和特色小区，推动一批五星级酒店项目的落地开工。建成环城林带、石岗门塘和远香湖沪宜公路以西区域景观工程，基本建成紫气东来景观工程，全面形成中心区主体景观。全面推进瑞金医院、保利剧院、交大附中、新城图书馆（文化馆）、科技馆以及青少年活动中心等项目建设，进一步提升公共服务功能。启动伊宁路东延伸、沪宜公路综合改造等工程，同步实施燃气、电力等市政管网建设，基本形成中心区骨干道路网络。促进新老城联动发展。充分发挥中国历史文化名镇、州桥国家AAAA级旅游景区等文化旅游资源优势，继续推进州桥老街和西门地区保护性改造。启动北水湾五星级酒店和精品住宅建设，建成一批景观工程。加快项目开发建设，确保南门商务圈初具形象。加快国际汽车城核心区功能开发，推进研发港等项目建设，引进大型商业和社会事业项目，实施道路建设和景观改造，促进安亭地区产城融合发展。有效承接虹桥综合交通枢纽港辐射，加快推进南翔、江桥地区大型居住社区和功能性项目建设，促进区域发展转型。

大力促进城乡统筹发展。全面实施城乡建设用地增减挂钩政策，加快推进农民宅基地置换和集体建设用地流转，加大土地整理复垦力度，优化土地资源配置。研究制定土地指标流转、财政转移支付等政策，鼓励引导区属公司、社会资本全面参与，不断拓宽城市建设融资渠道。围绕新城中心区、轨道交通站点、大型居住社区等重点区域和重大市政项目，完善动迁政策，加大动迁力度。推进动迁配套商品房建设，妥善安置动迁居民。加快村宅改造步伐，进一步改善村容村貌。充分发挥著名艺术家工作室的带动作用，提升大裕村文化艺术集聚区辐射效应。

不断完善基础设施。调整优化公交线网，加强地面公交与轨道交通、沪宁城际铁路的衔接，不断完善公共交通体系。加快金昌路、嘉盛西路等工程建设，积极配合嘉闵高架和A17公路启动建设，进一步提高道路通行能力。有序推进沪宁城际铁路站点综合开发。加快陈行水库引水工程和污水、垃圾处理系统建设，推进电力、燃气、电信系统建设，不断完善城市综合配套功能。

（二）着力推动创新和集聚，进一步加快结构调整和产业转型

嘉定正处于经济发展转型的关键时期，要保持经济增长速度，更要把促进结构调整和产业转型放在突出位置。我们将结合自身的产业基础和优势，大力推进创新和集聚，确保实现产业结构的优化、产业能级的提升。

以发展新能源汽车为重点，提升汽车特强产业能级。加快新能源汽车及关键零部件产业基地建设，大力引进、培育优质品牌项目，推动新能源汽车产业尽快形成实质性突破。进一步完善产业扶持政策，促进科研公共服务平台建设，加快汽车研发机构和人才的集聚，在自主品牌汽车、新能源汽车和关键零部件领域形成较强的研发优势。提升上海国际汽车城零部件配套工业园区能级，促进汽车关键零部件企业向集团化、规模化、专业化发展，进一步巩固和扩大汽车制造业优势。

以国家战略性新兴产业为重点，壮大科技城实力。加快上海新能源产业基地、上海物联网中心、国家基础软件基地等项目建设，推动一批高科技项目落地。加快上海张江高新技术产业开发区嘉定园扩区、环同济知识经济圈规划和复旦、上大高校产业园建设，增强园区孵化和公共服务功能，促进高科技项目有效集聚。

以文化信息产业为重点，加快现代服务业发展。优化发展环境，促进文化信息知名企业落户，壮大产业规模，逐步把文化信息产业打造成服务业支柱产业。推动上海文化信息产业园、中国国际广告创意产业基地、上海南翔智地企业总部园、金沙·3131创意产业集聚区等重点园区建设，逐步形成具有鲜明区域特色和较强辐射能力的文化信息产业集群。加快房地产项目开发建设，注重品牌和品质，逐步形成嘉定房地产的品牌效应和组团板块效应。大力推进南翔古镇和马陆葡萄公园创建国家AAAA级旅游景区，加大品牌酒店引进力度，推动旅游产业再上新台阶。进一步完善现代服务业发展规划，加快推进上海西郊生产性服务业集聚区、国际汽车城现代服务业集聚区等园区建设，着力构建各具特色、错位发展的现代服务业发展格局。

以特色农业为重点，提高农业综合效益。促进特色农业、生态农业和旅游农业结合，加快外冈蜡梅、徐行观赏鱼和黄渡生态园等项目建设，带动农民增收致富。大力推进农民专业合作社建设，充分整合人力、土地、机械等资源，不断提高农业组织化、规模化、科技化发展水平。

以调结构、促转型为重点，增强发展后劲。创新招商引资模式，强化总部经济招商和轨道交通站点商业中心招商，确保引进一批优质项目。鼓励经济小区发展楼宇经济，培育产业集群，提升私营经济发展水平。完善工作机制，加强法律咨询、资产管理、上市辅导等服务，加快企业上市步伐。加大劣势企业淘汰力度，积极推动南部地区成片淘汰、北部地区选择性淘汰、全区危险品化学品企业半数淘汰，全面完成淘汰劣势企业三年行动计划。

（三）全面完成世博会各项任务，展示嘉定良好城市形象

办好上海世博会，是今年上海工作的重中之重，对于提升嘉定城市现代化水平和展示嘉定文明有序、生态环保的城市形象具有十分重要的意义。我们将在全面完成迎世博600天行动计划的基础上，圆满完成世博会的各项任务。

着力打造生态环保城市环境。坚持低碳世博理念，推进节能降耗，强化资源节约和综合利用。推进实施第四轮"环保三年行动计划"，强化污染减排，完成"十一五"总量减排目标。加强黑臭河道整治，强化饮用水源地的环境监管，提高水环境质量。加强大气环境治理和保护，有效控制大气污染。启动"绿化三年行动计划"，重点推进外环林带、嘉宝片林、北郊湿地等生态项目建设。巩固环境整治成效，加强城区、道路、河道等重点区域整治，确保各项任务全面完成。

全力做好世博会服务保障。以每月的窗口服务日、环境清洁日、公共秩序日为重点，深入开展"迎世博、讲文明、树新风"活动，积极推进精神文明创建活动，不断提升城市文明程度和市民文明素质。完善窗口服务设施，强化行业管理，开展形式多样的便民利民活动，进一步提高窗口服务水平。认真做好国内外参展者和参观者的接待工作，促进区域合作交流。开展城乡互动世博主题体验之旅活动，增强节庆活动的参与、互动与体验性，进一步展示嘉定的城市魅力。创新城市管理方法，完善长效管理机制，加强城市网格化管理，将管理范围从16.5平方公里拓展到49平方公里，实现我区集中城市化区域全覆盖。加大违法用地和违章建筑的整治力度，加强交通客运市场监管，综合治理乱设摊、乱搭建、乱张贴等城市管理顽症，不断提升城市综合执法水平。

切实加强世博会安全保障。加强社会治安综合治理，深化进沪道口和治安复杂地区的物防、技防工作，强化刑事犯罪打击、文化娱乐服务场所清理、城市秩序整治等工作，为世博会营造和谐稳定的社会环境。完善应急预案，做好重点区域、重要目标的反恐演练，进一步提高突发事件的应急应变能力。健全矛盾纠纷排查化解机制，完善大调解工作格局，进一步畅通和拓宽矛盾纠纷化解渠道，及时回应群众合理诉求。加强重信重访专项治理工作，完善信访领导包案制度，提高化解矛盾效率。强化来沪人员服务和管理，健全"实有人口、实有房屋"全覆盖长效管理机制。加强生产、交通、消防、卫生、食品药品安全监督管理，加大隐患查处力度，防止发生重大安全事故。

（四）整合社会公共资源，进一步推动社会事业发展

坚持以人为本，加大政府投入和改革力度，优化社会资源配置，努力提升社会事业服务群众的水平，进一步满足居民公共和生活需求。

不断加快社会事业设施建设。新开办嘉定新城初级中学等8所学校，推进菊园初级中学等10所学校建设，大力

实施中小学校舍安全工程。加快东方肝胆医院（嘉定）等项目建设步伐，完成南翔医院和区妇幼保健医院迁建项目基建工程。加快嘉定博物馆等一批文化场馆建设，实现社区文化活动中心全覆盖，启动嘉定体育中心综合改造，进一步完善公共文化体育设施。

努力提升公共服务水平。强化人事人才工作。以人才政策为支撑，以创新创业基地为载体，大力引进各类高层次人才，加快形成更加开放、充满活力、富有效率的人才工作体制机制。继续做好义务教育学校实施绩效工资工作，建立健全绩效考核和管理制度。提升教师队伍素质，不断深化课程教学改革，加强学生创新精神和实践能力培养，努力实现"减负增效"。规范民办学校管理，全面完成农民工同住子女学校转为民办学校工作。不断深化职业教育集团功能建设，进一步促进校企合作。加强以甲型H1N1流感、手足口病等为重点的各类传染病防控，确保不发生重大传染病的暴发流行。深入开展市民健康促进活动，加快健康城区建设。深化社区卫生服务综合改革，继续实施基本药品零差率政策，进一步提高医疗服务水平和质量。

广泛开展各类文化体育活动。积极参与世博会相关文艺演出和艺术交流，举办社区文化展演等形式多样的文化活动，全方位展示嘉定文化的区域特色和深厚底蕴。积极组队参加上海市第十四届运动会，举办嘉定区社区体育大会和首届龙舟比赛。

（五）强化社会综合管理，进一步改善民生

坚持突出重点、统筹兼顾，着力解决人民群众普遍关心的就业、社会保障等问题，促进城乡居民收入不断增长，努力做到发展为了人民、发展依靠人民、发展成果由人民共享。

全面加强促进创业与就业工作。落实市政府创业促进就业相关政策，发挥区、镇两级创业服务平台作用，加大对自主创业的扶持力度，重点引导、扶持青年人、大学生创业。深入开展创建"充分就业社区"活动，在全区各村建立就业服务站，实现就业援助广覆盖。完善企业主导、政府推动与社会支持相结合的高技能人才培养机制，加强市场化、实用型的职业技能培训，开展职业技能竞赛，逐步解决技能型人才短缺矛盾。健全政府主导、工会和企业代表参加的劳动关系三方协调机制，规范企业用工行为，完善劳动合同制度，促进劳动关系和谐发展。

进一步完善社会保障体系。积极推动符合条件人员转入"城保"，不断完善"农保"退休人员养老金增长机制，稳步提高社会保障标准。积极落实"镇保"人员和征地养老人员医疗保障政策，有效提高医疗保障水平。健全"一口上下"社会救助运作机制，进一步提升救助水平。完善住房保障工作机制，加快旧住房综合改造，做好经济适用住房的配建和配售工作，加强廉租住房服务和管理。

不断强化社区管理。在成功创建全国和谐社区建设示范城区的基础上，形成区、街镇、居委会三级联动的工作格局，大力推进全国和谐社区建设示范单位创建。全面完成

社区事务受理服务中心标准化建设，实现"一门式"系统软件使用率100%。探索居委会减负工作，促进政府部门服务指导、街镇依法指导、社区依法自治三者之间的良性互动。

（六）加强政府自身建设，进一步提高科学发展的能力与水平

强化科学发展观对政府自身建设的引领和支撑作用，创新政府管理，进一步提升政府协调利益关系、整合社会资源、领导科学发展的能力和水平，使政府自身建设更加充满活力、更加富有实效。

加快转变政府职能。完善差别化考核机制，引导干部切实贯彻落实科学发展观，进一步加快调结构、促转型步伐。在更好地履行经济调节和市场监管的同时，切实加强社会管理和公共服务。着力优化财政支出结构，重点加大对基础设施、民生保障和农村改革发展等方面的投入，为政府履行职能提供财力保障。以公共财政、公共政策和群众关注的热点为重点内容，加大政府信息公开力度，保障人民群众的知情权、参与权和监督权。全力推进行政审批制度改革，继续清理各类审批事项和行政事业性收费，建立健全更加公开透明、简便顺畅的项目审批程序，进一步提高服务效能。深化电子政务建设和应用，增强网上服务功能。整顿和规范市场经济秩序，为企业创造"公平、公正、公开"的市场竞争环境。

大力推进依法行政。规范行政许可行为，坚持行政执法责任制和执法过错责任追究制。进一步健全政府工作制度和运作机制，坚持公众参与、专家认证和政府决策相结合，规范决策程序和执行程序。大力提高政府应对社会公众事件的能力，增强政府的执行力和公信力。自觉接受区人大及其常委会的监督，主动接受区政协的民主监督，认真听取民主党派、工商联、无党派人士和各人民团体的意见。

不断加强廉政建设。把源头治理腐败的各项要求贯穿于权力行使的全过程，做到用制度管权、用制度管事、用制度管人。加强执法监察、效能监察和廉政监察，严格工作程序和规章制度，加大对重点领域、重点部门和重点项目的审计力度，进一步提高政府内部监督水平。深入开展纠风工作，完善政风行风测评等制度，坚决纠正损害群众利益的不正之风。

完成"十二五"规划编制。精心组织安排，形成工作合力，在深入调查研究、广泛征求意见的基础上，高质量编制好"十二五"规划，完成50个专项规划、12个街镇规划和5个重点区域规划的编制工作。

各位代表，今年必将是嘉定经济社会发展历史上重要的一年，我们盼望多年的机遇，将在今年全面凸现；我们积蓄多年的力量，将在今年全面进发；我们描绘多年的蓝图，也将在今年涂上浓墨重彩。让我们紧密团结在以胡锦涛同志为总书记的党中央周围，在上海市委、市政府和区委的坚强领导下，紧紧依靠全区广大干部群众，齐心协力，全力以赴，为实现嘉定大发展、大飞跃而努力奋斗！

嘉定概貌

编辑 孙培兴

概　况

【位置、面积与地形、河道】 嘉定区位于上海西北部,是建设中的上海国际汽车城所在地。其中心位置在东经121°15′,北纬31°23′。东与宝山、普陀两区接壤;西与江苏省昆山市毗连;南襟吴淞江,与闵行、长宁、青浦三区相望;北依浏河,与江苏省太仓市为邻。总面积463.55平方公里。全境地势平坦,东北略高,西南稍低。市、区级河道蕴藻浜、练祁河、娄塘河横卧东西,向东流经宝山区直通长江和黄浦江;盐铁塘、横沥、新槎浦(罗蕴河)纵贯南北,与吴淞江、浏河相连。全区水面率7.71%。河道总长1 800余公里,平均河网密度为每平方公里约4公里。

【建置区划】 嘉定区前身为嘉定县。秦代属会稽郡娄县,隋唐时属苏州昆山县。宋嘉定十年十二月(1218年1月),析两浙西路平江府昆山县东境的临江、平乐、安亭、醋塘、春申5乡置嘉定县,以年号为名,设治于练祁市(今嘉定老城区中心)。嘉定十一年八月,上述5乡依次易名为依仁、循义、服礼、乐智、守信。今上海大陆地区吴淞江(故道)以北为该时县境。建县以后几易隶属,曾隶苏州府、太仓州,境域亦屡有变动。1958年1月起由江苏省改隶上海市。1992年10月11日,国务院批准撤销嘉定县,设立嘉定区,以原嘉定县的行政区域为嘉定区的行政区域。1993年4月撤县建区工作完

成。2009年末,全区辖南翔、马陆、江桥、安亭、外冈、徐行、华亭7个镇和嘉定镇、新成路、真新3个街道,以及嘉定工业区和菊园新区。下设114个居委会,152个村委会,2072个村民小组。年末总户数19.06万户,户籍总人口55.02万人,其中非农业人口45.36万人。人口密度为每平方公里1187人,自然增长率-1.56‰。全区年内有暂住人口75.35万人。

【知名人物与历史事件】 嘉定区素称人文奥区,古贤今秀,代不乏人。自宋元而明清,龚宗元、杨滋、朱鹤、徐学谟、李流芳、孙元化、王鸣盛、钱大昕等,或以政绩驰誉,或以骁勇善战著称,或以治学有成名世,或以书画竹刻取胜。民国以降,吴宗濂、周湘、徐鼎康、王培孙、吴蕴初、廖世功、杨卫玉、张昌绍、陆瘦燕、廖世承、秦汾、童世亨、陈邦典、顾维钧、胡厥文、陆俨少等皆为名垂史册的人物。著名的历史事件有:明代嘉靖年间全县抗击倭寇侵袭,一无名童子舍身救城;清初,清兵三屠嘉定,侯峒曾、黄淳耀率众抗清,视死如归;清咸丰年间,以徐耀为首的嘉定罗汉党联合青浦天地会、上海小刀会揭竿起义,"扫除贪官污吏";民国十七年(1928年)春,中共嘉定县委领导境内西乡千余农民举行五抗(抗租、抗债、抗粮、抗捐、抗税)武装暴动;抗日战争时期,以吕炳奎为首的外冈游击队,坚持抗日武装斗争。

【基础设施】 嘉定区交通便捷。区政府驻地离上海市中心30余公里,距浦东国际机场75公里,距虹桥机场、上海

火车站、张华浜国际集装箱码头均为25公里左右。有铁路沪宁线、沪杭外环线、京沪高铁过境。轨道交通十一号线开通运营,轨道交通十三号线(嘉定段)启动建设。公路交通形成网络,主要公路有G15(沈海高速)公路、G2(京沪高速)公路、S5(沪嘉高速)公路、G1501(上海绕城高速)公路、沪宜公路(属204国道)、曹安公路(属312国道)和嘉安公路、宝安公路、嘉松北路、宝钱公路、浏翔公路等,总长1000多公里。北嘉线、北安线等90条客运线路分别联结上海市区、郊区及区内各镇,运营线路长度逾千公里,基本实现区域公交线网全覆盖,市民出行环境进一步优化,全年运送乘客3782万人次。760辆区域性出租汽车实现GPRS智能电话调度全覆盖,年客运量2600万人次。还有开往杭州、彭水、定远、淮滨、苏州、昆山的始发省际客运班车线路23条,以及江苏、浙江、安徽、山东、河南、四川、湖北等地的过境配载客运班车线路120条,年运送省际客流68万人次。有内河航道20条,通航里程232公里,其中境内市级航道蕴藻浜长17.7公里。

嘉定区的通信水平已达到国际先进水平,通信能力亦为国内领先。1989年在全国率先实现全县电话自动化。1994年实现全区电话交换程控化和传输数字光缆化。1997年全面建成区镇电视会议网络,并建成"上海热线"站点"今日嘉定"互联网站。1998年建成电话区并增设"嘉定之窗"和"新联网络"网站。1999年建成ISDN(综合业务数字网)和ATM宽带网。2000年建成并启用嘉定信息大楼。2001年建成

区行政机关办公决策服务系统,并开通"上海嘉定"政府网站。2003年,全区实现宽带光纤全覆盖。2007年,"嘉定新城·无线城市"建设启动,至2009年底,"嘉定新城·无线城市"注册用户2.6万人,日均活跃用户3000人次。2009年,拥有固定电话用户38.86万户、IPTV用户5.41万户、宽带用户18.92万户。年内新增移动电话用户12万余户,累计118万户。政务领域信息化建设不断加强,区电子政务平台成功启用。

嘉定区电力、燃气、自来水供应充足。石洞口电厂和华东电网保证了生产和生活用电,年售电量62.88亿千瓦时,城网供电可靠率99.966%。"西气东输"的天然气满足了生产和生活用气的需要。1997年全区民用燃气实现全气化。2004年,安亭镇部分居民在上海地区率先用上天然气。2008年,境内燃气用户全部使用天然气,累计20.88万户。1997年建成的墅沟引水工程使以长江水为水源的自来水供应范围覆盖区境大部,饮用水水质得以显著改善。

【工业商贸农业】 嘉定区工业基础雄厚,2004年工业总产值突破千亿元大关,2009年工业总产值达到2360.5亿元,同比增长9.25%。形成以汽车零部件为特强产业,电子信息等高科技产业为支柱的工业经济发展新格局。工业综合经济效益指数为167.5,同比提高6.2个百分点。招商质量继续提高,引进销售中心、研发中心、地区总部共10家;民营企业新增注册1.38万户,新增纳税企业1.07万户,分别比上年增长83.3%和73%;实现税额123.4亿元,同比增长8.3%。产业结构不断优化,新能源汽车产业加快集聚。新能源汽车及关键零部件产业基地揭牌成立,环同济产业园和嘉定工业区创业创新园等新能源汽车重点研发基地集聚效应进一步显现,一批新能源汽车研发和生产企业相继入驻,现代服务业集聚区加快建设。在世界排名前500家企业中,有20多家在嘉定投资办企业,如美国通用电气、德国大众、日本富士通、荷兰飞利浦等。按照产业集聚的要求,全区有2个市级工业区(嘉定工业区、上海国际汽车城零部件配套工业园区)和南翔、江桥、徐行、黄渡、外冈等5个区级工业园区,共占

地8783公顷。此外,还有希望、蓝天、沪太、徐行等数十家以工业企业为主体的私营经济小区。

嘉定区以树立商业窗口繁荣发达的新形象为动力,不断优化布局和调整业态,完善商业设施,提升商业品位,各种经济类型的商业企业得以竞相发展。特别是以乐购、欧尚等连锁超市为代表的新型业态显示较强的市场竞争力,全区百余家连锁超市门店、便利店成为城乡居民购物的首选。嘉定区利用区位优势,实施以市兴区战略,上海二手车交易市场、上海东方汽配城、上海市轻纺市场、上海金翔木材批发市场、上海装饰市场、上海真新粮食交易市场等大中型专业市场大都分布在沪宜公路、曹安公路沿线。汽车及零部件、轻纺、建材、粮食等四大类市场初步构建服务上海、辐射全国的集购销、仓储、加工、转运于一体的商流物流基地。2009年,完成社会消费零售总额209.1亿元,同比增长9.13%。实现商业增加值53.9亿元,增长10.22%,占三产增加值的23.3%;实现商业税收33.7亿元,增长3.37%,占全区三产税收的38.7%。

嘉定区围绕农业增效、农民增收、农村稳定这个中心,全面调减粮食和经济作物种植面积,压缩畜牧水产养殖规模。农产品结构不断优化,发展马陆葡萄、华亭哈密瓜、外冈蜡梅、安亭银杏、灯塔草莓、徐行黄瓜、南翔香丝瓜等特色农业;培育"马陆"牌葡萄、"汇农"和"朱桥"牌王鸽、"万金"牌观赏鱼、"嘉蜜"牌有机食品等20余个农业品牌;建成6000余公顷林果以及嘉宝片林、江桥生态园等生态农业;开发现代农业园区、马陆葡萄公园、沥江农家园等农业旅游景点,建设设施农田3176公顷;形成"嘉定农业网"、"农技110"等现代化的农业信息服务平台等,发展成立农民专业合作社125个。嘉定现代农业园区、马陆千亩苗木基地、安亭银杏园等农业林业示范工程,以及肉鸽、葡萄等特色农产品,显现农业基地化、规模化建设的成果。农业布局规划基本完成,土地流转进一步加快。农产品品牌战略取得新进展,新增市著名商标3个,嘉定现代农业园区农产品加工业基地被评为全国农产品加工业示范基地。2009年,全区粮食总产5.53万吨,上市蔬菜19.5万吨,出栏生猪22.58万头,上市家禽

31.97万羽、鲜蛋176.11万公斤,生产牛奶204.3万公斤、水产品4322吨。全区有农业产业化龙头企业13家,其中国家级产业化龙头企业1家,市级产业化龙头企业2家。有通过认证的无公害农产品57个、绿色食品2个、有机食品4个。完成农业总产值12.12亿元,同比增长23.67%。农村居民人均年可支配收入13630元。社会主义新农村建设有序推进,完成徐行、华亭等新市镇镇区中心控详规划编制和上报工作,外冈镇宅基地置换一期全面完成。2072户村宅改造工程和54个重点整治村生活污水集中处理工程竣工,农村环境面貌持续改善。

【科技教育】 嘉定区坚持科教兴区战略和人才发展战略,依托科技进步和创新,构建新型的产业体系。自20世纪80年代起,借助境内、市属科研机构众多,科技人才集聚的优势,在实施"星火计划"、"火炬计划"的同时,通过"技术嫁接"、"攀亲联姻"等方式,兴办民营科技企业,扶持"小巨人"企业,科技进步对经济增长的贡献率达到59%。1994年始,建立由嘉定高科技园区、复华高新技术园区和中科高科技工业园组成的上海嘉定民营科技密集区。经过10余年的发展,这个以海外学子和科技人员创办民营科技企业为重点的国家级高新技术园区初具规模。其中,以吸引归国留学人员创业为特色的嘉定高科技园区已引进企业600多家,其中留学生企业300多家,曾被评为全国十佳民营科技园区和"上海20家最具影响的科技园区"。加快推进技术创新和科技成果产业化进程,全区实施市级以上科技计划项目204项,实施科技成果转化项目570项,组织新产品试制项目36项,实施火炬计划项目33项,培育、申报市级科技"小巨人"企业54家;认定登记技术合同359项,技术合同交易额5.37亿元;完成各类科研、科普项目5000余项,新产品开发3538件,专利申请量2563件。科技创新能力显著增强。积极推动科研院所总部回归扩容,与中科院上海分院签订高新技术产业化合作框架协议,促进科技成果就地转化。中科院硅酸盐所、光机所、微系统所、应用物理所等产业化项目全面开工,华东计算所总部及产业基地签约落地,中科院技术物理研究所、中科院电动

汽车研发中心先后入驻。上海物联网中心、上海新能源产业基地、国家基础软件基地等一批战略性新兴产业基地落户嘉定。鼓励企业利用资本市场做大做强，"网宿科技"在深交所创业板成功实现首批上市。"小巨人"计划深入实施，品牌建设与技术创新大力推进，新增中国驰名商标 4 个，累计 10 件；占全市总量的 14.29%。50 家企业被评为市级高新技术企业。科技进步贡献率达到 63%。

嘉定区是教育部实施农村教育综合改革试验区、燎原计划示范区和"构建督导评估机制，全面推进素质教育"实验区及社区教育实验区、基础教育阶段现代学校制度国家实验。1994 年被评为全国农村教育综合改革先进区。1998 年被列为全国十个素质教育区县之一。全区有幼儿园 45 所，小学 23 所，辅读学校、工读学校、青少年业余体校各 1 所，高级中学 5 所，完全中学 3 所，初级中学 12 所，一贯制学校 10 所，中等职校 1 所，高等职校 1 所。其中嘉定一中是市现代化寄宿制高中，上海市大众工业学校（原嘉定区工业学校）是国家级重点中等职业学校。上海大学嘉定校区、同济大学嘉定校区、上海科技管理干部学院、上海师范大学天华学院、新侨职业技术学院嘉定校区、上海市育才中学、上海市行政管理学校、上海工艺美术职业学院、上海音乐学院附属安师实验中学（原上海市安亭师范学校）亦位于境内。全区在高标准推行九年义务教育的同时，调整教育结构，大力发展职业教育和成人教育，初步形成初、中、高三级层次分明的教育体系，构成文化知识教育和专业技术教育两个系列，一个与本地区经济社会发展相适应的、经科教紧密结合的城乡一体化教育新体系正在逐步建立。2008 年始，上海孔子文化活动周在嘉定举行。

【文体卫生】 嘉定区文化事业昌盛，群众文化活动蓬勃向上。社区文化、广场文化、企业文化、校园文化和家庭文化各呈异彩。全区有区级文化馆、图书馆、博物馆、陆俨少艺术院、青少年活动中心各 1 所，广播电视台 1 座，有市级文物保护单位 5 处，区级文物保护单位 45 处，区级登记不可移动文物 21 处。全区性不定期的文化节庆活动充分展示了文化之邦的风采。

嘉定区曾先后承办过马拉松、竞走、柔道等国际性单项比赛和乒乓、围棋、象棋、武术、足球等全国性单项比赛。主要体育设施有体育馆、围棋馆、武术馆、游泳馆、体育中心等。2004 年 9 月始，F1 世界锦标赛中国大奖赛在新落成的上海国际赛车场举行。2007 年世界夏季特殊奥林匹克运动会滚球比赛在嘉定举行，世界 60 个国家和地区的教练员、运动员参加角逐。

嘉定区是世界卫生组织确定的初级卫生保健合作中心和"中国健康城市项目"试点区，也是全国初级卫生保健工作达标先进区。有二级医院 6 所，其中区中心医院（仁济医院嘉定分院）、区妇幼保健院、区中医医院为二级甲等医院。医院拥有病床 2756 张，中高级医技人员 500 余人。另有民办医疗机构 15 个，设病床 150 张。随着爱国卫生运动和创建国家卫生城区健康城区活动的不断深入，城乡卫生面貌日新月异。2004 年，全面完成国家卫生区创建工作，建成国家卫生区；镇（街道）全部建成上海市一级卫生镇（街道），市、区两级卫生村覆盖率 100%。1991 年成为市郊第一个灭鼠先进县，1992 年完成农村改水工作，全区实现自来水化。1996 年达到全国农村中医工作先进区标准，并被评为全国精神病防治康复工作先进区和全国牙病防治工作先进区。

【旅游胜景】 嘉定区水秀地灵，名胜众多。遗存的古迹大都集中在嘉定镇街道和南翔镇。嘉定城中的法华塔、州桥皆创建于宋代，是当年县治被祁市的中心。今其周围的小桥流水、民居街巷犹不失古镇风韵。南城的孔庙建于宋嘉定十二年（1220 年），殿堂门庑，高壮华好。孔庙东侧的当湖书院乃沪上仅存的清代书院建筑。与孔庙一水之隔的汇龙潭公园为城内又一休闲观光点。东城的秋霞圃系董声江南的古典园林，由明代龚、沈、金三氏的私家园林及城隍庙合并而成。另外，城内还有为清兵三屠嘉定时以身殉节的侯峒曾、黄淳耀两志士而立的侯黄纪念碑、"叶池"碑和"陶庵留碧"碑。2008 年 10 月，经住房和城乡建设部、国家文物局评定，嘉定镇获"中国历史文化名镇"称号。南翔镇上一对东西对峙的仿木结构楼阁式砖塔已历经千年，其外观挺秀，结构精巧，为国内罕

见。镇东的古猗园亦为声名远播的明代园林。民国十七年（1928 年）建成的以种植国内外名种树木为主的黄氏种植园（俗称黄家花园）坐落在江桥境内。新兴的游乐场所遍及城乡：华亭有浏河岛游览村、上海高尔夫俱乐部，南翔有东方巴黎高尔夫乡村俱乐部，黄渡有美丽华度假村，徐行有协通度假村，真新地区有百佛园，嘉定城内有博乐广场。除此之外，周长约 6.5 公里的嘉定城河，则是嘉定水上环城游的好去处，泛舟其间，两岸的紫藤园、古城墙，以及布置得宜的绿化带、曲径、建筑小品等景致一览无遗。而江桥的新泽源花木园林市场，马陆的千亩苗木基地，安亭的银杏园，华亭的"华亭人家"、黄渡的林果园等现代农业观光区亦颇值得一睹。为方便来自申城的观光者，1998 年开通上海体育场至嘉定城中（途经真如、南翔、马陆）和安亭（途经江桥、黄渡）的上海旅游 6 号 A 线和 B 线。2003 年后，上海大众汽车有限公司汽车三厂的"上海大众工业游"、上海国际赛车场、上海汽车会展中心和上海汽车博物馆落成启用，成为上海都市旅游的新亮点。2006 年，上海中国科举博物馆、上海汽车博物馆建成开馆，上海汽车会展中心竣工开业，嘉定竹刻被列为国家级非物质文化遗产，毛桥村被列为全国社会主义新农村建设示范点，成为新农村新郊区建设的新景点。2007 年，嘉定竹刻博物馆开馆。2008 年，外冈游击队纪念馆开馆。旅游业快速发展，州桥国家 AAAA 级旅游景区、马陆葡萄公园和华亭人家 AAA 级旅游景区成功创建，2009 上海汽车文化节和上海旅游节嘉定系列活动顺利举办。（申 文）

【气候】 2009 年气候特点为：年均气温偏高，年初较寒冷，盛夏酷热，高温时段较分散，气象意义上的夏天进一步延长；年总降水量略偏多，降水分布不均匀，盛夏多短时强降水，全年日照略偏少。

(1) 气温：年均气温 17.3℃，比历年平均（1971 ~ 2000 年 30 年平均，下同）偏高 1.6℃，比上年的 17.0℃ 有所上升。1 月正常，11 月、12 月略偏低，其余时段均偏高。2 月和 10 月异常偏热，分别偏高 3.9℃ 和 3.0℃；3 ~ 9 月分别偏高 1.8℃、2.1℃、2.5℃、2.4℃、1.1℃、0.5℃ 和 1.6℃。5 月 7 日入夏，

10月7日入秋,气象意义的夏天为154天,是嘉定有气象记录以来最长的一年。全年出现≥35℃的高温14天(其中6月2天、7月7天、8月5天)。年极端最高气温38.8℃,出现在7月20日;极端最低气温-7.1℃,出现在1月25日。

(2)降水:年总降水量1258毫米,与历年平均相比偏多11.3%。降水分布不均匀,比较集中的月份有2月、8月、11月和12月,分别偏多103%、41%、150%和88%;3月、5月和10月的降水偏少幅度分别为33%、46%和84%;7月偏多22%,其余月份基本正常。全年出现≥0.1毫米降水日数为127天,比上年少1天。≥50毫米的暴雨4天,比上年多3天。日最大降水量为73毫米,出现在8月2日。6月20日入梅,7月8出梅,梅雨期19天,梅雨量158.7毫米,全年梅雨期偏短,梅雨量偏少。

(3)日照:年日照时数为1648.2小时。与历年平均相比偏少244.1小时,偏少12.9%,为正常略偏少年份。日照较充裕的月份是4~5月和10月,分别偏多28%、30%和14%。日照严重不足是2月、8~9月和11月,分别偏少67%、52%、30%和44%。其余月份为正常略偏少。

(4)灾害性天气:全年的灾害性天气主要是夏季多强对流天气。6月5日,嘉定出现雷雨大风和飑线,造成马陆镇众芳村三户村民住房阳台等设施被毁,损失约2万元。8月19日16时40分,受强雷暴云团影响,江桥地区出现7~8级雷雨大风,致使该地金沙江西路近星华公路京沪高铁6标段10工区一台10吨主梁门式起重机倾覆,导致4人死亡,3人受伤。另外,1月24~25日的低温冰冻天气造成部分水管冻裂。上年初霜日:11月20日。当年终霜日:1月28日。

2009年主要气象要素一览表

项　　目	2009年平均或极值	历年平均或极值
年平均气温	17.3℃	15.7℃
年极端最高气温	38.8℃	38.3℃
年极端最低气温	-7.1℃	-10℃
年总降水量	1258毫米	1130.3毫米
年降水日数(≥0.1毫米)	127天	130.4天
年日照时数	1648.2小时	1892.3小时
一日最大降水量	73毫米	354.5毫米

(朱家其)

嘉定区2009年国民经济和社会发展综述

2009年,是嘉定面临挑战、困难较多的一年。既有金融危机冲击、外需显著下降的外压,也有城市化水平不高、自身发展转型迫切的内压。在区委的坚强领导下,全区上下深入学习实践科学发展观,积极贯彻落实国家和本市出台的政策措施,以实现"四个确保"为目标,坚持"一核两翼"城市化发展战略,坚持保增长、调结构、扩内需和惠民生相结合,全力推动国民经济和社会平稳较快发展。经过一年的努力,全区经济回暖势头进一步巩固,社会发展水平不断提高,基本完成区四届人大四次会议确定的主要目标和任务。

(一)全面落实保增长措施,确保经济平稳较快增长

综合经济保持稳定。努力克服国际金融危机带来的不利影响,积极出台各项政策措施,确保经济平稳较快增长,全区经济呈现出稳步回升态势。实现增加值706.56亿元,可比增长7.87%,增幅达到年初预期目标。工业生产基本平稳,完成工业总产值2360.5亿元,同比增长9.25%。汽车零部件产业支柱作用进一步体现,完成产值577.4亿元,同比增长25.3%,占规模以上工业产值的32.1%。在汽车购置税优惠和家电补贴政策的带动下,居民消费继续提升,实现社会消费品零售总额209.1亿元,同比增长9.13%。政府收入结构进一步优化,完成地方财政收入68亿元,同比增长17%,超额完成年初目标,确保全区各项预算支出有序执行。企业效益逐步恢复,规模以上工业企业实现利润总额112.7亿元,同比增长35%。民营经济保持活力,私营经济小区实现税额123.3亿元,同比增长8.2%,新增纳税户数达到10654户。外向型经济发展趋稳,引进合同外资8.5亿美元,到位资金6.4亿美元。对外贸易降幅持续扩大局面得到遏制,完成外贸出口61.6亿美元,同比下降22.8%。

(二)重点加大投资力度,确保城市建设进一步聚焦

固定资产投资大幅提升。全年完成全社会固定资产投资293.5亿元,同比增长40.6%,创历年新高。其中工业投资完成96.4亿元,新开工项目138个,完成投资46.3亿元,市级"绿色通道"项目进展顺利。房地产投资完成126.8亿元,新开工面积279.9万平方米,竣工面积212.6万平方米。龙湖郦城、中冶祥腾等一批市场化楼宇相继开工,市场住宅供应量持续增加,不断满足百姓住房需求,全区新建商品房成交面积237万平方米,同比增长33%。

重点推动"一核两翼"城市建设。全力打造新城宜居环境,中心区内续建和新建道路21条,四大景观工程完成绿化、景观、水系面积38万平方米。老城改造稳步推进,州桥国家AAAA

级旅游景区申报成功。南翔大型居住社区动迁工作全面启动,江桥地区对接虹桥综合交通枢纽深入研究。国际汽车城体制机制进一步理顺,汽车城核心区扩大、汽车零部件出口基地建设有序推进。轨道交通十一号线通车试运营,轨道交通十三号线(嘉定段)如期启动。骨干道路加快建设,嘉盛东路建成通车,惠平路、桃浦路等重点道路顺利推进。全年基础设施投资完成43.3亿元,同比增长92.3%。功能性项目全面动工,新城规划展示馆建成使用,司法中心、妇幼保健院、初级中学等进展顺利,瑞金医院(嘉定)、博物馆、新城图书馆(文化馆)已于年内正式开工。社会事业投资完成11.1亿元,同比增长38.1%。

(三)积极推进结构调整,确保发展环境不断优化

节能减排成效显著。制定《嘉定区2009年节能降耗目标和工作安排》和《嘉定区节能技术改造项目专项扶持意见》,进一步落实节能减排责任,大力推进节能技改和成片淘汰。全区万元产值能耗同比下降10%,淘汰劣势企业392家,节约标准煤14.5万吨,盘活土地5221亩。积极推进第四轮环保三年行动计划,全区环保投入相当于增加值比例的3.1%,二氧化硫减排1953吨,化学需氧量减排3865吨。环境质量逐步改善,空气环境质量优良率92.3%,高于全市平均水平,区控断面平均综合水质指数为5.6,同比保持稳定。

产业扶持得到深化。出台《2009年嘉定区促进现代服务业发展扶持意见》、《促进总部经济发展若干意见》、《促进文化信息产业发展若干意见》等政策措施。积极推动文化信息产业集聚区、生产性服务业功能区建设,全年引进地区总部、研发中心、销售中心共10家,占全市引进总量13.8%。制定《嘉定区推进新能源汽车及关键零部件高新技术产业化行动方案》,一批新能源研发和生产企业相继入驻,新能源汽车及关键零部件产业基地加快推进。积极落实《嘉定区优秀人才住房优惠实施意见》,开展优秀人才住房配

售工作,加速优秀人才向嘉定集聚。

科技创新再上新水平。科研院所回归集聚速度显著加快,达成共建"中科院(嘉定)高新技术产业化基地"战略合作协议,多个科研院所的总部园区、产业化基地相继启动。产学研合作不断深化,钠硫电池产业化和强激光等重大科技创新项目落地。汽车研发实力有效增强,国内首个"汽车风洞"正式落成,环同济知识圈、研发港项目有序推进。继续推进"小巨人"计划,4家企业获评中国驰名商标,全年新增市级高新技术企业50家、市级科技小巨人企业5家。全区R&D投入相当于增加值的3.3%,科技进步贡献率达63%,完成各类科研、科普项目5000余项,新产品开发3538件,专利申请量达2560件。

(四)深入推动社会事业发展,确保民生持续改善

体制改革稳步推进。制定《关于进一步推进嘉定国资国企改革发展的若干意见》,组建绿洲投资控股集团公司、国际汽车城(集团)公司和新嘉商业投资公司。完善国资监管体系,完成国资监管信息系统一期建设,制订《嘉定区区属企业董事会建设指导意见(试行)》,探索企业法人治理结构的市场化建设。印发《关于进一步加强农村集体资产监督管理的若干规定》,重点推动农村集体资产管理的基础工作,进一步健全集体资产管理体系。

社会事业发展卓有成效。稳步推进教育经费区级统筹管理,提高使用效率。推进教育均等化,对第二批7所农民工子女学校进行设施设备改造,80%的农民工同住子女享受免费义务教育,2009年招收农民工子女达到公办小学总人数的42.1%。实施公共卫生三年计划,加强全区公共卫生体系建设,强化甲型H1N1流感等传染病防控工作,完善基本药品零差率制度,享受零差率服务达143万人次。举办"世博大家园——2009年嘉定区社区文化展演月"等迎世博迎国庆系列活动,成功举办第四届嘉定区运动会,群众文体活动进一步丰富。年内共建设完成3片社区公共运动场和20个农

民健身工程,体育健身设施不断完善。

就业保障体系进一步健全。出台《关于促进嘉定区大学毕业生创业、就业的实施意见(试行)》,积极落实就业、创业、培训补贴等各项政策。完善区、街镇、村三级公共就业服务机制,加强来沪人员就业管理和服务。全年新增就业岗位26988个,转移农村富余劳动力8173人,完成各类职业培训17767人,城镇登记失业人数7091人,控制在市下达指标以内,各类基本社会保障覆盖面达到98%。住房保障水平进一步提升,完成旧住房综合改造50万平方米,放宽廉租住房准入条件,廉租户达到387户。养老保障不断强化,新增养老床位656张,完成全年计划的164%,农村养老金最低发放标准提高到每人每月300元。居民收入保持稳定增长,城镇和农村居民家庭人均可支配收入分别达到24020元和13630元,同比增长8.0%和8.3%。

"三农"建设着力推进。不断加大农业投入,积极落实支农惠农政策,农业产业化步伐加快。设施菜田、设施粮田建设稳步实施,4家企业申报2009年市级农业产业化重点龙头企业,各项惠农政策补贴资金达到4241万元。成立嘉定区农村合作经济组织联合会,加强对农村合作经济组织的管理,积极开展合作社"三支一扶"工作。坚持以科技带动农业发展,加强对特色农产品技术攻关。深入推动新农村建设,优化农村生活环境,出台《关于新一轮扶持经济薄弱村的若干意见》,加快经济薄弱村路、桥改造,完成2072户村宅改造,完成翻建、维修危桥65座,改造路面7万平方米。

2009年这些成绩的取得,在面临国际金融危机冲击和自身发展转型双重考验的背景下,可谓来之不易。但我们应当清醒地认识到,嘉定正处在产城融合的关键时期,一些关键问题还需进一步研究和解决,如受土地、环境等资源制约,工业化的能级需要突破;受城市建设、综合管理等制约,城市化的水平需要突破;受社会建设、公共服务等制约,民生的改善需要突破。

(嘉定区发展和改革委员会)

大事记

编辑　孙培兴

2009 年十件大事

一、2月27日　区委四届八次全会召开。全会审议并表决通过《中共嘉定区委、嘉定区人民政府关于加快推进农村改革发展的实施意见》。

二、3月2日　嘉定区深入学习实践科学发展观活动动员大会召开。全区1359个单位、2647个党组织、49727名党员，分两批参加开展深入学习实践科学发展观活动。每批半年左右时间，分学习调研、分析检查、整改落实三个阶段进行。活动围绕"提升能力水平、实现'四个确保'、促进科学发展"实践载体，达到"党员干部受教育、科学发展上水平、人民群众得实惠"的总体要求。

三、3月28日　区委、区政府召开嘉定区精神文明建设暨迎世博工作推进大会，全面部署迎世博工作。

四、5月8日　嘉定区召开村（居）委会换届选举工作动员会，部署村（居）委会换届选举工作。

五、6月24日　作为上海市首批大型居住社区之一的江桥基地举行开工仪式。

六、6月28日　市政府〔2009〕53号文批复同意撤销安亭镇、黄渡镇建制，设立新的安亭镇，其行政区域为原安亭镇、黄渡镇的行政区域范围，面积89.28平方公里。

七、9月28日　嘉定区庆祝中华人民共和国成立60周年暨2009上海汽车文化节开幕大型文艺晚会在汽车博览公园举行。6位政要祝福，400名演员登台，8000名观众互动。

八、11月28日　中共中央政治局常委、国务院总理温家宝就加快转变经济发展方式、产业结构调整和升级等到中科院上海硅酸盐研究所考察。

九、12月24日　上海交通大学医学院附属瑞金医院（嘉定）开工典礼在嘉定新城举行。

十、12月31日　轨道交通十一号线试运营嘉定首发式暨表彰大会在轨道交通十一号线嘉定北站举行。

（区委办公室　区政府办公室）

2009 年大事志

1 日　迎世博"耐吉杯"迎春长跑活动在嘉定体育场举行,全区各镇、街道及机关企事业单位的2 000余名体育爱好者参加。

3 日　中科院上海光机所高功率激光元件研究与生产中心、上海新傲科技有限公司产业园项目在嘉定工业区产业创新中心奠基开工。

4 日　区级机关工会在区综合办公楼举行2009年"一日捐"捐款仪式,区四套班子领导和1 140名机关干部职工参加,募集善款10.74万元。

5 日　区委、区政府召开区域内高校科研院所负责人座谈会。

6～9 日　区政协四届三次会议举行。

7～9 日　区四届人大四次会议举行。

12 日　"翰墨正气"——嘉定区廉政文化书法绘画作品展在陆俨少艺术院展出。

13 日　奥托立夫中国区总部在嘉定工业区落户。

同日　嘉定区2009年文化、科技、卫生"三下乡"活动开幕式在外冈新苑举行。

19～24 日　区四套班子领导走访慰问驻区部队官兵和坚守岗位职工,看望优抚对象及困难群众,送上新春祝福。

22 日　区委召开加强党风廉政建设干部大会。

4 日　区委、区政府召开政法工作会议。

同日　区政府召开州桥老街创建国家AAAA级旅游景区工作研究会。

17 日　区委、区政府召开迎世博600天行动计划工作推进会。

18 日　市人大常委会副主任、市总工会主席陈豪到嘉定就进一步团结职工促进企业发展、做好农民工就业工作进行调研。

同日　区政府召开嘉定区第四届运动会动员大会。

19 日　副市长沈骏到嘉定区调研迎世博600天行动计划推进情况。

同日　市绿化和市容管理局与嘉定区结对共建新

农村示范点签约仪式在区综合办公楼举行。

20 日　区委召开街镇党委书记扩大会议。

同日　区委、区政府召开政府机构改革工作会议。

27 日　区委四届八次全会召开。全会审议并表决通过《中共嘉定区委、嘉定区人民政府关于加快推进农村改革发展的实施意见》。

同日　嘉定区被命名为"全国村务公开民主管理示范单位"。

2 日　嘉定区深入学习实践科学发展观活动动员大会暨党政负责干部专题研讨班开班式在区委党校举行。

5 日　2009"三八"妇女维权周启动仪式暨嘉定区妇女活动中心揭牌仪式在新成路街道社区文化活动中心举行。

6 日　嘉定区庆祝"三八"国际劳动妇女节99周年大会召开。

同日　嘉定区召开2009年卫生工作会议暨国家卫生区复审动员大会。

15 日　嘉定区2009年人力资源招聘洽谈会举行。237家企业提供岗位951个,1 549人达成录用意向。

同日　沪嘉高速公路始行弹性收费。

16 日　嘉定区召开海外人才工作协调会。

18 日　以"共建绿色家园、同迎世博盛会"为主题的嘉定区2009年全民义务植树活动在嘉定新城举行。

19 日　上海麒麟食品有限公司新厂区在安亭落成。

20 日　嘉定区领导班子和局级领导干部2008年度绩效考核工作述职测评会议召开。

同日　柬埔寨金边市市长盖竹德玛访问嘉定。

23 日　嘉定首家"网上警务室"——公安嘉定分局嘉城派出所"网上警务室"开通,提供户籍管理等19种有关证照办理和相关表格下载服务。

26 日　嘉定区迎世博"海宝欢乐行"活动启动。

28 日　嘉定区2009年精神文明建设暨迎世博工作推进会召开。

1 日　市委深入学习实践科学发展观活动指导组到

嘉定区调研。

5 日 "微笑的城市·满意的你"嘉定区迎世博窗口行业立功竞赛启动仪式举行。

7 日 区委召开常委扩大会议,会议传达市政府工作会议精神,听取一季度嘉定区经济运行情况分析,部署二季度工作。

8 日 "法律服务直通车"巡回宣传活动暨"世博·普法"嘉年华活动启动仪式举行。该活动至10月结束。

9 日 市政协在嘉定区召开区县政协主席例会,学习贯彻全国两会精神,探讨交流政协工作如何围绕中心、服务大局,为贯彻落实"四个确保"资政建言。

10 日 "世博大家园"2009年嘉定区社区文化展演月开幕式暨首场文艺演出拉开帷幕。

12 日 嘉定区举行2009上海汽车文化节暨"与车共舞"项目新闻发布会。

15 日 区委、区政府召开民营经济创新与发展恳谈会。

同日 "我与世博同行"系列讲坛开讲。

17～19 日 2009年F1世界锦标赛中国大奖赛在上海国际赛车场举行。12万人次车迷观摩。

18 日 "第七届中国汽车创新论坛"在嘉定工业区举行。

20 日 全球汽车精英组织秘书处落户嘉定。

21 日 嘉定区推进"睦邻点"建设现场会暨"上海市和谐社区建设嘉定镇街道实验基地"揭牌仪式举行。

同日 区残联举行嘉定区残疾人阳光职业康复援助基地成立揭牌仪式。

25 日 上海市行政管理学校迁建工程开工。

27 日 区委常委会、区政府党组举行解放思想交流会。

28 日 嘉定区举行劳动关系和谐企业表彰暨"五一"国际劳动节庆祝大会。

30 日 副市长沈晓明、赵雯分别到嘉定区调研食品安全、旅游工作。

同日 嘉定区举行纪念"五四"运动90周年暨第五届"嘉定十大杰出青年"颁奖典礼。

5 月

1 日 嘉定区开展迎世博倒计时一周年交通文明志愿者行动。志愿者在中心城区22个路口、6条主要路段、10个公交站点上,配合民警、协管员维护交通秩序,引导乘客文明排队、文明上下车,宣传交通文明,维护周边秩序。

3 日 区委副书记曹一丁召集区相关部门,传达市有关会议精神,紧急研究部署嘉定区防控甲型H1N1流感工作。

4 日 区委副书记、区长孙继伟,副区长夏以群先后到区疾病预防控制中心和区中心医院,视察全区甲型

H1N1流感的预防控制工作。

6 日 市委副书记、市长韩正到嘉定区调研轨道交通十一号线站点和配套工程建设及大型居住区规划情况。

8 日 嘉定区召开村(居)委会换届选举工作动员会,部署村(居)委会换届选举工作。

同日 嘉定区第三届残疾人运动会开幕。

9 日 中共中央政治局委员、市委书记俞正声一行到嘉定区调研。实地视察公安道口车驾系统的应用、装备设施、入市境车辆安检场地,现场观摩有关设备在道口实际操作演示,并就世博期间出入道口安检方案听取相关负责人的工作汇报。

11 日 嘉定区隆重举行升国旗仪式和座谈会纪念嘉定解放60周年。

同日 宝马上海培训中心举行开业典礼。

13～15 日 区委书记金建忠,区委常委、副区长庄木弟率嘉定党政代表团一行11人赴嘉定区对口支援地区——四川省都江堰市中兴镇进行慰问考察,代表嘉定人民向中兴镇捐赠灾后重建款20万元,签署《嘉定区——都江堰市中兴镇灾后重建对口援助协议》。

15 日 嘉定区"我爱我嘉,绿色迎世博"家庭志愿者15清洁行动暨"邻里互助一家亲,文明和谐迎世博"活动启动仪式举行。

17 日 第四届长三角地区青年歌手大奖赛决赛在嘉定影剧院举行。

18～20 日 嘉定博物馆推出"珍爱文化遗产,喜迎世博盛会——嘉定区第三次全国文物普查阶段性成果图片展",接待观众4 000余人次。

19 日 嘉定区开展迎世博工作检查。

21 日 副市长胡延照到嘉定区华亭镇视察农业发展情况,区委书记金建忠等领导陪同视察。

22 日 第八届嘉定区青少年科技节在嘉定二中开幕。

25 日 上海市"三夏"工作现场会在嘉定召开。

26 日 嘉定区农民专业合作社联合会召开成立大会。

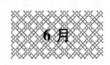

6 月

1 日 嘉定区与同济大学举行区校党委中心组联组学习会,签订战略合作框架协议,共建上海国际汽车城环同济知识经济圈及上海国际汽车城同济科技园,开展人才培养与教育卫生事业的合作。

2 日 在第五次全国军转表彰大会暨2009年军转安置工作会议上,嘉定区被授予"全国军转安置工作先进单位"荣誉称号,是上海市唯一获奖的区县单位。

9 日 上海市推进生产性服务业功能区建设工作会议在位于嘉定区江桥镇的上海西郊生产性服务业功能区举行,副市长艾宝俊出席会议并讲话。

10 日 中共中央政治局委员、市委书记俞正声,市

委常委、市委秘书长丁薛祥到嘉定区调研。俞正声一行察看相关企业,了解企业生产和研发情况;还察看了嘉定新城、南翔大型居住社区基地、农民宅基地置换试点社区——外冈新苑。俞正声在调研时指出,企业要立足自主创新,增加研发投入,实现关键技术和关键设备的自主研发和生产,降低产品的生产成本,提高核心竞争能力;要加快保障性住房和轨道交通沿线大型居住社区建设,进一步完善大型居住社区的市政、交通、商业、教育、医疗等配套设施,努力打造规划科学、工程优质、配套健全、环境优美的居住社区。

13 日 农业部部长孙政才一行到嘉定区视察农业工作,实地察看位于华亭镇的上海城市现代农业发展有限公司城市蔬菜超市基地,了解蔬菜生产情况,并与蔬菜基地负责人交谈。

15 日 中国人民解放军总后勤部政委孙大发一行到嘉定区视察东方肝胆医院(嘉定)项目建设情况。

18 日 北京银行上海嘉定支行开业。

24 日 作为上海市首批大型居住社区之一的江桥基地举行开工仪式。市委副书记、市长韩正出席仪式,并宣布项目启动。

25 日 区委书记金建忠、区长孙继伟率嘉定区党政代表团赴江苏太仓学习考察,双方就进一步加强两地间的合作签署行动计划框架协议。

27 日 嘉定区举行庆祝中国共产党成立88周年暨深入学习实践科学发展观活动专题报告会,区四套班子领导出席。

28 日 市政府〔2009〕53号文批复同意撤销安亭镇、黄渡镇建制,设立新的安亭镇,其行政区域为原安亭镇、黄渡镇的行政区域范围,面积89.28平方公里。

30 日 2009汽车发动机国际最新技术研讨会暨汽车发动机及零部件专场采购配对会在嘉定召开。

7 月

1 日 区政府召开新农村建设专题会议。

2 日 区委召开世博安保群防群治工作动员会议暨社会治安综合治理工作推进会议。区委书记金建忠在讲话中要求着力提升维稳工作水平,深入开展"平安嘉定"建设,着力强化基层基础建设,实现"以块保面,以面保点"的世博安保目标。会上,金建忠代表区委与部分街镇党委、行业主管部门签订《世博会嘉定区安全保卫工作责任书》。

4 日 嘉定区举行主题为"激情嘹城 盛世欢歌"的迎世博、迎国庆推进展示活动。市人大常委会主任刘云耕敲响迎世博倒计时300天世博鼓,市委宣传部副部长、市文明办主任马春雷为嘉定第60万名网上世博知识测试合格者颁发证书,区委书记金建忠开启迎国庆方案,区长孙继伟为"社区市民活动"征集选拔点授牌。

同日 市人大常委会主任刘云耕视察马陆镇澄城公寓世博知识大考场和马陆葡萄公园。

5 日 以"品马陆葡萄、赏世博宫灯、享美好生活"为主题的2009上海马陆葡萄节开幕。副市长胡延照出席开幕式并宣布葡萄节开幕。

7 日 区委组织部、区人力资源和社会保障局、团区委联合举行"青年人才回嘉行动"——2009年嘉定区大学生暑期赴基层服务锻炼启动仪式。

15 日 中共上海市嘉定区第四届委员会第九次全体会议在区综合办公楼广厦厅举行。会议审议通过关于加速城市化进程、促进"两个融合"主题的决议。

17 日 "2009中国上海汽车电子产业发展高层论坛"在上海汽车会展中心举行。

18 日 中共中央政治局委员、市委书记俞正声,市委副书记殷一璀,市委常委、市委政法委书记吴志明,市委常委、市委秘书长丁薛祥和副市长胡延照一行现场察看嘉定工业区虹桥村村民委员会换届选举,并与新当选的5名村民委员会成员亲切交谈。区四套班子主要领导观摩选举活动并参加座谈。

同日 副市长艾宝俊为上海市新能源汽车及关键零部件产业基地(嘉定)揭牌。

22～23 日 安亭镇隆重召开第一届人民代表大会第一次会议。会议选举产生新一届镇人大、政府领导班子。

25 日 第五十二届纽约广告奖颁奖典礼在嘉定工业区举行。

27 日 市人大常委会副主任杨定华一行到上海新傲科技有限公司调研。

28 日 区委、区政府举行庆祝中国人民解放军建军82周年军政招待会。

同日 由市政府侨务办、嘉定区政府、美中汽车交流协会共同主办的"华人华侨与上海国际汽车城发展——新能源汽车技术与产业发展研讨会"在上海国际汽车城举行。

8 月

3 日 上海市"深入推进法治城区创建试点"第二次联席会议在嘉定举行。

同日 由联合国儿童基金会、中国健康教育中心设立的上海市青少年爱心大使培训基地在嘉定诞生。

6 日 中科院上海技术物理研究所与嘉定区签署"院地合作"框架协议。

8 日 中科院电动汽车研发中心成立揭牌仪式在嘉定工业区举行。

10 日 全国政协常委、上海市经济团体联合会会长蒋以任率上海市汽车工业联合会、汽车配件流通协会等行业协会负责人,到位于上海国际汽车城的国家汽车及零部件出口基地(上海)调研。

11～12 日 第九届上海马陆葡萄节——马陆镇优质葡萄评比大赛在马陆葡萄公园举行。

17日　四川省都江堰市中兴镇党政代表团访问嘉定。

19日　2009上海汽车文化节"与车共舞"项目开机仪式在上海汽车会展中心举行。

20日　嘉定、杨浦、闵行、静安四区政协联合举办"辉煌六十年"庆祝中华人民共和国成立60周年和中国人民政治协商会议成立60周年书画摄影作品联展观摩会。

26日　区委召开区委常委会深入学习实践科学发展观活动群众满意度测评暨第一批学习实践活动总结大会。

27日　嘉定区开通廉政网络监察系统。该系统设政府投融资项目、工程建设不良行为记录、稳粮资金、优秀人才住房保障资金、审计中介、社会救助金6个监管平台。

30日　中央信访工作督导组第六组组长王世元一行到嘉定调研信访工作。

9月

4日　区委召开第二批深入学习实践科学发展观活动动员大会。参加第二批学习实践活动的单位主要包括各镇、街道、嘉定工业区、菊园新区、村、居民区、学校、医院和"两新"组织等。

5日　嘉定区举行庆祝新中国成立60周年汽车之旅发车仪式暨世博窗口服务日活动。

7日　嘉定区举行庆祝新中国成立60周年暨第二十五届教师节大型歌会。

9日　市委副书记、市长韩正,市政府秘书长姜平到嘉定调研嘉定新城建设推进情况。韩正实地察看城市规划展示馆、司法中心、蓝湖郡居住小区等在建项目。

10日　上海文化信息产业园在京举行招商推介会。

同日　上海市侨商会嘉定分会成立。

10～14日　第四届上海进口汽车博览会在上海汽车会展中心举行,展出面积达5万平方米,参展品牌达30个。

14日　区委召开常委扩大会议,专题听取嘉定新城建设推进情况汇报,研究部署嘉定新城发展战略,着力建设最具带动力的新城。

17日　嘉定区首批"农家乐"经营户营业执照颁照仪式在华亭镇毛桥村举行。

同日　嘉定区质量创新基地揭牌成立。

18日　嘉定区举行领导干部双月报告会。全国政协副主席、科技部部长万钢应邀作题为"世博与科技"的专题报告。

19日　中国首个地面交通工具风洞——上海地面交通工具风洞中心在同济大学嘉定校区落成启用。

同日　嘉定区开展首次防灾警报试鸣和民众防护疏散演练活动。

21日　区委召开党政负责干部会议,传达、学习党的十七届四中全会精神。

同日　嘉定区举行优秀人才住房保障扩大试点工作推进会暨首批配售房、租房补贴发放仪式。

22日　嘉定区工青妇各界庆祝中华人民共和国成立60周年纪念大会隆重举行。

同日　2009年上海孔子文化周在嘉定孔庙开幕。

25日　2009上海旅游节、上海购物节嘉定系列活动暨上海南翔小笼文化展在南翔老街开幕。

同日　2009中国(上海)国际跨国采购大会汽车零部件分会在上海汽车会展中心开幕。

26日　嘉定区第四届运动会开幕式举行。

27日　嘉定区学习实践科学发展观活动宣讲团成立。

28日　嘉定区庆祝中华人民共和国成立60周年暨2009上海汽车文化节开幕大型文艺晚会在上海国际汽车城汽车博览公园举行。6位政要祝福,400名演员登台,8 000名观众互动。

同日　第四届台商庙会在上海汽车会展中心开幕。

29日　区纪委、区委组织部、区委宣传部举行新任处级领导干部集体廉政谈话暨廉政教育活动动员会。

10月

1日　区四套班子领导集体收看国庆阅兵电视直播,共同感受祖国的繁荣富强,见证祖国的发展变化。参观"甲子留痕——嘉定区庆祝中华人民共和国成立60周年大型图片展",出席庆祝新中国成立60周年大型游园活动。

10日　区委召开街镇党委书记扩大会议。

13日　智慧金沙·3131创意产业集聚区获市级创意产业集聚区授牌,实现嘉定区该类型市级园区零的突破。

同日　注册在徐行经济城的上海网宿科技股份有限公司在深交所创业板发行上市,首次公开发行2 300万股人民币普通股(A股),每股定价24元。

14日　卫生部副部长王国强率领卫生部深入学习实践科学发展观巡回指导组,到嘉定区调研基层医疗卫生单位学习实践科学发展观活动。

15日　区委中心组举行学习扩大会,专题学习党的十七届四中全会精神。

17日　嘉定760辆区域性出租车起步价从9元调整到10元;超出3公里起租里程后,每公里单价由2.10元调整为2.40元。

20日　2009嘉定区文化信息产业基地推介暨政策发布会举行。

21～22日　苏浙皖沪三省一市行政审批(服务)中心主任联席会议第十二次全体会议在嘉定区召开。

27日　嘉定区学习实践科学发展观活动文艺演出

队巡演启动仪式暨首场演出在嘉定工业区举行。

同日 "2009 年各地在沪商会(企业)区县系列活动——嘉定行"活动在嘉定举行。

28 日 嘉定区 2009 年"班长工程"——村(居)委党组织书记培训班开班。

3 日 嘉定区召开 2009 年度科技奖励、高新技术产业化暨人才工作推进大会。会议举行海外高层次人才创新创业基地、嘉定区科技创新服务中心揭牌仪式,并为获得十大杰出人才奖、提名奖以及科技进步一等奖、二等奖的单位和个人颁奖。

同日 嘉定区举办上海国际汽车城现代服务业专题推介会。

3~4 日 区委成立 6 个考核组,重点对全区 24 个基层党委(党工委、党组)落实党风廉政建设责任制情况开展专项检查考核。

6 日 由嘉定区政府和上海网宿科技股份有限公司联合举办的"新的平台、新的起点——上海网宿科技股份有限公司创业板上市庆典"活动在浦东国际会议中心举行。

9 日 嘉定工业区与江苏省盐城市建湖县开发区合作开发的嘉定工业区建湖科技工业园揭牌。一期总投资 10 亿元,占地 72 公顷,已引进投资项目 22 个。

同日 嘉定区举行城乡互动世博主题体验之旅示范点授牌和嘉定州桥国家 AAAA 级旅游景区揭牌仪式。

16 日 区委召开学习贯彻市委九届九次全会精神干部大会。

17 日 上海博泽汽车零部件有限公司举行新厂房落成典礼暨公司十周年庆典。

18 日 世博论坛暨第四届嘉定汽车论坛在嘉定新城规划展示馆举行。

20 日 嘉定区举行农业银行嘉定支行小企业金融服务中心揭牌暨银企合作协议签约仪式。

21 日 大连万达集团规划投资 40 亿元、用地 18.67 公顷、建筑面积 55 万平方米的江桥万达广场项目开工,这是该集团在上海继五角场、浦东周浦投资后的第三个大型项目。

23 日 "集聚与共赢——2009 嘉定区总部经济发展恳谈会"召开。

24 日 嘉定区举行村(居)委、学校关心下一代组织挂牌仪式。

25 日 嘉定区与上海交通大学、市教委共同举行合作签约仪式,签订上海交通大学附属中学嘉定分校合作办学协议书。

同日 嘉定区联合中科院上海分院、复旦大学、同济大学、上海大学共同举办"2009 嘉定区产学研合作洽谈会"。

27 日 嘉定区召开高新技术产业化推进会。

28 日 中共中央政治局常委、国务院总理温家宝到中科院上海硅酸盐研究所考察。

29 日 嘉定区组织全区各级党组织和 2 万余名党员集中开展以迎世博环境清洁整治为主要内容的"世博先锋行动"主题实践日活动。

2 日 区四套班子领导先后到南翔镇和嘉定新城,实地视察区内部分重大工程项目的建设情况,详细了解加速城市化进程的推进情况。

7~10 日 区四套班子领导分别召开委办局、街镇、区属企业调研座谈会,听取各单位 2009 年工作汇报,共同谋划 2010 年工作。

7 日 华东计算技术研究所新基地落户嘉定区签约仪式举行。

8 日 "嘉北人民法庭"、"嘉定区人民法院诉调对接中心"、"嘉定区社会矛盾纠纷调解中心"揭牌仪式举行。

同日 国内网购交易巨头"京东商城"华东区总部落户嘉定工业区。

9 日 副市长胡延照一行到外冈镇调研宅基地置换工作。

12 日 市委常委、统战部部长杨晓渡到嘉定调研党风廉政建设工作。

15 日 嘉定区基层武装工作规范化建设现场会召开。市委常委、上海警备区司令员江勤宏少将,区委书记金建忠出席现场会并讲话。

同日 副市长赵雯到南翔镇实地考察人口计划生育综合服务工作。

17 日 嘉定区经济工作会议召开。

18 日 建筑面积 2000 平方米,由汽车基础知识、汽车设计与汽车制造 3 个功能区和 1 个游乐体验区组成的汽车探索馆在上海汽车博物馆落成开放。

22 日 区四套班子领导集体学习和讨论市经济工作会议精神。市委常委、市委秘书长丁薛祥出席。

同日 嘉定区"十二五"规划编制动员暨工作布置会议召开。

23 日 上海绿洲投资控股集团有限公司揭牌仪式暨"绿洲香格丽花园"开工典礼举行。

24 日 上海交通大学医学院附属瑞金医院(嘉定)开工典礼在嘉定新城举行。

31 日 轨道交通十一号线试运营嘉定首发式暨表彰大会在十一号线嘉定北站举行。区四套班子领导出席活动,为轨道交通十一号线优秀建设者代表颁奖,并向为嘉定经济社会发展作出杰出贡献的人员代表赠送轨道交通十一号线试运营嘉定首发式纪念卡。

同日 嘉定区新能源公交车启用仪式在嘉定公交新城站举行。 (申 文)

编辑　孙培兴

轨道交通十一号线（嘉定段）建设

【概况】　轨道交通十一号线（嘉定段）被喻为嘉定经济社会发展的"生命线"、嘉定市民和谐安康的"致富线"。新世纪初，在市委、市政府领导重视、支持下，嘉定区委、区政府着眼于夯实经济发展基础，增强嘉定发展后劲，审时度势，作出建设轨道交通的重大决策。

2002年8月，上海嘉定轨道交通建设投资有限公司（简称区轨道公司）应运组建，其主要职能是代表区政府对轨道交通十一号线（嘉定段）进行投资管理，具体承担动拆迁、投融资等工作推进和站点综合开发任务（与2005年3月成立的区轨道交通前期工作总指挥部办公室合署办公）。2003年4月，轨道交通十一号线（嘉定段）工程建设实体单位——上海申嘉线发展有限公司由嘉定区与上海申通集团共同出资组建成立。为配合F1赛事在嘉定的举行，同年7月，在建设上海国际赛车场的同时，轨道交通十一号线上海赛车场站及附属设施工程率先鸣锣开工。2004年末，嘉定区在学习借鉴相关国家和地区的轨道交通建设经验基础上，结合当地实际提出"交通引导开发模式（TOD）、"地铁+物业"开发模式（MPD）、站点综合体开发模式（SID）"的三大轨道交通建设开发新理念，开内地轨道交通站点综合开发之先

河。按照"三大理念"，经反复比较、论证，十一号线线路走向、站点规划设置及线路敷设方式等于同年底全部落地。

"轨道建设，动迁先行"。2005年11月11日起，轨道交通十一号线（嘉定段）动迁腾地全面启动。同年12月28日，嘉定新城站、嘉定北站破土动工。2006年5月，轨道交通十一号线支线安亭方泰区域动迁腾地提前完成，坐落该地段的上海国际赛车场站至昌吉东路站地下段盾构施工如期施工并顺利掘进，支线地下段工程建设由此全面铺开。6月30日，在区轨道交通前期工作总指挥部办公室的协调努力下，在沿线地方政府的全力推进下，嘉定段沿线规划红线内的动迁腾地宣告全面完成。轨道交通十一号线（嘉定段）包括站点综合开发与市政配套项目动拆迁任务在内，沿线共有136家企业、584户私房、312亩绿化为建设开发顾全大局而进行腾地搬迁，使嘉定段工程建设自此全线顺利推开。至2007年底，轨道交通十一号线（嘉定段）主线及支线先后完成跨越沪宜公路、宝安公路、G1501上海绕城高速、胜辛路、城北路、米泉路等厢梁架设施工任务，历时2年取得全线高架立柱土建和厢梁架设、

主线高架段和支线隧道段实现全线结构贯通的战绩。

2008年5月30日始，实施路轨铺设、接触网和信号线架设等工程，施工人员战高温、冒严寒，排除各种不利因素，克服施工困难，不断优化施工环节，强化施工组织，坚持钢轨铺设精度，确保施工质量和节点，赢得工期进度。

2009年6月30日，轨道交通十一号线迎来由南车集团株洲机车厂制造的首列轨道车辆，随后12列A型列车

敷设胜辛路地下管道

（区轨道公司供稿）

到位并先后上正线运行调试。2009年12月31日上午九时,轨道交通十一号线北段一期工程主线正式开通试运营,嘉定区由此跨入轨道交通新时代,它为嘉定新一轮经济社会发展注入了生机和活力,对嘉定未来发展、加速城乡一体化建设意义深远。

【十一号线嘉定段运营准备就绪】 至2009年11月底,轨道交通十一号线(嘉定段)车站装修与设备安装工程进入收尾阶段。高架区间段全线贯通,其中主线全线段、支线(嘉定新城站至赛车场站段)以及赛车场车辆段已移交运营单位。嘉定新城主变电站已完成变电站结构施工并受电负荷运行。嘉定北站停车列检库和折返线已经建成。路轨铺设、触网架设、通讯信号等工程与调试列车磨合有序进行。至12月,十一号线(嘉定段)一期工程地下车站装修与设备安装进入工程收尾阶段,全线机电设备、信号系统调试工作紧张有序进行。12列地铁列车就位,其中9列上线调试完毕。列车运营管理单位提前介入,区域站长、值班站长、列车司机和站务管理人员等入站进驻。站台移动隔离护栏、运行信息显示屏、自动售票、检票系统、引导指示及监控装置等已安装就绪,站点周边道路地铁交通导向牌基本设置完成。

【十一号线北段一期主线开通试运营】 2009年12月31日上午,轨道交通十一号线北段一期宣告正式开通试运

4月17日,施工人员在站台顶棚上安装触网固定构件

(区轨道公司供稿)

营。轨道交通十一号线主线试运营期间,共配备12列A型列车,实行单一交路运行方式,具体运营时段为9:00~16:00,运营间隔约9分半钟。试运营3个月后,地铁运营方将根据实际情况逐步过渡到5:30~23:00。十一号线可在曹杨路站换乘三、四号线,在江苏路站换乘二号线。十一号线支线上海赛车场站、昌吉东路站、上海汽车城站和安亭站等4个站点,由于京沪高铁建设原因暂未开通,计划于2010年一季度通车试运营。

【十一号线北段一期工程概况】 十一号线北段一期全线线路起点为嘉定区嘉定北站,终点为长宁区华山路中间

公交嘉定北站　　　　(区交通局供稿)

风井;支线段起点为嘉定新城站,终点为安亭镇安亭站。线路呈西北—东南走向,途径嘉定、普陀、长宁三个行政区。线路全长46.008公里,设21座车站,地下线长21.675公里,高架线长22.284公里,地面线长2.049公里,其中主线嘉定北站至华山路中间风井全长32.995公里,设16座车站,支线嘉定新城站至安亭站全长13.013公里,设4座车站。

【站点市政配套项目建设】 区轨道公司加快推进轨道交通、市政配套项目道路交通建设,部署落实轨道交通十一号线(嘉定段)9个站点,周边区域28条市政道路、8个站点公交枢纽,以及区迎世博重点领域行动目标项目建设。十一号线(嘉定段)站点市政配套道路总长22.7公里,总投资约18.4亿元。其中胜辛路改扩建工程于2009年底实现主车道通车。昌吉东路(原规划桃浦路)跨蕴藻浜大桥是上海内河航道上(除黄浦江外)单跨跨径最大的桥梁工程项目,年底已完成桥梁主体结构工程,于2010年上海世博会开幕前竣工通行。嘉定段站点周边区域配套道路及临时公交枢纽等市政配套项目在十一号线开通试运营前全部交付使用。

【站点配套公交枢纽建设】 10月12日,嘉定北站公交枢纽项目建成并移交区公交运营公司。该公交枢纽规划面积5000平方米,总投资200万元,

共配置 14 条公交线路,配车 52 辆。11月 5 日,嘉定西站、安亭站公交枢纽分别建成并同日移交。至轨道交通十一号线(嘉定段)开通试运营,在主线上配套的其它公交站点也相继建成移交并投入运行,实现与轨道交通十一号线(嘉定段)轨道交通站点的无缝衔接。

【站点综合开发招商引资】 年内,区轨道公司先后组织 10 余次招商推介活动,吸引 30 余家国内外知名开发商到嘉定洽谈和考察。先后完成嘉定西站、上海汽车城站与昌吉东路站综合开发地块招商出让工作,共引进资金 15.34 亿元,顺利实现轨道交通十一号线(嘉定段)站点综合开发招商引资计划目标。至年底,站点综合开发累计出让土地 1322.37 亩,引进资金 45.72 亿元,引进中信泰富、中国台湾日月光、日本丸红等一批国内外知名发展商。

【站点综合开发项目初具形象】 2009年,轨道交通十一号线(嘉定段)南翔站、马陆站、嘉定新城站、嘉定北站、嘉定西站、安亭站、白银路站等 7 个站点综合开发项目相继开工建设,总开工面积达 35 万平方米,已完成工程量 20万平方米。其它站点综合开发项目建设也全面展开,嘉定段站点综合开发项目初具形象。

【轨道交通沿线环境整治】 根据区政府关于整治国道、省道、轨道的"三道"干线战役要求,区轨道公司会同区相关部门,以沪嘉高速沿线环境整治为突破口,加大推进轨道交通十一号线(嘉定段)沿线环境整治力度,全面落实轨道沿线环境整治工作。2009 年共完成清理渣土垃圾 16.4 万立方米,平整场地 370 亩,补种绿化 356 亩,拆除临时设施 13 处,共计投资 8300 余万元。年底,启动轨道沿线两侧 30 米区域绿化补种工作。通过整治,轨道交通十一号线(嘉定段)沿线环境得到有效改观。

【轨道交通(嘉定段)动迁腾地】 年内,在区相关部门支持配合下,区轨道交通前期工作总指挥部办公室组织力量重点攻关,完成轨道交通十一号线(嘉定段)动迁扫尾和轨道交通十三号线(嘉定段)动迁腾地任务。全年共完成动迁企业 30 家,居民 19 户;搬迁绿化 104 亩。

【落实嘉定段轨道沿线土地储备计划】 年内,区轨道公司加大与轨道沿线地方政府及相关职能部门的沟通协调力度,积极落实可储备地块。至年底,已落实占地 288 亩的南翔毛家弄地块和占地 250 亩北水湾 A 地块土地储备计划,红石路地块及南翔大型社区动迁基地等土地储备工作已全面启动。

【轨道交通投融资】 2009 年,区轨道公司坚持规范企业运作,注重风险防范,全年继续保持良好的财务状况,充足的银行授信,资金运行安全稳健。资金筹措方面:全年共融资 25.57 亿元,其中区财政投入 1.5 亿元,全年银行贷款及其它融资 5.25 亿元。新增银行授信 23 亿元,银行授信余额 42.7 亿元。同时,加大专项资金筹集力度,提取轨道专项资金 9.5 亿元,动迁资金返还 4.24 亿元,收回委托贷款等款项 4.94 亿元,其它收入 0.4 亿元。资金支付方面:全年完成投资 23.83 亿元,支付资金 23.06 亿元,其中支付动迁款 1.71 亿元,股权投资 7.2 亿元,在建工程 6.47 亿元,土地储备 6.75 亿元,财务及管理费用 0.43 亿元等。

【轨道交通安全、质量、行政效能监察】 年内,区轨道公司会同相关部门坚持实行轨道交通安全、质量、行政效能监察联席会议制度,组成轨道交通安全、质量、行政效能专项检查小组,不定期地开展专项检查,确保轨道交通建设的工程质量与安全。年中,落实开展以"安全生产执法"、"安全生产治理"、"安全生产宣传教育"等 3 项行动,共检查施工单位 16 个,发现安全生产隐患 36 项,对存在问题的单位责令限期整改。以胜辛路改扩建工程为试点,开展比工程项目安全、比文明施工、比项目质量、比项目进度和比和谐推进的"五比"竞赛。做好节假日及灾害性气候情况下的安全生产工作,坚持开展以安全生产和强化工程质量为内容的宣传、教育、培训,全年开展安全生产、工程优质教育活动 20 余次,确保轨道交通工程建设的安全与质量。

【轨道交通"平安建设"】 2009 年内,区轨道交通前期工作总指挥部办公室着眼于维护社会稳定大局,认真、及时、妥善处理阻挠施工、群众上访、来信来访等各类事件 30 件次,及时化解涉及 8 个街镇的 100 余户村民、10 余家企业的施工矛盾和冲突,切实维护轨道沿线企业和居民的合法利益,确保轨道交通建设开发工程的稳步推进。

(王旭虹)

嘉定新城建设

【概况】 2009 年,嘉定新城建设坚持"规划先行、动拆迁先行、基础设施先行、功能性项目先行"的目标,落实"著名建筑师、著名投资开发商、著名施工单位、著名工程项目"的理念,在"聚焦一个核心、延伸两翼"的城市化发展战略的指引下,重点推进城市基础设施、社会事业等功能性项目建设,基本形成中心区伊宁路以北骨干道路框架体系和以"四大景观"为代表的生态环境体系,动迁腾地工作加速推进,招商选资取得突破性进展,市场化项目建设有序推进。瑞金医院(嘉定)新建、"紫气东来"景观工程、新城地产白银路项目相继开工,惠民家园项目复工,远香舫(一期)和龚家浜样板河(整治)景观工程等项目竣工,保利置业、平土、世茂、龙湖地产集团和广东中长信投资管理、上海中导投资有限公司等 6 个单位分别签约投资建造五星级酒店。年中,嘉定新城的开发建设得到市委、市政府领导的高度重视,市委书记俞正声和市委副书记、市长韩正先后视察、调研嘉定新城,肯定新城建设所取得的成效,并对嘉定新城今后的发展作出重要指示。中共嘉定区委召开常委扩大会议专题研究部署嘉定新城建设。2009 年,嘉定新城中心区 17.23平方公里进入高密度、高质量、高品位的集中建设阶段,总投入已达 86 亿元,司法中心、规划展示馆、妇幼保健院、新城初中、幼儿园及嘉定新城站、白银路站的两个轨道站点等一批功能型项目加快建设,远香湖、环城林带等四大生态环境项目全面启动,市政基础配套设施同步实施,中心区形象初步显现。嘉定新城已有保利五星级酒店及保利荷花会所、绿地商住综合项目、西云楼休闲商业广场、上影集团嘉定电影文化项目、中国移动综合信息大楼、上海盘古国际学校及配套项目、汤臣平土D9商业地块、绿洲公寓、远香广场和E08-1地块、嘉定电力大厦综合商办等11个招商项目落地，总投资额超过100亿元。嘉定新城获2008~2009年"中国最佳生态宜居城市"称号。

【市委市政府领导视察嘉定新城】 6月10日，中共中央政治局委员、中共上海市委书记俞正声在市委常委、市委秘书长丁薛祥，中共嘉定区委书记金建忠，区委副书记、区长孙继伟等领导陪同下视察嘉定新城。俞正声实地察看新城中心区东云街龚家浜景观工程现场，参观建成的景观工程和建筑小品，对嘉定新城取得的初步成效表示肯定，并且鼓励嘉定要更好更快地建设嘉定新城，成为上海名符其实的城市副中心和大都市的后花园。9月9日，中共上海市委副书记、市长韩正一行莅临嘉定新城中心区，深入调研和推进嘉定新城规划和建设事宜，并在现场破解建设中遇到的问题。韩正指出：嘉定新城建设基础好、起步早，产城融合定位明确，加上轨道交通十一号线即将开通，所以，嘉定新城是最具备发力和带动力的一个新城，它必将成为"十二五"计划中郊区新城建设和发展的领头羊。韩正着重指出，郊区新城建设是事关全局的一项重大工作。在新城建设的推进过程中，一定要做到"四个坚持"：坚持规划引领，要以高起点、有特点的规划引领后期建

设发展，嘉定新城把湖和河紧密结合，做好了水的文章；坚持基础设施先行，加强软、硬基础设施的结合，传承江南水乡文脉，打造生态宜居城市；坚持功能开发、产业化城市化互融发展，把新城建成有人气、有生气、多元化的城市。嘉定新城定位早，定位准，产城融合互动两手抓；坚持社会服务同步，让当地居民和农民共享建设成果。嘉定新城把好的地块建造动迁安置房，并且规格高，品位高，这一点可以作为指导思想要坚定不移。他高度评价嘉定新城建设中"动迁农户就地安置"的做法，要求其它区县学习借鉴这一经验。其间，韩市长在远香湖区种植一棵大型香樟树。2月19日，上海市副市长沈骏率市发改委等10余个职能部门领导到嘉定新城中心区视察与调研。

【区委召开常委扩大会议专题研究部署嘉定新城建设】 9月14日，区委召开常委会扩大会议，专题听取和研究嘉定新城建设推进情况，并根据韩市长莅临嘉定新城调研的重要讲话精神，部署全力、整体加快推进嘉定新城建设工作。区委书记金建忠，区委副书记、区长孙继伟，区委常委、副区长庄木弟，区人大常委会主任陈士维，区政协主席周关东，区领导张敏、汪紫俊、胡炜、韩晓玉、贝晓曦等出席。金建忠指出，2009年以来，嘉定新城扎实有序推进，具备全面发力和带动力的各项基础。下一阶段要着重抓好五个方面工作：一是要继续加强规划设计，要对新城中心区的控详规划进行不断

深化、细化和完善；要对新城主城区的控详规划加紧进行深入研究，尽快筹划和完善更大范围的控详规划；要根据嘉定新城组团型新城的特点，统筹研究南翔、安亭地区的区域规划，确保"一核两翼"（聚焦一个核心、延伸两翼）相互对接；二是要继续加快市政基础设施建设，同步推进软硬件建设。在硬件上，要注重市区联动，加快推进道路交通、公建配套工程建设；在软件上，要聚焦早出形象，加快推进水系、绿化、环境等建设，2010年上半年要基本建成四大生态系统景观工程；三是要继续加大动迁力度，加强土地储备，确保嘉定新城建设按照时间节点整体有序推进；四是要继续加快推进各项社会事业项目建设，确保项目早开工、早建成，市民早受益；五是要继续坚持高品质开发理念，确保在建、筹建项目都成为世纪精品。

【司法中心主体结构封顶】 至年底，该工程项目的三大主楼和裙房的主体结构均已封顶，其它配套设施工程建设顺利进行。该项目工程各单体结构4~18层，总建筑面积98646平方米，总投资5.15亿元，内墙粉刷全部完成，空调供回水管和尾面排水立管及龙骨敷设基本完成，并进入二次装修和综合业务智能化系统建设阶段。司法中心工程项目开工以来，累计完成混凝土浇筑5.65万立方米，钢筋工程量1.43万吨。

【新城中心区动迁企业26家、居民520户】 2009年，新城中心区与嘉定工业区、马陆镇共签约企业12家、居民698户，总占地面积57.07公顷。年内动迁企业26家、居民520户，腾地27.07公顷，安置劳动力165人。依法对位于嘉定新城中心区马陆镇域1~2动迁基地拆迁范围内的某动迁户实施房屋拆迁强制执行。

【新城中心区出让土地73.64公顷】 年内，嘉定新城中心区共出让土地12幅，计73.64公顷。其中商业用地17.72公顷，住宅和办公用地55.92公顷。出让金总额82.27亿元，其中商业用地出让金21.85亿元，住宅和办公用地出让金60.42亿元。

区委书记金建忠视察嘉定新城建设　　（新城公司供稿）

【东云街项目建设】 5月8日，东云街

嘉定新城东云街区一景 （陈启宇 摄）

四街坊由上海平土房地产开发有限公司开发建设的4-1地块开工典礼举行。该地块占地面积8 863平方米，建筑面积23 416平方米，是集休闲、办公于一体的工程项目。东云街2-4地块项目由上海威盛房地产开发有限公司开发，建筑总面积9 665平方米，其中地下一层2 401平方米，规划为集餐饮娱乐于一体的综合性建筑。东云街1-2地块商业办公楼为商业办公的综合性建筑，年内主体结构封顶。由上海大卫房地产开发有限公司开发建设的大卫国际大厦商务楼，是以金融、餐饮、娱乐、商务、办公于一体的地标建筑，总投资1.5亿元，占地面积5 702平方米，建筑面积27 158平方米（地下一层，地上十八层），建筑高度80米，5月28日结构封顶，年底竣工。东云街1-5地块商业办公楼群主体结构封顶，该楼群由一幢九层建筑物与围合式裙房组成，在空间景观设计方面渗透江南水乡的文脉特征。年内，东云街项目4-4、4-6、4-11、1-6、4-14等地块项目的建筑设计方案均通过专家组评审并通过，整体建筑方案体现传承江南城市元素、建筑形态、色彩遵循地方风味，建筑造型以简洁、现代为主，既满足商务办公的需求，又吻合景观建筑的美感，充分凸显传统与现代对话、流动与跳跃携手的生动活泼的建筑风格。

【市政基础设施配套建设】 年内，为确保轨道交通十一号线在2009年底运行，其主要配套项目——规划道路红

线宽度为50米的胜辛路改扩建工程全面实施，涉及4条道路天然气管道横穿胜辛路和4条规划道路预埋天然气管道，项目总投资5 073万元。为新城中心区提供相应燃气配套服务的伊宁路燃气调压站和管理用房项目年内竣工，总投资1 157万元。承担伊宁路以北，A30以南污水，以及伊宁路以南，永盛路以东，封周路以北范围的污水提升任务的伊宁路污水泵站工程经过6个多月的紧张施工，设备安装、调试工作完成，具备接纳、提升、输送污水的功能，工程总投资709万元。年中，完成10千伏伊宁变电站测绘和"风荷丽景"地块高压架空电力线的搬迁及宝塔路电力排管等工程。

【上海修仕倍励国际学校落户新城】
1月，上海修仕倍励国际学校（Shrewsbury International School Shanghai）落户嘉定新城，成为英国修仕倍励学校（Shrewsbury School）除泰国曼谷外的另一所分校，拟招收3岁~19岁的外籍学生，提供从幼儿园学前班到高中的全部教育课程。该项目地块标号为B22-1、B23-1，土地面积7.6公顷。其中，B22-1用于开发寄宿制国际学校及辅助设施，B23-1用于辅助住宅建设项目。

【嘉定新城城市规划展示馆开馆】 8月，嘉定新城城市规划展示馆经过一年多的改造、扩建后开馆。新城城市规划展示馆设规划结构布局和功能性项目、商务项目、市场性项目配套建设

及建筑节能材料项目展示。该馆采用地源热泵技术，中庭带动建筑内空气循环、隔热和遮阳等新技术和节能措施，为国内一流的城市展示馆之艺术经典之作。

【绿地集团参与新城建设】 3月31日，绿地集团与嘉定区政府签署战略合作协议，在嘉定新城开发建设、现代服务业建设和老城镇改造等三方面开展战略合作，项目总占地面积70公顷，总建筑面积150万平方米，总投资100亿元，建设周期为五年。上海市人大常委会主任刘云耕，市人大常委会秘书长姚明宝，中共嘉定区委书记金建忠，区委副书记、区长孙继伟，绿地集团董事长、总裁张玉良等领导出席战略合作签约仪式。在签署合作协议的项目中，嘉定新城双单路项目总用地面积16.67公顷，规划建筑面积35万平方米，将建设集商业、住宅、低密度住宅与配套商业、社区中心于一体的现代服务业综合项目。嘉定新城远香湖南侧项目总用地面积14公顷，规划建筑面积29万平方米，规划建设集高级商业、星级酒店、总部办公、小高层及高层公寓、低密度住宅于一体的项目。

【嘉定新城获"荷花新城"示范牌】 新城中心区荷花基地占地0.8公顷，共种植荷花1 480株，有20多个品种。7月4日，时值中国2010年上海世博会进入300天倒计时，为迎接世博、践行世博"城市，让生活更美好"的主题，《人民日报》《解放日报》上海电视台、腾讯网等国内百家媒体摄影记者集聚嘉定新城，举行为期三天的嘉定新城荷花摄影采风活动，将荷花主体形象完美融合新城发展建设中，充分显现嘉定新城的荷花元素。11月9日，嘉定区城乡互动世博主题体验之旅示范点授牌仪式在汇龙潭公园举行。嘉定新城作为嘉定区以"城乡生活、多彩'嘉'园"为主题申报成功的6个体验点之一，充分演绎"城市，让生活更美好"的世博主题，嘉定新城获"荷花新城"示范牌。

【嘉定新城项目签约暨推介会召开】
5月18日，嘉定新城项目签约暨推介会召开，区四套班子领导出席。为进一步加快嘉定新城的开发建设，会上

重点推出 14 个地块土地 55.55 公顷，涵盖住宅、办公、酒店、商业、会所等项目类型。上海嘉定新城发展有限公司分别与保利置业有限公司、绿地集团、上海易端投资有限公司就保利五星级酒店、绿地商住综合项目、西云楼文化特色商业街等 3 个代表性项目签约。会议吸引新鸿基房产、上海万科、上海商投、华侨城、复地集团、和记黄埔、世茂集团、华润集团、大众房产、凯德置地、中锐地产等 70 多家国内外著名房产开发及投融资企业代表。

【瑞金医院（嘉定）项目开工】 12 月 24 日，上海交通大学医学院附属瑞金医院（嘉定）开工典礼在嘉定新城隆重举行。卫生部部长陈竺代表卫生部发来贺信。中共上海市委副书记、市长韩正代表上海市人民政府发来贺信。副市长沈晓明，市政府副秘书长翁铁慧，中共嘉定区委书记金建忠，区委副书记、区长孙继伟，上海交通大学副校长、医学院院长、医学院附属瑞金医院院长朱正纲，上海交通大学党委副书记、医学院党委书记孙大麟，中共嘉定区委副书记曹一丁等领导出席仪式。瑞金医院（嘉定）位于嘉定新城中心区核心位置，医院紧邻轨道交通十一号线嘉定新城站，从车站步行至医院仅需 5 分钟。医院总占地面积 14 公顷，建筑面积 7.2 万平方米，绿化率 44%。核定床位 600 张，设 30 个临床医技科室。瑞金医院（嘉定）建设工程计划 2011 年竣工。

【新城初级中学项目竣工】 12 月 23 日，嘉定新城初级中学项目竣工通过验收。该项目位于嘉定新城中心区合作路宝塔路口，项目总占地面积 3.53 公顷，总建筑面积 20585 平方米，项目设计规模为部分寄宿制的初中部共 24 个班级。项目主体建筑为 3 层，局部 4 层，结构设计采用现浇钢筋混凝土空心楼板的新工艺，教学楼底层采用架空形式，保证学生有空旷的活动场地和比较开阔的视野。学校运动场总占地面积 9000 平方米，场地包含 100 米直行跑道、250 米非标圆形跑道、60×40 米 7 人制足球场、三座标准室外篮球场及跳远跳高双杠单杠等设施。

【嘉定新城图书馆（文化馆）项目开工】 11 月 18 日，嘉定新城图书馆（文化馆）项目开工。嘉定新城图书馆（文化馆）是嘉定区的公共文化事业项目，是综合性、多功能、多载体、智能化的大型二级功能性项目。该项目位于新城中心区景观主轴"紫气东来"的远香湖公园旁，北临塔秀路，东依德立路，南向天祝路，西邻裕民南路。总占地面积 2.27 公顷，总建筑面积 1.85 万平方米，总投资额 2 亿元。该项目由国内知名设计公司马达思班建筑设计事务所（该所被美国设计杂志《建筑实录》评为世界十位"设计先锋"）负责，在设计上将图书馆和文化馆两个功能区分设，两者之间设有共享区域。该项目由上海市机械施工有限公司中标桩基工程，上海建腾建筑工程的监理公司负责工程施工。工程预期 2011 年竣工并交付使用。

【伊宁路立交方案通过专家评审】 伊宁路是嘉定新城中心区横贯东西的主干道，方案涉及范围东至沪宜公路、西至规划复华路。全线包括横沥河桥和伊宁路—A12 立交，工程预算总投资 5.23 亿元，其中建安工程费 2.99 亿元；工程建设其它费 3927.26 万元；预备费 3381.84 万元；公用管线费 3086 万元，管线搬迁费 2989.11 万元，征地拆迁费 9000 万元。伊宁路—A12 立交项目是新城入城景观的重大项目，7 月下旬，新城公司完成项目编制和报批工作。8 月，项目方案经专家评审通过。

**【上海交大附中嘉定分校落户嘉定新

嘉定新城图书馆（文化馆）项目效果图 （新城公司供稿）

城】** 11 月 25 日，嘉定区人民政府、上海交通大学和市教委举行上海交大附中嘉定分校合作办学协议书签字仪式，嘉定区区长孙继伟、上海交通大学校长张杰、市教委副主任尹后庆分别代表三方签约。副市长沈晓明出席并作重要讲话。根据协议，三方合作在嘉定新城设立交大附中嘉定分校，同时将交大附中的国际部迁入嘉定分校。交大附中嘉定分校位于嘉定新城中心区北部 A05-1、A05-2 地块，按照市实验性示范性高中标准建设，占地 10 公顷，设 24 个高中教学班（附设国际部 12 个教学班）。计划 2010 年 8 月全面开工建设，2012 年 9 月投入使用。交大附中嘉定分校建成后，将实行"一校两区"制，嘉定分校与本部实行一体化运作，即实施教育资源共享，教学管理方法同步，整体综合联动的操作模式。由交大附中负责调配和招聘优质师资力量，嘉定区教育局给予政策支持，探索新型办学模式，确保项目建成后，正常开展教学管理工作，并不断提升教学质量和办学水平。

【宝塔路、双单路等 6 条道路开工】 宝塔路（永盛路以西—香莲路段）、双单路（永盛路—云谷路，云屏路—香莲路段）、希望路（永盛路以西—云谷路，云屏路—香莲路段）于 10 月 15 日开工，道路长度 5544 米，总投资 43782 万元，计划 2010 年 5 月底竣工；香莲路（崇信路以东—永盛路以西）、崇信路（宝塔路—天祝路、塔秀路—香莲路）、封周路（云谷路—沪宜公路）于 12 月 1

日开工,道路长度 5 281 米,总投资 37 793 万元,香莲路、崇信路计划 2010 年 6 月底竣工通车,封周路计划 2010 年底竣工。

【银信融资资金 28.44 亿元】 2009 年,新城公司积极抵御金融危机带来的不利因素,采取灵活、审慎的融资政策,为进一步加快新城中心区市政基础设施和配套设施建设,主动与银信机构进行多层次的沟通、洽谈,着力构筑建设资金保障机制。年内共有 18 家银信机构提供授信贷款计 28.44 亿元,其中建设银行 4.5 亿元,中国银行 3.43 亿元,农业银行、农商银行各 2.3 亿元,工商银行 2.2 亿元。

【新城公司引进合同外资 8.03 亿美元】 年内,新城公司土地出让由上海保利佳置业公司、龙湖集团和盘古(泰国)公司拍卖,引进合同外资 8.03 亿美元,其款项全部到账。

【新城公司国有资产保值增值率达 100.2%】 2009 年,新城公司资产总额 53.27 亿元,比上年增长 241.70%;国有净资产 12.05 亿元,增长 71.67%。全年主营业务收入 5 509.24 万元,完成指标的 122.43%;投资收益 2 046.91 万元,完成指标的 99.95%。全年实际费用支出 1 940.1 万元,执行预算的 99.14%;实现净利润 141.76 万元,比指标增加 68.76 万元,完成 194.19%;国有资产保值增值率达 100.2%,比上级下达指标增 0.1 个百分点。 (朱龙铭)

嘉定区迎世博600 天行动

【概况】 2008 年 9 月 7 日,嘉定区召开迎世博 600 天行动动员大会,就实施《迎世博 600 天行动计划》进行部署;同年 9 月 8 日,区四套班子领导与市民代表一起擂响嘉定区迎世博 600 天行动的鼓声。2009 年,在区委、区政府领导下,嘉定百万市民齐心协力,各街镇和职能部门充分发挥积极性、主动性、创造性,迎世博各项工作有力、有序、有效推进。城市建设以重大项目为抓手,细化目标任务,明确责任主体,完善计划措施,有力推进迎世博重大项目建设。社会动员以培训、宣传、活动、测评和志愿者服务为主要内容,发动市民广泛参与,提升秩序文明水平,提高城市文明程度。窗口服务落实各项工作举措,推出服务承诺,倡导行业文明,提高业务技能,树立温馨服务形象,市民对窗口行业满意度稳步提升。嘉定城乡面貌焕然一新。

迎世博 400 天活动 (陈启宇 摄)

【城市建设项目顺利推进】 2009 年 12 月 31 日,被誉为"嘉定生命线"的轨道交通十一号线主线正式建成通车,京沪高铁、沪宁城际铁路前期动迁顺利完成,胜辛路改扩建工程基本完成,嘉盛东路建成通车,嘉盛西路、桃浦路等工程进入实质施工阶段;大众污水厂、安亭污水厂扩建完工并投入运营;嘉定北部水厂进入设备安装阶段,完成污水一级管网 11.7 公里、污水二级管网 50 公里;新城规划展示馆、司法中心和新城中学、新城幼儿园工程竣工,妇幼保健院、邻里中心、南翔医院主体结构封顶;嘉定图书馆、嘉定博物馆、瑞金医院嘉定分院项目陆续开工建设。

【环境综合整治取得明显成效】 按照区委、区政府的总体部署,全面落实"六个更加注重"和"五要五不要"工作要求,按照各个"百日工作计划",扎实推进"四大战役",环境综合整治工作取得较为明显的工作成效。高效完成高架战役,清除外环线嘉定段区域两侧 100 米范围及高速公路出入口区域暴露垃圾 3 936 吨,整治面积 26.67 公顷;拆违 2.3 万平方米,清除"三乱" 3.15 万处,粉刷整治围墙 4.02 万平方米;补种绿化 8.7 万平方米。全面实施江河战役和交通干线战役,完成苏州河 6.8 公里拓展干流保洁和 17 个支流河口综合整治,整治黑臭河道 339.7 公里。共完成截污纳管 122.11 公里,疏浚土方 96.83 万立方米,新建护岸 74.19 公里,种植绿化 93.65 万平方米,项目总投资近 2.5 亿元。通过截污治污、疏拓河道、沟通水系、种植水生植物等一系列措施,河道面貌焕然一新,水体质量明显改善。整治铁路、轨道交通、国省道沿线环境共计 181.84 公里。全面打响重要地点战役,完成 2 个公交枢纽站、3 个长途客运中心(站)、古猗园改扩建工程及 3 家指定接待酒店内外部环境整治工作;新增虹桥枢纽周边区域整治项目,按计划有序推进,累计完成屋顶保洁 11.5 万平方米,建设场地整治 16.7 万平方米,大型堆物场地整治 2 000 平方米,停车场地整治 5 万平方米,绿化场地整治 37.4 万平方米。累计整治农田违章搭建 1 692 户,整治面积 4.57 万平方米,全区主要道路和主要河道两侧农田违法建筑整治基本完毕,农村地区环境面貌焕然一新。

各街镇综合整治有重点、有成效。菊园新区成立"城市管理中心",以轨道交通起点站周边管理为重点,各职能部门配合,开展综合整治;新成路街道在综合改造旧居住区同时,关注民生软环境,通过建立信息日报制度,主动收集问题,协调解决;南翔镇实施道路"15 分钟快速保洁"制度,确保公共场所保持整洁;江桥镇对渣土运输车开展专项整治,通过城管联防网络,监控夜间路面,有效遏制渣土运输车的扬尘污染;华亭镇在迎世博工作总结中,总结出"例会、督查、测评、执法、应急、问责"六项制度,保障各项整治工作有力推进。

【市容环境建设和管理全面推进】 根据《上海市迎世博加强市容环境建设和管理 600 天行动计划纲要》的有关要求,为"紧紧抓住世博会筹办这一重要契机,推动全区各方面工作上台阶",嘉定区围绕市容市貌改观、市民生活环境改善和城市管理水平提升"三大工程",全力推进 30 项重点任务,力保嘉定区能在世博会期间呈现出美好的形象。累计清理户外广告 5 229 块,整治店招店牌 1.22 万块;保洁中小道路 32 条,修复围墙 3.3 万平方米,整治摊亭棚 3 112 平方米,整治跨门营业 6 954 处,整治乱堆乱放 6 094 处,清除"三乱"11.9 万处。拓展苏州河干流保洁范围 6.8 公里,设置定点拦截打捞设施 2 套,完成 17 个支流河口综合整治,综合整治支流环境 95 条段;嘉定镇街道、新成路街道、真新街道、菊园新区 4 家参与创建单位全部通过市级市容环境责任区验收;整治建筑渣土乱倒 4 360 吨;整治区属公路 68.3 公里,整治城市道路车行道面积 1.01 万平方米,整治城市道路人行道面积 1.39 万平方米;整治国省县道路名牌 1 035 块,城市道路路名牌 1 619 块。全面实施民生改善工程。全年累计完成二次供水设施改造 105.9 万平方米;综合改造旧居住区 189.3 万平方米;清洁建筑立面 111.71 万平方米;综合整治 1996 年前高层建筑 4 万平方米;拆除违章建筑 51.6 万平方米;改善道路积水状况,敷设管道 3 500 米;完成绿化整治、补种 637.38 公顷,调整改造绿地 227.5 公顷;建成 80 个环境综合整治达标村并通过验收。完成无障碍环境建设 43 项;完成公园改造 1 座;新增公厕 8 座;购买世博应急保障拉臂式厕所 2 组。促进城市管理水平不断提升,加强乱设摊综合整治工作,建立摊位疏导点 2 处,临时疏导点 80 处,拆除违章建筑 51.9 万平方米。深化环境清洁工程。强化环境管理,实行常态管理,加强环境监测,落实专项管理。

2009 年累计拆除炉窑灶 20 台(眼),改造炉窑灶 66 台(眼),投入资金 1 396 万元,减少用煤近万吨。查处冒黑烟企业 22 家,处罚金额 24 万元;对 18 家企业下达限期治理通知书。通过迎世博环境保护专项行动,全区炉窑灶冒黑烟现象得到有效遏制,区域环境得到较大改观。城市管理指挥部精心筹划,协调各街镇、职能部门开展"清洁城市、整治脏乱"和"百镇千村清洁保洁"行动,通过路段包干责任区等活动,使更多市民群众参与"人人动手、清洁环境"活动,增强全社会维护城市清洁整洁的责任感,推动市容环境持续改善。在第五次文明指数测评中,嘉定区环境文明指数列郊区县第一名。

【宣传动员全面广泛】 大力开展世博培训,促进市民素质提升。在"人人拥有一张培训证书"的倡议下,区社会动员指挥部以网格化管理为依托,通过与社区学校联合开展世博培训工作,将区内常住人口分时段、分地段、分层次、分类型纳入培训计划,普及世博知识。全区有 139.42 万人次接受世博知识培训,同时有 94 万名市民参加世博知识网上测试,并以 81% 的网上测试合格率居全市首位。大力进行社会宣传,为世博造势。建立嘉定世博专题网,组建 750 人的世博知识宣讲队伍,开展 4 500 多场世博主题宣讲;在嘉定电视台、嘉定广播电台、《嘉定报》开设迎世博专题栏目;发布户外广告近 6

万平方米,布置迎风旗近万对,各部门、街镇共印发宣传品 200 多种,扩大宣传效果。为提高群众的参与面,开展各类形式活泼多样、群众喜闻乐见的文体活动,如迎世博知识竞赛、迎世博礼仪宝宝秀、"我与世博同行"摄影赛、全民迎世博健身以及 DV 大赛和优秀作品展览等,将世博知识纳入各个比赛环节,切实提高市民对迎世博行动的参与度。紧紧扣住迎世博倒计时各时间节点,以"迎世博、讲文明、树新风"为主题,开展"心中的世博"嘉定区"三五"集中行动宣传推广系列活动;通过举办专场文艺演出、知识竞赛、健身活动等形式,使世博知识和市民礼仪规范走进每一个社区,走进每一户家庭,形成全民参与迎世博的良好社会氛围。

【市民文明程度有效提升】 深入开展"三五"集中活动。启动"我是文明嘉定人"、百万市民"三不"规范主题实践活动,针对乱停车、乱扔垃圾、乱穿马路等不文明现象,开展市民行为习惯养成活动,激发广大市民"爱上海,从我做起"的迎世博主人翁意识。每月 5 日、15 日、25 日,精心设计活动内容,开展"奉献世博齐参与"、"奔向世博,拼搏 200 天"等重点突出的动员活动,形成全民参与迎世博的良好社会氛围。发挥媒体及市民监督作用。嘉定电视台、世博专题网设立专栏发布曝光信息,接收市民意见建议;区、镇两级市民巡访团开展巡访督查,向媒体提供

嘉定区与普陀区同创共建文明城郊结合部活动

（真新街道供稿）

巡访信息。随着区、镇两级监督反馈机制的完善，确保发现的问题能在第一时间得到解决。志愿者服务营造和谐氛围。全区各级领导带头参加迎世博交通文明志愿服务活动，每天有万余名志愿者活跃在交通路口、公交站点、重要路段，维护着全区的秩序文明和环境文明，使得全区交通文明水平明显得到提升。每月"三五"集中行动日，全区近6万名志愿者走上街头，深入社区，开展志愿者服务活动。建立健全文明指数测评机制。社会动员指挥部与市级文明指数测评内容、测评方法、统计方式对接，每50天~100天开展区级文明指数测评，加强督查，分析问题，促进整改，有效提升全区迎世博工作水平。

各街镇社会动员活动有亮点、有特色。嘉定镇街道通过网格化方式，组织发动志愿者，形成志愿者活动长效机制；真新街道多维立体的整改机制，充分发挥各类志愿者参与城市管理的功能；嘉定工业区志愿者将服务与休闲融合，使志愿者以愉快的心情，为城市保洁、为市民服务；马陆镇世博知识培训，重点关注来沪务工人员，澄城公寓"世博知识大考场"主题活动，得到市领导充分肯定；安亭镇世博宣传活动，辐射到江苏花桥，奏响"双城共舞迎世博"的赞歌；徐行镇通过违章处罚"三部曲"行动，使停车毁绿的"老大难"问题得到明显改善。

【营造窗口迎世博氛围】 全员发动推培训。搭建专业培训平台，开展全区窗口培训。采用集中授课、示范训练、岗位践行等形式进行全员培训，累计培训窗口行业从业人员18万人次，重点窗口一线岗位培训率达100%。条块结合促宣传。制订服务行业宣传工作方案，印发窗口服务行业特色宣传品8.5万份，便民服务宣传手册近10万份，营造浓厚的窗口行业迎世博氛围。建章立制抓督查。通过建立工作例会制、服务文明承诺制、监督热线制、问题抄报抄告制、联合执法制等工作制度，形成迎世博工作合力。街镇、职能部门等多部门组成窗口服务督查组，对全区13个重点窗口服务行业，进行738次检查，制发各类督查件425件，督查件整改率达100%。通过开展一系列的督查和整改，全区主要窗口的服务质量、服务水平、服务效率、服务标准、服务环境、服务功能得到全面的提升。

【提升窗口服务水平】 年内，突出主题办活动，以评优活动激发从业人员工作激情。组织开展市级"优质服务示范窗口"和"优质服务示范员"评选活动，共推荐、评选92个示范窗口和129位示范员。同时，深入开展区级层面的"优秀服务窗口"和"服务之星"评选活动，采取网上投票、明察暗访、评选公示、全区表彰的流程，评选并表彰嘉定区"优秀服务窗口"和"服务之星"二批，进一步促进行业服务文明提升，激发各行各业服务热情。以窗口服务日集中活动展示行业风采。以"窗口服务日"为载体，各窗口行业、各街镇积极参与，举办各类主题鲜明的窗口服务日活动，展示行业风采，有效提升窗口行业形象，提高市民对窗口行业的满意度。以立功竞赛活动提升服务技能。4月，启动窗口服务行业立功竞赛活动，各窗口服务行业组织开展行业技能比武和竞赛活动，有效提升从业人员服务技能和整体素质，提高行业凝聚力，优化服务软环境。以舆论媒体激励窗口服务热情。通过树立一批能在行业中起到引领作用的典范和明星，加大媒体舆论的宣传力度，实现"表彰一个，带动一组，辐射一群"的目标，激发窗口从业人员的服务热情，有力地推进窗口行业争先评优的良好氛围的形成。

(嘉定区迎世博办公室)

6月5日，菊园新区举办窗口服务日特别专场活动

(菊园新区供稿)

深入学习实践科学发展观活动

【概况】 按照中央、市委的统一部署，2009年3月起，在中共嘉定区委的坚强领导下，在市委第六指导检查组、市委第四巡回检查组的精心指导下，在全区1359个单位、2647个党组织、49727名党员中，分两批开展深入学习实践科学发展观活动。每批半年左右时间，分学习调研、分析检查、整改落实三个阶段进行。全区各级党组织认真贯彻中央、市委和区委要求，牢牢把握坚持解放思想、突出实践特色、贯彻群众路线、正面教育为主的原则，紧密结合实际，紧紧围绕区委确定的"提升能力水平、实现'四个确保'、促进科学发展"实践载体，认真贯彻"党员干部受教育、科学发展上水平、人民群众得实惠"的总体要求，坚持开门搞活动，突出实践特色，扎实推进学习实践活动，取得明显成效，基本实现提高思想认识、解决突出问题、创新体制机制、促进科学发展和加强基层组织的目标。

【主要做法】 学习实践活动分两批开展，每批半年左右时间。区第一批学习实践活动的参加单位主要是：区党政机关；区人大、政协机关，区人民法院、人民检察院和人民团体机关；区管企业、区直属事业单位以及由各部门、各单位管理的企事业单位(不包括中小学校、幼儿园);部分双重管理单位。区委于3月2日召开开展深入学习实践科学发展观活动动员大会,正式启动嘉定区第一批学习实践活动。学习实践活动中,第一批各参学单位共确定整改落实事项1739项,为群众办实事586件。8月26日召开区委常委会深入学习实践科学发展观活动群众满意度测评暨第一批学习实践活动总结大会,区委常委会学习实践活动群众测评"满意和比较满意率"为100%,第一批参学单位群众测评"满意和比较满意率"平均为99.76%。区第二批学习实践活动的参加单位主要是:镇、街道、嘉定工业区、菊园新区、村、居民区、中等职业学校、中小学校、医院、新经济组织、新社会组织等。区委于9月4日召开动员大会,正式启动第二批学习实践活动。第二批各参学单位共确定整改落实事项6446项,为群众办实事5310件。2010年3月1日召开全区学习实践活动总结大会,第二批参学单位群众测评"满意和比较满意率"平均为99.65%。

学习实践活动分学习调研、分析检查、整改落实三个阶段进行。学习调研阶段——理论学习求"透",调研走访求"深",解放思想求"新"。一是深化理论学习,提高思想认识;二是广泛调查研究,找准突出问题;三是不断解放思想,形成发展共识。分析检查阶段——专题生活会求"质",发展思路求"清",群众评议求"真"。一是高质量地开好专题民主生活会,进一步形成思想统一和民主团结的良好氛围;二是高质量地形成领导班子分析检查报告,进一步理清整改方向和科学发展的基本思路;三是高质量地组织分析检查报告群众评议,进一步得到各界群众的充分认同。整改落实阶段——方案措施求"细",解决问题求"实",改革创新求"精"。一是制定方案措施,明确整改方向;二是抓住重点、热点,解决突出问题;三是加大改革创新,完善体制机制。

【活动特点】 在学习实践活动中,各参学单位紧密联系自身实际,科学谋划,周密部署,坚持高标准定位、高质量开展,做到规定动作不走样、自选动作有特色,活动推进扎实有序,呈现六个特点:

一是领导率先垂范,发挥带头作用。区四套班子领导认真按照"十个带头"的要求,率先垂范,以身作则。区委常委会带头参加集中学习,带头在促进区域经济发展、推进城市化建设等方面确定调研课题,深入基层开展调研,带头开展批评和自我批评,带头制定整改落实方案、抓好整改落实。各参学单位也都做到领导亲自抓,充分发挥表率作用,其中处级以上领导干部带头作报告1110场次。

二是组织领导到位,工作指导有力。区委及时成立学习实践活动领导小组,组建领导小组办公室,具体组织、指导和协调全区学习实践活动。活动过程中,领导小组召开8次工作会议,确定实践载体,研究制定两批活动的实施方案,总结分析、研究部署各阶段工作。针对第二批参学单位涉及的党组织和党员面广量大、单位类型多、情况多样化的特点,领导小组办公室采取"分类型指导与分阶段指导相结合、行业指导与地区指导相结合"的办法,分别制定村、居民区、"两新"组织、学校、基层卫生医疗单位开展活动的工作提示。区委在第一批活动中派出5个指导检查组,在第二批活动中派出4个指导检查组。各参学单位都成立由主要领导挂帅的领导机构和工作机构,定方案、定机构、定人员、定任务、定制度,构建上下贯通、运转协调、指挥有力的组织领导和工作推动网络。

三是积极宣传发动,营造良好氛围。区委学习实践活动领导小组办公室制定下发加强宣传报道工作意见,着力构建电视、报纸、网络"三位一体"的"宣传平台",共开设专题栏目16个,在各种媒体共计播出主题性报道1316条。各参学单位除了运用常规宣传手段和方式外,还都有针对性地通过自编本土特色辅导读本、组建宣讲队、文艺巡演队、故事巡讲队等群众喜闻乐见的形式,用身边事、身边人加强宣传,提高效果。领导小组办公室编发简报129期,及时反映全区学习实践活动动态,总结推广先进经验。市学习实践活动简报、《解放日报》等媒体多次刊载和报道嘉定区活动开展中的经验做法。

四是坚持"开门搞活动",调动群众积极参与。嘉定区两批学习实践活动都邀请群众代表参与到各个阶段的活动中,做到制订方案找群众问计,查找问题请群众参与,解决问题向群众公示,活动成效让群众评议。区委常委会学习实践活动邀请66名来自不同层面的各方群众代表全程参与活动。各参学单位也都邀请群众代表并全面参与到各个阶段的活动中,为搞好学习实践活动奠定扎实的群众基础。其中,2508人次群众代表列席各参学单位专题民主生活会,34148人次群众代表参加对各参学单位学习实践活动满意度测评。

五是注重分类指导,因地制宜求实效。全区两批参学单位各有特点,党员情况各有差别,活动对象的差异性决定活动开展要注重针对性。为此,各参学单位党组织根据干部党员的不同职责,在职党员、离退休党员和流动党员等不同群体,辖区内"两新"党组织规模和党员数的差异,具体问题具体分析,根据实际情况分类进行指导。

六是上下挂钩联动,有效促进工作。各参学单位普遍运用局镇挂钩这个平台,把"局镇对接、上下联动、共同推进"作为学习实践活动的重要做法,通过举行局镇联动研讨会等方式,搭建同创共建的学习实践活动平台,最大限度地发挥联动互动机制效应,深化和拓展本单位的学习实践活动内容,形成解决突出问题、完善体制机制的工作合力。

【主要成效】 在学习实践活动过程中,全区各级党组织始终坚持解放思想、突出实践特色、创新体制机制、促进科学发展,取得比较明显的成效:

一是党员干部受教育,科学发展的共识广泛形成。广大党员干部从思想认识上寻找差距,破解难题,更新理念,推动实践。通过学习实践活动的开展,坚定贯彻落实科学发展观的自觉性和坚定性。通过学习调研、解放思想大讨论和广泛听取意见建议,我们对嘉定在全市发展中的战略定位进行再认识、再思考,对自身在思想转型的坚定性、改革创新的主动性和谋划未来发展的全局性等方面存在的不足有了更清醒的认识,对照科学发展观要求,全面分析和梳理需要重点解决的突出问题。主要是:产业化、城市化融合度不高;产业结构优化调整的成

"坚持科学发展，推进综合开发"轨道交通站点综合开发项目推进座谈会
（区委学习实践科学发展观活动领导小组办公室供稿）

效不明显；推进改革开放的力度不够大；和谐社会建设的能力有待进一步提高；党的建设和干部队伍现状与科学发展观的要求还有差距。通过分析查找这些问题，为保证整改工作的针对性和有效性奠定基础，进而形成加快推进嘉定新一轮发展的共识。在发展理念上，要更加注重以人为本，更加注重全面协调可持续发展，既突出发展的阶段性，又重视发展的连续性；既着眼于当前发展，更注重长远发展。在发展思路上，要着力调整经济结构和转变发展方式，着力推进自主创新和生态环境保护，着力发展社会事业和改善民生，推动嘉定实现科学发展、和谐发展。在发展路径上，要坚持走加快城市化推进、促进"两个融合"的发展道路，通过提高城市化水平，为产业结构调整和经济社会发展构筑强有力的支撑。在此基础上，区委四届九次全会围绕主题进行动员和部署，进一步明确"聚焦一个核心，延伸两翼"的城市化总体发展思路。

二是科学发展上水平，各项工作取得新成效。嘉定区两批开展学习实践活动的各级党组织都按照重在实践、贵在实践的要求，围绕2009年初提出的实现"四个确保"目标加大工作力度，努力体现实践特色和实践成果。针对严峻的经济发展形势，抓好现有企业和新增项目，把优势资源配置在有效增长点上，在加快产业项目建设、提升现有产业发展能级、推进招商引资和淘汰劣势企业等方面进一步加大

工作力度。通过坚持不懈的努力，全区2009年主要经济指标完成了年初确定的任务，城市化进程速度加快，社会主义新农村建设稳步推进，村宅改造和"清洁家园"工程使农村生活环境和农民生活水平得到进一步改善。社会稳定工作不断加强，以2009年初确定的13项平安建设实事项目为抓手，坚持集中整治与源头治理相结合，深入排查整治复杂地区和突出治安问题，一批社会治安顽症得到有效解决，人民群众安全感进一步提升。社区管理不断强化，嘉定区成为首批全国和谐社区建设示范城区之一；市和谐社区建设示范城镇、示范居委会创建率均

达100%。迎世博工作有序推进，围绕"迎世博盛会，展嘉定风采"的行动目标，进一步完善迎世博工作体制机制，全面落实"迎世博600天行动计划"各项任务。

三是人民群众得实惠，民生问题逐步得到解决。坚持把科学发展的新要求和人民群众的新期待统一起来，把保障和改善民生作为学习实践活动的出发点和落脚点。促进就业工作进一步加强。加大政府服务扶持力度，千方百计稳定现有就业岗位，通过积极开展和谐劳动关系企业创建活动，引导企业履行社会责任，防止出现大规模集中裁员现象，努力实现政府、企业、职工三方共赢。切实促进大专院校应届毕业生就业，出台《关于促进嘉定区大学毕业生创业、就业的实施意见（试行）》。2009年，全区新增就业岗位26753个，转移农村富余劳动力8173个，分别完成年度计划的100.6%和102.2%，城镇登记失业率控制在4.3%以内。社会保障体系进一步完善。积极做好"农保"扩覆工作及城镇高龄无保障老人、遗属生活困难补贴人员纳入社会保障工作，全区各类社会保障覆盖面合计达98%。完善城镇居民基本医疗保障办法，健全农村养老金发放与财力增长匹配机制，稳步提高"农保"退休人员最低养老金发放标准，每人每月增至300元，加上户籍性质不变的土地流转，每月再补贴160元。加快推进经济适用住房建设，扩大廉租房受益面，共为387

公交便民——POS机全面升级
（区委学习实践科学发展观活动领导小组办公室供稿）

户低收入家庭提供租金配租。深化和完善"一口上下"社会救助机制，着力做好困难群体救助工作，共实施各类救助54.6万人次，救助金额达1.8亿元。全力落实政府实事项目，积极推进社会福利和居家养老事业，新增养老床位390张，新建标准化老年活动室15家。各项社会事业进一步发展。不断健全公共财政体制，加大对各项社会事业的投入。

四是加强基层党组织建设，党的执政基础进一步夯实。各参学单位把开展学习实践活动与学习贯彻党的十七届四中全会精神有机结合，进一步重视基层、关心基层，不断加强基层党组织建设。党建工作责任制得到进一步落实。区委认真贯彻落实党的十七届四中全会精神和中央《关于建立健全地方党委、部门党组（党委）抓基层党建工作责任制的意见》要求，完善区委党建工作领导小组工作机制，强化领导小组专门工作机构，加强党建工作的领导和协调。积极推动各街镇成立社会工作党委，理顺"两新"组织党建工作机制。基层党建工作基础得到进一步夯实。全区新成立党组织59个，理顺党组织隶属关系152个，新找到流动党员40名。以提高素质为重点，切实抓好党员队伍建设这一基础工程。以村、居党组织换届"公推直选"为重要契机，选优配强村居"两委"领导班子。及时举办"班长工程"培训班，进一步加强支部书记队伍建设。基层党建活力得到进一步增强。全区楼组党建覆盖率已达96.4%，党员参与率96.6%。广大基层党组织还广泛开展"设岗定责"、"双推双培"、"双示范"、"组织活动日"等活动，形成基层党建蓬勃创新、活力迸发的新局面。

五是切实转变作风，干群关系进一步密切。在学习实践活动中，各级领导班子和领导干部带头参加理论学习，把学习成果转化为谋划工作的思路、解决问题的能力、领导工作的本领；带头办好事办实事，切实解决人民群众最关心、最直接、最现实的利益问题；大兴求真务实之风，克服浮躁情绪，真正把心思用在干事业、促发展上。各参学单位的机关党组织紧密结合政府职能转变，加强作风建设，行政效能进一步提高，勤政廉政风气得到弘扬。各参学单位不断健全联系群众、了解诉求的走访、下访、接访——

"三访"工作体系，始终把服务群众作为工作的着力点和学习实践科学发展观的具体行动，深入开展"走进基层、服务群众"和"世博先锋行动"等一系列活动，进一步丰富完善密切联系群众的渠道和载体。

六是建立健全体制机制，科学发展的制度环境进一步优化。坚持从完善推进科学发展的体制机制入手，着力健全机制，加强制度建设，取得一批推动科学发展的制度成果。在经济发展方面，研究制定推进新能源汽车及关键零部件高新技术产业化行动方案、新能源汽车产业发展扶持意见；出台加强科技创新服务体系建设的若干意见；制定促进总部经济发展若干意见。在城市建设方面，完成上海国际汽车城建设管理体制机制的调整，将安亭镇和黄渡镇行政区划"撤二建一"；编制完成加速城市化进程实施方案。在国资国企改革方面，制定进一步推进国资国企改革发展若干意见。在迎世博工作方面，出台创建城乡互动世博主题体验之旅示范点的实施意见。在加强和改进党的建设方面，制定中共嘉定区委关于贯彻落实《中共上海市委关于贯彻〈中共中央关于加强和改进新形势下党的建设若干重大问题的决定〉的实施意见》的实施方案、关于实施区党代表大会代表任期制的七项暂行办法、《关于进一步加强和改进领导班子思想政治建设的意见》、《关于进一步加强机关作风建设提高工作效率的通知》等文件；探索建立网络监察系统，

有力提高监督的刚性和有效性，在规范权力运行、推进政务公开、促进廉洁从政等方面取得积极成效。（中共嘉定区委学习实践科学发展观活动领导小组办公室）

2009 上海汽车文化节

【概况】 9月28日至11月18日，2009上海汽车文化节（以下简称汽车文化节）在嘉定举办。汽车文化节是在2005上海汽车文化节的基础上，由中国汽车工程学会、市经委、市文明办、市文广局、市旅游局、上海国际汽车城建设领导小组办公室和嘉定区政府主办。汽车文化节延续"城市，让生活更美好；汽车，让生活更精彩"的主题，举行嘉定区庆祝中华人民共和国成立六十周年暨2009上海汽车文化节开幕大型主题文艺晚会和汽车文明、汽车产业、汽车生活三大板块九项活动。以迎接世博、呼应世博、融入世博为引领，着力宣传上海城市形象，倡导汽车文明，提升市民素质，培育汽车文化，促进产业发展，使汽车文化节成为提升城市文明程度的载体、展示汽车文化的窗口、促进产业融合发展的助推剂，成为人民大众喜迎新中国60华诞、共享改革发展成果的欢乐节庆活动。汽车文化节的举办进一步提升上海国际汽车城的品牌知名度和社会影响力，丰富汽车文化内涵，推动汽车产业发展。

嘉定区庆祝中华人民共和国成立六十周年暨2009上海汽车文化节开幕大型主题文艺晚会
（陈启宇　摄）

【2009 上海汽车文化节开幕式】 9月28日晚，嘉定区庆祝中华人民共和国成立六十周年暨2009上海汽车文化节开幕大型主题文艺晚会在汽车博览公园隆重举行。市政协主席冯国勤，市委常委、上海警备区司令员江勤宏，市人大常委会副主任杨定华，副市长艾宝俊和区四套班子领导出席。冯国勤宣布2009上海汽车文化节开幕。晚会分阳光大地、风雨兼程、姹紫嫣红、真诚祈愿等四个部分，其间穿插播放原国务院副总理、外交部部长钱其琛，国务委员、公安部部长孟建柱，原中顾委委员、著名经济学家于光远，上海市政协主席冯国勤，原空军副司令员汪超群，原美国劳工部部长赵小兰等嘉定籍或曾在嘉定工作过的领导和名人的节日祝福视频。社会各界代表近8000人观看精彩呈现的文艺晚会和五彩缤纷的礼花表演，共享汽车城建设成果。

【汽车文明系列活动】 汽车文化节以迎世博600天行动计划为抓手，以倡导汽车文明，提升市民素质，培育汽车文化为目的，开展交通文明主题实践、名校名企"面对面"及世博区县论坛暨第四届嘉定汽车论坛等活动。

交通文明主题实践活动以"和谐的城市，谦让的我"——文明出行，守序有礼为主旨，以文明公交站、文明线路、文明路口建设及文明示范车评选为载体，开展文明乘车礼仪主题宣传、公交站点和出租汽车候客站交通文明志愿者行动及机关干部文明路口执勤等活动。在全区范围内组织机关干部、青年志愿者近4万人次积极参与、率先垂范，倡导文明驾车、文明乘车、文明行路等社会规范，共同营造维护城市公共交通文明、安全、有序的良好氛围。

名校名企"面对面"系列活动以"名校名企汇车城，广纳才智助跨越"为主题，围绕实施积极的人才创业就业战略、扩大校企合作交流、促进"汽车嘉定"科学发展等问题，中举办"人才·创业·就业"研讨会和专题讲座。组织秋季人才招聘会，170个单位提供1200余个招聘职位，吸引2.8万名求职者，促进就业，推进"汽车嘉定"人才高地建设。

世博区县论坛暨第四届嘉定汽车论坛以"汽车与郊区生活：我们理想的现代新城"为主题，邀请俞孔坚、贾樟柯、刘家琨、韩寒和陈丹青5位嘉宾作专题演讲，并与听众和网友深入探讨汽车产业与嘉定新城发展的重要关系、城市化发展速度与城市生活品质的内在联系等问题，活动通过东方网进行直播，点击率逾5000人次，社会影响显著。

【汽车产业系列活动】 汽车文化节为进一步拓展汽车产业发展空间、延伸汽车产业链、推进产城融合，举办第七届中国汽车创新论坛、与车共舞汽车品牌秀及2009嘉定区系列招商活动。

第七届中国汽车创新论坛有300多位汽车企业高管和专家参会，围绕"新时期汽车产业的发展战略"等话题展开探讨，全国政协副主席、科技部部长万钢出席。论坛以调整战略、绿色环保、创新营销与动力中国为主题，积极引导创新舆论、弘扬创新精神，构建业界高端交流平台。

与车共舞汽车品牌秀是汽车文化节的创新项目，吸引东风日产、上海通用、上海汽车、上海大众、保时捷（中国）等国内外知名汽车厂商积极参与，节目于8月19日开机，共计5000人次现场观看。由著名舞蹈家杨扬与知名主持人何炅联袂主持的与车共舞汽车品牌秀以旅游卫视为平台，从9月7日至10月18日在黄金时段播出，充分演绎人车共舞的艺术视觉盛宴，让观众体验汽车与舞蹈的完美融合和上海国际汽车城的精彩魅力。通过把握汽车市场营销发展趋势，整合汽车厂商资源，依托旅游卫视等媒体优势，以舞蹈之美演绎汽车品牌文化的独特魅力，打造汽车品牌、视觉艺术与市场营销相融合的媒体汽车展会。

2009嘉定区系列招商活动以汽车文化节为平台，开展现代服务业和汽车产业资源推介等活动。2009跨国采购大会汽车零部件分会，吸引130家供应商参展。展会期间，国家汽车及零部件出口基地（上海）与中床国际物流集团有限公司、盖世汽车网、阿里巴巴网络有限公司等国内外知名企业签署合作协议，进一步加强嘉定汽车产业项目储备和发展后劲。

【汽车生活系列活动】 汽车文化节进一步提升嘉定"汽车文化游"品牌知名度，拓展旅游市场，促进消费，带动增长。汽车文化节期间举办相约嘉定汽车文化之旅、车迷嘉年华、安亭汽车文化之旅欢乐周等活动。

相约嘉定汽车文化之旅依托嘉定汽车文化、历史人文、田园风情等旅游资源，组织和吸引长三角车友俱乐部到嘉定观光、休闲，参与音乐与汽车派对，开展户外运动等体验活动；结合国庆60周年举办汽车城之旅及古猗园、汇龙潭公园、汽车博览公园游园活动，让广大市民感受汽车嘉定之旅的无限乐趣。

车迷嘉年华活动吸引全国500余名车迷走进上海、汇聚嘉定。通过举办丛林穿越体验、车迷大巡游、"精彩世博，魅力车影"汽车摄影作品展、"我们大家的世博"江浙沪地区车迷大联欢等活动，为广大车迷搭建交流与沟通平台。

安亭汽车文化之旅欢乐周由"淘、乐、驾、品、游"五大板块构成，举办安亭老街民俗工艺体验周、汽车影院、汽车后备箱集市、自驾上赛道等活动，让广大市民和车迷在互动参与中感受汽车文化的独特魅力，体验汽车运动的疾速时尚。共接待游客15万人次，实现旅游收入1280万元。"乐在此、乐翻天"音乐派对与上赛场试乘试驾完美结合，激情活力的摇滚音乐和疾速时尚的赛道项目，吸引3000人参与活动，丰富黄金周旅游市场。

（上海汽车文化节组委会办公室）

编辑　袁黛英

全面贯彻落实科学发展观
推动档案事业又好又快发展

嘉定区档案局局长　蔺乐平

近年来,嘉定档案工作在区委、区政府的领导下,在市档案局的关心指导下,以邓小平理论和"三个代表"重要思想为指导,围绕实现"两个转变",服务"四个确保",促进科学发展的主题,以服务社会主义和谐社会为主线,积极推进依法行政进程。以创新服务为重点,夯实基础、深化服务,贴近百姓、关注民生,不断推出服务嘉定经济社会发展和档案事业自身科学发展的新举措,档案服务领域有新突破,各项业务建设有新成果,档案服务能力有新提升,档案工作手段有新改进,档案队伍素质有新提升,档案事业取得健康快速发展。

2011 年,是推进"十二五"规划顺利实施的开局之年,挑战和机遇并存。档案工作任务十分艰巨,全面抓好新时期各项工作的落实,意义重大。档案工作要在区委、区政府的领导下,本着对历史负责、替未来着想、为现实服务的要求,围绕中心、服务大局、振奋精神、扎实工作,努力开创嘉定档案工作新局面,为嘉定区经济社会又好又快发展作出更大贡献。

一、统一思想,创新理念,深入学习实践科学发展观

按照区委的要求和部署,统一认识,加强学习,自觉地把思想和行动统一到党中央的要求上来,进一步增强责任感和使命感。通过深入学习实践科学发展观,紧紧围绕区委、区政府的中心工作,解放思想、开拓创新,勤奋工作,努力推进档案事业快速发展,主动热情地为各级领导决策服务、为部门工作服务、为社会各界和广大人民群众服务,为嘉定经济社会发展作贡献。要认真分析工作中不适应、不符合科学发展观要求的思想观念和工作方式,深入查找影响和制约档案事业科学发展的突出问题,抓重点、破难题,注重发展的质量、效益和速度的有机统一,以科学发展的理念开拓创新,推动全区档案事业的科学发展。

二、贯彻以人为本的理念,不断加强档案行政管理

加大档案法律法规宣传力度,逐步增强全社会的档案法律意识。要建立覆盖人民群众的档案资源体系和人民群众的档案利用体系,同时还要建立确保档案安全保密的档案安全体系。不断加强档案执法检查,促进档案管理规范化,确保全区各立档单位的档案资料收集完整、整理规范、科学保管、利用方便。

1. 进一步贯彻执行国家档案局第 8 号令,加强区内各行政机关、企事业单位的档案管理工作。根据国家档案局对档案管理工作的新要求,完善各立档单位的文件归档范围和保管期限表,及时督促和指导各相关单位把涉及普通

人、关系广大人民群众利益的文件材料列入归档范围,延长保管期限。对区内相关单位文件材料归档范围和保管期限表进行专项检查。

2. 结合学习实践科学发展观活动、机构改革和迎办上海世博会活动等重点,继续加强对重大活动的建档工作。根据《重大建设项目档案验收办法》的规定,继续加大对重大建设项目档案的监管力度,进一步做好轨道交通十一号线等建设档案的征集工作,确保全区重大建设项目档案的齐全。

3. 推进社会主义新农村建设档案工作的科学发展。突出特色,注重实效。根据本地区农业特点和农村实际,因地制宜、因事制宜,注重民生,点面结合,稳步实施。从实际出发,量力而行,以创建行政村先进档案室为抓手,以档案工作适应农村各项工作的发展为标准,使档案工作成为农村经济社会发展的内在需求和农村基层组织的自觉行为。

4. 及时建立新形成的民生档案,加大对涉及民生的专业档案的监管力度。加大对已形成档案中民生档案资源的整合与开发力度,优先使之数字化、信息化,优先开发利用。深入开展民生档案调研,及时跟踪,指导建档,构建覆盖人民群众的档案资源体系。要时刻关注并重视新形成的新型合作医疗档案、就业培训档案、居民健康档案、民情档案等,为服务民生、构建和谐社会服务。

三、围绕中心,服务民生,努力加强基础业务建设

1. 加快推进档案数字化建设步伐。完成档案信息化二期建设工程,并尽早投入使用,为利用者提供多方位、多途径的检索方式、利用方式,使利用者能在最短的时间内查到自己所需的档案信息。研究利用者的利用需求和利用心理,针对不同的利用群体提供个性化、多元化的服务。开展数字化档案室试点工作,构建区、镇(局)二级数字化平台。

2. 加强档案服务窗口建设。按照《嘉定区迎世博600天行动计划》要求,推进区档案馆"一站式"查阅,提高便民利民服务水平。完善档案管理系统软件功能。完成婚姻等民生档案和重点部门档案的全文扫描工作,方便群众查阅。继续推行来电来函查档等服务方式。

3. 继续加强档案馆各项业务建设。在达标国家二级档案馆的基础上,围绕中心工作,做好政府主动公开信息及依申请公开信息的受理工作。制定完善档案进馆范围和标准,加大对重点单位及部门的档案进馆力度,注重把人的档案、把有关人民群众切身利益的档案接收进馆。提高"档案条形码管理"系统应用管理水平,不断提升馆藏档案管理能力。将部分珍贵古籍、书画、实物档案入藏档案特藏库房,实现集中管理。积极做好编研和征集资料整理工作。利用馆藏民国档案及报刊资料,尝试编研具有嘉定地方特色的资料。

4. 整合资源,创新服务,充分发挥档案馆爱国主义教育基地的作用。保持爱国主义教育基地生命力,着眼点在于建设,落脚点在于服务功能的拓展。要加大档案接收和征集工作力度,整合和开发档案信息资源,努力挖掘馆藏档案的历史内涵和文化底蕴,使基地成为增强爱国情感、培育民族精神的重要阵地。适时召开档案征集专题会议,重点加强人物档案的收集整理工作。通过举办专题展览等形式,增强各类档案载体展示的现场效果,充分发挥宣传教育功能。

四、以提高干部职工综合素养为抓手,加强队伍自身建设

1. 充分发挥区档案局党组中心组的作用,认真组织干部职工全面深入学习贯彻党的十七大、十七届三中全会精神,深入开展学习实践科学发展观活动,全面适应"两个转变"、"两个体系"建设的实际需要,进一步激发干部队伍的政治热情和工作积极性。

2. 加强干部队伍自身建设。通过多种形式教育培养干部,不断提高政治素养,更新业务知识,强化知识技能储备,尽快适应科学发展新要求。加大干部队伍的选拔、培养力度,使"想干事、能干事、干好事"的优秀干部脱颖而出,建设一支眼界宽、思路宽、创造力强、工作能力强的高素质档案干部队伍,为推动科学发展提供人才保证。

3. 加强改革创新,建立档案事业科学发展新机制。一要创新发展机制。形成以档案专业队伍为主体、社会各种力量共同参与的新型资源管理和开发利用新机制。二是创新管理机制。通过购买服务方式,解决服务需求。发挥区档案学会的作用,组织整合社会管理资源,探索和实践社会各方面专业人员参与档案资源建设和综合开发利用的经验,构建档案公共管理新格局。

整合社会资源
探索可持续的筹资机制

嘉定区红十字会常务副会长 王晓燕

红十字会是从事人道主义工作的救助团体,要实施救助就得有实力,有能力。因此,"依法开展筹资募捐"不仅是红十字会实施救助工作经费的重要来源,也是《中华人民共和国红十字会法》赋予的神圣职责。建立可持续的募捐筹资渠道,是实现红十字事业可持续发展的重要前提。当前,红十字会募捐筹资能力偏弱已成为制约红十字会救助能力的瓶颈,怎样才能更好地筹集资金?嘉定区红十字会紧紧依靠各界力量,有效整合社会资源,积极探索可持续的筹资机制,创新筹资方式,拓宽筹资渠道,壮大人道救助实力,为弘扬人道主义精神,保护人的生命和健康,改善最易受损害群体的生活状况发挥积极作用。

一、优化方式,搭建筹资平台

红十字募捐箱历来是红十字会开展筹资募捐工作的重要形式,具有小巧灵活、适应性强、覆盖面广等特点。然而,传统的募捐箱也存在形式呆板、作用单一等缺陷,长期以来其募集力度始终处于较低的水平。2008 年,区红十字会优化募捐方式,与上海邑亘网络传媒有限公司签订《电子募捐箱捐赠合作协议》,依托先进的电子视频技术和网络数字传输技术,对原有红十字募捐箱进行改版和升级,在全区各大卖场、银行、医疗机构、汽车销售中心等场所设立红十字公益电子募捐箱 120 只。电子募捐箱以动态视频的形式宣传红十字精神、世博知识、文明行为等公益信息,同时为城市公众提供方便快捷的奉献爱心的渠道,以新颖独特的形式开展人道救助基金的募集。2009 年,区红十字会通过电子募捐箱募集善款 10.88 万元。

二、设立项目,开拓筹资渠道

以项目筹资为主体,创新筹资方式,加强与社会爱心力量的联系与合作,实施多形式、多渠道的社会爱心招募活动。把政府所忧、弱势群体所难之事,整合成为社会各界愿意资助的救助项目。为广泛动员社会爱心力量,更有针对性地对特困群体实施长期援助,区红十字会在充分调研和广泛听取各方意见的基础上,积极推动筹资项目库建设。2007 年,制定《嘉定区市民大病重病帮扶项目实施计划》,筹集资金,对区内患有慢性肾功能衰竭、恶性肿瘤、严重传染性肝炎、白血病、严重烧伤等八类重大病的特困人群按规定给予医疗专项补助,年最高补助额为 6 万元。至 2009 年底,累计对 1142 名符合条件的大病重病对象发放医疗补助费 768.49 万元。

精心策划、包装品牌项目,搭建捐赠平台,稳定捐赠群体,开发捐赠潜在资源。设立"嘉定区佛教云翔十方医疗帮困基金",3 年来对患有白血病、恶性肿瘤、尿毒症等重大病的患儿 120 人次给予专项补助 28.3 万元。开展"千万人帮万家"迎春帮困活动,向特困对象 6000 人次发放迎春帮困款物累计 300 余万元。区红十字会梳理和完善"人道救助项目库",在确保前期项目顺利运作的同时,推出嘉定区妇科重症特困妇女救助基金、"长者关怀"行动、"阳光天使"康复计划、"助学成才"结对项目、"爱心牵手"助孤行动、"雪中送炭"应急救援项目、"金拐杖圆梦"行动等针对特定弱势群体的帮困救助项目,总筹资 500 余万元。

三、友好合作,实现共赢互利

俗话说:一个篱笆三个桩,一个好汉三个帮。红十字人道救助事业的发展离不开社会各界的支持和参与,离不开各相关部门的信任与协作。相关单位确定专管人员对电子募捐箱进行日常维护和保养,每天定时开(关)机,协助清点募捐款,使电子募捐箱很好地发挥宣传和募捐的双重作用。在"嘉定区红十字会人道救助项目库"设立过程中,区卫生局、区民政局、区人口计生委等部门积极参与,出谋划策,对项目设置、帮困形式、宣传途径等提出意见和建议,排摸条线内弱势人群生活情况,为项目库的设立提供第一手资料,同时也解决上述人群的帮困问题。

区红十字会积极争取企业的爱心支持,与绿洲投资控股集团有限公司、上海太太乐食品有限公司、杰宝·大王企业发展有限公司等企业建立战略合作伙伴关系。社会力量的参与扶持着红十字人道救助事业的长远发展,红十字会则通过企业冠名设立专项基金、举行授牌仪式、开展对外宣传、颁发荣誉证(章)等形式来表彰和弘扬企业的爱心,推动企业文化不断深化,企业品牌深入人心,达到"双赢"的目的。

红十字会作为一个国际性组织,享有较高社会知名度和公信力,可以预见,随着经济社会的不断发展,上海国际化程度的不断提高,在不久的将来,红十字会的地位和作用将愈加凸显,社会各界支持和参与红十字事业的热情将更加高涨。我们要善于整合资源,善于加强协作,在实现互赢互利的前提下探求可持续的筹资机制,推动红十字人道救助事业深入持久、扎实有效地开展下去。

抓住机遇　趁势而为
努力开创嘉定旅游工作新局面

嘉定区旅游局局长　封建华

"十一五"期间,在区委、区政府的正确领导下,在市旅游局的指导和帮助下,全区旅游业取得新发展。预计到"十一五"末,全区接待游客627万人次,实现旅游直接收入14亿元。

一、"十一五"期间,全区旅游业发展主要成绩

资源特色进一步凸显。全区旅游资源丰富,既有孔庙(上海中国科举博物馆)、古猗园、秋霞圃、嘉定竹刻、黄草编织等传统文化旅游资源,又有上海国际赛车场、上海汽车博物馆、大众汽车工业游、上海汽车会展中心等汽车文化旅游资源,还有马陆葡萄公园、华亭人家—毛桥村、外冈蜡梅园等农业生态旅游资源。通过资源整合与提升,观光、体验、休闲等旅游价值与潜力进一步体现。

产业规模逐步壮大。嘉定区共有旅游景区(点)37个,其中国家AAAA级旅游景区(点)2个、AAA级旅游景区(点)3个、全国工(农)业旅游示范点5个、区级产业旅游景点6个;有星级旅游饭店15家,其中四星级4家、三星级7家;有跨区域连锁品牌7个,连锁酒店14家,社会旅馆334家;有国内旅行社35家、街镇旅游发展公司6家。旅游直接从业人员万余人。

品牌影响力显著提升。经过几年的培育和发展,嘉定旅游已形成"历史人文游"、"汽车文化游"和"乡村休闲游"三大特色,培育了上海汽车文化节、上海马陆葡萄节、上海南翔小笼文化展、上海孔子文化活动周等旅游节庆品牌,嘉定旅游的影响力得到显著提升。

综合效应日益体现。近年来,旅游行业服务水平显著提升,旅游公共服务体系逐步完善,旅游产业发展综合环境明显改善,城市风貌和发展环境进一步优化,以旅游节庆为平台的"商旅文"发展格局基本形成。

二、"十二五"时期,全区旅游业发展目标和主要任务

"十二五"时期,区内旅游业发展外部环境和内部条件都将发生重大变化。国务院颁布《关于加快发展旅游业的意见》,上海加快建设国际著名旅游城市步伐,嘉定区全力实施"调结构、促转型,加快城市化进程,促进'两个融合'发展"战略部署,全区旅游产业发展迎来重要机遇期。

"十二五"时期,全区旅游业将在融合发展中拓展产业空间。既要进一步挖掘和演绎历史人文、汽车文化和乡村休闲等旅游资源;又要拓展思路,在嘉定经济社会发展进程中拓展旅游产业发展空间,凡是能激发人们兴趣和兴奋点的吸引物都可能成为旅游产业发展的潜在资源。在创意创新中形成品牌特色。旅游经济是创意经济,是创新经济,要不断推进思路创新、发展方式创新、运作机制创新和市场创新,树立富有魅力的嘉定旅游品牌形象和产业特色。在集聚发展中形成核心竞争力。嘉定旅游产业要在空间布局、资源配置、产业政策和市场开发等方面发挥集聚效应,增强发展动力,形成产业优势。在"商旅文"联动中放大综合效应。以文化为魂、旅游为媒、商业为体,促进"商旅文"资源的整合、提升和互动发展,拉动旅游综合消费,推动服务经济快速成长。在资源共享中实现可持续发展。

"十二五"时期,嘉定旅游业要按照"调结构、促转型"的要求,把握加快城市化进程、促进"两个融合"发展的重要机遇,整合"商旅文"资源,着力推进高星级酒店集聚发展,形成以旅游住宿业为重点,布局合理、特色鲜明、服务规范、产业链完善、带动力强、低碳环保的旅游经济,使旅游业成为嘉定的特色产业、亮点产业和窗口产业,着力抓好五方面工作:

进一步深化与落实旅游产业规划布局。按照《上海市嘉定区旅游发展总体规划(2008～2020)》,结合嘉定"一核两翼"城市发展战略,进一步深化"两城四区"旅游规划布局,打造历史人文、汽车文化、乡村休闲和商务会展四大主题旅游功能集聚区。

进一步加快发展旅游住宿业。以嘉定新城核心区为重点,规划建设一批高星级酒店和特色精品酒店,鼓励开发商引进国际酒店品牌,形成高星级酒店群落。扶持品牌经济连锁酒店发展,加强对旅馆业的综合管理,逐步形成管理规范、服务优质、形象良好的旅馆服务业,使旅游住宿业成为嘉定现代服务业的增长极。

进一步推动产业旅游创意创新。依托嘉定先进制造业、现代服务业和新农村建设成果,进一步拓展工业旅游内涵,丰富农业旅游特色,完善旅游配套设施,增强旅游产品吸引力,使产业旅游成为嘉定旅游业的特色和亮点,成为促进"两个融合"发展的助推剂。

进一步推进旅游市场和产品开发。针对目标市场,整合旅游景区、旅游住宿、娱乐购物等资源,丰富观光游内涵,提升休闲游品质,挖掘体验游深度,培育自驾游亮点,打造专业游魅力。进一步完善旅游节庆工作统筹协调机制,促进节庆产品市场开发,形成政府引导、企业参与的办节模式。

进一步健全旅游公共服务体系。未来几年，将逐步形成以旅游咨询服务中心、景区旅游咨询服务分中心和旅游咨询服务点为框架的三级旅游咨询服务网络；进一步加强城市形象宣传，发挥旅游业在展示嘉定文化特色和城市魅力方面的作用；逐步完善旅游配套设施，健全道路指示和旅游景区引导标识系统规划设置，提升旅游公共交通、景区停车场、旅游厕所和无障碍公共配套设施。

找准"六个点"
构建"六个机制"

嘉定区人口和计划生育委员会主任　何　蓉

科学发展观是马克思主义发展观与当代中国发展实际相结合的产物，是做好新时期人口和计划生育工作的思想武器，是推进人口和计划生育事业持续、稳定、健康发展的武器。嘉定区人口和计划生育工作以科学发展观为统领，坚持以稳定低生育水平、统筹解决人口问题为主线，找准"六个点"，构建"六个机制"，推进人口计生事业全面开展。

一、以可持续发展为落脚点，构建统筹协调机制

把统筹人口问题摆到更加突出的位置，统筹人口数量、素质、结构和分布之间的协调发展，统筹人口与经济、社会、资源和环境之间的协调发展。

在主体上，不仅党政要坚持综合决策、统筹施政，相关部门也要齐抓共管、综合治理，进一步发挥人口计生工作领导小组的作用；在操作上，既要制订符合本地实际的工作计划，组织各方面力量抓好落实，促进人口计生工作健康发展，也要将人口发展纳入经济社会发展总体规划，促进人口与经济社会的协调发展和可持续发展；在内容上，既要关注人口数量和出生人口素质，也要关注人口结构、人口流动和人口老龄化等问题，实现整体推进。

二、以夯实基层基础为制衡点，构建科学管理机制

认真研究新时期人口计生工作的新情况、新问题，不断探索具有时代特征、符合基层实际的有效方法和途径。

以完善考核体系、改进考核方法、科学设置考核指标为重点，建立新型管理考核机制。把稳定低生育水平、治理出生人口性别比、提高出生人口素质、提高育龄群众生殖健康水平、制定和落实计生家庭奖励扶助政策、提高群众对计生工作满意率等作为考核重点，体现依法行政、关注民生的精神。坚持以宣传教育为主，转变群众生育观念。开展全区性的"一路行 计生情"基层"十进"巡回宣讲活动，让宣讲团进工地、进部队、进农村、进楼宇、进企业、进校园、进商场、进老年活动室、进"阳光之家"，增强国策宣传教育的针对性和实效性。加强基层规范化管理，制定规章制度，加强对基层工作的指导和督查。

三、以满足群众需求为出发点，构建优质服务机制

为群众办实事，做好事，真正做到寓管理于服务之中，增强群众的满意度。

转变重控制人口数量，轻提高出生人口素质和优化人口结构，就计划生育抓计划生育的观念，为群众提供"计划生育"、"优生优育"、"生殖健康"三大系列服务。广泛开展人口文化教育、关爱女孩、生育关怀、出生缺陷干预、0岁~3岁科学育儿、生殖健康教育、避孕药具"优得"等活动，实现"均等化、一体化、全程化"的优质服务。

四、以落实生育政策为契合点，构建利益导向机制

进一步深化人口计生利益导向机制，发挥政策杠杆作用，让计划生育家庭优先分享改革发展的成果，真正从政治上得到荣誉，从经济上得到实惠，切实解决计生户的后顾之忧。

完善和扩大人口计生利益导向政策受益面，鼓励更多符合再生育政策夫妻再生育子女。进一步完善对独生子女伤残、死亡家庭年老父母的扶助政策，切实解决他们的实际困难。深入推进品牌项目——"金拐杖圆梦行动"，不断提高项目的覆盖面,通过结对家庭与青年志愿者开展活动,实现从"他助"发展为"助他"的转变。

五、以协会建设为发力点,构建群众自治机制

深化计划生育村(居)民自治,避免"自娱自乐"的自治形式,真正让群众成为计划生育的主人,实现"自我管理、自我教育、自我服务"。

把计生协会作为重要力量,把流动人口作为重要对象,在流动人口聚集区成立流动人口计生协会,使之成为流动人口计划生育教育、服务和管理的重要阵地,增强流动人口自我教育、自我服务、自我管理的能力。推广"新马陆人"计划生育协会"三自"管理模式,支持计生协会开展基层群众自治,使之在自我教育中"唱主角",在自我管理中当骨干,在自我服务中挑重担。

六、以加大投入为切入点,构建人财保障机制

加大对人口计生事业的公共投入,确保法律法规规定的各项奖励优惠政策、人口计生经常性工作、计划生育免费基本技术服务等经费的落实。

建立稳定增长的经费投入保障机制,人口计生财政投入增长幅度高于经常性财政收入增长幅度,每年年中对街镇的经费投入和使用情况开展督查,指导人口计生事业经费的应用,提高资金使用的政治效益、社会效益和经济效益。实施"强基固本"工程,按照常住人口规模比例配齐配强人口计生工作机构和队伍,对人口计生干部政治上爱护、生活上关心、工作上支持,推进人口计生系统队伍职业化建设,加强干部队伍作风建设,开展法制、业务等培训,提高干部队伍整体素质和工作效能。

以科学发展观为统领
开创大调解工作新局面

嘉定区司法局局长　吴建军

科学发展观的内涵就是坚持以人为本,树立全面、协调、可持续的发展观,促进经济社会和人的全面发展。科学发展观所要求的发展,是物质文明、政治文明、精神文明共同进步的发展,是以人为本,最大限度地实现好、维护好和发展好人民利益,它的集中体现就是构建社会主义和谐社会。这是当前党和国家工作的大局,是始终不渝的奋斗目标。近年来,随着嘉定城市化进程的不断发展,征地补偿、拆迁安置、企业改制而引发的各类社会矛盾日益显现。2008年,全区各级人民调解组织受理各类纠纷15 389件,2009年达17 755件,对社会和谐稳定产生一定影响。

一、加强调研,整合资源,推进大调解工作协调发展

人民调解作为维护社会和谐稳定的第一道防线,它是在人民调解委员会的主持下,采取中国特色的纠纷化解模式,依据法律、政策和道德,促使当事人互谅、互让、解决纠纷的群众自治活动,具有群众性、社会性、治本性和长效性等特点。近年来,在区委、区政府的正确领导下,全区紧紧围绕"建平安嘉定、创和谐家园"工作目标,加强人民调解工作基础建设,先后建立区、街镇和村(居)三级人民调解工作网络。大调解工作格局是积极预防和有效化解人民内部矛盾的重要维稳体系,它是充分整合民间、行政、仲裁、司法等各个领域的资源,综合运用人民调解、司法调解、行政调解、仲裁调解等手段和方式,适应不同利益主体的法律需求,所形成的解决各类社会矛盾的多元化综合调处体系。按照"用人民战争的方法开展人民调解工作"的思路,区司法局在加强基层司法所规范化建设的基础上,不断拓展调解领域和范围,联合区人民法院、区人民检察院、公安嘉定分局、区人社局、区总工会、区妇联等单位,整合各自资源,动员社会力量,强化人民调解与行政调解、司法调解、仲裁调解相互衔接和优势互补,先后成立区总工会、医患纠纷、劳动争议、区妇联、区联调委、交通事故争议等6个区级行业人民调解委员会,成立农业果园、大型农贸市场、新村民3个街镇和村(居)级调解委员会,建立38个工厂、企业调解委员会,并在部分街镇利用社区人才资源试点开展"司法睦邻点"工作,为有效化解疑难复杂的矛盾纠纷搭建平台,充分发挥人民调解作用。在调解员队伍建设方面,采取政府购买服务的方式,建立专职人民调解员队伍,初步搭建全区上下联动、层级递进、横向互动、相互衔接、结构多元、实效明显的大调解工作网络,在维护社会稳定、促进社会和谐中发挥积极作用。

二、明确任务,落实责任,促进大调解工作和谐发展

一是明确指导原则。构建大调解工作格局,把矛盾纠纷解决在当地,解决在基层,解决在萌芽状态,对维护社会和谐稳定具有重大的战略意义。坚持以学习实践科学发展观为指引,坚持"党委政府统一领导、政法综治牵头协调、公检法司联动协作、司法部门业务主导、相关部门共同参与、调解组织实际操作、社会各界整体联动"的原则,有效突破制约人民调解工作发展的瓶颈问题,着力整合全区维稳力量资源,积极创新人民调解组织体系、运作机制、工作方法和保障措施,充分发挥人民调解在维护社会和谐稳定中基础性保障作用,在全区构建以人民调解为基础,人民调解、司法调解、行政调解、仲裁调解有效衔接化解纠纷的"一纵三横"大调解工作格局。"一纵"即在全区建立纵向到底的调解工作领导和指导机构,加强对调解组织的统一领导,以此作为党委、政府推进调解工作建设发展的垂直领导体系;"三横"即在区、街镇、村(居)三级,围绕人民调解组织搭建三个人民调解工作平台,依层次、按行业构建,全力化解社会矛盾。

二是搭建工作平台。根据区委下发的《关于在全区构建大调解工作格局的实施意见》,建立"嘉定区社会矛盾纠纷调解中心"(以下简称调解中心),受理调处涉及全区社会稳定、领导交办督办、领导包案和其它调解组织委托调处的疑难复杂纠纷,负责对区域性、行业性调解委员会及下一级调解组织的业务指导、监督和检查。同时在调解中心内建立区重大工程纠纷和重大纠纷流动调解团,聘请一批富有司法和调解实践经验的政法部门退休人员、退休的村居委书记(主任)、从事政法教学的退休教师及具有丰富专业知识的退休人员,组成资深专职调解员队伍,开展疑难复杂纠纷的分析、研究和化解工作。面积达3 300平方米的嘉定区调解中心大楼的启用,形成以调解中心为核心,以区诉调对接中心为依托,以区行业性和区域性调解委员会调解工作室为基础的调解工作平台,建立多元纠纷解决机制,全力预防和化解发生在区级层面的疑难复杂矛盾纠纷。

三是建立保障机制。采取政府购买服务的方式,不断壮大区内专职人民调解员队伍。选拔有较高思想道德水平、公道正派、责任心强、热心调解的人员从事人民调解工作。通过委托区人才服务中心公开向社会招录专职人民调解员,各街镇调解中心专职调解员由3人增配至5人,司法所配备文职人员3人。为保障专职人民调解员的权益,自2008年起,为全区393名专职人民调解员购买人身意外伤害综合保险,解决调解员的后顾之忧。按分级承担的办法,建立专项业务经费。按照事权与财权相统一的原则,由区财政统筹,实行分级负担,建立人员及公用经费、人民调解办案补贴经费。

三、提高认识,完善机制,确保大调解工作科学发展

在完善大调解格局工作方面与科学发展观的要求还有一定的差距,具体表现在三个方面:一是人民调解组织的布局不合理,社会力量和资源未能得到有效整合和充分运用;二是四种调解模式之间的衔接和配合还不够紧密;三是调解员队伍的力量配置还不能完全适应大调解工作所面临的任务需求。针对上述问题,为进一步完善区内大调解工作格局的构建,充分发挥大调解工作职能,更好地为全区经济建设保驾护航,必须在三个方面下功夫:一是进一步提高思想认识,认清新时期经济社会发展规律和特点,建立能够更好地服务嘉定经济社会平稳较快发展、促进"两个融合"目标实现的认识;二是进一步加强改革创新意识,围绕社会矛盾纠纷种类、特点和热点,适时补充、调整区大调解工作领导小组成员,深化劳动争议、医疗纠纷、交通事故矛盾纠纷化解工作,探索在教育、物业管理、农村土地置换、农村土地承包等领域开展人民调解工作,确保大调解工作格局有效运行;三是进一步提高调解员业务水平,加大对专职人民调解员的培训力度,提高调解员矛盾排查、预警处置、纠纷调处、突发防控等方面的能力,使调解员的业务水平能够适应不断变化的形势需要。

在各级党委、政府和相关职能部门的支持下,不断加强相互之间的协作配合,着力整合调解资源,最大限度地预防和化解矛盾纠纷,充分发挥"一纵三横"大调解工作格局在维护社会稳定工作中的重要作用,践行科学发展观,把全区大调解工作格局建设成联系群众、凝聚社会、巩固党的执政基础的大平台。

加强城市环境管理
引导全社会参与

嘉定区绿化和市容管理局局长　张家平

城市环境管理是社会管理的重要内容。切实加强社会管理，充分发挥政府、社会组织、市民等多方面的积极性，逐步形成以政府管理为调控、社会组织为主导、市民协同参与的城市环境管理新机制，是我们奋斗的目标。

提高城市环境管理工作成效，可以从三方面探索管理新途径：

一、探索创新，不断完善城市环境管理体制与机制

1. 探索创新，健全法规。一是制定城市环境管理的配套性法规，缩短法律、规章和条例滞后于实际管理工作的时间差。城市管理监察大队已经组建，但还未有较成熟的城市管理法规，给城市管理执法工作带来较大困难。因此，建立健全城市环境管理法律法规尤显迫切和重要。二是在城市环境管理法律法规还不健全的情况下，在政府职权范围内，根据本区域特点采取必要的行政措施，尽可能做到及时、严密和有较强的可操作性。例如对在街头乱刷、乱贴小黑广告者，实行移动电话停机措施，使街头乱刷、乱贴小黑广告现象明显减少。

2. 跨前一步，提前介入。在城市规划、建设和改造项目的方案设计和论证时，让市政、交通、公安、环保、市容、环卫、绿化、食监等相关部门提前介入。采取征求意见、专项指导、联席会议、听证会等形式，全面听取并及时采纳相关管理部门的合理化建议，使建设规划和项目设计符合区域特点和市民群众多层次消费结构的实际需求。综合考虑市政、环卫、环保设施、停车场库、非机动车停放点、菜市场、楼宇景观灯及各类公益小设施等配套工程，避免因建管脱节造成的管理被动，从而真正体现"建管并举，重在管理"的要求和现代化城区建设"以人为本"的管理理念。

二、整合力量，切实加强城市环境管理

1. 加强协调，增强合力。随着劳动力价格上涨，市政设施养护和城市管理执法成本大大提高，城市环境管理的资金投入日显不足。按照"费随事转"原则，真正做到人尽其用、物尽其用、财尽其用。坚持在统一指导协调下的条块结合、重心下移、以块为主、统一管理的模式，强化镇、街道对本区域内环境管理的指挥协调职能，充分发挥三级管理的力量。总结城管监察队伍的执法经验和联席会议制度的成功做法，真正形成齐抓共管、长效管理的良性机制。根据各

镇、街道地域相包容的特点，研究实施不同地段、不同时段、不同对象的"差别化管理"和"渐进式管理"办法，着力解决结合部的管理难点问题。

2. 加强教育，文明执法。近年来，我们在城市管理执法系统开展创建规范化分队建设活动，以加强队伍的正规化建设。通过狠抓思想、作风、制度建设等完善城管队伍自身建设，坚持文明执法，提高服务质量，塑造良好形象，开展行风和政风评议，争取市民广泛支持。

3. 加强投入，创新技术。为适应城市环境管理"数字化"的新要求，在保留行之有效的传统管理方式外，利用现代信息技术实现管理方式质的飞跃。在市容环境管理的实时监控、信息利用、指挥调度、交通引导等环节上，广泛运用和推广数字化设备系统，提高城市环境管理实效。

三、加强宣传，提高社会各界的文明素质

1. 加强社会宣传。以"迎世博"为契机，充分发挥区域内各类宣传阵地、媒体的作用，开展"城管进社区"等活动，宣传城管法规、社会公德、健康知识、先进典型和剖析违法案例，形成良好的舆论氛围，促进公民参与，培育公民精神，创造良好的城市环境管理和执法环境。

2. 教育引导自律。城市环境管理是全社会的共同责任。通过各级组织、企业行业协会、街道居委、群众组织等渠道，加强对基层企事业单位和市民群众的社会责任教育，形成有效的制约机制，积极培育基于尊重公众利益、维护社会公德、履行社会责任的自律意识，构筑城市环境管理的"文明底线"。

3. 切实革除陋习。通过严格审批和执法，纠正以侵占公共道路资源为手段、以牺牲社会环境利益为代价的经营行为；改变只顾自己方便不管周围环境，只管自家干净不顾公共卫生的不良习惯。建立公共意识，从我做起，从细微处做起，改陋习，树新风，使市民生活方式、思想观念、精神素质、道德情操、行为规范等适应现代城市生活的基本要求。

4. 重视社会监督。通过加强组织监督、群众监督、舆论监督、社会监督等手段，建立内外监督机制，拓宽公众监督渠道，尤其对严重影响城市环境的现象，加大新闻媒体曝光力度。把履行城市环境综合管理义务的情况作为衡量企业声誉和考核各级干部的重要内容，真正形成"以维护环境为荣、以损害环境为耻"的社会氛围，开创"人民城市人民管"的新局面。

随着嘉定城市化进程的深入推进,城市环境管理的任务越来越重,城市环境管理这一影响嘉定城市形象、惠及百姓生活的重要工作一刻也不能懈怠。为此,我们要认真总结经验,找出差距,明确方向,振奋精神,与时俱进,全面提升嘉定的城市环境管理水平,为建设更具魅力的新嘉定作出应有贡献。

发挥动迁工作"先行官"作用
加快推进嘉定城市化进程

嘉定区住房保障和房屋管理局局长　谢志音

2009年,中共嘉定区委四届九次全会确立进一步加速推进城市化进程,促进二产和三产融合、产业和城市融合的城市化发展战略,形成"一核两翼"的城市化发展布局。为打造一个生态宜居、产城融合、功能完善、富有内涵的城市,区委、区政府提出"四个先行"的原则,其中之一就是动迁先行。动迁,是实施"一核两翼"战略部署、加速城市化进程的必然要求,是调结构、促转型的迫切需要,是打破城乡二元结构、推进城乡一体化的先行工作。

一、动迁工作取得的成效

全区动迁工作紧紧围绕经济社会发展的目标和任务,发挥城镇建设"先行官"和"助推器"的作用,为全区经济社会和谐发展奠定坚实基础。

在土地指标紧缺的情况下,优先确保动迁安置用地,五年累计投入动迁费百亿元。至2009年底,轨道交通十一号线综合配套工程、京沪高铁、沪宁城际铁路工程腾地动迁工作全面完成;新城核心区首期动迁任务基本完成,居民(农户)动迁签约率99%,动迁企业162家,腾地159.67公顷,为新城建设提供发展条件;大型居住社区建设动迁工作继续推进;主要市政道路工程动迁有序开展,嘉闵高架、胜辛路、叶城路等道路工程动迁工作进展顺利;老城改造、农村宅基地置换拆迁稳步推进;加大商品房基地动迁力度,为动迁户过渡安置提供保障。

二、动迁工作取得的经验

近年来,动迁工作取得成效,归纳其经验,主要得益于以下几个方面:

一是有效的机制。在动迁过程中,逐步摸索并形成一套行之有效的工作机制。如以区动迁指挥部为牵头的上下联动机制,以属地化管理为核心的责任机制,以"三个不到最后一刻"为前提的裁决强迁机制,以公开、公正、公平为前提的"阳光"机制,以"先走先得益、晚走晚得益、不走不得益"为内容的动迁激励机制等。

二是实干的作风。各级领导和广大工作人员发扬"5+2"、"白+黑"的工作精神,坚持"领导在一线指挥、问题在一线解决、经验在一线总结"的实干作风,保障动迁工作顺利推进。

三是可行的方法。在企业动迁问题上,采取"三个一批"(依法淘汰一批、异地安置一批、资产置换一批)和"一厂一策"的办法,通过保留安置、货币安置、撤离安置、租赁安置等形式,使动迁企业各得其所;在居民安置中,按照"三个好"(好地段、好楼盘、好房型)的建设要求安排房源,切实保障动迁户权益。

三、动迁工作面临的难题

随着城市建设的深入,动迁工作面临的难度越来越大。

1. 政策衔接的难题。个别区域的动迁政策尚未调整到位,动迁安置形式从异地安置、宅基地置换安置、征地动迁安置向较为统一的征地动迁安置过渡,由于历史遗留问题和实施项目的紧迫性等原因,在动迁安置补偿政策上可调节的余地越来越小。

2. 动迁安置房建设跟不上动迁进度的需要。动迁安置基地认定、相关手续办理、项目招投标政策变化等因素,使动迁安置房建设周期被拉长,进而拖长动迁周期。

3. 企业动迁成为动迁工作的突出难点。一是土地总体利用和城市规划的控制,土地占补平衡指标紧缺,部分企业返征地难以落实;二是补偿价格越来越高,由于土地规费的上涨,补偿标准的提高,动迁的时间成本、资金成本、效益成本不断增加;三是对企业动迁缺乏法制化的有效手段。

四、动迁难题的思考与对策

动迁难,但发展不破不立。没有一定强度的拆旧建新,城市功能提升、人居环境改善就只是一句空话。经过调查、分析、总结,对解决动迁难题提出以下几方面思考:

1.加强领导,落实动迁责任制。在区委、区政府的统一领导下,发挥区动迁工作指挥部"联系、指导、协调、服务、解难、献策、促进、督察"的作用,为全区的动迁工作提供强有力的领导保障。落实目标责任制,理顺体制,建立机制,增强力量,加强考核。

2.着眼长远,规划定位优先。好的规划有利于动迁工作的有序进行,规划要先行,在规划的程序上坚持广泛听取和采纳群众意见。规划一旦确定就要有效实施,确保规划的前瞻性、科学性和权威性。

3.突破企业动迁难的瓶颈。一是切实做到"三个准确",即企业动迁对象准确、企业安置区域选定准确、对企业长远规划准确。二是吃透和细化政策、法规,洽谈过程中熟练运用政策法规。三是以情感人、以理服人。采取人性化操作,对动迁企业的返征地、出劳、开工等提供保障,在土地供应、建设手续办理、基础设施配套、生产许可证申领等方面开辟"绿色通道"。

4.居民动迁要符合民情民意。确保居民动迁安置用房达到"三个好"的要求。同时,做好安置基地外围主要市政配套道路建设,引入优质教育、卫生、商业等资源,解决入住居民的基本生活需求,让动迁居民享受到优质的社会资源。

在嘉定区城市化发展进程中,动迁工作的重要性和必要性日趋凸显,我们将紧紧围绕区域发展目标,充分发挥动迁工作"先行官"的作用,创新机制,突破瓶颈,为嘉定城市化发展创造条件,提供保障。

聚焦审批服务 促进"两个融合"
树立"中心"窗口新形象

嘉定区投资服务和办证办照中心
党委书记、常务副主任 钱 力

区投资服务和办证办照中心以邓小平理论和"三个代表"重要思想为指导,深入贯彻落实科学发展观,以举办世博会为契机,以深化行政审批制度改革、减少和规范行政审批为重点,以服务企业、服务社会、服务群众为主线,立足新起点,开拓新思路,为加速嘉定城市化进程,促进"两个融合"而不断努力,开创嘉定科学发展新局面。

一、以"两个融合"为契机,拓展项目转型机制

围绕区委提出的"要坚持走加速城市化进程,促进二、三产业融合发展、城市化和产业化融合互进的发展道路"的总体目标,严格构筑项目审批新平台。一是加快推进重大投资项目"绿色通道"机制。围绕《关于建立重大投资项目行政审批"绿色通道"机制的实施办法》,将对区内经济和社会发展有重要影响的项目列入"绿色通道",确保项目在审批时限、受理登记、跟踪服务等方面顺利进行。二是严把项目准入评估机制。根据嘉定总体产业结构的调整趋势,对拟引进项目从产业导向、能耗水平、环境影响、产业用地、投资强度等方面严格把关、综合评估。三是建立项目会审联动机制。整合窗口优势,定期组织相关职能部门对项目进行会审,确保项目按设定标准进行建设,对可能产生违背建设要求或与嘉定整体发展格局不相符的项目采取行政手段予以制止。四是建立项目月报工作通报制度。定期整合、梳理项目,对项目进行动态管理,更好地推动项目进展。

二、以行政审批制度改革为契机,提高审批服务效能

以行政审批制度改革为契机,积极与各职能部门协调,在严格执行国家和市有关政策规定的前提下,压缩审批时限,创新审批机制,建立更加公开透明、简便顺畅的项目审批程序。重点抓好"四个一"。一是明确一个目标,即"两高一少"。以政府信息公开、行政审批制度改革和行政事业性收费清理为重点,全力打造"行政透明度最高、行政效率最高、行政收费最少"的行政区之一。二是抓住一条主线,即促进政府职能有效转变。把政府职能转变的要求贯穿于全过程、各环节,作为清理审批事项和收费的首要标准,优化审批流程的首要标准,评价审批改革成效的根本依据。

三是建立一个网上系统。充分利用信息技术建立行政审批管理和服务平台,逐步实现行政审批的全覆盖受理、全方位公开、全过程监督。四是创新一套审批管理机制。针对审批改革中存在的突出矛盾、深层次问题,加快制度机制创新步伐,加大三项工作力度,即整合窗口资源,加大拓展服务项目力度;完善审批管理系统,加大限时办结力度;发挥"三支队伍"作用,加大上下联动力度。

三、以世博会召开为契机,树立良好形象

以世博会召开为契机,增强全体工作人员迎办世博的责任意识,全面做好迎办世博的各项工作,实现服务质量、服务水平、服务效率、服务标准、服务环境、服务功能的全面提升。在服务举措上,向各窗口提出"五办"措施,即对群众反映的亟待解决的问题,高效快捷"立即办";对群众反映的老大难问题,迎难而上"主动办";对基层反映的重大问题和普遍性问题,深入基层"上门办";对条件暂不具备或一时难以解决的问题,创新思维"变通办";对涉及面较广、政策性较强的问题,不遮不掩"公开办"。每季度评选"服务之星",每年评选"服务明星",鼓励先进,鞭策后进,

营造人人争先创优、个个不甘人后的良好氛围,不断提高服务水平。

四、以加强党建工作为契机,提升队伍素质

根据区委的总体要求,突出重点,强化措施,扎实推进党建工作,提升队伍整体素质。一是抓班子建设。领导班子的工作作风、精神面貌、自身形象直接影响着整个队伍的建设和发展。通过自我学习抓党委班子的自身建设;以经常性党委例会强化党委成员的班子意识;班子成员团结协作,进一步加强支部、窗口和党员的联系。二是抓队伍建设。以发展一线工作人员加入党组织、建立党员"先锋模范岗"、发短信祝贺语或警示语等形式,开展关爱党员主题活动,不断巩固和提高党组织的凝聚力和战斗力。三是抓制度建设。建立党员"政治生日"谈心谈话制度,党支部主动了解掌握党员八小时外的社会、家庭生活等情况,切实帮助党员解决工作、生活中的困难。严格执行"三会一课制度"、"党员发展制度"、"党风廉政制度"等,进一步激发党员工作积极性,营造高效服务的工作氛围。

立足工商职能　服务嘉定
新一轮经济结构调整与转型

工商嘉定分局党委书记、局长　陈彦峰

工商事业的发展与地方经济发展息息相关。近年来,工商嘉定分局抓重点、攻难点、出亮点,全力以赴服务地方经济发展,恪尽职守加强市场监管,队伍、业务建设迈上新台阶。至2009年底,全区共有各类市场主体115 887家,其中内资企业3 889家、私营企业89 711家、外商投资企业2 245家、个体工商户19 917户、农民专业合作社125户;累计注册资本(金)1 829.3亿元。共有中国驰名商标10件、上海市著名商标65件。

一、围绕中心,提升能级,全力服务区域经济发展

一是发挥政策效应。制定支持企业发展措施15条和实施商标战略措施12条,依托区"小巨人"计划,率先将全国、上海市"守合同重信用"企业纳入政策奖励范围,加速

区域产业结构调整步伐。二是提升服务能级。抓住金融危机重大机遇,先后开展"走千家企业、送一片温暖"和"走千家企业,促经济发展方式转变"等主题活动,倾听企业诉求,解决经营难题。三是创新工作载体。召开服务经济发展工作通报会、镇长(主任)座谈会等,建立二级专报制度,架设交流平台。四是帮助企业做大做强。通过办理动产抵押登记、助推大学生"零成本"创业、发挥商标发展战略优势等,帮助中小企业解决资金难题。

二、攻克难点,聚焦民生,整顿规范市场秩序

一是扎实做好无照经营监管工作。联合区内相关部门开展多项整治活动并取得阶段性成果,完成首批"农家乐"

疏导工作,有效推动"政府牵头、条块联合、以块为主"综合机制的建立和完善。二是有序推进食品安全监管工作。6月1日,新《中华人民共和国食品安全法》实施后,工商嘉定分局做好与食品药品监督管理局嘉定分局相关工作的衔接。至年底,受理流通领域许可申请1325件,妥善处理"瘦肉精"等多起突发事件。三是稳步提升执法办案水平。年内,查处各类经济违法违章案件1851起,取缔无照经营2973户,辖区内经济秩序明显改观。

三、制度治本,不断夯实干部队伍基础

一是抓政治建设。年内,开展"局长在线访谈"、"感恩教育"等主题活动,提高干部大局意识和难点突破能力。二是抓人才管理。组织开展科级干部岗位竞聘、非领导职务晋升和企业注册官晋升等工作,开展工商所面向监管服务对象述职述廉活动,鼓励干部爱岗敬业。三是抓教育培训。组织举办党支部书记培训班和组长培训班,开展"双能"竞赛和青年风采评比等活动,探索建立青年干部导师带教、中心组基层走访和重点课题调研等制度。年内,工商嘉定分局被评为上海市学习型机关创建单位。

2010年是上海世博会举办之年,是完成"十一五"规划和谋划"十二五"发展的关键之年,更是嘉定大调整、大建设、大发展的全面发展之年。工商嘉定分局要进一步解放思想,全力推进"两个融合",实现嘉定科学发展新跨越。

一、围绕经济结构调整与转型,着力提升服务区域经济发展助推力

1. 提升效能,加速"产城融合"进程。以"调结构、促转型"为目标,将政策、服务聚焦于嘉定新城、轨道交通十一号线及现代服务业、特色农业等重点项目和产业。进一步加大劣势企业淘汰力度,做好中小企业帮扶工作,加强驰名、著名商标培育发展,推动"产城融合"互进。

2. 运用信息化手段,实现监管升级。按照"两高一少"目标,加快推进企业设立并联审批、网上年检等工作,全面推广经济小区与商务楼宇的远程行政指导,运用电子化手段实现服务能效升级。

3. 搭建平台,优化窗口服务水平。继续做好迎世博窗口服务工作,推出优质服务项目。进一步发挥工商数据作用,加强对企业登记信息等数据的开发利用。围绕影响和制约区域经济发展的难点问题深入调研,制定整改措施。

二、融入"平安世博"大背景,着力提升监管执法公信力

1. 推进无照经营整治工作。依托政府力量,延伸村(居)监管触角,综合治理无照经营难题,确保世博期间全区不发生因无照经营引发的重大安全事件。继续加大高危、重(热)点行业无照经营监管力度,推行无照经营市场防控"一票否决"制。

2. 把握方向,加大执法办案力度。围绕政府关注、群众关心的辖区支柱产业、民生热点等,查办大案、要案和新案。根据经济形势发展新变化,端正指导思想,规范执法行为,提升执法公信力。

3. 履行职责,加大食品安全监管力度。坚守食品安全底线,进一步健全许可、监管、抽检等工作机制,严把食品流通许可市场主体准入关。认真做好日常巡查工作,世博期间,加大旅游景区等重点区域、重点环节的食品安全监管力度。强化食品安全事故预警防范,提高突发事件应对能力。

三、围绕学习型机关团队建设,着力提升新时期干部凝聚力

1. 强化党建工作。以党的十七届四中全会精神为指导,发挥工商嘉定分局党政班子的核心力量、中层干部的骨干力量、党员的中坚力量和组长的基础力量,通过举办形势报告会和培训班,推进党员干部党性修养和作风建设。

2. 深化学习型机关创建。探索分类分层培训机制,依托"四台一体"载体,开展教育培训活动,建设学习型领导班子和学习型党支部。深化科、所联动专题培训模式,打造专业型、复合型干部队伍。

3. 抓好干部队伍管理。以党风廉政建设、政风行风测评和文明单位创建为抓手,进一步加强窗口建设,推进干部队伍建设。以开展科级干部竞争上岗、组长聘任、红盾风采榜评比等为抓手,完善激励机制,形成学先进、比先进的争先创优氛围。

中共嘉定区委

编辑 袁黛英

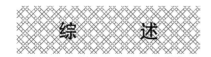

综　　述

2009 年，区委常委会坚持以邓小平理论和"三个代表"重要思想为指导，全面贯彻落实党的十七届三中、四中全会精神，以开展深入学习实践科学发展观活动为契机，坚定信心，攻坚克难，推动各项工作取得新进展。一是立足当前，全力实现"四个确保"。(1)贯彻落实中央、市委应对国际金融危机的一系列决策部署，出台推进文化信息产业、新能源汽车及关键零部件产业、总部经济发展及吸引品牌高端酒店入驻等政策，加大重点行业、企业扶持力度，扩大有效投入，确保经济平稳较快发展。(2)促进就业，完善社会公共服务体系，扩大社会保障覆盖面，确保民生持续得到改善。(3)始终把维护社会稳定作为第一责任，不断建立健全维稳工作机制，整合工作资源，调动积极因素，推进落实信访维稳和社会治安综合治理各项工作，确保社会和谐稳定。(4)围绕"迎世博盛会，展嘉定风采"主题，完善迎世博工作机制，推进迎世博 600 天行动计划，全面启动世博安保工作，有序推进迎世博工作。二是着眼长远，加速促进"两个融合"。(1)明确"聚焦一个核心，延伸两翼"的城市化发展战略，加快推进城市化进程。统筹考虑土地利用、城市建设、产业发展三项规划，形成同步规划、同步推进、同步管理的格局；按照"四个先行"开发理念，全力推进嘉定新城建设；不断优化交通路网结构，提升对外通行能力，完善城市生活配套服务，着力提高城市服务功能；制定出台《关于加快农村改革发展的实施意见》，扎实推进社会主义新农村建设。(2)加快结构调整，促进二、三产业融合发展。加强上海新能源汽车及关键零部件产业基地、环同济知识经济圈等建设；加快推进高新技术产业化，推动先进制造业向高端发展；引进和壮大一批以创意、研发为主的总部经济型项目和商贸、生产服务型项目，加快现代服务业发展；加大劣势企业淘汰力度，增强可持续发展能力。(3)聚焦关键环节，破解发展难题。进一步完善体制机制，使行政区划、运作管理、考核政策更符合科学发展的要求；不断优化资源配置，引导资源配置向城市化发展倾斜；突破"一核两翼"及轨道交通站点综合开发动迁难点。三是不断加强和改进党的建设，为科学发展提供坚强保障。(1)扎实开展深入学习实践科学发展观活动。以"提升能力水平、实现'四个确保'、促进科学发展"为载体，组织全区各级党组织和党员分两批开展深入学习实践科学发展观活动，努力达到"党员干部受教育、科学发展上水平、人民群众得实惠"的总体要求。(2)切实加强思想政治建设。研究制定《关于进一步加强和改进领导班子思想政治建设的意见》，丰富学习形式和载体，抓好各级领导干部、基层党员、群众的学习教育；加强舆论引导和社会宣传，以庆祝新中国成立 60 周年和上海解放 60 周年为契机，弘扬主流文化。(3)稳步推进党内民主建设。进一步完善区委全委会、常委会决策机制，坚持区委委员列席区委常委会会议和区党代会代表列席区委全委会制度；制定实施《关于讨论决定干部任免事项实行票决制的实施办法(试行)》，落实党代会代表任期制，建立区党代会代表联络工作办公室；在 102 个村、85 个社区党组织中进行"公推直选"换届选举，积极推进党务公开。(4)认真抓好领导班子和干部队伍建设。实施区政府机构改革，制定实施《关于进一步加强干部教育培训工作的若干意见》和《领导干部学习培训学分制管理办法(试行)》，加强后备干部队伍建设。(5)不断加强基层党组织建设。抓好基层党组织领导班子按期换届选举工作，推进党建联建工作，扩大党组织覆盖面，深入推进楼组党建工作。(6)深入推进党风廉政建设。全面落实《嘉定区贯彻落实〈建立健全惩治和预防腐败体系 2008～2010 年工作规划〉的实施方案》，着力推进网络监察系统建设，搭建 6 个网络监管平台，加强源头治腐工作。制定下发加强机关作风建设提高工作效率的文件，压缩机关经常性经费预算开支，控制党政机关举办节庆活动，增强党员干部艰苦奋斗和勤俭办事的意识。　　(夏洁心)

区党代会、全会和常委会会议

【区委四届八次全会】 2 月 27 日召开。会议审议并表决通过《区委、区政府关于加快推进农村改革发展的实施意见》。区委书记金建忠传达市委九届七次全会精神并讲话。区委副书记曹一丁就《区委、区政府关于加快推进农村改革发展的实施意见(讨论稿)》的起草背景、过程和主要内容作说明。区委书记金建忠提出四点要求:一要着力破除城乡二元结构,实现城乡一体化;二要着力提高组织化、设施化、科技化水平,实现农业现代化;三要创新完善各项制度,深化农村综合改革;四要加强党的领导,为加快推进农村改革发展提供组织保障。并就做好经济社会发展和迎世博工作提出要求:一是保增长方面,各街镇、各部门要把深入开展企业帮扶、加快项目建设、实现招商突破、提升产业能级作为保增长的主要抓手,进一步强化措施,狠抓落实。二是迎世博方面,要下大力气推进各项工作,集中力量开展环境整治;明确责任,强化督查考核,确保迎世博各项任务圆满完成。三是民生稳定方面,要做好就业和社会稳定工作。区委委员、区委候补委员28人出席会议,区纪委委员、有关方面负责人及部分区第四届党代会代表180余人列席会议。

【区委四届九次全会】 7月15日召开。会议传达和学习市委九届八次全会精神,研究确定加速城市化进程、促进"两个融合"的思路和举措,总结上半年工作,部署下半年任务。全会审议通过《中共上海市嘉定第四届委员会第九次全体会议关于递补区委委员的决定》和《中共上海市嘉定区第四届委员会第九次全体会议决议》。区委书记金建忠在会上作题为《加速城市化进程,促进"两个融合",开创嘉定科学发展新局面》的主题报告,并就下半年工作提出三点要求:一要咬定目标不放松,全力实现"四个确保";二要加大投入不松劲,进一步集聚发展后劲;三要转变作风不懈怠,不断强化科学发展保障。区委委员、区委候补委员34人出席会议。区纪委委员、有关方面负责人和部分区第四届党代会代表列席会议。

【区委常委会会议】 2009年,区委共召开常委会会议31次,每次会议有1~9个议题。常委会会议全年传达学习贯彻中央、市委文件和会议精神11次(1次即1个议题,下同),讨论召开

区委四届八次、九次、十次全会有关事宜6次,讨论区委重点工作、调研工作2次,讨论党风廉政建设、纪检工作、组织人事工作、宣传思想工作18次,讨论开展深入学习实践科学发展观活动工作10次,讨论统战工作2次、人民武装工作2次、迎世博工作3次,讨论区政府机构改革工作2次,讨论经济工作4次、规划建设工作1次,讨论政法、司法、信访、人口工作9次,讨论先进评选工作4次。其主要内容有:决定召开区委四届八次、九次、十次全会及会议主题;讨论通过《嘉定区2009年党风廉政建设和反腐败工作意见》、《上海市嘉定区人民政府机构改革方案》、《关于贯彻〈中国共产党全国代表大会和地方各级代表大会代表任期制暂行条例〉的实施办法(试行)》、《中共上海市嘉定区委2009年重点工作安排》、《关于开展2009年调研工作的通知》、《关于嘉定区第一批开展深入学习实践科学发展观活动的实施方案》、《关于嘉定区举行中华人民共和国成立60周年庆祝活动的通知》、《关于2009年度对各镇、街道、嘉定工业区、菊园新区机关绩效考核的通知》、《关于讨论决定干部任免事项实行票决制的实施办法(试行)》、《关于在全区构建大调解工作格局的实施意见》、《中共上海市嘉定区委常委会深入学习实践科学发展观整改落实方案》、《关于深入学习宣传党的十七届四中全会精神的意见》、《关于进一步加强新形势下人民政协工作的实施意见》、《关于

进一步加强和改进领导班子思想政治建设的意见》、《关于贯彻落实〈中共上海市委关于贯彻《中共中央关于加强和改进新形势下党的建设若干重大问题的决定》的实施意见〉的实施方案》等文件;讨论决定人事任免等。

(夏洁心　徐晓峰)

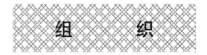

【党员和党组织】 年末,全区有基层党委(党工委)59个,党组28个,党总支310个,党支部2292个。党员49 727人,比上年增长2.74%。其中预备党员686人,占1.38%;女性党员14 677人,占29.52%;35岁以下的党员7 465人,占15.01%;大专以上学历的党员15 777人(其中研究生888人),占31.73%。年内,发展新党员602人,其中女性党员317人,占52.66%;35岁以下的党员451人,占74.92%;大专以上学历的党员447人,占74.25%;生产一线的党员534人,占88.70%;在校学生党员41人,占6.81%。

【领导班子和干部队伍建设】 年内,对53个处级领导班子、106名干部进行调整。2月起,在区政府机构改革中调整配备11个区政府工作部门领导班子;6月,根据安亭、黄渡镇撤二建一的工作部署,稳妥完成新的安亭镇、上

"我的祖国"——嘉定区党员喜庆共和国六十华诞摄影作品展

(区委组织部供稿)

海国际汽车城管委会、上海国际汽车城集团公司领导班子的配备工作。3月，印发《进一步深化区属企业"四好"领导班子建设的实施意见》。6月，评选表彰4家区属企业"四好"领导班子。4～5月，选派云南迪庆州扶贫办副主任和市政府驻武汉办事处财务人员两个工作岗位的干部。7～12月，调整全区正处、副处、科级后备干部和优秀青年四个层次的后备干部，建立后备干部信息管理网络。年内，选配8名后备干部担任区计生委、区国资公司等单位的领导助理。年内，选派8名外部监事进入区属企业担任监事会主席，完成处级领导干部的年度考核工作。12月，配合市委组织部开展局级领导干部2009年度绩效考核工作。

【干部教育培训】 2月，召开区委干部教育培训工作领导小组会议，印发《2009年嘉定区干部教育培训工作要点》。3月，召开干部教育培训教学案例库建设推进会，编印出版《干部培训案例评析》。6月，印发《嘉定区领导干部学习培训学分制管理办法（试行）》。9月，印发《关于进一步加强干部教育培训工作的若干意见》，建设干部教育培训管理信息库。年内共有1700余人次参加区内各类培训班、报告会、讲座。3月，举办党政负责干部深入学习实践科学发展观专题研讨班；4月，举办处级领导班子新成员培训班；5月，举办世博知识专题培训班；6～7月，举办2期处级干部轮训班；9月，举办"突发事件应对与媒体沟通能力"专题研修班；9～11月，举办第15期中青年干部培训班；10～11月，举办"弘扬人文精神与提升领导力"系列专题讲座及迪庆领导干部能力素质提升培训班；12月，举办嘉定区领导干部经济发展专题报告会。5月，举行干部在线学习推进会。年内，组织全区1654名干部参加"上海干部在线学习城"学习，注册率、在学率和通过率均为100%，获市优秀教管分中心、内容贡献奖、活动参与奖。年内选调125人次参加市级层面各类培训，150人次参加"知识与创新"每月论坛。

【干部监督管理】 年初，开展在职党员干部社区联系制度的调研，完善在职党员干部社区联系工作。年末，组织分层走访工作，会同区纪委、区地区

办对全区各处级领导班子党政正职社区表现情况进行走访了解。3月，召开2009年区经济责任审计工作联席会议。年内对14个处级单位20名正职领导干部进行经济责任审计。4月，印发《关于以"学习和实践科学发展观"为主题开好2009年度处级领导班子党员领导干部民主生活会的通知》，5月及11～12月，80个处级领导班子（含区管企业）的523名处级党政领导班子成员和区管企业领导人员参加民主生活会。9月，组织全区66个党政机关、区属企事业单位的420名相关人员参加全国及全市组织工作满意度民意调查。年内，对提拔任用的50名领导干部实行任职全程审核，集中清查2007年以来选人用人问题的群众举报，建立全区整治用人上不正之风工作情况报告制度；11月，对32个基层单位干部选拔任用工作进行检查和回访；12月，市委组织部对嘉定区贯彻执行《干部任用条例》和深入整治用人上不正之风工作进行专项检查。年末，开展党员领导干部个人有关事项报告工作，全区23名局级干部和79个处级领导班子（区管企业）的697名干部报告个人有关事项。

【干部人事制度改革】 研究起草区委进一步规范和完善干部选拔任用工作的若干规定，探索建立分类考核评价体系，完善镇级领导班子和领导干部、党政机关领导班子和领导干部、区管企业领导班子和领导人员三种不同类型的综合考核评价办法。5月，通过市场化选聘录用1名嘉定新城发展有限公司总建筑师。

【人才队伍建设】 春节期间，全区各单位走访重点企业316家，慰问优秀人才154人。4月，会同中国汽车人才研究会在嘉定创建全球汽车精英组织，构建高层次汽车产业人才的对话与交流平台。4月、9月，组织开展2批国家"千人计划"人选审核申报工作，6名高层次人才入选国家"千人计划"。6月，成功申报上海国际汽车城海外高层次人才创新创业基地，研究制订《上海国际汽车城吸引与鼓励海外高层次人才创新创业若干意见》，基地建设经验得到中央组织部的肯定。7月，成立上海国际汽车城海外高层次人才创新创业服务中心。11月，会同区科委、区经委

筹备召开2009年度科技奖励、高新技术产业化暨人才工作推进大会，表彰区第二届杰出人才。年内，落实优秀人才住房保障政策，完成24套优秀人才商品房的配售和89户优秀人才家庭的住房补贴工作。

【党内民主建设】 6月，印发《中共上海市嘉定区委员会关于讨论决定干部任免事项实行票决制的实施办法（试行）》，年内对236人次的干部任免进行常委会票决，对3名街镇党政正职和2名区政府工作部门正职人选进行全委会票决。2月，印发《关于认真做好村（居）党组织领导班子换届工作的意见》；3月，召开专题会议具体部署村（居）党组织换届工作，编印《嘉定区村（居）党组织领导班子换届选举工作手册》，切实加强业务指导；年内，全区有换届任务的114个村、85个居民区全面完成党组织领导班子换届工作，"公推直选"比例分别达89.5%和100%。2月，制定下发《关于贯彻〈中国共产党全国代表大会和地方各级代表大会代表任期制暂行条例〉的实施办法（试行）》，推动区、镇两级党代会代表全面实施任期制，组织6名市第九次党代会代表参加市党代会代表任期制工作培训班。6月，成立区党代会代表联络工作办公室，年内安排党代表38人次列席区委全委会。9～12月，开展党代会代表梳理工作，办理3人终止代表资格、7人停止代表资格手续，完善党代表信息库。11月，开展市党代会嘉定代表组学习党的十七届四中全会精神主题活动，388名区党代表参加区传达学习市委九届九次全会精神干部大会，市党代表、区党代表390人参加区级机关作风和效能测评活动。11月，开展党务公开工作督查，积极推进全区村、居、机关、企事业等基层党组织党务公开。年内，深化安亭镇、南翔镇党代会常任制试点工作。11月，增加外冈镇为党代会常任制试点单位。

【基层党组织和党员队伍建设】 2月，为纪念改革开放30年，开展党的建设和组织工作论文征集评选工作。评出嘉定区优秀基层党建创新成果奖30项、优秀基层党建创新成果提名奖15项，评选表彰纪念改革开放30周年党的建设和组织工作优秀论文30篇、优秀论文入围奖12篇，并编印出版《嘉

新成路街道被授予中共中央党校社区党建联系点

（新成路街道供稿）

定区纪念改革开放 30 周年党的建设和组织工作论文汇编》。2 月，印发《关于开展社区党的建设"双创"活动的通知》，加强和改进社区党建。深化楼组党建，年末全区已建楼组党小组 4 688 个，覆盖 11 860 个楼组，覆盖率达 96.4%。3 月，新成路街道被中央党校授予"社区党建联系点"。4~5 月，选聘 15 名高校毕业生担任村党组织书记助理。5 月，印发《关于在全区基层党组织和全体党员中开展"世博先锋行动"的通知》，引导党组织和党员在筹办世博会中积极投身"岗位行动、家园行动、志愿行动"，充分发挥战斗堡垒作用和先锋模范作用。11 月 29 日，组织全区各级党组织和 2 万多名党员干部集中开展以迎世博环境清洁整治为主要内容的"世博先锋行动"主题实践日活动。5~7 月，筹备召开以"以坚强的党性和优良作风贯彻落实科学发展观"为主题的庆祝中国共产党成立 88 周年暨深入学习实践科学发展观活动专题报告会；结合"走进基层、服务群众"活动，以元旦、春节、"七一"以及新中国成立 60 周年为契机，组织党员干部广泛开展走访慰问老党员和生活困难党员活动，落实党内关怀帮扶机制。5 月，印发《关于进一步加强和改进嘉定律师行业党的建设工作的意见》。6 月，组建成立律师党总支，召开律师党建工作推进大会。年内，积极推动 10 个街镇成立社会工作党委，进一步理顺"两新"组织党建工作机制。6 月，上海天灵开关厂有限公司党支部

等 5 家"两新"组织党组织被评为市"两新"组织"五好"党组织，上海连成（集团）有限公司党委被评为市"两新"组织党建工作示范点。8 月，《嘉定党建网》完成全面改版升级并开通。8~10 月，开展"我的祖国"——嘉定区党员喜庆共和国六十华诞摄影作品展示评比活动。获奖作品通过各街镇党员服务中心，在全区进行为期一个月的巡回展示。8~12 月，开展机关党建工作调研和基层党建工作责任制落实情况专项督查调研，组织基层党组织书记和普通党员 735 人参加市委组织部委托国家统计局上海调查总队对嘉定区落实基层党建工作责任制情况的问卷调查。10 月，全面启动轨道交通十一号线（嘉定段）党建联建工作。区委组织部、嘉定轨道交通建设投资公司党支部与上海地铁第二运营公司党委、申嘉线发展公司党支部签订轨道交通十一号线（嘉定段）党建联建协议书；安亭镇、马陆镇、南翔镇、嘉定工业区、菊园新区党（工）委与上海地铁第二运营公司党委签订地铁社区党建联建协议书；区精神文明建设委员会办公室、区人力资源和社会保障局、预备役高炮某部分别与上海地铁第二运营公司签订精神文明共建、人才共建和军民共建协议书。10 月，举办第八次嘉定区"携手同行、健康人生"老党员健康体检活动，144 名老党员参加体检。11 月起，开展从优秀村干部、在村任职大学生及"三支一扶"人员中招录乡镇机关公务员工作，7 个街镇共招录

8 名公务员。5 月，举办东方讲坛"贯彻全国两会精神，助中小企业过冬"系列讲座——"金融危机下的经营管理对策"，全区近 500 名"两新"组织党组织负责人和非公企业负责人参加。10 月，举办 2009 年嘉定区"班长工程"村、居党组织书记培训班，275 名党组织书记和部分居委会主任参加。12 月，举办"两新"党组织书记培训班，全区 450 名"两新"党组织书记参加。年内，开通远程教育终端 3 188 个，积极提供电化教育资源，制作 3 批学习实践科学发展观活动专题教材，总计时长 4 588 分钟；制作党员电教教材 4 期，总计时长 4 032 分钟。区委组织部获上海市第九届党员教育电视片观摩评比活动组织奖，《小葡萄造就的大事业》获专题片类一等奖，《共同的家园》获工作片类一等奖，《我们的火炬手》和《五十岁开启精彩人生》获专题片类二等奖，《飘扬的党旗》获党建专栏一等奖。

【自身建设】 8 月，制定下发方案，在全区组织系统开展"组织部长下基层"活动。8 月，召开 2009 年嘉定区组织系统工作会议，120 人参加。年内，深化和拓展"讲党性、重品行、作表率，树组工干部新形象"活动。 （曾宪亚）

纪检监察

【召开加强党风廉政建设干部大会】 1 月 22 日，区委召开加强党风廉政建设干部大会。区委副书记、区长孙继伟主持会议；区委副书记曹一丁传达中纪委十七届三次全会和市纪委九届三次全会精神；区委常委、区纪委书记韩晓玉总结 2008 年党风廉政建设和反腐败工作，部署 2009 年反腐倡廉任务。区委书记金建忠在讲话中要求：认清形势，增强反腐倡廉建设责任感和紧迫感；落实《嘉定区贯彻落实〈建立健全惩治和预防腐败体系 2008~2012 年工作规划〉的实施方案》，增强反腐倡廉建设实效性；加强领导，落实责任，把反腐倡廉引向深入。

【召开区纪委全会】 1 月 5 日，区纪委召开四届三次全会，审议并通过《深入贯彻落实科学发展观，扎实推进党风

加强党风廉政建设干部大会 （区纪监委供稿）

廉政建设和反腐败工作》的报告。区委常委、区纪委书记韩晓玉提出三点要求：统一思想，认真履职，扎实工作；明确任务，突出重点，增强工作针对性和有效性；振奋精神，提高效率，加强自身建设。

【落实党风廉政建设责任制】 年初，区委、区政府把全年党风廉政建设和反腐败工作分解为 39 项具体任务，分别落实到 24 个牵头部门和 40 个协办单位，明确相关部门责任。年中，检查评估责任制工作推进情况，并召开会议督促推进。年底，由区委主要领导带队组成 6 个考核组，对全区 24 个处级领导班子落实责任制和领导干部履行"四个亲自"、"一岗双责"情况进行检查考核。11 月 30 日~12 月 3 日，市委党风廉政建设责任制专项考核组到嘉定检查指导，并给予充分肯定。

【规范领导干部廉洁从政行为】 2008年 3 月~2009 年 2 月，全区副处级以上领导干部上交礼品礼金共计 23.62 万余元；修订完善《嘉定区礼品登记管理办法》；组织参加市公务礼品集中拍卖，所得 6.37 万元上缴区财政。规范公费出国（境）考察、公务接待、公务用车等管理，削减费用支出。严格执行《关于本市领导干部在住房方面保持廉洁的若干规定》，协助市纪委对全区现职和退休的 34 名局级领导干部购买住房情况开展专项申报登记工作。

【受理群众信访 420 件】 年内，全区各级纪检监察组织受理各类信访举报 420 件，比上年上升 38.16%。其中反映处级领导班子及班子成员的 55 件，占 13.1%，比上年下降 16.67%。通过信访调查，发现违纪违法案件 3 件，对 13 名有苗子性、倾向性问题的处级党员干部进行谈话教育，为 19 名处级党员干部澄清事实。化解涉访多年的信访件 1 件。

【查处违纪违法案件 41 件】 2009 年，全区各级纪检监察组织共立案调查各类违纪违法案件 41 件。其中经济案 13 件，占 31.71%；违反社会管理秩序案 19 件，占 46.34%；其它 9 件。结案 52 件，其中给予党纪处分 39 件，给予政纪处分 13 件。党纪处分中开除党籍 31 件，留党察看 3 件，严重警告 1 件，党内警告 3 件，免于党纪处分 1 件；政纪处分中行政开除 1 件，行政撤职 3 件，行政记大过 2 件，行政记过 1 件，行政警告 4 件，免于行政处分 2 件。受处分人员中涉及副处级领导干部 3 人。通过查案，挽回直接经济损失 197.66 万元。年内，全区共立案查处商业贿赂案 23 件，其中受贿案 11 件、个人行贿案 4 件、单位行贿案 8 件，涉案金额 302.14 万元。

【开展反腐倡廉宣传教育】 年内，继续深化"讲党性、重品行、作表率"主题教育活动。通过先进示范、案例警示等方式，加强以党政领导班子和党员领导干部为重点的党性党风党纪教育，24 306 人次参加。领导干部上党课 325 场次，其中局级领导干部 5 场次；举办学习报告会 191 场次；2.58 万人次观看王瑛事迹录像；852 人次观看警示教育片《蛀虫》。通过集体廉政谈话、学习参观、总结交流等形式，对 67 名 2007 年 7 月以来新任处级领导干部和新进处级领导班子成员进行廉政教育。通过寻找岗位风险点等途径，对区级机关 600 余名科级干部和"三公部门"行政执法人员进行岗位廉政教育。更新、丰富 6 个反腐倡廉教育基地内容，接待参观者 2 万余人次。举办"翰墨正气"廉政文化书法绘画作品展，在 6 个街镇巡展，11 015 人次观展。拍摄警示教育片《小"吏"缘何频受贿》，获市反腐倡廉宣传教育片三等奖，24 025 人次观看。在马陆镇、真新街道开展廉政文化"进农村"、"进社

廉政文化书法绘画作品展 （区纪监委供稿）

区"试点,打造廉政文化建设品牌。成立反腐倡廉网络评论员队伍,做好重大事件网络舆论引导工作。

【行政监察】 年内,对全区118个市"绿色通道"产业项目开展专项效能监察,推动相关职能部门建立一口受理、专人负责、特事特办的服务机制,"绿色通道"审批时限缩短一半以上。加大对18个政府投资项目和2个政府融资项目的监管力度,涉及资金8.94亿元。继续加强对土地市场的监督检查,督促有关职能部门落实202个土地划拨项目的整改工作,消除违法用地25宗108亩,对在整治违法用地工作中措施不力的一名副处级干部进行诫勉谈话。开展对环保和节能减排工作的监督检查,重点对"二高一资"行业、重污染企业、饮用水源保护区、污水处理厂、垃圾填埋场等进行专项检查。参与对房地产开发领域违规变更规划调整容积率问题的专项治理,参与行政执法、安全生产、粮食清仓查库、中小学校舍质量安全、非法用工等检查工作。依托区投资服务和办证办照中心,以提高行政效率为目标,继续深化效能监察工作。

【推进源头治理腐败工作】 年内,区纪委落实"三重一大"集体决策制度及备案报告工作,对全区75个处级单位2008年下半年和2009年上半年发生的812项"三重一大"集体决策事项进行备案。开展"小金库"专项治理工作,查明并纠正违规资金154.39万元。完善党员领导干部个人有关事项报告、述职述廉、民主评议等制度,全区23名局级领导干部和79个处级领导班子的697名干部进行个人有关事项报告。深化政务、厂务、村务"三公开"工作,拓宽监督渠道,提高权力运行透明度。会同有关职能部门,继续推进行政审批、财政管理、投资体制等改革,加大财政投融资重大项目的审计监督力度。

【纠风工作】 年内,组织相关职能部门对群众意见集中、反响强烈的问题开展专项治理。建立医药购销预警机制;通过会计委派,规范民办学校收费行为;实施工商网上年检,提高办事透明度;补贴旧公房小区物业管理费,促其管理正常化;加强公共服务行业的

日常监管等。开展党群等系统评比达标表彰活动清理工作,共上报项目188件,涉及经费295.7万元。深化政风行风民主评议工作,收集到28个部门、14个行业的调查实例371个,向被测评单位反馈情况,督促整改。受市纠风办委托,上海零点指标信息咨询有限公司对区内相关部门进行政风行风测评,平均分为88.69分。

【区级机关作风和效能测评】 年内,以转变机关作风、提高办事效率、为群众和企业服务为目标,完善区级机关作风和效能测评办法,测评分值比重向基层测评、社会测评倾斜,增加企业测评项目。年内对51个区级机关的作风和效能建设进行测评。

【构建网络监察系统】 年内,按照市纪委关于"权力在阳光下运行、资源在市场中配置、资金在网络上监管"的思路,区纪委运用"制度加科技"理念,探索构建网络监察系统,以重大项目、重要资金、维护民生为重点加强监督。开通政府投融资项目、工程建设不良行为记录、稳粮资金、优秀人才住房扶持资金、审计中介、社会救助资金6个网络监管平台,提高反腐倡廉的有效性。研究制定《嘉定区纪委、监察局网络监察系统运行规则(试行)》,该系统在促进预防腐败工作方面发挥重要作用,得到中纪委和市纪委的高度肯定。

【深化国企和农村基层党风廉政建设】 年内,深入开展农村基层党风廉政建设工作。探索建立农村集体资产管理台账登记制度,不断完善农村集体资产、资金、资源监管体制。继续推进村级财务规范化管理,实施村干部经济责任审计项目153个,涉及违纪违规资金955万元,落实审计建议230条,出台相关制度16项,深化村民民主理财和村级会计委派工作。市农村党风廉政专项检查组通过检查走访,对嘉定区工作表示肯定。继续强化国企人员"七个不准"廉洁从业教育,建立国资系统职务犯罪预防工作网络,探索新形势下职务犯罪预防预警工作。制定《嘉定区区属企业投资监督管理暂行办法》,逐步实现资产管理由"管结果"向"管过程"转移。 (周海星)

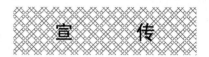

宣 传

【理论教育】 年内,区委宣传部抓好各级领导干部思想教育和学习工作。通过中心组学习扩大会、联组学习会、双月报告会等形式,先后举办经济形势分析、国内危机形势下的领导策略、世博与科技、政府新闻媒体应对与危机传播管理、十七届四中全会精神解读等处级以上领导干部报告会。建立区委中心组"导学、助学、自学"学习机制、领导干部理论学习报告会主题征询与效果反馈机制,推出区委中心组"理论学习包",为区委中心组成员配送《理论学习参考》9辑近17万字。创办《中心组学讯》双月简报,加强基层党委中心组学习。开展面向基层群众的理论宣传教育。举办区、镇两级学习实践科学发展观活动宣讲和文艺巡演250余场次。组织征订和学习宣传《六个为什么》《理论热点面对面2009》等书刊,帮助干部群众深入把握社会主义核心价值体系。运用"百姓宣讲团"、"百姓学习中心户"、"百姓书屋"、"百姓书场"等载体,以东方讲坛各街镇举办点为主阵地,组织各类宣讲活动。

【开展学习实践科学发展观专题活动】 年内,开展学习实践科学发展观活动,举办巡回宣讲、文艺巡演等活动,制作大型宣传广告牌、迎风旗,印发、张贴宣传海报2000余份。区"两台一报"发挥宣传主渠道作用,推出"学习实践科学发展观"、"科学发展在身边"、"迎难而上促发展"等专栏和系列节目,围绕"为企业办实事、为群众解难题"主题,刊发深度报道和系列评论。"上海嘉定"门户网站设置"深入开展学习实践科学发展观活动"专题网页。4月17日,与东方网联合举办"学习实践科学发展观,迎世博,区县领导与网民互动"嘉定区活动,区委书记金建忠作客东方网与网民在线交流,收到网友提问807个,9000余人次参与。《解放日报》头版头条刊发《嘉定想方设法解决"办不办在科长"现象》、《让招商服务于"调结构"》等文,并配发编者按。

【区委四届九次全会精神宣传】 围绕加速城市化进程和促进二、三产业融合发展及城市化和产业化融合互进发展等重大主题,部署区级媒体集中时间、持续深入地开展专题报道,境内外多家媒体聚焦嘉定新城建设和产业发展,形成报道热点。7月4日,举办百家媒体嘉定新城荷花摄影采风活动,展示嘉定城市化进程新面貌。7月28日,香港《文汇报》以"嘉定新城:穿越时空的福音之城"为题,以4个版面就"聚焦一个核心、延伸两翼,加速嘉定城市化进程"主题专访区委书记金建忠。8月2日,《解放日报》头版头条刊发《嘉定新城"四个就地"绘蓝图》,配发题为"关键在于视野和魄力"的编者按。8月9日,中央电视台《经济半小时》栏目播出国内新能源汽车产业发展专题报道,就上海国际汽车城新能源汽车产业发展、"产城融合"等专访区委副书记、区长孙继伟。10月1日,举办"看新城、话发展——嘉定新城规划建设图片展",展示嘉定新城的规划、工作进展及未来发展方向。编印《说新城,话发展》5000册,解读区委四届九次全会精神,分三方面50个话题解答社会热点问题。

【庆祝新中国成立60周年和嘉定解放60周年系列活动】 《嘉定报》开设专题,分24个整版系列报道嘉定60年来的巨大变化,嘉定广播电视台、"上海嘉定"门户网站分别开设专栏进行报道。4月2日,举办嘉定解放图片展,百余幅历史图片再现嘉定解放史实。

区领导向2010年上海世博会"社区市民活动"征集选拔点授牌

(区委宣传部供稿)

5月11日,举行纪念嘉定解放60周年升国旗仪式,2 000名干部群众向革命先烈默哀致敬,向国旗敬礼,齐唱国歌。召开纪念嘉定解放60周年座谈会,并举行《嘉定1949》赠书仪式。9月28日,在汽车博览公园举办"嘉定区庆祝中华人民共和国成立六十周年暨2009上海汽车文化节开幕大型主题文艺晚会",启动由"甲子留痕"、"心灵欢歌"和"激情跨越"三大板块18项活动组成的嘉定区"激情嘉城·盛世欢歌"迎国庆系列活动。10月1日,举行"甲子留痕——嘉定区庆祝中华人民共和国成立60周年大型图片展",展出史料照片和图片200余张。

【迎世博社会宣传活动】 3月26日,启动嘉定区迎世博"海宝欢乐行"系列活动。历时9个月。倒计时400天,举办"海宝欢乐行"活动启动仪式和"世博长廊"图片展。倒计时一周年,举办"通向世博"轨道交通建设者与市民大联欢。倒计时300天,上海市人大常委会主任刘云耕敲响标志嘉定区迎世博倒计时300天启动的锣鼓,区委书记金建忠启动嘉定区国庆活动方案展示按钮,市委宣传部副部长、市文明办主任马春雷为嘉定区第60万名网上世博知识测试合格者颁发证书,区委副书记、区长孙继伟为"社区市民活动"征集选拔点授牌。组织百姓说唱团进农村、进社区、进企业、进学校、进机关"海宝欢乐行"文艺巡演。倒计时200天,举办世博论坛嘉定专场等活动。年内,举办知识讲座、艺术课堂、文化展演月、读书月、参展国国旗展示、世博旅游推广等活动,各街镇组织开展"海宝欢乐行"专项活动20余项。嘉定广播电视台、《嘉定报》、"上海嘉定"门户网等推出"迎世博"专栏、专题,实时报道迎世博各项工作。《嘉定报》在原有10万份发行量的基础上,每50天增刊10万份迎世博特刊,重点向商业网点、企业、外来人员发送,基本做到每家每户有一份。在世博倒计时重要时间节点,开展环境宣传布置,区域内主要道路、公共场所、窗口行业、社区、农村等设置迎世博倒计时牌、电子显示屏、迎风旗、街景绿化、灯箱广告等。

甲子辉煌——嘉定区书法美术摄影展开幕式 (俞 晴 摄)

【新闻媒体及网络文化建设】 年内，嘉定电视台制作的《巨变》获"中国广播电视协会纪念改革开放30周年优秀纪录片"评比银奖，《画人陆俨少》获第六届中国国际纪录片选片会三等奖；《游在嘉定》获"新中国城市发展形象宣传电视片"展评二等奖。广播专题节目在上海市广播电视（区、县）专题节目评比中获社教专题一等奖。《嘉定报》在区县机关报年度好新闻七大类评选中获5个一等奖、2个二等奖，列各区县第一。月末版（中文）获"上海市区县报优秀品牌"奖；月末版（英文）受到外籍读者欢迎。"上海嘉定"门户网站（英文版）在中国社科院组织的第三届中国政府网站国际化程度测评中被评为"优秀外文版奖"，得分列全国同级政府网站第二名。加强网络文化建设和管理，4个项目入选全市迎世博网络文化特色活动项目。

【文化建设】 年内，启动建设区图书馆（文化馆）、嘉定博物馆新馆；嘉定镇街道、新成路街道、真新街道、菊园新区、黄渡镇（现为安亭镇黄渡地区）、外冈镇完成上海市社区文化活动中心绩效试评估工作；农村文化信息工程有序推进，建成"农家书屋"132家，实现农村数字电影和"农家书屋"建设全覆盖。依托市级资源平台，开展文化、科技、卫生"三下乡"和大剧院艺术课堂、市民艺术大讲堂等活动。加强区内文化资源整合，发挥"百姓说唱团"作用，开展文艺创作和演出；拓展区图书馆、嘉定电影院等宣传文化阵地功能，群众文化活动蓬勃开展。组织开展嘉定文化发展战略研究，委托同济大学文化产业研究所开展"嘉定新一轮文化发展战略"课题研究，进行嘉定文化资源的编制、文化空间的构造和文化精神的提炼。

【舆情信息工作】 年内，及时了解掌握干部群众思想和社会舆情动态，收集干部群众关注的热点焦点问题。全年收到经济、民生、社会稳定、党建等舆情稿件350篇，加强舆情研判，为区领导决策提供参考。

【爱国主义教育基地建设】 9月27日，重新命名、表彰嘉定区革命烈士陵园、嘉定博物馆、外冈游击队纪念馆、上海国际汽车城、嘉定新城城市规划展示馆、华亭镇毛桥村等10个单位为区爱国主义教育基地。　　（许敏杰）

精神文明创建活动

【开展迎世博系列活动】 年内，区文明办联合相关部门每月5日、15日、25日定期开展"奉献世博齐参与"、"奔向世博 拼搏200天"等迎世博"三五"集中行动日活动，开展以摄影、书画、漫画巡展、征文、知识竞赛等宣传推广活动。组织各类志愿者队伍进社区、上街头，扩大志愿者文明示范效应；将"精彩世博，文明先行"、"爱上海，从我做起"等主题口号落实到市民行动中。3月28日，召开2009年嘉定区精神文明建设暨迎世博工作推进大会。

【迎世博文明指数测评】 年内，区文明办履行统筹协调和检查督导职能，建立健全城市"啄木鸟"五大巡访、联系基层检查指导、迎世博精神文明实事项目评估、市区两级文明指数测评、精神文明创建考核体系完善"五合一"激励工作机制，提升城市环境文明、秩序文明、窗口服务文明等，城市文明综合指数连续两次列全市9个郊区（县）第二。

【精神文明创建工作】 年内，将市民巡访团日常巡访、创建标准调整、网络管理考评和基层调研相结合，所有镇均创建为市级文明镇，所有街道（嘉定工业区、菊园新区）均创建为市级文明社区。安亭镇被评为第二批全国文明镇，南翔镇、江桥镇被评为第四批全国创建文明镇工作先进镇，嘉定镇街道、真新街道被评为第四批全国精神文明建设工作先进单位。7~10月，立足长三角联动发展，以"双城共舞迎世博"活动为载体，建立跨省市精神文明创建链和文化走廊，创建长三角精神文明共建特色品牌。

【世博知识培训】 年内，以"人人拥有一张合格证书"为目标，依托全区13所社区学校，开展市民世博知识培训。建立区镇两级世博知识宣讲队伍，下基层开展世博知识与礼仪宣讲4500余场；通过区内短信平台、《嘉定报》、嘉定世博专题网等渠道，定期发送、刊登世博文明知识；开展"结对互助"、"小手牵大手"、"宣讲进企业进工地"等活动，在外来人员中普及世博知识。至年底，944286名市民参加世博知识网上测试，767794人获合格证书，合格率列全市首位。

【志愿者工作】 年内，以公共秩序日（每月25日）为志愿者活动实践日和宣传日，组织开展"亮出文明"秩序维护行动、绿色抄报行动、左行右立劝导行动等系列活动，每次均有近万名志愿者参与活动。4月25日，启动区级党政机关工作人员参加迎世博交通文明志愿服务活动，41个委办局近千名党员干部承包中心城区19个公交站点、22个路口、13条主要路段的交通文明志愿服务工作。12月5日，表彰嘉定区十佳志愿者和优秀志愿者。

"迎世博"全民培训工作现场会　　（区文明办供稿）

【未成年人思想道德建设】 3月13日,召开区未成年人思想道德建设联席会议全体成员单位工作会议,调整联席会议成员单位;建立年度工作考核制度和考核指标,完善年度奖励机制,继续实施实事项目申报制度。4月27日,召开净化社会文化环境工作会议,成立区净化社会文化环境工作协调小组,下发《嘉定区关于进一步净化社会文化环境,促进未成年人健康成长的实施意见》和《嘉定区净化社会文化环境工作实施方案》。以严格网吧(游戏机场所)管理,优化网络环境,净化荧屏声频、出版物市场和校园周边环境为重点,协调职能部门,加大整治力度,得到中央文明委巡视组肯定。围绕庆祝新中国成立60周年、"迎世博、讲文明、树新风"、"做一个有道德的人"等主题,开展"唱响青春旋律,心随祖国前进"合唱大赛及"讲文明,守规范,学礼仪"、"讲诚信,与世博同行,以文明修身"、迎世博未成年人童谣创作比赛、"雏鹰世博文明章"等道德教育和社会实践活动。

【主题实践活动】 年内,结合迎世博工作,建立并实施项目中期专家评审制度,跟踪项目推进进程,推进迎世博"和谐车城文明风"嘉定市民道德建设三年行动计划。联合相关部门开展"向陋习告别"文明习惯养成行动,"以诚信为本"学法、守法、执法行动,"与文明同行"交通文明整治行动,"让礼仪相伴"礼仪之星培育行动,"文明风"志愿者行动,学习型城区构建行动等六项活动。11月,全面启动"我是文明

市民巡访团参加迎世博活动 (区文明办供稿)

嘉定人"百万市民"三不"规范文明实践活动。

【市民巡访】 年内,扩大区、镇两级巡访队伍,建立健全城市"啄木鸟"五大巡访机制,220余名巡访队员结合"迎世博"活动,协助完成区级城市文明指数测评和实地巡访工作,对全区12个街镇300多个市级测评点加大巡访督查力度,收集、整理巡访信息近4000条、照片2000余张。 (叶 俊)

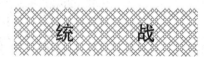

统　　战

【概况】 1月19日,区委统战部举办2009年嘉定区各界人士迎春团拜会和迎春联欢会。区委书记金建忠,区委副书记、区长孙继伟等领导出席,与各界人士共迎新春佳节。2月11日,召开嘉定区区域统战工作座谈会,区委统战部向与会人员通报区统战工作情况。2月17日,召开2009年嘉定区统战工作会议,传达全国统战部长会议和上海市统战部长会议精神,总结2008年工作和部署2009年工作。区委副书记曹一丁出席会议并讲话,各街镇及部、委、办、局统战干部出席。2月19日,区委统战部、区侨务部门在江桥镇举行"走进侨资企业,服务侨资企业"——嘉定区"五侨"联席会议,相关领导及9个侨资企业家应邀出席。5月19日~6月4日,在区委党校举办2009年嘉定区统战干部培训班,各街镇和部分委、办、局统战干部50人参加。

【举办"祖国颂"歌咏活动】 9月20日,举行"祖国颂"——嘉定区统一战线庆祝新中国成立六十周年歌咏活动。市委统战部副部长吴捷、区委书记金建忠等领导出席活动。由区内各民主党派、有关团体组成的14支代表队参加歌咏汇演。 (孙 铮)

【党派团体工作】 年内,完成区第四届政协委员调整增补工作;协助区委组织召开集体谈心等活动2次,组织召开民主党派工商联专题研讨会和区域统战工作座谈会各2次;建立由区委统战部牵头,有关单位组成的特约(特邀)人员工作联席会议制度,组织召开特约(特邀)人员聘请单位领导座谈会,制定并下发《关于进一步加强和完善特约(特邀)人员工作的意见》。协助部分民主党派做好组织发展工作

统战干部培训班 (区委统战部供稿)

和后备干部考察工作,协助 3 个民主党派总支筹备成立地方组织。建立民主党派后备干部数据库,为 7 个民主党派的 43 名处级和科级后备干部建立个人档案。举办嘉定区民主党派新成员培训班,协助举办第十五期党外中青年干部培训班。 　　(朱 兴)

【干部教育】 3 月 31 日,嘉定区中青年知识分子联谊会召开一届五次理事会和一届五次全体大会。区知联会会长夏以群代表区知联会一届理事会作 2008 年工作总结和 2009 年工作计划。区委常委、区委统战部部长张敏出席并讲话。5 月 19 日~6 月 4 日,举办嘉定区统战干部培训班,50 人参加。9 月 18 日~9 月 28 日,举办嘉定区第十五期党外中青年干部培训班,40 名党外中青年后备干部参加。11 月,开展以"与共和国同行"为主题的统一战线庆祝新中国成立 60 周年征文活动,30 篇文章获奖并汇编成《与共和国同行》一书。 　　(刘 峰)

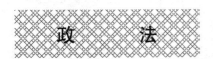

政　　法

【社会稳定工作】 2009 年,区委政法委联合相关部门开展信息收集研判、维护社会稳定、重点对象防控等工作,维护国庆 60 周年等重要节点的社会稳定。开展反邪教警示教育,完善反邪教长效工作机制,严密防范和严厉打击"法轮功"及其它邪教组织的渗透、破坏活动,确保地区社会政治稳定。

【矛盾纠纷化解工作】 年内,构建"一纵三横"大调解工作格局,拓宽多元解决纠纷渠道。人民调解、行政调解、司法调解、仲裁调解有效衔接,实现"一般矛盾不出村(居)、疑难矛盾不出街镇、矛盾不上交"的工作目标。组建区社会矛盾纠纷调处中心、区诉调对接中心及相关行业性调解委员会,畅通矛盾纠纷化解渠道。全年受理各类纠纷 17 755 件,调解成功 17 222 件,成功率 97%,追缴赔偿或补偿款 1 400 余万元。加大矛盾排查和初信初访的跟踪、落实、督办力度,就地解决群众合理诉求,实现初次重要信访事项按时办结率和重要交办信访事项化解率

100%。推进以重信重访专项治理为重点的信访积案化解工作,区委、区政府主要领导带头包案,到各街镇调研,推动矛盾的化解和缓解;实现中央和市联席办交办的重信重访件化解率 71.3%。

【平安建设】 年内,依法打击各类刑事犯罪活动,把"严打"方针贯彻到侦查、起诉、审判和执行等环节。组织开展以"迎世博、保平安"为主题的系列专项打击整治行动,严厉打击涉枪涉刀涉爆、涉赌高利贷、两抢、盗窃"三车"、街面诈骗、扒窃拎包等突出刑事犯罪,大力整治聚众赌博、娱乐场所"黄赌毒"、路边招嫖等突出治安问题。全区"110"报警类处警数同比下降,嘉定区公众安全感测评分高于上海市平均水平。着力排查整治社会治安顽症,组织实施平安建设实事项目 14 个,有效遏制非法营运、房屋"群租"和无证无照网吧经营等违法行为。加强重点人群排查,对"法轮功"、社区矫正人员、吸毒人员、刑释解教人员和社区闲散青少年、来沪人员中的高危人员等重点群体,集中进行排查摸底,落实教育和防范措施,预防和减少违法犯罪。

【社会治安防控体系建设】 年内,进一步完善 274 个村(居)委综治工作站建设,12 个街镇综治工作中心挂牌成立并投入运行,区、街镇、村(居)委三级综治工作网络全面建成。以居民小区、企事业单位和街面为重点,落实人防、物防、技防等措施。区、镇两级统筹,推进街面实时图像监控系统建设,

新装监控探头 1 082 个。开展"平安铁路"创建工作,被评为全市唯一的"全国铁路护路工作先进单位"。

【预防和减少犯罪工作】 年内,继续实行"政府主导推动,社团自主运作,社会多方参与"的工作模式,为 599 名吸毒人员、307 名社区服刑人员、1 412 名刑释解教人员及 1 664 名社区青少年提供帮教,成功推荐就业 156 人,组织参加学历技能培训 46 人,协助申请低保 55 人,帮助一批工作对象顺利回归社会。

【禁毒工作】 年内,调整增补区禁毒委员会组成人员,修订《嘉定区禁毒委员会成员单位主要任务》。全区 12 个街镇配备禁毒专职人员 21 人(其中政法系统 9 人)、禁毒社工 24 人。继续加大禁毒工作"示范社区"、"先进社区"的创建力度和禁毒宣传覆盖面,累计受教育 12 万余人次。开展易制毒化学品专项整治行动,对全区化工企业、化工市场及其从业人员进行宣传和培训,专项检查生产经营企业,责成 684 家企业自纠自查和签订责任书,建立信息员 684 人,依法查处易制毒化学品违规案件 46 起。全年收戒各类吸毒人员 146 人,侦破涉毒犯罪案 49 件,抓获贩毒嫌疑人 60 人,缴获各类毒品 6 466.34 克。

【世博安保工作】 年内,成立由区委书记任总指挥的区世博安保指挥部,下设办公室和 13 个专项工作组。召开区世博安保工作动员大会,与街镇及

平安志愿者会议　　(区委政法委供稿)

相关职能部门签订世博安保工作责任书，明确各方职责。开展世博安保调研工作，建立会议、办文、信息报送、督办和联络等制度，落实办公场所、人员、经费等。在试点基础上，全面启动"两个实有"调查工作，摸清全区实有人口和实有房屋的数量。人房信息关联率99.6%，基本实现"以房找人"和"查人知房"双向互联实施途径。组建区平安志愿者队伍，招募平安志愿者3万余人，完成平安志愿者服务10个大项目、60个小项目的排查工作。加强区内入沪道口的排摸和管控工作，区公安部门与江苏太仓、昆山相关部门签署《世博安保口岸查控合作框架协议》。开展反恐工作基础排查，强化20个区级以上重点反恐怖防范目标的安保工作，组织实施"嘉定3号"反恐怖应急处置演练，提升反恐应急水平。

【政法队伍建设】 年内，开展政法综治领导干部定期轮训和相关人员专项业务培训等活动。开展区级"政法系统人民满意政法队伍和政法干警"争创活动，评出区"争创人民满意的政法干警（单位）"先进集体10个、先进个人18人。评出区综治维稳工作先进集体5个、先进个人24人，评出区禁毒先进集体5个、先进个人9人。

【24名见义勇为者受表彰】 年内，区见义勇为评审委员会评出见义勇为先进分子24人，其中毛云波、徐宏冰、朱剑峰、陆士强、黄琴、盛禄本等6人被评为市见义勇为先进分子。（王　静）

政 策 研 究

【完成重点课题12个】 年内，区委政研室编印《嘉定政策研究》12期、《情况专报》4期；完成课题研究项目23个，其中重点课题12个。（1）关于区内商务楼宇发展现状的调查。课题组对区内商务楼宇发展状况开展调研，针对入驻率偏低、产业集聚效应差、配套功能薄弱等问题，提出加强规划、完善经营、强化管理等建议。（2）嘉定区城市化水平低的原因及对策。通过调研，课题组认为嘉定区城市化建设具有布局分散、城镇人口规模小、居民消费力不强、城镇设施水准不高等问题，

近郊区位、城乡二元结构、产业结构、规划等是影响城市化水平提高的主要原因。提出统筹城乡发展、加快轨道交通沿线开发、加快嘉定新城建设、提升公共配套设施水准、优化产业结构和完善行政区划等建议。（3）全区固定资产投资发展情况分析。课题组通过调研分析，对今后几年全区固定资产投资提出三点建议：适度提升固定资产投资规模，促进经济稳步发展；继续调整固定资产投资结构，促进产业结构转型；努力改善固定资产投资方式，促进发展方式转变。（4）关于扶持"徐行黄瓜"产业做大做强的建议。经过三年产业化运作，"徐行黄瓜"品牌效应初现。课题组就如何使该产业上规模、上水平开展调研，提出市区镇三级政府长期扶持不动摇、建造保鲜冷库、理顺销售体系、增加科技投入、稳定瓜农队伍等建议。（5）关于全区私营经济城发展的调研。课题组走访区内部分私营经济城，针对资源、管理及体制中出现的问题，提出加大培训力度、提高员工素质、狠抓招商稳商、促进税收产出、实现转型升级等对策。（6）关于村级集体经济发展的建议。课题组通过对徐行镇三年来村级集体经济发展情况的分析，对区内村级经济发展提出四点建议：转变发展方式，拓展村级集体资产经营渠道；突破政策瓶颈，促进村级集体经济良性循环；加强监督管理，确保村级集体资产保值增值；加强教育培训，拓宽村干部的选用渠道。（7）关于区内创意产业园区发展现状的调研。课题组通过调查，指出区内创意产业园区缺乏优势区位支撑和后续指导，从完善园区发展指导及评估体系、正确选择园区产业导向及发展模式、加强对中小企业的扶持培养力度及构建创意产业发展公共服务平台等四方面提出建议12条。（8）关于嘉定区农业产业化发展的几点建议。课题组对全区农业产业化情况开展调研，针对农业产业规划有而不依、龙头企业大而不强、合作社组织多而不精、农业人才青黄不接等问题，提出完善全区农业产业化布局、拓展龙头企业经营空间、加快合作社标准化建设、大力培养农业科技人员等对策建议。（9）关于建设南翔镇云翔大型居住社区的调研报告。课题组就建设南翔镇云翔大型居住社区的有利条件、制约因素、目标及矛盾和问题

开展调研，提出加强领导，落实责任，确保动拆迁按计划完成；退二进三，调整布局，构建城市化产业结构；建立平台，注重调研，强化信息监控；提前谋划，逐步覆盖，建立云翔社区行政管理体制；政策聚焦，形成合力，争取市、区政府大力支持等对策措施。（10）关于嘉定区城市化发展模式的研究。课题组通过调研，提出"有序非均衡"发展模式，即"一个步调"：以全力推动全区城市化"质"的提高为统一步调；"三种形式"：以组团式、城市社区式和小城镇节点式为统一形式，推动城市化发展进程。（11）关于区内廉租房情况的调查。课题组对全区廉租房工作现状开展调研，针对低收入限制使"夹心层"家庭住房保障缺失、新嘉定人住房未得到统筹安排、实物配租比例偏低、廉租房资金来源单一等问题，提出在政府引导下的多元化融资、整合多方资源提高实物配租比例、推进新嘉定人集中居住区建设、健全和完善区域住房保障体系等建议。（12）小额贷款公司发展现状分析。课题组以上海嘉定西上海小额贷款有限公司为例，对区内小额贷款公司发展现状和问题进行剖析，提出提供担保，降低风险；强化服务，适当补贴；加强监管，做好引导等建议。（周　伟）

党校、党史

【教育培训与科研工作】 2009年，区委党校共举办各类主体班、国家公务员培训班及条线培训班74期，9066人次参训。全年举办学历教育19个班次，在校学员828人；提供会议场所71场次，接待与会人员11390人次。年内，完成科研课题19项，出版《干部培训案例辨析》，发表论文18篇，投稿18篇，6项科研成果获奖。成立以党校教师为主体的深入学习实践科学发展观、贯彻十七届四中全会精神宣讲团，深入基层、社区宣讲140余场，听众1.8万余人。6月27日，首批招收的47名市委党校2006级在职研究生嘉定班学员毕业，获在职研究生学历。

【首次举办自主选学培训班】 年内，开设自主选学培训班5个，其中"突发事件应对与媒体沟通能力"、"弘扬人文

精神与提升领导力"、"经济发展专题"处级干部培训班3个,"上海话方言"、"公文写作"公务员培训班2个。417名处级领导干部、88名公务员参加。

【教学基地与站点建设】 年内,建立"走进人大"、"走进政协"、"走进法院"和"走进信访"4个现场教学基地。12月8日,上海市党校系统远程教育

系统开通,上海市党校系统远程教育系统(上海市网络党校)嘉定党校站点同时启用。

2009 年中共嘉定区委党校办班一览表

类　别	名　称	期数(期)	人数(人)	举办单位
处级干部	深入学习实践科学发展观专题研讨班	1	199	组织部、党校
	处级领导班子新成员培训班	1	41	组织部、党校
	处级领导干部轮训班	2	52	组织部、党校
	突发事件应对与媒体沟通能力专题研修班	1	128	组织部、党校
	弘扬人文精神与提升领导力培训班	1	105	组织部、党校
	经济发展专题报告会	1	184	组织部、党校
中青年干部	第十五期中青年干部培训班	1	39	组织部、党校
	第十五期党外中青年干部培训班	1	45	统战部、党校
"班长工程"	村、居委党组织书记培训班	1	275	组织部、党校
	"两新"组织党组织书记培训班	1	450	组织部、党校
入党积极分子	第二十六、二十七、二十八、二十九期理论培训班	4	543	组织部、党校
国家公务员	处级领导干部世博知识培训班	1	732	人社局、行政学院
	科级及以下公务员世博知识与公共能力培训班	1	604	人社局、行政学院
	科级干部任职培训班	1	64	人社局、行政学院
	"三支一扶"大学生区情培训班	1	33	人社局、行政学院
	2009 年新录用公务员初任培训班	1	50	人社局、行政学院
	上海方言培训班	1	52	人社局、行政学院
	公文写作培训班	1	36	人社局、行政学院
	国家公务员双休日专题讲座	21	1 489	人社局、行政学院
对外培训	云南省迪庆州领导干部能力素质提升培训班	1	30	组织部、党校
条线干部	组织、宣传、统战、民政、档案、工会等条线干部培训班	30	3 915	相关单位、党校

(许建国)

【嘉定地方党史资料编撰】 2009 年,区委党史研究室编纂的《曲折中发展的十年》出版发行;《抗日战争时期上海市人口伤亡和财产损失》(嘉定卷)完成定稿,与中央党史出版社签署出版协议。5月11日,与区政协文史资料编辑委员会、区委老干部局、区档案局等单位联合编纂的《嘉定·1949》在纪念嘉定解放60周年座谈会上首发。启动乡镇组织史资料续编工作,研究制定续编工作指导意见,加强对江桥和徐行两镇的指导。配合做好嘉定党建网改版工作,更新、充实"党史回眸"专栏内容。配合市委党史研究室做好

口述史料征编工作,制定口述史料征编工作方案,初拟"口述史料征编"受访人选和题目。

【开展党史宣传教育活动】 年内,配合区有关部门做好嘉定解放60周年纪念会筹备工作,提供相关史料;在纪念嘉定解放60周年座谈会上作"嘉定解放有关情况介绍"的专题报告。选派人员在区委党校举办的各类主体班和基层单位作有关科学发展观、迎世博、党的十七大和十七届四中全会精神的专题报告,在区委党校中青年干部培训班、入党积极分子培训班开设

嘉定地方党史专题讲座。

【完成市委党史研究室相关任务】 年内,配合市委党史研究室做好相关课题调研,加强与上海大学嘉定校区及嘉定区域内部分部(市)属科研单位的联系,完成收集、上报嘉定科学卫星城相关材料与照片的任务。继续实行党史大事两月一记制度,收集和筛选材料,全年编写、上报嘉定党史大事史料条目130条4.3万字,其中11条次被市委党史研究室录用。12月,按中央党史研究室要求和市委党史研究室部署,启动全区革命遗址普查工作。

(吴 巍)

老干部工作

【概况】 2009年末，区委老干部局实际管理老干部259人。其中嘉定区就地安置210人，上海市其它单位委托管理21人，外省市易地来嘉定安置28人；原副局级1人，享受副局级待遇6人，参照副局级住房、医疗、交通待遇4人，享受副局级医疗待遇33人，原正副处级20人，其他干部享受处级待遇88人，科级及以下干部107人。2009年，离休干部平均年龄82.3周岁。

2009年嘉定区离休干部情况表

单位:人

项　目	本区离休干部				实际管理离休干部				去世离休干部							
	合计	本区就地安置	安置外省市	安置本市其它区县	合计	本区就地安置	本市其它单位委托管理	外省市易地来嘉定安置	历年累计逝世数	历年本区累计逝世数	其中本区当年逝世数	历年本市其它单位代管逝世数	历年外省市易地安置逝世数	历年最大年龄数(岁)	历年最小年龄数(岁)	当年去世年平均年龄(岁)
正副局级	1	1			1	1			2	2						
县处级享受局级	4	4			4	4			6	4			2			
其他干部享受局级	2	2			2	2			5	5						
参照副局级住房医疗交通	4	4			4	4			10	8		1	1			
享受副局级医疗待遇	33	33			33	33			19	19						
正副县处级	20	20			20	20			6	4		1	1			
其他干部享受副处级	62	61		1	88	61	10	17	88	71	2	11	6			
其他干部	89	85	1	3	107	85	11	11	96	81	4	11	4			
合　计	215	210	1	4	259	210	21	28	232	194	7	24	14	94	50	83.5

【落实老干部工作领导责任制】 年内，区委老干部局贯彻落实老干部工作领导责任制。实施定期通报工作制度，区四套班子领导向局级离退休干部(含原县四套班子领导岗位上离休的老干部)通报全区经济社会发展情况10次；新中国成立六十周年前夕，区委书记金建忠向全区离退休干部作报告。实行重大节日走访慰问制度，区四套班子领导带头走访部分离退休干部，询问老干部健康状况、生活起居等情况。实行在职领导联系离休干部制度，区委、区政府领导以看望、走访、座谈、通话等形式关心、联系离休干部，听取老干部意见和建议，帮助解决实际困难。

区委领导看望离休干部 　　（区委老干部局供稿）

【落实老干部政治待遇】 年内，区委老干部局把"两项建设"作为落实老干部政治待遇的主要载体。抓好离休干部思想政治学习工作，分层次组织老干部参加区四套班子领导通报会、区领导干部双月报告会及各类形势报告会、学习交流会和参观考察等活动50余次；组织老干部全程参与区学习实践科学发展观活动；开办3期老干部学习科学发展观读书班，邀请相关单位领导及专家作专题报告。抓好离休干部党支部建设，以建设"五好"支部为目标，以"统分结合、就地就近、简便易行、保证安全"为原则，做到"两个发挥"和"两项提倡"，即充分发挥党支部(学习小组)对所属党员的教育管理功能，充分发挥离休干部党支部书记(学习组长)的示范带动作用；提倡离退休干部联建党支部，提倡同一单位、小区、楼组的退休干部与离休干部"结对帮助"。完善关工工作组织架构，居（村）民委员会和各级学校建立关心下一代工作领导小组，发挥老干部在培养青少年等工作中的作用。

【落实老干部生活待遇】 年内，调整落实"三项经费"，即老干部护理费、补贴费和住院床位费。完善医疗保健服务，满足老干部住院和康复需求，在区中心医院、区中医医院增设老干部病床10张，在迎园医院设立老干部护理病区。组织200余名老干部参加体检，联合区牙防所、区中心医院和部分社区卫生服务中心等单位，开展牙防知识健康咨询和免费诊治活动。推进个性化服务，针对老干部对遗产分割、遗嘱公证等方面法律知识的需求，区委老干部局联合区司法局举办"法律服务直通车"老干部专场活动；将助餐点延伸到真新街道、新成路街道和安亭镇；为区内离休干部和易地安置离休干部每人每天订购一瓶牛奶。

【丰富老干部精神文化生活】 年内，修订《老干部活动室应急预案》和《老干部外出活动突发危急事件应急处置预案》，活动的计划与开展做到定人、定岗、定责。开展离休干部荣誉展、电教播放周等庆祝新中国成立60周年系列活动，开展棋牌赛、知识竞赛等迎世博系列活动，开展学习实践科学发展观系列活动。嘉定老干部活动室与闵行老干部活动中心、青浦老干部活动室联合成立闵嘉青老干部活动中心（室）区域联合体，开展纪念青浦解放60周年文艺演出、纪念建国60周年卡拉OK比赛等活动。3月，举行嘉定老干部大学建校二十周年校史回顾和学员作品展。

【加强社区老干部工作】 年内，发挥"社区示范点"辐射效应，营造子女敬老、邻里互助、社区和谐的氛围。明确镇、社区（街道）党委（党工委）书记为组长，组织委员分管，组织科全面负责，有关部门参与的老干部工作领导小组。加强与老干部原单位的沟通与协调，形成社区老干部工作齐抓共管的双向协调机制。加强医疗保健服务，完善社区卫生服务网络，满足老干部医疗保健需求。利用居家养老服务

社等机构，为孤寡、行动不便及长年患病的老干部提供"六助"服务。召开"嘉定区离休干部和睦家庭"座谈会，向离休干部子女发出《"传承中华美德，共建和谐嘉定"倡议书》。

【老干部工作队伍建设】 年内，区委老干部局以"坚持以人为本，促进老干部工作科学发展，让区委放心，让老干部满意"为实践载体，制定《关于加强作风建设的实施办法》和《进一步完善与老干部联系的意见》等文件，实施整改措施。开展"结对服务"活动，执行"三必到"和"四到位"制度，加强老干部工作人员业务知识培训，提高思想政治素质和政策业务水平。关注机构改革单位老干部工作队伍的稳定性，保证老干部工作顺利开展。 （贝小璐）

机 关 党 建

【党建工作】 年初，区级机关党工委组织召开区级机关党建工作会议，总结2008年度工作，部署2009年任务，制定下发《区级机关党工委2009年度党建工作要点》。每季度召开党组织书记例会，分析党建工作形势，查找工作薄弱环节，提出整改意见，督促落实。年内，在区级机关系统推行党务公开工作，67个总支（支部）采用"公推直选"选举产生新一届支部委员会。3～8月，按照市委、区委开展学习实践科学发展观活动的统一部署，完成学习调研、分析检查和整改落实三个阶段任务。组织中心组理论学习3次；走访调研区残联、区药监局、区科委、区档案局、区民防办等5个单位；召开机关退休干部座谈会，听取老同志意见和建议；进行网上民意调查，673人参与调查问卷，反馈意见和建议418条；召开学习调研成果交流会、领导班子分析检查报告群众评议大会和"学实"活动总结大会，进行无记名群众满意度测评，满意率为100%。

【组织工作】 全年接转组织关系113人次，发展党员22人，转正预备党员24人；推荐处级后备干部70人、科级后备干部68人、优秀青年干部67人，其中10名干部参加第十四期中青年干部培训班。组织3批33人参加区委

党校举办的入党积极分子培训班。全系统463人参加"上海干部在线学习城"学习，170256人次参加其它各类培训。贯彻落实市委、市政府《关于推进学习型社会建设的实施意见》和上海市学习型机关建设推进大会精神，下发《关于在区级机关系统学习贯彻〈上海市学习型机关创建评估暂行规定〉的通知》，按照三级24项创建评估指标做好学习型机关创建工作。系统内6个创建"学习型机关优秀项目"参加市级机关评审，其中区档案局党总支的"利用资源优势，创建学习型组织"一文获市优秀项目奖。接受市级机关创建学习型机关评估组的检查评估，区档案局和区人民检察院通过评估验收。继续开展"一日捐"、"双结对"、"扶贫帮困"和"送温暖、献爱心"活动。1140名机关干部职工参加"一日捐"活动，捐款10.75万多元；百余个支部1300余名党员参加"双结对"活动，结对300余对，帮困群众500余人。全年为系统内基层党组织征订《党建》、《党建通讯》、《党政论坛》、《党建研究》等党报党刊杂志十余种。

【纪检工作】 年内，区级机关党工委制定和下发《关于在区级机关开展以"加强党性修养，弘扬新风正气，服务基层群众"为主题的科级干部系列教育活动的通知》和《嘉定区区级机关科级干部廉洁从政承诺书》，举办嘉定区区级机关科级干部党风廉政教育专题报告会。组织系统内各基层党组织书记和部分科级干部代表赴区看守所开展警示教育，参观在押犯罪分子生活场所、犯罪分子忏悔录及观看《贪欲之害(3)》、《蛀虫》等警示教育片。落实《嘉定区贯彻落实〈建立健全惩治和预防腐败体系2008～2012年工作规划〉的实施方案》，深化"讲党性、重品行、作表率"主题教育活动。开展党性党风党纪教育、道德教育、权利观和政绩观教育，通过领导讲廉、学习促廉、宣教育廉、文化颂廉、家庭助廉、谈话劝廉等形式开展教育，发挥廉政文化在机关反腐倡廉中的教育、示范、熏陶、导向作用。以各单位党风廉政责任制和科级干部签订《嘉定区区级机关科级干部廉洁从政承诺书》为纽带，重点对有行政审批权、行政执法权、人事管理权、财务管理权的职能部门及管人、管钱、管物、管项目等重点岗位，开展

廉政风险点防范管理工作。要求各单位进一步明确岗位职责,细化工作责任,分析监督薄弱环节;组织科级干部查找自身权力风险点,健全和完善相关规章制度。

【宣传工作】 年内,推进"迎世博600天行动和创建全国文明城区"活动,围绕"城市,让生活更美好"世博会主题,按照《迎世博600天行动计划》的要求和服务世博、参与世博的理念,组织开展世博知识培训工作,下发《关于在区级机关系统深入开展"迎世博600天行动"全民培训活动的通知》,全系统1960人参与培训并通过世博知识培训网上测试。深入开展区级机关"迎世博·文明方向盘"实践活动,推进区级机关率先践行道德规范和"文明在我脚下"活动。下发《关于在区级机关系统组织开展"三五"集中行动日的通知》、《关于认真做好新一轮"文明路口"协管工作的通知》、《关于组织本区党政机关工作人员开展迎世博交通文明志愿服务的通知》和《关于组织开展"我是嘉定人"嘉定百万市民"三不"规范文明实践活动实施方案的通知》等,组织系统内党员干部职工参与所属镇、街道的区重点"文明路口"和重要路口、路段的协管及"三五"集中整治日活动,组织参加嘉定区"迎世博·耐吉杯"迎春长跑活动和迎世博"人人动手,清洁环境"、"世博先锋行动"义务劳动,组织参观2010年上海世博会历史回顾展览等。31个单位争创2009～2010年度市、区级文明单位,20个单位争创区级文明机关。

【群团工作】 年内,举办嘉定区区级机关第七届职工文艺汇演,25个单位的27个节目参加选拔赛,其中14个节目参加以"祝福你,我的祖国"为主题的嘉定区区级机关第七届职工文艺汇演。500余名机关干部职工和共建单位人员观看演出。开展各类文体活动,丰富机关干部职工生活。先后举办老干部元宵联欢会及机关干部职工中国象棋、田径、乒乓球、跳绳、踢毽子、游泳和羽毛球等比赛活动。下发《关于组团参加嘉定区第四届运动会的通知》,组队参加区第四届运动会,取得拔河、广播操等8个项目第一名

区级机关第七届职工文艺汇演　　　（陈启宇　摄）

及优秀组织奖、群众体育先进集体等奖项。
（严晓见）

机 构 编 制

【乡镇机构改革】 2009年,各街镇在完成"三定"工作的基础上,通过机构整合、职能梳理、人员定岗等,党政内设机构和事业机构进一步精简,各项社会管理和公共服务职能进一步强化。年内,按照区委、区政府关于安亭、黄渡两镇"撤二建一"的决策和上海市乡镇机构改革的有关精神,完成撤并后安亭镇的"三定"工作。

【区政府机构改革】 年内,完成区政府机构改革工作。组建新的区经济委员会、区人力资源和社会保障局、区规划和土地管理局、区住房保障和房屋管理局、区绿化和市容管理局;区信息化委员会并入区科学技术委员会;区交通管理局更名为区交通运输管理局,由原归口区建设和交通委员会管理调整为区政府工作部门;区旅游局由在区经济委员会挂牌调整为区政府工作部门;区机关事务管理局、区地区办由归口区政府办公室管理调整为与区政府办公室合署;区合作交流办公室由在区政府办公室挂牌调整为与区政府办公室合署;区监察委员会更名为区监察局;区文化广播电视管理局更名为区文化广播影视管理局;区档案局由政府工作部门调整为由区委办

公室归口管理。机构总数由30个精简为28个,设置合署机构8个、挂牌机构12个,不再设置部门管理机构。

【事业单位登记管理】 年初,区编制办公室完成2008年度事业单位网上年检工作,应检单位341个,应检单位受检率100%。办理事业单位设立登记67家,变更登记165家,注销登记19家。6月,根据市编办网上登记管理升级改版的要求,对全区事业编制人员信息进行数据整理、对比、分类,并将核对后的数据批量导入上海市事业单位登记管理网,为下半年实施事业编制实名制管理奠定基础。

【事业单位机构编制实名制信息管理】
10月,根据市编办关于事业单位机构编制实名制信息管理工作的要求,对全区400个事业单位的人事干部开展为期5天的实名制信息管理业务培训。年内基本完成事业单位实名制基础数据的核对和确认工作。实名制信息管理将事业单位登记管理与编制管理紧密结合,定编到人。

【开展专用中文域名注册工作】 10月,根据中编办、市编办要求,区编办开展"政务"和"公益"专用中文域名注册工作,对机关事业单位、社会团体等相关人员开展业务培训,明确集中办理注册手续要求。至年底,全区48个单位申请注册专用中文域名,其中44个单位申请注册"政务"域名。
（刘伟）

嘉定区人民代表大会

编辑 袁黛英

综 述

综 述

2009 年,区人大常委会坚持以邓小平理论和"三个代表"重要思想为指导,全面贯彻落实党的十七大和十七届三中、四中全会精神,以学习实践科学发展观为动力,以实现"四个确保"为主要任务,认真履行宪法和法律赋予的职权,扎实开展各项工作。年内,召开区四届人大四次会议,举行区人大常委会会议 8 次,听取和审议"一府两院"专项工作报告 25 项,作出决议决定 6 项,依法任免区国家机关工作人员 51 人次。 (王向华)

区人民代表大会及其常委会会议

【区四届人大四次会议】 1 月 7~9 日举行。会议听取和审议区长孙继伟所作的《政府工作报告》、区人大常委会主任陈士维所作的《区人大常委会工作报告》、区人民法院院长章华所作的《区人民法院工作报告》和区人民检察院检察长陆建强所作的《区人民检察院工作报告》。会议审议《嘉定区 2008 年国民经济和社会发展计划执行情况与 2009 年国民经济和社会发展计划(草案)的报告》、《嘉定区 2008 年预算执行情况和 2009 年预算(草案)的报告》。会议通过关于以上各项报告的

决议。会议期间,大会秘书处收到代表 10 人以上联名提出的议案 7 件,经大会主席团审议,均转为代表书面意见办理;收到代表书面意见 63 件。

【区四届人大常委会第十六次会议】 2 月 19 日举行。会议审议通过《区人大常委会 2009 年度工作要点》。会议还审议通过有关人事任免事项。

【区四届人大常委会第十七次会议】 4 月 30 日举行。会议听取和审议区政府《关于市"绿色通道"项目推进工作情况的报告》。审议区政府《关于区四届人大四次会议期间代表书面意见办理情况的报告》。审议通过区人大常委会主任会议提请的《关于修改区人民代表大会常务委员会关于加强代表与选民联系的暂行办法的议案》。会议还审议通过有关人事任免事项。

【区四届人大常委会第十八次会议】 6 月 26 日举行。会议听取和审议区政府《关于本区食品安全工作情况的报告》,听取区规划和土地管理局《关于落实区人大常委会行政效能建设评议意见整改情况的报告》。会议审议通过《关于接受邵林初同志辞去上海市嘉定区副区长职务请求的决定》。会议还审议通过有关人事任免事项。

【区四届人大常委会第十九次会议】 7 月 3 日举行。会议审议和通过《上海市嘉定区人大常委会关于撤销安亭镇和黄渡镇设立新的安亭镇若干问题的决定》。会议还审议通过有关人事任命事项。

【区四届人大常委会第二十次会议】 7 月 28~29 日举行。28 日下午,召开区人大常委会扩大会议,全体区人大

人大常委会会议审议政府专项工作报告 (区人大供稿)

代表听取区长孙继伟所作的《关于区人民政府上半年工作情况的报告》，并分组评议。29日上午，区人大常委会会议听取《关于各代表小组评议区人民政府上半年工作情况的报告》、区财政局局长周上游作的《关于嘉定区2008年财政决算的报告》、区审计局局长郑红作的《关于嘉定区2008年本级预算执行和其它财政收支的审计工作报告》及区人大常委会财政经济工作委员会提出的审查报告，审议通过《区人大常委会关于嘉定区2008年财政决算的决议》。会议书面审议区政府《关于落实区人大常委会关于健全社会治安防控体系、推进平安嘉定建设工作审议意见整改情况的报告》、《关于嘉定区2009年上半年国民经济和社会发展计划执行情况的报告》和《关于嘉定区2009年上半年财政预算情况的报告》。会议还审议通过有关人事任免事项。

【区四届人大常委会第二十一次会议】
9月23日举行。会议听取和审议区政府关于落实区人大常委会第十次会议《关于向世清等代表所提〈关于嘉定区交通规划实施方案的初步分析和几点意见的议案的决定〉的情况报告》，区人大常委会城建环保工委所作的跟踪督查报告。听取和审议区人大常委会执法检查组《关于检查本区贯彻实施〈台湾同胞投资保护法〉情况的报告》。审议通过区人大常委会代表资格审查委员会《关于个别代表的代表资格的报告》。会议还审议通过有关人事任免事项。

【区四届人大常委会第二十二次会议】
11月30日举行。会议听取区民政局《关于行政效能建设情况的报告》和区人大常委会评议工作组的调研报告。听取区政府《关于落实区人大常委会关于市"绿色通道"项目推进工作审议意见的情况报告》，并进行满意度测评。听取区财政局《关于嘉定区2009年预算调整的报告》，审查通过《区人大常委会关于批准嘉定区2009年预算调整的决定》。会议还审议通过有关人事任免事项。

【区四届人大常委会第二十三次会议】
12月21日举行。会议审议通过《关于召开区四届人大五次会议的决定》。

听取区政府《关于落实区人大常委会关于健全治安防控体系、推进平安嘉定建设工作审议意见情况的报告》和《关于落实区人大常委会关于食品安全工作审议意见情况的报告》，分别进行满意度测评。听取和审议区政府《关于区四届人大四次会议代表书面意见办理情况的报告》。书面审议区政府《关于规划工作情况的报告》和《关于环境保护工作情况的报告》。讨论区人大常委会工作报告讨论稿。会议补选刘洪凯为上海市第十三届人民代表大会代表。 　　（王向华）

人大监督

【概况】 2009年，区人大常委会围绕"四个确保"工作，紧扣发展与民生两大主题，进一步改进监督方式，突出监督重点，注重监督实效，促进"一府两院"依法行政和公正司法。年内，通过区人大常委会会议审议，区人大常委会主任会议听取汇报，组织代表评议、视察、调研等方式，重点对"绿色通道"产业项目推进情况，健全社会治安防控体系、推进平安嘉定建设情况，食品安全工作情况，迎世博工作情况，议案落实情况，新城建设和老城区保护改造情况，行政效能建设情况，《台湾同胞投资保护法》等法律法规贯彻实施情况等进行监督。

【开展关于"绿色通道"产业项目推进情况的监督】** 年内，区人大常委会成立专项工作调研组，就区内"绿色通道"产业项目推进情况开展调研。区人大常委会第十七次会议听取和审议区政府的专项工作报告，提出保持工作干劲、深化服务理念、优化审批流程、遵循科学发展等四方面审议意见。会后，区人大常委会结合推进淘汰劣势企业工作，重点聚焦重大产业项目的开工建设情况，以区镇人大联动、代表广泛参与等举措加强跟踪督查，并对区政府相关工作整改落实情况进行满意度测评。

【开展关于健全社会治安防控体系、推进平安嘉定建设情况的监督】 年内，区人大常委会加强对健全社会治安防控体系、推进平安嘉定建设工作审议意见落实情况的跟踪督查。深入来沪人员集聚的街镇村组，了解区政府落实区人大常委会有关审议意见的工作情况，并进行满意度测评。

【开展关于食品安全工作情况的监督】
年内，区人大常委会通过区、镇人大联动，市、区人大代表联动，邀请有关专业人员参加调研等形式，掌握全区食品安全监管工作现状。区人大常委会第十八次会议听取和审议区政府《关于本区食品安全工作情况的报告》，提出进一步完善并形成食品安全监管体制机制、健全食品安全监管网络等意见建议。会后，区人大常委会对区政府落实审议意见情况进行跟踪督查，并进行满意度测评。

食品安全工作调研座谈会 　　（区人大供稿）

【开展关于迎世博工作情况的监督】年内,区人大常委会以检查《嘉定区迎世博600天行动计划》的实施情况为切入点,建立定期跟踪督查机制,通过组织调研、举行专题代表知情报告会、开展专题视察等形式,推进迎世博工作扎实开展。

【开展关于《台湾同胞投资保护法》贯彻实施情况的监督】年内,区人大常委会开展《台湾同胞投资保护法》实施情况的执法检查,了解区政府贯彻实施情况和台资企业在生产经营中的困难和问题,提出加强宣传引导和服务指导、建立健全沟通协调机制、完善扶持政策和优惠措施等意见建议。

《台湾同胞投资保护法》执法检查　　（区人大供稿）

【开展关于议案落实情况的监督】年内,区人大常委会以区政府落实区人大常委会《关于向世清等代表所提〈关于嘉定区交通规划实施方案的初步分析和几点意见的议案的决定〉的情况报告》为抓手,促进区政府加快公交优先战略实施。区人大常委会第二十一次会议听取和审议区政府相关专项工作报告,提出进一步完善工作的意见和建议,协力推动轨道交通十一号线在年内通车试运营目标的实现,促进公交体制改革和公交线网布局的深化与完善,保证轨道交通与地面交通有效衔接。

【开展关于新城建设和老城区保护改造情况的监督】年内,区人大常委会组织部分区人大代表视察嘉定新城建设、老城区保护改造及南翔老街改造建设情况,举办代表知情报告会,向代表通报相关工作进展情况。赴嘉定老城区有关产权单位、建设主体单位进行调研,督促区政府加强统筹协调,完善工作机制,推进嘉定新城核心区建设和老城区保护改造联动。

【开展关于"两院"有关工作情况的监督】年内,区人大常委会组织部分区人大代表对区人民法院的人民法庭建设工作进行视察检查,对设立区人民法院嘉北人民法庭给予肯定。对区人民检察院法律监督工作开展检查,提出要强化监督工作,做到敢于监督、善于监督;要深化量刑工作,制定相关工作规范;要加强队伍建设,培养专业检

察人才等意见建议。

【开展关于保障民生情况的监督】年内,区人大常委会加强对教育经费统筹管理工作、社区卫生服务和农村合作医疗工作等涉及民生问题专项工作审议意见落实情况的跟踪督查。针对区内就业形势和问题,加强调查研究,提出意见和建议,促进政府拓宽就业渠道,保障人民群众充分就业。开展对甲型H1N1流感防控工作的检查,听取区政府有关部门专题汇报,深入学校、医院等重点单位了解防控措施落实情况。对区内建筑工程质量安全管理情况进行专项监督检查。

【开展关于行政效能建设情况的监督】年内,区人大常委会以社会救助、殡葬和养老机构管理等工作为切入点,以工作效率和服务质量为重点内容,对区民政局行政效能建设情况进行评议,提出进一步加强对基层工作的指导、加强队伍建设、加强对新情况新问题的探索研究等建议。对区规土局落实区人大常委会行政效能建设评议意见的整改情况进行督查。

【加强对预算的审查监督】年内,区人大常委会完善预算审查监督的措施与办法,加大对经济运行和预算执行情况的监督力度。探索建立区人大代表参与预算监督的常态机制,组织部分代表预审2009年上半年预算执行情况和2008年决算、2009年预算调整情况,支持政府开展预算项目"绩效评

人大代表视察嘉定新城建设　　（区人大供稿）

估"工作,加强预算监督,增强财政性资金使用的科学性和透明度。重视和加强对审计所发现问题整改工作的督查,严肃财经纪律,维护财经秩序。

(王向华)

讨论、决定重大事项

【作出关于修改区人大常委会关于加强代表与选民联系的暂行办法的决定】 4月30日,区四届人大常委会第十七次会议审议通过《关于修改区人民代表大会常务委员会关于加强代表与选民联系的暂行办法的决定》。该办法自通过之日起施行。

【作出关于撤销安亭镇和黄渡镇建制设立新的安亭镇若干问题的决定】 7月3日,区四届人大常委会第十九次会议审议通过《关于撤销安亭镇和黄渡镇建制设立新的安亭镇若干问题的决定》。会议决定:原安亭镇第三届人民代表大会代表和黄渡镇第五届人民代表大会代表的代表资格继续有效。新的安亭镇第一届人民代表大会由原安亭镇第三届人民代表大会代表和黄渡镇第五届人民代表大会代表组成。新的安亭镇第一届人民代表大会主席、副主席,镇长、副镇长,由新的安亭镇第一届人民代表大会第一次会议依法选举产生。新的安亭镇第一届人民代表大会第一次会议由原安亭镇第三届人民代表大会第三次会议主席团和黄渡镇第五届人民代表大会第三次会议主席团联合召集。新的安亭镇第一

人大代表视察轨道交通建设　　（区人大供稿）

届人民代表大会任期至2012年上海市乡镇人民代表大会换届为止。

【作出关于嘉定区2008年财政决算的决议】 7月29日,区四届人大常委会第二十次会议审议通过《区人大常委会关于嘉定区2008年财政决算的决议》。会议决定:批准区政府提出的2008年区本级决算,批准区财政局局长周上游受区政府委托所作的《关于嘉定区2008年财政决算的报告》。

【作出关于批准嘉定区2009年预算调整的决定】 11月30日,区四届人大常委会第二十二次会议审议通过《区人大常委会关于批准嘉定区2009年预算调整的决定》。会议决定:批准2009年区本级预算调整方案。

【作出关于召开区四届人大五次会议的决定】 12月21日,区四届人大常委会第二十三次会议审议通过《区人大常委会关于召开区四届人大五次会议的决定》。会议决定:区四届人大五次会议于2010年1月20日召开。

(王向华)

人事任免

【概况】 2009年,区人大常委会共依法任免国家机关工作人员51人次。其中任免区政府组成人员16人次,任免人大工作人员2人次,任免区人民法院工作人员20人次,任免区人民检察院工作人员13人次。接受辞去副区长职务1人。依法补选市人大代表1人。

2009年嘉定区人大常委会任免政府组成人员一览表

时　间	会　议	决定任命或免去	姓　名	任免职务
2月19日	区四届人大常委会第十六次会议	任命	朱健民	区经济委员会主任
2月19日	区四届人大常委会第十六次会议	任命	洪佩军	区科学技术委员会主任
2月19日	区四届人大常委会第十六次会议	任命	陆晞	区监察局局长
2月19日	区四届人大常委会第十六次会议	任命	陈技	区人力资源和社会保障局局长
2月19日	区四届人大常委会第十六次会议	任命	陈曦	区规划和土地管理局局长
2月19日	区四届人大常委会第十六次会议	任命	燕小明	区文化广播影视管理局局长
2月19日	区四届人大常委会第十六次会议	任命	封建华	区旅游局局长
2月19日	区四届人大常委会第十六次会议	任命	张家平	区绿化和市容管理局局长

（续表）

时　　间	会　　议	决定任命或免去	姓　名	任免职务
2月19日	区四届人大常委会第十六次会议	任命	谢志音	区住房保障和房屋管理局局长
2月19日	区四届人大常委会第十六次会议	任命	陈　彪	区交通运输管理局局长
2月19日	区四届人大常委会第十六次会议	任命	宋惠明	区政府民族和宗教事务办公室主任
2月19日	区四届人大常委会第十六次会议	任命	杨莉萍	区政府侨务办公室主任
9月23日	区四届人大常委会第二十一次会议	任命	倪耀明	区人民政府副区长
9月23日	区四届人大常委会第二十一次会议	免去	许燕华	区人口和计划生育委员会主任
9月23日	区四届人大常委会第二十一次会议	任命	何　蓉	区人口和计划生育委员会主任
11月30日	区四届人大常委会第二十二次会议	免去	杨莉萍	区政府侨务办公室主任

（王向华）

联系人大代表和人民群众

【代表工作】　2009年，区人大常委会推进代表与选民联系工作，修改完善代表联系选民暂行办法，规范代表联系选民工作。继续推进和深化代表活动室、代表接待站等工作；坚持联系代表制度，为代表履职创造条件、提供服务。全年邀请代表60人次列席区人大常委会会议；举办代表培训班和知情报告会4次，组织代表集中视察活动2次，共有代表600人次参加。

【督办代表书面意见】　区四届人大四次会议以来，共收到区人大代表提出的书面意见77件。区人大常委会会同区政府召开代表书面意见办理工作会议和办理工作推进会，加强与区政府沟通协调，完善督办工作机制。区人大常委会主任、副主任深入政府工作部门及相关单位，督办代表书面意见，推进代表和人民群众所关心的热点问题的解决。年内，区人大常委会会议和主任会议3次审议、讨论代表书面意见办理工作。

【受理人民群众来信（电）来访436件次】　年内，区人大常委会将人大信访工作作为了解社情民意的重要窗口，建立与"一府两院"定期沟通协调处理信访件的工作机制，切实维护人民群众利益。全年受理群众来电、来信和来访436件次，做到件件有着落、事事有回音。

（王向华）

其它重要活动和镇人大工作

【深入开展学习实践科学发展观活动】　年内，区人大常委会按照"党员干部受教育，科学发展上水平，人民群众得实惠"的总体要求，以"坚持科学发展，汇聚民智民力，提高履职水平，推进'四个确保'"为载体，完成学习实践活动各阶段任务，将"进一步提高常委会会议审议质量"等7个问题作为重点整改项目，落实责任，细化举措，切实推进整改工作。区人大常委会机关学习实践活动经群众测评，满意率为100%。

【新的安亭镇召开一届一次人代会】　7月22~23日，新的安亭镇召开第一届人民代表大会第一次会议。其为新的安亭镇成立以来的第一次人代会，大会完成各项议程，并依法选举产生新一届人大和政府领导班子。

（王向华）

嘉定区人民政府

编辑 袁黛英

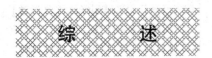

综　述

2009 年,面对国际金融危机冲击和自身发展转型的双重考验,区政府以开展深入学习实践科学发展观活动为契机,以实现"四个确保"为目标,开拓进取,推动经济社会不断发展。全区实现增加值 706.2 亿元,可比增长 11.2%。完成财政总收入 232.8 亿元,其中地方财政收入 68 亿元,分别比上年增长 13.26% 和 17.04%。完成固定资产投资 293.5 亿元,同比增长 40.6%;引进合同外资 8.5 亿美元,到位资金 6.4 亿美元。2009 年,区政府重点推进五方面工作:

一是全力以赴保增长,调整结构促转型。把保持经济平稳较快发展作为年度工作的首要任务,实施"加大政府投入、强化招商引资、加快项目落地"等重要举措,取得成效。先后出台《促进总部经济发展和文化信息产业发展若干意见》、《促进五星级酒店项目引进扶持办法》和《促进嘉定区大学毕业生创业就业实施意见》等政策措施。嘉定科学卫星城区位优势进一步显现,科技创新能力显著增强。中科院上海硅酸盐研究所、中科院上海光学精密机械研究所、中科院上海应用物理研究所等产业化项目全面开工,华东计算所总部及产业基地签约落地,中科院上海技术物理研究所、电动汽车研发中心先后入驻,上海物联网中心、上海新能源产业基地、国家基础软件基地等一批战略性新兴产业基地落户嘉定,50 家企业被评为市级高新技术企业。新能源汽车产业加快集聚。新能源汽车及关键零部件产业基地揭牌成立,一批新能源汽车研发和生产企业相继入驻,郊区首条新能源电动汽车公交线路投入运营。现代服务业集聚区加快建设。上海西郊生产性服务业集聚区、上海南翔智地企业总部园被评为市级生产性服务业功能区,智慧金沙·3131 创意产业集聚区被评为市级创意产业集聚区;京东商城等一批知名文化信息企业先后入驻嘉定。旅游业步入健康发展轨道。州桥国家 AAAA 级旅游景区、马陆葡萄公园和华亭人家 AAA 级旅游景区成功创建,2009 上海汽车文化节和上海旅游节嘉定系列活动顺利举办。高效生态农业加快发展。农业布局规划基本完成,土地流转进一步加快,农产品品牌战略取得新进展,新增市著名商标 3 个,嘉定现代农业园区农产品加工业基地被评为全国农产品加工业示范基地。劣势企业淘汰力度不断加大。通过成片淘汰、重点项目淘汰、与周边省市联运合作等方式,淘汰劣势企业 392 家,盘活土地 348.07 公顷,节约标准煤 14.5 万吨。

二是将迎世博工作贯穿于城市建设之中,城市化进程不断加快。嘉定新城建设进一步加快。新城中心区城市规划覆盖面进一步扩大,伊宁路以北骨干道路体系基本形成,新增绿化水系面积 38 万平方米。新城规划展示馆建成使用,嘉定新城图书馆(文化馆)、瑞金医院嘉定分院等公益性项目开工建设,交大附中嘉定分校签约落

7 月 21 日,轨道交通十一号线首列机车上线调试

(王　俊　摄)

户。老城改造不断深入，调整州桥老街业态，深化西门地区保护性改造规划，推进北水湾、南门商务圈建设。汽车城核心区 25 平方公里的控规修编不断推进，轨道交通十一号线墨玉路站商业平台等项目启动建设。完成南翔大型居住社区控规编制，落实首期建设地块动迁和土地出让，古镇改造取得阶段性成效。迎世博 600 天行动计划扎实推进。启动实施第四轮"环保三年行动计划"，污染排放量进一步削减。整治铁路、国(省)道沿线环境 158 公里，整治主要河道 198 公里、黑臭河道 142 公里，整治店招店牌、广告牌 1.7 万余块，完成世博会定点接待酒店、景点、公交枢纽的整治任务。城市网格化管理体制不断完善，案件处置率显著提高。以窗口服务日、立功竞赛、志愿者服务等活动为载体，窗口行业服务环境进一步优化，行业面貌和服务水平明显改善。坚持宣传教育和突击整治相结合，规范市民公共行为，市民文明素质进一步提高。世博主题体验之旅示范点成功创建，嘉定成为全市唯一的城乡互动世博之旅示范区。基础设施体系不断完善。轨道交通十一号线通车试运营，新辟和调整 32 条地面公交线路与轨道交通站点配套衔接，9 个站点综合开发项目地块全部出让。嘉定长途客运站开工建设，轨道交通十三号线(嘉定段)启动建设，与京沪高铁、沪宁城际铁路建设同步实施道路穿越工程。筑建金昌路、嘉盛西路等道路；建成新城燃气门站；嘉北自来水厂基本建成，新增污水管网 61.7 公里。新农村建设有序推进。完成徐行、华亭等新市镇镇区中心控规编制和上报工作，外冈镇宅基地置换(一期)全面完成，2 072 户村宅改造工程和 54 个重点整治村生活污水集中处理工程竣工。

三是加大投入和改革力度，民生工作不断推进。着力促进劳动就业。制定帮助困难企业稳定就业岗位、促进大学毕业生创业就业等政策，促进重点群体和困难群体就业。构建区、镇、村三级就业服务网络，推进就业服务向基层延伸。全年新增就业岗位 26 988 个，转移农村富余劳动力 8 173 人，城镇登记失业人员 7 248 人。社会保障水平不断提升。进一步完善征、用地人员"出劳"办法和"镇保"制度，稳步推进城镇高龄无保障老人和遗属

创建全国和谐社区建设示范城区动员会 　(区地区办供稿)

生活困难补贴人员社会保障工作。不断健全农村养老金发放与财力增长匹配机制，"农保"退休人员养老金最低发放标准提高至每人每月 300 元，加上户籍性质不变的土地流转，每月再补贴 160 元。"一口上下"社会救助机制不断完善，全区发放各类救助金 1.8 亿元。住房保障进一步加强，完成旧住房综合改造 50 万平方米，廉租房受益面扩大到 387 户。各项社会事业加快发展。继续加大教育经费投入，在义务教育学校实施绩效工资。科学规划配置教育资源，新建和新开办学校 9 所。做好农民工同住子女免费义务教育工作，实现 80% 的农民工同住子女享受免费义务教育。南翔医院和区妇幼保健医院迁建、东方肝胆外科医院嘉定分院建设有序推进，15 个市级标准化村卫生室成功创建。全力防控手足口病、甲型 H1N1 流感等传染病，区域公共卫生安全得到保障。顺利通过国家卫生区复审。建成一批社区公共运动场、农民健身工程、"农家书屋"等文化体育设施；举办嘉定区第四届运动会和群众性文体活动，96 万人次参与。人口与计划生育、妇女儿童事业、残疾人工作、民族宗教和侨务工作等稳步发展。

四是加强社会综合管理和社会稳定工作。着力推进社会矛盾化解工作。充分依托全国信访信息系统和互联网等载体，推进电话信访和网上信访工作，畅通信访受理和办理渠道，加大社会矛盾化解力度。构建全区"大调解"工作格局，区社会矛盾纠纷调解

中心成立运行，强化人民调解预防和化解社会矛盾纠纷功能。平安建设深入推进。治安防控体系不断完善，加大对治安复杂地区和治安突出问题的排查整治力度，一批社会治安顽症有效缓解，"110"报警类案件接报数持续下降，刑事案件万人发案率继续低于全市平均水平。探索建立临时居住证与就业、就医、就学、计生和房屋管理的联动机制，居住证办证率不断提高。"实有房屋、实有人口"管理进一步加强，房屋信息采集率 100%，实有人口有效登记率在 85% 以上。不断加强社区建设。加大社区基础设施投入，打造社区服务平台，拓展社区服务功能，建立社区"睦邻点"1 071 个，社区人际关系进一步融洽，嘉定区成为首批"全国和谐社区建设示范城区"，市和谐社区建设示范街镇、示范居委会创建率 100%。完成村(居)委会换届选举工作，村委会"大海选"率 80.3%，居委会直选率 93.9%。

五是加快政府职能转变，政府自身建设不断加强。通过开展深入学习实践科学发展观活动，进一步加强政府自身建设，着力提高行政效能和服务水平，为实现"四个确保"夯实基础。严格执行党风廉政建设责任制和民主集中制，加强作风建设。政府机构改革顺利实施，第一批涉及机构和职能调整的 12 个部门"三定"工作全部完成，政府工作部门由 30 个精简到 28 个。加大行政审批制度改革力度，精简行政审批流程，行政效能进一步提高。推行公务卡制度试点、政府采购

"采管分离"等工作,加强财政预算支出管理。形成"以政府审计为主导、审计中心为骨干、社会审计为辅助"的监管机制,基本实现对区级财政性资金投资项目审计全覆盖。全年公开政府信息1228条,办理人大代表书面意见77件,政协提案180件。 (徐光华)

政务会议

【常务会议】 全年召开19次,每次会议有若干个议题,共计94个议题。共讨论"三农"工作5次(一次即1个议题,下同),政府机构改革1次,水务建设1次,劳动创业、就业工作3次,社会保障工作1次,教育事业发展3次,二、三产业发展及政策扶持9次,新能源汽车产业发展1次,旅游业发展3次,国资国企及股权管理11次,政府重点工作1次,代表书面意见和政协提案办理工作2次,政府工作报告1次,政府实事项目安排1次,人口服务和管理工作2次,节能、绿化和环境保护5次,物业价格管理2次,学习实践科学发展观活动6次,区政府领导分工调整1次,政府机关、干部绩效考核2次,财政预算和收支管理4次,行政审批和行政许可2次,疾病防控工作1次,土地出让收支管理1次,住房保障工作1次,国土管理和动拆迁工作3次,政府法制工作1次,城市重大工程建设1次,对台经贸合作1次,轨道交通建设2次,国民经济和社会发展计划1次,"十二五"规划3次,社会救助1次,土地综合规划2次,质量技监工作1次,人口普查1次,科技创新及科技奖励工作3次,民防减灾1次,公务员住房货币补贴及公务交通经费定额包干2次,民政工作1次,传达上级会议精神1次。

【协调会议】 1月14日,副区长邵林初召开专题会议,研究黄渡农艺生态园建设相关事宜。

3月2日,区委副书记、区长孙继伟召开瑞金医院嘉定分院项目建设推进工作专题会议。

3月24日,副区长夏以群召开专题会议,研究区教育公建配套项目建设工作。

4月3日,副区长夏以群召开专题会议,研究区医疗急救等卫生资源调整工作。

4月20日,副区长夏以群、费小妹召开专题协调会议,研究上海天灵开关厂有限公司部分土地和厂房功能置换工作。

6月29日,区委副书记、区长孙继伟召开专题协调会议,研究区总工会地块改造问题。

7月1日,区委常委、副区长庄木弟,副区长夏以群召开专题协调会议,研究南翔镇苏民学校扩建工作。

8月19日,副区长夏以群召开专题会议,研究区中小学校舍安全工程检测鉴定工作。

10月19日,由嘉定区政府牵头,市、区两级规土和环保部门及江桥镇相关人员,在市规土局召开专题协调会议,研究虹桥商务区86平方公里控制范围(嘉定区)建设项目。

11月4日,区委常委、副区长庄木弟,副区长夏以群召开关于解决安亭昌吉路幼儿园等5所公建配套学校二次装潢工程手续问题的专题会议。

11月11日,区委常委、副区长庄木弟召开专题会议,研究推进真新街道在城市规划建设、旧城改造及综合环境整治等方面工作。

11月14日,副区长夏以群召开关于方便离休干部就医工作的专题会议。

12月25日,副区长费小妹召开专题会议,研究上海江丰经济发展有限公司处置事宜。 (徐光华)

政务公开

【区政府机关政务公开】 (1)提高政务公开质量。信息公开更及时。常规性工作定期公开,临时性工作随时公开,固定性工作长期公开。公开重点更突出。公开中央和上海市扩大内需、保持经济平稳较快增长的投资项目实施情况和项目资金、国债资金管理使用情况,公开工程项目规划、立项、审批、招标和建设等内容,公开项目资金的种类、数量和使用等情况,主动接受公众和新闻媒体的监督,保证资金管好用好,切实发挥效益。公开效率更提高。启用嘉定区政府信息公开工作交流平台系统,实现全区政府信息统一发布、集中管理、网上受理、指标统计和测评,政府信息公开水平和信息化程度进一步提升。(2)创新政务公开形式。利用"上海嘉定"门户网站扩大政务公开信息发布渠道,拓宽"公示公告"、"政府信息公开"、"监督投诉、建议咨询"、"领导之窗"、"政府实事工程"等栏目的内容。继续在"上海嘉定"门户网站开设"区长在线话嘉定"栏目,提高群众知晓率、参与率。公开区政府机关制定的规范性文件及与经济、社会管理和公共服务相关文件。全年印发《嘉定区人民政府公报》6期,每期5000份,下发至各街镇、村(居)委会、区档案馆、区图书馆及新华书店嘉定区店等,便于群众查阅。继续利用社区小报向居民公开政府实事工程、政务公开信息、群众热点难点问题及办事信息等。不断充实局域网政务公开内容,网站首页设置"社区卫生服务"、"社区文化活动"、"社区事务受理"三个专栏,"办事指南"与"上海嘉定"门户网站相链接,为市民提供信息。按照透明运行的要求,绘制行政权力运行程序流程图,明确并公开行使条件、承办岗位、办理时限、监督制约环节、相对人的权力、投诉举报等内容,统一工作标准,固化行政程序。以印发办事手册、一次性告知单及设立政务公开专栏等形式向社会公开政府信息,为群众提供便利服务,防止"暗箱"操作等问题。(3)健全政务公开制度。年内,以《行政许可法》实施为突破口,完善外部监督制约机制,建立健全长效管理机制,形成用制度规范行为、按制度办事、靠制度管人的机制。将政务公开工作与党风廉政建设、行风建设综合进行检查、考评,考评结果纳入岗位目标责任制。严把公开内容和项目关,防止该公开的不公开、半公开、假公开和不该公开的乱公开。采取多种形式,强化监督检查工作,实行定期与不定期检查相结合。发挥政务公开监督员作用,聘请政务公开监督员,召开监督员座谈会,听取监督员反映有关情况。鼓励干部、群众参与监督,反映公开过程中存在的突出问题,使政务公开工作扎实、有序开展。

【镇级政务公开】 年内,镇级政务公开重点做好五方面工作:一是及时公开中央和市委、市政府关于推进农村改革发展、强农惠农政策及落实情况、惠农资金、物资的管理使用分配情况。二是公开年度财政预算及执行情况、上级下拨的专项经费及使用情况，集体资金资产资源管理、征地补偿、涉农补贴、扶贫救灾资金等事关群众切身利益事项。三是公开动拆迁政策、补偿标准及结果，工程项目招投标及社会公益事业建设情况。四是公开农村基层民主选举、民主决策、民主管理、民主监督制度和涉农法律法规。做好化解社会矛盾和处理重大事故事件的政务公开工作，畅通群众表达诉求、反映意见、解决问题的法定渠道。采取多种方式，公开办理过程和处理结果，提高处理问题的透明度和公信力。五是公开基层站所办事职责、依据、条件、程序、期限、结果等，执收执罚部门的收费、罚款标准和收缴情况等。将街镇政务与村务公开相结合，实现街镇政务、村务公开的有机互动。

【企事业单位政务公开】 年内，围绕群众关心、涉及群众切身利益的事项，加大公共企事业单位办事公开力度。行业主管部门结合实际，指导相关公共企事业单位编制办事公开目录和指南，进一步规范服务行为。重点形成教育、医疗卫生、供水、供电、供气、电信、公共交通等行业的工作规范，包括公开内容、公开形式、价格听证和咨询及收费项目的内容、依据、标准等内容和服务承诺、办事项目、办事依据、办事时限、办事程序、收费标准、办事结果、监督渠道等。将拓展网上办事功能作为提升办事公开的一项重要指标，大力推进，提高办事公开工作的综合效应和整体水平。 （饶云峰）

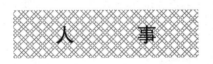

办理人大代表书面意见和政协提案

【人大代表书面意见办理】 区四届人大四次会议期间收到代表书面意见63件，代表10人以上联名提案7件，经大会主席团审议，7件议案全部转为代表书面意见；会后收到代表书面意见7件，共77件。其中涉及城市建设管理和环境保护的38件，占49.35%；财政经济10件，占12.99%；科教文卫16件，占20.78%；法制建设和社会治安8件，占10.39%；人事代表1件，占1.3%；其它4件，占5.19%。全部代表书面意见均在规定期限内给予书面答复。代表书面意见得到解决或采纳的43件，占55.84%；正在解决的6件，占7.79%；计划解决的4件，占总数的5.19%；留作参考的23件，占29.87%；因客观条件暂时难以解决的1件，占1.3%。代表对办理结果满意率100%。

【政协提案办理】 区政协四届三次会议期间共收到提案139件，会后收到41件，共180件。提案中涉及城市建设的49件，占27.22%；经济建设42件，占23.33%；社会法制34件，占18.9%；科技教育20件，占11.11%；文体医卫25件，占13.89%；民族宗教港澳3件，占1.67%；其它7件，占3.9%。所有提案均在规定期限内给予书面答复。提案得到采纳和解决的119件，占66.11%；正在解决的17件，占9.44%；计划解决的7件，占3.89%；留作参考的33件，占18.33%；难以解决的4件，占2.22%。办理中，承办单位先后两次征求政协委员意见，满意和基本满意率100%。

（徐光华）

人 事

【招录公务员50人】 2009年，区人力资源和社会保障局（以下简称区人社局）按照"计划申报、个别吸收、职位公布、凡进必考"和"公开、公平、公正"及"竞争、择优"原则，开展公务员公开考录工作。在面试阶段，建立特约监督员制度，接受群众和社会监督。年内推出岗位56个，拟招录77人，经报名、面试、体检、政审等程序，录用公务员50人。其中硕士27人，本科23人；社会人员26人，应届毕业生24人；25周岁及以下16人，26至30周岁28人，30周岁以上6人。

【开展公务员调任工作】 年内，按照《公务员法》和《公务员调任规定（试行）》等文件精神，开展公务员调任工作。以德才素质与职位要求相适应为原则，坚持组织安排与个人意愿相结合，从教育、卫生、农委等系统的事业单位从事管理或专业技术人员中调任5人到科级干部岗位。

【公务员培训】 年内，完成处级以下干部世博知识培训工作，以专题讲座、专家授课为主要形式，1 336人参加培训并通过考试；1 489人次报名参加双休日特别讲座。举办新录用公务员初任培训班和科级干部任职培训班，50名新录用公务员、60名新任职科级干部参加培训；组织举办上海方言培训班和公文写作培训班各一期。

【从优秀村干部中考录乡镇机关公务员8人】 年内，根据中组部《关于印发〈关于开展从优秀村干部中考试录用乡镇机关公务员工作的意见〉的通知》精神，组织实施从优秀村干部、在村任职大学生及"三支一扶"人员中考录乡镇机关公务员工作。共推出岗位8个（其中优秀村干部岗位5个，"村官"岗位2个，"三支一扶"人员岗位1个），拟招录8人，30人报名。经笔试、面试、体检、政审等程序，实招8人。年内，组织2008年新录用公务员55人到马陆镇、菊园新区、区信访办等11个单位实习锻炼，提高能力。

【安置军转干部29人】 年内，共接收、安置军转干部29人，其中团职8人，正营及以下16人，技术干部5人。完成大部分企业军转干部生活困难补助审核报批工作。

【完成在编公务员信息登记工作】 年内，基本完成1 817名在编公务员、127名参照《公务员法》管理事业单位人员信息登记工作。年内，评出和表彰"人民满意的公务员"16人、"人民满意的公务员集体"15个。

【走访慰问先进模范人物】 年内，区、镇、单位三级联动，开展走访慰问先进模范人物活动。相关领导分8组走访、慰问劳模28人，其中全国劳动模范9人，上海市劳动模范19人。共发放慰问金3.7万元、全国劳模特困金和生活困难补助金6.9万元。

【事业单位公开招聘140人】 年内，完善事业单位公开招聘信息系统。按照分类考试、动态录用的办法，第一轮推出招聘岗位132个,拟招聘151人;1843人参加笔试,实际录用107人。第二轮在第一轮未完成招聘的岗位中进行调整,推出岗位31个,拟招聘32人,实际录用25人。完成具有公共事务管理职能事业单位人员招聘工作,推出岗位23个,拟招聘28人,因部分岗位专业性较强,实际招聘8人。

【完成9个参公单位津(补)贴审批及清算工作】 年内,根据市委组织部、市人社局、市公务员局文件精神,区委党校等9个单位被列入参照《公务员法》管理。区人社局会同有关部门,完成9个单位的公务员工资及津(补)贴审核审批工作,对2007年4月1日起的津贴、补贴情况进行清算。

【规范事业单位工资外收入分配管理】 年内,根据《关于进一步加强本区区级机关所属事业单位工资外收入分配管理的意见》要求,区人力资源和社会保障局按照"限高、稳中、托底"逐步缩小差距的原则,调整事业单位工资外收入限额,加强和规范事业单位工资外收入分配管理。

【实施义务教育学校绩效工资改革】 年内,区人力资源和社会保障局在区内义务教育学校开展收入分配调查,牵头制定《嘉定区义务教育学校绩效工资实施办法》等文件。在全区义务教育学校实施绩效工资,涉及教职工3658人,其中教师3003人、校长66人、其他人员589人。

【调整机关退休人员补贴费】 年内,调整机关退休人员补贴费,涉及74个机关单位及转制单位的机关退休人员1424人,人均每年增加4300元。

【新增名师工作室3家】 年内,制定《上海市嘉定区名师工作室管理办法》,召开推进名师工作室建设现场会,为新成立的锐马汽车造型设计名师工作室、印海蓉新闻播音名师工作室、楼组党建名师工作室授牌。举行"竹艺传薪——当代嘉定竹刻展"和徐行草编名师工作室"民间手工编织作品邀请展"活动。至年底,全区共有名师工作室13家。

【博士后创新实践基地建设】 1月,举行企业创新型人才培养研讨会暨新时达博士后科研工作站揭牌仪式。制定《上海国际汽车城博士后创新实践基地管理办法》。上海万宏动力能源有限公司获上海市博士后科研资助,成为区内首家获此项资助的企业。年内,组团参加第十二届中国留学人员广州科技交流会,25个项目达成初步意向。

【选聘第三批学术技术带头人31人】 年内,组织开展第三批学术技术带头人选聘工作,选聘教育、卫生、农业、文化艺术、工程等领域学术技术带头人31人。制定《嘉定区学术技术带头人选聘管理办法》,加大对签约项目的考核力度。

【杰出人才奖评选】 年内,经专家评审、区评选工作委员会审定、区政府批准,第二届"嘉定杰出人才奖"评选活动设杰出科研精英、杰出应用开发人才、杰出企业经营者和杰出社会事业专才等4个奖项,评出"杰出人才奖"及"提名奖"各10人。

【申请人才发展资金137万元】 年内,申请人才发展资金137万元,涉及领军人才及创新团队、公务员队伍建设等5个项目;完成MPA学员部分学费资助工作。6月,区内首个引进国外人才项目——上海新傲科技有限公司引进国外人才项目获批。

【职称评审】 年内,组织开展农村专业技术职称考试及评审工作,涉及建筑、电气、机械、经济等专业,330名专业技术人员获中级资格,48人获初级资格;报送64人参加农村高级职称评审。配合区财政局开展全国会计专业技术资格考试,指导上海汽车人才服务中心开展汽车工程师职称受理工作。

【教育培训】 年内,开展知识产权公需科目继续教育、农村专业技术人员继续教育和信息网络安全培训等,43993人次专业技术人员参加继续教育。完成教育、卫生和国资委系统5个团组赴国外培训的申报工作。

【推进区优秀人才住房保障工作】 年内,启动实施区优秀人才住房保障政策,完成24套优秀人才商品房的配售和89户优秀人才家庭的住房补贴工作。形成"配售、配租、租房补贴"三位一体优秀人才住房优惠政策,优秀高层次人才可以市场价的60%购买70~90平方米住宅,用人单位按其申购面积市场价的10%缴纳配套资金。初步建立以业绩、成果、职称、住房困难等为要素的评分体系,在"上海嘉定"门户网站开通"嘉定区优秀人才住房保障专题",接受咨询和监督;联合区住房保障和房屋管理局核查各单位拟申报配售住房候选人的住房情况。该项工作纳入区监察局重大项目监管平台,接受投诉与举报。

【退管工作】 年内,调整区事业单位

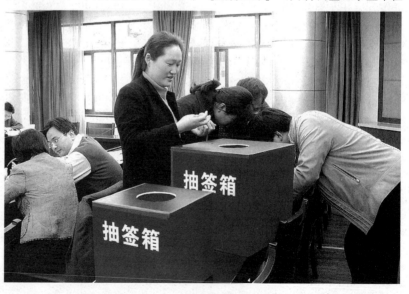

优秀人才住房保障配售抽签仪式 (区人社局供稿)

退休干部共享补贴标准,全额拨款事业单位退休干部人均每年增加300元,"事转企前"事业性质退休人员最低共享补贴标准由每年的1500元调整为1680元。慰问、走访退休人员318人,发放慰问金11万元。与区民政局、区委老干部局共同举办"迎世博、庆国庆"书画展,展示书画作品118件。组织老干部外出参观考察,举办第七届"康乐杯"老干部趣味运动会,开设退休干部兴趣班及健康知识系列讲座。

【疗休养】 年内,制定下发《2009年嘉定区机关事业单位健康体检和疗休养工作的通知》,疗休养组织工作调整为各单位自行组织或委托区疗休养中心组织。区人社局全年组织14批344名在职干部赴3个疗养点疗休养,组织机关事业单位在职及退休人员2644人参加健康体检。

【人才市场建设】 年内,嘉定人才服务平台逐步形成"以点带片"的网格化布局,设有"安亭分中心"、"南翔分中心"、"北区分中心"、"嘉定本部"、"卫生分中心"和"教育分中心"等服务网点。年内举办人才交流洽谈会38场,2015个企事业单位提供岗位10940个,接待应聘人员约11万人次。全年办理人才引进主调人78人、进沪指标140个;办理"夫妻分居调沪"26人;受理"居转常"9人,审批通过4人;办理居住证4253张、学历验证2641份。

4月22日,首届"嘉定紫藤花节"在嘉定紫藤园举行

(区外事办供稿)

【建立大学生实践基地】 3月,启动"嘉定区大学生实践基地"建设工作。16个实践基地推出实习岗位60个,接纳大学生200余人,累计提供实习时间400个月,下发实习津贴12万元,为企业集聚和储备优秀人才创造条件。

(高琼川)

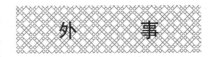

外　　事

【外宾接待】 2009年,全区共接待国外和境外政府、议会、党派代表团、民间团体友好访华团、经济技术参观考察团及记者、艺术家、学者、留学生、经济专家、研修生等65批676人次。其中区政府外事办接待24批322人次。主要团组如下:

1月21日,上海内野毛巾有限公司总经理一行访问嘉定,通报公司在全球金融危机下的经营状况和下年度计划。

2月10日,美国德州心脏中心詹姆斯·威尔森博士等4位专家访问嘉定,区长孙继伟会见来宾,商谈建立心脏疾病医疗中心事宜。

3月20日,柬埔寨金边市市长盖竹德玛一行访问嘉定。区长孙继伟会见来宾,介绍嘉定经济社会发展情况。双方就日后两地开展农业、文化等方面的交流与合作交换意见。

6月13日,俄罗斯联邦委员会副主席尼古拉耶夫一行访问嘉定,参观上海中国科普博物馆、上海城市现代农业发展有限公司蔬菜种植基地和嘉定现代农业园区。

7月6日,利比里亚共和国副总统约瑟夫·尼乌马·博阿凯一行到嘉定考察。区长孙继伟会见来宾。

7月7日,新西兰新任驻沪总领事隋新到嘉定作礼节性拜会。区长孙继伟与隋新就嘉定区与新西兰豪拉基市友好交往事宜进行交流。

7月12日,祖籍马陆的美国前劳工部长赵小兰及父亲赵锡成回故里拜访。

9月4日,日本地方政府驻沪事务所代表一行考察嘉定,参观上海益力

6月13日,俄罗斯联邦委员会副主席尼古拉耶夫一行访问嘉定

(区外事办供稿)

多乳品有限公司和神钢压缩机制造（上海）有限公司。

11月1日，上海市市长国际企业家咨询会第二十一次会议与会代表夫人一行参观嘉定孔庙和秋霞圃。

11月28日，区委书记金建忠会见来访的泰国盘古银行董事长陈友汉一行，双方进行友好交谈。

【因公出国（境）】 年内，审批79批次255人次因公出国（境）。其中中央直属机构团组3批次3人次，市相关单位团组41批次46人次。

【外事工作】 2月3日，召开区外事工作会议。区长孙继伟出席会议，并从增强外事工作责任感、提高因公出国管理水平、服务全区工作三个方面提出要求。相关人员120余人参加会议。3月5日，举办全区外事专管员培训班。4月22日，第一届"嘉定紫藤花节"在嘉定紫藤园举行。12月10日，区政府与意大利驻华大使馆、意大利驻沪总领事馆共同举办的以"展望2010世博会：意大利机动车及轨道交通产业的可持续性及卓越性"为主题的中意论坛在上海汽车博物馆召开。

【协办"外国人来华申请"101份】 年内，继续协助市外事办对到嘉定传授技术和进行经贸业务洽谈的外国专家予以确认，共协办38批101人次"外国人来华申请"签证手续。

2009年嘉定区友好城市来访代表团一览表

日 期	名 称	团长姓名	人数（人）	事 由
2月23日	日本和气町政府代表团	大森直德	2	拜会嘉定区政府、区教育局，就继续开展两地友好交流活动，特别是青少年互访事宜进行商谈
3月19日	日本和气町中学生代表团	左伯太辅	21	参观安亭中学与嘉城实验学校，与两校师生开展交流
9月27日	新西兰豪拉基市师生代表团	格兰特·艾特肯	15	以家庭住宿的方式，与嘉定一中、上海外国语大学嘉定外国语实验学校、中光高级中学的师生开展为期两周的交流活动
10月19日	日本八尾市日中友好协会代表团	田中顺治	10	走访上海三和医疗器械集团，参观嘉定新城与上海国际赛车场等
10月20日	韩国江北区政府代表团	金显丰	6	拜会嘉定区政府，就今后开展两地友好交流活动交换意见

2009年嘉定区出访友好城市代表团一览表

日 期	名 称	团长姓名	人数（人）	事 由
1月16日	紫藤研修生团	钱 伟	5	赴日本和气町学习紫藤的管理与修剪技术
3月6日	友好代表团	王庆建	6	赴新西兰豪拉基市加深了解，增进友谊，扩大合作
4月8日	友好代表团	李 震	6	赴日本雾岛市加深了解，增进友谊，扩大合作
4月23日	友好代表团	潘祁明	2	赴韩国江北区加深了解，拓展合作渠道
7月14日	友好代表团	王 浙	6	赴日本八尾市增进友谊，促进双方在经济、文化、青少年等方面的交流

（何锷旗）

侨、台、民族宗教事务

【侨务】 2月19日，召开区"五侨"联席会议。6～7月，走访留学人员高新技术企业20家，召开座谈会5次。7月28日，由安亭镇、区侨办、区经委承办的"华侨华人与上海国际汽车城发展——新能源汽车技术与产业发展研讨会"在上海国际汽车城举行。8月11日，召开区域内科研院所、高校、重点公司的留学归国人员谈心会，介绍区引进海外高层次人才相关政策。9月10日，成立上海市侨商会嘉定区分会，38位侨商成为首批会员。

【侨法宣传】 年内，以"和谐·发展"为主题宣传侨法和侨务政策。3月31日，区侨办、区侨联与新成路街道党工委举行"迎世博，促和谐，嘉定侨界在行动"侨法宣传主题活动，设立新成路街道"全国侨法宣传角"，发放侨法宣传资料，开展侨法有奖竞答等活动。发出倡议书动员侨界服务世博，向9支侨界志愿者服务队授旗；200名侨界

上海市侨商会嘉定区分会成立大会　（区统战部供稿）

志愿者提供为民服务40项。邀请澳大利亚籍华人龚陆林到嘉定镇街道、新成路街道为侨界政协委员和社区归侨侨眷作《世博为改变上海人"形象"而努力》的报告。

【为侨服务】　2月11日,举行2009年社区侨务干部新春茶话会。5月,举办社区侨务干部培训班,邀请市委党校教师作迎世博专题报告;6月15日,组织新成路街道社区侨务干部到苏州市沧浪区双塔街道"侨之家"学习先进经验。年内,依托社区"三个中心"加强为侨服务,会同区卫生局制定区老归侨医疗保健服务措施,向早期老年归侨赠送服务卡。着力推进"侨之家"规范化建设,坚持做好重阳联谊、冬夏走访、生日祝贺等工作,全年走访慰问归侨侨眷近百人。

【海联会工作】　年内,接待美籍华人赵锡成、赵小兰、李国祥和美国纽约联谊会、美国总商会等重点人士和重点侨团。10月19~28日,区海联会、区侨务部门组团出访美国和加拿大。12月2日,举行区海联会2009年年会。加强与海内外侨界重点人士的联络,向区海联会成员寄送新年贺卡、中秋慰问信和生日祝福;向侨界人士宣传世博会,赠送或代购世博会门票等。

（张亚萍）

【台湾事务】　年内,区台办组织多个团组赴台湾进行经贸考察,介绍嘉定的投资环境,寻找商机和合作伙伴。9月,督查区内《台商投资保护法》落实情况。安排台商与区人大代表交流,提出建议和意见,区台办主任向区人大常委会作嘉定区贯彻《台商投资保护法》的情况汇报,并对进一步做好台商投资保护提出建议。9月29日~10月5日,第四届上海台商产品展览会暨投资资源说明会在上海汽车会展中心举行,1 000余家企业参展,30余万人次参观。全年受理各类台商纠纷12起,其中经济纠纷3起、劳资纠纷2起、动迁纠纷4起、其它纠纷3起。年内,举办法律法规讲座2次,百余家台资企业的员工参加。台商服务中心每月编发一期经济法规材料下发台资企业。组织台商及家属50余人赴江苏省盐城市参观考察。组织开展暑期台商亲子活动。全年办理台生就学、中考手续22人次。至年底,区内共有在读台生177人。全年批准55个团组赴台交流,其中商务合作活动33个。年内,国民党荣誉主席连战到嘉定参观访问,区委书记金建忠陪同。（黄建青）

【宗教事务】　1~3月,区民族宗教办对全区天主教、基督教、佛教的15个宗教活动场所及6个固定处所开展年度监督检查工作,审计财务状况,指出问题和努力方向。会同区档案局开展宗教活动场所档案管理检查工作;10月,组织开展宗教活动场所主要人员档案管理培训工作。组织参加市民宗委举行的消防比赛,提高宗教界消防安全意识和消防能力。年内,成功处置南翔"7·15"回民被窃纠纷案和"8·20"马陆天霖龙都大酒店承包经营纠纷案。协助公安等部门取缔邪教呼喊派在马陆组织的活动。配合市民宗委与区内30名万邦教会人员谈话工作,宣传政策,抵御宗教渗透,确保世博期间社会稳定。3月1~7日,开展民族宗教法制宣传周活动,区内各宗教活动场所布置橱窗,张贴宣传条幅。3月6日,会同嘉定镇街道和民族宗教团体在嘉定工人影剧院门口设摊开展咨询活动,展出宣传黑板报,分发宣传品,进一步扩大群众对民族宗教政策及法律法规的知晓面。6月,组织7名基层统战干部参加市民宗委和市法制办举办的执法培训班,并取得民族宗教执法证。

"十方教育基金"发放仪式　（区统战部供稿）

【民族宗教团体建设】 3月31日,协助做好区少数民族联合会换届工作,充实新成员,强化班子建设。年内,35名教职人员参加华师大大专班学习并毕业,7名法师参加成人高考并被录取。5月,区佛教协会组织"迎世博环保一日行"活动,30余名法师和信徒上街清除垃圾和小广告,发放世博资料。区佛教协会向"十方教育基金"和"十方医疗基金"各捐款30万元;敬老节期间,组织曙光医院名医到徐行敬老院进行医疗咨询。云翔寺捐出部分收入为南翔镇的百岁老人颁发第三届"和谐人瑞"奖;曹王寺为区红十字会捐款5万元,成立遗体捐赠基金。民族宗教界全年累计捐款80余万元。6月、10月,区民族宗教办分别组织区天主教两会、区基督教两会、区少数民族联合会班子成员赴江苏、浙江、安徽等地学习考察。

【民族团结进步工作】 1月,区民宗办、区少数民族联合会等相关领导与嘉定一中新疆班240名师生共庆古尔邦节。春节前,会同区少数民族联合会、马陆镇、南翔镇、外冈镇、徐行镇、嘉定工业区、新成路街道等领导走访区内少数民族困难家庭15户,送上慰问金1.18万元。2月25日,会同区少数民族联合会领导与上海市行政管理学校300余名西藏班学生共度藏历土牛新年。9月26日,洪盛庆嘉定民族饭店开业,填补嘉定地区清真饮食方面的空白,解决少数民族群众的饮食困难。 (庄 凤)

信 访

【受理信访8776件批】 2009年,区信访办受理群众信访总数8776件批,比上年增长22.76%。其中受理群众来信5005件(含网上信访1420件),增长41.87%;接待群众来访3771批8344人次,分别增长4.14%和减少7.98%。群众信访中,意见、建议类1113件批,占12.68%;检举、揭发类218件批,占2.48%;申诉类386件批,占4.4%;求决类5621件批,占64.05%;纠纷争议类1165件批,占13.27%;其它273件批,占3.11%。全年办结信访8399件批,办结率

95.7%;署名信复信回访率100%。市信访办转交办的初信办理抽查群众满意率93.3%,列全市区县第三位;市信访办交办告结果的信访事项189件,规定时限内办结率100%。全年编发各类信访信息52件。

【集体上访批数和人次分别减少24.08%和8.49%】 年内,全区发生群众集体上访637批12801人次,分别比上年减少24.08%和8.49%。其中到市集体上访2批37人次,分别减少33.33%和26%;到区集体上访209批3395人次,分别增长15.47%和减少20.55%;到镇、街道、委、办、局、集团公司集体上访426批9369人次,分别减少34.96%和3.06%。全年发生赴京非正常上访2人次,未发生赴京集体上访事件。群众到区重复越级集体上访47批772人次,分别占到区越级集体上访总数的22.49%和22.74%。群众信访反映的主要问题是:农民"镇保"待遇与"城保"相差较大问题;京沪高速铁路建设对周边村民生活环境造成影响,村民要求动迁问题;因动迁拆迁政策变化、调整幅度过大,各个阶段动迁户实际利益不平衡问题;村民申请原地翻建房屋,被有关部门以"土地冻结"为由拒绝,居住条件得不到改善问题;部分劳动密集型企业裁员引发的劳资纠纷问题。

【基层信访】 2009年,全区各镇、街道、委、办、局、集团公司等基层单位共受理群众来信来访51033件批。其中受理群众来信12211件,比上年增长25.85%;接待群众来访38822批。年内,解决来信老户和来访老户各5人,就地化解集体上访167批2716人次,发生赴京上访54人次。

【区领导调研信访突出矛盾】 9月9~30日,区委、区政府领导到各镇、街道和嘉定工业区、菊园新区调研信访突出矛盾,落实工作责任,研究对策,制订方案。共调研信访突出矛盾22件,提出化解思路和方案。

【区领导接待群众来访115批】 2009年,区委、区政府领导在47个群众来访接待日中,直接接待群众到区上访115批738人次(其中集体上访37批579人次),分别占群众到区上访批数、人

次总数的3.05%和8.84%。阅批群众来信1186件,占来信总数的23.7%。听取信访工作汇报、研究部署信访工作16次,召开各类协调会3次,处理重大疑难信访事项2件。 (陈 抒)

政府法制

【概况】 2009年,区政府受理行政复议案40件,对10件上海市地方性法规、市政府规章草案提出修改意见,向市政府法制办报备区政府行政规范性文件1件。区政府法制办组织217名新上岗行政执法人员进行基础法律知识培训;完成行政执法人员"行政执法证"颁发、换证工作,颁发新证271张,换证98张。作出房屋拆迁行政强制执行决定15件,实际执行4件。组织开展全区行政执法单位行政执法检查,促进行政执法队伍专业化建设。组织开展《中华人民共和国行政复议法》施行十周年系列活动。7月,区政府出台《上海市嘉定区人民政府关于做好本区行政机关行政应诉工作的意见》,8月1日起施行,促进行政领导出庭应诉工作规范化、制度化。

【履行行政复议职责】 年内,区政府共收到公民、法人和其它组织因不服行政机关作出的具体行政行为而提出的行政复议申请40件,比上年上升5.26%。经审查,立案受理37件,不予受理3件。全年审结38件(其中3件为上年结存),其中维持行政机关具体行政行为的31件,7件因申请人撤回复议申请而终止审理,维持率81.58%。以区政府为被申请人的行政复议案2件:法人因不服区政府作出的批准出让土地决定而向市政府提起行政复议,该案以市政府驳回申请人行政复议申请而结案;公民不服区政府作出的不予受理行政复议申请决定而向市政府提出行政复议申诉,该案以市政府认为区政府作出的不予受理决定并无不当而结案。

【开展《行政复议法》宣传活动】 10月,区政府开展《中华人民共和国行政复议法》施行十周年系列宣传活动。相关职能部门开展街头宣传咨询活动,发放《中华人民共和国行政复议

法》、《中华人民共和国行政复议法实施条例》等宣传资料 800 余份；在《嘉定报》上刊登宣传专栏，通过案例介绍、复议问答等形式，使群众了解《中华人民共和国行政复议法》及相关法律文书、办案流程等，维护自身合法权益。

【行政执法监督】 8 月，区政府办公室下发《关于开展 2009 年度行政执法检查的通知》；11 月，区政府法制办会同区监察局、区依法治区办、区人大内务司法工委、区政协社会与法制委员会等相关部门，组成检查小组，以听取汇报、查阅案卷、召开座谈会等方式，对区农委、区经委、工商嘉定分局、公安嘉定分局、区民政局等行政执法单位贯彻执行《上海市生猪产品质量安全监督管理办法》、《上海市停车场（库）管理办法》、《上海市建筑消防设施管理规定》及《上海市社会救助办法》等文件精神的情况进行重点检查与抽查。对行政执法过程中存在的问题予以指出与纠正。

【行政执法培训】 8 月，区政府法制办开展 2009 年度新上岗行政执法人员基础法律知识培训，提高执法人员依法行政能力。培训内容为《行政许可法》、《行政处罚法》、《行政复议法》、《行政诉讼法》、《国家赔偿法（行政赔偿部分）》及《行政诉讼证据规则》。217 名行政执法人员参加，212 人通过考试并领取"行政执法证"，通过率 97.7%。

【行政执法证管理】 年内，区政府法制办完成"行政执法证"颁发和换证工作。机构改革后部分行政执法主体名称发生变更，为确保行政执法主体资质的合法性、有效性，区政府法制办为相关行政执法人员更换"行政执法证"。为工作调动、通过培训考试、原执法证到期等行政执法人员颁发和换发"行政执法证"。全年颁发新证 271张，换证 98 张。

【提供法律服务】 年内，区政府法制办为全区重大建设项目提供法律服务和保障。坚持"积极推进与稳妥拆迁相结合、依法拆迁与有情操作相结合、规范程序与灵活处置相结合"的方针，参与动迁政策咨询、动迁工作研讨等，

"三优一满意"活动动员大会 （区机管局供稿）

为各街镇、动迁公司提供政策法规服务。健全房屋拆迁裁决、听证、行政强制执行等制度，依法动迁，维护人民群众利益和社会稳定。全年收到并审查房屋拆迁强制执行申请 16 件，发出房屋拆迁强制执行通知书 15 件，实际执行 4 件。参与违章搭建整治等法律事务的协调与调研工作，划分工作权限，梳理工作流程，确保相关行政执法行为的合法性。 （李 燕）

机关事务

【固定资产管理】 2009 年，区机关事务管理局制定《区级机关固定资产管理暂行规定》，完善机关固定资产管理信息系统，规范固定资产购置、领用、处置程序，开展固定资产核对、统计、上报工作。加强行政事业单位办公用房出租管理工作，制定实施《区机管局公有物业租赁管理暂行规定》；协助教育系统办理房产证，对 64 家房地产权属存有争议的镇管学校，开展房屋、土地测绘等工作；全面完成区级机关办公用房清理整顿工作。年内，完成区委统战部、区经委、区建委等 22 个单位办公用房和区委学习实践科学发展观活动指导检查组、市委巡视组等临时办公用房的调配工作，完成区经委、区科委、区规土局等 17 个单位的办公用房维修改造工作。

【财务预算管理】 年内，完成 2009 年度各部门行政包干经费的编制下达、年度预算追加和 2010 年度预算编制工作；开展"小金库"清理和 2005～2008年专项资金账面结余清理工作；加强内部监督检查，接受审计部门、财政部门的指导、监督和检查。

【机关节能】 年内，定期编印《区级机关资源节约工作动态》；制作张贴空调使用节能小贴士；组织开展粮食节约、公共机构节能知识网上学习和竞赛活动；举办机关节能产品推介会；做好中央空调、设施设备的安全检查、维护保养等工作；继续开展能耗支出统计分析，实施公共机构能源消耗网上公示；对中央空调机组进行技术改造。全年区综合办公楼水、电、煤、油各类能耗支出 673.9 万元。

【公务车辆管理】 年内，建立公务车辆网络管理系统，实行公务车辆动态管理和有偿服务；严格执行公务车辆购置审批程序；调整四套班子领导公务车辆 15 辆；开展道路安全和行车安全教育，确保行车安全和驾驶员队伍稳定。全年安排公务用车 2 000 余次，累计行驶 150 余万公里，无严重违章现象和主要责任事故。

【加强机关安保工作】 年内，成立机关安全保卫中心，健全世博安保组织机制和工作机制，成立安保工作领导小组，制定、完善规章制度 21 项和应急预案 14 套。严格日常教育管理，开展业务培训，强化训练演练；做好安保和

消防设施维护保养工作;做好上访人员劝散工作,全年协助区信访办劝散上访群众127批次、2755人次。

【后勤管理和服务保障】 年内,组织参加市机管局开展的"迎世博、创文明、树新风"检查评比活动。加强食堂管理,注重食品卫生安全,提高餐饮服务质量,调整花式品种,增设语音选择器。健全后勤服务设施,实施金沙路办公区停车场、食堂改扩建工程,重新装修机关活动室。完成区"两会"、区人才招聘会等重要会议和建国六十周年升国旗仪式、2009上海汽车文化节等重要活动的后勤服务保障工作。全年安排各类会议1800场次,内外事接待63批次,完成各类报修任务3071次,修复各类电器1142项次,修复水暖设备835项次,完成其它各类特色服务1094项次。

【主要活动】 年内,区机关事务管理局开展深入学习实践科学发展观活动,抓好机关事务管理、后勤服务保障、公共机构节能等25项整改事项的落实;开展扫墓、观看专题宣教片、党员活动日等活动和义务植树造林、社会募捐、社区帮困结对等社会公益活动。开展市第六轮"三优一满意"行业达标创优活动,评出区级"星级服务岗位"7个、"三星级服务员"8人、"二星级服务员"20人、"优秀厨师长"2人、"优秀厨师"3人、"宣传工作优秀信息员"1人。区政府车队被评为市安全行车先进集体。 (倪 迪)

社区、人口管理

【社区建设创建活动】 2009年,嘉定区被命名为全国首批和谐社区建设示范城区。至年底,2个镇和22个居委会分别创建为和谐街镇与和谐居委会,完成"两个100%"创建工作目标。

【成立区社会建设工作领导小组】 12月31日,区委印发《关于成立上海市嘉定区社会建设工作领导小组及其组成人员的通知》,成立由区委书记任组长、36个成员单位为组员的区社会建设工作领导小组。区社会建设工作领导小组办公室设在区地区办。

【社区公共服务设施建设】 年内,区地区办参与65个新建住宅小区控制性规划、修建性详细规划及初步设计方案的评审,对小区公共服务设施的配置面积、位置、功能等提出优化意见。17个新竣工住宅小区的社区居委会用房全部达标,并移交相关街镇。其中16个小区纳入社区管理范畴,建立居委会筹建组。执行社区居委会用房产权登记备案制度,至年底,20个住宅小区完成产权登记手续。

【社区民主自治建设】 年内,开展居委会换届选举工作,直选率93.9%,其中25个居委会实行大海选。街道召开社区代表会议,规范社区居委会"四项基本制度",健全、完善居委会内部管理制度。各社区全年召开听证会、协调会、评议会1095次,解决小区改造、治安、房屋维修、电网改造、物业管理等事项。开展居务公开规范化建设工作,围绕居民自治、民政事务、计划生育、物业服务等13个方面,按照年、季、月、即时等时间节点及时公开相关信息,做到内容完善、程序规范。年内,12个街镇购买社区综合保险,总保费252.6万元,投保额108.34亿元,受益居民78万人。

【社区队伍建设】 年内,12个街镇公开招聘社区工作者113人,平均年龄29.69岁,学历均达大专以上。72名社区工作者参加国家社会工作者四级以上资格认证培训,67%通过考试。新成路街道举办历时两周的社区工作者培训班,真新街道在《真新人家》开辟《社工心声》专栏,菊园新区开展"迎世博、强素质、展风采、构和谐"社工演讲比赛等活动,部分街镇开展社区干部人才储备工作。加强楼组长队伍建设,全年开展楼组长培训等活动2318次。至年底,全区共有楼组长9695人。11月,会同区民政局、区司法局等单位,举办社区治保主任维稳专题培训班。

【社区共建】 年内,2400个机关企事业单位、"两新"组织与居委会签订共建协议,签约率92%;95%的驻区单位参与社区组织的各项活动。至年底,全区有各类群众团队1638支,其中备案1347支。

【调整人口管理组织体制】 4月3日,区人口综合管理领导小组更名为区人口综合服务和管理领导小组。调整区人口综合服务和管理领导小组组长及组员,增设专职副组长(由区地区办主任担任),成员单位由原34个增至36个,进一步明确成员单位职责。区人口综合服务和管理领导小组办公室设于公安嘉定分局,保留街镇人口办。区地区办统筹全区人口综合服务和管理工作,协调、推动、督促、检查街镇和部门开展工作;区人口办(公安嘉定分局人口办)具体实施全区人口综合服务和管理工作,管理社区综合协管队,侧重块上的指导与服务。

【完善协调机制】 年内,建立完善联

实有人口、实有房屋全覆盖管理工作会议 (区地区办供稿)

席会议、专题协调会、街镇双月工作例会、部门联络员季度工作例会等制度。全年召开联席会议2次，成员单位向区人口综合服务和管理领导小组汇报工作情况。

【开展"两个实有"普查工作】 3~6月，在两个街镇(嘉定工业区和原黄渡镇)、三个派出所(叶城、娄塘、黄渡)开展"两个实有"(实有人口、实有房屋)普查试点工作，原黄渡镇和嘉定工业区分别以99.5分、99.25分的全市最高分通过市人口办验收。7~10月，在全区全面实施"两个实有"工作。至年底，共定位门牌号14.71万块，采集房屋信息95.71万间，其中出租房屋47.84万间，采集实有人口信息137.18万条，其中户籍人员55.03万条、来沪人员75.35万条和境外人员6310条；实现人房关联信息136.75万条，关联率99.7%。

【社区综合协管队建设】 年内，明确公安派出所分管所长兼任街镇社区综合协管队队长，街镇人口办主任兼任教导员。组织公安、文广、劳动、卫生等部门，统一编印教材，对各街镇社区综合协管员开展业务知识培训和考试。建立社区民警和社区综合协管员双向选聘机制。组织社区综合协管员开展以"迎世博、展形象、两个实有夯基础"为主题的第二届百日竞赛活动，发现和提供有价值线索32条，破获、协破各类案件150余起。年内，社区综合协管员累计抄告公安、劳动、房地、卫生、计生等部门信息27710条，各级部门处置23804条；协助条块开展专项整治2682次，出动36738人次。

【专题宣传活动】 年内，协助制作和播出广播新闻16条、电视新闻10条，录制专题广播和电视节目4期；制作"两个实有靠大家、服务世博意义大"等宣传标语19条，印制宣传海报1万张，印发《致居民朋友的一封信》10万份；举行来沪人员综合服务和管理集中宣传活动，14个成员单位开展现场咨询；以来沪人员服务和管理为主题，开展"区长在线专题活动"，现场回答问题181个。

(徐晓菁)

区域经济研究

【区经济研究所完成课题11个】 2009年，区经济研究所完成课题11个：(1)关于规范区内宗教活动场所布局的意见。课题认为区内宗教活动场所布局存在区域性缺位状况，部分场所超负荷承载，地下聚会点屡禁不绝，提出根据需要逐步增设布点的方案和打击非法布点的措施。

(2)关于推动区内民营企业发展转型升级的建议。报告认为加快转型升级是民营企业实现科学发展的必然选择，民营企业应在产业选择、资本结构、管理模式、经营理念等方面不断调整和完善，加快转型，并提出相关建议。

(3)关于区内产业融合发展情况的调查报告。报告采用灰色关联分析法定量分析区内产业融合现状，认为制造业和服务业已初步融合但融合度不高，主要原因是产业区域发展不协调、制造业发展能级不高、现代服务业发展步伐迟缓。提出根据"一核两翼"发展战略，加快推进城市化建设，促进"两个融合"，遵循"空间落实、产业配套、重点突出、特色鲜明"的原则，采取区域分类指导等措施促进产业融合发展。

(4)关于村庄改造的调查报告。报告总结区内村庄改造的成效和方法，指出深化村庄改造需解决长效管理、提高村民素质、完善规划三方面问题。提出落实责任，加强制度建设和长效管理，推进宅基地置换和城乡一体化建设等建议。

(5)关于发展总部经济的调查报告。报告分析区内总部经济发展现状和有利条件，指出在发展定位、发展道路、空间布局规划等方面存在的问题。提出围绕服务制造业走内生式发展道路，聚焦重点行业和重点区域等建议。

(6)关于南翔镇新农村建设的调查报告。报告总结南翔镇新农村建设的做法和成效：以统筹发展的理念，引领新农村建设；以促进村级经济和村民增收为抓手，推进新农村建设；完善农村公共服务和基础设施建设，为农民营造良好的生产生活环境；完善村民民主管理机制，夯实新农村建设的政治基础。

(7)关于推进区内就业工作的调研报告。报告指出全区就业工作中主要问题：公益性岗位开拓空间有限、自主创业带动就业步履维艰、青年就业群体压力增大、失业人员培训工作薄弱等。课题提出合理化建议3条。

(8)关于统筹南翔镇城乡发展的调研报告。报告总结城乡发展存在的问题，提出统筹城乡一体化发展规划，优化产业结构，完善公共物品供给体系，制订实施全镇统一的农民动迁补偿安置办法等合理化建议。

(9)关于引招高星级酒店入驻嘉定新城的调研报告。报告认为区内缺少高星级酒店，酒店业发展比较滞后。课题组通过调研后提出：认清高星级酒店在产城融合中的地位作用，调控好嘉定新城高星级酒店的投资开发节奏，有计划吸储培训酒店业人力资源，

南翔镇社区综合协管员业务培训班 (区地区办供稿)

政府应提供相应管理与配套服务。

（10）关于上海国际汽车城体制、机制调整的建议。课题认为现有体制、机制不能适应上海国际汽车城快速发展的需要，提出突破原有框架，全面调整原有体制和机制：整合资源，集聚效能；股权配置，利益共享；政企分开，各司其职。

（11）关于区经济研究所建所20周年回顾的报告。

20年来，区经济研究所共完成研究课题和咨询项目304项，课题内容分为区域规划、企业改革和发展、"三农"问题、经济结构调整、城市化建设等6个方面。　　　　　　（赵玉华）

人力资源招聘洽谈会　　（区人社局供稿）

政府实事

【**劳动就业和社会保障**】　年内，新增就业岗位26 988个，完成全年指标的101.5%；转移农村富余劳动力8 173人，完成全年指标数的102.2%；城镇登记失业人员控制在7 248人，在市控制指标7 540人以内。

【**农村商业网点建设**】　年内，新建农村商业网点31个，总投资438万元。

【**社会治安防控体系建设**】　年内，新增街面实时图像监控探头879个。

【**旧住房综合改造**】　年内，完成50万平方米旧住房综合改造，总投资1亿元。

【**二次供水设施改造**】　年内，完成109.4万平方米商品房二次供水年度改造任务，总计50万平方米。

【**生活污水集中处理工程建设**】　年内，完成54个重点整治村生活污水集中处理工程建设，总投资2 881万元。

【**职业技能和安全生产培训**】　年内，完成各类职业培训17 767人，完成全年指标数的116.9%。完成农民工安全生产培训60 348人，完成全年指标数的100.6%。

【**标准化老年活动室建设等工作**】　年内，新建标准化老年活动室15个，总投资1 001万元。创建市级标准化村卫生室15个，总投资1 460万元。为2.9万名中小学生免费提供口腔检查和免费龋齿充填，经费30万元。

【**体育设施建设**】　年内，新建嘉定镇街道、新成路街道、华亭镇等3个社区公共运动场，总投资309万元。新建20个农民健身点，总投资200万元。

【**住房保障**】　年内，为387户低收入家庭提供廉租住房保障，发放租金补贴296万元。为优秀人才提供6万平方米配售、配租房，为1 000户优秀人才家庭提供租房补贴。

（区政府办公室供稿）

政协嘉定区委员会

编辑 孙培兴

全会及常委会会议

【区政协四届三次会议】 会议于1月6～9日在区综合办公楼举行。会议应出席委员205人，实到委员198人。中共嘉定区委书记金建忠到会讲话。会议审议通过区政协主席周关东代表常务委员会所作的工作报告、区政协副主席章宇慧代表常务委员会所作的提案工作情况的报告。与会委员列席嘉定区四届人大四次会议，听取并讨论《政府工作报告》、《区人民法院工作报告》和《区人民检察院工作报告》。区委、区人大、区政府领导出席开幕和闭幕会议，参加联组讨论、分组讨论，听取委员意见建议，共商嘉定发展大计。会议表彰2008年度区政协优秀提案18件和四届一次会议以来区政协优秀提案特别奖2件。会议审议通过《政协嘉定区委员会关于贯彻落实〈嘉定区迎世博600天行动计划〉的决议》，审议通过《政协上海市嘉定区第四届委员会第三次会议决议》，号召全体政协委员紧密团结在以胡锦涛同志为总书记的党中央周围，高举中国特色社会主义伟大旗帜，全面贯彻落实科学发展观，始终保持迎接挑战、攻坚克难的锐气，始终保持永不自满、永不懈怠的激情，在中共嘉定区委的坚强领导下，为确保经济平稳较快发展，确保民生持续得到改善，确保社会和谐稳定，确保迎世博工作有序推进而努力奋斗。会议期间共收到提请立案的书面意见建议145件，经审查立案139件。

【区政协四届常委会第十次至第十四次会议】 第十次会议于1月9日举行，应出席31人，实到29人。会议审议通过区政协2009年工作要点；任命杨小弟为区政协专门委员会办公室主任，免去陆慕祥区政协专门委员会办公室副主任职务。

第十一次会议于4月16日举行，应出席31人，实到17人。会议邀请中共上海市委宣传党校徐正初作"用一元指导思想整合与引领多样的思想文化"的报告；听取副区长邵林初关于嘉定区稳定和促进就业工作的情况通报。审议决定将《关于嘉定区江桥人口导入地区工作推进中突出问题的调查和建议》作为常委会会议建议案，提交区政府领导参考。会议还听取区政协参与迎世博活动情况汇报。

第十二次会议于7月2日举行，应出席31人，实到22人。会议听取区委统战部副部长、区台办主任宋惠明关于嘉定区民族宗教情况的通报；审议决定将《深化社区卫生服务综合改革，提升社区卫生服务水平》和《关于推进我区生活垃圾"减量化、无害化、资源化"处理的建议》作为常委会会议建议案，提交区政府领导参考。会议还审议通过区政协四届部分委员调整方案和区政协内设机构干部任免，同意李德文、马梅因工作调动辞去区政协四届委员职务；同意苏敏因不能正常履行委员职责辞去区政协四届委员职务；增补孙书军、仇建良、王佳岭、王炜芳、李健军、胡著平为区政协四届委员；任命陈蕴珠为区政协经济委员会副主任，王仁子为区政协民宗港澳台侨委员会副主任；免去胡婷区政协副秘书长、办公室主任职务；任命杨小弟为区政协副秘书长、办公室主任，免去其区政协专门委员会办公室主任职务；任命王炜芳为区政协专门委员会办公室主任。2009年嘉定区第一期处级领导干部轮训班学员和部分政协委员应邀列席会议。

第十三次会议于10月15日举行，应出席30人，实到19人。会议组织学习中国共产党第十七届中央委员会第四次全体会议精神和胡锦涛总书记在庆祝人民政协成立60周年大会上的重要讲话。会议邀请区委常委、区纪委书记韩晓玉通报嘉定区党风廉政建设情况，观看嘉定区网络监管系统演示。会议还审议通过关于恢复区政协学习和文史委员会的建议，决定由主席周关东兼任该委员会主任，副主席王漪、朱琴芬兼任副主任，下设学习指导组和文史资料编辑组。

第十四次会议于12月24日举行，应出席29人，实到21人。会议审议通过区政协四届委员会委员调整名单和区政协四届四次会议有关文件，审议并原则通过《政协上海市嘉定区第四届委员会常务委员会工作报告》和《政协上海市嘉定区第四届委员会常务委员会关于四届三次会议以来提案工作情况的报告》，通报区政协2009年度优秀提案评选结果。会议决定，增补王小平、王群智、方云芬、邹冬沪、陆伟国、陈懿等6人为区政协四届委员会委员，接受王金成、王建农、严健明、陈

国庆、周红亚等 5 人因工作调动、职务变动等原因不再担任区政协四届委员会委员。　　　　　（冒乃平）

建议案及重要提案、优秀提案

【常委会会议建议案】　2009 年,共产生常委会会议建议案 2 件。

《关于推进我区生活垃圾"减量化、无害化、资源化"处理的建议》(7 月 2 日区政协四届十二次常委会会议审议通过)建议案指出,嘉定在生活垃圾处理上存在垃圾处理设施的规划、设计、建设远远滞后于城市发展的需要和垃圾分类措施与垃圾处置严重脱节等突出问题。建议案提出三个方面的建议:(1)借助外力,争取实现垃圾外运外处目标;(2)科学规划,逐步实施垃圾"减量化、无害化、资源化"处理;(3)加强宣传,努力扩大市民参与度。

《深化社区卫生服务改革,提升社区卫生服务水平》(7 月 2 日区政协四届十二次常委会会议审议通过)建议案指出,嘉定区在深化社区卫生服务综合改革,提升社区卫生服务水平方面存在以下问题:一是社区卫生服务中心收支两条线尚未得到切实贯彻;二是社区卫生服务人员素质有待提高;三是以社区居民需求为导向的服务理念尚未建立;四是公共卫生服务不均等;五是社区卫生服务信息化管理落后于实际需求;六是资源整合不到位。建议案提出 10 条对策措施:(1)多途径培训,提高社区卫生服务中心人员综合服务能力;(2)提高社区医疗卫生服务的可及性,实现社区卫生服务改革宗旨;(3)建立具有嘉定特色的全科医生团队服务模式,提供家庭病床等医疗卫生服务;(4)完善政府财政投入机制,确保社区卫生服务全面实现;(5)规范收支两条线管理,逐步建立区级经费统筹;(6)建立联合体,实行一网多用,积极推进社区卫生服务;(7)实现公共卫生服务均等,缩小公共卫生服务差异;(8)完善信息化管理,建立全民健康档案;(9)制定科学考核评价体系,正确引导社区卫生服务工作方向;(10)社会参与、部门牵头,拓宽社区卫生服务领域。

【主席会议建议案】　2009 年,共产生主席会议建议案 3 件。

《加强我区人口早期教育,提高我区 0 岁~3 岁婴幼儿早教指导服务水平》(6 月 30 日区政协四届二十五次主席会议审议通过)建议案指出,嘉定区开展 0 岁~3 岁科学育儿工作主要存在三个方面的问题:一是对科学育儿的认识尚不到位;二是开展科学育儿指导工作缺乏监督评估机制;三是科学育儿指导工作缺乏统一的标准。建议案提出 5 个方面的建议:(1)加强领导,健全各项制度;(2)明确职责,加强工作协调;(3)加大督导力度,建立早教评估机制;(4)制定标准,实现早教工作一体化;(5)积极探索婴儿早期教养指导工作进社区。

《以迎世博为契机,全面推进我区无障碍环境建设》(8 月 31 日区政协四届第二十七次主席会议审议通过)建议案指出,嘉定区无障碍环境建设方面存在四个问题:一是部分新建设施仍存在不规范现象;二是部分已建设施缺乏有效管理和维护;三是全区层面工作开展尚不平衡;四是全民关注无障碍设施的氛围亟待形成。建议案提出 3 条改进建议:(1)政府带头,充分发挥示范和引导作用;(2)建管并举,建立长效监督和管理机制;(3)加强宣传,营造共同关注的社会氛围。

《关于加强对外来务工者子女义务教育工作的建议》(12 月 3 日区政协四届第二十九次主席会议审议通过)建议案分析认为,虽然近年来嘉定区已采取不少措施,解决外来务工者同住子女义务教育阶段的就学问题,但仍存在三个方面的问题:一是公办学校容量有限,为了按照本市规定增加吸纳外来务工者子女进入公办学校就读,超班额现象严重;二是民办外来务工者子女小学的生均补贴资金分配不尽合理,影响地方政府的办学积极性;三是外来务工者子女学校的教育质量及升学途径难有保障。建议案提出 5 条建议:(1)要切实解决思想认识问题,认真按照"以流入地政府管理为主,以公办学校接收为主"的原则,处理好外来务工者子女接受义务教育问题;(2)要确保对外来务工者子女九年义务教育经费的投入;(3)要扩大公办学校吸纳外来务工者子女就读的能力;(4)要规范现有外来务工者子女学校的教育秩序,努力提高其教育质量;(5)要积极拓展外来务工者子女高中阶段的就读途径。

2009 年度区政协重点提案

提　案　者	案　　　由
民进嘉定区委	关于加强我区人口早期教育,提高我区 0 岁~3 岁科学育儿指导服务水平的建议
季雨生、宗小时、戴璐蓉	关于积极倡导行政领导出庭应诉,努力提升法治政府形象的建议
经济委员会	关于嘉定区垃圾处理厂无害化改造的建议
孙　武、杨方军、王庆德、李　华	关于调整菜场业态的建议
朱建新、章宇慧、周其林	关于设立嘉定区创业专项基金并按公益加市场模式运作的建议
社会与法制委员会	关于进一步加强我区社会公共资金监管的建议
殷慧芬、魏滨海、毛炯炯	关于发挥好嘉定是蓝印花布发源地的名片作用的建议
科学技术教育委员会	加大我区迎世博窗口地段整治力度的几点建议
文化体育医卫委员会	提高社区卫生中心服务水平的几点建议
科学技术教育委员会	关于解决迎园中学学生上学交通问题的建议

2009 年度区政协优秀提案

提 案 者	案 由
民盟嘉定区委	关于未雨绸缪、高度关注就业的提案
民建嘉定区委	关于让农村医保造福更多农民 为全区农民撑起医疗保护伞的提案
民进嘉定区委	关于进一步完善征地劳人员养老保障体制的建议
九三学社嘉定区委	关于促进市容环境常态优良 提升嘉定城市形象的提案
民革嘉定区总支部 农工民主党嘉定区总支部	关于采取有效措施加强对政府财政性投资工程建设的投资控制的建议
文体医卫委员会	关于努力创造条件为市民群众提供更多更好的体育健身场所的建议
致公党嘉定区总支部	关于提升嘉定区环保能力建设的建议
区工商联	关于我区民营企业应对全球金融危机影响的几点建议
区妇联	关于调整我区户籍妇女两年一次妇科普查项目的建议
经济委员会	关于切实抓好地名商标注册积极实施商标发展战略的建议
科技教育委员会	关于加强节约型机关建设的几点建议
环境和城市建设委员会	关于在我区推广分布式供能的建议
文体医卫委员会	关于提高社区卫生中心服务水平的几点建议
社会与法制委员会	关于进一步加强我区社会公共资金监管的建议
民宗港澳台侨委员会	关于规范我区宗教活动场所布局的建议
季雨生、宗小时、戴璐蓉	关于积极倡导行政领导出庭应诉，努力提升法治政府形象的建议
封晓明、金耀祖、甘惠民、嵇人凤	关于用科学发展观指导保增长性投资的提案
朱建新、章宇慧、周其林	关于设立嘉定区创业专项基金并按公益加市场模式运作的建议
陆晞、朱琴芬	关于加大对政府投融资项目资金监管的几点建议
殷慧芬、魏滨海、毛炯炯	关于发挥好嘉定是蓝印花布发源地的名片作用的建议
毛炯炯、周关东、孙武、胡春晖 吴良	关于将紫藤打造成嘉定特色花卉的建议
吴国平	关于构建嘉定区数字化城市管理模式的建议

（冒乃平）

重 要 活 动

【开展"我为世博做什么"主题活动】
区政协召开的四届三次会议通过《政协嘉定区委员会关于贯彻落实〈嘉定区迎世博 600 天行动计划〉的决议》，号召区政协各参加单位和广大政协委员积极响应市、区党政组织号召，以"我为世博做什么，我从世博学什么"为主题，积极建言献策，着力推进实施；注重率先垂范，营造文明氛围；着眼长远目标，促进持续发展等方面做出切实努力，为办好一届成功、精彩、难忘的世博会，推进全区各方面工作跨上新台阶作出积极贡献。3 月 18 日，区政协组织开展委员大视察活动，了解嘉定区迎世博 600 天行动计划实施情况。百余位委员视察曹安公路真新段环境综合整治情况、京沪高速铁路上海动车段建设情况、轨道交通十一号线白银路站建设情况和嘉定新城建设情况，听取区委常委、副区长、区迎世博 600 天行动领导小组副组长庄木弟关于嘉定区迎世博 600 天工作和城市建设管理情况的通报，视察活动还邀请市政协人口资源环境建设委员会委员参加。

4 月 15 日，9 月 18 日，由市政协主办、区政协和区迎世博 600 天行动计划领导小组办公室承办的"我与世博同行"系列讲坛在区综合办公楼博乐厅举行，分别邀请著名文学家舒乙作"城市文化个性与上海世博会主题"专题报告，科技部部长万钢作"我与世博同行——世博与科技"专题报告。区政协委员和社会各界人士代表近 600 人参加。开展"啄木鸟"明查暗访活动。3 月起，经过 4 个多月努力，共拍摄嘉定区在城市管理、市容市貌、行为规范、窗口服务等方面存在问题的照片 300 余张，提出意见建议 30 余条。200 余名市、区政协委员参加活动。

【开展学习实践科学发展观活动】 3～8 月，区政协在党员干部中开展深入学习实践科学发展观活动。活动分准备、学习调研、分析检查、整改落实、测评总结5个阶段。区政协全体党员干部参加,区内各党派和界别的区政协委员17人应邀全程参加。其间,区政协组织各类学习活动29次,参加学习人数1 200余人次。为找准区政协党组织和区政协存在的不符合科学发展观要求的问题,区政协党组邀请群众代表300人次参加各类问卷调查、民主测评和座谈会,共征求意见58条。经仔细分析,认真梳理,将其归纳为三个方面15个问题。经过努力,这些问题均已按期整改完毕。

【市政协区(县)政协主席例会在嘉定召开】 4月9日,市政协区(县)政协主席例会在嘉定召开,中共嘉定区委书记金建忠向与会人员介绍嘉定经济社会发展情况,区政协主席周关东介绍《中共嘉定区委会关于进一步加强新形势下人民政协工作的实施意见》起草情况。市政协主席冯国勤出席会议并作重要讲话,市政协副主席钱景林主持会议。市政协秘书长陈海刚,中共嘉定区委副书记、区长孙继伟及各区(县)政协正、副主席30余人出席。

【举行庆祝人民政协成立60周年座谈会】 9月28日,区政协、区委统战部联合在区综合办公楼广厦厅举行"嘉定区各界人士庆祝人民政协成立60周年座谈会"。中共嘉定区委书记金建忠出席并讲话,区政协主席周关东

致词。中共嘉定区委副书记、区长孙继伟,区委副书记曹一丁,区人大常委会主任陈士维及嘉定区各民主党派负责人、各界人士代表和部分区政协委员、特聘委员80余人出席。区政协副主席、区委统战部部长张敏主持会议。孟宪晋、高雷平、朱芳、慧禅、汤洪良、姚薇、铁剑心等7人分别代表老同志、党派、专门委员会和委员发言。

(冒乃平)

专门委员会

【提案委员会】 全年收到委员意见建议186件,审查立案180件,全部办复。其中办理结果为已经解决(采纳)和部分解决(部分采纳)、正在解决、逐步解决的达到79.4%。主要工作:一是拓宽知情知政渠道,围绕区委、区政府中心工作和社会难点及热点问题,召开座谈会、议政会、报告会和开展视察活动等,引导委员撰写"选题准、分析深、建议实"的提案;二是注重培育集体提案,主动加强与各民主党派、工商联、有关人民团体和政协各专委会的联系,就集体提案的选题和调研进行沟通与协商;三是完善提案工作制度,结合科学发展观的学习,广泛征求意见,分析查找问题,制定《政协嘉定区委员会关于提案工作的实施意见》;四是将集体提案制成提案专报,送分管区长阅示。强化督办,增强提案办理实效。采用主席、副主席领衔督办,主席会议

庆祝人民政协成立六十周年座谈会 (区政协供稿)

督办和选择难点问题现场协商沟通,联合区人大、区政府办公室督办等方式,分层次分类别督办提案,提高提案办理实效。注重宣传,扩大提案影响。先后在《联合时报》《东方城乡报》、《嘉定报》等报刊刊登提案工作稿件40篇,及时收集整理提案工作图片、影像资料,开展提案工作成果展。承办区政协优秀提案评选表彰工作,评选表彰区政协优秀提案22件。

【经济委员会】 年内,在广泛调研的基础上,形成《关于推进我区生活垃圾"减量化、无害化、资源化"处理的建议》的调研报告,被常委会会议确定为建议案。开展关于聚焦嘉定新城五星级酒店发展调研,形成《聚焦现代服务业,引招高星级酒店入驻嘉定新城》调研报告,建议基本得到区委、区政府采纳。组织委员视察马陆镇大裕村农宅改造情况,了解嘉定区新农村建设和新型农宅改造模式推进情况。关注民生,围绕青年就业创业开展考察,促进嘉定区青年就业创业政策出台。

【环境和城市建设委员会】 年内,以"我为世博做什么"为主题,围绕城市管理和窗口服务质量,开展"啄木鸟"明查暗访活动。组织委员开展视察活动,了解嘉定区新农村建设和宅基地置换工作推进情况。组织委员赴太仓考察城市建设和房地产市场、城市生态水环境的治理等;赴云南迪庆州考察政协在环保、交通、市政和政协"三化"建设方面的成功做法。与上海社会科学院城市与房地产研究中心合作调研,形成《市属配套动迁商品房江桥基地规划建设中的突出矛盾、解决对策和本市续建大型人口集中居住区应当引起注意的问题》调研报告。市政协主席冯国勤对此高度重视,要求市政协对"市属配套动迁商品房江桥基地"进行专题调研,向市有关部门提出解决问题的建议。

【科学技术教育委员会】 年内,采用以会代训等方式,培训骨干,发挥骨干委员作用,推进专委会工作。与民进嘉定区委合作,围绕0岁~3岁科学育儿课题开展调研,形成《加强我区人口早期教育,提高我区0岁~3岁婴幼儿早教指导服务水平》调研报告,被主席会议确定为建议案。赴经济发达和欠

委员视察嘉定西门老街　　　（区政协供稿）

发达地区考察学前教育和中小学教育教学情况，查找嘉定区教育改革的不足，为努力打造"教化嘉定"品牌作贡献。围绕迎世博，率先开展"啄木鸟"活动，组织委员对全区迎世博窗口进行明查暗访，通过简报和提案，及时反映嘉定区迎世博工作中存在的问题，拍摄照片137张，提出意见建议12条，促进迎世博工作。开展《关于加强节约型机关建设的几点建议》和《关于解决迎园中学学生上学交通问题的建议》等提案的促办活动。

【文化体育医卫委员会】　年中，积极开展调研、考察工作，形成《深化社区卫生服务改革，提升社区卫生服务水平》的调研报告，被常委会会议确定为建议案。历时半年，围绕全市医保总控指标分配情况进行调研，形成《关于统筹城乡发展合理分配本市医保费用总控指标的建议》的调研报告，副市长胡延照对此报告作出批示，市医保办采纳建议，对市区和郊区（县）预算指标进行调整。积极推动恢复"胡厥文生平事迹展"和建立"安亭蓝印花布展示馆"，推动"安亭药斑布"申请非物质文化遗产工作，充分挖掘嘉定西门老街历史文化遗存，关注其开发保护。关注嘉定文学建设与发展，提交《关于尽快为新时期嘉定作家群整理出版资料性丛书的建议》。

【社会与法制委员会】　年内，坚持以

课题为引领，积极开展调研活动，形成《以迎世博为契机，全面推进我区无障碍环境建设》和《劳动仲裁应当收取仲裁费》的调研报告，其中《以迎世博为契机，全面推进我区无障碍环境建设》的调研报告被主席会议确定为建议案。围绕迎世博工作，开展"啄木鸟"活动。结合《关于积极倡导行政领导出庭应诉》提案的促办工作，组织委员旁听嘉定区人力资源和社会保障局局长出庭应诉，推动区政府《关于做好本区行政机关行政诉讼应诉工作的意见》的出台。进一步加强专委会与区委、区政府有关部门的沟通和联系，为委员们知情明政、知情参政创造更好的条件，推动区人民检察院、区监察局、区司法局、区民政局等单位建立社会与法制委员会工作联系点。积极拓宽社情民意反映渠道，邀请老委员座谈，为委员提供有价值的议政线索。

【民宗港澳台侨委员会】　年中，围绕港澳台侨资企业在金融危机中遇到的困难，开展"走进侨、台资企业"调研活动，配合市政协深入嘉定留学生创意产业园区，开展专题调研，了解企业经营发展、知识产权保护、自主创新等方面情况，有针对性地开展工作。开展民族宗教考察活动，形成《依法科学管理，推进民宗和谐》调研报告。以"我为世博做什么"为主题，开展"啄木鸟"明查暗访活动，针对嘉定区城市管理、市容市貌、行为规范和窗口服务工作中发现的问题，提出改进意见建议。

【学习和文史委员会】　年内，出版《嘉定·1949》，并于5月10日在区委召开的庆祝嘉定解放60周年座谈会上首发。编辑完成《嘉定文史资料》（第27辑）。完成《新时期嘉定作家群》二卷本编辑工作。2月17日、3月12日分别举行《嘉定民间歌谣、故事选》和《仁者陈龙》首发式。组织委员、特聘委员赴江苏镇江、江阴、如皋等地考察学习文史工作。　　　　　　（冒乃平）

组织委员赴安亭镇早教中心调研　　　（区政协供稿）

民主党派地方组织·群众团体

编辑 吴庆

民革嘉定区总支部

【组织状况】 2009年，民革嘉定区总支部发展党员4人，转入1人，转出4人。至年末，共有党员42人，设2个支部。年内，成立民革嘉定区委筹备小组，制定筹备工作计划。

【主要活动】 2009年，民革嘉定区总支部召开总支部会议6次，组织专题研讨会1次。在区政协四届三次会议上，提交集体提案2件、个人提案8件、大会发言1篇。党员蔡宁代表民革嘉定区总支部作题为"关于采取有效措施加强对政府财政性投资工程建设的投资控制的建议"的大会发言。《关于采取有效措施加强对政府财政性投资工程建设的投资控制的建议》被区政协评为优秀提案。在上海市十三届人大三次会议上，党员、市人大代表赵烨提交"加强宣传国旗文化，尊重、爱护和正确使用国旗"书面意见。年内，就轨道交通"后通车时代运营管理模式"举行专题研讨会。8月，全国政协副主席、民革中央常务副主席厉无畏和民革中央宣传部长吴先宁参加在安亭镇召开的上海市青年党员座谈会并视察安亭老街。围绕庆祝新中国成立60周年、人民政协成立60周年及上海、嘉定解放60周年活动，以学习实践科学发展观活动为主线组织学习活动，组织全体党员赴桐乡市乌镇参观学习，第二支部同民革松江区委开展学习交流活动。开展和上海市绿化和市容管理局民革支部等的结对共建工作，有序推进和新成路街道、区劳动和社会保障局的对口联系工作。党员蔡宁被民革市委评为先进个人。全年派出2名党员参加民革市委组织的"反映社情民意信息联络员"培训班，2名支部主委参加民革市委举办的"区和直属组织基层支部主委学习班"，4名党员参加区委统战部与区社会主义学院联合举办的新党员培训班，民革嘉定区主委宋虹霞参加中央社会主义学院第二十一期民主党派干部进修班。

(宋虹霞)

民盟嘉定区委

【组织状况】 2009年，民盟嘉定区委发展盟员17人，民盟嘉定区委嘉定一中支部成立。至年末，共有盟员241人，设10个支部。

【主要活动】 全年召开盟员大会1次、区委扩大会议8次、区委专题会议6次。在区"两会"上，提交提案23篇、社情民意6篇。其中主委高雷平撰写的《关于在关键道路安装电子显示屏的建议》被上海市政协采用，韩敏撰写的《必须花大力气整治我国的食品安全》被民盟市委送民盟中央采用，集体提案《未雨绸缪、高度关注就业》被区政协评为优秀提案。年内，让新盟员体验民盟嘉定区委的参政议政活动，参加中共嘉定区委统战部举办的新民主党派人士培训班和民盟上海市委的新盟员学习班，举办关注民生的主题培训。开展主题为"以水文化建设为

嘉定区统一战线庆祝新中国成立六十周年歌咏活动

(民盟嘉定区委供稿)

抓手,破解老城改造之难题"的专题调研并形成报告。年中,分别与民盟黄浦、松江区委开展关于参政议政的交流学习活动。举办"庆巾帼节日、观新农村建设"活动,游览华亭人家,参观纳米科技展览馆。4月26日,与民盟市委青年委员会在嘉定影剧院开展综合义务咨询。10月15日,民盟嘉定区委与中共嘉定工业区工作委员会签订结对共建协议。年内,民盟嘉定区委被民盟中央评为全国先进集体。全年刊印《嘉定盟讯》4期。 （韩 敏）

民建嘉定区委

【组织状况】 2009年,增补区委委员5人,增设青年和会员企业2个工作委员会,改选支部主任4人。全年发展会员7人,除名1人。至年末,共有会员154人、区委委员11人。

【主要活动】 2009年,召开区委及扩大会议4次。在区政协四届三次会议上,提交集体提案3件、委员提案11件。委员徐兰代表民建嘉定区委作题为"努力扩大就业,维护社会稳定"的大会发言,嵇人凤、封晓明、张锡森、陶京、周立群、丁明海等6名政协委员代表民建嘉定区委在联组会上就"四个确保"进行发言。集体提案《农村医保,造福更多农民,为广大农民撑起医疗保护伞》、委员个人提案《用科学发展观指导保增长性投资》被区政协评为优秀提案。市人大代表常洁所提书面意见——《关于在特殊时期加强建设工程相关管理的建议》得到副市长沈骏的批示。就迎世博和民生问题,向区政协提交社情民意8篇,其中2篇被采用,《待建工地请勿"一遮了之"》被中共上海市委办公厅刊物采用。结合庆祝新中国成立60周年、人民政协成立60周年及上海、嘉定解放60周年活动,组织座谈会、图片展、征文、歌咏等活动。年内,修改完善区委委员履职若干规定和区委全体会议、主委会议议事规则及区委中心组学习制度。为帮助会员企业积极应对金融危机,开展问卷调查和税务、劳动、金融、法律等咨询服务。11月,组织部分企业会员到中央党校听主题为"中国后十年非公经济发展的走势和战略"的讲座。金融危机时期,企业家会员所在企业吸纳员工600余人就业,4名作为就业指导专家的会员参加就业咨询服务67人次。教师节期间,开展对教师会员的慰问活动;"三八"妇女节和敬老节期间,分别组织会员赴浙江省海宁市参观学习和开展新农村建设考察活动。组织新会员参加党派新成员培训班,1名会员参加党外中青年干部培训班,5名会员参加民建市委与市社会主义学院联合举办的中青年骨干会员读书班学习。年中,第六支部被评为民建上海市委2007~2009年度先进支部。 （陆永芳）

民进嘉定区委

【组织状况】 年末,有会员199人,设11个支部。会员中,区政协委员10人,市政协委员1人,区政协常委2人;市人大代表1人,区人大代表3人。

【主要活动】 2009年,民进嘉定区委召开主委会议8次、区委扩大会议5次,组织会员活动4次。在区政协四届三次会议上提交集体提案6件,大会发言1篇,联组发言1篇,委员个人提案8件。《关于加强我区人口早期教育,提高我区0岁~3岁科学育儿指导服务水平的建议》被评为优秀提案奖。"三八"妇女节期间,组织全体女会员前往上海市民主党派大楼,参加由民进上海市妇委会举办的"迎世博提高女性视觉、听觉艺术欣赏水平系列活动"。重阳节期间,民进嘉定区委与新成路街道邀请民进上海市委快乐合唱团,为民进老会员和街道老同志演出;在新成路街道文化中心,发动全体会员参与"迎世博盛会,展会员风采"——民进会员才艺展示。12月12日,民进嘉定区委、区教育局、新成路街道联合邀请瑞金医院专家在迎园医院为嘉定区教育工作者进行免费医疗咨询。12月27日,民进会员趣味运动会在上外嘉定实验学校体育馆举行,130位会员参与活动。 （钟林芸）

农工民主党嘉定区总支部

【组织状况】 2009年,农工民主党嘉定区总支部发展党员4人,去世2人。至年末,共有党员52人,设中心医院、综合和文教3个支部。

【主要活动】 全年召开总支委会议5次、总支部大会4次。在区政协四届三次会议上,提交集体提案4件、个人提案3件、大会发言1篇。党员苏红梅代表农工民主党嘉定区总支部作题为"努力创造条件为市民群众提供更多更好的健身体育场所"的大会发言,《努力创造条件为市民群众提供更多更好的健身体育场所》被区政协评为优秀提案。3月18日,在总支部推动下,上海大宏建设工程有限公司捐赠50万元,为陕西省华阴市玉泉办事处中心小学改扩建学生餐厅和宿舍,改善办学条件;总支部赠送3台新电脑并资助8名贫困学生。4月12日和10月11日,分别组织医疗专家在马陆镇和菊园新区开展医疗咨询服务活动。5月,邀请农工民主党上海市委参政议政部领导和专家在嘉定区总支部进行参政议政培训,合作完成有关农民工医疗救助方面的调研工作。年内,2名党员参加农工民主党上海市委举办的中青年干部培训班。总支部获农工民主党上海市委"政治交接学习教育活动先进集体"称号和"组织工作优秀组织奖",主委李正秀获"组织工作先进个人"称号。 （李正秀）

致公党嘉定区总支部

【组织状况】 2009年,致公党嘉定区总支部发展党员9人。至年末,共有党员51人,设3个支部。9月27日,总支部召开扩大会议,通过致公党嘉定区委筹备小组名单。10月14日,致沪组〔2009〕16号批文同意成立中国致公党嘉定区委员会(筹)。

【主要活动】 2009年,召开总支部会

议10次。在区政协四届三次会议上提交集体提案3件、个人提案16件,党员姚薇代表致公党总支部作题为"创建环保模范城,打造一流世博环境"的大会发言。《关于提升嘉定环保能力建设的建议》被区政协评为优秀提案。3月18日,致公党上海市委主委吴幼英和副主委张立军、袁雯及秘书长凤懋伦到党员所属单位上海沪太经济发展有限公司调研,总支部主委秦高荣等陪同。3月20日,总支部留学生工作委员会与浦东新区张江支部留学生在华亭镇举行主题为"留学生为世博做什么"的联谊活动。9月11～12日,嘉定区、浦东新区、普陀区和青浦区致公党组织在安亭镇召开学习贯彻科学发展观暨庆祝新中国成立60周年交流会。年内,3名党员分别参加区委统战部举办的党外中青年干部培训班、致公党上海市委中青年干部培训班学习。年内,致公党嘉定区委(筹)被致公党上海市委评为"社情民意先进集体"。

(秦高荣)

九三学社嘉定区委

【组织状况】 2009年,九三学社嘉定区委发展社员8人,转入3人,去世1人。至年末,共有社员128人。

【主要活动】 2009年,举行社员全体会议和活动2次,召开九三学社嘉定区委及扩大会议5次,组织参加各类议政活动60余人次。在区"两会"上,提交集体提案5件、委员提案13件,社员陆建华代表九三学社嘉定区委作题为"促进市容环境常态优良,提升嘉定城市形象"的大会发言;集体提案《促进市容环境常态优良,提升嘉定城市形象》被区政协评为优秀提案。1月15日,召开政治交接学习教育活动总结表彰暨2009年全体社员会议,110人参加。2月7日,邀请九三学社申康委员会12位医学专家在安亭镇开展医疗咨询服务。11月21日,组织社员参观世博会展示中心和浦东滨江森林公园,86名社员和入社积极分子参加。年内,就菜场建设和管理开展调研并形成调研报告《关于加强我区菜场建设和管理的建议》,就改善银行卡使用环境、沪嘉高速公路收费制度改革后

加强后续管理等问题,提交社情民意9件。设立编委会编辑《嘉定九三学社十年(1999～2009)》;举办"太阳能利用畅想"、"家庭伦理建设"、"骨质疏松的防治"等科普报告和健康讲座,620人次参加;牵线区科委、区农委、区卫生局分别与中科院上海技术物理研究所、中科院上海植物生理生态研究所、市第六人民医院开展考察和座谈活动,促成上海植物生理生态研究所中试基地、糖尿病健康教育和诊治研究等院地合作项目;向结对的嘉定镇街道困难家庭5名学生捐赠帮困助学款1万元。1人参加九三学社市委第十三期中青年骨干培训班学习,2人参加第十五期嘉定区党外中青年干部培训班学习,11位新社员参加区民主党派新成员培训班学习。10人次受到市级和区级相关部门表彰。全年刊印《嘉定九三》2期。

(孙　武)

嘉定区工商业联合会

【概况】 2009年,嘉定区工商业联合会深入学习实践科学发展观,加强机关建设,完善规章制度,提高工作能力,改进工作作风,努力促进全区非公有制经济健康发展和非公有制经济人士健康成长。在区政协四届三次会议上,提交团体提案2件、个人提案18件。常委包秀银代表区工商联作"面对危机,树立信心,为嘉定经济社会发展作出更大贡献"的大会发言。《关于我区民营企业应对全球金融危机影响的几点建议》被区政协评为优秀提案。加强民营经济发展情况的收集和调研,形成《嘉定区工商联会员企业现状调查与思考》、《转型——嘉定民营企业发展方向的必然选择》和《给"希望宝宝们"创设"希望工程"——关于应当加强对我区"小而壮"、科技型、成长期企业扶持力度的建议》调研报告。全年召开执委会议1次、主席会议4次。完善议事程序和规则,制订《嘉定区工商联执委,常委,兼职正、副主席履职规则》。启动非公经济代表人士综合评价工作。举办第五期非公经济高级管理人才研修班。成立嘉定工商联顾问团,调整促进非公经济健康发展联席会议成员单位。召开民营经济创新与发展恳谈会和民营企业参与嘉

定新城建设座谈会。参与举办"城市化与产业化融合发展——2009年各地在沪商会(企业)区县行系列活动嘉定行"。组织民营企业家赴中国台湾省开展经贸参观访问活动。收集市、区政府鼓励、支持企业发展的系列新政策,编辑两期《政策选编》。推荐5家高新技术民营企业成为市工商联《要情专报》的典型案例。会同嘉定区职教集团发布政府补贴的职业技能培训项目信息,开展培训需求调查,根据企业实际需求举办相关的技能培训和转岗培训。会同区人力资源和社会保障局举办民营企业就业保障业务培训。全面完成"村企结对"帮扶项目,参与企业25家,实施项目36个,投入资金490余万元。启动"嘉定区工商联促进创业就业光彩项目",聘请企业家导师100人,投入扶持资金200万元,建立企业见习基地300个。落实医疗、卫生、教育专项援助资金55万元。为云南省迪庆藏族自治州、四川省都江堰市捐款30万元。年初,组织发起"坚定信心、应对挑战、和衷共济、共渡难关——致全区民营企业家的倡议书"活动,倡导全区民营企业关爱员工,不裁员,不减薪。参与组织区人力资源招聘洽谈会、区民营企业招聘周、上海大学人才招聘专场等系列招聘活动。加强对基层商会工作的指导和管理。制订基层商会工作考核标准,明确考核内容;坚持基层商会例会制度,建立工作考核通报制度。嘉定工业区、江桥和安亭商会被评为"2009年度嘉定区先进基层商会"。正式注册成立嘉定区商会,规范民间商会组织的管理和运作。全年新增企业会员104家,团体会员2个。至年末,全区有企业会员1392家,团体会员2个。

【2009年光彩事业主题活动举行】 9月15日,"庆国庆,迎世博,添光彩"——嘉定区光彩事业主题活动在区综合办公楼博乐厅举行。市工商联和区四套班子领导出席。活动集中展示嘉定民营企业在应对国际金融危机、促进嘉定经济社会发展、确保社会和谐稳定中的典型事迹,表彰在参与新农村建设的"村企结对项目"上作出显著成绩的25家企业,启动"嘉定区工商联促进创业就业光彩项目"。区工商联顾问团成员、联席会议成员单位领导和各街镇分管领导、企业家代

光彩事业主题活动 （区工商联供稿）

表及结对村村民代表等500余人参加。

【嘉定区工商联民营企业法律服务中心成立大会召开】 5月22日，嘉定区工商联民营企业法律服务中心成立大会暨法律服务直通车巡回活动在马陆镇上海希望经济城举行。区工商联民营企业法律服务中心聘请6名律师为法律顾问，帮助中小民营企业维护合法权益，提高法律意识，促进企业规范有序发展。年内，举办专题法律讲座1次，为中小企业无偿提供法律咨询与调解50人次。 （季 虹）

总 工 会

【概况】 2009年，嘉定区总工会辖有直属工会组织61个。其中街镇总工会12个，委、局、公司工会49个。辖有基层工会3258个，职工50.97万人，工会会员44.17万人。年内，在区委和市总工会的领导下，全区各级工会以开展深入学习实践科学发展观活动为动力，围绕实现"四个确保"（确保经济平稳较快发展，确保民生持续得到改善，确保社会和谐稳定，确保世博会筹办工作有序进行），发挥工会组织作用。以创建"工人先锋号"活动为载体，开展"同舟共济保增长，建功立业促发展"主题实践活动。全区创建区级"工人先锋号"班组304个，嘉定公交公司沪钱专线班组获"全国工人先锋号"称号。职工技能登高、科技创新活动持续推进，全年配合政府部门实施职业技能培训1.6万人次，组织区第四届职业技能竞赛，开展以节能减排为主要内容的职工群众性科技创新活动。提出合理化建议3.5万条，年内实施2.1万条。围绕服务世博，全面实施迎世博600天行动计划。在迎世博倒计时500天、400天，分别启动嘉定职工"迎世博"知识竞赛和嘉定工会系统"世博礼仪百家企业行"活动；在迎世博倒计时300天、200天，分别开展"我与世博同行"征文比赛和"迎世博，今天你微笑了吗"礼仪之星评选。依托"走进企业、服务职工"活动平台，成立世博文明礼仪宣讲团，深入企业200家，向5万余名职工进行世博礼仪知识宣传。教育、卫生、公交等19个系统的160个窗口班组参加"迎世博窗口服务行业工人先锋号行动"，20人被评为"礼仪之星"。努力构建和谐劳动关系，继续以"5+X"工作模式（"5"即立足于维护职工合法权益，督促企业全面执行劳动合同制度、平等协商集体合同制度、职工代表大会制度、厂务公开民主管理制度和建立劳动关系协调机制。"X"即从促进企业发展出发，组织开展创建"工人先锋号"、提合理化建议、职工职业道德建设、劳动竞赛、职工技能培训、企业文化建设等方面特色活动，广泛动员职工参与创建活动，增强职工对企业责任感，教育引导职工立足岗位、勤奋工作，为企业发展建功立业）推进新一轮"劳动关系和谐企业"创建活动，启动"劳动关系和谐园区（村）"创建工作。全年创建区级"劳动关系和谐企业（活动单位）"139家、镇级222家。在连续两年获"嘉定区劳动关系和谐企业"称号的企业中评选"嘉定区劳动关系和谐模范企业"21家，为企业负责人颁发"和谐劳动关系优秀企业家"证书。工资集体协商有序推进，工资集体协议覆盖职工11.8万人、企业691家，其中新签企业266家。积极推进集体合同签约，全区新签集体合同346份、女职工专项集体合同297份。推进厂务公开民主管理，全区有实行厂务公开民主管理单位1094个。坚持"基层为主、预防为主、调解为主"原则，加强矛盾调处力度，为职工提供法律援助服务，区总工会直接参与处置突发群体性劳资纠纷25件，职工援助服务中心接待职工信访474

嘉定工会系统世博礼仪百家企业行启动仪式 （区总工会供稿）

批次,区总工会人民调解委员会受理区联合人民调解委员会流转劳资纠纷案件、区劳动争议仲裁院委托调解案件352件,结案率100%。围绕"三最"问题(群众最关心、最直接、最现实问题)做好服务工作。对64名困难职工家庭大学毕业生就业采取"托底"措施。设立专项资金,重点用于受到国际金融危机影响的职工群体。按照"主动帮、全覆盖、不遗漏、求实效"的工作要求,全区各级工会走访慰问困难职工、农民工、劳模1.3万人次,发放帮困、慰问金675万元;区总工会在开展"金秋助学"、"双千"活动(千名结对帮困、千名就业)基础上,着力开展"走进企业、服务职工"和"为困难企业、职工送保障"活动,进企业开展综合服务447场,免费放映电影485场,为27个单位5882名职工提供互助保障援助,为300名困难企业女职工提供免费妇科体检。在学习实践科学发展观活动中,区总工会党组围绕影响和制约工会科学发展的主要问题,深入基层开展调研,形成调研报告5篇,新出台制度和措施18项。以"区与街镇、街镇与村(园区)层层签约,步步落实"的工作方式推进工会组建,全区新建企业工会389个(其中外资企业工会152个),新增会员3.8万人;积极推进村(园区)工会联合会建设,加快工会组织及工会工作全覆盖进程,新增村(园区)全覆盖达标单位49个,新增有效覆盖企业469家。区总工会获上海市"工会组建工作先进单位"和"外资企业工会组建工作重点突破奖"。

【举办村(园区)工会干部培训班】 2月25~27日,为发挥村(园区)工会联合会在"镇—村—企业"三级工会组织网络中的作用,区总工会在杭州市新侨宾馆举办为期3天的封闭式的村(园区)工会干部培训班。培训对象为全区村(园区)工会主席,设置《加强村(园区)工会建设、大力提升企业工会运作质量》、《发挥村(园区)工会作用,组织教育引导职工在迎世博、促发展中建功立业》、《明确责任,健全机制,努力构建和谐稳定劳动关系》和《做好工会经费的收缴和管理工作,促进工会工作的健康发展》等专题讲座及工作互动和咨询课程,向村(园区)工会主席传授工会工作的知识和技巧,激发工作热情。130余人参加培训。

村(园区)工会干部培训班　　　　(区总工会供稿)

【组织开展"集体协商特别行动"】 2月,针对国际金融危机影响下部分企业生产经营出现困难的情况,区总工会在全区启动"集体协商特别行动"。区总工会根据企业生产经营实际情况,把受到金融危机影响的企业分为生产经营遭遇暂时困难的企业、生产任务暂时不足的企业和生产经营遭遇严重困难的企业,分别给予相应指导。相关企业工会按照"主动提出协商要约"、"依法履行民主程序"和"妥善处理协商争议"的方法和步骤,开展"特别协商"工作。通过"集体协商特别行动",倡导企业和职工求企业生存发展之"大同",存双方利益分歧之"小异",引导、指导经营遇到困难的企业采取缩短工时、轮班工作、转岗培训等措施,稳定就业岗位,把职工利益诉求引导到有序协商的轨道上来,积极维护企业、职工队伍稳定,促进社会稳定。上半年,全区有139家企业通过"特别协商"签订"共同约定协议"。

【上海市总工会主席陈豪一行到嘉定区调研】 2月18日,上海市人大常委会副主任、市总工会主席陈豪和副主席汪兰洁、陈国华等一行到嘉定区,就进一步团结职工促进企业发展,做好农民工就业工作进行调研,区委书记金建忠等陪同视察上海震旦家具有限公司和嘉定区职工援助服务中心马陆分中心,同部分企业、工会和农民工代表座谈交流。陈豪肯定嘉定区总工会取得的成绩,指出在面临困难的形势下,一是要振奋精神、增强信心,工会、职工和企业要齐心协力、共渡难关;二是要高度关注就业问题,大力开展工会就业援助行动;三是各级工会组织要切实做好服务职工,服务企业的工作。

【人力资源招聘洽谈会举办】 3月15日,区总工会联合区人力资源和社会保障局、工商嘉定分局等6个单位在区投资服务和办证办照中心南广场举办"促就业,保民生,构和谐"——2009年嘉定区人力资源招聘洽谈会。招聘会吸引进场设摊招聘企业237家,提供工作岗位951个,招聘2765人,涉及机电制造、生活服务、商贸服务及纺织服装等十余个行业。到场应聘者超过1.5万人,求职登记者超过5000人,达成录用意向1549人。2009年是嘉定区连续举办春季大型招聘会的第十年。为应对国际金融危机影响下的严峻就业形势,招聘会比往年提前一个月举办。组织单位早做准备,主动联系,扩大进场招聘企业的参与数,招聘单位数比上年增长18.5%。招聘会加大指导服务力度,接待创业政策咨询者596人,在现场发放《嘉定区总工会建立大学生见习基地情况介绍》、《政府补贴培训政策及嘉定区培训机构简介》等宣传材料。

【工会系统大学生见习基地建立】 3月,区总工会建立嘉定区工会系统大学生见习基地。7月,在区人力资源和社会保障局的支持和各街镇总工会的配合下,推出100个工会系统见习岗

见习大学生工作会议　　（区总工会供稿）

位,103 名应届大学毕业生参加见习活动。见习岗位涉及区总工会、街镇总工会、村(园区)工会、企业工会等层面。参与见习大学生每月享有 1 150 元的补贴和"见习综合保险"。见习工作实行区总工会大学生见习基地、街镇总工会和见习点共同负责的"三级管理"模式。严格执行大学生见习制度,制定《嘉定区工会系统见习大学生工作守则》,规范大学生见习行为。大学生见习基地为应届大学生提供实践机会,缓解就业困难,为建立专业化、职业化工会工作者队伍作好人才储备。

【开展"世博礼仪百家企业行"活动】
4 月 3 日,区总工会在伟创力电子科技(上海)有限公司启动"世博礼仪百家企业行"活动。活动依托区总工会"走进企业、服务职工"的工作平台,通过区总工会、街镇总工会和基层企业工会三级联动,在迎世博倒计时 300 天前,完成对全区窗口服务行业和规模型企业、农民工集中企业的职工世博礼仪学习全覆盖工作。为确保活动有效开展,区总工会成立世博文明礼仪宣讲团,深入企业 200 家,向 5 万余名职工进行世博礼仪知识宣传,营造参与世博的氛围。活动主题突出,对象明确;活动形式新颖,宣讲有针对性;活动内容实用,宣传有实效。

【劳动关系和谐企业表彰大会召开】
4 月 28 日,嘉定区劳动关系和谐企业表彰暨"五一"国际劳动节庆祝大会在

区综合办公楼举行,区四套班子领导和市总工会领导出席。大会表彰了"嘉定区劳动关系和谐模范企业"、"嘉定区劳动关系和谐企业"和"嘉定区和谐劳动关系优秀企业家",并为获奖集体和个人代表颁奖。区劳动关系和谐企业代表、区劳动关系和谐企业创建活动领导小组成员及各街镇主要党政领导、总工会主席、劳动服务所所长和历届劳模代表 500 余人参加。

【嘉定职工"迎世博"知识竞赛举行】
5 月 21 日,由区总工会举办的嘉定职工"迎世博"知识竞赛决赛在新成路街道社区文化活动中心举行。嘉定职工"迎世博"知识竞赛活动于 2008 年 11 月启动,全区近 10 万名职工参加不同形式的学习活动,有 36 家直属工会举办"迎世博"知识竞赛初赛,参赛职工 864 人。有 6 支代表队进入决赛。经过角逐,嘉定镇街道代表队获一等奖,区交运局、区级机关党工委代表队获二等奖,房地产集团、新成路街道和区卫生局代表队获三等奖。

【劳动关系和谐企业工会主席研讨班举办】
8 月 20～21 日,区总工会举办嘉定区劳动关系和谐企业工会主席研讨班。嘉定区 2008 年度劳动关系和谐模范企业和争创 2009 年度嘉定区劳动关系和谐模范企业的 42 名工会主席参加。围绕"加强和规范职代会制度建设,大力提升企业工会运作质量"、"发挥企业工会作用,组织教育引导职工在迎世博、促发展中建功立业"、"立

足实际强化措施,不断深化和谐企业创建工作"、"做好工会经费的收缴和管理工作,促进工会工作健康发展"等专题进行交流和探讨。上海安亭科学仪器厂、上海爱普香料有限公司和飞利浦灯具(上海)有限公司工会主席分别介绍各自在创建劳动关系和谐企业过程中的做法、经验、成效和存在问题。参加研讨的企业工会主席与区总工会领导以"提问、回答"的形式进行互动交流。21 日,研讨班组织赴昆山市参观正新橡胶(中国)有限公司,听取企业工会工作介绍,进行工作交流。

【开展"迎世博窗口服务行业工人先锋号行动"】
8 月 5 日～10 月 13 日,区总工会开展嘉定区"迎世博窗口服务行业工人先锋号行动"。活动以窗口服务行业为主,以创建"工人先锋号"为载体,以"五比五赛"(比服务环境,赛整洁优美;比服务设施,赛安全便捷;比服务品质,赛仪态仪表;比服务水平,赛技术技能;比服务管理,赛常态长效)为具体内容,开展"六大行动"(迎世博全员大培训,签约大行动,技能大比武,建议大征集,环境大整治,风采大展示),提升职工文明素质,提高窗口服务水平。活动后期,在全区窗口服务行业"工人先锋号"中开展嘉定区"迎世博,今天你微笑了吗?"——"礼仪之星"评选工作,评出 20 名"礼仪之星"。

【举办青年交友见面会】　10 月 11 日,区总工会在新成路街道社区文化活动中心举行"青春碰撞,梦圆嘉定——我们在这里相遇"嘉定区工会青年交友见面会,活动以服务青年职工、丰富职工业余生活和提高职工素质为宗旨,吸引全区各行业 180 名男女青年参加。

（徐　浩）

共 青 团

【概况】　2009 年,嘉定共青团工作以"青春建功汽车嘉定,文明创建青年争先"为主线,以"覆盖、服务、创新、和谐"为目标,以"人才"和"团建"为工作重点,积极应对国际金融危机引发的困难和挑战,全力服务经济发展和青年成长成才。切实加强团的自身建

设,以扎实创新的共青团工作引领青年与嘉定同发展。至年末,全区共有基层团(工)委54个,其中社区(街道)团工委5个;团总支102个,团支部1 228个,团员23 237人。有专职团干部14人,其中研究生学历5人。

【青少年思想道德建设】 2009年,团区委结合嘉定区共青团和青年工作实际,深入开展学习实践科学发展观活动。先后开展报告会、座谈会、学习交流会等学习活动10次,编发简报7期,编写《舆情通报》8期。深化“嘉定青年大讲坛”品牌建设。举办“学习贯彻团十六大精神,扎实开展共青团调查研究工作”、“深入学习实践科学发展观专题报告会”、“春暖浦江”青年就业创业大讲堂、“迎世博盛会、创法治嘉定——进城务工青年法治培训”等专题报告会。以团员、大学生、优秀青年为重点,依托青年理论学习社团、“双学”小组等理论学习组织,召开优秀青年座谈会。改版嘉定共青团网站,探索理论学习的新途径、新载体和新方法。开展“与人大代表、政协委员面对面”、“与杰出青年面对面”、“与名师面对面”交流活动。采用集中教学、电视授课等方式,围绕校园、职场和社会公共礼仪等内容对青少年进行分层、分类培训考核,做好礼仪培训工作。年内,先后与长宁、宝山、闵行团区委等开展阶段性、互访式的理论学习和交流。举办嘉定青年纪念“五四”运动90周年暨第五届“嘉定十大杰出青年”颁奖典礼。与区总工会、区妇联联合召开“向祖国致敬——工青妇各界庆祝中华人民共和国成立60周年大会”。与区教育局联合举办纪念新中国成立60周年广场系列活动青少年文艺演出专场。开展“感受城市发展,共创和谐世博”——区中学生暑期社会实践、区中学生社团文化节等活动,承办上海市第五届中学生社团文化节开幕式。加强和改进未成年人思想道德建设,组织“红领巾与共和国”人物寻访等主题教育活动。年内,“防艾行动”被评为区未成年人暑期工作特色项目,区少工委获区未成年人思想道德建设工作先进集体。

【青年人才资源开发】 2009年,团区委围绕迎世博、全国文明城区创建、嘉定新城建设等重大项目,大力开展青

年突击队、青年立功竞赛活动,指导区建交委、上海嘉定新城发展有限公司、上海嘉定轨道交通建设投资有限公司和区国资公司等4个单位积极争创上海市青年工程突击队。全区12个市级“共青团号”集体通过团市委年度复审,税务嘉定分局第九税务所征收大厅、嘉定一中英语教研组、徐行经济城招商部创建成市级“共青团号”集体。组织市、区级共青团号集体参加在外冈镇举办的区“三下乡”活动。年内,进一步深化“区青年人才回嘉行动计划”。与区委组织部、区人力资源和社会保障局联合组织63名嘉定籍大学生赴区内29个单位进行为期两个月的暑期锻炼。大力开展青年志愿者行动,推动青年志愿服务活动常态化和品牌化。开展“纪念学习雷锋活动46周年志愿服务集中行动日”活动,与嘉定区红十字会联合开展造血干细胞集中血检活动,全区300余名青年志愿者参加,有3位青年志愿者配对成功,接受造血干细胞采集。有3名青年志愿者获“嘉定区十佳志愿者”称号。围绕各类赛会活动开展志愿服务,组织青年志愿者队伍参加嘉定区国庆60周年文艺晚会、2009上海汽车文化节、区第四届运动会、嘉定世博论坛等活动,承担志愿服务工作。响应团市委赴云南省扶贫接力计划,选送一名农业青年志愿者赴云南省开展扶贫工作。组织开展“左行右立”志愿服务接力体验行动、“绿色抄报”行动、青年志愿者公交文明宣传等行动,与区内相关部门联合发起机关干部交通文明志愿活

动。牵头拍摄交通文明志愿者规范教学片,组织相关培训。积极开展迎世博活动,扎实推进上海世博会志愿者招募工作,从5 159名报名者中选拔产生132名园区志愿者、1 483名城市服务站点志愿者,另有94名城市服务站点志愿者作为储备。推进世博志愿服务站点落地工作,完成全区6个外建站、24个内设站的选址工作。

【服务青少年成长成才】 2009年,团区委开展优秀“青少年维权岗”创建活动,维护青少年合法权益。开展“团组织就在你身边”青春温暖行动,结合进企业走访、下基层调研活动,将慰问金送达“两新”企业特困青年,共发放帮困救助金4万余元。继续关注特困青少年的生存与发展,坚持以“一助一”帮困结对的形式与困难青少年结对,从经济上和生活上力所能及地帮助困难青少年解决实际困难。年内,团区委积极帮助青年转变就业观念、提升技能水平、畅通信息渠道,为青年就业提供有效支持。参与组织就业现场招聘会3场,成功推荐就业153人次,成功推荐学历培训26人次。创建共青团就业创业见习基地13个,参与基地见习85人。推荐20人入读“阳光下展翅”和“共享阳光”免费学历培训班,推荐3人参加团中央“促进农村青年就业创业——上海种都项目”培训,近千名青年参加“曙光增辉”——进城务工青年综合技能培训。组织召开嘉定区社区青少年工作联席会议成员单位领导碰头会、2009年嘉定区社区青少

世博会嘉定区园区志愿者面试　　　(团区委供稿)

工作会议。开展"迎世博,大家在行动"体验式教育、"青春的红丝带,飘起来"防艾行动,700 余名青少年参与。完善未成年人社会观护体系,阳光中心嘉定工作站挂牌为嘉定区未成年人观护工作总站,各街镇均设立观护点,将失足未成年人(尤其是外来未成年人)纳入观护体系。年内,开展对涉罪未成年人的考察教育 19 例,其中外来未成年人 14 例。

【团的自身建设】 2009 年,团区委进一步加强团建基础工作,积极开展"争红旗、创特色"活动。嘉定镇社区(街道)团工委被评为"上海市五四红旗团组织",区卫生局团委被评为上海市"五四特色团组织",区环保局团总支被评为"上海市五四特色团支部"。重点开展规模以上非公有制企业建团达标工作。全年新建规模以上非公有制企业团组织 200 家,完成年度目标。成功承办上海市"两新"组织党团建设联动工作现场推进会,华荣集团团委获"上海市规模以上非公企业团建示范单位"称号,12 家企业团组织被评为"上海市规模以上非公企业团建优秀单位"。大力开展基层组织建设工作。上海天灵开关厂有限公司团总支被团中央列为"共青团基层组织建设和基层工作试点单位",马陆镇团委被团中央列为乡镇团组织格局创新试点单位;南翔镇团委"非公有制企业'十一个'团建工作法"、上海天灵开关厂有限公司团总支"规模以上非公有制企业团建试点"和江桥镇太平村团总支"'异乡风采'展示活动"被评为上海市"优秀基层团建工作项目",华亭镇联华村团支部"团员走访制"被列为上海市"优秀基层组织建设和基层工作专题调研"项目;团区委的调研文章《嘉定区规模以上非公有制企业团建工作的探索与研究》被团市委评为"上海共青团优秀调研成果",调研文章《企业外来务工青年的生存发展状况研究——以马陆地区为例》获"上海市共青团调研信息奖"。继续完善居民区团建工作,新成路街道南陈社区、南翔镇白鹤社区被评为"上海市优秀居民区团组织",南翔镇阳光青年俱乐部被评为"上海市特色青年中心",嘉定区马陆镇永盛青年中心的舞动青春社被评为"上海市青年中心特色社团"。加强团员和团干部队伍建设。区经济委

团干部和团的后备干部培训班 (团区委供稿)

员会团支部等 8 个团组织召开团员大会或团员代表大会,进行换届改选;徐行镇团委等 10 个团组织完成委员、书记的调整(增补);区住房保障和房屋管理局等 7 个单位进行撤并(新建)团组织工作。举办区团干部和团的后备干部培训班,提高团(后备)干部素质。进一步加强青年联合会、青年企业家协会和少先队工作。发挥共青团在青年联合会组织中的核心作用,完善主席轮值制度和会费收缴办法,从制度上规范青年联合会工作运行模式。通过开展青年联合会委员和青年企业家协会会员暑期亲子电影专场、参加"东方领导魅力"系列讲座、开展"'12355'家校互助助成长"系列活动及组织观看嘉定区庆祝中华人民共和国成立 60周年暨 2009 上海汽车文化节开幕文艺晚会等活动,保持青联组织活力。实行"暖心工程",完善委员走访制度,加强信息收集工作,完善地区联谊会例会制度和杰出青年联谊会季度活动制度。加大"全团带队"的工作力度,举办"小小世博园,雏鹰欢乐行"——嘉定区少年儿童庆祝"六一"主题集会,开展"雏鹰世博文明行动",组织嘉定代表团参加市第六次少代会,举行"荣耀 60 年,相约 200 天"——嘉定区庆祝少先队建队 60 周年主题活动,举行区少先队创新活动方案展评,开展市少先队代表演讲比赛,积极探索实施少先队代表常任制。组织青少年学习胡锦涛致中国少年先锋队建队 60 周年的贺信,开展"争当'四好'少年,我们服务世博"——红领巾小队集中行动。

(樊玉艳)

妇 联

【概况】 2009 年,区妇联围绕区委、区政府中心工作,以开展学习实践科学发展观活动为契机,以实现"四个确保"为目标,以增强妇联组织的凝聚力和社会影响力为重点,团结和引领全区妇女全面参与经济社会建设。获"全国城乡妇女岗位建功先进集体"、"上海市三八红旗集体"称号和"上海市迎世博宣传教育贡献奖"、"上海市迎世博优秀创意贡献奖"。至年底,全区有区、镇(街道)妇联组织 13 个,专职妇联干部 20 人;有机关和事业单位妇委会 6 个,团体会员单位 1 个,基层妇代会 263 个,"两新"组织中女职工委员会 350 个。

【"三八"妇女节庆祝活动】 3 月 6日,嘉定区庆祝"三八"国际劳动妇女节 99 周年大会召开,区委副书记曹一丁、区人大常委会主任陈士维等出席。会议表彰区"三八红旗手标兵"和"三八红旗手标兵"提名奖人选各 5 人、区"三八红旗手"81 人、区"三八红旗集体"20 个。

【开展迎世博系列活动】 2009 年,积极贯彻落实《嘉定区迎世博 600 天行动计划》和市妇联"百万家庭行礼仪、文明和谐迎世博"主题实践活动精神,组建文明礼仪志愿者、巾帼志愿者、家

"三八"妇女维权周暨嘉定区妇女活动中心揭牌仪式

（区妇联供稿）

庭志愿者、小马甲志愿者等队伍，参与迎世博"三五"集中行动。区妇联从迎世博倒计时300天开始，在全区开展"宝宝迎世博，全家总动员"大型户外宣传活动7场、"文明谦让、善待他人、敬老扶幼、帮助病残、不穿睡衣、不赤膊上街"的文明承诺签名活动9场，组织"百万家庭学礼仪——让礼仪相伴"漫画展板现场巡展、"小红帽纠错小队"劝导、迎世博秩序文明志愿者集中劝导、"三不"文明礼仪宣传劝导、第四届"礼仪之星"评选、"向陋习告别、让礼仪相伴"主题征文大赛等活动，参与群众15万人次，发放《市民文明礼仪知识手册》等宣传资料15万份，深入有序开展"学礼仪、迎世博"活动。

【实施"双学双比"竞赛活动】 2009年，区妇联组织25个"美好家园示范村"开展自查和对口检查，开展10个"巾帼文明岗"与10个"美好家园示范村"的岗村结对活动，成立"美好家园示范村"展示活动宣传员队伍，举办"村看村、户看户、共建美好家园迎世博"活动，举办"家庭建设女主人"、"居家就业女巧手"培训班，组建"嘉定区女科技工作者为农服务志愿者队伍"，开展"优秀女科技工作者进农村"活动。实施"向日葵种植"等"双学双比"（学文化，学技术，比成绩，比贡献）实事项目11个，"双学双比"项目带动1199户农村家庭增收，平均每户家庭增收4800元。组织群众1.5万人次收看"白玉兰远程教育"节目，完成2.4

万人次"千村万户"信息化宣传培训普及工作。召开区"双学双比"暨"巾帼建功"活动工作会议，表彰2007～2008年度区"双学双比"实施项目优胜奖、贡献奖的先进集体。市"双学双比"工作会议和"美好家园示范村"现场观摩会、市妇联领导班子（中心组）研讨新农村建设会议先后在嘉定区召开。年内，华亭镇毛桥村、马陆镇大裕村被评为全国"美好家园示范村"，江桥镇太平村等5个村被评为上海市"美好家园示范村"。

【开展"巾帼建功"活动】 3月，召开"迎世博、话和谐"巾帼文明岗负责人座谈会，全区35个窗口行业单位参与

全市巾帼文明岗创建对口互评活动，提升巾帼文明岗参与世博、服务世博、贡献世博的能力和水平。4月，制定"迎世博——嘉定巾帼在行动"活动总体方案。与区总工会联合举办"迎世博窗口服务行业吹响工人先锋号启动仪式暨巾帼文明岗培训"，举办"关注女性事业、关爱事业女性"巾帼文明岗窗口走访慰问、巾帼文明岗礼仪培训等。春节、重阳节期间，看望患病的历届市级以上"三八红旗手"；国庆期间，组织40名"三八红旗手"参加主题为"迎国庆、爱家园、看变化"的游嘉定活动。

【促进妇女就业】 2009年，面对全球金融危机，区妇联积极探索妇女就业创业新途径。年内，联合劳动部门，举办家政、创业、绿化养护、烹饪等技能培训班40期，完成职业技能技术培训1629人次，普通无证培训10229人次。开展以"送健康、送岗位、送服务"为内容的大型宣传服务活动，联合有关职能部门举办4场招聘洽谈会，推出岗位546个，接待800人。积极拓宽就业渠道，向3188人次提供职业介绍服务，推荐上岗1896人次。积极承接市、区政府项目，46名"4050"妇女参加区"重残无业人员居家养护家政服务员"培训班并成功上岗，217名妇女参与市家政服务员培训项目。2月，召开以"凝聚、开拓、共赢"为主题的女企业家论坛；11月，与相关部门联合举办创业组织发展期系列讲座，组织330名女企业家参加。年中，区妇联选送的草

"宝宝迎世博，全家总动员"户外宣传活动 （区妇联供稿）

编作品"世博手机袋"、"草鞋"在市妇联组织的迎世博民间手工艺品评选活动中获优秀奖,区妇联推荐的"用珠子串成手工艺品"项目在上海女性"十佳"创业方案评审活动中获鼓励奖。

【家庭文明建设】 2009年,完成全区3.6万户"五好文明家庭"升级工作;各街镇评选"平安家庭"14.8万户,全区创建率70%。5月15日"国际家庭日"期间,联合有关单位开展"我爱我嘉——绿色迎世博"家庭志愿者清洁行动,启动"邻里互助一家亲,文明和谐迎世博"活动,倡导邻里相识相助的睦邻文化。开展区第五届"活力宝宝"评选活动暨"万人迎世博心愿祝福行动",344位婴幼儿参与决赛。联合相关单位举办"让孩子健康成长"——嘉定区第十一届家庭教育宣传周暨家庭心理咨询活动。开展家庭教育优秀教案征集评选活动,充实家庭教育讲师团队伍。组织近百户家庭参与上海市"迎世博——百姓菜谱"征集评选活动。推荐5人参加"上海新好男人"评选活动。组织600名社区中小学生、自强队员和特殊儿童参加"迎世博、我爱我嘉、相约同济"主题德育教育活动。启动"良好家庭塑造计划",推动和谐家庭、和谐社会的创建。与区社会治安综合治理办公室开展"我为平安嘉定献一计"入户宣传活动,为14.3万户家庭发放宣传明信片,树立"平安嘉定,人人有责"的理念。组织妇女及其家庭参与全国妇联举办的"平安——健康家庭大行动"和"亿万妇女学法律——家庭平安促和谐"法律知识竞赛。普通小学被全国妇联、教育部授予"全国示范家长学校"称号。

【妇女儿童维权】 2009年,积极探索妇联信访、法律援助、人民调解、心理咨询"四位一体"的维权工作模式,在维护妇女合法权益同时,引导妇女主动参与化解社会矛盾、维护社会稳定工作。全年接待信访2224件,提供法律援助904件。推动街镇层面妇联人民调解机构的建立,安亭镇、马陆镇、嘉定工业区、真新街道、华亭镇成立镇级妇联人民调解委员会。区、镇两级妇联人民调解委员会受理调解775件,达成口头协议288件、书面协议269件。开展以"促进创业就业,维护妇女权益"为主题的"三八妇女维权宣传服务周"系列活动。结合"五五"普法活动,举办法律专场咨询会108次,受惠群众2.9万人次,服务外来妇女1.6万人次。年内,推进女性法律志愿者联系街镇机制建设,各街镇相继开展咨询服务、维权工作研讨、以案说法论坛等活动,马陆镇永盛公寓成立嘉定区首个来沪女性维权服务点。深入推进"两病"(宫颈癌、乳腺癌)筛查实事项目,受益妇女10043人,查出患者3026人,患病率30.13%。为特困妇科疾病重症患者实施绿色救助通道服务,为8名妇女落实"姐妹情"慈善救助项目,救助金额3万元。继续开展"8·18"帮困助学和自强大队活动,为144名困难学生提供10万元帮困助学金;为录取重点大学、重点高中困难学生和残障儿童、小义工争取上海市慈善基金会助学金1.8万元;为81名妇科重症患者、14名孤儿和17名患病卧床的历届市级以上"三八"红旗手送上帮扶金和慰问款8.85万元。年内,全区妇联系统帮困送温暖受惠10091人次,帮困金额518.8万元。其中自筹资金帮困人数245人次,帮困金额100.91万元。

【妇儿工委工作】 7月,召开妇女儿童工作委员会全委(扩大)会议,通报嘉定区实施妇女儿童发展"十一五"规划评估情况,明确以科学发展观指导妇女儿童工作,创建有利于妇女儿童发展的氛围,整合资源,破解妇女儿童发展中的重点难点。妇女儿童发展"十一五"规划中期实施情况良好,"妇女规划"达标率94.7%;"儿童规划"达标率87.1%;总体质量达标,部分指标有所突破,实现与区"十一五"经济和社会发展计划的同步规划和实施。11月,妇女儿童发展"十二五"规划编制工作座谈会召开。会议就如何高起点、高标准做好"十二五"妇女儿童发展规划的编制工作提出相关要求。

【基层组织建设】 2009年,全区263个村(居)委中有250个村(居)委完成"两委"换届工作,村(居)委妇代会同步完成换届工作。妇代会主任配备率100%;236名妇代会主任进入村(居)委两委会班子,占妇代会主任总数的94.4%,比上届提高21.7个百分点。新当选的村(居)委妇代会主任平均年龄39岁,与上届持平;中共党员200人,占80%,提高15.5个百分点;大专及以上学历人数比上届提高25.3个百分点。11月上旬,区妇联分三批举办嘉定区村(居)委妇代会主任培训班,260名基层妇女干部接受培训。至年底,在区妇联协调指导下,区教育局、区司法局、区环保局、区农委、区经委、区人社局等6个单位成立妇女工会,为推进机关事业单位妇女工作奠定组织基础。

(周一鸣)

侨 联

【概况】 2009年,区归国华侨联合会认真学习贯彻科学发展观,组织团结广大归侨、侨眷,广泛联系海外侨胞,认真履行职能,凝聚侨心,发挥侨力,

"五侨"联席会议 (区侨联供稿)

为"汽车嘉定"的建设作出贡献。在春节、中秋和敬老节等节日和高温酷暑期间,区侨联和区侨办先后走访慰问30余位老归侨、退休的侨务工作者、多年热心侨务工作的联络组长、侨界代表人士和先进典型,上门探望,对他们多年来热心侨务工作表示感谢,并送上慰问金和慰问品。2月19日,"走进侨资企业,服务侨资企业"——嘉定区"五侨"(侨办、侨联、致公党、人大侨民宗委和政协民宗港澳台侨委员会)联席会议举行。3～9月,区侨联和侨界人士围绕区委统战部"凝聚人心,汇聚力量,积极服务'四个确保'"的实践载体,积极投身学习实践科学发展观活动,形成《学习实践科学发展观,加大对台侨企业的服务力度》的调研文章。在区政协四届三次会议上作题为"建议建立村级大病基金,完善农村基本医疗保障体系"的主题发言;在大会联组会议上,作题为"关于设立汽车文化创意产业园的建议"的发言;《上海国际汽车城新一轮发展面临的问题和相关思考》被区政协评为优秀提案。8月13日和9月11日,新成路街道分会和嘉定镇街道分会换届工作分别完成,新一届侨联分会委员会产生。11月20日,区侨界法律顾问研讨会召开,会议研究分析全年遇到的疑难信访案例。11月25日,菊园新区分会成立,时为嘉定区成立的第十家侨联分会。

【市侨联主席吴幼英一行到嘉定调研】
2月25日,上海市政协副主席、市侨联主席吴幼英,市侨联党组书记李葳萍一行到嘉定调研。区委常委、区政协副主席、区委统战部部长张敏出席,吴幼英等充分肯定嘉定区侨联在联谊侨资企业家、发挥社区侨联分会作用、维护侨界稳定等方面所做的工作,并就国家留学生嘉定创业园、市区联手开展新老归侨工作等进行交流探讨。

【侨法宣传月主题活动举行】 3月26日,区侨联与区侨办、新成路街道党工委联合举行"迎世博,促和谐,嘉定侨界在行动"——2009年嘉定区侨法宣传月活动。区委常委、区政协副主席、区委统战部部长张敏出席。副区长夏以群、区政协副主席章宇慧为新成路街道"全国侨务系统五五普法侨法宣传角"揭牌,相关部门向嘉定区早期归国华侨赠送社区医疗保健服务卡,向9

支侨界志愿者服务队授旗。侨界志愿者代表向区侨界人士发出"迎世博、促和谐,嘉定侨界在行动"倡议书,号召嘉定籍海内外侨胞加入侨界志愿者行列。

【上海市侨商会嘉定区分会成立】 9月10日,上海市侨商会嘉定区分会成立。会议审议通过上海市侨商会嘉定区分会工作条例,推选上海太太乐食品有限公司副董事长兼总经理荣耀中为首任会长,上海瑞华(集团)有限公司总裁帅鸿元等5家企业负责人当选为副会长。上海市侨商会嘉定区分会第一届有38个会员单位。

【组织开展交流学习活动】 4月15日,举办嘉定区侨联干部学习班。6月8日,邀请海外归来人士龚陆林为全区侨界人士作题为"世博为改变上海人'形象'而努力"的报告。8月11日,召开驻嘉定区的部(市)属单位、部分高校留学归国人员座谈会,通报区委统战部开展为留学人员服务工作的基本情况和欧美同学会嘉定分会筹备情况,听取与会人员关于嘉定区留学人员组织建设、嘉定经济社会发展等方面的建议与意见。8月17～21日,区侨联常委和侨界政协委员赴黑龙江省宁安市调研侨务工作。10月19～28日,区侨务代表团以"慰问、联谊侨胞,推介世博,宣传汽车城建设"为使命出访美国、加拿大。访加期间,祖籍嘉定的全美香港商会总会长、华盛顿州中华商会会长李国祥及夫人与访问团成

员座谈。10月21日,组织15名早期归国华侨赴州桥老街参观游览。12月2日,组织侨资企业家参观嘉定新城规划馆,考察东云街、远香湖和轨道交通十一号线白银路站建设进程。

(陈 攀)

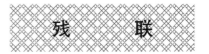

残 联

【残疾人就业安置和保障】 2009年,嘉定区推荐安置残疾人就业5930人,占就业年龄段内有一定劳动能力残疾人的96.97%(另有无业人员185人,占3.03%)。其中集中安置3207人,分散安置1900人,扶持个体从业61人,社区就业451人,其他311人,分别占就业人数的54.08%、32.04%、1.03%、7.61%和5.24%。年内,全区成立7家"残疾人阳光职业康复援助基地",有注册残疾人134人。为269名非农户籍的重残无业人员办理补充养老保险,为31名非农户籍"推保"(推进农村残疾人参加养老保险、合作医疗工作)对象且缴费年限不足15年的残疾人逐月缴纳社会保险费29.54万元,为27名新增重残无保障人员办理重残医疗保险,为1314名重残无业人员及低收入残疾人提供合作医疗参保资金26.97万元。至年底,有511名重残无保障人员享受城镇重残医疗保险待遇。

【残疾人就业保障金征收】 2009年,

阳光职业康复援助基地 (区残联供稿)

根据市政府〔2000〕82 号令,为做好残疾人就业保障金征收工作,区残联对未达到规定比例安置残疾人就业的区内国家机关、社会团体、企事业单位征收就业保障金 6027.42 万元,征收农村残疾人就业保障金 1600 万元。

【残疾人康复】 2009 年,全区有康复需求的残疾人 3554 人。全年开展康复训练与服务 42087 人次,对有康复需求的残疾人全部提供康复服务。年内,投入康复训练经费 286.19 万元。完成肢体残疾系统康复训练 36 人、智残儿童系统康复训练 25 人、残疾儿童康复救助 67 人、低视力免费配备助视器 20 人,向 35 人提供假肢、矫形器贫困补助;实施白内障复明手术 412 例,对其中 326 名贫困白内障复明手术患者实施费用减免。监护精神病患者 4903 人,监护率 100%。组织 2366 人参加残疾人健康体检。全年赠送和配发残疾人辅助器具 2728 件,配发手推轮椅车 171 辆,为 76 名成年听障人士配发助听器,完成 42 户残疾人家庭组合适配,对 13 名盲人(低视力者)进行定向行走训练。年内,对 364 辆残疾人专用机动车实施年检,年检率 100%;为 156 名残疾人专用机动车车主换购新车。为 306 名重残无业、有特殊困难的残疾人实施集中养护。9 月 18 日,嘉定区特殊教育康复指导中心学前分中心暨华东师范大学学前与特殊教育学院研究基地揭牌。

【扶残帮困】 春节及"全国助残日"期间,区残联下拨补助款 76.66 万元(各街镇另有匹配资金),补助 2323 人次。春节期间提供补助 37.56 万元,补助 1140 人;助残日期间提供补助 39.1 万元,补助 1183 人。全区各级党员干部与 1097 户残疾人家庭进行结对帮扶。年内,对 157 户"老养残"家庭,通过公益金服务社和委派志愿护理者的方式提供上门服务。在"扶残助学春雨行动"中,全区有 243 名学生(其中高中学生 59 人,大专以上 183 人)得到扶助;给予新入学的 2 名残疾大学生每人一次性补助 5000 元,给予 37 名来自残疾人家庭的在读大学生每人一次性补助 3000 元;共资助 67.75 万元。对因患大(重)病造成经济困难的残疾人家庭发放补助 43.49 万元,补助 171 人。对全区 1586 名(其中居民 1062

人,农民 524 人)重残无业人员按居民每人每月 583 元、农民每人每年 4660 元的标准发放生活补助费。对重残无业人员实施门诊医疗救助 528 人次,下拨资金 19.51 万元。其中,救助城镇重残无业人员 200 人次,救助金额 7.7 万元;救助农村重残无业人员 161 人次,救助金额 5.23 万元;救助城镇重残医保人员 167 人次,救助金额 6.58 万元。

【开展"全国助残日"活动】 2009 年,区残联在第十九次"全国助残日"和第十次"上海助残周"期间,围绕"关爱残疾孩子、发展特殊教育"的主题开展活动。其间,利用广播、电视播出宣传节目 170 次,出黑板报 422 块,布置宣传栏 262 块,悬挂张贴横幅和标语 196 条,发放宣传资料 1551 份;召开残疾人座谈会 175 次,参加 3781 人;走访残疾人家庭 3312 户,走访慰问残疾人 4173 人,发放困难补助金 114.39 万元,送上慰问品价值 20.75 万元,参加走访人数 1010 人;志愿者做好事和实事 1149 件,参加志愿者 1159 人;组织残疾人外出参观 41 次,参加活动 1015 人。区残联联合相关委办局、街镇开展大型为民咨询服务活动,对嘉定区成佳学校的智障儿童作品进行现场义卖。

【无障碍设施建设】 2009 年,区残联将无障碍设施进家庭作为无障碍督导工作的重点进行推进,扩大"家庭无障碍"建设覆盖面。"家庭无障碍"设施包括进门坡道、卫生间抓杆、特殊洗浴设施、低位电器开关、低位灶台和水斗等。全年完成 60 户家庭的无障碍设施建设任务。

【实施智障人士"阳光行动"计划】 至年底,全区有重点建设"阳光之家"1 家、普通型"阳光之家"12 家。有"阳光之家"注册学员 396 人,其中参加全日制活动的 162 人,定期活动的 190 人,接受上门服务的 44 人。"阳光之家"有管理服务工作人员 52 人。区残联为全体学员办理人身意外保险。全年下拨"阳光之家"培训经费 56.6 万元。组织 109 名"阳光之家"学员参加上海市"阳光之家"训练营活动。年内,区残联对全区的"阳光之家"实行网络考勤,加强管理。

【残疾人文化、体育事业】 5 月 8~16 日,区残联、区体育局、区民政局和区教育局联合举办嘉定区第三届残疾人运动会。区四套班子领导和市残联领导参加开幕式。运动会设立田径、扑克(80 分)、黑白棋、乒乓球、肢残操、跳绳、滚球和飞镖等 8 个比赛项目,有 13 个代表队 430 名残疾人运动员参赛,产生奖牌 424 枚。在上海市第七届特奥会上,嘉定区代表队获田径金牌 14 枚、银牌 7 枚、铜牌 8 枚及滚球女子组金牌、男子组银牌,获乒乓球金牌 3 枚、银牌 2 枚、铜牌 1 枚和篮球团体金牌,成功承办滚球赛事。10 月,嘉定区代表队在上海市肢残人、盲人协会主办的"十月歌会"比赛中获一等奖。11 月,嘉定区代表上海市组团参加阳光

区第三届残疾人运动会 (区残联供稿)

融合跑暨城际邀请赛,获团体第一名。年内,组织全区各街镇"阳光之家"学员、助残员和残疾人代表500余人观看市残联和中福会儿童剧院联合编排的话剧《灿烂的阳光》。

【残疾人组织建设】 2009年,全区各村(居)委残协全面完成换届工作。年内,各街镇助残服务社充分发挥职能,夯实基层残疾人工作基础。全区284名社区残疾人工作助理员履行"代表、服务、管理"职能,使残疾人的生活保障、就业推介、康复服务、扶残帮困、文体生活、维护权益等6项工作重心下沉到社区,形成制度健全、底数清楚、设施完善、政策透明、就业充分、保障落实、帮扶到位、活动正常的工作机制。

【创建全国残疾人工作示范城市】 2009年,区委、区政府高度重视创建"全国残疾人工作示范城市"工作,两次召开创建工作推进会,对创建工作进行总体部署,要求创建单位进一步提高认识、明确任务、落实措施,扎实推进创建工作。年内,区残联邀请市创建全国残疾人工作示范城市办公室的相关领导到嘉定区进行指导,从建立和完善残疾人的各项社会保障制度入手,分解工作指标,落实到各委办局和责任人。年中,嘉定区顺利通过上海市验收组对区创建工作的达标预审。

(张孙坚)

红十字会

【概况】 2009年,嘉定区红十字会以科学发展观为统领,以改善弱势群体生活境况为目标,以"救灾、救护、救助"职能为重点,扎实开展一系列富有成效的人道主义工作。年内,召开第四次会员代表大会,明确红十字工作的目标和方向,有效凝聚社会各方人道力量,为开创红十字事业新局面奠定基础。创新干部使用机制,择优选聘12名镇(街道)红十字联络员,充实基层红十字会工作力量;区中心医院、区妇幼保健院成功冠名为上海市红十字医疗机构;新增5家园林企业为红十字服务站,全区累计有红十字服务站145个。至年底,全区有缴纳会费的红十字团体会员单位332个、成人会员2661人、青少年会员24009人。

【帮困救助】 2009年,区红十字会认真履行人道救助职能,全年募集人道救助基金431.47万元,历年人道救助基金账户余额457.6万元。在"千万人帮万家"迎春帮困活动中,向嘉定地区647户贫困家庭送出27.75万元慰问金及价值22.75万元的慰问品。认真落实佛教云翔十方医疗帮困项目,向47名重大病儿童送出专项帮困金9.9万元。稳步实施《嘉定区市民大病重病帮扶项目实施计划》,全年对390人次实施救助,发放帮扶金270.52万元,其中最高帮扶额6万元。积极开展莫拉克台风专项救灾捐款,募集救灾款15.87万元。及时处理来信来访,补助5人次,帮困金额2.78万元。

【实施灾后重建项目2个】 年内,区红十字会积极参与四川汶川地震灾后重建工作。12月底,由上海市红十字会统一组团,嘉定区红十字会组织部分捐赠单位代表赴四川省都江堰市参加上海市援建都江堰市乡镇医疗机构竣工移交运行仪式。根据上海市灾后重建指挥部统筹规划,确立嘉定区红十字会援助灾后重建项目2个,其中中兴镇公立卫生院为独立对口援建项目,共援助700万元;徐渡职业高中由嘉定区红十字会与静安区红十字会合力援建,总投入5738万元,其中嘉定区红十字会援助2700万元,该校于9月正式投入使用。

【造血干细胞捐献】 年内,安亭中学教师沈婷、匡春明和区就业服务中心工作人员高达等3名志愿者成功实施造血干细胞捐献,挽救患者的生命。3月5日,安亭镇团委举办造血干细胞捐献集中血检活动;5月7日,区红十字会与团区委在博乐广场联合举办集中血检活动。全年共有314名青年志愿者资料被中国造血干细胞捐献者资料库上海市分库收录。

【遗体捐献】 2009年,全区接受遗体捐献登记72人、角膜捐献登记2人。累计遗体捐献登记者481人、角膜捐献登记者8人,实现遗愿45人。年内,区红十字会认真开展"遗体捐献纪念日"活动,组织30名登记者及实现者家属代表赴青浦福寿园参观,并开展座谈会、走访慰问等活动。在嘉定区中心医院的支持下,向登记者赠送就医VIP卡,提供就医"绿色通道"。获上海嘉定曹王禅寺50万元捐助,设立"嘉定区遗体捐献基金",对遗体捐献登记者开展人文关怀和人道关爱。5月27日,区红十字会在嘉定影剧院举行嘉定区遗体(角膜)捐献登记者联谊会——"春蚕之家"成立仪式。联谊会通过开展"夏日送清凉"、联欢会等关爱活动,创新模式,搭建平台,着力打造有特色、重服务的工作机制。

【成立红十字志愿服务队】 5月7日,

纪念"5·8"世界红十字日,嘉定区举行红十字志愿服务总队成立仪式

(陈启宇 摄)

结合纪念"5·8"世界红十字日活动，区红十字会在博乐广场举行嘉定区红十字志愿服务总队成立仪式，总队下设遗体捐献、造血干细胞捐献、医疗服务、应急救援和综合性志愿服务5支直属分队和13支镇(街道)分队，共有志愿者千余人。

【宣传与培训】 2009年，区红十字会充分发挥网络、电视、报纸等媒体的宣传作用，通过区红十字会网站发布新闻110条，通过嘉定电视台发布新闻13条，通过《嘉定报》发布新闻7条、制作专版1期。设计制作120块宣传板，在学校、社区等场所进行宣传。结合迎世博工作，在区内部分体育场馆、大型商场等公共场所设计制作以急救知识为主题的宣传板，向市民赠送《常见意外伤害及现场急救技能》知识手册6万余册。全年培训红十字救护员1370人，普及培训10668人。9月10日，南翔镇红十字救护队赴华山医院参加中国红十字会灾害应急演练，代表上海市向来自全国各省及德国的专家展示，得到专家好评；9月11日，南翔镇红十字救护队代表嘉定区参加上海市"世界急救日"现场初级急救技能决赛，获社区组第一名。年内，区红十字会认真贯彻落实"五五"普法规划，对红十字服务站负责人、志愿工作者、红十字冠名医院职工、镇(街道)联络员、社区居民等人员开展培训，累计开展红十字运动基本知识培训100人、普法培训5000人，进一步提高红十字知识普及率。

【红十字关爱进农村】 年内，区红十字会与区卫生局、区供销社联手，积极开展"红十字关爱进农村，播洒爱心传真情"活动。先后到徐行镇小庙村、马陆镇北管村、嘉定工业区草庵村、安亭镇黄渡市民广场开展义诊、义卖活动，募集义卖款1.12万元。

【红十字青少年教育】 年内，区红十字会积极开展红十字青少年活动。与区教育局联合举办"新马杯"嘉定区中小学生红十字知识竞赛，1300余人参加，普通小学、怀少学校分获小学组和中学组一等奖。组织青少年参加由中国红十字会总会主办的纪念汶川地震一周年"富士杯·全国红十字青少年防灾避险知识竞赛"活动，获最佳组织

奖。区实验小学陆州、上海市大众工业学校崔怡青等4名同学获全国青少年红十字知识网络竞赛优胜奖。积极开展"探索人道法"培训，2月26日，红十字国际委员会代表辛格和东亚地区办事处助理赵琪等赴安亭中学视察"探索人道法"培训工作。安亭中学加晨、周夏曦在红十字国际委员会与中国红十字会总会主办的"探索人道法"作文比赛中获奖，并代表中国参加红十字国际委员会的比赛。年中，上海市大众工业学校、新成路小学成功创建为上海市红十字工作达标学校。

(李海青)

文 联

【概况】 2009年，区文联以科学发展观为指导，突出庆祝新中国60华诞和迎世博活动，围绕区委、区政府中心工作，坚持以基层服务理念，发挥地区文艺优势，积极开展各类活动，为嘉定经济社会发展提供文化支撑。6月，由区文联牵头筹备的嘉定区书法家协会成立，首批会员60人。承办由市作协主办的"张旻作品研讨会"，市作协领导及沪上著名评论家17人到会，对张旻的小说创作给予高度评价。被市委宣传部、市精神文明建设委员会等13个部门评为2008上海市文化、科技、卫生"三下乡"活动优秀项目的区百姓说唱团(与区文广局联办)到各镇(街道)进行"激情60年，颂歌献祖国"文艺巡

演。9月，与区文广局联办"甲子辉煌——庆祝新中国成立60周年嘉定区书法美术摄影展"。10月，经上级批准，调整区文联党组书记、党组成员及秘书长人选。年内，与浙江省平湖市文联，上海市虹口区、杨浦区文联进行业务交流。

【文学工委】 年内，文学工委会同区政协文史委完成二卷本《新时期嘉定作家群》一书的编辑出版工作。会同区人社局编撰出版《我与汽车——当代文人与汽车生活》，该书作为"中国汽车文化丛书"之一，由全国政协副主席、科技部部长万钢作序。殷慧芬、楼耀福的散文集《上海邻里》、《上海闲人》出版发行，并在上海书展现场联袂签售。张旻的长篇小说《邓局长》(又名《谁在西亭说了算》)、戴达的诗集《诗意马陆》出版发行。殷慧芬的小说集《石库门风情画》获第三届中国女性文学奖。戴达的诗《吹奏月亮》获中国童诗崇文奖。

【美术书法工委】 春节前夕，美术书法工委组织书法家到社区、农村、企业、机关写送春联1880副。年初，与区档案局联办"故乡行——著名嘉定籍艺术家系列活动"朱秉衡画展，与市书协联办"上海市书法家协会教学成果汇报展"，与区人社局、区级机关党工委联办"薛锦禹画展"。朱银富作品入选"第三届中国书法兰亭艺术奖"。张波书法作品获"中华颂·国庆六十周年全国群众文化美术书法大展"金

张旻作品研讨会　　　　　(陈启宇　摄)

奖,张波被中国书协评为"中国书法进万家"活动全国先进个人。张波、陆永杰、朱银富、龚皆兵、程峰、杨贤森作品入选"上海市第六届书法篆刻大展"。吴坚作品获"新中国成立60周年上海群文美术大展"一等奖,杨贤森、张波作品分获"新中国成立60周年上海群文书法大展"一、二等奖。年内,5人加入市书协。

【摄影工委】 年内,举办"都市新农村摄影巡礼——走进徐行"活动,生动反映徐行镇社会主义新农村建设的新成就。举办"变迁——李仝建筑摄影展",展现嘉定在新中国成立后特别是改革开放以来的巨大变化。在"上海市民数码摄影大赛"和"城市记忆——京、津、沪、渝四城市摄影展"中,嘉定有11个人的作品入选并获奖。组织摄影创作活动,帮助各镇(街道)摄影社团开展活动。12月31日,市档案局、市摄协、区档案局联办的"兰台光影——陈启宇摄影作品展"在市档案局外滩新馆开幕。年中,1人加入中国摄协,3人加入市摄协。

【音乐舞蹈工委】 5月,"上海之春"国际音乐节期间,由上海、江苏、浙江、福建三省一市主办,区文联、区文广局协办的"我爱你,中国——第四届长三角地区青年歌手大奖赛"在嘉定影剧院举行,34名歌手进行4个声乐类别的决赛。全年创作20个歌曲、舞蹈作品,其中易凤林的歌曲《梦一样的地方》在"上海之春"国际音乐节上成功演出,《海上申窑》获优秀作品奖;贾慧等参演的舞蹈《马路天使》获新人新作舞蹈优秀表演奖。完成研究项目"民族音乐元素传承100工程"之一的"古诗配乐"项目,为60首古诗配乐,并在试点学校进行教学实践。在新成路街道举办"世博歌曲欣赏"、"古琴艺术欣

变迁——李仝建筑摄影展　　　　　(陈启宇 摄)

赏"讲座,提高市民音乐欣赏水平。

【戏剧曲艺工委】 5月,在无锡锡剧博物馆作"海宝欢乐行"嘉定戏迷迎世博专场演出,演出中间穿插世博知识问答,与观众互动。迎世博倒计时200天,在区文化馆举办"迎世博长三角网络票友联谊汇演",新浪UC莲灯沪剧网、江苏戏曲网、浙江嵊州越剧网、浙江天籁越音网等网站网友登台响应,被上海市互联网宣传管理办公室、上海世博会事务协调局列入第二批迎世博网络文化特色项目。国庆期间,邀请长三角地方优秀戏曲票友在汇龙潭公园为区群众游园活动作2场专场演出。黄震良获第十一届国际艺术节长三角地区故事大赛银奖、"北蔡杯"长三角曲艺大赛银奖。范邵平、范琴芳分获第十一届国际艺术节"乡音和曲"社区戏曲演唱赛银奖和优秀演员奖。年内,戏曲工委与浙江省嘉兴市、桐乡市,江苏省太仓市、无锡市,福建省邵武市及上海市卢湾区、静安区的戏迷票友进行交流演出。加强对基层社区及部分小学、幼儿园的戏剧教学辅导工作。

【民间艺术工委】 9月,与嘉定竹刻博物馆共同承办"竹艺传薪——当代嘉定竹刻展",展出11个竹刻工作室(馆、堂、斋)及培训班学员的71件作品,反映当代嘉定竹刻的最新成果。上半年,举办为期3个月的竹刻培训班,培养竹艺新人。年内,10名嘉定竹刻艺人的23件作品参加上海工艺美术博物馆和台湾徐氏文教基金会主办的"竹刻艺韵"江浙地区交流巡展;竹刻艺人及作品参加上海民博会中秋展示活动;王威设计的"嘉定竹刻电信卡"作为中国电信世博主题卡发行;张伟忠等创作的10件作品参加上海工艺美术博物馆的"竹刻艺术展",张伟忠被评为第二届上海市工艺美术大师。年中,举办"嘉定区中华奇石收藏精品展"。

(王其良)

武装民防·治安司法

编辑 袁黛英

人民武装

【概况】 2009年,区人民武装部深入开展学习实践科学发展观活动,提高完成多样化军事任务能力,推进国防后备力量建设,依法从严治军,确保各项任务圆满完成。(1)3月,开展学习实践科学发展观活动,部党委大事大抓,强力推进,活动因"问题找得准、原因分析透、认识提高快、采取措施实、整改时效好"受到上海警备区党委肯定。(2)提升民兵部(分)队完成多样化军事任务能力。制定《嘉定区人武部参加上海世博会地面安全保卫行动总体方案》和《嘉定区武装力量参与世博安保处置突发事件总体应急预案》。落实战备值班制度,补充、完善战备器材。组织区民兵应急分队进行应用性训练,为黄浦、卢湾、长宁、静安、闵行等区的民兵应急分队训练提供保障,承担世博安保阅兵方队部分单位集训、1100名学生军训与国防教育任务。全年完成民兵各类专业训练15批293人次。(3)狠抓国防后备力量建设。开展国防后备力量整组工作,民兵部(分)队专业对口率和复员、转业、退伍军人比例等进一步提高。开展国防动员潜力调查,核查辖区内可供动员能源、供应、生产、运输、科研机构等情况,建立潜力数据库,为修订完善各类方案和战时动员支前计划提供依据。巩固科技动员"五落实"和心理战分队试点建设成果,深入研究信息化条件下心理战分队指挥体制、作战力量、战

术运用等内容。(4)做好征兵工作。加大宣传力度,严把体检、政审、定兵关,确保每名新兵体检、政审、文化、年龄合格,实现22年无身体原因退兵和连续23年无政治原因退兵目标。(5)加强军队正规化建设。建成联防区、动员支前、人民防空"三合一"地下指挥所,建成作战数据工作站,提升国防动员综合能力。12月,在江桥镇召开区基层武装工作规范化建设现场会,以规范办公场所设置、台账资料和规章制度为重点,从健全组织机构、建立运行机制、规范工作秩序、完善硬件设施入手,规范基层武装工作。4月,完成《嘉定军事志》编纂工作。年内,区民兵训练基地为34批民兵训练和地方党政领导"军事日"活动提供保障;保障兄弟单位实弹射击31批,安全无事故。 (查甫平)

民 防

【人防工程建设管理】 2009年,区民防办审批立项人防工程建设项目45项,建筑面积30.78万平方米;完成竣工备案人防工程项目25项,建筑面积7.7万平方米,使用面积6.68万平方米。全年收取人防建设费3838.7万元,是上年的2.12倍。完成维修养护公用人防工程4项4512平方米,收取人防工程使用费40万元,比上年减少27.27%。年内,对2008年底前竣工的等级人员掩蔽人防工程安装标识牌187块、指示牌164块。

【人防战备】 5月19日下午,区民防

基层武装工作规范化建设现场会 （江桥镇供稿）

防灾应急疏散演练　　　　（区民防办供稿）

办联合黄渡镇政府在同济大学嘉定校区举行防空防灾综合演练。演练内容包括人民防空应急行动人员掩蔽、防灾应急疏散和防灾减灾演示两部分,4个单位1500余人参加。6月23～24日,参加以台风暴雨灾害为背景,民众防护和地下空间防汛为内容的上海市"民防—2009"网上演练。年内,完成人防专业队伍整组工作,调整连级干部9人、排级干部15人、队员152人;组织开展人防专业人员骨干培训。

【应急管理】　年内,区民防办组织编制《嘉定区地下空间突发公共事件应急预案》,由区政府批转各街镇和相关单位执行。会同气象部门编制《嘉定区处置大雾灾害应急预案》和《嘉定区气象灾害预警发布与处置程序》。完成《嘉定区处置雨雪冰冻灾害应急预案》的配套细化工作,指导各街镇及相关部门编制实施方案。10月23日,协同区反恐办、市固体废物处置中心在嘉定工业区开展"嘉定03"反恐怖应急处置演练活动。全年受理和协调处理事故18起。

【开展应急避险和疏散安置场所普查工作】　6～10月,区民防办组织开展应急避险和疏散安置场所普查工作。普查结果:至10月末,全区共有应急避险和疏散安置场所439个,其中度假村、社会旅馆246家,学校88所,体育场2座,公园绿地、广场99个,影剧院、礼堂3座,救助管理站1个;可安置166万人。为开展紧急避险场所建设和制定区、街镇人员疏散撤离防护应急预案提供依据。

【民防宣传活动】　5月7～13日,开展以"关注生命安全,加强防灾减灾"为主题的宣传周活动。各街镇、社区、学校及相关单位以设点宣传、组织疏散演练、发放宣传资料和举办专题讲座等形式开展防灾减灾宣传活动,增强市民安全防护意识和技能。9月13～19日,为配合市防灾警报试鸣,将防灾警报试鸣知识宣传单(10万份)及市政府通告、宣传海报等分发至社区和居民家庭,在车站、旅馆、商场、学校、医院等人员密集区域加强宣传告知工作。

【防空警报建设】　年内,搬迁防空警报器4台,新增移动警报车1辆。8月21日,组织全区防空警报专管员开展业务培训,明确警报器操作规程和防灾警报试鸣注意事项。9月19日上午11时40分至12时03分,全区所有防空警报器准时鸣响防灾警报信号。

【举行区第七届中学生民防运动会】　10月18日,区民防办联合区教育局在徐行中学举行嘉定区第七届中学生民防运动会,22所中学的1000余名运动员参加比赛。徐行中学400余名学生进行紧急疏散演练。运动会设救护接力、接力输水、火场逃生3个团体项目和三角巾包扎、防毒面具穿戴、消防灭火3个个人项目。嘉定区少体校、南苑中学、苏民学校分获团体总分第一、二、三名。

【社区民防建设】　年内,区民防办制作配发民防应急箱295个。至年底,共有365个民防应急箱配置于各小区门岗和居委会,为居民小区处置突发事件提供便利。至年末,全区各街镇社区居委会完成社区民防建设任务,达标率100%。

【参加市社区民防运动会和民防通信大比武】　10月28日,区民防办组队参加市首届社区民防运动会,获团体总分第三名,单项一等奖2个和二、三等奖各4个。12月7～11日,选派3人参加市民防通信大比武,获团体第七名及个人全能第二、四名。

【区民防指挥信息保障中心成立】　12月31日,区民防指挥信息保障中心揭牌成立。原嘉定区民防通信站更名为嘉定区民防指挥信息保障中心,增挂嘉

民防指挥信息保障中心揭牌仪式　　　（区民防办供稿）

定区人防指挥信息保障中心牌子。该中心主要承担民防（人防）信息化建设、科研开发、设备设施维护管理、战备值班执勤和演练等通信保障工作，为防空袭斗争和平时应对突发事件提供信息保障。10月，嘉定民防网站建成开通，网址 http://www.mfb.jiading.gov.cn.

（颜正威）

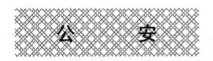

公 安

【机构设置调整】 年内，撤销公安嘉定分局政治处宣传教育科，分别成立宣传科（增挂"公安嘉定分局警察公共关系科"牌子）和教育训练科，均为正科级机构。单独设置出入境管理办公室，不再与国内安全保卫处合署办公，为公安嘉定分局直属正科级机构。娄塘派出所和朱家桥派出所实行合署办公，对外称"上海市公安局嘉定分局娄塘派出所"，机构保持不变。组建上海市公安局嘉定分局人口管理办公室，机构级别为副处级。沪宁高速公路道口检查站更名为京沪高速公路（沪蓉高速公路）道口检查站，对外称"上海市公安局京沪高速公路（沪蓉高速公路）检查站"；嘉浏高速公路道口检查站更名为沈海高速公路（朱桥）道口检查站，对外称"上海市公安局沈海高速公路（朱桥）检查站"。上述两机构更名后，机构级别维持不变。

【刑事案件下降2.36%】 2009年，全区刑事案件立案6399起，比上年下降2.36%；侦破案件3906起，破案率61.04%。八类（爆炸、放火、绑架、劫持、杀人、伤害、抢劫、强奸）恶性案件

发生450起，下降15.57%。其中杀人案20起、伤害案237起、强奸案35起、抢劫案151起。破获325起，破案率72.22%。全年打击处理各类违法犯罪人员2103人，其中逮捕1358人、劳教491人、直诉254人。年内，受理各类经济犯罪案件351起，其中立案255起，侦破191起；抓获经济犯罪嫌疑人175人，逮捕69人，移送起诉158人；挽回经济损失7136.35万元，追缴率83.04%。

【治安案件下降10.58%】 2009年，全区共受理各类治安案件20661起，比上年下降10.58%。其中盗窃案件15549起，占75.26%；其余分别为扰乱公共秩序278起，妨害公共安全47起，殴打他人1110起，故意伤害82起，骗取、抢夺、敲诈勒索财物1001起，阻碍执行职务49起，赃物活动14起，卖淫嫖娼658起，拉客招嫖57起，引诱、容留、介绍卖淫嫖娼57起，违反严禁淫秽物品规定28起，赌博或为赌博提供条件961起，毒品违法活动425起。受理案中，查处18332起，查处率88.73%，比上年上升4.27个百分点。全年查处各类违反《治安管理处罚法》9065人，上升2.03%。其中行政拘留7182人，罚款170人，警告4人，劳教、少教468人。

【水上治安管理】 2009年，水上派出所开展"三车"、"三电"、"剧毒危险物品"、"复杂船舶"、"布谷鸟"集中行动等专项整治工作，加强基础信息采集积累和水上世博安保调研，消除各类安全隐患。年内，无刑事案件发生，受理治安案件1起，处警68起，抓获网上逃犯1人，发生船只撞塌桥梁事故1

起、船只爆炸事故2起，非正常死亡7起，调解纠纷29起，打捞浮尸17具。受理并制作船舶户牌3张，船民证84张，征收船管费25.35万元。

【社区保安队协破案件3376起】 2009年，全区共有社区保安队员2337人，执勤中扭获各类违法犯罪嫌疑人6122人。全年协破案件3376起，其中刑事案件1364起、治安案件2012起。在处理的各类违法犯罪案件中，逮捕123人，刑事拘留1898人，劳动教养86人，行政拘留4123人；收缴摩托车126辆、助动车168辆、自行车129辆、凶器65件、赃款61万元。

【出入境管理】 全年受理出国（境）申请10267人次，受理境外人员临时住宿登记82218人次。处理各类案（事）件172起。其中查处"三非"案件40起，签注逾期48起，偷渡案件1起。全年处罚境外人员违反住宿登记规定45人。

【常住户口登记】 至年末，全区登记常住户口190574户550228人，比上年增加2643户6643人。其中非农业人口453598人，占总人口的82.44%，上升0.87个百分点。全年出生婴儿3440人（男婴1721人，女婴1719人），出生率6.25‰。死亡4294人，死亡率7.8‰。年内迁入4851人，迁出1077人；移入16489人，移出12766人。由农业人口转为非农业人口3873人，比上年减少186人。其中征用土地2583人，占66.69%；投靠亲属404人，占10.43%；招生627人，占16.19%；其他259人。全年审批常住户口3004份，整顿补缺门（弄）牌66694块。

2009年末嘉定区常住户口统计表

地 区	户数（户）	人口（人）	地 区	户数（户）	人口（人）
嘉定镇	23 990	63 443	华 亭	4 887	14 271
南 翔	17 760	49 239	唐 行	3 467	9 868
安 亭	12 105	37 518	朱家桥	7 134	24 197
娄 塘	5 893	16 702	外 冈	10 116	31 009
封 浜	8 625	29 497	方 泰	5 654	19 185
马 陆	9 131	31 625	黄 渡	8 196	27 556
戬 浜	6 154	19 076	江 桥	11 083	30 098

（续表）

地　区	户数（户）	人口（人）	地　区	户数（户）	人口（人）
徐　行	5 298	16 697	新成路	11 034	26 304
曹　王	4 703	14 086	真　新	18 835	43 639
叶　城	8 696	23 166	菊　园	7 813	23 052
总　　　计				190 574	550 228

【来沪人员管理】　2009年，全区共有暂住人口753 544人，比上年增长15.75%。其中办理临时居住证663 247人、三投靠类居住证6 115人、从业类居住证2 408人、人才类居住证6 365人，未办证录入信息75 409人。

【保安服务】　2009年，上海保安服务公司嘉定分公司派驻客户单位275个，派驻保安人员2 273人，技防区域报警系统入网户2 946户。年内，继续承接区内各银行营业网点、证券交易网点、保险公司及邮政储蓄网点等运钞车押运业务，投入运行防弹运钞车17辆。全年为驻点客户单位进行防火安全检查5 080次，消除火灾隐患36起，发现扑灭火警20起；防盗安全检查5 216次，消除事故隐患34起；制止违法犯罪42起，抓获犯罪嫌疑人24人，缴获赃款赃物3.64万元；门卫执勤查获无证人员811人次，堵截无证物资出门36次，价值80.27万元。

【监所管理】　2009年，区看守所共收押入所各类人员9 342人。释放各类人员7 711人。其中刑拘释放1 316人，刑满释放492人，取保候审276人，缓刑释放41人，行政拘留到期释放5 586人。寄押带回、转其它看守所等261人，监视居住1人，监外执行1人，死亡1人，投送监狱、少教所、劳教所、行政拘留所1 190人。年内，挖掘各类线索433条；破获各类刑事案件216起，其中"八类"恶性案件17起；抓获犯罪嫌疑人13人，其中网上逃犯5人；追缴赃款赃物126万元。

【交通安全管理】　2009年，全区共发生交通事故32 501起，比上年减少3.69%；死亡97人，减少3%；受伤2 242人，减少50.18%；车物直接经济损失1 741.4万元，减少47.8%。区境内道路共发生重大死亡逃逸事故10起，侦破9起，侦破率90%。年内，组织开展交通安全系列教育460次，发放各类交通安全宣传材料40余万份，展出宣传板3 500块，开设"以案说防范，共筑平安城"为主题的"东方讲坛"300余次。全年审核公共建筑项目101件，发放道路施工许可证261张、超限运输许可证307张、剧毒化学危险品运输许可证731张。办理机动车驾驶员年审46 173人、各类车辆管理办证8 777人，办理非机动车上牌6 158辆、轻便摩托车上牌和报废6 699辆、轻便摩托车驾驶证650张，检验残疾车159辆。安装信号灯59组，设立交通标志1 349块，漆划标线7.3万平方米。全年道口共查获被盗汽车41辆，抓获网上追逃对象144人，查获、收缴毒品海洛因6 344.8克。

【队伍建设】　年内，建立"汇龙谭"网上民警思想交流平台，创新思想政治教育工作模式，其工作经验在全国公安厅局政治部主任座谈会上交流。开展"迎世博、展形象、保民生、增和谐"党员系列活动，制定政工领导、派出所值班领导岗位规范，组织开展2009年度科级领导干部初任集中培训和派出所领导案件审批培训。招录文职人员58人，聘任高、中、初级技术职位19人。开展世博安保培训，举办交通岗位班8期、治安岗位班2期、社区岗位班6期，350余人参加培训。组织开展"大走访、大回访"活动，总结和推广"十访"工作法，探索警民沟通新机制。开展非领导职务晋升工作，17人晋升副处级，78人晋升主任科员，74人晋升副主任科员，3人晋升科员。走访慰问离退休老同志和因公负伤、身患重病、家庭困难民警及其家属191人次，发放慰问费7.8万余元，补助家属医疗费3.7万余元。

【犬类管理】　2009年，全区共有办证免疫犬10 155只，比上年增长3.98%。其中观赏犬522只，占5.14%；农村犬9 633只，占94.86%。全年捕捉违章犬985只，比上年减少26.77%；犬咬伤人402起，减少69.45%。（陆宝林）

"5·25"交通安全主题宣传日活动　（公安嘉定分局供稿）

检 察

【审查批捕和起诉】 2009 年,区人民检察院共受理提请批准逮捕犯罪嫌疑人 1525 人,比上年下降 5.28%;经审查,批准逮捕 1366 人。受理移送审查起诉案 1107 件 1764 人,分别下降 1.16% 和 1.4%;经审查,向区人民法院提起公诉 1033 件 1609 人。年内,严打涉黑涉恶犯罪和严重暴力犯罪,严查公安部督办的、区内第一起黑社会性质组织犯罪案件,依法批捕、起诉甘强龙等 11 名被告人,该公诉庭被评为"全市检察机关十佳公诉庭"。加大对"两抢一盗"多发性侵财犯罪及扰乱公共秩序、危害公民人身权利犯罪的打击力度,适时介入侦查活动 116 次,组织集中公诉 20 批 494 人,将 27 件可能判处无期徒刑以上刑罚的案件按规定报送上级检察院审查起诉。依法从快严厉打击涉赌高利贷犯罪;参与整顿和规范社会主义市场经济秩序活动,对 64 件涉及破坏金融管理秩序、危害税收征管、侵犯知识产权等犯罪案件提起公诉;将打击犯罪和保障民生相结合,参加食品药品安全专项整治,依法惩处 14 名涉嫌制售伪劣产品、有毒有害食品和重大环境污染事故的罪犯。

【立案侦查职务犯罪案 17 件】 全年受理职务犯罪线索 43 件,立案侦查贪污贿赂、渎职侵权等职务犯罪案 17 件 17 人。其中大案 13 件,占 76.47%;处级干部犯罪要案 3 件。总案值 397.21 万余元,追缴赃款 125.99 万余元。查办涉及民生和农民利益的职务犯罪案 8 件,立案侦查涉及国家工作人员商业贿赂案 12 件。

【预防职务犯罪】 年内,深入贯彻落实中共中央《建立健全惩治和预防腐败体系 2008~2012 年工作规划》,开展"举报宣传周"活动,推进惩防体系建设,营造反腐倡廉氛围。协同区纪委建立工程建设不良行为监管平台,加强职务犯罪预警预测。与市科技纪工委建立廉政建设区域联席会议等制度,巩固和发展"科技创新、人才创优"活动成果,为中科院上海光学精密机械研究所、中科院上海应用物理研究所等 20 个单位的 42 名专家提供法律咨询服务。开展"汽车加速度、廉政无事故"专项预防。对街镇和有关部门预防职务犯罪工作进行检查指导,开展预防宣传和廉政教育讲座等活动 25 次,受众人数 3570 人。针对生猪养殖、运输、屠宰等环节中的问题,及时发出检察建议,引起市农委、市动物卫生监督所重视并在全市动物检疫监管系统开展专项整治行动,该案例被评为上海检察机关服务大局保障民生"十佳案(事)例"。

【刑事诉讼监督】 年内,对 11 件应立案而未立案的案件依法启动立案监督程序。加强行政执法与刑事司法信息共享平台建设,建议行政执法机关向公安机关移送刑事案件线索 19 件。全年追捕到案 14 人、追诉到案 38 人,不批准逮捕 159 人,不起诉 36 人。对刑事诉讼中的违法行为提出书面纠正意见 51 份,对执法活动中存在的普遍性、倾向性问题以工作通报的形式提出监督意见 5 次,对认为确有错误的刑事判决提起抗诉 5 件。以区看守所向社会公众开放为契机,督促健全对外开放工作机制,推进监管活动规范化建设;对 8 名违反监外执行规定的罪犯提出收监执行建议;深挖犯罪 15 人,被评为市深挖犯罪线索工作先进集体。

【未成年人刑事检察】 年内,推行未成年人社会观护工作,对 24 名非沪籍外来未成年犯罪嫌疑人实施社会观护;采取适合未成年人身心特点的办案方式,开展社会调查和心理测试 173 次;对 8 名未成年犯罪嫌疑人实行诉前考察帮教,开展合适成年人参与诉讼活动 108 次,切实保障未成年人诉讼权益。

【民事审判和行政诉讼监督】 全年受理当事人不服已生效的民事、行政申诉 43 件。对判决正确的申诉案件,做好申诉人的服判息诉工作,达成民事和解 27 件。加强对劳资纠纷等民生案件的研究,依法提请或建议提请抗诉 7 件,再审后调解结案 5 件;对造成国有资产流失等损害公共利益的 2 件案件,督促相关单位及时提起民事诉讼,挽回国家损失。

【控告申诉检察】 年内,把办案与化解矛盾相结合,促进社会和谐稳定。畅通控告申诉渠道,完善信访工作机制,处理群众来信来访 227 件,检察长接访 51 次。加强信访矛盾的滚动排查与预警,落实释法说理、心理疏导等工作措施,做好初信、初访化解处理工作。在街镇社区设立下访、巡访工作联系点,协助基层组织化解不稳定因素。

【检察队伍建设】 年内,开展深入学习实践科学发展观活动和"讲党性、重品行、作表率"主题教育活动。选送干警到外省市及市内其他检察院挂职锻炼,加强后备干部培养。积极开展"岗位练兵、岗位成才"活动,组织参加市

纪念嘉定人民检察院恢复重建三十周年活动(区人民检察院供稿)

嘉定区人民检察院基层建设推进会（区人民检察院供稿）

人民检察院"套餐式"培训,为干警参加硕士、博士等高层次学历教育创造条件,加大检察专业人才和综合型人才的培养力度,被评为2009年度上海市学习型机关创建工作先进单位。开展"走进社区、走进企业、走进农村、走进基层,服务经济、服务社会、服务基层、服务群众"活动,深化街镇结对共建工作,树立"秀德"老年人合法权益维权岗志愿者服务品牌。坚持从严治检,组织开展检察纪律作风专题教育活动,加强和改进检察纪律作风建设。

【贯彻宽严相济刑事司法政策】 年内,深入贯彻宽严相济的刑事司法政策,将"两减少"、"两扩大"精神作为加强教育转化和促进社会和谐的重要依据。对31名涉嫌犯罪但无逮捕必要的犯罪嫌疑人不批准逮捕,对25名犯罪情节轻微、社会危害较小的犯罪嫌疑人作相对不起诉处理,建议法院判处缓刑71人、单处罚金45人。对轻微刑事案件实行快速办理,建议法院对890件案件采用简易程序或普通程序简化审理。推进人民调解制度在检察环节的运用,对因邻里民事纠纷引发的轻微刑事案件尝试刑事和解,探索建立刑事案件被害人司法救助制度。

【探索法律监督新途径】 年内,会同公安嘉定分局以真新派出所为试点单位,在上海市率先开展基层派出所执法监督工作,推动派出所执法规范化建设。开展专题调研,规范量刑建议,前移监督关口,促进依法规范审判。

落实市人大常委会《关于加强人民检察院法律监督工作的决议》,会同公安嘉定分局、区人民法院建立法律监督通报工作机制。
（张申未）

审　判

【概况】 2009年,区人民法院收、结案数与上年基本持平。全年收案15 364件,审结15 439件,分别比上年上升1.84%和2.33%,结案率100.49%。至年底,累计未结案1 537件,比上年下降4.65%。年内,《嘉定县法院志》编纂出版,该志全面系统地记述嘉定县法院1911年至1992年的发展历史。

【刑事审判】 全年受理各类刑事一审案963件1 536名被告人,分别比上年上升0.63%和1.52%。其中检察机关公诉案962件,刑事自诉案1件。受理案中,属于交通肇事、纵火、破坏电力设备、重大责任事故等危害公共安全的案件77件77名被告人,分别上升和下降4.05%和9.41%;属于生产假冒伪劣商品、公司人员受贿、票据诈骗、合同诈骗、虚开增值税专用发票等破坏社会主义市场经济秩序的案件89件174名被告人,分别上升23.61%和26.09%;属于故意伤害、强奸等侵犯公民人身权利、民主权利的案件147件193名被告人,分别上升21.49%和10.92%;属于抢劫、盗窃、诈骗、抢夺、职务侵占、挪用资金、敲诈勒索等侵犯

财产的案件442件671名被告人,分别下降9.61%和10.89%;属于妨碍公务、聚众斗殴、贩卖毒品、引诱他人吸毒、容留介绍卖淫、制造贩卖淫秽物品牟利等妨害社会管理秩序的案件194件407名被告人,分别上升2.65%和16.62%;属于贪污、贿赂犯罪的案件2件2名被告人,分别下降83.33%和85.71%;渎职犯罪案件2件2人。全年审结一审刑事案件963件1 538名被告人,分别上升0.1%和2.88%。在生效判决的1 452名被告人中,受到刑事处罚的1 432人,被判免予刑事处分的20人。在被依法判处刑罚的被告人中,被判处15年以上20年以下有期徒刑的9人;被判处10年以上不满15年有期徒刑的56人;被判处7年以上不满10年有期徒刑的33人;被判处5年以上不满7年有期徒刑的64人;被判处3年以上不满5年有期徒刑的168人;被判处3年以下有期徒刑的668人;被判处拘役的138人;被判处有期徒刑或拘役同时宣告缓刑的240人;被判处管制的8人;被单处罚金的48人。在上述被告人中,123名被告人被附加剥夺政治权利;841名被告人被并处罚金,罚金总额460.97万余元。在审结案件中,适用简易程序审结537件,占55.76%,下降3.91个百分点;适用普通程序审结426件,占44.24%,上升3.91个百分点。

【民事审判】 全年受理各类民事纠纷一审案9 512件,比上年上升1.97%。受理案中,合同纠纷案6 873件,占72.26%,其中电信合同纠纷案254件、买卖合同纠纷案1 432件、服务合同纠纷案1 673件、借款合同纠纷案749件、承揽合同纠纷案563件、其它合同纠纷案2 202件,分别占合同纠纷案的3.7%、20.84%、24.34%、10.9%、8.19%和32.04%;婚姻家庭纠纷案925件,占9.72%;人身权纠纷案1 101件,占11.57%;所有权纠纷案351件,占3.7%;另有票据纠纷案34件、继承权纠纷案45件、股东权纠纷案40件、不当得利纠纷案44件、其它民商事纠纷案36件和特别程序纠纷案63件。全年审结民事纠纷案9 561件,上升3.36%;解决诉讼争议标的额16.51亿元,比上年下降5.66%。在审结案中,以结案方式分类:判决4 647件,判决率48.6%;调解结案1 979件,调解率

20.7%;裁定准许原告申请撤诉 2784 件,撤诉率 29.12%;移送 61 件;裁定驳回起诉 44 件;终结 2 件;其它方式结案 44 件。以审判程序分类:适用简易程序审结 8154 件,适用普通程序审结 1341 件,适用特别程序审结 66 件。

【行政审判】 全年受理行政诉讼案 31 件,比上年下降 31.11%。其中城建规划及其它城建纠纷行政案 1 件,劳动和社会保障行政案 13 件,环保行政案 1 件,公安行政案 7 件,土地资源行政案 2 件,工商行政案 2 件,交通行政案 2 件,其它行政案 3 件。全年审结行政一审案件 34 件,下降 22.73%。其中判决维持行政机关行政行为 17 件,维持率 50%;判决撤销或确认行政机关行政行为违法案件 1 件;判决驳回诉讼请求 1 件,裁定驳回起诉 2 件;原告主动申请撤诉 10 件;其它方式结案 3 件。

【执行案件】 全年受理各类执行案 4851 件,比上年上升 2.17%。其中刑事案中有关罚金、没收财产、附带民事执行案 600 件,占 12.37%;民事执行案 3355 件,占 69.16%;行政非诉讼执行案 215 件,占 4.43%;仲裁执行案 672 件,占 13.85%;公证债权文书执行案 9 件。以执行案来源分类:移交执行案 712 件,当事人申请执行案 4055 件,受委托案 81 件,指定执行案 3 件。全年执结各类案件 4875 件,上升 1.1%;执结标的额 6.09 亿元。以结案方式分类:强制执行 817 件,占

嘉定区人民法院诉调对接中心成立揭牌仪式

(区人民法院供稿)

16.76%,上升 17.72%(对拒不履行生效法律文书确定义务的 35 人采取司法拘留的强制执行措施);自动履行 1296 件,占 26.58%,上升 2.69%;执行中申请人和被执行人双方和解 519 件,占 10.65%,比上年下降 46.49%;终结执行 1176 件,占 24.12%,下降 30.54%;其它方式结案的 1067 件,占 21.89%,上升 4.26 倍。

【申诉与再审审判】 全年受理申诉案 1 件,比上年下降 85.71%,申诉率 0.26%;审结 1 件,至年底无存案。全年受理再审案 6 件,审结 5 件;至年底,存未结案 2 件。

【人民陪审员工作】 2009 年,人民陪审员 1762 人次参与案件审判 1549 件,其中刑事案件 448 件、民事案件 604 件、行政案件 21 件、商事案件 471 件、执行案件 5 件。人民陪审员 72 人次参与信访接待和执行工作,接待来访者 589 人次,比上年上升 179.15%。

【成立诉调对接中心】 12 月 9 日,成立嘉定区人民法院诉调对接中心。区人民法院加强对“中心”的管理和指导,选派法官常驻“中心”,将诉调对接功能向人民法庭延伸;充实、增强诉调对接工作调解员队伍,建立调解员备案、名册公开制度;加强诉调对接中心调解案件的流程管理,制定办案细则;加大行业调解工作指导力度,推动社会矛盾在行业机制内化解。

【受理群众来信来访 1246 件】 2009 年,区人民法院办理各类信访 1246 件。其中来信 966 件,接待群众来访 280 件。接待群众法律咨询 2021 件、来访电话 437 件。

【成立嘉北人民法庭】 6 月,成立嘉定区人民法院嘉北人民法庭。管辖嘉定工业区(北区)、徐行镇、华亭镇“一区两镇”内的婚姻、家庭、继承、相邻、债务等普通民事纠纷案件;承担诉调对接窗口接待,人民调解工作指导,提供社区法律咨询,开展辖区法制宣传等职责。

嘉定区人民法院嘉北人民法庭成立揭牌仪式

(区人民法院供稿)

【行政领导出庭应诉】 年内,推进行政领导出庭应诉工作,出台《上海市嘉定区人民政府关于做好本区行政机关行政诉讼应诉工作的意见》。开展典型案件"示范庭"活动,及时发出出庭应诉建议书,涉案行政机关领导出庭应诉,四套班子领导和其他行政机关相关领导旁听。全年共有7位行政领导出庭应诉。

【销售非法制造的注册商标标识案】 江某,1970年生,浙江省乐清市人。经审理查明,2007年,江某因销售非法制造的注册商标标识被上海市质量技术监督局查处,经鉴定,涉案假冒的"Canon"(佳能)商标标识共计2606件。2008年7月,其从他人处购得假冒"Canon"(佳能)、"hp"(惠普)等品牌的硒鼓包装盒、墨盒包装盒及防伪标识等加价出售。9月24日,安亭工商所接他人举报在上述地点当场查获标有"Canon"(佳能)、"hp"(惠普)注册商标的硒鼓包装盒、墨盒包装盒、防伪标签、说明书等共计6万余件,其中57052件属假冒注册商标标识。2009年,区人民法院审理后认为,被告人江某犯销售非法制造的注册商标标识罪,判处有期徒刑三年,缓刑三年,罚金人民币2万元,没收在案赃物。

【出具证明文件重大失实案】 赵某,1952年生,浙江省嵊县人。2009年,区人民法院根据上海市第二中级人民法院的指定,依法组成合议庭,开庭审理该案。经审理查明,赵某为普陀区公证处公证员,2004年8月至2005年1月,在办理《委托书公证书》、《继承权公证书》时,严重不负责任,出具的公证书因内容不实被撤销,给被害人造成巨大损失,并严重损害国家公证机构的公信力。区人民法院判处被告人赵某出具证明文件重大失实罪,拘役五个月,缓刑五个月,罚金人民币2000元。 (孟 飞)

司法行政

【概况】 2009年,区司法行政系统履行司法行政职能,各项工作取得新进展。(1)社区矫正和安置帮教工作。年内,5个街镇通过市矫正办社区矫正工作目标管理复查考核;成立专项小组7个,分类分级分阶段开展社区矫正工作。落实"稳定就业、降低重犯"工作目标,在刑释解教人员中开展就业需求调查,第一时间发布企业招工信息。制定《2009年嘉定区服刑劳教人员和社会回归人员未成年子女关爱行动安排》,开展系列主题活动。(2)人民调解工作。建立区社会矛盾纠纷调解中心,构建"一纵三横"大调解工作格局,组织开展"一般矛盾不出村(居)、疑难矛盾不出街镇、矛盾不上交"活动。为全区393名专职人民调解员办理人身意外伤害综合保险。加大调解宣传力度,参与制作上海电视台《新老娘舅》节目16期。推进劳动保障领域司法行政专业化建设,制定《关于加强劳动保障领域司法行政专业化建设的意见》和《加强劳动争议调处化解工作专项措施》,开展劳动仲裁阶段委托人民调解工作。年内,全区各级人民调解组织受理调解各类纠纷17755件,调解成功17222件,成功率97%;受理法院委托调解民事纠纷1412件,调解成功1162件,成功率82.29%;受理委托调解治安案件456件,调解成功率100%,涉及赔偿额142.1万元;受理委托调解轻伤害案373件,调解成功率100%,涉及赔偿额463.6万元。劳动司法所、劳动争议人民调解工作室共受理劳动争议案1613件,调解成功858件,成功率53.19%,涉及金额407.6万元;各司法所共受理劳动争议案640件,调解成功635件,成功率99.22%。(3)法律服务工作。

年内,推进律师维稳工作机制,制定《嘉定区律师事务所维稳信息报送实施细则》,实行重大敏感案件备案制度,建立重大案件调处联动机制。进一步规范公证业务办证流程,探索法律援助三级网络长效机制。年内,全区律师办理刑事案472件、民事案2769件、经济案592件、行政案13件、非诉讼案1168件;解答法律咨询1799件;为企事业单位索回赔欠款3991.8万元,避免经济损失4102.3万元;实现业务创收8935万元。局属律师参与区领导信访接待48次,接待群众来访115批738人次。年内,新增律师事务所3家;至年底,全区共有律师事务所14家、执业律师182人。6月20日,举行律师党建工作推进大会暨律师党总支成立揭牌仪式。嘉定公证处全年办理国内民事公证2921件、国内经济案1424件、涉外公证1560件,创收609万元。区法律援助中心共办理法律援助案651件(其中刑事法律援助案201件、民事法律援助案450件),接待法律援助咨询5755件,"12348"法律咨询专线受理"110"联动案2831件。

【深化法治城区创建工作】 年内,不断深化法治城区创建工作,征集"嘉定法宝"法治卡通形象,选聘名人担任创建形象大使和推广大使。区司法局局长参加东方人民广播电台《法制人物聚焦》节目,介绍嘉定法治城区创建工作情况。与相关单位联合举办"迎世博盛会,创法治嘉定"——《百姓戏台》

创建法治城区文艺专场 (区司法局供稿)

嘉定法治专场演出。5月20日,召开区法制宣传教育领导小组(扩大)会议暨深化法治城区创建工作大会。

【开展春运法制宣传教育活动】 2月10～11日,区司法局联合区交运局、公安嘉定分局等20个单位,在嘉定客运中心和沿江高速朱桥入沪道口开展大型春运法制宣传教育活动。以悬挂春运法制宣传标语、展示法制宣传版面、发放法制宣传资料和物品、播放法制宣传录像等形式,宣传道路交通安全、劳动保障、职工维权、医疗卫生等法律法规知识,共发放法制宣传资料万余份、宣传物品2500余件,接待法律咨询300余人次。

【参与劳动争议人民调解窗口接待工作】 年内,制定下发《加强劳动争议调处化解工作专项措施》。4月1日,区司法局机关工作人员分批到劳动司法所劳动争议人民调解窗口,参与受理、调解和接待咨询工作。189人次参加窗口值班,成功调解劳动争议案93件。8月6日,区司法局召开劳动司法所成立一周年座谈会。

"法律服务直通车"巡回宣传活动　　(区司法局供稿)

【举行"法律服务直通车"活动】 4月8日,区司法局联合区法宣办在徐行镇劳动村举行"法律服务直通车"巡回暨"世博·普法"嘉年华活动启动仪式。由律师、公证员、法律援助工作员和法制文艺爱好者组成宣传队,每周开出一趟"法律服务直通车",在26个社区(村)、学校等地开展法制宣传、法律服务、法制文艺表演等,受到群众好评。

"世博·普法"嘉年华活动　　(区司法局供稿)

【成立区社会帮教志愿者协会】 1月15日,举行区社会帮教志愿者协会揭牌仪式。大会选举产生会长1人、副会长6人、秘书长1人。至年底,协会共有会员单位32个、会员344人。

【成立区社会矛盾纠纷调解中心】 12月8日,举行区社会矛盾纠纷调解中心揭牌仪式。区社会矛盾纠纷调解中心负责受理、调处涉及社会稳定、领导交办督办、领导包案和其它调解组织委托调处的矛盾纠纷,对区域性、行业性调委会及下一级调解组织的业务进行指导、监督和检查。

【成立区交通事故争议人民调解委员会】 8月28日,区交通事故争议人民调解委员会在公安嘉定分局交警支队事故受理总部成立。其工作职能是加强人民调解、行政调解、司法调解资源的整合、衔接与互动,为交通事故争议双方开辟快速、便捷的纠纷解决渠道,维护当事人的合法权益,减轻交警部门和人民法院的工作压力。(顾海峰)

上海国际汽车城

编辑 孙培兴

2009 年,上海国际汽车城(以下简称汽车城)的建设在市、区两级政府的领导下,通过调整上海国际汽车城建设管理体制,成立嘉定区上海国际汽车城管理委员会,积极推进工程建设,加大招商宣传,强化功能开发,各项工作取得新进展。经中央人才工作协调小组批准,汽车城成为国家级海外高层次人才创新创业基地,该基地是国内唯一的综合性汽车产业园区海外高层次人才基地。年内,世界规模最大的"多功能振动实验中心"项目在同济大学嘉定校区奠基开工,全国最大的汽车风洞实验室投入使用,研发港规划建设及招商工作不断推进,新能源汽车及关键零部件基地正式挂牌,新开工重大工程项目 10 余个,轨道交通十一号线在汽车城境内四大站台建设基本完成,上海国际赛车场已继续获得 F1 大奖赛 2011~2017 年举办权,还成功举办 2009 上海汽车文化节。经过8 年的开发建设,汽车城总投资已超过600 亿元。2009 年实现工业总产值1 153.8 亿元,比上年增长 25.8%;实现增加值 318.8 亿元,比上年增长32.4%;共有汽车研发中心 38 家(其中整车研发中心 2 家);全年新车交易1.3 万辆,二手车交易 4.5 万辆;上海汽车博物馆接待参观者 5.3 万人次;全年举办各类赛事 12 次,举办会展 33次,共接待观众 39.95 万人次。

(赵敏华)

汽车城建设

【体制机制调整】　2009 年,随着上海国际汽车城开发建设的深入,市政府领导在听取各相关部门和单位意见的基础上,按照"市区联手、以区为主"的原则,对汽车城建设管理体制机制进行调整。一是调整上海国际汽车城建设领导小组成员单位以及办公室设置;二是对安亭、黄渡两镇实施"撤二建一",成立新的安亭镇,扩大汽车城核心区区域;三是成立嘉定区上海国际汽车城管理委员会及其办公室,筹备组建上海国际汽车城(集团)公司。年内,上海国际汽车城区域已形成统一领导、统一规划、统一开发、统一招商的新格局。

【嘉定区上海国际汽车城管理委员会成立】　7 月 7 日,嘉定区政府成立嘉定区上海国际汽车城管理委员会及其办公室,加强对汽车城开发建设的领导,负责上海国际汽车城规划和建设的布局及控制、产业发展政策的研究和实施。汽车城建设领导小组副组长、嘉定区区长孙继伟担任管委会主任,副区长徐斌担任副主任,办公室主任由安亭镇党委书记张黎平兼任,副主任由安亭镇党委副书记荣文伟、陆强兼任。同时组建上海国际汽车城(集团)有限公司,承担上海国际汽车城核心区的具体开发运作职能。张黎平兼任公司董事长,荣文伟兼任总经理。

【科教研发】　年内,汽车城公共服务平台建设快速推进。国内首条轨道交通试验线建成,国内首个地面交通工具风洞落成。国家"十一五"期间"863"项目——"高压氢气加气站子站的研发"课题及"上海新能源汽车检测工程技术研究中心"项目顺利通过验收。时为世界规模最大的"多功能振动实验中心"项目在同济大学嘉定校区奠基开工。锐马汽车造型设计名师工作室亮相。新能源汽车及关键零部件产业基地揭牌。年中,国家机动车检测检验中心实车碰撞检测试验突破300 辆,台车试验 180 次,创历史新高;实施科研项目 55 项,实现业务收入1.35 亿元,比上年增长 12%。

【整车与零部件生产】　2009 年,上海大众"双品牌战略"驶入加速通道,依托旗下大众品牌和斯柯达品牌,在中国车市最富消费潜力和实力的 A0、A、B 级车市均实现双管齐下。昊锐与新领驭、明锐与朗逸、晶锐与 POLO 通过不同的品牌风格和差异化的产品特性有效实现优势互补,增强上海大众在这三个主力细分市场的竞争力,结构合理的产品布局让上海大众独具全面的竞争优势。年内,上海大众第 500 万辆轿车下线。实现产量 71.7 万辆,完成销量 71.5 万辆,同比增长超过44%。其中斯柯达全年销量 12.3 万辆,同比增长 108%。上海大众重返年度销量冠军。

【零部件配套工业园区建设】　2009年,上海国际汽车城零部件配套工业园区汽车零部件制造业能级提升。全年引进项目15个,其中11个为新项目,4个为增资项目,累计注册资本2955.8万美元,合同外资1170.1万美元;项目到位资金6101.5万美元。在建工程10个,在办项目13个,竣工项目7个,全年新开工项目12个。新增企业技术中心3家,被评为"小巨人"企业的有8家,经认定的高新技术企业有4家。

【汽车会展博览业】 2009年,汽车会展业稳中有升。成功举办2009上海汽车文化节及第四届上海进口汽车博览会、2009中国(上海)国际跨国采购大会汽车零部件分会等11个大型展会和汽车专业会议,开展汽车整车及零部件展等10项大型活动,吸引观众20余万人次;组织大型舞蹈类综艺节目《与车共舞》等拍摄项目10个。汽车博览业扎实推进。上海汽车博物馆完成三层科普场馆建设的内容策划、展示设计与商务谈判等工作,汽车探索馆落成,全年共接待观众5万人次。

【重大项目建设】 2009年,汽车城重大项目建设有序推进,开工建设的主要项目有:投资2.76亿元的曹安公路下立交项目,投资11.9亿元的嘉亭荟商业广场项目。高尔夫球场别墅及奇瑞汽车上海电动车生产基地、上海汽车电驱动有限公司(筹)、铃木(中国)投资有限公司等7家企业入驻安亭,基础设施建设破土动工。上海国际赛车场配套区年内完成2.8平方公里土地储备和土地开发成本测算工作;对闲置土地实施临时绿化建设,开发的体育休闲设施已对外营业。马术体育有限公司马术俱乐部于2月开工建设,计划于2010年试营业。 (赵敏华)

F1中国大奖赛及有关赛事

【概况】 2009年,汽车赛事活动丰富多彩。上海国际赛车场成功举办2009年F1中国大奖赛以及全国房车锦标赛、腾飞赛车节和C1超级赛车劲爆秀共6场租场赛事;举办2009上海汽车文化节汽车文化之旅——"乐在此乐翻天"音乐派对和上海汽车嘉年华汽车大巡游等多种形式的旅游推广活动,并首次吸引北京和澳门两地旅游部门在水景广场开展城市旅游推介活动;扩建的汽车休闲林和三角绿地分别举办斯柯达汽车展示和新民传媒80周年报庆活动;宝马、法拉利、保时捷和凯迪拉克等世界知名汽车品牌继续利用F1赛道开展商务活动。法拉利中国车主会汽车运动中心正式签约落户上赛场。装修一新的赛道体验中心从5月1日起投入试营业,凸显赛车场汽车类体验项目的文化特色。

【2009年F1中国大奖赛举行】 4月

曹安公路下立交建设现场
(上海国际汽车城建设领导小组办公室供稿)

17~19日,2009年F1世界锦标赛中国大奖赛在上海国际赛车场举行,吸引12万人次车迷观摩精彩纷呈的顶级赛车盛会。迈凯伦车队、法拉利车队、宝马—索伯车队、雷诺车队、丰田车队、红牛二队、红牛车队、威廉姆斯车队、印度力量车队、布朗GP车队等10支车队角逐上赛场。红牛车队的维特尔和韦伯分获冠、亚军,巴顿获得季军,国家体育总局副局长于再清、上海市副市长赵雯为在F1中国大奖赛上夺得冠亚军的红牛车队车手颁奖。决赛之前,上海世博会事务协调局在赛道上进行中国2010年上海世博会宣传推广活动。

【上海国际卡丁车世界会员赛揭幕】 3月15日,2009年上海国际卡丁车世界会员赛在上海国际赛车场拉开帷幕。举办卡丁车会员赛的目的是以赛代练,让车手从实战中提高水平。青少年车手在上海国际卡丁车世界会员赛中扮演主导地位,在17名参赛车手中前10名均为青少年。2009年上海国际卡丁车世界会员赛首场比赛获Junior组前三名的是张志鹏、凌康、Lukas;获enior组前三名的是中村浩、Dietmar、Patrice。

【2009中国房车锦标赛开赛】 2009中国房车锦标赛共分6站比赛,分别在北京、上海、广州等地的国际标准赛车场举行。5月24日,第一分站在上海国际赛车场开赛。以全新名称、全新赛事规则、全新参赛阵容和全新赛事理念的中国房车锦标赛,加上"上海人气王"、"赛道解禁日"等车友互动的活动,使比赛专业且充满娱乐化,再现上赛场人气场景。东风悦达起亚778车队夺得1600cc组冠军,韩泰轮胎陆方车队夺得2000cc组冠军。比赛结束后,"赛道解禁日"活动立即举行,70余台车友会幸运车辆车主自驾车领略F1赛道。7月25~26日,第三分站比赛在上海国际赛车场举行。11月8日,第五分站比赛在上海国际赛车场举行。东风悦达起亚778车队的车手王少峰获1600cc组冠军,上海大众333车手韩寒夺得第四。长安福特车队曹宏炜获得2000cc组冠军。第五分站重回上海国际赛车场,吸引近万名车迷观赛。

2009"腾飞赛车节"
（上海国际汽车城建设领导小组办公室供稿）

【2009"腾飞赛车节"举办】 3月28～29日，2009"腾飞赛车节"首场活动在上海国际赛车场举行。活动内容分为威速方程式赛、GT3亚洲超级跑车挑战赛和赛道开放体验等部分。威速方程式赛是培养新进车手的重要赛事，有13名车手参加角逐。GT3亚洲超级跑车挑战赛因车种多元化和大众化，赛事观赏性强，在亚洲地区广受欢迎。此次吸引20名车手参赛，赛车品牌有兰博基尼、法拉利、保时捷和阿斯顿·马丁。在专业赛事之外还举行赛道开放活动。除了一如既往出现在开放时段的宝马、奔驰、斯巴鲁等高端民用车外，活动还吸引部分摩托车好手参加。5月2～3日，2009"腾飞赛车节"第二站活动在上海国际赛车场举行。

【超级赛车挑战劲爆秀明星慈善赛】 8月22～23日，亚洲AFR锦标赛、克里欧中国系列赛、福特康巴斯方程式锦标赛、易玩通·游易亚洲GT大师赛、锐迪可耐力赛等五大赛事在上海国际赛车场开赛，为广大车迷带来一场精彩绝伦的视觉盛宴。超级赛车挑战劲爆秀2009C1明星慈善赛等赛事带给车迷们刺激的享受，演艺明星郭富城亮相上赛场，并夺得克里欧中国系列赛亚军。大赛的收入以及赞助商资金共计100万元全数入账"郭富城国际慈善基金"（AKICF），再将善款统一转交给联合国儿童基金会（UNICEF）。

【凯迪拉克挑战"速度与激情"】 5月9日，凯迪拉克品牌以极致、动力、科技打造的"凯迪拉克VDay赛道征服日"在上赛场上演。汽车追逐腾跃、"警匪"疾速狂飙、高速对开避险、菱形编阵漂移、无人驾驶原地回旋等惊险特技表演，让在场两万多名中国车迷大饱眼福。有CTS-V教父之称的约翰·海恩斯（John Heinricy）驾驶着一辆黑色CTS-V，以2分32秒80的单圈成绩，宣告创立中国上海国际赛车场首个量产V8四门轿车的标杆成绩接受公众挑战。

【同济节能车队参加壳牌生态马拉松赛欧洲赛】 5月7～9日，壳牌生态马拉松赛欧洲赛在德国欧洲竞速赛道（Euro speedway Lausitz）举行，同济大学汽车学院志远节能车队赴德参加比赛，凭借比赛期间的突出表现，获得坚持不懈地面对逆境（Perseverance in the face of Adversity）奖项。

【同济"一升车"日本创佳绩】 10月中旬，同济大学汽车学院EP节能项目志远车队派出两辆赛车，代表中国参加在日本举行的第二十九届"本田宗一郎杯"节能竞技大赛，以1 207千米/升的成绩获得新挑战组亚军，创下该项目中国参赛队的历史最好成绩。时为中国参赛队首次登上日本赛的领奖台。　　　　　　　　　　（赵敏华）

汽车制造及相关产业

【上海大众第500万辆轿车下线】 10月15日，在庆祝上海大众汽车有限公司成立25周年之际，上海大众第500万辆轿车Superb昊锐在密集的闪光灯下驶下上海大众汽车三厂的总装生产线。作为中国生产规模最大、现代化水平最高的轿车生产企业，上海大众25年来以累计500万辆的销售成绩，见证中国改革开放的光辉历程和辉煌成就，为国庆60周年献上一份厚礼。上海大众产品已由桑塔纳发展为包括桑塔纳、桑塔纳Vista志俊、帕萨特、POLO、途安、LAVIDA朗逸和Octavia明锐、Fabia晶锐、Superb昊锐等九大系列。

【Octavia明锐获用户满意度调查高端A级车组第一】 10月21日，在中国质量协会用户委员会发布的《2009年汽车用户满意度指数评测报告》中，Octavia明锐在15万元～20万元中型车组别中以81分的总成绩拔得头筹，成为高端A级车中最让消费者满意的车型。Octavia明锐作为上海大众斯柯达品牌的首款战略车型，凭借出色的产品品质和服务，在市场开拓和口碑建设上赢得越来越多的认可与青睐。

【上海大众系列新车上市】 4月25日，上海大众新中高级旗舰车型PASSAT新领驭继上海车展隆重亮相后正式上市，全面拉开进军B级车市的序幕。5月4日，上海大众专为时尚运动的城市新锐人群度身打造的一款运动车型——POLOSporty正式上市。POLOSporty共提供两款车型8款车身颜色，为消费者带来丰富的选择。6月22日，为满足更多A0级消费者的不同需求，上海大众斯柯达品牌新推出3款搭载顶级Tiptronic6档手自一体变速器的Fabia晶锐车型，成为Fabia晶锐直击高端A0"三剑客"的重要契机。全系车型增加至8款。8月18日，上海大众斯柯达全新B级车Superb昊锐上市。Superb昊锐是一款人性科技、典雅舒适、满足全方位需求的全能B级座驾，凭借成熟优雅的造型设计、宽大舒适的空间享受、全面顶尖的科技装备,引领国内 B 级车市消费新潮流。

【上海大众独揽 23 项大奖】 11 月 30 日,备受关注的第七届广州国际车展落下帷幕,由专业媒体、业内专家与公众共同参与评比的各项国内汽车大奖揭晓。上海大众以 Tiguan 途观为先锋,VW 品牌和 Skoda 品牌全系列车型强势出击成为该次车展最大的赢家,凭借其超强的产品综合实力、卓越的用户口碑一举获得"年度企业成就奖"、"年度风云汽车品牌"和"2009 年度汽车安全成就企业"三项桂冠等 23 项大奖。同时,上海大众汽车有限公司总经理刘坚被评为"年度风云人物"。

【国内首条轨道交通试验线建成】 9 月 19 日,国内首条轨道交通试验线在同济大学嘉定校区正式开通,为上海研制载客较多的地铁 A 型车提供实验场地。这标志着中国在轨道交通装备核心技术研发领域迈出关键一步。上海轨道交通综合试验系统包括一条总长 2.1 公里的试验线、一列系统试验车、一个综合实验室。该试验线与轨道交通十一号线相衔接,成为上海轨道交通网络中的一部分,承担与实际运营相关的课题研究。同济大学与中国南车株洲电力机车有限公司共建的"轨道车辆技术研发中心"于当日揭牌成立。

【国内首个地面交通工具风洞落成】 9 月 19 日,国内第一个"汽车风洞"——上海地面交通工具风洞中心在同济大学嘉定校区落成。全国政协副主席、科技部部长万钢,上海市副市长沈晓明,教育部部长助理林蕙青,上海市原政协主席蒋以任,全国人大常委、教育部原副部长吴启迪,铁道部运输局局长、副总工程师张曙光,中国商用飞机有限公司副总经理、大型客机总设计师吴光辉,同济大学党委书记周家伦、校长裴钢等领导以及全国相关行业、企业、高校负责人代表等 300 多人出席落成仪式。风洞中心总建筑面积 21 095 平方米,总投资 4.9 亿元。风洞项目包括国内首座汽车气动声学整车风洞、国内首座热环境整车风洞及一个集汽车造型、加工、设备维护、科研和管理于一体的多功能中心。作为公共性汽车和轨道车辆技术平台,

它将为中国汽车和轨道车辆工业的自主研发提供重要的基础性服务。除支持汽车企业外,上海地面交通工具风洞中心将为中国高速列车自主研发和大飞机项目提供不可缺少的关键技术支撑平台。它与上海国际汽车城先期建设完成的同济大学新能源汽车工程中心、国家机动车质量检测中心、汽车试验场共同组成国际一流、配套齐全的地面交通工具测试研究基地。

【上海新能源汽车基地揭牌】 7 月 18 日,规划面积 4 平方公里,一期投资达 30 亿元的上海新能源汽车及关键零部件产业基地在上海国际汽车城产业园揭牌。上汽集团与嘉定区人民政府签订新能源汽车发展战略合作协议。根据协议,双方将进一步加大投入,力求新能源汽车及关键零部件产业的集聚,带动上海汽车产业升级。此外,上海电驱动、瑞华集团、精进电机等企业分别和产业基地签订入驻意向协议。

【上海新能源汽车检测工程技术研究中心建成】 2 月 28 日,"上海新能源汽车检测工程技术研究中心"项目顺利通过上海市科委的验收。该项目由上海机动车检测中心牵头、同济大学和上海交通大学共同参与,经过 2 年的艰苦努力,项目组圆满完成科研任务书规定的所有任务,研究成果获得上海市科委和评审专家的一致好评。该项目的验收通过,标志着上海新能源汽车试验和检测技术平台正式建立。

【"高压氢气加气站子站的研发"课题通过验收】 12 月 11 日,科技部高技术中心专家组对同济大学汽车学院教授马建新承担的国家"十一五"期间"863"项目——"高压氢气加气站子站的研发"课题进行验收,专家们对课题组取得的研究成果给予高度评价。课题组开发的高压氢气加气站子站、45MPa 大容积钢质无缝高压储氢气瓶和嵌入式车载高压加氢机,均填补国内空白并达到国际先进水平。该技术已被中国 2010 年上海世博会配套加氢站采用,并将为其提供 15 支 45MPa 高压储氢瓶、3 台 35MPa 高压加氢机和 2 座加氢站子站。

【检测中心获多项资质授权许可】 5

月 22 日,国家机动车产品质量监督检验中心(上海)成功地按照美国国家高速公路交通安全管理局(NHTSA)新版 FMVSS214 标准进行实车侧面可变形移动壁障碰撞试验。此项被动安全检测领域的新技术能力,既能为中心后续业务的发展奠定试验软硬件基础,又可为中国汽车及安全部件生产制造企业迈向北美市场提供技术服务保障。10 月 1 日,根据国家工业和信息化部 2009 年第 437 号文,授权检测中心承担《车辆生产企业及产品公告》规定的车辆产品的检测工作。即日起,中心已具备开展汽车和摩托车整车性能检测、整车排放及发动机排放性能检测、零部件产品性能检测、灯具性能检测、产品电磁兼容性能检测、材料理化性能试验、零件几何量精密测量、汽车专用仪器设备和常规计量器具的校准检定等检测能力。10 月下旬,国家机动车产品质量监督检验中心(上海)获得国家工业与信息化部汽车产品检验授权,标志着中心全面跨入汽车检测机构"国家队"的行列,并已按照要求全面开展汽车新产品的检验工作。

【上海汽车博物馆科普探索馆落成开放】 9 月中旬,作为上海市 40 个科普展区之一的上海汽车博物馆科普展区完成装修,增设与汽车主题相关的全新大型"乐高"游艺设备,正式向公众开放。让青少年在参观中动手动脑,寓教于乐,普及汽车知识,传播汽车文化,促进少年儿童的创造性思维,提高沟通与合作能力。12 月 18 日,上海汽车博物馆再添新馆,以汽车科普为主题的汽车探索馆落成并对公众开放。汽车探索馆的落成,丰富上海汽车博物馆的展示形式和内容,使博物馆在汽车科普教育方面形成以汽车历史、汽车人文、汽车科技为中心的完整的科普主线,为广大青少年和汽车爱好者提供一个独一无二的了解汽车历史、探索汽车科技、解读汽车人文的场所。

(赵敏华)

领导视察与调研

【国家肝癌科学中心项目论证组考察安亭新院】 2 月 3 日,国家肝癌科学中心项目论证组考察东方肝胆医院

（嘉定）规划建设，中共嘉定区委书记金建忠等陪同。由国家发改委牵头的论证组对安亭新院址的规划表示满意。论证组的专家认为，东方肝胆医院已发展成为国际一流、亚洲最大的肝胆疾病诊疗及研究中心，安亭新院建成后要成为国内肝胆外科特色鲜明、学科优势一流、服务设施先进的现代化高水平医院，项目建设务必要坚持高水平、高标准。

【俞正声到同济大学嘉定校区调研】 3月30日，中共中央政治局委员、上海市委书记俞正声到同济大学嘉定校区调研，参观汽车风洞中心和新能源汽车工程中心，实地考察了解新能源汽车的最新研发进展。俞正声表示，上海市一直重视和支持新能源汽车的研发，市政府已将其列为上海市高新技术产业化重大项目。他强调指出，有关研发部门要加强与汽车企业的联系，激发整车企业的积极性，共同推进新能源汽车产业化进程。

【赵雯视察汽车城】 4月15日，上海市副市长赵雯及市体育局、市旅游局的相关领导在久事公司领导的陪同下视察上海国际赛车场，实地察看水景广场、澳门旅游展示区和宝马汽车公园、汽车休闲公园等景点设施，听取2009年F1世界锦标赛中国大奖赛事筹备情况。强调要依托F1中国大奖赛、上海网球大师赛等重大体育活动，做强节庆赛事旅游，进一步提升上海旅游的品牌效应，继续大力推进体育文化产业与旅游业之间的融合发展，形成卓有特色的大旅游经济。4月28日，赵雯一行来到汽车城，视察上海汽车博物馆。对上海汽车博物馆的硬件设施及珍贵馆藏在全国乃至世界具有一流水准给予肯定，希望继续挖掘自身旅游服务潜力，在世博会期间，向世界展示其特有的魅力。

【孙大发考察东方肝胆医院（嘉定）】 6月15日，中国人民解放军总后勤部政委孙大发上将一行来到安亭镇，考察东方肝胆医院（嘉定）兴建情况。中共嘉定区委书记金建忠陪同考察。东方肝胆医院项目包括安亭新院和国家肝癌科学中心，总用地面积23万平方米，总建筑面积18万平方米，建设周期3年，建设投资估算16亿元。其中，安亭新院设住院床位1000张，建有门急诊楼、医技楼、康复治疗中心、健康体检中心和教学培训中心等。国家肝癌科学中心包括科研楼、学术交流中心和行政后勤楼。

【蒋以任调研国家汽车及零部件出口基地】 8月10日，全国政协常委、上海市经济团体联合会会长蒋以任率上海市汽车工业联合会、汽车配件流通协会等行业协会负责人，到位于上海国际汽车城的国家汽车及零部件出口基地（上海）调研。蒋以任一行参观正在出口基地举行的整车及零部件展，并在详细听取出口基地发展构想后对建立零部件保税仓库、拓展出口流通渠道等提出建设性意见。

【沈红光视察汽车城】 8月25日，中共上海市委常委、组织部部长沈红光视察汽车城检测中心汽车碰撞试验室，观看试车侧面碰撞试验，听取检测中心检测技术能力和开展项目规划建设工作情况的汇报，对检测中心所具备的检测技术能力和发展前景表示肯定，要求检测中心立足于推动国内的机动车技术的发展，坚持技术和管理上的创新，在继续承担并做好各项机动车检测工作的同时，努力打造国际一流、国内领先，具有第三方公正地位的机动车专业质检机构。

【唐登杰视察国家汽车及零部件出口基地】 9月25日，国家汽车及零部件出口基地（上海）联席会议召集人、上海市副市长唐登杰视察出口基地，了解出口基地建设推进情况，肯定出口基地取得的显著成绩，并对出口基地的发展提出新的要求。中共嘉定区委书记金建忠、上汽集团副总裁叶永明等陪同视察。

【杜占元到同济大学嘉定校区调研】 10月24日，科技部副部长杜占元一行到同济大学嘉定校区汽车学院及上海地面交通工具风洞中心调研。实地视察并试驾由同济大学为主研发完成的最新一代燃料电池轿车，重点调研就如何在"十二五"规划中更好地部署和推动新能源汽车的发展问题，希望同济大学在业已取得成功的基础上，继续发挥优势，为我国新能源汽车的加速发展作出更大努力和贡献。

（赵敏华）

主要外事活动接待

【丰田汽车（中国）公司代表团访问检测中心】 4月2日，丰田汽车技术中心（中国）有限公司代表团一行7人访问上海机动车检测中心，就新能源汽车的电磁兼容测试方法与汽车电子检测研究所和新能源汽车检测研究所的相关技术人员进行技术交流。

【德国DEKRA集团及捷克交通部官员访问检测中心】 4月17日，捷克交通部官员以及德国DEKRA集团捷克公司和上海公司有关人员访问上海机动车检测中心。双方分别介绍各自主要技术服务能力和项目，捷克交通部官员就与上海机动车中心开展E/e-mark认证的技术能力和实验室资质进行沟通。双方表示将推进合作，为机动车产品制造企业提供更便捷、优质的出口认证服务。

【法国汽车制造产业代表团访问汽车城】 4月21日，法国汽车制造产业代表团一行20人参观访问汽车城，实地考察上海机动车检测中心。中国机动车行业迅猛发展现状使参访人员留下深刻印象，通过访问及时了解中国机动车产业及相关检测技术的发展趋势，为中法两国加强相关技术交流奠定基础。

【底特律考察团访问汽车城】 12月3日，美国密歇根州底特律市马科姆地区政府、院校、企业代表一行8人组成的考察团访问汽车城。马科姆地区是世界上最先进的工业制造中心和科技人才最为集聚的现代化工业发展地区之一，拥有众多汽车零部件公司，是美国汽车零部件制造业基地。考察团听取汽车城6大功能区的定位介绍，实地考察安亭新镇、上海汽车博物馆、德尔福派克电气系统有限公司、上海国家汽车及零部件出口基地、上汽技术中心和同济大学汽车学院、风洞中心和新能源汽车工程中心等，并就汽车行业的未来发展方向与相关部门领导进行深入探讨。希望通过与汽车城在经济与技术上的交流和学习,发展建立长久和互利双赢的合作关系。

(赵敏华)

重大会议及活动

【市政府召开汽车城专题会议】 2月19日,副市长艾宝俊主持召开专题会议,听取科尔尼咨询公司所做的关于上海国际汽车城战略发展规划情况汇报。3月27日,市政府副秘书长肖贵玉召集市发改委、市经济和信息化委员会、嘉定区政府、汽车城建设领导小组办公室商讨汽车城建设管理体制调整方案。5月8日,肖贵玉再次召集市发改委、市经济和信息化委员会、嘉定区政府研究汽车城建设管理体制调整事宜。5月19日,副市长艾宝俊主持召开专题会议,听取市发改委、市经济和信息化委员会、嘉定区政府、上汽集团等有关部门关于调整汽车城建设管理体制的意见,商定"以区为主"的调整方案并上报市长韩正审定。7月2日,副市长艾宝俊再次主持召开市政府专题会议,在听取各相关部门意见的基础上,确定上海国际汽车城管理体制调整的具体方案。8月18日,市政府办公厅下发"关于调整上海国际汽车城建设领导小组及其办公室的通知",汽车城建设领导小组由副市长艾宝俊担任组长,副秘书长肖贵玉、嘉定区区长孙继伟、中国汽车工业协会秘书长董扬担任副组长,市发展改革委等27个单位为成员单位。嘉定区区长孙继伟兼任办公室主任。

【全球汽车精英组织成立大会暨论坛举行】 4月20日,全球汽车精英组织成立大会暨论坛在上海举行。全球汽车精英组织将其秘书处选在素有"汽车城"之称的嘉定区。全国政协副主席、科技部部长万钢,原国家机械工业局局长、中国汽车人才研究会理事长邵奇惠,国家工业和信息化部副部长苗圩,上海市副市长艾宝俊,中共嘉定区委书记金建忠,区委副书记、区长孙继伟等领导和海内外汽车产学研领军人物出席大会暨论坛。

【电动汽车及混合动力电动汽车电磁兼容试验专项研讨会召开】 7月2~

3日,为确保新版汽车产品强制性认证实施规则(CNCA-02C-023:2008)的广泛宣传贯彻和有效实施,受国家认证认可监督管理委员会委托,上海机动车检测中心组织召开"电动汽车及混合动力电动汽车电磁兼容试验专项研讨会"。认监委认证监管部、中国质量认证中心等领导出席会议并作重要讲话。襄樊汽车检测中心、长春汽车检测中心、重庆车辆检测研究院、国家机动车质量监督检验中心(重庆)、中国汽车技术研究中心等机构的技术专家参加会议,日本丰田公司技术工程师参会交流。

【举办汽车电子产业论坛】 7月17日,2009中国上海汽车电子产业发展高层论坛在上海汽车会展中心召开。国家工业和信息化部电子信息司、上海市经济和信息化委员会等部门领导出席论坛并致词。论坛聚焦新能源汽车和汽车电子两个汽车未来发展的新方向,通过探讨产业政策、市场趋势、技术创新模式、产业链整合等课题,为汽车产业的发展提供智力支持,引领中国汽车在产业创新能力和产业整体水平方面迈上新的台阶。来自国内知名整车企业、重点汽车电子公司及高校、研究院所的专家先后发表主题演讲。

【新能源汽车公共服务检测平台建设研讨会召开】 7月24日,上海市经济和信息化委员会在上海机动车检测中心召开新能源汽车公共服务检测平台建设研讨会。与会专家就新能源汽车检测发展方向、能力建设、多方合作运行等诸多领域展开交流和讨论。市经济和信息化委员会和市新能源汽车推进领导办公室要求由上海机动车检测中心负责牵头,联合上海同济和上海交大,共同打造新能源汽车公共检测服务平台,为新能源汽车的研发检测认证提供技术支持,完成新能源汽车《车辆生产企业及产品公告》准入标准的研究和制定,最终实现上海新能源汽车产业化的发展目标。

【汽车底盘集成化技术研讨会在汽车城召开】 8月28日,2009汽车底盘电子化、集成化应用技术研讨会暨底盘及部件专场采购配对会在上海汽车会展中心举行。20余家整车厂、100余家一、二级供应商重点围绕当前汽车底盘集成化、电子化等热点问题展开讨论。会议邀请康迪泰克、翰德、蒂森克虏伯汇众、美国轮轴制造公司(AAM)等25家采购商以及200余家国内汽车零部件优质供应商参与洽谈。由盖世汽车网独创的"汽车零部件专项技术研讨会及其专场部件采购配对会"旨在提升汽车零部件企业对全球先进技术的认知水平,促进国内零部件对外出口和交易,最终达到提高供应商的整体质量、优化产品结构的目的。同时为国内零部件企业进入国内外配套市场另辟蹊径,为中国供应商打开配套之门,深得业界推崇。

汽车电子电器零部件专场采购配对会

(上海国际汽车城建设领导小组办公室供稿)

【第四届上海进口汽车博览会开幕】
9月10日,为期5天的第四届上海进口汽车博览会在上海汽车会展中心开幕。展会在原有基础上规模进一步扩大,进口车展出品种大幅度增加,并针对进口车细分市场,更全面地网罗从进口顶级跑车到进口小众车型等国际著名品牌。凯迪拉克、捷豹、路虎等35个品牌悉数到场。展览会展出面积3万平方米,同期举行专题论坛、新车发布会、新车试驾、模特摄影大赛等系列活动,观展人数超过5万人次。

【国际跨国采购大会汽车零部件分会在汽车城举行】 9月25~26日,中国(上海)国际跨国采购大会——汽车零部件分会在上海汽车会展中心举行。上海市副市长唐登杰出席。阿里巴巴、盖世汽车网、意昂汽车电子等企业签约入驻出口基地。汽车零部件分会共有15个国家和地区的41家汽车采购商设展,其中整车企业9家,零部件采购商32家,参会供应商500家,采购产品涉及10大类800多种,参展采购商总数同比增长17.1%,采购金额近20亿美元。

【举办中德城市道路交通安全研讨会】
10月26~30日,旨在深入交流中德双方在道路交通安全领域的研究成果,为进一步拓展双方在道路交通安全研究领域更深层次的合作奠定基础的中德城市道路交通安全研讨会在同济大学嘉定校区举行。中德科学基金研究交流中心、教育部道路交通安全与环境工程研究中心、达姆斯塔特工业大学交通研究所、慕尼黑工业大学交通研究所等德国、美国及国内各大科研院所40余名知名专家分别作专题发言,就"城市道路交通安全"主题进行研讨交流。国内学者150余人出席。

【举办"文化·城市的灵魂——来自德国的启迪"主题论坛】 10月28日,安亭·上海国际汽车城企业家联谊会举办"文化·城市的灵魂——来自德国的启迪"主题论坛,德国慕尼黑市市长乌德、德国驻沪副总领事卜布、著名旅德摄影艺术家王小慧、德国汽车工业联合会质量管理中心中国区总经理石孟德与汽车城建设领导小组副组长、嘉定区区长孙继伟等中外政府官员和企业家坦诚交流,为汽车城的发展建言献策,推动中德文化间的双向交流。

"文化·城市的灵魂——来自德国的启迪"主题论坛
(上海国际汽车城建设领导小组办公室供稿)

【汽车电子电器采购配对会举行】 10月30日,盖世汽车网2009汽车电子智能化、集成化应用技术研讨会暨汽车电子电器采购配对会在上海汽车会展中心举行。通用、菲亚特、福特、吉利等25家整车厂电子技术研发部门相关人士参会,上汽技术中心、泛亚、德尔福等一级供应商参会并进行主题演讲。技术研讨会针对当前汽车电子技术向智能化、集成化、小型化方向发展的热点话题,展开讨论与交流,重点探讨如何提升和扩大汽车电子设计开发和技术应用水平,加强汽车节能低耗建设及保障安全系数等综合指标的完美结合等课题。同期召开的汽车电子电器采购配对会汇集50多家国际知名主机厂及一、二级供应商,采购种类70余种,采购总额逾千万美元。200余家国内外汽车零部件企业参与洽谈交流。

【中意论坛在上海汽车博物馆召开】
12月10日,旨在巩固意大利与上海之间的友谊,加强意大利与中国,特别是与上海在政治、经济、科学及文化方面的联系的"展望2010世博会:意大利机动车及轨道交通产业的可持续性及卓越性"中意论坛在上海汽车博物馆召开,意大利驻华大使谢飒、嘉定区区长孙继伟出席论坛并发表演讲。

【汽车及零部件出口基地主办的整车及零部件展开幕】 7月1日,汽车及零部件出口基地主办的整车及零部件展正式开幕,共有24家整车及零部件企业参加展出。展会为期3个月。上海大众、上海通用、上海汽车、上海汇众等整车企业和延锋伟世通、小糸车灯、联合汽车电子、卡斯马、科世达-华阳、福耀玻璃、科尔本斯密特活塞等沪上知名汽车零部件厂商参展,提供展品238件。

【第四届"台商庙会"在会展中心举行】
9月29日至10月5日,第四届"台商庙会"在上海汽车会展中心设立8大展区,共有850家台商参展,集中展出千余家台资企业的新产品、新技术、新工艺,包括台湾特产、美食、民用品、传统文化用品等。此外,庙会每天安排2至3场投资资源交流会,3场槟榔西施热舞。台湾名品专场特卖会、快乐庙会等活动同期举行。

【上海国际汽车城主题参展2009工博会】 11月3日,2009中国国际工业博览会开幕,上海国际汽车城以上海市新能源汽车及关键零部件产业基地为主题参展,主要展品包括电池、电控、电机等新能源汽车关键零部件、纯电动汽车整车及其它相关汽车零部件。展台充分展示汽车城的建设成果,以极具优势的公共服务平台,吸引众多业内人士参观交流。同济大学世博燃料电池轿车、观光车、移动加氢站,无人驾驶电动车等 10 多个学科自主研发的 20 余项科技新成果亮相工博会,其中 10 个服务世博的科技专项在工博会特别开设的"世博科技展馆"展示创新成果。汽车城获工博会 7 个奖项,获奖总数位居 57 所参展高校前列。

【上海首届汽车嘉年华活动拉开序幕】

10 月 24 日,上海首届汽车嘉年华活动在上海国际汽车城汽车博览公园广场拉开序幕。200 辆装饰一新的吉普车整齐排列,江浙沪三地的车友集聚一地,分 3 路巡游汽车城,宣传精彩世博和汽车文化。为期两天的上海首届汽车嘉年华活动吸引江浙沪等地 500 名车迷参加。通过车迷大巡游、汽车摄影作品展、"我们大家的世博"车迷大联欢和丛林穿越体验等系列活动,给 2009 上海汽车文化节上圆满的句号。

【2009 上海汽车文化节"与车共舞"开机】 8 月 19 日,全球首创大型舞蹈综艺节目——"与车共舞"在上海汽车会展中心开机。2009 上海汽车文化节"与车共舞"项目开机仪式绽放绚丽的礼花,宣告由上海国际汽车城、旅游卫视和国内外著名汽车厂商合作推出的大型舞蹈类综艺节目"与车共舞"开机拍摄。该项目吸引东风日产、上海通用、上海汽车、上海大众、保时捷(中国)等国内外著名汽车厂商的参与。制作团队由舞蹈家扬扬与国内娱乐节

上海首届汽车嘉年华活动发车
(上海国际汽车城建设领导小组办公室供稿)

目主持人何炅联袂主持,中国台湾艺人董成莹任舞蹈总监,中国台湾金钟奖得主梁坤杰任导播。经过 3 个月的精心选拔,"与车共舞"从全国范围内挑选 36 组来自各行各业的优秀舞者,分别与古董车、现代车及概念车一一配对,形成人与车的组合。经过艺术家的加工创作,融合人之灵动美与车之设计美的视觉盛宴呈现荧屏。"与车共舞"节目于 9 月 7 日至 10 月 18 日连续六周在旅游卫视黄金时间播出。

【自主研制的氢燃料电池轿车出征美国】 6 月中旬,由中国自主研制的 20 辆帕萨特领驭氢燃料电池轿车中的 16

同济大学新能源汽车研发青年班组
(上海国际汽车城建设领导小组办公室供稿)

辆车出征美国,在加利福尼亚州开展为期半年的道路测试与示范运行服务。加州州长阿诺德·施瓦辛格莅场试驾燃料电池轿车并发表讲话,对中国及上海为能源、环境做出的努力表示赞赏。

【第二届中国大学生汽车创意设计大赛落幕】 4 月 22 日,第二届中国大学生汽车创意设计大赛颁奖典礼在同济大学嘉定校区举行。大赛由中国创造学会、同济大学、中国汽车工程学会、中国汽车人才研究会、上海市汽车工程学会、上海工业设计协会、上海汽车工业教育基金会共同主办,戴姆勒东北亚投资有限公司为活动提供赞助。大赛从作品征集、评审到颁奖历时一年,以"启智·创意 革新·致用"为主题,分为"整车造型设计"和"车用新技术设计"两个方向。同济大学、清华大学等国内知名汽车类、设计类高校的获奖代表在颁奖典礼现场展示作品。

(赵敏华)

工 业

编辑 袁黛英

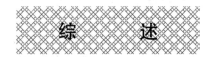

综 述

2009 年,全区工业经济呈现平稳回升态势。全年实现工业增加值444.2 亿元,比上年增长 6.37%,占全区增加值的 62.9%;实现工业总产值2 360.5 亿元,增长 9.26%。规模以上工业企业实现产值 1 796.4 亿元,增长2.18%,占全区工业总产值的 76.1%。其中年产值亿元以上工业企业 348 家,实现产值 1 265.5 亿元,占全区工业总产值的 53.61%。年内,特强产业增长迅速,机械设备制造业平稳发展,电子电器业和金属加工业呈下滑态势。汽车零部件行业在产销两旺的带动下快速发展,实现产值 572.8 亿元,增长30.69%,占全区工业总产值的24.27%。机械设备制造业在国家大规模投资及市政工程等带动下,保持平稳运行态势,全年实现产值 245.3 亿元。电子电器业和金属加工业受外需萎缩及价格波动等因素影响,实现产值 291.6 亿元和 174.2 亿元,分别比上年下降 22.3% 和 36.5%。年中,全区工业固定资产投资保持高速增长态势,完成 96.4 亿元,增长 82.58%,占全区固定资产投资总额的 32.8%。全年开工工业项目 107 个(其中已投产 6个),完成工业固定资产投资 36.2 亿元。汽车零部件行业受汽车市场火爆的推动,扩大产能,新增开工项目 61个,实现固定资产投资 37 亿元,占工业固定资产投资总额的 38.38%。

(郑元章)

规模以上工业

2009 年嘉定区分行业规模以上工业企业主要指标

单位:万元

名　　　称	家数（家）	工业总产值	工业销售产值	从业人员平均人数（人）	固定资产净值平均余额	流动资产平均余额	主营业务收入	主营业务税金及附加	本年应缴增值税	利润总额
农副食品加工业	26	134593	140895	3031	31093	45557	137525	98	9252	9341
食品制造业	36	329872	395269	4592	82328	107118	404184	67	8568	31458
饮料制造业	8	36349	35747	866	46664	44908	37852	319	3272	481
纺织业	53	258810	248260	10267	65237	140073	250258	253	5678	9952
纺织服装、鞋、帽制造业	74	224439	228396	15718	30940	117003	228574	433	5061	3405
皮革、毛皮、羽毛(绒)及其制品业	10	52732	51537	2195	4163	22272	50425	37	1912	4643
木材加工及木、竹、藤、棕、草制品业	31	171328	161321	4229	27741	89988	159483	1033	1254	3636
家具制造业	62	259514	258450	10153	41315	153175	260535	413	5197	4993
造纸及纸制品业	51	167241	163729	4891	44759	81596	165714	111	4138	5593
印刷业和记录媒介的复制	31	138992	137793	4009	47408	74094	135892	97	4279	9772
文教体育用品制造业	52	434369	422458	14304	97996	219234	409866	67	2646	13740

（续表）

名　　称	家数（家）	工业总产值	工业销售产值	从业人员平均人数（人）	固定资产净值平均余额	流动资产平均余额	主营业务收入	主营业务税金及附加	本年应缴增值税	利润总额
石油加工、炼焦及核燃料加工业	9	138344	137786	411	20213	35444	138554	1022	3577	7334
化学原料及化学制品制造业	161	1014144	996600	10970	178409	621156	996466	738	35310	97425
医药制造业	16	64641	63355	1659	24094	38417	63797	105	3925	13813
化学纤维制造业	5	6168	6034	223	638	5082	5575	2	128	274
橡胶制品业	27	163259	160562	5085	40494	102061	166959	150	5509	19203
塑料制品业	156	656414	645451	17721	177622	373871	641391	569	14196	42334
非金属矿物制品业	107	690458	690946	12068	176031	411542	708657	2635	16838	61872
黑色金属冶炼及压延加工业	20	301997	303567	2033	28743	182213	311141	68	-1751	-4878
有色金属冶炼及压延加工业	49	457783	446336	3701	104722	233803	431620	173	7951	35050
金属制品业	239	1239183	1240412	30111	300012	687197	1219900	1724	21951	49370
通用设备制造业	353	1807764	1777754	39967	433894	1246369	1767292	2543	63301	100293
专用设备制造业	180	1259549	1261184	25274	356918	901287	1300548	1394	27514	103446
交通运输设备制造业	151	3832673	3784838	36680	676213	1867299	4035695	2134	132756	373278
电气机械及器材制造业	224	2535482	2493036	38995	465959	1279871	2585988	1645	40085	150007
通信设备、计算机及其它电子设备制造业	95	1125593	1117455	32215	395786	683314	1088388	209	5206	24803
仪器仪表及文化、办公用机械制造业	37	167118	168233	6300	43676	86453	161073	153	4056	3203
工艺品及其它制造业	24	66963	68283	1530	8733	32317	67755	59	1500	3203
废弃资源和废旧材料回收加工业	4	10142	9719	180	2364	10103	11241	7	138	1047
电力、热力的生产和供应业	1	23041	23041	352	71	8224	24943	297	1493	856
燃气生产和供应业	2	6882	6829	195	9617	5513	6997	19	307	66
水的生产和供应业	7	30932	30761	704	88219	60317	31173	458	1343	-211
总　　计	2301	17806769	17676035	340629	4052069	9966868	18005459	19033	436590	1178801

2009 年嘉定区各镇、街道及菊园新区、嘉定工业区规模以上工业企业主要指标

单位:万元

名　　称	家数（家）	工业总产值	工业销售产值	从业人员平均人数（人）	固定资产净值平均余额	流动资产平均余额	主营业务收入	主营业务税金及附加	本年应缴增值税	利润总额
新成路街道	6	6824	6287	249	1292	7624	6189	2	230	460
真新街道	3	5701	5701	180	610	4400	5056	10	232	821
菊园新区	48	291099	287740	6693	83209	150392	299217	400	9498	31496
嘉定镇街道	20	175572	175186	3011	103815	121778	177552	215	7010	8412
南翔镇	214	1377388	1346913	29468	305788	849221	1378746	2438	36559	89961

（续表）

名　　　称	家数（家）	工业总产值	工业销售产值	从业人员平均人数（人）	固定资产净值平均余额	流动资产平均余额	主营业务收入	主营业务税金及附加	本年应缴增值税	利润总额
安亭镇	420	4463392	4413874	71358	940051	2448076	4447079	4991	122882	341899
马陆镇	484	3310513	3316453	81475	719821	1964334	3349588	2937	64851	211564
徐行镇	195	1045232	1033106	26896	278979	704896	1068566	885	15437	37265
华亭镇	96	457076	444893	10824	63388	230839	450266	1971	13352	28584
外冈镇	232	887198	863538	21932	195991	510155	857568	1107	16361	48848
江桥镇	335	1755912	1758686	39468	312570	912756	1719234	2756	43643	71203
嘉定工业区	248	4030863	4023659	49075	1046557	2062397	4246401	1321	106536	308288
总　　计	2301	17806769	17676035	340629	4052069	9966868	18005459	19033	436590	1178801

2009 年嘉定区分经济类型规模以上工业企业主要指标

单位：万元

名　　　称	家数（家）	工业总产值	工业销售产值	从业人员平均人数（人）	固定资产净值平均余额	流动资产平均余额	主营业务收入	主营业务税金及附加	本年应缴增值税	利润总额
一、国有经济	21	365047	342181	6578	112954	311833	517319	839	7408	22073
二、集体经济	103	759510	751759	11561	73620	256962	801681	1398	14322	21658
三、股份制经济	1030	4628415	4538674	110192	884403	2663839	4508983	11284	141464	288331
#国有独资公司	4	35281	34400	687	84723	48755	36517	141	1489	1797
其它有限责任公司	151	1309978	1292880	27193	197329	860801	1293393	4024	47361	110489
股份有限公司	16	187403	183850	3771	37069	86788	174358	396	6445	23513
私营有限责任公司	778	2797422	2732331	70704	513765	1503347	2708479	6274	80000	144012
私营股份有限公司	81	298332	295213	7837	51516	164147	296237	448	6169	8521
四、股份合作企业	13	54236	53846	1165	10092	28900	53994	67	2197	2314
#股份合作	13	54236	53846	1165	10092	28900	53994	67	2197	2314
五、外商及港澳台商投资	929	11316914	11322668	193078	2843207	6351282	11453554	4171	254839	803723
#中外合资经营	137	3916456	3938487	41116	891717	1823773	4069867	588	119771	386987
中外合作经营	82	859814	868578	18193	180348	496892	840254	291	14750	36225
外资独资	398	4313973	4279364	83825	1207650	2382410	4311748	2217	72278	249290
外商投资股份有限公司	9	162432	162954	2630	62552	116501	164376	4	−622	22236
与中国港澳台商合资经营	50	589870	596948	10545	129041	436258	596949	262	22341	33091
与中国港澳台商合作经营	55	268724	261799	7589	98096	189770	260522	31	8811	16274
中国港澳台商独资	188	1110675	1121035	27681	261636	825013	1115629	262	16378	51642
中国港澳台商投资股份有限公司	10	94969	93504	1499	12167	80665	94209	516	1133	7979
六、其它经济	205	682647	666909	18055	127795	354052	669928	1274	16360	40702
#国有联营	3	9618	8812	216	6536	3500	9008	55	111	2149
集体联营	6	91034	89239	2546	10634	30211	89552	284	1660	6373
国有与集体联营	12	164237	154247	2728	28294	75363	154225	248	3729	4073
其它联营	1	1269	1369	42	942	1605	1298	7	187	585
私营独资	135	267080	266977	8263	51671	157254	274341	474	7588	19828
私营合伙	40	119965	116700	3308	24032	68291	114512	117	2009	5858

（续表）

名　　称	家数（家）	工业总产值	工业销售产值	从业人员平均人数（人）	固定资产净值平均余额	流动资产平均余额	主营业务收入	主营业务税金及附加	本年应缴增值税	利润总额
其它内资	8	29445	29566	952	5687	17829	26992	90	1076	1836
总　　计	2301	17806769	17676035	340629	4052069	9966868	18005459	19033	436590	1178801

2009 年嘉定区规模以上工业企业综合经济效益指标

名　　称	单位	2009 年	2008 年
工业综合经济效益指数		167.5	161.3
总资产贡献率	%	7.6	6.5
资本保值增值率	%	111.3	107.1
资产负债率	%	53	55
流动资产周转率	次	1.8	2
工业成本费用利润率	%	6.9	4.4
全员劳动生产率	元/人	116824	123028.4
工业产品销售率	%	99.2	98.3

（区统计局）

【工业"小巨人"】　年内,全区 222 家工业"小巨人"企业实现产值 663 亿元,比上年增长 4.74%。至年底,全区共有中国驰名商标 10 件,上海市著名商标 65 件;中国名牌产品 4 个,上海市名牌产品(服务)85 个(其中上海市名牌产品 80 个、上海市名牌服务 5 项);国家级企业技术中心 1 家,市级企业技术中心 39 家;上海市科技"小巨人"企业 40 家,上海市知识产权示范企业 6 家;国家博士后科研工作站 3 个,市博士后创新实践基地工作站 15 个;中国名牌农产品 1 个。年内,修订《2009年度嘉定区推进"小巨人"计划奖励办法》,为企业提供政策保障。4 个项目被列入上海市重点工业投资项目,总投资 50 亿元,用地面积约 86.67 公顷。

【5 家企业技术中心被认定为上海市企业技术中心】　年内,上海姚记扑克股份有限公司技术中心、上海天纳克排气系统有限公司技术中心、上海博泽汽车部件有限公司技术中心、上海华特汽车配件有限公司技术中心、上海雷诺尔电气有限公司技术中心等 5 家企业技术中心被认定为上海市第十五批企业技术中心。

【2 个产业化基地落户嘉定】　7 月 18

日,举行上海市新能源汽车及关键零部件产业基地(嘉定)揭牌暨项目签约仪式。上汽集团与嘉定区签订新能源汽车发展战略合作协议,产业基地与 3 家企业签订新能源项目入驻意向协议。项目一期投资 30 亿元,全面推动上海新能源汽车产业的发展。区政府制定出台《嘉定区推进新能源汽车及关键零部件高新技术产业化行动方案》,进一步明确新能源汽车的发展目标和工作要求。9 月 25 日,上海市稀土材料产业化基地落户嘉定,并举行揭牌仪式。

【新能源公交车首次运营】　12 月 31日,举行"嘉定新能源公交车启用仪式",首批 6 辆纯电动公交车投运"嘉定 4 路"公交线,为新能源公交车在上海郊区的首次亮相。该车具有零排放、无噪声、低能耗等特点。

【产业结构调整】　年内,产业结构调整工作取得新突破,实际淘汰劣势企业 392 家,减少能耗 14.5 万吨标准煤,

新能源公交车启用仪式　　（区交运局供稿）

盘活土地 348.07 公顷。腾出的土地新引进企业 55 家,土地产值从原来的每亩 85.2 万元上升至 260 万元,土地税收从每亩 2.4 万元上升至 32 万元。

(朱月娥)

【开展夏季"送清凉"活动】 7 月,区个体劳动者协会开展夏季"送清凉"活动,购买清凉用品 30 余万元,赠送会员 1.68 万人。

【召开四届三次理事会】 12 月 15 日、16 日,嘉定区私营企业协会、嘉定区个体劳动者协会分别召开四届三次理事会。会议根据《关于推进本市企业协会政社分开的实施意见》精神,免去在职公务员在协会担任的职务。选举王世聪为区个私协会第四届理事会会长,严金洲为区个私协会第四届理事会秘书长。

(徐 慧)

民营经济

【概况】 2009 年,全区民营经济围绕"规范、稳定、拓展、提升"的工作方针,准确定位、完善服务、规范管理,纯私营经税收突破百亿元,创历史新高。33 个经济小区新增注册企业 13818 家,比上年增长 83.31%;新增纳税企业 10747 家。至年底,实有注册企业 100556 家。年内新增注册资本 182.6 亿元,累计注册资本 1272.9 亿元,分别增长 41.88% 和 15.95%。各经济小区上缴税收 123.4 亿元,增长 8.34%,占全区财政总收入的 53.01%。其中纯私营企业上缴税收 100.6 亿元,增长 3.18%,占全区财政总收入的 43.21%。新注册企业户均注册资本 126.6 万元,户均纳税 12.3 万元;区内私营企业户均纳税 15.4 万元。

【评出经济小区综合贡献奖 12 个】 经评选,上海希望城经济发展有限公司、上海市嘉定工业区经济发展有限公司、上海蓝天经济城发展有限公司、上海国际汽车城经济发展中心有限公司、上海环球经济城发展有限公司、上海大众经济城发展中心、上海杨柳经济开发中心、上海江桥经济发展有限公司、上海绿地私营经济发展中心、上海菊园经济发展中心、上海南翔经济

城实业有限公司、上海徐行经济城获"嘉定区经济小区综合贡献奖"。

【评出经济小区亲商稳商奖 10 个】 经评选,上海嘉定高科技园区发展总公司、上海华亭私营经济发展中心、上海南翔高科技经济城发展有限公司、上海嘉城经济发展中心、上海真新经济城发展有限公司、上海同济经济园区发展有限公司、上海安亭经济发展中心、上海外冈工业园经济发展有限公司、上海嘉定工业区绿色经济发展有限公司、上海水之源经济城有限公司获"嘉定区经济小区亲商稳商奖"。

(汪 静)

企业集团

【嘉宝集团实现主营业务收入 10.48 亿元】 2009 年,上海嘉宝实业(集团)股份有限公司实现主营业务收入 10.48 亿元、净利润 2.79 亿元,分别比上年增长 18.82% 和 68.07%;每股收益 0.543 元,净资产收益率 16.93%;上缴税额 5187 万元。年中,实施 2008 年度利润分配方案(每 10 股派 1.2 元现金),分派现金红利 6172 万元。主要工作:(1)房地产业务快速发展。加快嘉宝·都市港湾城(二期)配套设施和景观工程建设;4 月,交房使用。该楼盘被评为"上海市优秀住宅银奖"。嘉宝·紫提湾别墅项目结构封顶,12 月 19 日开盘销售。继续在上海第一财经频道和上海教育电视台宣传公司及楼盘情况,增强品牌影响力。年内,竞得两块土地使用权:南翔镇永翔新苑配套商品房项目地块价格 6568.4 万元,出让面积 10.95 万平方米,规划建筑面积 21 万平方米;菊园新区 B10 地块价格 10.8 亿元,出让面积 11.07 万平方米,规划建筑面积 16.6 万平方米。提高地产项目开发能力和管理水平,实现从小项目到大项目、单项目到多项目、单产品到多品种的转型。(2)工贸型企业平稳运行。年内,开发新产品和新市场,加强营销管理,增强市场竞争力,生产经营正常开展。完成上海高泰稀贵金属股份有限公司的股权整合,引进中国核工业集团公司下属的中核建中核燃料元件有限公司。(3)启动资本市场再融资工作。年内,

股东大会审议通过发行不超过 6 亿元可转换债券的方案,并上报中国证监会审核。7 月 1 日,公司股票首次被调入上证 180 指数样本股。(4)加强内部管理和人才队伍建设。年内,引进设计、预决算等专业技术人才 8 人;开展各类培训,提高员工能力和素质。6 月 30 日,举办"庆七一、迎世博"党务知识、世博知识竞赛;12 月 29 日,举办 2009 年度"欧亚杯"职工运动会,233 人次参加 5 个项目的比赛;8 月 29 日,举办 2009 年度员工子女考取国内高等院校一次性奖励发放仪式,40 名员工子女得到奖励,发放奖金 10.4 万元。

(熊小平)

【西上海(集团)有限公司实现销售总额 263.9 亿元】 2009 年,西上海(集团)有限公司实现销售总额 263.9 亿元,比上年增长 22.76%;上缴税额 3.49 亿元,增长 35.27%。集团下属企业完成产值 48.86 亿元、利润 4.53 亿元。年内,新增上海新淮海客运有限公司和上海大千商务服务有限公司;至年底,共有企业 58 家。主要工作:(1)抢抓良机,再创新高。物流板块购买大板车 198 辆,增加运能,优化运行线路,逐步形成遍及全国的大物流格局。仓储板块主营货运业务,新购货运车 9 辆,发展上海大众零部件运输业,形成新的业务增长点。服务板块强化内部管理,搭建信息平台,培育干部梯队,形成规范化管理流程。汽车销售板块各系列轿车销售业绩良好,实现历史性突破。收购上海新淮海汽车租赁有限公司,成立上海新淮海客运有限公司,客运大巴增至 28 辆。市场板块强化服务,建立大卖场,构建公众网络信息平台,巩固中心市场地位。房产置业板块售建联动,西上海名邸三次开盘均当天告罄;完成无锡蠡园开建前期工作。招商投资板块加强队伍建设,提升服务水平,化解招商难题,扩大招商业绩。都市板块理顺小额贷款公司运行机制,收购上海大千商务服务有限公司和位于长宁区虹桥路的上海冠龙酒店。(2)加强预算和投资营运监控。全年预算执行偏差率控制在 9% 以内;选择农业银行管控系统,实现总额授信、分期提款和现金集中管理;集团及下属 19 个单位通过 ISO9001 质量体系年度审核。集团公司战略咨询委员会汇总年度投资项

目,逐项审核,严格履行报批手续,实施项目跟踪管理。实施"一扩四改"战略,即注册资本扩至5亿元,改现金管理方式为集中统筹管理、改金融经营领域风险偏大现象、改应收款居高不下和应收款考核标准、改业务费付款方式为一卡通付费。对下属宝山别克、本亭汽销、嘉安汽销、安亭旧机动车市场实行集团控股、企业经营团队以自然人参股的股权改制试点。(3)加强队伍建设。进行"人才兴企"战略,在干部管理制度中增补关于干部退岗、回聘的规定;选送1名后备干部参加区第十五期中青年干部培训班和9名中青年干部参加清华大学高级经理研修班学习,6名财务主管参加上海财经大学经理人财经课程学习,推荐7名后备干部参加区国资系统第二期企业青年干部培训班学习。　(王云鹤)

【协通集团实现总产值45亿元】
2009年,上海协通(集团)有限公司实现总产值45亿元,比上年减少22.62%;完成利税2.08亿元,比上年增长6.67%;实现进出口总额1.42亿美元,其中出口额1亿美元。营业收入列上海市企业集团排名第四十位。5月,下属新协通国际大酒店被上海餐饮行业协会评为"特色婚宴首批推选品牌"企业。7月14日,举行上海现代交通商务园区开工仪式;至年底,完成北楼改建工程,主楼结构封顶,部分企业入驻。8月28日,举行上海嘉定协通小额贷款股份有限公司揭牌仪式。11月21日,下属协通大酒店的上海协通天上人间KTV和桑拿名人会所对外营业。　(姚淑瑾)

【嘉加集团实现营业收入10.2亿元】
2009年,上海嘉加(集团)有限公司(以下简称嘉加集团)实现营业收入10.2亿元、利润1.16亿元。实现租赁收入1862.2万元,比上年增长21.24%;新增固定资产投资4735万元;实现净资产4.15亿元,净资产收益率9.1%。通过委托贷款和申购新股等方式取得资本收益610万元。主要参(控)股企业经营情况良好:上海马陆机动车驾驶员培训有限公司全年招收学员11447人,实现营业收入4284万元、利润1600万元;上海佳艺冷弯型钢厂实现营业收入5.33亿元、利润1126万元;上海天灵开关厂有限公司实现销售收入4.46亿元、利润8915万元。年内,投资4300万元开发商业房产,其中投资1853万元购入平城路1544平方米商铺,用于商业出租。完成南翔镇解放街300号东梅墅地块3500平方米高档会所和上海沸城创意产业园(三期)3894平方米厂房改扩建工程;配合轨道交通十一号线嘉定西站现代服务业商圈建设,完成红石路地块8400平方米商铺改建工程。修订企业三年发展规划,构建以先进制造业、商业房产和金融服务业为主的产业体系。9月4日,召开嘉加集团第三届董事会第一次会议和第三届监事会第一次会议,选举陆永清为第三届董事会董事长、金耀祖为第三届监事会主席、张建良为嘉加集团总经理。11月30日,上海市金融服务办公室批复同意设立上海嘉加小额贷款股份有限公司,该公司由嘉加集团联合10家企业和3位自然人共同出资成立,注册资本5000万元。　(杨喆晔)

【上海新迎园(集团)有限公司实现营业收入1.36亿元】　2009年,上海新迎园(集团)有限公司实现营业收入1.36亿元,比上年增长19.3%。其中,酒店板块实现营业收入2370.8万元,餐饮板块实现营业收入1.04亿元。年内,实行"大餐饮"发展规划,迎园食府、嘉定公馆分别于9月18日和9月11日完成改造并对外营业;至年底,分别实现营业收入452万元和214.3万元。10月,嘉定宾馆完成改造;12月,通过市旅委四星级酒店的评定考察工作。　(成路遥)

【新安亭公司完成投资额2.55亿元】
2009年,上海国际汽车城新安亭联合发展有限公司完成投资额2.55亿元,比上年增长1.38倍。其中上海国际汽车城市政项目1.4亿元、安亭新镇商业配套代建项目1.06亿元、自营项目933.21万元。年内,下属参股公司上海国际汽车城产业发展有限公司开发上海高新技术产业化(新能源汽车及关键零部件)基地;继续推进外冈宅基地置换工作,置换农村宅基地76户。控股子公司上海新安亭置业有限公司完成安亭高尔夫别墅项目(一期)建设,年内销售9套;至年底,一期52套别墅全部售完。取得安亭高尔夫别墅二期工程的"规划许可证"和"施工许可证"。　(赵宇)

对外经济·合作交流

编辑 孙培兴

利用外资

【引进合同外资 8.53 亿美元】 2009年,全区批准外商投资项目143个,比上年增加11个;增资项目85个,减少62个;总投资19.03亿美元,减少11.5%;引进合同外资8.53亿美元,减少25.5%。新批项目中,合资项目25个,合同外资3亿美元;合作项目1个,合同外资6412万美元;独资项目117个,合同外资4.88亿美元。至年底,全区累计批准外商投资项目3674个,总投资222.64亿美元,引进合同外资101.11亿美元。其中合资项目1031个,合同外资23.73亿美元;合作项目765个,合同外资15.64亿美元;独资项目1877个,合同外资61.7亿美元;股份制公司1个,合同外资120万美元。全年有35个国家和地区的外商到嘉定投资。从引进合同外资国别地区排行分析,中国香港、英属维尔京群岛、日本列前三位,分别为4.55亿美元、0.67亿美元、0.53亿美元。其中亚洲地区合同外资6.03亿美元,占总数的70.6%。港资占总数的53.3%,成为嘉定区引进外资最主要的来源地。

【新批、增资千万美元以上项目35个】 2009年,嘉定区新批、增资1000万美元以上项目共35个,合同利用外资7.28亿美元,占总数的85.2%,项目平均规模2696万美元,比上年增加279万美元。主要分布于房地产、电子设备、食品、商贸等行业,合同外资分别为2.72亿美元、1.31亿美元、0.59亿美元、0.53亿美元。

【外资到位资金 6.35 亿美元】 2009年,全区外商投资企业外方到位资金额6.35亿美元,完成年度指标的141.2%。其中服务业到位资金2.91亿美元,占总数的45.8%。历年累计外方到位资金59.18亿美元。

【外资"三、二"产业结构优化】 2009年,嘉定区服务业合同利用外资4.76亿美元,占总数的55.8%。主要分布于房地产、总部经济和商贸业,分别引进合同外资2.72亿美元、1.52亿美元和0.53亿美元。以生产性和生活性为主的外资服务业进一步显现,三、二产业结构进一步优化,格局进一步稳固。

【外资网上办事系统开通】 11月16日,嘉定区正式开通外资网上办事系统,该系统是覆盖市、区两级政府的统一办事平台,包括办事指南、事项申请、状态跟踪、咨询平台、文件下载五大板块。外资企业只需登陆"上海外资网上办事系统"(http://wz.investment.gov.cn/sfi/)就可了解有关投资政策,下载申报材料,进行项目申报和查询项目办理状态及进行在线咨询。 (金晓燕)

【"亲商大使"引进外资5375万美元】 5月13日,嘉定区举行"亲商大使"座谈会暨部分中介答谢会。海内外商界的28名"亲商大使"出席。据统计,2009年"亲商大使"为嘉定成功引进项目4个,合同外资5375万美元。

6月24日,吉博力(上海)投资管理有限公司被上海市商务委员会认定为管理型公司地区总部 (区经委供稿)

【引进外资地区总部型企业 10 家】
发展总部经济是促进嘉定区现代服务业发展的重要抓手,是提高全区产业能级的重要组成部分,市政府与区政府相继出台总部经济扶持政策,为地区总部经济发展创造良好的条件。2009 年,区经济委员会通过有针对性地政策宣传引导,创设良好的氛围,热情周到的服务,全区共引进外资地区总部型企业 10 家,名列上海市郊区县前茅。

【搭建联动招商推介平台】 2009 年,嘉定区积极搭建推介平台,实施街镇、产业园区联动招商,举办 2009 上海市新能源汽车论坛暨嘉定产业基地揭牌仪式、2009 嘉定区文化信息产业基地暨政策发布会、集聚与共赢——2009 嘉定区总部经济发展恳谈会等 16 场推介会。 (张 玲)

【59 家企业被认定为先进技术企业】
2009 年,经上海市商务委员会审核认定,区内 59 家外商投资企业被认定为先进技术企业。被认定的企业可享受进口技术改造设备相关免税待遇。

【139 家企业被认定为产品出口企业】
2009 年,经上海市商务委员会审核认定,区内 139 家外商投资企业被认定为产品出口企业。被认定的企业可享受进口技术改造设备相关免税待遇。
 (张 炯)

上海市新能源汽车领域高新技术产业化中小企业对接会在安亭举行
(区经委供稿)

对外贸易

【概况】 2009 年,外贸出口形势异常严峻。受国际金融危机的严重影响,全球经济持续低迷,国际贸易竞争日益激烈,国际金融市场流动性紧缺,嘉定区外贸出口企业受到订单减少、融资难、收汇风险增加等因素影响。同时,人民币升值压力增大,企业成本上升,出口下降,企业盈利空间受到挤压。为应对金融危机,嘉定区加大对外贸出口企业的支持力度,帮助企业解决出口退税、商品报检、快速通关、出口信保等问题,为外贸企业争取各类扶持资金,通过各种方式创造条件鼓励和组织企业“走出去”,从而增强企业的国际竞争力。

【外贸进出口双双下降】 2009 年,嘉定区外贸直接出口额 62.77 亿美元,比上年减少 10.06 亿美元;外贸进口额 47.99 亿美元,比上年减少 6.11 亿美元。出口额在市郊各区、县中列第五名。

【外商投资企业出口减少 10.9 亿美元】 2009 年,全区外商投资企业直接出口 50.09 亿美元,比上年减少 10.9 亿美元,占全区出口总额的 79.8%,下降 3.94 个百分点;自营进出口企业直接出口 11.18 亿美元,比上年增加 0.32 亿美元,占全区出口总额的 17.8%;区外贸公司直接出口 1.5 亿美元,比上年增加 5190 万美元,占全区出口总额的 2.4%。

【年出口 3000 万美元以上企业 33 家】 2009 年,嘉定区年出口 3000 万美元以上企业 33 家,直接出口总额 27.09 亿美元,占全区出口总额的 43.15%。

【加工贸易出口额 31.95 亿美元】 2009 年,全区以加工贸易形式出口的产品总额 31.95 亿美元,比上年减少 7.74 亿美元;占全区出口总额的 50.9%,下降 3.6 个百分点。其中进料

3 月 22 日,美卓(中国)投资有限公司经市商务委批准设立;6 月 1 日,被市商务委认定为投资性公司地区总部 (区经委供稿)

加工产品出口28.12亿美元,来料加工装配产品出口3.82亿美元。以一般贸易形式出口的产品金额30.79亿美元,占出口总额的49.05%,上升3.56个百分点。

【3家企业获农轻纺产品贸易促进资金扶持】 农轻纺产品贸易促进资金是国家为推动农轻纺产业升级和结构调整,提高农轻纺产品出口质量,增强国际竞争力而设立的。2009年,嘉定区有3家企业获得农轻纺产品贸易促进资金扶持。分别是上海荣威塑胶有限公司的塑胶产品质量改进项目,上海惠和蔬果农艺有限公司的出口蔬果质量可追溯体系项目,太太乐食品有限公司的出口鸡精可追溯体系项目。

【132家企业受益国际市场开拓资金】 中小企业国际市场开拓资金是国家为支持中小企业发展,鼓励中小企业参与国际市场竞争,降低企业经营风险而设立的。2009年,嘉定区有132家中小企业从中受益,在获批的345个扶持项目中包括:境外市场考察项目152个,境外展览项目64个,国际市场宣传推介项目50个,企业管理体系认证项目24个,产品认证项目24个,创建网站项目21个,境外广告与商标注册项目10个。

【16家企业参保"出口信用保险扶持发展资金"】 为鼓励出口企业积极开拓国际市场,帮助出口企业防范收汇风

9月5日,太太乐新鸡精工厂举行落成典礼 (江桥镇供稿)

险,发挥出口信用保险对出口的促进作用,国家建立"出口信用保险扶持发展资金"。2009年,嘉定区共有16家企业参保"出口信用保险扶持发展资金",支持出口金额4593万美元。

(倪 坚)

合作交流

【概况】 2009年,区合作交流办根据市合作交流与对口支援工作领导小组的部署,按照区委、区政府工作要求,以学习实践科学发展观活动为引领,围绕"保增长、谋发展、促和谐"的工作目标,集聚各方资源,狠抓各项任务落实,在区有关单位的支持配合下,合作交流与对口支援工作取得新进展。年内,根据市合作交流与对口支援工作领导小组第五次会议精神,嘉定区对口支援的对象、目标任务基本不变。由于所对口支援的地区经济社会发展落后、民生贫困,又是国家重点关注的少数民族地区。对此,本着通过嘉定区的对口帮扶,扶持当地发展生产、壮大经济、改善民生,增强发展能力,促进社会和谐稳定这一目的,从对口地区人民群众最关心、最直接、最现实的民生需求着手,从促进贫困群众增产增收着力,从对口地区长远发展着眼,统筹兼顾,突出重点,有针对性地安排落实对口帮扶资金,有序推进一批有需求、具规模、见实效的援建项目,确保一年帮扶变一个样,年年帮扶年年有成效。

【加大帮扶云南迪庆州力度】 2009年,嘉定区根据市对口支援资金统筹安排,帮扶迪庆州资金为1060万元,帮助迪庆州香格里拉县和德钦县开展以"整村推进"为重点的社会主义新农村建设、农村致富带头人培育、扶持特色产业发展。其中新农村建设项目涉及2个县21个自然村,安排帮扶资金800万元,主要实施村内道路、太阳能、农田水利设施建设、安居房改建、人畜饮水分离工程等;产业发展项目涉及2个县6个乡镇,帮扶资金260万元,扶持发展种、养殖业。年内受援项目做到当年开工,当年完成。"整村推进"

上海英孚思为——云南德钦县教育合作协议签定暨捐赠仪式
(区合作交流办供稿)

项目年内共修筑进村（组）道路29公里，村内道路硬化17公里，安装太阳能热水器761套，改建安居房231户，修建饮水池9个，安装水管11.9公里，新修沟渠12.2公里，1288户农牧民受益。产业发展项目新增核桃种植面积425亩，葡萄种植面积1543亩，扶持养殖大户5户，250户农户受益。在市统筹安排援助资金和项目外，嘉定区依托企业及社会各界的力量，不断加大对口帮扶迪庆州的力度，积极开展形式多样的帮扶工作。2009年计划外筹集和安排资金500余万元，实施新建希望小学、资助贫困家庭学生就学、扶贫项目推进、旧城改造规划编制、教育基地建设和发展社会公益事业等项目的援助。

【结对援建中兴镇任务落实】 2009年是贯彻落实市委、市政府对口支援都江堰市灾后恢复重建工作实质性启动之年。年初，区合作交流办根据《上海市区县对口支援都江堰市乡镇灾后恢复重建工作的意见》的要求，在对都江堰市中兴镇多次调研考察的基础上，制定嘉定区对口支援都江堰市中兴镇三年援建计划，三年内安排对口帮扶资金900万元，用于帮助中兴镇恢复生产生活、改善社会公共事业、开发人力资源、民生救助等方面。2009年落实援助中兴镇项目7个，其中基础设施项目1个、社会公益项目3个、民生改善项目2个、其它项目1个，总援助资金近300万元。为把结对援建任务落到实处，区委、区政府领导多次赴都江堰市考察调研，并慰问当地的受灾群众，送去数十万元的捐助款。在市统筹对口援建资金以外，区财政安排一定资金，保证援建任务的落实。结对援建都江堰市中兴镇工作得到全区方方面面的支持与配合：为帮助当地学校、医院灾后恢复教学和医疗工作，真新街道社区卫生服务中心与都江堰市中兴镇公立医院签订医疗卫生服务合作协议，帮助中兴镇灾后尽快恢复医疗服务水平；曝城实验学校与都江堰中兴学校签订结对合作办学协议，实施教学援助；区卫生系统继续组织医疗卫生队赴都江堰市中兴镇开展医疗、卫生防疫及后勤保障等援助工作，接收10余名中兴镇医疗人员到嘉定培训；教育系统选派优秀教师赴中兴镇开展对口支教，接收中兴镇教师来嘉定进修，帮助提高教学理念和水平；区工商联组织部分企业家对都江堰市进行投资考察。

【援藏援疆工作】 2009年，嘉定区扎实推进援藏援疆工作，关心援藏、援疆干部的生活和工作状况。区委、区政府领导三次前往西藏拉孜县考察慰问，向当地捐赠一批健身、医疗、广播电视器械等物资。区卫生部门帮助拉孜县培训一批医护人员，区政府向拉孜县基础设施建设和人力资源开发提供资金援助。年中，为进一步做好新一轮对口支援工作，确保援疆任务的圆满完成，按照市委、市政府领导的指示精神和工作部署，在对阿克苏温宿县经济社会发展状况进行初步调查研究的基础上，根据阿克苏地委、行署对地区发展的总体要求，结合阿克苏温宿县的实际情况，拟定嘉定区援助阿克苏温宿县三年行动计划建议草案。为贯彻落实该计划，9月，由区委、区人大、区政府领导组成的嘉定区党政代表团对阿克苏进行考察慰问，并捐助100万元，用于当地的社区建设和管理。

【合作交流】 8月，区合作交流办在重庆市万州区第十届爱心助学圆梦行动中，向万州区贫困大学新生送上捐款30万元，表达嘉定人民对万州人民的深情厚谊。10月，协调三峡库区的纺织企业到嘉进行洽谈，协助飞龙纺织等企业转制后的纺织设备交接工作。组织区内企业领导参加云南、新疆等地区在沪举办的经贸活动。举办"2009年各地在沪商会（企业）区县行系列活动嘉定行"活动，21家各地在沪商会的会长、秘书长和部分在沪商会、企业家代表及部分央企代表150余人参加活动，为各地在沪企业投资嘉定、扩大发展空间创造条件。

【内事接待】 3~11月，区接待办共接待国内重要宾客45批1050人次。按条块划分：中央部门5批，占11.11%；市领导及兄弟部门13批，占28.88%；外省市、县27批，占60%。按接待内容划分：视察指导5批，占11.11%；区域经济合作8批，占17.77%；考察交流27批，占60%；对口支援5批，占11.11%。 　　　　　（陆英）

商品贸易·旅游业

编辑 袁黛英

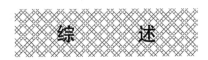

综 述

2009年，全区商业经济实现平稳较快增长，消费品市场保持稳定运行态势，实现社会消费品零售总额209.1亿元，比上年增长9.13%；实现商业增加值53.9亿元，增长10.22%，占三产增加值的23.3%；实现商业税收33.7亿元，增长3.37%，占全区三产税收的38.7%。季度销售情况：第一季度，全球金融危机爆发，国内外消费品市场需求低迷，实现社会消费品零售额48.6亿元，增长1.67%；后三季度，随着国家及市、区各级政府出台与落实扩大消费需求的一系列政策，消费品市场呈现平稳增长态势，分别实现社会消费品零售额56.3亿元、52.9亿元和51.3亿元，分别增长14.9%、9.75%和10.09%。商品用途分析：吃、穿、用、烧商品零售额分别增长6.5%、5.3%、7.7%和34.5%。其中吃、用商品实现零售额180亿元，占零售总额的86.08%；烧的商品在价格、政策因素推动下，实现零售18.2亿元，增长34.5%。经济类型分析：非公、混合型经济加快发展，成为销售主力军，实现社会消费品零售额191.2亿元，占零售总额的91.44%。其中私营和个体经济高速增长，实现零售额113.6亿元，占零售总额的54.33%，增长23.7%。政策效应催生市场销售热点。年内，实施汽车购置税优惠、家电下乡、以旧换新等政策，汽车、家电等成为居民消费热点。全年新、旧车成交额累计37亿元，同比增长23.3%；

汽车以旧换新政策出台后的下半年实现成交量4 115辆。家电以旧换新实现销售额1.4亿元，销量3.5万余台，两项指标均列各郊区（县）第二位。节日营销成为消费品市场新亮点。年内，区内商家促销活动呈现营销时间提前与延长、力度加大等新趋势，元旦、春节、"五一"及"十一"期间，抽样商业企业共实现营业额2.3亿元，同比增长16.8%，"以节兴市"效应得以体现。

年内，嘉定旅游事业以《嘉定区旅游发展三年行动计划》为指导，进一步整合资源，提升管理，打造亮点，促进增长。全年接待游客502.2万人次，实现旅游收入11.1亿元。年内，完成城乡互动世博主题体验之旅示范点和嘉定州桥国家AAAA级旅游景区创建工作，指导马陆葡萄公园及华亭人家—毛桥村成功创建为国家AAA级旅游景区。成功举办2009上海汽车文化节、2009上海旅游节嘉定系列活动。参加旅游交易会，推介精品旅游线路、特色旅游产品和品牌节庆活动，发放嘉定旅游地图、嘉定旅游指南和节庆赛事等宣传折页。与台湾东森旅行社、上海世博会指定旅行社（5家）达成合作意向，策划包装嘉定旅游产品，开发旅游市场。落实《上海市旅馆业管理办法》，建立嘉定区旅馆业管理工作联席会议制度。完成33家旅行社业务年检及165名导游年审工作；开展星级饭店评审和复核工作，规范星级饭店管理和服务标准；完成劳动模范度假村、希望花园酒店"银叶级"绿色旅游饭店评定工作。至年底，全区共有国内旅行社35家；星级饭店15家，其中绿色旅游饭店8家。 （刘丽繁 何韧华）

州桥国家AAAA级旅游景区揭牌仪式 （区旅游局供稿）

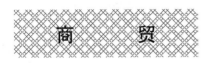

商 贸

【区供销合作总社实现利润 1.21 亿元】 2009 年,全社商品购进总值 13.3 亿元,比上年减少 14.47%。其中废旧物资收购 1.1 亿元,减少 68.39%。商品销售总值 15.83 亿元,减少 13.21%。社会消费品零售额 5.57 亿元,减少 0.71%。其中吃的商品 2.42 亿元,减少 9.7%;穿的商品 0.86 亿元,减少 8.51%;用的商品 2.3 亿元,比上年增长 16.75%;农业生产资料销售额 26.97 万元,减少 37.37%;服务业营业额 35.96 万元,增长 13.51%。全年实现利润总额 1.21 亿元,减少 24.38%。年末资产总额 7 亿元,减少 32.69%;负债总额 4.15 亿元,减少 17.5%;资产负债率 59.29%,上升 10.92 个百分点。年末所有者权益 2.85 亿元,减少 46.93%。由于年末嘉定烟草糖酒有限公司的股权从区供销合作总社全部划交上海新嘉商业投资有限公司,区供销合作总社资产总额、负债总额及所有者权益相应减少。全年上缴税额 1.14 亿元,增长 30.55%。

【新增新农村商业网点 29 家】 年内,区供销合作总社继续推进新农村商业网点——惠民超市建设,新增 29 家,累计 31 家,遍布全区各街镇。惠民超市以"惠民连百村,实惠到千家"的经营理念、统一的经营模式、质优价廉的商品、贴心周到的服务,得到消费者肯定。

【打造嘉定黄金珠宝角】 年内,新嘉商场调整原有经营结构,引进老凤祥、中国黄金、六福珠宝 3 家黄金珠宝店,结合原有的茗钻坊、金石盟 2 家珠宝店,形成嘉定黄金珠宝角,取得良好经营业绩。
　　　　　　　　　　　　　　（刘康裕）

【收购粮食 2.02 万吨】 2009 年,区粮食购销公司收购粮食 2.02 万吨,其中粳谷 13 945 吨,比上年减少 23.89%;小麦 6 223 吨,比上年增长 3.54%。年内,完成 10 489 吨粳谷、1 500 吨粳米和 3 840 吨小麦的区级储备粮轮换工作。

【粮食政策性业务】 年内,梳理、调整区内帮困粮油指定供应店,核查副食品价格补贴申领对象情况。全年发放帮困粮油商品供应额 153.32 万元,比上年减少 13.76%;发放副食品价格补贴 160.59 万元,比上年增加 2.96%。走访军粮供应单位,听取意见,指导储粮保管工作。

【开展粮食清仓查库工作】 年内,按照"有仓必到、有粮必查、有账必核、查必彻底"和粮食"在地检查"的要求,根据清仓查库范围、内容及 2009 年 3 月末国有粮食企业统计月报口径,对区粮食购销公司及基层储粮企业、上海粮油仓储公司嘉定仓库、中粮粮油公司嘉定仓库等企业的粮食库存进行普查,对 4 家非国有粮食经营企业及转化用粮食企业进行粮食流通统计制度执行情况检查和粮食库存典型调查。区粮食清仓查库领导小组成员单位派员督查。4 月 22~24 日,市粮食清仓查库检查组对嘉定区粮食储备库、上海粮油仓储公司嘉定仓库的库存实物、质量、统计账和会计账进行复查。

【粮食收购信息化管理】 5 月,区粮食收购信息管理系统建成运行。区粮食购销公司通过系统发布粮食收购价格及结算标准,上传当日粮食收购信息;农户售粮款实现部分网上转账支付,支付额占总售粮款的 36.5%,确保农户售粮资金安全。
　　　　　　　　　　　　　　（李学东）

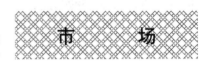

市 场

【专业市场】 年初,区内专业市场在大环境影响下,消费需求低迷,销售额明显下降。6 月,在鼓励政策逐步落实、实体经济日渐趋稳及进入销售旺季等因素的带动下,专业市场销售呈波浪形攀升态势。11~12 月,部分专业市场销售额同比增长 25%,其中 12 月销售 19.5 亿元,同比增长 27.4%。汽车及配件市场全年实现销售额 52.6 亿元,同比增长 10.6%;部分装饰建材市场实现销售额 18.6 亿元,同比增长 4.2%。蔬菜、粮油市场交易量保持较快增长,江桥批发市场蔬菜日交易量占全市日均蔬菜交易量的 70% 以上。区内主要钢材市场销售降幅较上半年减少 18.9 个百分点。

【88 家市场实现成交额 202.5 亿元】 2009 年,全区共有各类商品交易市场 88 家,其中专业市场 32 家,食用农产品市场 56 家。总占地面积 266.67 公顷,总建筑面积(包括在建)190 余万平方米。全年各类市场实现成交额 202.5 亿元。其中专业市场成交额 184.3 亿元,比上年增长 1.49%;食用农产品市场成交额 18.2 亿元,增长 2.82%。

【零售市场】 2009 年,区内重点商业企业销售平稳增长。百货业调整市场供给结构,结合周边餐饮、休闲等业态形成消费链,"销品茂"形态初现。东方商厦嘉定店和嘉定商城销售增幅持

新嘉商场黄金珠宝角　　　（区供销社供稿）

惠民超市六里店　　　　（区供销社供稿）

续保持两位数。综合卖场利用商品成本低、重复消费频次高、客源充足等特点，开展营销活动，成功扭转下滑态势。家电专卖店、餐饮业受金融危机的影响，销售额同比下降，但得益于政策刺激、节庆营销推动、更新换代刚性需求等有利因素，降幅明显缩小。

【2 家市场获上海市"诚信经营"示范市场称号】　年内，经上海市商务委员会和上海市商业联合会评估打分和综合评定，区内 2 家市场被评为上海市"诚信经营"示范市场，分别为上海市轻纺市场和上海江桥二手机电设备市场。　　　　　　　　　　（王兴隆）

【完成标准化菜市场建设】　年内，全面完成标准化菜市场建设，全区共有标准化菜市场 56 家。调整星级标准化菜市场评定标准，经评审小组测评，评出星级标准化菜市场 19 家。其中"三星级标准化菜市场"4 家、"二星级标准化菜市场"7 家和"一星级标准化菜市场"8 家。　　　　　　　　（陈亚明）

【上海二手车交易市场成交二手车 25.61 万辆】　2009 年，上海市二手车交易量呈快速增长态势，交易二手车 25.61 万辆，比上年增长 18.62%（其中轿车增长 21.12%）。交易特点：转出市外交易量首次突破 8 万辆，增长 27.68%；沪 C 号牌二手车交易活跃，总量为 53 335 辆，增长 39.51%；私车交易占总交易量的 60%，比上年提高

3.63 个百分点。年内，贯彻落实国家和上海市关于扩大汽车消费、推动老（旧）汽车淘汰更新的政策，自 6 月 1 日起，对老（旧）汽车淘汰更新实行相应补贴。5 家二手车交易市场作为办理上海市老（旧）汽车淘汰更新补贴申请的联合受理点，增设服务专窗，落实人员，开发和运用网络系统做好受理服务工作。6～12 月，累计受理补贴申请 4 115 笔（辆），补贴总额 2 117.9 万元，平均每辆补贴 5 147 元。其中私车占 83.52%，企业车辆占 16.48%；客运车占 99.56%，货运车占 0.44%。

（王云鹤）

旅 游 管 理

【窗口服务日活动】　5 月 5 日，"微笑的城市，满意的你"——嘉定区迎世博窗口服务日暨窗口服务行业风采展示活动在罗宾森广场举行。区旅游局、区旅游咨询服务中心在活动现场设立旅游咨询点，向市民发放《嘉定旅游手册》《旅游便民手册》等宣传资料 800 余份，接受旅游咨询近 200 人次。年中，组织开展窗口服务日集中行动，召开窗口服务工作推进会，举办窗口建设专题培训班，开展服务技能大赛。在上海市迎世博文明指数测评中，旅游行业窗口服务列嘉定区 13 个窗口行业第二名；旅行社行业行风测评列市郊第三位。迎园饭店员工成路遥被选为上海市迎世博微笑服务大使。

【旅行社管理】　年内，根据新颁布的《旅行社条例》，完成区内 33 家旅行社换证及年检工作。其中 31 家旅行社通过年检，注销 2 家。新批准设立国内旅行社 4 家。至年底，全区共有国内旅行社 35 家。完成 165 名导游年审工作。

【星级饭店评审和复核工作】　年内，完成 16 家旅游星级饭店的复核工作；对 2 家星级评定满 5 年的饭店重新评定，取消江海宾馆三星级旅游饭店资格；完成嘉定宾馆四星级评定的指导

窗口服务日活动——汽车城之旅发车仪式（区旅游局供稿）

和推荐工作。至年底,全区共有旅游星级饭店15家,其中四星级3家、三星级8家、二星级4家。

【新增绿色旅游饭店2家】 年内,区旅游局会同区环保局、区经委和区建委等部门对劳动模范度假村和希望花园酒店进行绿色旅游饭店评审验收工作。两家饭店均被评为"银叶级"绿色旅游饭店。至年末,全区共有绿色旅游饭店8家。

【社会旅馆管理】 年内,按照《上海市旅馆业管理办法》要求,成立嘉定区旅馆业管理工作联席会议领导小组。区旅游局会同相关部门开展联合执法检查10次,涉及社会旅馆58家次。至年底,全区共有社会旅馆334家。其中跨区域连锁品牌旅馆7家,连锁酒店14家,规模以上社会旅馆46家。

【举办"迎世博"饭店情景英语培训班】 4月21日,区旅游局举办"迎世博"饭店情景英语A、B级培训班,历时2个月,设世博知识、服务技能和导游讲解等五方面30个项目。区内13家星级饭店的121人参加培训。

【旅游饭店客房服务技能大赛】 9月9日,由区旅游局、区旅游协会主办的"迎世博——嘉定区旅游饭店客房服务技能大赛"在唐朝酒店举行,7家饭店组队参赛。迎园饭店、蓝宫大饭店、嘉定宾馆、唐朝酒店和浏岛度假村的选手胜出,并代表嘉定区参加"迎世博——上海市旅游饭店技能比武"决赛。

【召开区旅游协会四届一次会议】 7月20日,区旅游协会第四届会员大会第一次会议召开。会议选举封建华任新一届旅游协会会长,聘请副区长费小妹任旅游协会名誉会长。协会下设星级饭店、旅行社、旅游景点和社会旅馆四个专业委员会。至年底,共有会员单位73个、会员75人。 (何韧华)

旅游活动

【2009上海旅游节嘉定系列活动】 9月15日~10月25日,举办2009上海旅游节嘉定系列活动。旅游节以迎世博为动力,以"缤纷嘉定欢乐游"为主题,开展七大类43项活动。共接待游客82万人次,实现旅游收入3600余万元。(1)2009上海汽车文化节。9月28日~11月18日在上海国际汽车城举行,以"城市,让生活更美好;汽车,让生活更精彩"为主题,举行嘉定区庆祝中华人民共和国成立六十周年暨2009上海汽车文化节开幕大型主题文艺晚会和汽车文明、汽车产业、汽车生活三大板块9项活动。(2)上海马陆葡萄节。7月5日~10月7日在马陆葡萄公园(马陆葡萄主题公园年初改名为马陆葡萄公园)举行,以"世博之旅 马陆有约"为主题,举办"相约葡萄架下"周周甜蜜集结令、"上海吐鲁番"民俗风情游、共和国同龄人新农村之旅等10项活动。共接待游客5万余人,实现门票和葡萄销售收入1025万元。(3)上海孔子文化周。9月22~28日在州桥景区举行,以"尊孔重礼、喜迎世博"为理念,以嘉定州桥景区为载体,通过礼乐篇、教化篇、文化篇、和谐篇四个篇章,开展国学养生系列讲座、传统戏曲天天演、庆国庆大型群众游园活动等13项活动,近10万人次参加。(4)上海南翔小笼文化展。9月25日~10月8日,分别在南翔老街、古猗园、金地格林世界举行。以"小笼,让生活更滋味"为主题,设"小笼情怀"、"老街韵味"、"古镇风采"三大板块,开展千桌万人小笼宴、"聚焦南翔"摄影采风活动、"世博情、小笼味"古镇南翔之旅、戏曲庙会及古镇南

翔文化书系首发式等活动。共接待游客16.82万人次。(5)安亭汽车文化之旅欢乐周。10月1~8日在上海国际汽车城举行,以"汽车,让生活更精彩"为主题,开展"淘—汽车后备箱集市"、"乐—汽车时尚酷玩秀"、"驾—上赛场疾速赛道体验"、"品—汽车博物馆汽车文化历史"、"游—安亭老街民俗工艺体验周"、"赏—汽车影院"等活动。共接待游客15万人次,实现旅游收入1280万元。(6)"华亭人家"丰收欢乐之旅。8~12月在华亭人家—毛桥村举行,开展第四届家庭趣味垂钓比赛、风筝放飞、农产品展示等活动,近200个家庭参加垂钓比赛,万余人次参与采摘休闲活动。(7)古猗园游园活动。9月25日~10月25日在古猗园举行,以"庆国庆、庆开园"为主线,开展猗园盛景、猗园传说、猗园典藏、猗园记忆、猗园欢庆活动,展示古猗园开园50年来的变化。

【古猗园闹元宵】 2月7~9日,古猗园首次开放三天"夜公园",举办闹元宵活动,以传统的猜灯谜、观彩灯雕塑、看滚灯表演、过三桥祈福等民俗节目,让游客体验民俗元宵节的传统韵味,吸引游客2.3万人次。

【创建城乡互动世博主题体验之旅示范点】 5月25日,区旅游局以"城乡生活 精彩嘉定"为主题,向长三角世博主题体验之旅专题合作项目工作小组申报创建"城乡互动世博主题体验之旅示范点"。8月10日,召开动员大

2009上海孔子文化周——百姓戏台天天演 (区旅游局供稿)

会。11月9日,嘉定区城乡互动世博主题体验之旅示范点授牌仪式在汇龙潭公园举行,"人文州桥、南翔古镇、安亭汽车文化、马陆葡萄、华亭农家、荷花新城"6个示范点获授牌。

【组织参加旅游宣传活动】 3月21～22日,区旅游局组团参加迎世博400天沪苏浙皖赣旅游产品展示活动,发放宣传资料1.5万余册。4月17～19日,组织迎园饭店、浏岛度假村等10个单位参加2009中国国内旅游交易会,推介精品旅游线路、特色旅游产品和品牌节庆活动信息,发放宣传资料5000余份。11月6日、12月23日,组织区内部分景点、星级饭店、社会旅馆负责人赴青浦区、浦东新区开展旅游产品宣传活动。9月18日,参加"2009'十一'大型旅游咨询展示活动",发放嘉定旅游指南、嘉定旅游地图、节庆赛事等资料3500余套。

【召开"上海都市旅游卡"嘉定说明会】 6月22日,"上海都市旅游卡"嘉定说明会召开,鼓励区内旅游企业成为"上海都市旅游卡"指定商户,实现"一卡在手,畅游嘉定",迎接八方世博游

南翔老街夜景　　　　　(区旅游局供稿)

客。至年底,区内17家旅游企业成为"上海都市旅游卡"首批指定商户。

(何韧华)

景 观 设 施

【国家旅游景区创建工作】 年内,完成州桥旅游景区形象视觉设计,实施景区主入口改建、游客中心建设、景区三级标识系统制作和安装、景区网站建设等项目,完成申报和迎评工作。11月9日,举行嘉定州桥国家AAAA级旅游景区揭牌仪式。5月21日和7月2日,马陆葡萄公园、华亭人家—毛桥村分别创建为国家AAA级旅游景区。

2009年嘉定区主要旅游景点一览表

名　称	地　址	景　点
嘉定州桥(AAAA级)	沙霞路68号	汇龙潭公园、孔庙、法华塔塔院、秋霞圃、嘉定竹刻博物馆、陆俨少艺术院、嘉源海国学馆
汇龙潭公园	塔城路299号	汇龙潭、应奎山、魁星阁、树抱石、打唱台、侯黄纪念碑、万佛宝塔、畅观楼、翥云峰、缀华堂、状元钟楼
孔庙	嘉定镇街道南大街183号	兴贤坊、育才坊、仰高坊、棂星门、泮池中桥、大成门、大成殿、上海中国科举博物馆
法华塔塔院	嘉定镇街道南大街349号	中国近代著名外交家顾维钧生平陈列室、法华塔
秋霞圃	嘉定镇街道东大街314号	桃花潭、南山、北山、碧梧轩、碧光亭、丛桂轩、三星石、池上草堂、舟而不游轩、观水亭、三曲桥、涉趣桥、凝霞阁、清镜塘、邑庙、井亭
嘉定竹刻博物馆	嘉定镇街道南大街321号	上海博物馆、嘉定博物馆和个人收藏家的竹刻艺术珍品展
陆俨少艺术院	嘉定镇街道东大街358号	陆俨少书画作品、书札、手稿专著展
嘉源海国学馆	嘉定镇街道南大街321号	文化茶楼、中国文化交流中心、古琴馆、养生馆
古猗园(AAAA级)	真南路3503号	逸野堂、双鹅池、松鹤园、青清园、鸳鸯湖、南翔壁
马陆葡萄公园(AAA级)	大治路27号	情侣葡萄园、观赏葡萄园、采摘葡萄园、葡萄盆景园、葡萄长廊、荷花塘

（续表）

名　称	地　址	景　点
华亭人家—毛桥村 （AAA 级）	霜竹公路 518 号	香葡萄种植园、哈密瓜示范区、认购菜地区、观赏锦鲤鱼塘、龟鳖池、下西洋有机蔬菜园、连心桥、百树坡、华亭茶馆
	霜竹公路 1268 号	百年老屋、千斤桃王、毛桥食堂、都市农夫、长泾河畔、知青小屋、农具春秋、传世艺坊
南翔老街	南翔镇人民街 48 号	老街、萧梁古井、云翔寺、双塔、"八字三桥"
安亭老街	新源路、昌吉路	永安塔、菩提寺、老街
上海国际赛车场	伊宁路 2000 号	主看台、空中餐厅、新闻中心、围场区包厢、瞭望塔、卡丁车赛道、"上"字型赛道
汽车博览公园	博园路 7001 号	中国园区、美国园区、英国园区、日本园区、欧洲园区、上海汽车会展中心、上海汽车博物馆
上海汽车博物馆	博园路 7565 号	历史馆、技术馆、品牌馆、古董车馆、临展馆
上海大众三厂	曹安公路 5288 号	汽车样车展示、上海大众发展史、汽车生产流水线
养乐多工厂	伊宁路 986 号	全球样品展示区、影音播放区、流水线参观区、户外活动区、污水处理区、大型冷藏区
太太乐工厂	星华公路 969 号	多媒体放映厅、万年永昌鼎、5.6 万吨纪念碑、至味石、鸡精流水生产线
上海相东佛像艺术馆	沪宜公路 4532 号	大件区、杂件区、木佛区、石刻区、景观区
百佛园	曹安公路 1978 号	四海壶具博物馆、一品香茶楼、陆羽亭、石佛像、木雕花格窗
上海新泽源	曹安公路 3058 号	景观树、观赏石、观叶植物、盆花盆景、休闲垂钓、画家村
沥江果园	嘉定工业区沥江村	农具展示馆、酿酒小屋、果林区、休闲垂钓区

2009 年嘉定区旅行社一览表

名　称	地　址	电　话
上海嘉定旅行社	金沙路 322 号	59525688
上海汇达国际旅行社	博乐路 231 号	59525888
上海嘉运旅行社	清河路 119 号	59529888
上海希望旅行社	城中路 138 号 630 室	59916111
上海翔乐旅行社	沪宜公路 550 号	59120669
上海万嘉旅行社	金沙路 553 号	39929517
上海协通旅行社	曹安公路 4671 号	59598888
上海上达国际旅行社	回城南路 1128 号 -228	59165916
上海枫迈商务旅行社	金沙路 75 号 609 室	59527018
上海东南旅行社	仓场路 338 号	59999746
上海汇联旅行社	新成路 699 号 101 室	59998002
上海嘉州旅行社	新源路 963 号	69570877
上海顺联旅行社	墨玉路 150 号	59566332

（续表）

名　　称	地　　址	电　话
上海顺昌旅行社	城中路 155 号 1 室	59530950
上海鑫海国际旅行社	城中路 170 号	66393662
上海大雄旅行社	博乐路 239 号	69910227
上海新嘉旅行社	环城路 2222 号嘉乐园 611 室	39527031
上海学联旅行社	清河路 151 号-9	59532999
上海国际汽车城旅行社	和静路 988 号	59575000
上海江桥旅行社	华江路 138 号	59148826
上海逍遥游旅行社	浦东新区张杨路 920 号	68670465
上海宝嘉旅行社	嘉定镇街道人民街 158 弄 3 号 501 室	59918925
上海山清旅行社	嘉定镇街道中下塘街 1 号	52243786
上海下西洋旅行社	华亭镇联华村 788 号	59975135
上海金嘉国际旅行社	曹安公路 5121 号	59592345
上海丰江旅行社	曹安公路 3498 号	59133222
上海槎溪旅行社	德华路 652 号乙	69120772
上海海之音旅行社	城中路 170 号	59913007
上海马陆旅行社	沪宜公路 2599 号	59100128
上海创嘉国际旅行社	金沙江路 2890 弄 1 号 1202 室	59194006
上海世海缘旅行社	金沙路 85 号 101 室	59929428
上海云水缘旅行社	博乐南路 158 号 1201 室	59991616
上海万得芙商务旅行社	曹安公路 1558 号 608 室	59910528
上海柏嘉旅行社	金沙江路 3131 号 7 幢 103 室	69106699
上海唯联国际旅行社	曹新公路 1388 弄 8 号 5 幢 302 室	59761143

2009 年嘉定区星级饭店一览表

星级	名　　称	客房(间)	套房(间)	地　　址	电　话
四星级	迎园饭店	223	22	清河路 150 号	59520952
	蓝宫大饭店	204	33	博乐南路 125 号	59161000
	寰鑫富贵天地大酒店	188	14	宝安公路 3189 号	59151188
三星级	嘉定宾馆	101	6	博乐路 100 号	59525512
	协通大酒店	170	27	曹安公路 4671 号	59595858
	通欣大酒店	60	3	叶城路 618 号	59166777
	希望花园酒店	68	5	沪宜公路 2589 号	59158989
	蕾枫大酒店	121	18	绿苑路 300 号	69581888
	新词大酒店	115	8	墨玉路 29 号	59568888
	浏岛度假村	148	8	华亭镇双塘村	59951555
	新鹭大酒店	67	16	昌吉路 127 号	59560888

（续表）

星级	名　称	客房(间)	套房(间)	地　址	电　话
二星级	松龙大酒店	92	2	宝安公路 3128 号	59152222
	劳动模范度假村	57	1	泰富路 55 号	59506600
	协通度假村	82	4	嘉行公路 1257 号	59552000
	菊苑宾馆	41	1	环城路 2222 号	69539111

2009 年嘉定区规范达标社会旅馆一览表

名　称	电　话	地　址
唐朝酒店	39586666	宝安公路 4339 号
华勋大酒店	69987298	环城路 2390 号
上大泮苑宾馆	69919078	塔城路 453 号
宝乐大酒店	59108898	马陆镇育英街 500 号
协通宾馆	59598888	曹安公路 4671 号
天门宾馆	59920799	塔城路 295 号
莫泰 168 博乐路店	51577700	清河路 2 号
忠心大酒店	59502506	宝安公路 4568 号
燕子花苑酒店	69991188	新成路 881 号

2009 年嘉定区客房 100 间以上社会旅馆一览表

名　称	电　话	地　址
美龙大酒店	39967777	汇源路 788 号
嘉正国际安内吉	39581111	墨玉路 28 号
锦江之星南翔店	59123811	南翔镇解放街 25 号
莫泰 168 城西店	69168168	清河路 318 号
如家城中路店	59915991	城中路 200 号
浦江之星丰庄店	51873158	丰庄路 31 号
如家城西店	69916991	清河路 468 号
每日美家酒店	59196999	祁连山南路 1888 号
吉泰连锁酒店	59188333	曹安公路 1401 号
锦楠宾馆	51871166	清河路 201 号
为波御丰酒店	59195555	曹安公路 1978 号

（何韧华）

现代服务业

编辑 袁黛英

综述

2009年，嘉定区出台《嘉定区促进文化信息产业行动方案（2009～2012年）》和《嘉定区促进文化信息产业发展若干意见》。重点发展电子商务、互联网信息服务、软件设计、动漫网游等10个文化信息行业，形成产业规模和行业优势；加快推进文化信息类企业向重点园区集聚，形成东方慧谷·上海文化信息产业园、中广国际·中国广告总部基地等10个具有相当规模、辐射能力和带动效应的文化信息产业示范基地。对文化信息重点行业和重点园区实施优惠政策。加强公共服务

平台建设，加快文化信息产业科技成果和知识产业化建设，使文化信息产业成为嘉定又一项新型支柱产业。年内，家电下乡、家电以旧换新工作全面启动，实现销售额1.5亿余元。市商务委员会组织开展"上海商业特色街"评选活动，南翔老街和曹安公路专业市场特色街获"上海商业特色街"称号；智慧金沙·3131创意产业集聚区被评为市级创意产业集聚区。11月5日，爱夫依大酒店、同君福大酒楼、寰鑫富贵天地大酒店、燕子花苑酒店有限公司燕子酒家、生活时尚餐饮娱乐管理有限公司等5家餐饮企业获首批"上海市文明餐厅"称号。区经委创新银企合作沙龙模式，全年开展活动5次，银企充分互动，增进合作。年内，继续推进新农村商业网点建设。至年底，

全区共有新农村商业网点31家，超额完成年度政府实事工程任务。继续推进小额贷款公司试点工作，区内三家小额贷款公司累计发放贷款253笔4.43亿元，其中向小企业发放贷款3.41亿元。年内，区经委按《嘉定区商贸服务业迎世博行动方案》精神，组织区内商业服务企业开展迎世博600天工作。区商业系统30个班组、28名员工分获市、区"优质服务示范窗口"和"优质服务示范员"称号；东方商厦嘉定店、罗宾森购物广场等商业企业获上海市迎世博优质服务贡献奖。

（杨 剑）

集聚区、物流园区

【上海西郊生产性服务业集聚区】 上海西郊生产性服务业集聚区地处江桥镇，2005年6月启动建设，2009年6月由上海市经济和信息化委员会批准为市级生产性服务业功能区。园区规划占地面积4.5平方公里，建筑面积420万平方米。以"统一规划、统一开发、统一配套、统一招商、统一管理、统一推广"的经营模式，建成总部经济区、第三方服务区、配套服务区和滨江生态绿化区等四大功能区。功能定位为：依托虹桥综合交通枢纽的辐射带动效应和上海在金融、贸易、科技、人才、信息等方面的优势，以自身优越的地理、区位、交通条件和上海及长三角周边地区发达的生产业、制造业为基础，着重吸引公司总部、营销中心、研发机构、设计中心，大力发展信息业务

上海嘉定协通小额贷款股份有限公司成立揭牌仪式

（区经委供稿）

6月9日，上海市生产性服务业功能区建设工作会议在江桥镇西郊生产性服务业功能区举行 （江桥镇供稿）

流程外包和知识流程外包产业，促进软件外包、数字媒体外包等文化信息产业发展。园区一期A、B、C-1区近20万平方米总部办公区域建成并交付使用，行政、税务、金融等机构入驻，常茂生物化学工程股份有限公司、上海太太乐食品有限公司、戴德梁行等88家企业入驻，累计上缴税额逾亿元。大连万达集团、绿地集团、南方航空培训总部基地等入驻园区。

【上海西北综合物流园区（江桥基地）】
上海西北综合物流园区（江桥基地）位于江桥镇，总占地面积3.3平方公里，规划用地面积339公顷，分二期开发，首期144.33公顷。园区以多式联运为特点，以冷链物流和专营性采购为特色，是集物流配送、商品展示、批发贸易、产品分销、信息研发于一体的陆路口岸型物流园区。内设综合功能区（包括展示交易区、综合管理区、公共服务配套区）、物流仓储区、集约化港区、保留工业区等四大功能区，形成物流、交易、会展、商务、消费服务、公务休闲、产业社区等七大产业功能。中外运上海冷链物流中心、宝供物流企业集团上海物流基地、吉马国际酒业、联华超市配销物流中心等企业入驻园区。

【上海国际汽车城现代服务业集聚区】
上海国际汽车城现代服务业集聚区总投资40亿元，建筑面积约56万平方米，分两期建设。一期总建筑面积13万平方米，计划投资4.6亿元，建成后可为近千家汽车行业企业和十余万产业人口提供汽车研发、商业商务、贸易博览、文化休闲、餐饮娱乐、投融资、信息咨询等特色服务。集聚区内已建成上海国际汽车城大厦、汽车博览公园、上海汽车博览馆、上海汽车会展中心、汽车贸易街、安亭新镇、同济大学嘉定校区、颖奕安亭高尔夫俱乐部、国家机动车质量检测中心、嘉正大厦等项目。年内，正在建设中和规划建设的有汽车世界、世昶生活广场、安亭大酒店、上海汽车零部件全球采购中心等项目。

【上海曹安全球采购中心】 2006年6月24日，上海曹安全球采购中心揭牌成立，其前身为上海最大的多业态批发市场聚集地——上海曹安商贸区。2008年6月开工建设，获上海市服务业引导资金200万元，用于服务器等硬件设备购置及项目设计咨询、软件平台开发等。该中心建筑面积120万平方米，集现代化商务楼、展示交易中心、购物休闲等功能，为全国首个以生活、消费类用品交易为主的采购中心。

【上海国际汽车城物流基地】 上海国际汽车城物流基地是上海市四个专业化制造业物流基地之一，是一个依托上海国际汽车城，为汽车制造与汽车零配件生产、汽车贸易与营销提供集仓储、配送、运输、包装、加工等汽车产业配套服务的专业物流基地。至2009年底，建成汽车物流仓库100个，建筑面积70万平方米。通过安吉天地汽车物流信息平台，为上海大众等制造企业提供网上全程监控、业务查询等物流增值服务，整合汽车制造业采购、运输、仓储、代理、配送等环节。

【上海汽车电子产业基地】 2006年，上海汽车电子产业基地由市发改委、市信息委批准成立，一期规划面积80公顷，由"1个管理服务中心、2个研发平台、3个产业细分区和配套外环河滨休闲带"组成。管理服务中心包括园区管理中心、园区商务服务中心和人才培养中心，研发平台包括车载电子多媒体信息系统研发中心和车身电子设计与检测中心，3个产业区分别为车

现代服务业（安亭）专题推介会 （区经委供稿）

载电子园区、车身电子园区、嵌入式软件和芯片研发区。　　　（刘天亮）

文化信息产业园

【东方慧谷·上海文化信息产业园】 东方慧谷·上海文化信息产业园是以文化创意产业、信息产业等为特色的高新技术产业企业集聚区，位于建设中的嘉定新城东南，毗邻沪嘉高速公路和轨道交通十一号线。园区占地40公顷，总建筑面积50万平方米，总投资30亿元。秉承"以东方文化为魂，以创意产业为体，以信息传播为用"的理念，实施"一座园区，三大板块，十项功能"的复合式规划，建设以独立花园商务办公楼宇为主的核心商务板块，以酒店、文化休闲、展示交易、行政中心等功能集聚的综合服务板块以及提供便利的商业配套的配套设施板块。依托东方财富网等新媒体企业，重点发展文化创意、动漫设计、虚拟现实、影视制作、数字广告和软件开发等特色数码产业。上海掌上灵通咨询有限公司、上海东财信息技术有限公司、上海优视网络科技有限公司等一批企业入驻园区。

【中广国际·中国广告总部基地】 中广国际·中国广告总部基地位于嘉定工业区（北区），规划用地200公顷，由嘉定工业区、中国广告协会携手打造。建有东方广告发展历史博物馆、东方

中广国际·中国广告总部基地效果图　　　（区经委供稿）

消费者行为研究中心、全球创意科技培训基地、全球广告传播科技博览中心、数码动漫创意科技基地、影像广告创意科技基地、新媒体与互动营销科技基地、创新广告促销用品研发中心等板块。重点发展广告创意、广告传播、数码动漫创意、影像广告创意、新媒体与互动营销、广告促销用品研发等产业。2008年4月基地动工建设，先后举行中国广告节、上海国际创意产业活动周、中国广告论坛、全国系列推介会等活动。新蛋信息技术（中国）有限公司等一批知名文化信息企业入驻基地。

【上海南翔智地企业总部园】 该园坐落于南翔镇，规划用地110.9公顷，总

南翔智地企业总部园　　　（区经委供稿）

建筑面积50余万平方米。开发建设分三期：第一期为原上海机床电器厂地块和原上海永红煤矿机械厂地块，占地面积分别为4.67公顷和2.67公顷，建筑面积分别为4.5万平方米和1.7万平方米；第二期为原上海东风农药厂和上海中兴制药厂地块，总占地面积8公顷，建筑面积5万平方米；第三期为沪宜公路以西全部地块，占地面积15.33公顷，建筑面积40万平方米。一期改造工程年内验收竣工。园区建有50座企业总部办公楼，总建筑面积6.2万平方米，形成以企业总部、文化影视、信息服务、出版服务、电子商务等为主导的文化信息产业集聚区。东亚好莱坞影城、西班牙艺术中心、东上海文化影视基地等一批文化信息项目入驻园区。

【金沙3131·上海国际信息服务产业园】 该园位于金沙江路3131号，分三期开发。一期项目为智慧金沙·3131创意产业集聚区，占地面积2.8公顷，建筑面积3.2万平方米，由闲置厂房和仓库改建而成。集聚区以电子商务为核心，涵盖支付、物流、连锁业管理、创意设计等，通过吸引、支持、孵化一批相关产业项目和机构，打造成为融电子商务产业服务平台和信息投资平台于一身的"中国第一家最具特色的网上商城互动体验基地"。驴妈妈旅游网、上海团购网、九九维康、上海赢思软件技术有限公司、易迅网等入驻园区。二期项目智慧金沙曹安六号桥地块为老厂房改建工程，总建筑

金沙 3131·上海国际信息服务产业园　　（区经委供稿）

【上海盛创信息软件园】　该园于 2006 年由上海市经济委员会批准建立，是由政企携手共同创建的以产业服务为特征的现代化服务业综合性园区。园区立足国家战略产业与区域经济联动，集科技研发、商务办公、创业孵化、产品试制、教育培训于一体，具有自主创新实力和科技转化能力。在文化信息产业方面，园区以上海网宿科技股份有限公司等企业为代表，重点发展提供存储、转发、灾备等互联网业务的互联网数据中心。园区规划用地面积 166.67 公顷，总建筑面积 200 万平方米，设有总部基地、科技生产基地、第三方服务区和配套居住区四个功能板块。首期规划以企业总部基地建设为主导，规划建设用地 8.53 公顷，建筑面积 19 万平方米。　　　　（刘天亮）

面积 1 万平方米。三期项目由真新街道与上海嘉宝实业（集团）股份有限公司共同开发，规划建筑面积 1.2 万平方米，为高档商务办公楼，拥有完备的商务配套设施。

【上海沸城创意产业园】　该园由上海沸城投资发展有限公司利用自有老厂房改建而成。园区位于沪宜公路 4532 号，占地面积 4 公顷，建筑面积 3.5 万平方米（一期 2.1 万平方米，二期 1.4 万平方米）。重点发展动漫、数字内容制作、出版、印刷、传输发行和消费等产业。内设商务办公和品牌产品研发区，进行民间传统工艺品和观赏石、字画、古玩、红木家具、竹刻根雕等文化艺术品的展示、展销，开展创意职业培训，设置大学生创作实践基地等。上海相东佛像艺术馆、上海绿地宏伟汽车销售服务有限公司、上海美惠隆餐饮管理有限公司、上海嘉蓝建设工程监理有限公司等 50 余家企业和文化艺术类门店入驻园区。

上海盛创信息软件园效果图　　（区经委供稿）

建筑业·房地产业

编辑 吴 庆

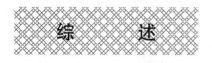

综　述

2009年,区城市建设和管理工作紧紧围绕"四个确保"(确保经济平稳较快发展,确保民生持续得到改善,确保社会和谐稳定,确保世博会筹办工作有序进行)的总体要求和全区中心工作,大力推进城市建设和管理。以"聚焦一个核心,延伸两翼"("一核两翼"分别为嘉定新城、南翔大型居住社区和上海国际汽车城)为嘉定新城建设的着力点,全力推进重大项目和城市基础设施建设,加快推进嘉定区城市化进程。以全面落实《嘉定区迎世博600天行动计划》为抓手,围绕城市主干道路,深入开展道路综合整治工作,稳步推进新城中心区主要道路建设,同步实施综合管线等配套工程建设。完成轨道交通十一号线嘉定北站、嘉定新城站、嘉定西站和马陆站的市政配套项目建设。配合实施京沪高速铁路(嘉定段,含上海动车段)、沪宁城际铁路(嘉定段)建设,启动嘉闵高架、A17等重点建设项目前期工作。积极开展嘉定区城市网格化管理和区域拓展工作。年内,区住房保障和房屋管理局坚持"以居住为主,以市民消费为主,以普通商品房为主"的原则,贯彻"节能、省地、环保"的建设要求,提高住宅产业化水平,加大动迁配套商品房建设力度,扩大住房保障受益面,全区住宅建设态势良好。

(顾袁洁　卢　佳)

建筑管理

【审定扩初设计项目120个】　2009年,审定建筑工程项目初步设计120个,比上年增长16.5%;工程投资额208.48亿元,增长57.19%。其中住宅建筑工程项目32个,面积360.14万平方米,投资额130.98亿元;公建工程项目38个,面积129.27万平方米,投资额34.07亿元;市政项目48个,投资额41.63亿元;工业和仓储项目2个,面积9.83万平方米,投资额1.8亿元。

【建设工程施工招投标管理】　2009年,受理报建项目322个,建筑面积436.24万平方米,投资额165.83亿元。完成承(发)包管理项目408个,建筑面积569.64万平方米,发包价92.67亿元。其中公开招投标项目177个(含200万元以下项目39个,建筑面积2909平方米,发包价2698.64万元),建筑面积68.77万平方米,发包价25.2亿元;邀请招标项目68个,建筑面积326.7万平方米,发包价48.69亿元;核发施工许可证项目284个,建筑面积443.2万平方米,合同造价68.8亿元;完成嘉定工业区项目设计发包68个,建筑面积263.22万平方米,投资额114.21亿元;勘察发包61个,发包面积241.62万平方米,发包价101.52亿元;监理项目发包55个,发包面积176.76万平方米,发包价49.74亿元。

【清欠建筑农民工工资3318万元】　年内,全区发生建筑农民工上访事件148起,比上年减少18.68%;涉及3768人次,增长13.29%。解决拖欠工程款2600万元;解决拖欠农民工工资3318万元,增长11.44%,解决率100%。

【建筑农民工维权】　2009年,上海市建设工程交易中心嘉定劳务交易分中心综合保险窗口受理新建项目437个,比上年减少13个;预收综合保险费7990万元,增加2938万元;新增外来从业人员综合保险8.44万人次,累计42.07万人次,注销7.45万人次;综合保险卡发卡3.07万张,办理补卡804张。组织岗前培训13314人次,其中礼仪教育2240人次。组织对2个工地(南翔医院、菊园新区社区事务受理服务中心)进行高温慰问,慰问农民工1800人。组织农民工健康体检活动,93个工地8751人参与。为1.95万名建筑务工人员办理信息卡,代购信息管理读卡器并办理启动卡463个。

(顾袁洁)

建筑材料

【散装水泥使用率92.94%】　2009年,全区水泥使用总量225.36万吨,比上年增长11.75%。其中散装水泥使用量209.46万吨,散装水泥使用率92.94%,比上年提高5.1个百分点,超过上海市建筑建材业市场管理总站下达的指标。

【新型墙体材料推广】 2009年，墙体材料生产总量2.02亿标砖，比上年增长2.02%。其中非黏土类新型墙体材料产量1.52亿标砖，增长2.01%，占总量的75.23%。黏土多孔砖产量是市建筑建材业市场管理总站下达的限产指标的80%。核定建设工程墙体材料项目269个，征收专项资金628.5万元；核定建设工程水泥项目269个，征收专项资金47.6万元。 （顾衰洁）

建 筑 监 理

【建设工程质量监督】 2009年，区建设工程质量监督站受监工程547个，建筑面积865万平方米，比上年增长72.27%；工程投资额134.8亿元，增长

1倍。竣工备案工程344个，建筑面积483.5万平方米，工程投资额48.8亿元，一次通过率100%。其中住宅工程34个，建筑面积174.4万平方米，工程投资额19.2亿元。年内，23个工程获"嘉定杯"优质工程奖，28个工程被评为区"优质结构工程"。全年签发上海市建设工程质量问题整改通知单220份，处罚23起，罚款46.7万元。

2009年"嘉定杯"优质工程一览表

序 号	工 程 名 称	施 工 单 位
1	华亭镇敬老院扩建业务用房	上海坤地阳建筑发展有限公司
2	马陆镇清水湾公寓1标段4#、9#、10#	中铁建工集团有限公司
3	上海劳欣金属制品有限公司新建厂房	上海南翔市政建设工程有限公司
4	江桥镇水产养殖地块配套商品房18#	扬州市第五建筑安装工程有限公司(沪)
5	汇丰沁苑二期14#~21#	上海万恒建筑装饰工程有限公司
6	泰宸茗苑8#、27#	上海市嘉定区建设工程(集团)有限公司
7	上海慧创现代服务园c区5#、6#	上海市嘉定区建设工程(集团)有限公司
8	上海联西实业有限公司改建厂房	上海翰承建设发展有限公司
9	上海好侍食品有限公司迁建厂房	藤田(中国)建设工程有限公司
10	上海万商灯饰建造商务楼工程	浙江万汇建设集团有限公司
11	轨道交通十一号线嘉定北站装修工程	上海市第四建筑有限公司
12	徐行镇动迁商品房办公楼	上海市嘉定区建设工程(集团)有限公司
13	徐行镇社区文化活动中心、社区事务受理中心	上海光业建设发展有限公司
14	嘉定南门周家宅地块9#~16#	上海博蓝建设发展有限公司
15	上海新长征精细化工有限公司厂房	上海南翔市政建设工程有限公司
16	上海景昊企业发展有限公司业务配套用房	上海景顺建筑工程有限公司
17	江桥镇商业中心A地块新建酒店工程	上海嘉正市政工程有限公司
18	马陆镇产业综合用房	上海嘉甬建筑安装有限公司
19	嘉定新城初级中学校舍	上海嘉正市政工程有限公司
20	嘉定新城幼儿园	长业建设集团有限公司
21	保利家园二期18#~20#	中达建设集团股份有限公司
22	叶城四街坊幼儿园	上海住恒建设工程有限公司
23	上海金泰大型施工机械扩产增能(一期)工程	陕西建工集团总公司

2009年度嘉定区优质结构工程一览表

序 号	工 程 名 称	施 工 单 位
1	嘉定区司法中心	上海城建建设实业(集团)有限公司
2	马陆开发有限公司产业综合用房1#	上海嘉甬建筑安装有限公司
3	嘉定新城C9地块18#、20#、21#	中达建设集团股份有限公司

（续表）

序　号	工　程　名　称	施　工　单　位
4	上海世龙科技有限公司隔膜生产车间	通州建总集团有限公司
5	马陆清水湾公寓工程 1 号楼	中国中铁建工集团有限公司
6	嘉定新城东云街 1-5 地块新建综合楼	上海明联建设工程有限公司
7	嘉定新城 3-2 地块绿洲东云广场商业办公楼	舜杰建设（集团）有限公司
8	远香舫一期配套商品房 13#、15#、16#	上海森信建设工程有限公司
9	叶城四街坊幼儿园	上海住恒建设工程有限公司
10	菊园新区社区事务受理中心业务用房	江苏金土木建设集团有限公司
11	远香舫一期配套商品房 9#	上海嘉定娄塘建筑安装有限公司
12	远香舫一期配套商品房 4#	浙江宏伟建筑工程有限公司
13	嘉定新城幼儿园校舍	长业建设集团有限公司
14	嘉定新城初级中学校舍教学楼	上海嘉正市政工程有限公司
15	绿地嘉创国际商务广场	上海绿地建筑工程有限公司
16	安亭皇冠假日酒店工程	长业建设集团有限公司
17	上海三星实业有限公司研发车间	上海骏裕建筑工程有限公司
18	江桥镇 D 地块四期商住工程 17#、19#、21#	江苏苏中建设集团股份有限公司
19	南翔劳动保障事务所建造配套用房工程	上海城建建设实业（集团）有限公司
20	上海东创科研商务区二期工程产品检验大楼	河北建设集团有限公司
21	嘉定新城东云街 2-7 地块商务办公楼	浙江东阳第三建筑工程有限公司
22	南门周家宅 C 地块二期工程 1#、2#	上海博蓝建设发展有限公司
23	家旺景苑工程 4#、7#	上海静安区建设总公司
24	嘉定新城 C12 地块 5#、6#、7#	中达建设集团股份有限公司
25	安亭镇 107 街坊 8-1 宗地块 1#、2#、3#、5#、7#	上海西上海建设发展有限公司
26	神光装置及元器件研发基础设施建设项目 22#	上海司律建设工程有限公司
27	金地格林风范城二期 D 地快 2 标 3#、4#、9#	中天建设集团有限公司
28	金地格林风范城二期 D 地快 3 标 1#、2#、7#、8#	中天建设集团有限公司

【建设工程安全监督】 2009 年，区建设工程安全质量监督站受监项目 547 个，安全监督检查项目 1489 个次。其中合格 974 个次，占 65.41%；优良 48 个次，占 3.22%；不合格 467 个次，占 31.36%。有 48 个工程被评为区"文明工地"，有 11 个工程参加市级"文明工地"评选。统计范围内工程发生伤亡事故 4 起，死亡 4 人。签发上海市建设工程安全隐患整改通知书 349 份，暂缓施工指令书 116 份、停止施工指令书 2 份。实施项目经理能力考核证书扣分 59 起，共扣 81 分；专职安全员能力考核证书扣分 41 起，共扣 58 分；企业负责人考核证书扣分 12 起，共扣 17.5 分。全年受理安全生产许可证 146 件，

迎世博文明施工安全生产现场观摩会 　（区建交委供稿）

审核通过并发证 146 件;受理和审核"三类人员"能力考核证书 225 件 709 人次。

【建设工程项目违规处罚】 2009 年,区建设工程安全质量监督站组织 233 人次检查工地 137 个次,查获建设工程项目违规案件 33 件,处罚单位 55 个,罚款 98.76 万元。其中处罚未经许可擅自施工工地 19 个,涉及单位 30 个,罚款 40.7 万元;查处应招未招项目 7 个,涉及单位 7 个,罚款 19.63 万元;查处应投未投项目 3 个,涉及单位 3 个,罚款 4.03 万元;查处串标项目 2 个,涉及单位 3 个,罚款 21.7 万元;查处违法分包项目 3 个,处罚单位 3 个,罚款 3.3 万元;查处超越资质范围承接业务项目 2 个,处罚单位 2 个,罚款 2.2 万元;查处肢解工程 2 处,处罚单位 2 个,罚款 2.1 万元;查处无资质从事建筑活动 3 起,处罚单位 3 个,罚款 5.1 万元。

【施工合同备案 432 个】 2009 年,区建设工程交易分中心受理施工合同备案项目 432 个,建筑面积 875.34 万平方米,合同造价 126.63 亿元。监理、造价咨询合同登记项目 337 个,合同金额 2.43 亿元。 （顾袁洁）

【上海伊腾建筑设计有限公司完成设计项目 41 个】 2009 年,上海伊腾建筑设计有限公司完成设计项目 41 个,建筑面积 42 万平方米,概算投资 6.3 亿元;设计费收入 1380 万元,比上年增长 43.15%。 （丁 燕）

土 地 管 理

【概况】 2009 年,嘉定区土地管理工作围绕"加速城市化进程、促进'两个融合'"的发展战略,聚焦"一核两翼",科学合理安排土地利用计划,全力推进土地出让工作。全年经营性用地出让面积、出让价款均居上海市前列。全面梳理历年来"批而未供"、"供而未用"、"用而未尽"的存量土地,加大闲置土地处置力度。全力推进土地整理复垦工作,加强土地批后管理。积极探索集体建设用地流转、建设用地"增减挂钩"等试点性工作。 （孙华新）

【用地管理】 2009 年,各类建设用地报批 66 批次,面积 538.32 公顷(其中农用地 294.8 公顷);获批 41 批次,面积 331.34 公顷(其中农用地 156.33 公顷);工业项目出让土地 30 幅(含协议出让),出让土地面积 111.14 公顷,土地价款 4.59 亿元;经营性项目出让土地 25 幅(已签订出让合同),出让土地面积 188.97 公顷,土地价款 91.33 亿元。发放建设用地批准书 202 份,土地面积 721.4 公顷。整理复垦土地 481.83 公顷,新增耕地面积 140.9 公顷。完成三资企业土地使用费收缴 1245.56 万元,办理征地包干项目 188 件,征地面积 1086.58 公顷,总包干金额 6.85 亿元。 （孙华新 卢吉勇）

【国有土地使用权"招拍挂"成交总金额超过 189 亿元】 2009 年,嘉定区通过挂牌方式出让国有土地使用权的地块共 56 幅,面积 282.27 公顷,总成交金额 189.99 亿元,市、区两级出让金收益 57 亿元。 （孙华新）

2009 年嘉定区经营性地块"招拍挂"一览表

地块名称	面积（公顷）	摘牌日期	竞得单位	成交价格（万元）
江桥镇金沙江西路北侧地块	2.07	3 月 6 日	中国南方航空股份有限公司	10 256
徐行镇新漕河北侧、徐潘公路南侧地块	14.98	3 月 6 日	上海市嘉定区房产经营(集团)有限公司	21 348
嘉定新城 C08-7 地块	0.82	3 月 6 日	上海尧央投资管理股份有限公司	1 667
沪宁高速以南、祁连山路以东地块	0.94	3 月 6 日	上海嬿豪企业发展有限公司 上海欧哲实业有限公司 上海江恒建筑装饰工程有限公司	11 313
轨道交通十 号线静宁路站(嘉定西站)地块	7.84	5 月 13 日	上海新城万嘉房地产有限公司	39 999
嘉定工业区汇旺路北、胜辛路西地块	12.92	5 月 13 日	深圳市天居置业有限公司	23 260
绿苑路以西、嘉松北路以北地块	0.77	5 月 13 日	上海鸭王投资管理有限公司	2 140
菊园新区北水湾 B3 地块	1.74	5 月 13 日	上海冠辕投资管理有限公司	5 100
曹安商贸城 A 地块	4.59	6 月 11 日	上海市宁佰投资管理有限公司	40 200
嘉定新城 A11-4 地块	3.53	7 月 23 日	上海绿洲房地产(集团)有限公司	26 400
菊园新区北水湾 B1、B2、B4 地块	6.54	8 月 27 日	浙江步阳置业有限公司	90 206

（续表）

地块名称	面积（公顷）	摘牌日期	竞得单位	成交价格（万元）
南翔镇 A07、A08 地块	11.93	8 月 27 日	华润置地（上海）有限公司、超智资源有限公司	142 000
南翔镇 A02、A09、A10 地块	14.82	8 月 27 日	华润置地（上海）有限公司、超智资源有限公司	210 205
大型居住社区江桥基地一期地块	15.88	9 月 10 日	上海绿地置业有限公司	52 004
嘉定新城 A10-7 地块	1.23	9 月 11 日	上海电影（集团）有限公司	5 160
菊园新区 B10 地块	11.07	9 月 11 日	上海嘉宝实业（集团）股份有限公司	108 000
轨道交通十一号线汽车城站地块	6.59	10 月 21 日	上海新城万嘉房地产有限公司	71 695
轨道交通十一号线昌吉路站地块	3.97	10 月 21 日	上海绿地（集团）有限公司	41 800
和政路以东、嘉戬公路以北地块	3.91	10 月 22 日	上海保利建锦房地产有限公司	52 600
嘉定新城西云楼地块	5.87	10 月 26 日	上海易端投资有限公司	12 342
嘉定新城双单路以南、胜辛路以东（G9、G10）地块	8.55	11 月 4 日	上海绿地（集团）有限公司	128 000
南翔镇 A13 地块	4.6	11 月 4 日	上海朗华置业有限公司	66 088
规一路以东、真南路以南地块	3.12	11 月 4 日	上海世盟投资有限公司	17 530
嘉定新城中心区 C10-6、C14-2 地块	6.62	11 月 26 日	上海保利佳房地产开发有限公司	120 000
外冈卫生院及周边地块	1.58	12 月 17 日	上海嘉定商晟房产经营有限公司	7 000
嘉行公路以西、唐窑路以北地块	0.53	12 月 18 日	上海锦洋置业有限公司	3 440
米泉南路以西、博园路以北地块	0.56	12 月 18 日	铃木（中国）投资有限公司	2 450
嘉定新城 A15-1、B05-1 地块	6.28	12 月 18 日	上海龙湖置业发展有限公司、嘉逊发展香港（控股）有限公司	172 888
嘉定新城双丁路北、温泉路东地块	4.19	12 月 18 日	江苏常发地产股份有限公司	91 000
宝翔路以西、吾尚塘以南地块	4.52	12 月 25 日	上海新城万嘉房地产有限公司	95 360
嘉定新城 A04-1、A04-2 地块	7.34	12 月 25 日	上海保利佳房地产开发有限公司	131 000
嘉定新城 A03-8 地块	2.5	12 月 25 日	上海盘谷房地产有限公司	50 298
马陆远香坊二期地块	11.55	12 月 25 日	上海嘉定城市建设投资有限公司	10 880
合　　计	193.96			1 863 629

2009 年嘉定区工业地块"招拍挂"一览表

地块名称	面积（公顷）	摘牌日期	竞得单位	出让金额（万元）
江桥镇 0707 号工业地块	13.44	3 月 11 日	联华物流有限公司	5 647
江桥镇 0706 号工业地块	2.33	3 月 11 日	上海宏建投资有限公司	1 226
外冈镇百安公路、吴塘间工业地块	15	3 月 11 日	西上海（集团）有限公司	5 850
徐行镇 0701 号地块	1.04	3 月 18 日	上海日畅电器成套有限公司	407

（续表）

地块名称	面积（公顷）	摘牌日期	竞得单位	出让金额（万元）
徐行镇宝钱公路南侧、俞湾路北侧工业地块	2	3月18日	华荣集团有限公司	760
嘉定工业区0801号工业地块	8.51	5月21日	乔山健身器材（上海）有限公司（二期）	3 199
安亭镇0708号工业地块	1.9	6月3日	上海联翼发动机部件有限公司	855
外冈镇0808号工业地块	2.18	7月9日	上海中盐嘉青盐业有限公司	915
华亭镇0701号工业地块	10.97	7月17日	上海远大铝业工程有限公司	4 279
马陆镇0803号工业地块	1.34	7月17日	上海亚明灯泡厂有限公司	563
嘉定工业区0901号工业地块	3.98	7月17日	上海宝菱塑料制品有限公司	1 792
马陆镇0710号工业地块	0.65	8月28日	上海和兑汽车配件有限公司	274
嘉定工业区0907号工业地块	7.26	9月10日	上海嘉定工业区工业用房发展有限公司	3 048
嘉定工业区0909号工业地块	3.38	9月23日	上海文辉食品工业有限公司	1 421
徐行镇0901号工业地块	3.19	9月23日	上海耀赢电器有限公司	1 246
安亭镇0808号工业地块	1.46	9月23日	上海城建（集团）有限公司	615
安亭镇0809号工业地块	3.68	10月14日	上海天纳克排气系统有限公司	1 656
南翔镇0804号工业地块	1.32	10月14日	上海荣成金属制品有限公司	555
南翔镇0803号工业地块	0.68	10月14日	上海锦怡金属制品有限公司	288
安亭镇0811号工业地块	1	10月14日	上海军鑫汽车零部件有限公司	418
嘉定工业区0719号工业地块	0.75	11月4日	上海方宇工业设计有限公司	337
马陆镇0709号工业地块	1.39	12月2日	上海马陆资产经营有限公司	585
马陆镇0711号工业地块	0.84	12月2日	上海鑫地机械制造有限公司	352
合　计	88.31			36 288

【新增储备土地285.9公顷】　2009年，嘉定区土地储备开发中心新增储备项目33个（包括真南路以南、走马塘以西和米泉南路以西、博园路以北等地块），面积285.9公顷。

2009年嘉定区新增储备地块一览表

序号	地块名称	总面积（公顷）	所属街镇	用地性质
1	华南路以东、东小泾以北地块	3.22	江桥镇	住宅
2	临洮路以西、华江路以北地块	9.8	江桥镇	住宅
3	金华支路以东、金沙江西路以北地块	11	江桥镇	住宅
4	临洮路以东、金沙江西路以北地块	15	江桥镇	住宅
5	沪宁高速公路北侧加油站地块	0.13	江桥镇	商业
6	米泉南路以西、博园路以北地块	0.56	安亭镇	商业
7	真南路以南、走马塘以西地块	19.22	南翔镇	住宅
8	米泉南路以东、博园路以北地块	13.54	安亭镇	商业
9	墨玉南路西侧加油站地块	0.3	安亭镇	商业

（续表）

序号	地块名称	总面积（公顷）	所属街镇	用地性质
10	祁昌路以西、瞿门路两侧地块	12.17	外冈镇	住宅
11	百安公路以西、恒荣路以南地块	13.74	外冈镇	住宅
12	秦安路以东、曹安公路以北地块	4.56	安亭镇	住宅
13	浏翔公路以东、机耕路以南加油站地块	0.25	徐行镇	商业
14	嘉盛公路南侧加油站地块	0.25	徐行镇	商业
15	宝钱公路以南、伏弄路以西加油站地块	0.25	徐行镇	商业
16	百安公路以西、恒裕路以北加油站地块	0.44	外冈镇	商业
17	外冈镇原镇政府地块	0.8	外冈镇	商业
18	沪宁高速公路以北、临洮路以西地块	6	江桥镇	住宅
19	槎溪路以西、银翔路以南地块	2.05	南翔镇	商业
20	古猗园南路以东、银翔路以南地块	1.85	南翔镇	商业
21	众仁路以西、银翔路以南地块	2.12	南翔镇	商业
22	槎溪路以东、翔二河以南地块	1.88	南翔镇	商业
23	槎溪路以东、金通路以北地块	1.31	南翔镇	商业
24	金沙江西路以北、丰庄西路以东地块	0.3	真新街道	住宅
25	轨道交通十一号线以北、永盛路两侧地块	35	马陆镇	住宅
26	宝安公路以北、阿克苏路以西地块	15.74	马陆镇	住宅
27	百安公路以西、外冈新苑以南地块	6.02	外冈镇	住宅
28	新成路以西、宝嘉公路以北地块	28	菊园新区	住宅
29	胜辛路以东、胜竹路以北地块	30	嘉定工业区	住宅
30	胜辛路以东、嘉安公路以北地块	9.08	嘉定工业区	住宅
31	南翔镇横沥以西、金昌路以北地块	10.69	南翔镇	住宅
32	南翔镇沪宜公路以西、翔江公路以北地块	18.64	南翔镇	住宅
33	宝安公路以南、规划嘉新公路以西地块	12	马陆镇	商业
合计		285.9		

（姜瑞剑）

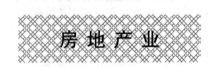

房地产业

【房地产开发企业 232 家】 2009 年，全区新增房地产开发企业 25 家，注销 15 家。至年底，全区有房地产开发企业 232 家。其中一级资质 2 家，二级资质 15 家，三级资质 21 家，暂定资质 194 家。

【房地产经纪组织 214 家】 2009 年，全区住房保障和房屋管理局核发房地产经纪组织备案证书 41 份（其中独立公司 37 家，分支机构 4 家），注销 5 家。至年底，全区注册备案的房地产经纪组织 214 家，其中独立公司 146 家，分支机构 68 家。 （汤 妍）

【核准拆迁房屋 37.6 万平方米】 2009 年，区住房保障和房屋管理局核发房屋拆迁许可证 20 张，核准拆迁 1462 户（其中居民 1407 户，单位 55 个），面积 47.7 万平方米（其中居民 26.6 万平方米，单位 21.1 万平方米）。实际完成民房拆迁 488 户，建筑面积 9.7 万平方米；拆迁单位 25 个，建筑面积 7.2 万平方米。

2009 年嘉定区拆迁许可证发放情况一览表

序号	基地名称	拆迁人	拆迁公司	发证日期	计划拆迁居民户		计划拆迁企业（家）	面积（平方米）
					户数（户）	面积（平方米）		
1	轨道交通十三号线华江路车站地块	上海轨道交通十三号线发展有限公司		2月3日	0	0	1	5 000
2	建造地下停车场及公共绿地工程地块	上海振鑫房地产开发有限公司		2月24日	31	6 500	0	0
3	轨道交通十三号线丰庄站	上海轨道交通十三号线发展有限公司		2月24日	0	0	2	16 367
4	徐行村商品房地块	上海市嘉定区土地储备开发中心		3月4日	3	660	0	0
5	江桥镇物流园区 0707 号地块	上海江桥现代物流发展有限公司		3月16日	11	2 476	1	273
6	沧海绿苑四期地块	上海嘉定区住宅建设综合开发有限公司		3月16日	20	4 100	0	0
7	沪宁城际轨道交通娄蕴特大桥南翔北高架站项目	沪宁城际铁路股份有限公司		4月8日	35	5 477	0	0
8	京沪高铁上海动车段工程地块	京沪高速铁路股份有限公司		4月27日	33	6 420	2	6 213
9	京沪高速铁路正线（市界-崧泽高架）	京沪高速铁路股份有限公司	上海嘉储拆迁服务有限公司	4月27日	33	6 208	1	6 299
10	黄家花园路以西、靖远路以南地块	上海市嘉定区土地储备开发中心		4月27日	2	435	0	0
11	嘉定新城 C8-1、C8-2、C11-1、C11-2 地块	上海市嘉定区土地储备开发中心		7月16日	0	0	1	12 740
12	大型居住社区江桥基地地块	上海绿地置业有限公司		8月17日	291	64 000	23	105 000
13	轨道交通十三号线金沙江西路站房屋拆迁地块	上海轨道交通十三号线发展有限公司		8月21日	7	1 750	5	444
14	江桥镇曹安公路北居住区商品房开发及共建配套地块	上海华江建设发展有限公司		9月8日	5	1 096	0	0
15	曹安公路以南、华江路两侧地块	上海市嘉定区土地储备开发中心		9月17日	618	96 522	14	48 583
16	曹安公路南侧、安虹路西两侧	上海国际汽车城发展有限公司		9月21日	2	470	0	0
17	安亭 11 号地块	上海新申房产建设有限公司		10月29日	54	11 800	0	0
18	辟筑胜辛路工程项目	上海嘉定轨道交通建设投资有限公司		11月18日	4	147	0	0
19	汽车城核心 B 地块	国际汽车城发展有限公司		12月7日	258	57 500	4	7 100
20	真南路以南、走马塘以西地块	上海市嘉定区土地储备开发中心		12月7日	0	0	1	3 000
合　计					1 407	165 561	55	211 019

（王耀明）

【房地产交易面积 349.92 万平方米】 2009 年,区住房保障和房屋管理局办理商品房预售登记 21 052 套,面积 212.11 万平方米,金额 137.62 亿元,分别比上年增长 7.04%、24.92% 和 43.38%。新建商品房网上预销售交易签约 24 671 套,面积 237 万平方米,金额 238.08 亿元,分别比上年增长 29%、33% 和 90%。其中新建市场化公寓 12 234 套,面积 117.32 平方米,金额 119.73 亿元,分别比上年增长 1.3 倍、1.13 倍和 1.39 倍;存量住房网上交易签约 10 586 套,面积 93.82 万平方米,金额 73.6 亿元,分别比上年增长 1.52 倍、1.64 倍和 2.31 倍。

2009 年嘉定区房地产交易登记情况表

月份	新建商品房				新建市场化公寓				存量住房			
	套数(套)	面积(万平方米)	金额(万元)	均价(元/平方米)	套数(套)	面积(万平方米)	金额(万元)	均价(元/平方米)	套数(套)	面积(万平方米)	金额(万元)	均价(元/平方米)
1	964	9.24	73105	7912	406	3.86	29558	7665	324	2.75	18476	6708
2	992	8.40	78078	9293	424	3.93	33382	8498	464	3.85	25869	6728
3	1721	16.42	133245	8113	1015	9.20	79800	8678	744	6.41	44218	6901
4	2147	20.38	177593	8712	1446	13.62	117180	8604	807	6.92	48185	6960
5	2857	28.52	252997	8871	1466	13.73	124287	9051	887	7.64	57837	7568
6	2428	21.61	222830	10311	1282	12.19	116631	9564	1002	8.81	64536	7325
7	2784	24.81	259642	10466	1375	12.68	129883	10242	1087	9.65	71733	7436
8	1786	16.67	187382	11242	741	6.97	74895	10740	1082	9.98	74771	7492
9	1733	16.00	163068	10192	698	7.31	80392	10995	975	8.82	69802	7913
10	2033	20.50	242227	11818	939	8.75	109116	12465	851	7.53	65710	8725
11	2397	24.21	268941	11108	1473	14.56	163832	11254	1170	10.39	91819	8835
12	2829	30.24	321685	10638	969	10.52	138320	13147	1193	11.07	103076	9314
合计	24671	237.00	2380793	10045	12234	117.32	1197276	10205	10586	93.82	736032	7845

(戴宝英)

2009 年嘉定区部分地区商品房价格表

单位:元/平方米

地区	楼盘	价格	地区	楼盘	价格
嘉定城区	嘉华居	9 991	安亭镇	安亭名邸	11 148
	盘古天地泰逸华庭	14 409		澳丽映象嘉园	9 587
	右岸嘉园	9 391		莱茵郡城	11 523
	保利湖畔阳光苑	13 832	外冈镇	顺驰兰郡名苑	10 500
	马陆清水湾公寓	11 406	真新街道	嘉宝都市港湾城	13 901
	保利家园(公寓、别墅)	11 258	南翔镇	中冶祥腾城市佳园	13 529
江桥镇	嘉城	15 023		民主东街二期	13 070
	天际蓝桥苑	12 520		金地格林风范城	17 589
	华江景苑	9 351		上隽嘉苑	12 579

(沈丽芳)

【发放商品房预售许可证 60 张】 2009 年,区住房保障和房屋管理局发放商品房预售许可证 60 张,比上年减少 9.09%;预售商品房 15 679 套,建筑面积 147.64 万平方米,分别增长 27.7% 和 17.53%。 (张 懿)

【新增廉租房政策受益家庭 111 户】 2009 年,新增廉租受益家庭 111 户,完成市房管局下达年度目标任务的 1.23 倍;享受廉租补贴家庭 387 户,提前完成区府实事工程——为 380 户低收入住房困难家庭提供住房保障的工作，发放廉租房租金补贴296万元。

（孙 敬）

【区房地产（集团）有限公司开工面积11.11万平方米】 2009年，嘉定区房地产（集团）有限公司开工面积11.11万平方米，在建面积40.24万平方米，竣工面积5.08万平方米，工程合格率100%。全年销售商品房面积4.88万平方米，回笼资金5.52亿元，实现利润总额3886万元，上缴税额5600万元。年内，鼎秀园与南北周项目分获"市优秀住宅建筑房型设计奖"和"市优秀住宅优秀保障性住房奖"，在市住宅建设实事立功竞赛活动中，1人获"立功竞赛记功"表彰。 （徐 肃）

【区房产经营（集团）有限公司实现利润5661万元】 2009年，嘉定区房产经营（集团）有限公司施工面积40.18万平方米，实现利润5661万元，上缴税额5678万元。"汇丰荷苑"工程土建竣工，"汇丰沁苑"二期交付使用。别墅项目"绿洲香格丽花园"和嘉定轨道交通动迁房实事工程项目"汇丰凯苑"开工建设。年内，公司继续强化内部管理，加强干部职工队伍建设，倡导特色企业文化，增强企业核心竞争力。集团公司开发建设的"华亭佳苑"获"2009中国土木工程詹天佑奖住宅小区优秀工程质量奖"，"汇丰沁苑"二期和"华亭佳苑"获"上海市节能省地型'四高'优秀小区"称号，"华亭佳苑"和"汇丰荷苑"获上海市优秀保障性住

房奖，集团公司获区文明单位和"劳动关系和谐模范企业"称号，企业资信继续保持AAA级。在上海市住宅建设实事立功竞赛活动中，1人获"建设功臣"称号，计划开发部获"先进集体"称号，连续19年被评为"上海市住宅建设实事立功竞赛先进公司"

【绿洲房地产（集团）有限公司开工面积9.17万平方米】 2009年，绿洲房地产（集团）有限公司开工面积9.17万平方米（其中新开工茗馨公寓项目2.8万平方米，古猗新苑项目竣工3.05万平方米），净资产2.37亿元，净资产收益率21.68%。全年销售商品房2.3万平方米，实现销售收入1.81亿元，净利润4642万元，上缴税额2336万元。古猗新苑项目获"中小房型设计奖"及"规划设计奖"。

【上海绿洲投资控股集团有限公司成立】 2009年，嘉定区房产经营（集团）有限公司和绿洲房地产（集团）有限公司整合重组，成立上海绿洲投资控股集团有限公司。组建上海绿洲投资控股集团有限公司是贯彻区委、区政府关于优化国企布局、做大做强区属房地产开发企业的战略举措。整合重组后的上海绿洲投资控股集团有限公司是一家以房地产开发为主，产业涉及建筑施工及装潢、实业投资、物业管理等方面的多元化经营企业集团，拥有国家一级开发资质，总资产达20亿元。12月23日，在徐行镇举行上海绿洲投资控股集团有限公司揭牌仪式

暨"绿洲香格丽花园"开工典礼。

（王文斌）

【建工集团完成利税3387万元】 2009年，区建设工程（集团）有限公司实现利税3387万元。5月，泰宸家园（二期）动迁房竣工，有11幢住宅楼276套商品房，建筑面积3万平方米。6月，动迁商品房泰宸茗苑（二期）竣工，建筑面积2.38万平方米。8月，公司参股建设开发的商品房嘉贤庄（二期）竣工，建造别墅52幢，建筑面积3.42万平方米，其中地下建筑1.7万平方米。9月，参股开发的商品房华江景城竣工，建筑面积10万平方米。12月，公司承建的胜辛路二标工程竣工，工程全长1160米，有桥梁2座。年内，公司获嘉定区建筑业管理协会"优秀施工企业"称号和市建委、市住宅建设实事立功竞赛小组颁发的"上海市先进公司"称号，被上海市建筑业行业协会评为"上海市建筑业诚信企业"。公司承建开发的上海慧创现代服务园发展有限公司C区5号房、6号房和1A楼、1B楼，泰宸茗苑8号、27号房获嘉定区建筑业管理协会"嘉定杯"优质工程。丰庄13街坊2期1号房被上海市建筑施工行业协会评为"白玉兰"奖。10月9日，公司控股企业——上海曹安商贸城发展有限公司的三期动迁基地完成全部动迁户签约工作。公司下属嘉定煤气安装有限公司完成产值1657.41万元，缴纳税金27.82万元，工程质量合格率100%，优良率63%；嘉定工业设备安装有限公司完成产值980万元，利润10万元，缴纳税金35万元；上海磊成物业管理有限公司受理维修2851例，完成2851例，完成率100%。

（丁 燕）

住宅建设

【竣工住宅170万平方米】 2009年，全区商品房新开工面积279.9万平方米，其中住宅新开工212.6万平方米。商品房竣工面积212.6万平方米，其中住宅竣工面积170万平方米。房地产投资126.8亿元，比上年增长40.3%。其中住宅投资93.7亿元，增长60%。

【2个小区通过"四高"优秀小区验收】

嘉房置业发展有限公司成立十周年座谈会 （陈启宇 摄）

2009年,上海市嘉定区房产经营(集团)有限公司开发的汇丰沁苑二期、上海市顺驰方城置业有限公司开发的兰郡·名苑通过上海市"四高"优秀小区验收。总建筑面积为21万平方米,其中住宅面积为17.8万平方米。

【动迁配套商品房建设】 2009年,全区动迁配套商品房年新开工登记备案项目11个,住宅面积97.24万平方米,分别为嘉定南门周家宅C地块二期、D-7-5地块配套商品房二期、江桥一号地块四街坊配套房、D-7-5地块配套商品房三期、菊园新区E03-2地块动迁安置房、泥家浜四期、静华村李店角配套房、新成路街道B17地块配套商品房、练祁佳苑一期配套商品房、江桥D-2地块动迁安置房和大型居住社区江桥基地一期配套商品房。年内,动迁配套商品房核发使用许可证8张,涉及黄渡镇D-7-5和D-8-3基地一期、沧海绿苑一期、中星海兰苑、泰宸家园二期、泰宸沙河茗苑二期、钜凯馨园、南北周地块一期、博威·祥源福邸,住宅面积38.86万平方米。

【大型居住社区建设】 2009年,江桥拓展基地规划用地53公顷,规划总建筑面积64万平方米,其中住宅52万平方米;6月24日起,陆续开工建设32万平方米。南翔大型居住社区被列为上海市第二批保障性用房基地,规划总用地528公顷,规划总建筑面积490万平方米,其中住宅325万平方米。11月,由绿地集团承建的10万平方米经济适用住房正式开工。

【住宅建设立功竞赛】 2009年,嘉定区再获"上海市住宅建设实事立功竞赛先进分赛区"称号。在"立功竞赛"活动中,被评为市级记功个人1人和市住宅赛区级先进公司(创建项目)4个、先进集体11个、专项奖3个、建设功臣6人、记功个人13人。

【经济适用住房建设】 2009年,全区经济适用住房主要通过"供地配建"模式解决,在梳理存量动迁配套商品房的基础上,将一部分存量房予以申报转化为经济适用房。年内,全区有涉及"5%配建"的"招拍挂"土地21幅,落实保障性住房11万平方米,为经济适用住房配售奠定房源基础。

【优秀人才住房配售】 2009年,第一批24套优秀人才住房配售工作落实,第二批100套优秀人才住房进入筹措协调阶段。 (孙 敬)

物 业 管 理

【业主委员会与物业管理企业】 2009年,全区有业主委员会259个,其中新成立10个,换届36个。至年底,在嘉定区注册的物业管理企业138家,其中在区内管理居住物业的物业管理公司80家。年内,区住房保障和房屋管理局完成5家企业的物业管理资质复审换证工作。

2009年业主委员会分布情况表

地区	嘉定镇街道	新成路街道	真新街道	安亭镇	嘉定工业区	马陆镇	南翔镇	菊园新区	外冈镇	江桥镇	徐行镇	华亭镇	合计
个数(个)	61	39	28	28	19	7	30	11	7	26	2	1	259

2009年物业管理公司(区内)分布情况表

地区	嘉定镇街道	新成路街道	真新街道	安亭镇	嘉定工业区	马陆镇	南翔镇	菊园新区	外冈镇	江桥镇	合计
个数(个)	9	4	10	12	6	2	9	6	2	20	80

(郭晓泉)

【房屋综合整治投入资金1.61亿元】 2009年,全区投入资金1.61亿元,完成9个街镇的旧住房综合整治工作,整治面积143万平方米,涉及房屋963幢,受益居民2.3万户。

2009年嘉定区房屋综合整治情况表

序 号	小区名称或项目地址	房屋幢数(幢)	竣工面积(万平方米)	投入资金(万元)
1	塔城路800弄	18	4.03	504.62
2	清河路西片	13	2.31	323.5

（续表）

序　号	小区名称或项目地址	房屋幢数(幢)	竣工面积 （万平方米）	投入资金（万元）
3	六一新村	18	3.36	470.1
4	温宿路 16 弄	3	0.92	128.31
5	城南新村	13	3.98	474.1
6	塔东 491～495 弄	9	1.98	193.92
7	迎园 13 坊	21	2.52	151.13
8	迎园 6 坊	12	1.84	148.08
9	江桥三村一街坊	7	1.05	58.25
10	丰庄西路 433 弄	39	10.91	1 526.7
11	栅桥小区	22	5.61	784.95
12	塔东 492～496 弄	3	1.39	194.69
13	民乐路 100 弄	48	4.9	588.38
14	汇华小区	15	2.13	212.5
15	永峰新苑	15	1.96	192.66
16	马陆街小区	9	1.24	170
17	德华三村	26	3.84	429.15
18	德华四村	26	3.68	388.12
19	丰庄一村	50	13.47	1 750.83
20	江桥一村	15	3.99	500
21	花园新村	66	8.96	850.73
22	玉兰一村	42	7.66	930.12
23	察院弄	12	3.92	549.08
24	清河路东片	12	1.78	249.81
25	迎园一坊	13	3.67	220.35
26	迎园二坊	31	6.57	489.65
27	清河路 420 弄	15	3.46	403.9
28	育英街 3252 弄	15	4.50	427.31
29	育兰路 40 弄	11	2.84	270.01
30	德华一村	47	5.73	653.81
31	南苑七村	7	2.14	128.18
32	南苑八村	12	2.95	176.78
33	花园弄高层	4	2.69	429.84
34	嘉丰大厦	1	1.33	212.94
35	旧里	293	9.80	927.02
合　　计		963	143.11	16 109.52

（沈　斌）

【归集物业维修资金 8.12 亿元】 2009 年,物业维修资金专户有 241 个项目 445.71 万平方米,归集物业维修资金 8.12 亿元。 (潘晓东)

【前期物业管理招投标】 2009 年,全区有天际蓝桥苑等 15 个住宅小区(建筑面积 218.58 万平方米)通过招投标确定前期物业管理单位,另有 9 个楼盘依照物业管理招投标规定免招投标手续。

2009 年嘉定区前期物业管理招投标情况表

序号	小 区 名 称	建筑面积（万平方米）	中 标 企 业
1	风荷丽景尚城	6.18	鼎泰物业管理有限公司
2	保利湖畔阳光苑	5.78	上海保利酒店物业管理有限公司
3	润渡佳苑二期	14.6	上海中波物业管理有限公司
4	盘古天地泰逸华庭一期	17.75	港联物业服务有限公司
5	安亭名邸	12.34	上海美达物业管理有限公司
6	保利家园 c12 地块	11.05	上海保利酒店物业管理有限公司
7	远香坊一期	17.26	上海贝城物业管理有限公司
8	龙湖郦城	27.38	重庆新龙湖物业管理有限公司
9	汇丰荷苑	6.65	上海贝城物业管理有限公司
10	沪宜公路 3066 弄	13.07	上海广厦物业管理有限公司
11	爱德佳苑四、五街坊	16.36	上海欣纪物业管理有限公司
12	金地格林风范城二期 D 地块	18.72	上海金地物业服务有限公司
13	天际蓝桥苑	14.24	上海佳安物业管理有限公司
14	莱茵北郡	19.42	上海盈嘉物业管理有限公司
15	中冶祥腾城市广场 A 地块	17.78	上海安亦物业服务有限公司

(王晓松)

交 通 运 输

编辑　袁黛英

综　述

　　2009年,加快推进《嘉定区公交线网调整方案》的落实,确保地面公交与轨道交通十一号线及时、合理、有序衔接。新辟公交线路6条,调整公交线路24条。调整延长公交营运时间,嘉定城区公交末班车营运时间延长至20:30,至各镇公交末班车延长至19:00。新增公交车50辆,其中6辆为节能环保的新能源纯电动公交车。年内,嘉定公交公司运送乘客3781.94万人次,营运里程2283.72万公里,实现营业收入1.17亿元、税后利润354.74万元。全年新增、更新公交车136辆;至年底,共有各类营运车353辆。3月21日起,所有营运线路均实施优惠换乘和延长优惠时间措施。8月27日,在嘉定客运中心开展公共交通行业反恐防范应急演练活动。嘉定长途客运站有长途客运线路143条,其中始发23条,过境配载120条。全年省际客运量68万人次,其中始发31万人次,过境配载37万人次。年内,760辆区域性出租汽车上路营运10289.5万公里,运送乘客1192万差次2600万人次,电调叫车34.5万差次,实现营业收入17768.5万元;92%的出租车完成车身改色工作。年内,区城市交通运输管理署开展道路运输经营许可审核办理工作,对区内营运货车、道路运输企业、道路危险品运输企业及危险品运输车辆进行年度审验和上门监督检查;为区内21家货运代理和32家停车场(库)换发《上海市道路运输行业备案证明》。区城市交通行政执法大队围绕公交、出租、省际客运、货运、汽修、停车场、驾校等七大交通运输行业,开展各类执法检查。区地方海事处开展船舶进出港签证办理、船舶检查、水上水下作业许可证核发、组织封航等工作,举行内河码头安全隐患排查活动。区航务管理所开展水上运量抽样调查;核查水路运输企业、水路运输服务企业和个体运输户,审查危险品码头危险货物许可证;开展规范内河码头经营许可工作,43家港口企业通过评估并取得港口经营许可证。

　　　　　　　　　　(徐文国)

公共交通

【新辟、调整公交线路】　年内,新辟公交线路6条。其中5条为城区线路,分别为嘉定9路、嘉定10路、嘉定11路、嘉定12路和嘉定13路。新辟的安菊线连接轨道交通十一号线嘉定北站和安亭站,方便沿线市民,解决上外实验学校师生出行困难。调整公交线路32条,其中24条分别与轨道交通十一号线沿线各站点配套衔接。

【加强公交线网调整方案宣传工作】
年内,通过《嘉定报》、嘉定电视台、"上海嘉定"门户网站等媒体集中宣传《嘉定区公交线网调整方案》;印制城区线路图300张,张贴于嘉定城区各居民小区宣传橱窗;印制并分发信息手册6万份,让市民了解轨道交通十一号线试运营期间配套公交线路的走向、站点及班次时刻等;在车站、商场、公交车等客流集聚地发放宣传资料。

公共交通行业反恐防范应急演练　　(区交运局供稿)

【加强公交站点环境综合整治】 年内,综合整治嘉定客运中心等公交站点环境。整修嘉定客运中心候车大厅,规范标志牌,悬挂迎世博宣传图;拆除各公交站点内不规范棚顶和广告牌;调整公交车停车位及上客通道,方便市民乘车。

【省际客运公交化探索】 年内,为解决太仓市常规公交与上海市轨道交通十一号线的对接问题,在上海市交通港口局的支持下,区交运局与太仓交通管理部门沟通协调,在轨道交通十一号线试运营期间,开通太仓至轨道交通十一号线嘉定北站的公交"太嘉线"。"太嘉线"的开通,既是两地经济社会发展的需要,也是推进长三角交通一体化建设的重要举措。

【临时公交枢纽(起讫)站点配套建设】 年内,区交运局配合轨道公司等相关单位制定8个临时公交枢纽的建设方案,加强与建设单位协调沟通,确保工程质量和进度,使轨道交通十一号线营运后与各公交站点有效衔接。协调相关部门完成塔新路、倪家浜路站,立昂路、嘉宏路站,双河路、金鼎路站等3个公交起讫站的配套建设工作。

【元旦、春运客流量超千万人次】 1月1~3日,嘉定公交公司运送乘客31.88万人次,其中元旦客流量12.19万人次。春运期间,嘉定长途客运站发送客车6463班次,运送旅客65293人次,分别比上年增长49.53%和7.23%。其中始发1223班次19863人次,配载5190班次43165人次,包车50车次2265人次。市内公交运送乘客749.6万人次,其中嘉定公交公司运送347.6万人次,增长38.49%。区域性出租车运送乘客308万人次,比上年下降12.75%。

交通志愿者活动　　　　（区交运局供稿）

【清明、"五一"、端午节等节假日客流量】 3月14日~4月6日,嘉定公交公司组织发送扫墓专线车1612班次,运送乘客5.72万人次。其中4月4日,运送乘客1.17万人次。"五一"期间,运送乘客38.8万人次,比上年增长25.57%。端午节期间,运送乘客32.3万人次。

【"十一"期间客流量167.94万人次】 "十一"期间,嘉定公交公司发送客车27968班次,运送乘客100.4万人次,营运里程58.34万公里。嘉定长途客运站发送省际乘客2.65万人次,其中始发8938人次、配载1.69万人次、包车665人次。760辆区域性出租车承载30.9万差次,接送乘客64.89万人次。

【开展出租车运价和计价器调整工作】 年内,开展区域性出租车计价器和运价调整工作。至10月16日,区内三家区域性出租汽车公司的760辆出租车完成计价器调换工作;起步费由9元上调至10元,超出3公里起租里程后,每公里单价由2.1元上调至2.4元。

【区域性出租汽车公司实现营业收入1.78亿元】 年内,全区共有区域性出租汽车760辆,其中桑塔纳普通型417辆、桑塔纳3000型343辆,均为双班车。全年上路营运10289.5万公里,其中载客营运5679.36万公里,有效行驶率55.2%;运送乘客1192万差次2600万人次;电调叫车34.5万差次,比上年下降31%。三家区域性出租汽车公司实现营业收入17768.5万元,出租驾驶员月平均收入3538元,均与上年基本持平。根据市行业管理部门要求,开展区域性出租车车身改色工作;至年底,92%的出租车完成改色任务。

【开展交通志愿者活动】 4月25日,区交运局联合相关单位开展交通志愿者活动。在嘉定主城区16个(组)公交站点(枢纽)和3个出租车候客站,宣传和引导乘客有序上下车,维护站点候车秩序及环境卫生。

（陈　彪　徐文国）

2009年嘉定区新辟公交线路一览表

名称	起点	讫点	走　向	首末班时间		间隔（分钟）	票价（元）	里程（公里）	开线日期
				起点	终点				
安菊线	安亭站	嘉定北站	自安亭站起经墨玉南路、墨玉路、泽普路、新源路、民丰路、墨玉北路、嘉安公路、塔城路、城中路、城北路、皇庆路至嘉定北站	6:00 19:00	6:00 19:00	15~25	1~5	18.63	11.25

（续表）

名称	起点	讫点	走　向	首末班时间		间隔（分钟）	票价（元）	里程（公里）	开线日期
				起点	终点				
嘉定9路	菊园车站	嘉定新城站	自菊园车站起经嘉行公路、环城路、清河路、城中路、沪宜公路、白银路、永盛路、双丁路至嘉定新城站	5：15	6：00	15～25	1	12.58	12.25
				20：30	21：20				
嘉定10路	嘉定北站	塔新路倪家浜路站	自嘉定北站起经城北路、环城路、金沙路、温宿路、博乐路、塔城路、塔城东路、新成路、仓场路、和政路、迎园路、茹水路、塔城东路、塔新路至塔新路倪家浜路站	5：25	6：00	12～20	1	8.05	11.3
				20：30	21：05				
嘉定11路	嘉定西站	立昂路嘉宏路站	自嘉定西站起经陈家山路、红石路、清河路、城中路、塔城路、博乐路、博乐南路、墅沟路、澄浏中路、嘉戬公路、立新路、嘉宏路、立昂路至立昂路嘉宏路站　回程：立昂路嘉宏路站起经立昂路、嘉富路、立新路复原线至嘉定西站	5：20	6：00	15～25	1	8.43	12.28
				20：30	21：10				
嘉定12路	嘉定客运中心	嘉定西站	自嘉定客运中心起经沪宜公路、嘉罗公路、塔城路、博乐路、温宿路、城中路、城北路、胜竹路、红石路、陈家山路至嘉定西站　回程：自嘉定西站起经陈家山路、红石路、胜竹路、城北路、城中路、清河路、博乐路、塔城路、嘉罗公路、沪宜公路至嘉定客运中心	5：25	6：00	12～20	1	8.45	12.1
				20：30	21：05				
嘉定13路	嘉定客运中心	菊园车站	自嘉定客运中心起经群裕路、沪宜公路、城中路、城北路、平城路、嘉唐公路、环城路、嘉行公路、棋盘路、平城路、新成路、胜竹路、嘉行公路至菊园车站	5：25	6：00	10～20	1	8.15	12.1
				20：30	21：00				

2009年嘉定区公交线路调整一览表

名称	起点	讫点	线　路　走　向	首末班时间		间隔（分钟）	票价（元）	里程（公里）	调整日期
				起点	终点				
安亭1路	安亭站	上海国际赛车场站	自安亭站起经墨玉南路、墨玉路、昌吉路、新源路、民丰路、墨玉路、墨玉北路、园国路、园汽路、园区路、伊宁路至上海国际赛车场站	6：30	6：30	15～20	1	13.13	11.26
				19：20	20：00				
嘉安线	嘉定客运中心	安亭站	自嘉定客运中心起经沪宜公路、城中路、清河路、沪宜公路、外冈路、外青松公路、曹安公路、墨玉路至安亭站	4：50	5：00	20～25	1～6	22.45	12.14
				19：00	19：20				
嘉店线	嘉定客运中心	罗店站	走向不变	5：10	6：00	20～25	1～5	19.85	12.30
				19：00	20：00				
嘉定1路	嘉定客运中心	嘉定北站	自嘉定客运中心起经群裕路、沪宜公路、叶城路、博乐南路、嘉戬公路、迎园路、仓场路、嘉罗公路、塔城路、金沙路、温宿路、城中路、城北路、皇庆路至公交嘉定北站　回程：自公交嘉定北站起，经城北路、城中路、清河路、博乐路、温宿路循原线至嘉定客运中心	5：25	6：00	10～20	1	7.7	12.10
				20：30	21：00				

（续表）

名称	起点	讫点	走向	首末班时间		间隔（分钟）	票价（元）	里程（公里）	开线日期
				起点	终点				
嘉定2路	嘉定客运中心	嘉定客运中心	城中方向:自嘉定客运中心起经群裕路、沪宜公路、城中路、环城路、清河路、沪宜公路、嘉安公路、普惠路、裕民路、富蕴路、福海路、沪宜公路至嘉定客运中心	6:00	6:05	10~20	1	7.93	12.8
			福海路方向:自嘉定客运中心起经群裕路、沪宜公路、福海路、富蕴路、裕民路、普惠路、嘉安公路、沪宜公路、清河路、环城路、城中路、沪宜公路至嘉定客运中心	20:22	20:30				
嘉定3路	新成路车站	嘉定北站	自新成路车站起经新成路、仓场路、嘉罗公路、沪宜公路、群裕路、裕民路、富蕴路、沪宜公路、高昌路、塔城路、城中路、城北路至嘉定北站	6:00	6:00	12~20	1	7.25	11.30
				20:30	20:30				
嘉定4路	嘉定客运中心	菊园车站	自嘉定客运中心起经群裕路、沪宜公路、嘉罗公路、仓场路、金沙路、博乐路、温宿路、金沙路、嘉行公路、棋盘路、永靖路、树屏路、嘉行公路至菊园车站	5:30	6:00	12~20	1	6.65	12.25
				20:30	21:00				
嘉定5路	新成路车站	嘉定西站	自新成路车站起经新成路、仓场路、茹水路、迎园路、和政路、塔城东路、塔城路、嘉安公路、普惠路、裕民路、永盛路、福海路、胜辛路、陈家山路至嘉定西站（因永盛路道路未竣工,临时走向为普惠路、福海路、胜辛路、陈家山路至嘉定西站）	6:00	6:00	10~20	1	10.45	12.26
				20:30	20:30				
嘉定6路	菊园车站	白银路站	自菊园车站起经嘉行公路、树屏路、棋盘路、嘉行公路、金沙路、塔城路、博乐路、博乐南路、墅沟路、迎园路、嘉戬公路、博乐南路、叶城路、普惠路、裕民路、胜辛路、白银路至白银路站	5:15	6:00	12~20	1	12.5	12.24
				20:30	21:15				
嘉定7路	菊园车站	兴庆路胜辛北路站	自菊园车站起经嘉行公路、树屏路、柳湖路、胜竹路、嘉唐公路、平城路、城北路、兴庆路至兴庆路胜辛北路站	6:00	6:30	30~40	1	11.43	12.12
				19:00	19:30				
嘉葛线	嘉定北站	葛隆站	自嘉定北站起经城北路、城中路、塔城路、嘉安公路、嘉松北路、沪宜公路至葛隆站	5:00	5:40	45~50	1~4	16.25	12.5
				19:00	19:40				
嘉广线	嘉定客运中心	东方国贸站	走向不变	5:00	5:55	20~25	1~5	19.65	12.13
				19:00	19:50				
嘉华线（原嘉浏线）	嘉定北站	浏河汽车站	自嘉定北站起经城北路、城中路、塔城路、嘉罗公路、澄浏公路、宝钱公路、浏翔公路、沪太路、郑和路、闸北路至浏河汽车站	5:00	5:10	40~60	1~6	16.25	12.3
				18:00	18:50				
嘉黄专线	嘉定北站	黄渡汽车站	自嘉定北站起经城北路、城中路、塔城路、嘉安公路、嘉松北路、曹安公路、绿苑路至黄渡汽车站回程:自黄渡汽车站起经绿苑路、新黄路、曹安公路、嘉松北路循原线至嘉定北站	5:00	5:45	30~35	1~5	18.55	12.5
				19:00	19:50				

（续表）

名称	起点	讫点	走　向	首末班时间		间隔（分钟）	票价（元）	里程（公里）	开线日期
				起点	终点				
嘉江专线	嘉定客运中心	轻纺市场站	走向不变	5：20	6：20	25～35	1～7	26.78	12.21
				19：00	20：00				
嘉陆线	嘉定北站	崇恩寺站	自嘉定北站起经城北路、平城路、嘉唐公路、娄陆公路、飞沪路至崇恩寺站	5：00	5：40	40～50	1～4	10.53	12.15
				19：00	19：35				
嘉牛专线	嘉定北站	牛头泾站	自嘉定北站起经城北路、环城路、清河路、沪宜公路、外冈路、外青松公路、外钱公路、宝钱公路至牛头泾站	5：20	6：00	20～25	1～4	17.1	12.13
				19：00	19：40				
嘉潘线（原嘉罗线）	嘉定北站	徐潘公路沪太公路站	自嘉定北站起经城北路、城中路、塔城路、塔城东路、新成路、嘉罗公路、澄浏公路、徐曹路、前曹路、徐潘公路、至徐潘公路沪太公路站	5：00	5：40	40～60	1～4	15.75	12.3
			回程：自徐潘公路沪太公路起经徐潘公路、劳动路、曹新公路、施曹公路、徐曹路循原线至嘉定北站	19：00	19：40				
嘉钱线	嘉定北站	砖瓦厂站	自嘉定北站起经城北路、环城路、清河路、沪宜公路、外冈路、外青松公路、外钱公路、百安公路、瞿门路、玉川路、恒飞路、百安公路、宝钱公路、外钱公路至钱门砖瓦厂站	5：00	5：40	30～35	1～5	17.05	12.13
				19：00	19：35				
嘉松线	嘉定客运中心	乐都路车站	走向不变	5：30	5：30	20～25	1～10	50.76	12.31
				19：00	19：00				
嘉泰线	嘉定北站	泰和路蕰川路站	自嘉定北站起经城北路、胜竹路、嘉行公路、金沙路、温宿路、博乐路、塔城路、塔城东路、新成路、仓场路、澄浏中路、宝安公路、沪太公路、A20（富长路匝道下）、泰和西路至泰和路蕰川路站	5：50	7：00	25～30	1～7	27.84	12.16
				19：20	20：30				
嘉唐华线	嘉定北站	霜草墩站	自嘉定北站起经城北路、平城路、嘉唐公路、嘉行公路、霜竹公路至霜草墩站	5：00	6：20	30～40	1～5	19.35	12.15
				19：00	19：10				
嘉唐华支线	嘉定客运中心	浏岛休养院站	走向不变	5：20	6：00	30～35	1～4	13.3	12.31
				19：00	19：35				
嘉亭线	嘉定客运中心	安亭站	走向不变	6：00	6：00	20～25	1～5	18.8	12.18
				20：00	20：00				
嘉翔线	嘉定客运中心	南翔汽车站	自嘉定客运中心起经群裕路、沪宜公路、嘉罗公路、博乐南路、嘉戬公路、嘉戬支路、大治路、浏翔公路、横仓公路（大宏村调头）、浏翔公路、丰翔路、真南路、沪宜公路、古猗园路、民主东街、佳通路、中佳路至南翔汽车站	5：00	5：55	30～35	1～5	21.58	12.27
				19：00	19：55				
嘉朱线	嘉定客运中心	嘉朱公路汇旺路站	自嘉定客运中心起经群裕路、沪宜公路、城中路、环城路、清河路、红石路、陈家山路、胜辛北路、汇源路、嘉朱公路至嘉朱公路汇旺路站	5：00	5：35	20～25	1～4	12.84	12.28
				19：00	19：35				
嘉朱专线	嘉定北站	竹桥站	自嘉定北站起经城北路、环城路、清河路、沪宜公路、嘉朱公路、宝钱公路、嘉朱公路至竹桥站	5：00	5：35	30～35	1～4	14.05	12.11
				19：35	19：35				

（续表）

名称	起点	讫点	走　向	首末班时间		间隔（分钟）	票价（元）	里程（公里）	开线日期
				起点	终点				
马陆1路	马陆站	大裕村站	自马陆站起经康丰路、崇教路、永盛路、宝安公路、嘉新公路、丰功路、澄浏中路、嘉戬公路、立新路、嘉富路、立昂路、嘉旺路、立业路、嘉戬公路、浏翔公路、大治路至大裕村站	6：50　19：30	6：00　19：30	20～25	1	15.4	12.17
马陆2路	马陆站	陈村村站	自马陆站起经康丰路、崇教路、永盛路、宝安公路、敬学路、思义路、浏翔公路、思星路、科茂路、思义路、科盛路、宝安公路、陈宝路至陈村村站	6：00　19：00	6：35　19：30	25～30	1	12.25	12.17
南翔1路	南翔汽车站	新丰村站	自南翔汽车站起经中佳路、佳通路、民主东街、古猗园路、沪宜公路、真南路、丰翔路、浏翔公路、纬五路、昌翔路、陈翔路、浏翔公路、蕴北路至新丰村站	6：00　18：20	6：35　18：55	40～45	1	8.74	12.27
南翔1路（区间）	南翔汽车站	科盛路蕴北路站	自南翔汽车站起经中佳路、佳通路、民主东街、古猗园路、沪宜公路、真南路、丰翔路、浏翔公路、纬五路、昌翔路、陈翔路、浏翔公路、蕴北路至科盛路蕴北路站	6：40　19：00	7：15　19：35	40～45	1	8.74	12.27
南翔2路	南翔汽车站	嘉好路和裕路站	自南翔汽车站起经中佳路、佳通路、真南路、沪宜公路、古猗园路、德华路、德园路、真南路、沪宜公路、嘉前路、惠申路、嘉美路、胜辛南路、嘉好路至嘉好路和裕路站	5：25　6：00	6：00　19：35	25～30	1	9.04	12.27

【嘉定公交公司实现营业收入1.17亿元】 2009年，嘉定公交公司运送乘客3781.94万人次，比上年增长24.58%；实现营业收入1.17亿元，增长13.59%；营运里程2283.72万公里，增长7.96%；实现税后利润354.74万元。全年新增、更新公交车136辆；至年底，共有各类营运车353辆，其中空调车占92.92%。

【嘉定长途客运站运送省际旅客68万人次】 至年底，嘉定长途客运站有长途客运线路143条。其中始发线路23条：嘉定—浙江（杭州、嘉兴各2条），嘉定—江苏（溧阳、南京、六垛、无锡、浏河、苏州、昆山各3条），嘉定—安徽（定远、蒙城、湾址、南陵、太和、来安），嘉定—重庆（澎水），嘉定—河南（淮滨）；过境配载线路120条。全年省际客运量68万人次，其中始发31万人次，比上年增长24%；过境配载37万人次，比上年下降7.5%。　　（周　勇）

陆上运输

【道路运输经营许可管理】 2009年，区城市交通运输管理署审核办理道路运输经营许可407件，其中非专业运输300件、专业运输39件、二类维修15件、三类专项维修20件（其中汽车快修2件）、公交33件。依法受理登记备案71件，其中汽车维修46件、货运代理2件、停车场（库）8件、公交7件、自有校车8件。

【道路货物运输行业管理】 年内，区城市交通运输管理署对区内7690辆营运货车、2324家道路运输企业、16家道

沪太城际快线开通暨朝阳路车站启用仪式（区交运局供稿）

路危险品运输企业及 450 辆危险品运输车辆进行年度审验,对区内 21 家货运代理和 32 家停车场(库)换发《上海市道路运输行业备案证明》。全年办理运输企业歇业 179 家、营运车辆转籍或注销 921 辆。督促完成营运车辆技术等级评定 8293 辆,其中一级车 1466辆、二级车 2711 辆、三级车 4116 辆;二级维护 14857 辆次,其中外区检测车辆595 辆次。全年上门检查 278 家次,其中对危险品运输企业及危险品运输车辆维修企业上门监督检查 129 家次;出动交通行政执法人员 672 人次。

【机动车维修行业管理】 2009 年,全区共有汽车维修经营户 731 家,其中综合检测站 1 家、一类企业 10 家、二类企业 152 家、三类维修户 371 家、二类摩托车维修户 197 家。全行业从业人员4023 人,年维修产值 4.7 亿元,维修量38 万辆次。其中整车大修 104 辆次、总成大修 105 辆次,汽车维护 5.6 万辆次,小修 26.6 万辆次,专项修理 5.4 万辆次,摩托车修理 3005 辆次。至年底,区汽车维修与检测协会共有会员632 个,其中团体会员 162 个、个体会员 470 个。 (张宏伟 刘志刚)

【城市交通行政执法】 2009 年,区城市交通行政执法大队围绕公交、出租、省际客运、货运、汽修、停车场、驾校等七大交通运输行业,开展执法检查1640 次,出动执法人员 6952 人次、执法车辆 2543 辆次。检查公交客运车1323 辆次、出租汽车 4629 辆次、长途客运车 3311 辆次、货运车 3656 辆次、

道路停车行业监管 (区交运局供稿)

危险品运输车辆 109 辆次,分别查获违规车辆 34 辆次、221 辆次、286 辆次、154 辆次和 7 辆次;检查汽修企业 72家次、停车场 23 家次、驾校 21 家次,分别查获违章行为 30 件、1 件和 6 件。查扣各类非法营运车 1021 辆,其中"黑公交"26 辆、"黑出租"995 辆;受理公安部门移交"摩的"等非法营运车 49辆。全年受理人民来信 46 件;处理举报、投诉案件 40 件,处理率 100%。

(赵国震 陈维磊)

水 上 运 输

【海事管理与船舶检验】 2009 年,区地方海事处共办理船舶进出港签证37054 艘次 923.2 万吨;检查各类船舶18408 艘次,纠正违章船舶 5150 艘次;

内河码头安全隐患排查活动 (区交通局供稿)

核发水上水下作业许可证 23 张;组织封航 15 次;发布航行通告 1 期。全年区域内发生水上重大交通事故 1 起,死亡 1 人。全年征收船舶港务费 245万元、货物港务费 1115 万元。区船舶检验所全年检验各类船舶 153 艘次,计26344 总吨、19502 千瓦,船舶检验费27 万元。

【危险品码头、危险品运输船舶和船员管理】 3 月,区地方海事处开展内河码头安全隐患排查活动。共发放安全宣传资料 105 份,出动执法人员 400 人次、执法车辆 70 辆次、巡逻艇 25 艘次,检查码头 85 座(其中危险品码头 7座)。查出安全隐患 17 处,提出整改意见 14 条,当场整改 4 处。全年受理危险品船舶签证 268 艘次,检查 300 吨以下内贸液化船舶 81 艘次、危险货物12.4 万吨。年内,换发新版五等船员适任证 49 本,办理船员服务簿 49 本。

【航道管理】 年内,区航务管理所受理沿跨河建筑审批 10 项。其中码头 1座、桥梁 5 座、管线 4 座。

【内河港口运政管理】 年内,区航务管理所对全区水上运量抽样调查,全年水上运量 750 万吨。其中进港运量 745万吨,出港运量 5 万吨。全年核查水路运输企业 7 家、水路运输服务企业 6家、个体运输户 3 家,换发船舶营运证 5张,审查危险品码头危险货物许可证 7张。开展规范内河码头经营许可工作,43 家港口企业通过评估并取得港口经营许可证。 (朱永兴 李 莉)

邮电·公用事业

编辑　袁黛英

综　　述

2009年，上海市邮政公司嘉定区邮政局全年完成邮政业务总量3.66亿元，实现邮政业务收入2.44亿元。辖区内有报刊零售点104处，信箱、信筒152个，投递线路146条3819.9公里。中国电信股份有限公司上海嘉定电信局完成营业收入6.28亿元，拥有固定电话用户38.86万户、宽带用户18.92万户、IPTV（交互式网络电视）用户5.41万户、"我的e家"用户8.19万户、CDMA手机用户11.81万户和小灵通用户1.44万户。中国移动通信集团上海有限公司嘉定分公司全年新增移动电话用户12万余户，累计118万余户（包括外来流动人口）。至年底，全区共有中国移动营业厅19家。2009年，嘉定供电分公司企业劳动组织机构由上海市电力公司三级制管理改为二级制管理，组建成立中共上海市电力公司嘉定供电公司委员会。全年售电62.88亿千瓦时，实现售电收入50.2亿元。建成运行上海市首座节能型、数字化变电站——110千伏封周变电站和110千伏新城主变电站，完成州桥老街架空线入地工程。上海燃气市北销售有限公司嘉定分公司所辖区域共有天然气家庭用户208789户、单位用户1282户，共有IC卡智能表家庭用户207367户。全年销售天然气8347.49万立方米，比上年增长26.55%。嘉定自来水有限公司全年供水总量1.49亿吨，售水量1.22亿吨，产销差率18.16%，水质综合合格率99.8%；完成新用户接水371户和住宅配套3772户。

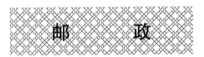

邮　　政

【邮政业务总量增长24.49%】　2009年，上海市邮政公司嘉定区邮政局（以下简称嘉定区邮政局）下辖集邮商函分公司、包裹速递分公司、发行零售分公司和13个邮政支局、17个邮政所、5个邮政服务处。全年完成邮政业务总量3.66亿元，比上年增长24.49%；邮政业务收入2.44亿元，增长6.55%。其中邮政储蓄业务收入5206万元，比上年7765万元下降49.15%（部分邮政储蓄网点由区邮政局划入邮政储蓄银行嘉定支行）。年内，辖区内有报刊零售点104处，信箱、信筒152个，区内转趟邮路3条69公里，开箱邮路2条18公里，特快邮路1条40公里。至年底，总计投递线路146条3819.9公里。其中摩托化投递线路28条1162.2公里，自行车投递线路114条2403.7公里，汽车（大用户）投递线路2条38公里，机要投递线路2条216公里。

2009 年邮政主要业务统计表

项　目　名　称	单　位	年　份 2008	年　份 2009	2009 年比上年±%	备　　注
业务总量	亿元	2.94	3.66	24.49	
业务收入	亿元	2.29	2.44	6.55	
国内特快专递	万件	87.33	111.1	27.22	含礼仪业务
国际特快专递	万件	34.33	44.56	29.8	
国内函件	万件	1 252.9	1 866	48.93	含大宗函件、商业信函和邮资明信片
国际函件	万件	35.48	25.12	-29.2	

(续表)

项 目 名 称	单 位	年 份 2008	年 份 2009	2009 年比上年±%	备 注
国内包件	万件	24.15	35.74	47.99	
国际包件	件	9 571	4 923	-48.56	含中国香港、澳门、台湾
国内汇票	万张	70.66	70.94	0.4	
机要文件	件	5 274	5 855	11.02	

【邮政局所网点建设】 年内,投资 250 万元,装修改造城中路、黄渡、南翔 3 个邮政支局。1 月,开设马陆科盛邮政所。11 月,因动迁撤销西门邮政所。

【成立黄渡邮政电子商务运营中心】 6 月,嘉定区邮政局筹建黄渡邮政电子商务运营中心;11 月,建成运行。该中心集电子交易、贸易、呼叫中心、物流配送、资金结算等功能于一体,是发展邮政电子商务业务的主阵地,提供信息流、资金流、物流"三流一体"的邮政服务。

【转变投递服务方式】 年内,嘉定区邮政局将转变投递服务方式与优化人力资源配置、降本增效相结合。对江桥支局实行日报早投,每天三频次投递,订户提早 2 小时收到日报;继续推进邮政综合服务点(亭)进街道、进社区、进小区的"三进"工程,对黄渡、娄塘邮政支局实行邮路投递社会化试点,与相关镇、社区签约委托投递。全年减少邮路 11 条、投递员 8 人。

【邮政贺卡业务收入 640 万余元】 年内,通过开展贺卡业务专项竞赛,实现业务收入 640 万余元。全年开发定制型贺卡项目 110 个,累计 150.88 万枚,业务收入 485.77 万元。其中为上海正欧涂料有限公司策划制作定制型贺卡 30 万枚,业务收入 84 万元;为江桥镇政府和南翔镇政府策划制作世博题材定制型贺卡 6.5 万枚,业务收入 13.35 万元;为太平洋人寿保险上海分公司策划制作定制型影视贺卡 7 000 枚,业务收入 10.5 万元。实现销售型贺卡业务收入 154.4 万元。

【销售世博门票 10 万余张】 3 月 27 日,嘉定区邮政局作为上海世博会境内门票销售指定代理商之一,在区内所有邮政网点对外销售上海世博会境内门票,票种分为平日普通票和指定日普通票。至年底,共销售世博门票 10 万余张。

【发放万张便民指路图】 7 月,在城中路、江桥、南翔、安亭、丰庄 5 个邮政支局推出迎世博便民措施——"义务指路"服务,印制便民指路图 1 万张,在营业窗口发放,方便市民、游客查询出行路线。
(朱鹤英)

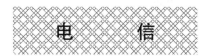

电 信

【完成电信营业收入 6.28 亿元】 2009 年,中国电信股份有限公司上海嘉定电信局(以下简称嘉定电信局)完成营业收入 6.28 亿元。年内,拥有固定电话用户 38.86 万户,新增 6700 户;宽带用户 18.92 万户,新增 2.29 万户;IPTV(交互式网络电视)用户 5.41 万户,新增 1.67 万户;"我的 e 家"用户 8.19 万户,新增 4.13 万户;CDMA 手机用户 11.81 万户,新增 9.54 万户;小灵通用户 1.44 万户。

【优化电信网络】 年内,嘉定电信局优化电信网络,推进"光进铜退"建设。在江桥分局进行 EPON(以太网无源光网络)试点建设,全年建成全网 EPON+POTS(模拟电话业务)端口 43 506 线,EPON+LAN(局域网)端口 28 204 线,EPON+DSL(数字用户线)端口 14 400 线;建成并开通各类 PON+DSL(无源光网络+数字用户线)局站 99 个。提高宽带接入能力,扫除接入盲点,建成综合 POP 点(网络服务提供点或局端) 156 个、数据 POP 点 135 个。加快 FTTB 接入网改造,提高宽带运行质量,实施 FTTB 汇聚层拆分、800 台 2403F 退网更新和丰庄十四街坊 EPON 改造工程。优化 CDMA 移动网络并升级至 3G。完成 59 个基站寻址工作,建成室内覆盖点 135 个,改造基站 83 个,覆盖无线热点 113 个。

【推出"业务受理 2+3"服务】 年内,嘉定电信局在张马路营业厅推出"业务受理 2+3"服务,即"三分钟完成 IT

移动公司营业厅 (中国移动嘉定分公司供稿)

系统操作、两分钟完成与客户沟通"，缩短用户临柜办理时间，落实营销职责和预受理、预处理服务流程。增强营业厅等候区服务功能，通过"服务顾问"制度，对等候客户进行"贴身+贴心"服务。

【开设"中国电信天翼专营店"】 年内，在清河路 100 号开设区内首家"中国电信天翼专营店"，为用户购买天翼手机终端提供便利。该店集体验、服务、销售为一体，设 3G 体验区、手机展示区、业务受理区，用户可免费体验天翼 3G 无线宽带业务，选购三星、LG、华为等品牌手机终端，享受手机终端后续服务。 （甘欢欢）

【中国移动上海公司嘉定分公司新增用户 12 万余户】 2009 年，中国移动通信集团上海有限公司嘉定分公司（以下简称中国移动上海公司嘉定分公司）新增移动电话用户 12 万余户，累计 118 万余户（包括外来流动人口）。至年底，全区共有中国移动营业厅 19 家。

2009 年中国移动上海公司嘉定分公司营业网点一览表

名　　　称	地　　　址	电　　话
清河路营业厅	清河路 100 号	13816310080
仓场路营业厅	仓场路 418 号	13817010080
南翔营业厅	南翔镇民主街 271～273 号	13816810080
安亭营业厅	墨玉路 181 号	13816510080
丰庄营业厅	安边路 35 号	13816910080
马陆营业厅	宝安公路 3158 号	13817110080
外冈营业厅	外青松公路 11 号	13817510080
江桥营业厅	曹安公路 2118 号 1010～1013 室	13817310080
菊园营业厅	平城路 376 号	13817610080
福海路营业厅	福海路 74～80 号	13916910080
徐行营业厅	新建一路 2218 号	13917110080
朱家桥营业厅	嘉朱公路 1420～1424 号	13917410080
黄渡营业厅	绿苑路 300 号	13917910080
唐行营业厅	嘉行公路 3128 号	13918110080
封浜营业厅	吴杨东路 405 号	13918310080
同济大学嘉定校区动感地带品牌店	嘉松北路 6128 号（同济大学内）	13817510081
方泰营业厅	方中路 77 弄 73～3 号	13816310081
戬浜营业厅	嘉戬公路 681 号	13818710087
新郁路营业厅	新郁路 835 号 1025 室	13817710089

【继续推进新农村移动信息化专项工作】 年内，完成嘉定工业区 6 个村、4 个社区，华亭镇 3 个村、1 个居委会的新农村移动信息化建设达标工作。与嘉定工业区、华亭镇分别签订新农村移动信息化建设框架协议。

【基础设施建设】 年内，新建移动通信基站（宏物理站）7 座、室内覆盖站 4 个、居民小区覆盖站 34 个。至年底，全区共有宏站 262 座、室内覆盖站 91 个、居民小区覆盖站 140 个。至年底，共有传输光缆 1862.04 公里。 （兰其逢）

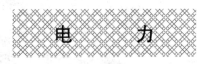

电　力

【企业劳动组织机构改革】 12 月 28 日，嘉定供电分公司企业劳动组织机构由上海市电力公司三级制管理改为二级制管理，组建成立中共上海市电力公司嘉定供电公司委员会。完善任总经理，俞宝美任书记。

【售电量增长 2.34%】 2009 年，嘉定供电分公司实现售电 62.88 亿千瓦时、售电收入 50.2 亿元，分别比上年增长 2.34% 和 20.96%。新装工房电度表 26425 只，例调单相电度表 59804 只、三相电度表 692 只，处理什项表 3408 只，新装大用户表 311 套（附有其它配套设备）。年内最高用电负荷出现在 7 月 21 日，为 1408 兆瓦，增长 8.81%。全年查处窃电用户 629 户，追补电量 97.71 万千瓦时，追缴电费 78.71 万元，违约费 369.28 万元。至年末，共有用电客户 360111 户，其中大工业 2527 户、普通非工业 33399 户、农业 4329 户、城乡居民 315418 户、非居民照明 4438 户。

【全市首座节能型、数字化变电站投入运行】 9月29日，上海市首座节能型、数字化变电站——110千伏封周变电站建成运行。变电站建有10千伏供电线路24条、电力排管2.24公里、10千伏架空线0.85公里，敷设110千伏单芯电缆2.68公里、10千伏电缆14.61公里，投运40兆伏安主变压器2台。变电站采用地源热泵空调、太阳能发电、节能型照明、非晶合金杆式站用变压器及低损耗主变压器等节能技术设备，每年节约标准煤41.2吨，减排二氧化碳79吨。

【110千伏新城主变电站建成投运】 3月6日，位于双丁路以南、G15高速公路以西的轨道交通十一号线110千伏新城主变电站建成并投入运行。该变电站于2008年4月25日开工，新敷2×8孔电力排管10公里、110千伏单芯电力电缆60公里、110千伏电源仓2个、通讯光缆和自动化接口等，新设3.15万千伏安主变压器2台、10千伏供电线路10条，总投资1.25亿元，提供电力6.3万千伏安。

【完成州桥老街架空线入地工程】 7月31日，历时7个月、总投资4356.09万元的州桥老街架空线入地工程完工。工程包括拆除旧电杆62根、高低压电力导线5020米、杆上变压器20套，新立9~11米电杆13根，敷设10千伏电缆11.425公里、0.4千伏电缆10.36公里、电力排管1.7公里、顶管9处428米，新建低压电缆分支箱19台、电缆桥1座、工井3座、电缆沟51座、开关站1座、箱式变电站22座和环网柜6座，架设光缆2公里。 （舒仲林）

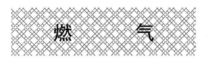

州桥老街架空线入地工程
（嘉定供电分公司供稿）

燃 气

【新增天然气用户1.7万户】 2009年，上海燃气市北销售有限公司嘉定分公司（以下简称燃气嘉定分公司）所辖区域新增天然气家庭用户16785户，拆除83户；累计208789户，比上年增长8.7%。新增天然气单位用户197户，拆除25户；累计1281户，增长15.51%。全年受理住宅配套工程224.92万平方米，竣工148.62万平方米。

【燃气销售】 2009年，燃气嘉定分公司销售天然气8347.49万立方米，比上年增长26.55%。至年底，全区共有IC卡智能表家庭用户207367户，占家庭用户总数的99.32%。

【燃气安检】 年内，燃气嘉定分公司派专业人员上门为用户免费安检，共安检家庭用户205469户、单位用户845户；隐患整改率70.3%，安检覆盖率100%，安检整改处置率100%。

【燃气输配管理】 年内，燃气嘉定分公司巡检设备样板，重要设备完好率100%，有责脱压脱销事故为零。巡检道路管线1234.85公里、里弄管线2341.07公里，完成"1年4次道路巡检和2次街坊巡检"常规工作。处理地下管网漏气212次，其中报修漏气108次、自查漏气66次、误报38次。开展管网改造和保养工作，更换补偿器618根、腐烂支管6082.74米、调压器"2+0"11台、到龄支管316根；完成阀门、水井、桥管、牺牲阳极和调压器的保养工作。燃气管线设施监护到位率100%。

【安全管理】 年内，实现"六无一控制"（"六无"：有责安全事故为零，违章指挥、违规操作为零，管线事故为零，燃气管线零占压，用户用气事故为零，有责脱压脱销事故为零；"一控制"：社会燃气事故死亡人数控制在2人之内）目标。未发生一般火灾、有责行车、设备事故、社会燃气事故和死亡事故。对外服务承诺兑现率100%，规范服务执行率99.58%，用户投诉处理及时率100%，满意率100%。

【表务管理】 年内，燃气嘉定分公司加强家庭和单位用户表管理。实现家庭用户表数据分析专业化、表型统一化、手掌机抄表标准化。开展单位用户大表巡查工作，建立用气设备档案，加强跟踪随访，组建专业检修队伍，实施配套管理机制；对验收合格的表具加贴防拆标记和铅封，实行"查表框、查设备、查容量"制度，健全"抄表卡、巡检卡、安检卡、诚信卡、设备卡"五卡资料，制定"一户一照"管理措施。

【拓展服务新模式】 年内，在黄渡地区试点推行燃气网络化服务新模式，向用户公开工作人员姓名、联系电话、服务时间、服务项目等，实行全天候服务，做到安检有效、巡检到位、服务便捷。加强社企联手，定期到社区开设燃气安全常识讲座，开展社区便民服务5次；与嘉定镇街道建立区内首支社区安全用气协管员队伍。在业务柜台实行"充值、收款、业务"三岗合一，减少用户等候时间。 （王凌波）

自 来 水

【嘉定自来水有限公司供水量增长0.29%】 2009年，嘉定自来水有限公司供水总量1.49亿吨，比上年增长0.29%；售水量1.22亿吨，减少0.23%；产销差率18.16%；出厂水浊

度控制在 0.3NTU 以下,水质综合合格率 99.8%。年内,敷设直径 100 毫米以上的管道 49.67 公里,完成抢(维)修 8747 次,修漏及时率 100%。完成新用户接水 371 户,完成住宅配套 3772 户。7 月 21 日,全天供水 48.76 万吨,供水量创区日供水量的历史新高。年内,由于雨水较多导致内河水质变差、受咸潮影响等因素,全区原水质量逐年下降。嘉定自来水有限公司采用原水预处理装置,通过生产成本大量投入确保水质达标。经上海水务监测中心抽查检测,嘉定区各项水质指标名列全市各制水企业前茅。

【自来水行业规范窗口服务形象】
2009 年,为配合上海市供水行业"擦靓窗口迎世博、文明服务塑形象"活动,嘉定自来水有限公司根据《上海自来水行业服务规范(试行)》标准,对营业所门面进行全面改造,安装统一规范的门头灯箱、电子滚动显示屏、银联刷卡机等设施,窗口服务人员实行统一着装,开展迎世博礼仪培训。

【伊宁路水库泵站建成投入使用】 7 月,伊宁路水库泵站工程竣工;为给轨道交通十一号线建设让道,供水管线搬迁,调试工作顺延至 10 月底;12 月,泵站正式投入使用。工程于 2007 年 6 月开工建设,总投资 3546.73 万元,占地面积 1.91 公顷。本期建设规模为供水量 7.2 万吨/日,远期建设规模为供水量 10 万吨/日。

【供水价格调整】 2009 年,根据区物价局嘉价〔2009〕23 号《关于同意调整本区非居民用户自来水价格和排水费的复函》文件精神,区自来水公司于 6 月 1 日起调整全区非居民用户自来水价格和排水费。工业、行政和其它用水户水价调整为 2 元/立方米,饮料生产特种用水户水价调整为 3.1 元/立方米,桑拿浴场特种用水户水价调整为 10.6~15.6 元/立方米,洗车业特种用水户水价调整为 5.6 元/立方米,馈水调整为 1.2 元/立方米。全区已执行居民水价标准的学校、养老院等用户不做调整。行政事业用户排水费调整为 1.7 元/立方米,工业、经营服务、特种用水等其它非居民用户排水费调整为 1.8 元/立方米,重点污染户〔指经测定所排放的废(污)水指标超过《上海市污水综合排放标准》(DB31/199 - 1997)的用户〕加收排水费 0.8 元/立方米;自取水源(包括取用地下水的单位)排水费按上述标准执行,排水量按取用水量的 90% 计量;全区已执行居民水价标准的各类学校本次不作调整。根据嘉定区物价局嘉价〔2009〕30 号《关于同意调整本区居民用户水价的复函》文件精神,嘉定自来水有限公司从 8 月 20 日起对供水范围内的居民用水价格进行调整,采取单一制方案分两步实施。8 月 20 日起每立方米综合水价从 1.91 元调整为 2.3 元(其中 1.33 元为水价,1.08×0.9 元为排水设施使用费)。

【城中路输水管改造工程竣工】 2009 年,嘉定自来水有限公司推进老城区旧管改造工作,翻新城中路直径 500 毫米清水管(清河路—北城河桥段),更新改造温宿路至北城河桥段直径 500 毫米管道。3 月,工程开工;4 月 14 日,工程竣工。工程敷设直径 500 毫米球墨管及钢管 606.43 米,完成用户对接 8 处,市政消火栓对接 4 处。改造工程从根本上消除水管老化引起的爆管隐患,为夏季高峰供水和世博会期间的安全供水提供保障。

【农村供水改造首次使用智能水表】
2009 年,实施嘉定工业区雨化村供水设施改造工程。工程由雨化村出资,嘉定自来水有限公司监管施工,将塑料旧水管更换成钢塑复合管,并进行"一户一表"供水改造。2008 年 10 月,工程开工;2009 年 3 月,工程竣工。总投资 110 万,敷设新水管 1.8 万米,安装新型智能型水表 468 户。4 月 23 日,经嘉定自来水有限公司验收合格并投入使用。

【胜辛路浑水管搬迁】 2009 年,轨道交通十一号线胜辛路道路拓宽使胜辛路(胜竹路—王家宅河桥)的浑水管处于快车道下,对安亭镇原水供应产生影响。2~10 月,嘉定自来水有限公司实施管道搬迁工程。工程北起胜辛路一号桥,南至王家宅河桥,在胜辛路道路中心向西 22.5 米处的非机动车道敷设直径 1200 毫米钢管 848 米,其中姚泾岸河与王家宅河两座桥管采用倒虹管施工,原砼管废弃。 (唐绮华)

【完成 95 万平方米居民二次供水设施改造】 2009 年,按照市政府部署,区水务局在真新街道、市北自来水公司等相关部门合作下,投资 2200 余万元,完成真新街道 110 万平方米住宅的二次供水设施改造任务。其中改造水箱 977 只、泵房 21 间、水表 1.5 万只。真新街道 13 个居民小区 1.5 万户居民受益。 (赵云峰)

金 融 业

编辑 宋怀常

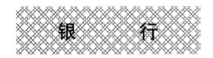

【农行嘉定支行存款余额 248.6 亿元】

2009 年,面对国内外复杂多变的经济形势,中国农业银行上海市嘉定支行坚持以科学发展观为指导,围绕"保发展、调结构、控风险、夯基础、强队伍"的工作主线,以中国农业银行股份制改革为契机,加快推动经营转型,提升风险防控水平,经营规模与效益同步增长,发展速度与质量全面提高。年末,支行人民币存款余额 248.6 亿元,比上年增加 37.4 亿元,增长 17.71%;人民币贷款余额 94.1 亿元,增加 16.96 亿元,增长 22%。全年累计代理基金 6.21 亿元,销售"本利丰"理财产品 5.49 亿元,新增有效贷记卡 8840 张,完成中间业务收入 9771 万元,实现经营利润 4.12 亿元。

(陈晓华)

【建行嘉定支行贷款余额超百亿元】

2009 年,中国建设银行股份有限公司上海嘉定支行认真贯彻"以客户为中心"的经营理念,坚持稳健经营,强化风险管理,各项业务稳步发展。年末,支行本外币存款余额 175.12 亿元,其中企业存款 101.04 亿元,比上年增加 21.42 亿元,增长 27%;对私存款 73.98 亿元,增加 15.89 亿元,增长 27.35%。本外币贷款余额 100.48 亿元,其中对公贷款 78.98 亿元,增加 3.14 亿元,增长 4.14%;对私贷款 21.5 亿元,增加 5 亿元,增长 30.3%。

全年实现考核利润 3.53 亿元,中间业务收入 1.1 亿元,国际结算业务量 10.68 亿美元。2009 年,建行嘉定支行成立三十周年,支行先后举行"行庆三十周年职工业务知识竞赛"、"嘉定区'建行杯'扑克比赛"、"员工书画、艺术作品征集"、"行庆三十年征文"、"支行成立三十周年成果展示"等活动,扩大建行在嘉定地区的影响力。(葛月宝)

【中行嘉定支行存款余额 61 亿元】

2009 年,中国银行上海市嘉定支行紧紧围绕市分行"抓机遇、勇争先、克难关、促增长,实现又好又快持续发展"的工作方针,以服务世博为契机,转变经营理念,落实风险管理要求,健全内控体系,优化资产和客户结构,加快业务拓展和创新步伐,各项工作稳步推进。年末,支行本外币存款余额 61 亿元,比上年增长 29.29%;本外币贷款余额 51 亿元,增长 59.97%。全年实现经营利润 1.46 亿元,比上年下降 16.09%。本外币中间业务净收入 4969 万元,国际结算业务量 14.97 亿美元。新发信用卡 1.23 万张、借记卡 3.4 万张,新增企业账户 150 家、理财客户 710 户、网银客户 1.3 万户。年内,支行加大人才培养力度,通过招聘应届大学生、岗位竞聘、岗位调整、建立人才储备等途径,调整工作人员的年龄结构和专业结构。通过调整营销人员配置方式,开展营销模式整合,加强公司业务、个金业务的联动发展,不断提升服务能力和服务水平。(范佳妮)

【工行嘉定支行存款余额 114.95 亿元】 年末,中国工商银行股份有限公司上海市嘉定支行本外币各项存款余额 114.95 亿元,比上年增长 15.92%;本外币各项贷款余额 63.52 亿元,增长 46.53%。全年本外币中间业务收入 1.1 亿元,增长 38.3%。年内,支行坚持以"以客户为中心"的经营理念,大力支持区域经济发展,为中小企业提供综合化金融服务;坚持以维护和发展优质客户为重点,不断升级"理财金账户"服务。同时,以迎世博为契机,积极履行社会责任,不断提升服务质量。调整辖区内网点营业时间,履行"您身边的银行"服务承诺,每周 6 天以上营业网点 9 家,其中 2 家为 365 天营业网点,无每周 5 天营业网点。增加自助设备,为客户办理业务提供便利,新增存取款一体机 20 台,多媒体自助终端及单功能自助终端 16 台,各类自助机具总数超过 70 台。 (李佩寅)

【浦发银行嘉定支行存款余额 55.9 亿元】 2009 年,浦东发展银行嘉定支行紧紧围绕总行战略发展目标,完善管理机制,加强队伍建设,着力提高管理水平和区域竞争力,在业务发展、制度建设、风险管理、服务优化和文化建设、"争优创先"综合竞赛等方面制定一系列工作目标和任务措施,实现规模更大、效益更好、质量更佳、结构更优的良性发展局面。年末,支行本外币存款余额 55.9 亿元,比上年增长 27.02%。其中对公存款余额 37.06 亿元,增长 23.41%;储蓄存款余额 18.82 亿元,增长 34.62%。本外币各项贷款余额 32 亿元,比上年增加 7.38 亿元,增长 29.98%。累计完成国际结算业务量 6.83 亿美元。全年实现账面利润

1.19 亿元，增长 48.53%；人均创利 145 万元。资产质量继续保持良好态势，对公业务无逾期贷款；个人贷款逾期金额 28 万元，优于分行下达的年度计划控制目标。年内，支行以迎世博为契机，强化服务意识，优化服务手段，改进和完善服务环境，提高服务水平和效率。完善营业网点服务功能，对梅川支行实施迁址。组织一系列防抢劫、反恐、消防和防短信诈骗等演练，帮助员工提高现场应变能力与处置突发事件的能力，为迎接世博会、确保金融安全打好基础。 　　（王凤凤）

【农发银行嘉定区支行贷款余额 8.2 亿元】 年末，中国农业发展银行嘉定区支行各项贷款余额 8.2 亿元，比上年增加 1.54 亿元，增长 23.12%；各项存款余额 1.85 亿元，增加 0.72 亿元，增长 63.72%。全年实现利润 1800 万元，减少 327 万元，减幅 15.37%；中间业务收入 8.77 万元，增加 2.57 万元，增长 41.45%；代理保险手续费收入 8.33 万元，增加 2.69 万元，增长 47.7%。年内，作为嘉定地区唯一一家政策性银行，支行坚持把强化信贷支农、加快业务持续有效发展作为第一要务，把防控风险作为生命线，形成政策性贷款业务和商业性贷款业务共同发展的良好局面。 　　（郑建栋）

【上海银行嘉定支行存款余额增长 39.38%】 2009 年，上海银行嘉定支行围绕"提升经营管理水平，加快业务全面发展"的经营理念，求真务实，真抓实干，各项工作稳步推进。年末，支行人民币存款余额 71 亿元，比上年增长 39.38%；人民币贷款余额 34.46 亿元，增长 3.08%。全年实现利润 1 亿元。年内，支行上下积极行动，做好迎世博服务工作，营业部被评为上海市金融系统"三星级服务网点"。通过对辖属铜川路支行、马陆支行两个网点实施局部功能性改造，改善网点服务环境，进一步提升窗口服务水平。通过深入学习实践科学发展观活动，强化基础管理工作，着力推进重点业务，形成"以客户为中心"、"以营销为中心"的"双中心"发展理念。 　　（沈丽萍）

【民生银行嘉定支行储蓄存款余额增长 15.2%】 2009 年，中国民生银行嘉定支行认真贯彻执行上海分行提出的

"加快调整，实现提升"的工作方针，推出"商贷通"、"贴现宝"、"财富新干线"和"非凡资产管理"等一系列新产品，促进经营业务不断发展。年末，支行外币存款余额 35.12 亿元，比上年下降 2.4%。其中企业存款余额 29.43 亿元，下降 5.2%；储蓄存款余额 5.69 亿元，增长 15.2%。贷款余额 13.08 亿元，下降 33.9%；其中个人贷款余额 3.12 亿元，下降 15.7%。对公贷款逾期、呆滞贷款率为零，利息实收率 100%。实现利润 4862 万元，下降 35.9%。 　　（金卫平）

【光大银行嘉定支行存款余额 23.63 亿元】 2009 年，光大银行嘉定支行按照"公私联动、协调发展，贴近政府、面向市场，扬长避短、突出亮点，强化管理、优化团队"的经营管理思路，不断提高服务水平，顺利完成各项经营目标。年末，支行各项存款余额 23.63 亿元，比上年增长 26.23%。其中对公存款 20.05 亿元，增长 28.61%；个人储蓄 3.58 亿元，增长 14.38%。各项贷款余额 20.68 亿元，增长 12.88%。其中对公贷款 14.84 亿元，增长 15.13%；个人贷款 5.84 亿元，增长 7.35%。贸易融资累计发生额超过 13 亿元。支行在发展业务的同时，加强员工队伍建设，1 人获得 2009 年度上海分行"十佳客户经理"称号。支行被公安嘉定分局评为 2009 年"内部治安安全优胜单位"。 　　（孔令红）

【招商银行嘉定支行存款余额 31.36 亿元】 2009 年，招商银行嘉定支行紧紧围绕上级的工作部署，按照上海分行"强化管理，严防风险，促进增长，力保效益"的总体要求，努力实现经营目标，各项业务快速发展。年末，支行各项存款余额 31.36 亿元，比上年增长 1.66 倍。其中对公存款余额 25.58 亿元，增长 2.32 倍；储蓄存款 5.78 亿元，增长 40.98%。人民币贷款余额 11.93 亿元，比上年增长 30.38%。其中对公贷款余额 6.78 亿元，减少 0.44%；对私贷款 5.15 亿元，增长 1.2 倍。全年中间业务净收入 1235 万元，发行信用卡 2056 张，销售理财产品 4.31 亿元、各类基金 1.5 亿元、保险产品 3348 万元。实现利润 4882 万元，比上年增长 13.67%。 　　（朱文波）

【深圳发展银行嘉定支行存款余额 27 亿元】 2009 年，深圳发展银行上海嘉定支行围绕分行提出的"三做三提升"要求，做大客户基础、做稳客户增长、做强队伍建设，提升品牌价值、提升管理效率、提升风险控制能力，各项业务稳步发展。年末，支行本外币存款余额 27 亿元，比上年增长 22.73%；其中对公存款 24.5 亿元，增长 26.94%。本外币贷款余额 19 亿元，其中个人贷款余额 7 亿元，增长 59.09%。全年完成国际业务结算量 1.03 亿美元。贷款不良率实现"双零"目标。年内，支行获得 2009 年度上海分行最佳贡献奖，支行党支部先后被评为 2008～2009 年度分行先进党支部和市金融系统 2008～2009 年度先进基层党组织。（戴昕蓓）

【农商银行嘉定支行存款余额 117.53 亿元】 2009 年，上海农村商业银行嘉定支行继续实施零售银行战略，全面支持"三农"和中小企业发展。年末，支行各项存款余额 117.53 亿元，其中储蓄存款余额 60.58 亿元，比上年增加 8.3 亿元，增长 15.88%。各项贷款余额 64.27 亿元，增加 12.13 亿元，增长 23.26%。其中农业合作社贷款 26 户，余额 1210 万元，增加 810 万元；小企业房地产抵押贷款余额 16.02 亿元，增加 3.5 亿元，新增 28 户。全年完成国际结算业务量 1.6 亿美元，增长 89.09%；实现账面利润 2.18 亿元，增长 4.81%；实现中间业务收入 2113 万元，企业网银新增 402 户，如意卡净增 2.29 万张。 　　（时 颖）

【华一银行嘉定支行存款余额 15 亿元】 2009 年，华一银行上海嘉定支行以企业金融为主轴，致力于为客户提供个性化的金融服务和融资、财务解决方案，同时发展各项个人金融业务。至年末，支行超额完成总行下达的年度计划，各项业务指标均在全行名列前茅。本外币存款余额 15 亿元，比上年增长 1.84 倍；本外币贷款余额 15 亿元，增长 68%；国际结算业务量 4.9 亿美元，增长 63%；实现利润 4632 万元，增长 1.7 倍。随着长三角地区经济规模逐年增长，嘉定支行逐渐成为众多华东地区台商企业融资及资金调度的首选平台。支行秉承"华人精粹，一流服务"的宗旨，为华东地区的台资、中资、外资客户群提供全方位、高品质的

专业金融和理财服务。　　（刘尚超）

【邮储银行嘉定支行存款余额 54.44 亿元】 2009 年，是中国邮政储蓄银行嘉定支行成立的第二年，支行以"坚定信心，夯实基础，加快转型，实现中国邮政储蓄银行又好又快发展"为指导思想，以真诚、用心、优质的服务赢得客户好评，各项业务快速发展，全面完成市分行下达的任务。年末，支行存款余额 54.44 亿元，比上年增加 6.72 亿元；其中公司存款余额 3.93 亿元，增加 3.84 亿元。全年发放贷款 1 036 笔，金额 3.74 亿元。完成业务总收入 2.03 亿元，中间业务收入 231.29 万元。至年底，共拥有网点 25 家。

（金惠静）

【中信银行嘉定支行存款余额 10.44 亿元】 2009 年是中信银行嘉定支行成立后的第一个完整经营年度，支行围绕"控风险、抓规模、保收入、降成本、促发展"的工作任务，将服务意识、团队意识、营销意识、合规意识和争先意识贯穿于工作始终，各项经营和管理业务有序开展。年末，支行各项存款余额 10.44 亿元。其中对公存款余额 8.74 亿元，比上年增长 110.59%；储蓄存款余额 1.7 亿元，增长 1.8 倍。对公贷款余额 7.28 亿元，增长 90.53%；个人贷款余额 1.63 亿元，全部为当年新增。管理资产余额 2.96 亿元，增长 2.13 倍。全年实现账面利润 2 000 万元，累计新开发对公客户 233 户。在个人网银、三方存管、代发工资等零售业务取得长足进步的同时，银行承兑汇票开立、保证金存款、机构负债、公司网银、投行业务、企业年金等方面业务也获得发展。　（夏振华）

【华夏银行嘉定支行开业】 8 月，位于塔城路 453-1 号的华夏银行股份有限公司上海嘉定支行正式开业。支行认真贯彻上海分行"促增长、调结构、创效益、控风险"的基本要求和以融入上海主流市场、提升核心竞争力为主线的工作方针，切实加强内控管理，提高服务效率，重点支持优质企业，实现公私业务全面、协调发展。从 4 月支行筹备组成立到 8 月正式开业，取得对公存款超 10 亿元的成绩。至年末，对公存款余额稳步增长，储蓄存款余额比开业时增长 51.65%。个人理财和

投资产品发行量、信用卡发卡量及第三方存管业务量在分行评比中名列前茅，在银行同业中具有一定特色的华夏·百联 OK 联名借记卡发卡量稳步增长，企业网银、"银锐通"等业务进入正轨，为支行的进一步发展奠定基础。

（朱蓉佳）

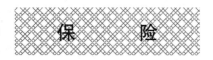

保　　险

【中国人寿嘉定支公司实现保费 1.93 亿元】 2009 年，中国人寿保险股份有限公司上海市嘉定支公司实现保费收入 1.93 亿元。其中长险新单保费收入 1.36 亿元，首年期交保费 1 622 万元，增长 42.9%；短期险保费 1 254 万元，增长 16.54%。短期险中，意外保险保费收入 722 万元，健康险保费收入 532 万元。全年共受理各类人身险和学生险赔案 2 586 人次，赔款金额 126 万元。年内，支公司紧紧围绕嘉定区城市化总体发展思路，本着"体系共建、资源共享、平台共通、责任共担"的原则，全力打造"精品、活力、和谐"的支公司，发挥经济补偿、资金融通和社会管理功能。巩固学生保险、旅游保险、社区综合保险、献血人员保险、信访人员保险等优势业务，保障水平不断增强。探索企业年金保险、员工福利计划、世博志愿者保险等新型业务领域，保险覆盖面不断扩大。利用"无线城市"技术进行营销模式创新试点，有效提升管理品质和服务效能，客户满意度不断提高。着力加强队伍建设和企业文化建设，推进招募资源整合项目和驻村代表项目，为大学生和农村女性提供就业岗位。成立"国寿 1+N·牵手艺术团"，创办《我爱我嘉》电子期刊，与上海武警总队某部结为共建单位，不断提升品牌形象。　（袁慧萍）

【人保财险嘉定支公司实现保费 1.34 亿元】 2009 年，中国人民财产保险股份有限公司上海市嘉定支公司财产保险总计 2 226 笔，责任总额 167.24 亿元，比上年增长 2.67%；各类机动车辆保险 38 861 辆，保险金额 168.57 亿元，分别减少 36.02% 和增长 4.07 倍；货运险 4 640 笔，保险金额 17.24 亿元，分别增长 3.2 倍和减少 30.98%；意外险 1 707 笔，保险金额 12.91 亿元，分别减

少 97.81% 和 81.1%。支公司全年保险费收入 1.34 亿元，减少 2.9%。年内，共处理赔案 28 437 起，赔款 1.03 亿元，分别比上年减少 1.9% 和 27.97%，综合赔付率 80.78%。其中财产保险赔案 1 244 起，赔款 719.8 万元，分别减少 14.09% 和 87.76%；机动车辆险赔案 26 978 起，赔款 9 434.5 万元，分别减少 1.23% 和增长 17.01%；货运保险赔案 183 起，赔款 149.5 万元，分别增长 8.28% 和减少 46.26%；意外险赔案 26 起，赔款 34.5 万元，分别减少 53.57% 和增长 72.85%；健康险赔案 6 起，赔款 5.8 万元。　（冯　洁）

【太保财险嘉定支公司保费收入 8 287 万元】 2009 年，中国太平洋财产保险股份有限公司嘉定支公司以市场为导向，以业绩为目标，坚持效益优先、合规操作，各项业务发展迅速。全年承保各类险种保费收入 8 287 万元，比上年增长 55%；赔款 4 616 万元，简单赔付率 55.7%，下降 37.25 个百分点。年内，支公司拓宽保险服务领域，与嘉定区体育局签订一揽子保险项目，并为区第四届运动会赞助责任保险，为当地体育事业发展保驾护航。5 月，与安亭镇人民政府签订社区责任保险，为社区居民提供财产安全保障和生活风险保障，为创建和谐文明社区提供服务，提高街道社区的抗风险能力，减少社区居民的后顾之忧。支公司在做大做强市场的同时，积极调整业务结构，拓展优质业务，严把质量关。3 月，上级调整支公司总经理人选，郭瑛担任总经理。　（吴　晖）

【天安保险嘉定支公司保费收入 966.01 万元】 年中，天安保险股份有限公司上海嘉定支公司迁址塔城路 688 弄 26~28 号。年内，公司共承保各类险种保险金额 29.52 亿元，比上年增长 36.1%。保费收入 966.01 万元，减少 0.87%。其中交通事故强制保险保费收入 203.45 万元，减少 8.48%，占 21.06%；车辆险保费收入 619.04 万元，减少 1.65%，占 64.08%；财产险保费收入 113.05 万元，增长 54.91%，占 11.7%；货物运输保费收入 30.08 万元，减少 19.79%，占 3.12%；意外保险保费收入 0.39 万元，减少 96.82%，占 0.04%。全年赔款支出 835.58 万元，比上年减少 43.54%；赔付率

93.61%,下降61.07个百分点。

（俞 英）

【平安财险嘉定支公司保费收入4917.5万元】 2009年,中国平安财产保险股份有限公司上海市嘉定支公司承保各类险种保费收入4917.5万元,比上年增长46.06%。其中财产险承保413笔,保费收入416.9万元,分别增长63.89%和30.92%;责任险承保34笔,保费收入135.6万元,分别增长30.77%和129.83%;运输险承保991笔,保费收入262.7万元,分别下降55.24%和24.29%;意外险和健康险承保618笔,保费收入338.2万元,分别下降53.11%和5.84%;机动车辆保险承保18738笔,保费收入3764.1万元,分别增长49.08%和64.88%。全年共发生赔案7015起,赔款1973.8万元,分别比上年下降4.14%和9.03%。其中财产险赔案21起,赔付金额177.4万元,分别下降36.36%和40.76%;机动车赔案5350起,赔付金额1547.7万元,分别增长8.23%和下降0.3%;责任险赔案12起,赔付金额7.2万元,分别增长140%和下降46.27%;运输险赔案330起,赔付106.3万元,分别下降49.7%和44.05%;意外险和健康险赔案1302起,赔付金额135.1万元,分别下降22.55%和增长18.78%。 （陆婉君）

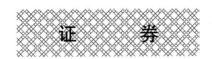

证　　券

【申银万国证券嘉定营业部完成交易量549.18亿元】 申银万国证券公司嘉定营业部坐落于塔城路399号。营业部拥有A级标准的计算机房、沪深股市行情双向卫星传输系统,电信DDN和移动SDH专线光缆,保证行情和客户委托数据传送迅速及时;同时拥有188门中继线电话委托系统、近500台电脑终端和家庭大户室及一流的网上交易系统,满足不同层次客户的需要。与工行、中行等14家银行开通第三方存管业务,方便客户的资金存取。2009年,证券市场格局震荡上行,沪深指数较年初有大幅上升,营业部针对行业竞争愈加激烈、低佣金价格战屡屡兴起的局势,始终贯彻"依法、合规、规范"的经营理念,抓好内部管理和精神文明建设,开展争创"文明窗口"、"全员经纪人营销培训"等活动,服务质量、服务水平有较大提高。至年末,营业部开户数3.7万余户;客户资产总值49.31亿元,比上年增长1.25倍。全年完成沪深两市交易量549.18亿元,其中A股交易量514.03亿元,增长1.04倍;实现利润7719.52万元,增长89.04%。连续八年获公司"文明窗口"称号。 （张静雯）

【华鑫证券嘉定营业部完成交易量218亿元】 华鑫证券有限责任公司嘉定营业部位于嘉定区梅园路226号。2009年,营业部紧紧围绕年度计划,加强风险管理,强化风险意识,完善各项规章制度及操作流程,不断提升服务质量。至年底,营业部有合规账户1.8万余户;客户总资产22.58亿元,比上年增长31.74%。全年完成股票、基金、权证成交量218亿元,比上年增长71.01%;实现利润2700万元,增长90.93%。年内,营业部响应上级号召,开展"证券业安全理财"百场公益讲座社区行活动和"防范非法证券活动风险投资者教育宣传月"活动。根据上海市迎世博600天行动计划,开展"迎世博、讲文明、树新风'窗口服务日'"集中行动。年中,深圳创业板上市,营业部为全面做好创业板市场投资者适当性管理工作,制订应急预案,设立专人专柜。 （张卫亮）

【上海证券嘉定营业部完成交易量200.84亿元】 上海证券有限责任公司嘉定营业部位于清河路156号。至年末,营业部累计开户19880户,比上年增长11.06%;客户资金与股票市值15.13亿元,增长107.26%。全年完成交易额200.84亿元,实现利润3148.93万元,分别增长89.85%、76.15%。年内,营业部继续努力做好投资者教育工作,坚持以服务投资者为己任。大厅内设自助委托及行情查询终端118台,行情显示大屏及液晶吊屏9台。机房内新安装环境监控系统,可24小时对机房进行安全监控。营业部代理买卖沪深A股、B股以及权证、基金、国债、企债、债券回购等证券品种,并可办理沪深A股、B股的开户、查询和开放式基金的代销等业务。已开通各大商业银行的客户交易结算资金第三方存管业务,可定期为投资者免费邮寄对账单。提供网上交易、磁卡、电话、热键、柜台、手机等多种委托方式,开通公司统一客服热线"4008918918"。 （朱健健）

【中信证券安亭营业部完成A股交易量30亿元】 2009年,中信证券安亭营业部完成A股交易量30亿元。全年实现利润200余万元,比上年增长11.11%。新增客户2400户,累计开户11000余户。年内,营业部开展创业板业务,并举办融资融券培训、股指期货培训等活动。年中,营业部获得证券经纪人展业资格。 （茹雅德）

农业

编辑 吴庆

2009 年，嘉定区在耕地面积逐年减少的情况下，贯彻农业为城市服务和主要农产品自给的方针，加快新技术的开发和推广，优化农业结构，形成"粮经结合"、"农林结合"、"种养结合"的新格局。全区粮食总产 5.53 万吨，上市蔬菜 19.5 万吨，出栏生猪 22.58 万头，上市家禽 31.97 万羽、鲜蛋 176.11 万公斤，生产牛奶 204.3 万公斤、水产品 4322 吨。农业总产值 12.12 亿元，农村居民人均年可支配收入 13 630 元。全区有农业产业化龙头企业 13 家，其中国家级产业化龙头企业 1 家，市级产业化龙头企业 2 家。有农民专业合作社 125 个。有通过认证的无公害农产品 57 个、绿色食品 2 个、有机食品 4 个。 (曲 晨)

新农村建设

【完成农村"村庄改造"45 个自然村】
2009 年，"村庄改造"工程被列入上海市政府实事工程。区政府把"村庄改造"范围扩大到 9 个镇。全年完成 14 个行政村 45 个自然村落的"村庄改造"工作，涉及农宅 2 133 户，完成年计划的 1.03 倍。其中江桥镇 315 户，南翔镇 319 户，马陆镇 260 户，安亭镇 154 户，嘉定工业区 252 户，外冈镇 260 户，菊园新区 100 户，徐行镇 238 户，华亭镇 235 户。总投资 7 001.33 万元。其中市专项奖(补)资金 1 200 万元，区财政投入 2 744.2 万元，镇、村配套资金 2 974.5 万元，村民出资 82.63 万元。"村庄改造"的主要内容包括污水处理、外墙粉饰、村庄绿化、河道清理、道路改造、公共活动场所建设、厨卫改造、供水管网改造、拆除违章建筑等，各镇根据实际情况安排具体改造项目。全区完成污水纳管农户 563 户，组团式污水处理 758 户，三格化粪池处理 812 户，农宅墙体整修 86.85 万平方米，新增绿化面积 27.95 万平方米，疏浚河道 27.35 公里，改造道路 37.89 公里，修(改)建桥梁 20 座，农宅改厕 799 户，改造供水管网 654 户，拆除违章建筑 1.2 万平方米，处理垃圾 5 085 吨，新建公共厕所 31 座，整修公共活动场所 5 786 平方米。

【经济薄弱村扶持】 2009 年，开展新一轮经济薄弱村扶持工作。区新农村建设办公室和区财政局制定《嘉定区新一轮(2009~2011 年)经济薄弱村财政转移支付实施办法》，推进脱贫项目实施。区、镇全年共投入经济薄弱村扶持资金 2 264.5 万元。其中华亭镇 683.7 万元，外冈镇 428.9 万元，徐行镇 503.7 万元，嘉定工业区 648.2 万元。至年底，在全区 23 个经济薄弱村中，外冈镇望新村、周泾村、葛隆村，华亭镇双塘村，嘉定工业区灯塔村、黎明村、三里村等 7 个村年可支配收入超过 100 万元，实现"脱贫"目标，还剩 16 个经济薄弱村。

【经济薄弱村路、桥改造】 2009 年，嘉定区对经济薄弱村的泥石路和危桥进行改造。区、镇两级投入资金 2 153 万

新农村建设工作会议 (区农委供稿)

元,其中区财政投入资金1562万元。共翻建泥路4.5万平方米、碎石路10.4万平方米;翻建危桥74座,维修桥梁63座。　　　（陆铭超）

农业总产值和农村经济收益分配

【农村经济总收入增长0.42%】 2009年,全区农村经济总收入1099.96亿元,比上年增长0.42%。按经济形式分类,镇级经济收入、村级经济收入、家庭经营收入、其它经济收入分别为256.26亿元、299.5亿元、21.2亿元、523亿元。按一、二、三产业分类,分别为3.51亿元、898.68亿元、197.77亿元,其中第一、二产业分别降低31.15%、1.13%,第三产业增长9.08%。第一产业中,农、林、牧、渔收入依次为2.36亿元、0.46亿元、0.47亿元、0.21亿元,分别减少27.36%、51.94%、25.15%、15.16%。

2009 年嘉定区农村经济总收入结构分析表

项　　目	2009 年		2008 年	
	总收入（亿元）	占（%）	总收入（亿元）	占（%）
按经济形式分				
镇级经济	256.26	23.3	496.13	45.29
村级经济	299.5	27.23	573.93	52.4
家庭经济	21.2	1.93	25.27	2.31
其它经济	523	47.54		
按产业分				
第一产业	3.51	0.21	5.09	0.47
第二产业	898.68	81.79	908.94	82.98
其中:工　业	882.04	80.27	890.95	81.34
建筑业	16.64	1.51	17.99	1.64
第三产业	197.77	18	181.31	16.55
其中:运输业	2.19	0.2	1.16	0.1
商饮业	147.56	13.43	131.77	12.03
服务业	21.31	1.94	16.64	1.55
其　它	26.71	2.43	31.44	2.87
合　　计	1 099.96	100	1 095.33	100

【农民人均分配收入增长8.05%】 2009年,全区农村经济净收入142.51亿元,比上年增长5.26%;国家税金39.44亿元,增长6.5%;人均分配收入14409元,增长8.05%;劳均分配收入20760元,增长7.03%。

2009 年嘉定区农村经济收益分配情况表

项　目	单　位	2009 年	2008 年	比上年±%
总收入	亿元	1 099.96	1 095.33	0.42
总支出	亿元	957.46	959.95	-0.26
净收入	亿元	142.51	135.39	5.26
占总收入	%	12.96	12.36	
国家税金	亿元	39.44	37.03	6.5
占净收入	%	27.67	27.35	

（续表）

项　　目	单　位	2009 年	2008 年	比上年±%
农民分配收入	亿元	43.95	40.59	8.27
人均分配收入	元	14 409	13 336	8.04
劳均分配收入	元	20 760	19 396	7.03

（吴敏芳）

农业服务

【农业信息服务】 2009 年，全区新建村级为农综合信息服务站 55 个，实现全区 99 个涉农行政村"农民一点通"信息服务平台全覆盖。通过整合涉农信息、滚动播放时事消息、开展远程技术指导等方式，解决信息落地的"最后一公里"问题。嘉定"农技 110"服务热线全年解答咨询电话 910 个，发送服务短信 2.3 万条，组织专家出诊 52 次。"嘉定农业网"全年发布信息 2 055 条，嘉定农业信息服务中心连续四年获"中国农业网站 100 强最优服务奖"。

【20 个品种通过无公害认证】 2009 年，全区通过无公害农产品认证的有 20 个品种：上海嘉定华苑实业公司的团头鲂、鲫鱼，上海安亭千年银杏园艺发展有限公司的白果，小张绿色蔬果种植服务社的葡萄，上海农家苑葡萄有限公司的葡萄，上海安亭炬阳葡萄生产合作社的葡萄，周进良企业的李

子，上海嘉定维高蔬果专业合作社的大白菜、番茄、韭菜等 13 个品种。东周丰源（北京）有机农业有限公司（华亭基地）的 26 个蔬菜品种通过有机食品认证。

【名牌产品、知名商标和重点龙头企业】 2009 年，上海市嘉定区农业技术推广服务中心的"嘉蜜"、上海永辉羊业有限公司的"永辉羊园"、上海艺杏食品有限公司的"艺杏"商标被认定为上海市著名商标。上海下西洋有机蔬果园的"下西洋"、上海惠和种业有限公司的"wellseed"、上海原野蔬菜食品有限公司的"菜博士"、上海大庖菌业有限公司的图形商标被认定为嘉定区农产品知名商标。上海市江桥批发市场经营管理有限公司、上海嘉定现代农业园区经济发展有限公司、上海惠和种业有限公司、上海艺杏食品有限公司被区农业委员会等部门认定为第三批区级农业产业化重点龙头企业。

【新建农民专业合作社 32 个】 2009 年，全区发展成立 32 个农民专业合作社：上海嘉定浏河农机专业合作社，上

海嘉定横沥粮食专业合作社，上海龙郡龙虾养殖专业合作社，上海球明果蔬专业合作社，上海其龙蔬果专业合作社，上海胜前农机专业合作社，上海青旺粮食专业合作社，上海陈周粮食生产专业合作社，上海嘉辛玉米专业合作社，上海徐冈粮食生产专业合作社，上海嘉庆粮食种植专业合作社，上海麒佳蔬果种植专业合作社，上海新勤粮食专业合作社，上海新望粮食生产专业合作社，上海富翔蔬果专业合作社，上海丁苑水生植物种植专业合作社，上海新冈粮食生产专业合作社，上海金优粮食专业合作社，上海金延农机专业合作社，上海友祥俱进香葡萄专业合作社，上海嘉满农机服务专业合作社，上海赛宝瓜果专业合作社，上海嘉定朱竹粮食专业合作社，上海超绿蔬果种植合作社，上海颢波粮食专业合作社，上海宏叶水产养殖专业合作社，上海双赢蔬果销售专业合作社，上海兴翔粮食蔬果专业合作社，上海新秋草编工艺品专业合作社，上海振宙果蔬专业合作社，上海晨尧果品种植专业合作社，上海锐田农产品种植专业合作社。至年末，全区共有农民专业合作社 125 个。经市农委等有关部门评审，上海亭苑粮食专业合作社、上海嘉定维高蔬果专业合作社、上海新冈蔬菜加工专业合作社、上海云辉畜牧养殖专业合作社、上海和桥粮食专业合作社、上海嘉定胜辛粮食蔬果专业合作社、上海繁金观赏鱼专业合作社、上海徐行黄草种植专业合作社、上海惠和南瓜种植专业合作社等 9 个合作社被认定为第二批市级示范农民专业合作社。上海外冈农机服务专业合作社、上海泉泾粮食生产专业合作社、上海爱辉粮食蔬果专业合作社、上海外冈粮食生产专业合作社、上海农灯草莓生产专业合作社被市农委、上海农村商业银行被确定为第二批"上海市守信农民专业合作社"。

（沈　奕）

专业农民培训会　　　　（区农委供稿）

农业基础设施和农业园区建设

【设施菜田建设】 2009 年，嘉定区设施菜田建设项目基本完成。项目建设面积 157.44 公顷，全部为保护地设施菜田，分布在 5 个镇及嘉定工业区、菊园新区 8 个建设点。其中嘉定工业区灯塔村 24.3 公顷，外冈镇泉泾村 27.67 公顷，徐行镇小庙村 26.67 公顷，南翔镇新丰村 25.33 公顷，菊园新区青冈村 14.67 公顷，黄渡镇许家村 23.33 公顷，华亭镇农业园区 6.67 公顷、金吕村 8.8 公顷。项目总投资 9448 万元，亩均投资 4 万元，建设内容包括基础设施建设、生产设施建设和灌溉系统建设。　　（徐志英）

【嘉定现代农业园区建设】 全年平整土地 43.3 公顷，投资 300 余万元建造荷花池景点。完成联一村和金吕村的 20 公顷蔬菜基地、23.33 公顷哈密瓜基地的建设工作，有 60 户菜农、果农种植经营，哈密瓜单季亩产值 6000 元。坚持以生态旅游带动产业发展的策略，加强园区自身建设，完善体制机制。嘉定现代农业园区被农业部评为"全国农产品加工业示范基地"。"华亭人家·毛桥村"通过 AAA 级国家旅游景区评审，并被确定为"长三角世博主题体验之旅示范点"和嘉定区爱国主义教育基地。园区经济发展有限公司被评为"嘉定区农业产业化重点龙头企业"。着力打造华亭旅游特色，举办华亭人家开园三周年系列活动。全年接待游客 32 万人次，比上年增长 1.46 倍；实现旅游总收入 186.4 万元，增长 25%。举办第四届"华亭人家—凯浦人杯"家庭趣味垂钓比赛。10 月，举办

农技人员现场指导　　　（区农委供稿）

"颂祖国华诞，迎世博盛会，展华亭风采"——庆祝中华人民共和国成立 60 周年游园会。　　（诸忠乐）

土地监测和农业调查

【双公里网点土地利用动态监测】 2009 年，全区共有监测点 115 个。其中耕地点 24 个，占 20.87%；园地点 3 个，占 2.61%；林地点 5 个，占 4.35%；居民及工矿用地点 59 个，占 51.3%；交通用地点 10 个，占 8.7%；水域点 14 个，占 12.17%。全年监测样点变动情况如下：(1)地类变动 7 个。其中特殊用地变乡镇企业 1 个，坑塘变乡镇企业 1 个，旱田变乡镇企业 1 个，旱田变沟道 1 个，旱田变特殊用地 1 个，水田变菜地 1 个，菜地变水田 1 个。(2)样本点户主变动。由于农业结构调整，样本点户主发生变化，在 115 个样点中户主变动 16 个。(3)面积变动。样本点中农用地面积由 144.84 公顷减至 74.71 公顷。(4)耕地、园地种植情况

变动。耕地、园地种植点 27 个。其中粮食作物点 12 个，占 44.44%；纯经济作物点 14 个，占 51.85%；其它作物点变粮食作物点 1 个，占 3.7%。年内，政府加大对土地统一流转的管理，经营耕地的权属变为村民委员会，由村民委员会统一规划经营，田容田貌有所改善。粮食生产进一步稳定，粮食作物点集中在外冈镇、嘉定工业区、徐行镇和华亭镇，种植面积占全区的 85% 以上。水稻、小麦等粮食作物种植逐步纳入粮食合作社统一耕种经营，逐步走上产业化、机械化、规模化发展道路。　　（沈奕）

【农村劳动力、人口比上年略有减少】 2009 年，全区农村人口 303150 人，比上年减少 1212 人，下降 0.4%；劳动力 178582 人，减少 4520 人，下降 2.47%。劳动力按从业层次分，在镇村企业务工人员为 112183 人，占 62.82%；从事家庭经营人员 14237 人，占 7.97%；外出务工人员 43138 人，占 24.16%。

2009 年嘉定区农村劳动力、人口统计表

单位:户、人

单 位	户数	人口	"社保、镇保"、征地养老人数	劳 动 力							
				合 计	家庭经营	镇内务工劳动力			公益服务	外出务工	其 他
						村级	镇级	外资、私营			
徐行镇	9 413	28 271	10 478	17 137	1 161	212	52	9 824	190	5 528	170
华亭镇	7 716	23 033	8 105	12 946	1 513	395	65	4 417	347	5 652	557
江桥镇	11 161	40 404	38 156	24 225	1 392	2 285	422	17 172	497	2 089	368
菊园新区	2 965	9 255	6 455	6 132	78	603	122	599	154	4 576	0
马陆镇	14 235	42 313	20 482	24 077	1 512	887	1 467	15 504	628	3 877	202
南翔镇	6 873	20 540	9 574	11 385	499	23	485	7 018	774	2 276	310
外冈镇	8 888	28 219	12 811	16 610	1 636	964	1 786	6 898	75	4 709	542
新成路街道	160	211	0	150	150	0	0	0	0	0	0
嘉定工业区	14 757	48 022	36 174	29 200	3 374	434	1 466	11 760	1 466	10 700	0
安亭镇	17 910	62 882	36 172	36 720	2 922	3 435	5 930	17 958	1 982	3 731	762
合 计	94 078	303 150	178 407	178 582	14 237	9 238	11 795	91 150	6 113	43 138	2 911

【小麦、单季稻亩净收入一增一减】 据抽样调查,2009 年小麦、单季稻亩产量分别为 297.68 千克、483.29 千克,分别比上年减少 7.76%、10.96%。亩收入分别为小麦 494.15 元、单季稻 990.75 元,分别增长 0.96% 和减少 5.99%。亩物质费用分别为小麦 173.42 元、单季稻 406.46 元,分别增长 1.95%、8.7%。亩净收入分别为小麦 320.73 元、单季稻 584.29 元,分别增长 0.44% 和减少 14.07%。亩利润分别为小麦 213.47 元、单季稻 362.56 元,分别增长 22.01% 和减少 21.6%。

2009 年 2 种农产品成本核算对比表

项 目	小 麦			单季稻		
	2009 年	2008 年	比上年±%	2009 年	2008 年	比上年±%
户数(户)	15	20	−25	15	20	−25
播种面积(亩)	33.63	41.51	−18.98	74.63	42.91	73.92
一、主产品亩产量(千克)	297.68	322.72	−7.76	483.29	542.76	−10.96
二、亩收入(元)	494.15	489.44	0.96	990.75	1 053.89	−5.99
三、亩物质费用(元)	173.42	170.11	1.95	406.46	373.93	8.7
1.种子费	21.46	19.93	7.68	16.98	16.28	4.3
2.肥料费	81.33	82.27	−1.14	165.2	149.2	10.72
3.植保费	18.32	17.54	4.45	67.44	80.35	−16.07
4.机械作业费	52.31	50.13	4.35	109.77	84.16	30.43
5.排灌作业费				41.71	20.24	106.08
6.其它直接费				5.36	15.43	−65.26
7.农业共同费					0.47	−100
8.管理费及其它支出		0.24	−100		7.8	−100
四、亩净收入(元)	320.73	319.33	0.44	584.29	679.96	−14.07

（续表）

项 目	小 麦			单季稻		
	2009 年	2008 年	比上年±%	2009 年	2008 年	比上年±%
五、亩标准工日（工）	2.5	3.37	−25.82	5.17	5.08	1.77
六、亩人工费用（元）	107.26	144.37	−25.70	221.73	217.5	1.94
七、亩生产成本（元）	280.68	314.48	−10.75	628.19	591.43	6.22
八、亩利润（元）	213.47	174.96	22.01	362.56	462.46	−21.6

注：亩净收入＝亩收入−亩物质费用

亩生产成本＝亩物质费用＋亩人工费用

亩利润＝亩收入−亩生产成本

【村级可支配收入总额增长6.67%】 2009年，全区除嘉定镇街道外的11个镇级单位共154个村（包括真新街道的2个"村改居"居委会）的可支配收入总额9.3亿元，比上年增加5815万元，增长6.67%；平均每村604万元，增加55.61万元，增长10.15%。可支配收入前10名的村（其中安亭镇6个，马陆镇2个，嘉定工业区1个，华亭镇1个）收入总额2.35亿元，占全区村可支配收入总额的25.27%。可支配收入1000万以上的村有20个，500万元～1000万元的村有49个。全区可支配收入总额低于100万元的村有14个（其中嘉定工业区2个，外冈镇4个，华亭镇4个，徐行镇4个）。

（吴敏芳）

种 植 业

【主要农作物生产】 2009年，在市、区粮食生产扶持政策影响下，嘉定区水稻种植面积保持稳定。小麦种子第一年实行免费供应，种植面积继续增加。全区种植水稻4302公顷，基本完成市政府下达的4666公顷生产任务。其中杂交水稻205.6公顷，占水稻总面积的4.78%，其余均为优质常规稻，水稻优质化率100%。小麦种植面积4125公顷。全年主要经济作物播种面积：青饲料381.5公顷，绿肥600.6公顷，草莓62公顷，蔬菜9442.5公顷次，西（甜）瓜440.53公顷。

【粮食生产】 2009年，全年夏秋粮食作物种植总面积9078公顷，比上年增加466公顷，增长5.41%。全年粮食总产55287吨，增加154吨，增长0.28%。

2009 年粮食面积产量统计表

项 目	面积（公顷）			单产（千克）			总产（吨）		
	2009 年	2008 年	比上年±%	2009 年	2008 年	比上年±%	2009 年	2008 年	比上年±%
秋粮	4 851	4 886	−0.72	7 764	7 964	−2.51	37 667	38 911	−3.19
其中：水稻	4 302	4 512	−4.65	8 371	8 385	−0.17	36 008	37 829	−4.81
夏粮	4 227	3 726	13.45	4 168	4 354	−4.27	17 620	16 222	8.62
其中：小麦	4 125	3 574	15.42	4 223	4 457	−5.25	17 419	15 929	9.35
全年粮食生产	9 078	8 612	5.41				55 287	55 133	0.28

【大蒜生产】 2009年，全区大蒜种植面积29.3公顷，比上年减少1.9公顷；蒜头产量219.6吨，减少8.3吨。

【油菜、棉花生产】 2009年，全区种植油菜154.8公顷，比上年增加44.8公顷，增长40.73%；单产每公顷2012.9公斤，增加64.9公斤；总产311.6吨，增加97.6吨。棉花种植面积继续减少，仅少量农户零星种植，共种植7.8公顷。

【西（甜）瓜生产】 2009年，全区西（甜）瓜种植面积440.53公顷，比上年下降45.03%。其中，西瓜种植面积391.33公顷，下降47.78%；甜瓜种植面积49.2公顷，下降5.26%。西瓜生产以大中棚、小环棚、露地栽培为主，甜瓜生产采用管棚栽培。品种上，中型西瓜以"早佳8424"为主，占西瓜种植总面积的69.3%；小型西瓜以"春光"、"早春红玉"、"拿比特"为主，占种植总面积的10.5%。甜瓜品种以"玉姑"为主，种植面积29.47公顷，占总面积的59.9%。哈密瓜品种以"雪里红"、"仙果"、"9818绿皮"和"9818黄皮"为主，种植面积18.67公顷，占甜瓜总面积的37.94%。大棚西瓜（以一茬多收为主）亩产量3631公斤，亩产值6535.8元；小环棚西瓜亩产量2210公斤，亩产值3536元；露地西瓜亩产量1845公斤，亩产值2583元。甜瓜亩产量2089公斤，亩产值8356元。哈密瓜亩产量1620公斤，亩产值9720元。技术上，依托上海市哈密瓜研究所和嘉定区哈密瓜研究所，注重品种选育、科研攻关、示范推广和人才培养。从引进西（甜）瓜品种中筛选出"风味五号"、"早醉仙"、"华密1号"、

"试—12"等适应嘉定地区种植的甜瓜品种。科技人员坚持每周入社(户)服务2次以上,在产前种苗供应、产中技术指导、产后产品销售等环节服务瓜农。嘉定区哈密瓜研究所利用地处嘉定现代农业园区的有利位置,开发旅游资源,通过蔬果采摘、瓜吧大棚、茶座品瓜等形式,全年吸引游客万余人次。

【林果生产】 2009年,全区水果种植总面积1355.6公顷,比上年增加10.7公顷。其中葡萄1118公顷,占水果总面积82.47%;桃115.6公顷,梨45.5公顷,柑橘30公顷,银杏39.4公顷,其它小品种水果7.1公顷。全年水果总产23276吨,增加277吨。其中葡萄19673吨,桃1709吨,梨990吨,柑橘766吨,分别占总产的84.52%、7.34%、4.25%和3.29%。全年水果总产值1.57亿元,增加180万元,增长1.16%。 (徐志英)

【草莓生产】 2009年,全区草莓种植面积62公顷,主要集中在嘉定工业区灯塔村,华亭镇有零星种植。栽培品种以"丰香"为主,占全区种植面积的85%。草莓种植新品种有"嘉宝"、"红颊"。栽培方式以大棚栽培为主,亩产量1458公斤,亩产值1.1万元,均与上年持平。农技人员通过技术培训、科技入社(户)等形式服务农民。提倡在夏季利用高温进行大棚太阳能闷棚处理,解决连作障碍。采取繁育壮苗、适时定植及有机肥早施等措施。为确

农技人员指导果树种植 (区农委供稿)

保食用安全,严禁使用违规农药,规定草莓在采收前10天禁止使用农药,要求农户建立田间档案,定期进行抽查。

【食用菌生产】 2009年,全区食用菌总产量2627.11吨,总产值2575.44万元。栽培模式有地棚式栽培、管棚栽培、彩钢房工厂栽培。常规品种(蘑菇、草菇、秀珍菇)的种植面积略降,珍稀品种(杏鲍菇、金福菇)种植面积增长迅速。杏鲍菇全年种植量超过170万袋,比上年增长54.55%;金福菇全年种植5.5万袋。技术人员利用"科技入户"工作平台,从理论和实践两方面提高种植户生产能力。

【蜡梅生产】 2009年,嘉定蜡梅研究所开展蜡梅品种分类和切花栽培技术研究等工作。梳理出性状差异明显的蜡梅属品种85个,其中大花类品种5个,中花类素心型品种24个,中花类乔种型品种21个,中花类红心型品种26个,小花类品种9个;筛选出花期长、花大、浓香、着花密度高的切花品种23个,有多个品种作为种质资源保存。通过播种密度、嫁接、修剪、施肥等多项试验,摸清蜡梅生长特性和栽培要点。

【玉米生产】 2009年,玉米种植主要分布在嘉定工业区、华亭镇、徐行镇和外冈镇。全区鲜食玉米种植面积83.33公顷次。主要栽种品种是"沪玉糯2号"、"沪玉糯3号",占种植面积的97.2%;春季亩产量750公斤,亩产值1200元;秋季亩产量450公斤,亩产值720元。青贮玉米种植面积503.47公顷次,其中春玉米181.87公顷,秋玉米321.6公顷。主要栽种品种"新青2号"占种植面积的54.5%,"雅玉8号"占种植面积的45.5%。春季亩产量4350公斤,亩产值1320元;秋季亩产量2700公斤,亩产值810元。

【植物保护】 2009年,全区粮食作物病虫自然发生程度为中等偏重,水稻纹枯病为大发生,条纹叶枯病、纵卷叶螟、白背飞虱、灰飞虱为中等偏重发生,螟虫、褐飞虱为中等发生;小麦白粉病为中等偏重发生,赤霉病、麦蚜为中等发生,黏虫为轻发生。植保部门全年发布《病虫情报》14期,召开防治

外冈蜡梅种植区一角 (外冈镇供稿)

会议 6 次。小麦经防治后挽回产量损失 3 516 吨,实际损失 159.89 吨,总体防治效果 95.45%。水稻田无枯死点出现。在杂草防除上,坚持农业防除、化学防除相结合的综合防治策略,有效控制草害。全区在春季开展农田统一灭鼠行动,覆盖农田面积 5 333.33 公顷;采用第二代抗凝血慢性杀鼠剂——溴敌隆,投放鼠药 4 吨;在蔬菜、园艺作物点制作毒饵站 5 000 个。鼠密度由防治前的 0.53% 降至防治后的 0.066%,灭鼠效果 87.55%,保苗效果大于 96%。

【农技推广服务】 2009 年,区农技推广服务中心发布小麦和水稻苗情 12 期、病虫情报 14 期。开展各类培训 70 期,培训万余人次,发放技术资料 1.27 万份。收集各类农业信息 414 篇,向"上海农业技术网"上报 340 篇,上网率 95%;向"嘉定农业网"上报 260 篇,上网率 69%。编印《嘉定农技》简报 9 期 4 500 份、《农技简讯》12 期 360 份。全区水稻生产做到"四统"(统一供种、供药、供肥、植保)。统供小麦良种"嘉麦 1 号""扬麦 11 号"400 吨。统供水稻种子 267.82 吨,其中"秀水 128"110.05 吨、"秀水 123"146.25 吨、"秋优金丰"7.48 吨,种子合格率和高产优质品种覆盖率均为 100%。统供商品有机肥 1.2 万吨,应用面积 4 333.33 公顷次;水稻专用 BB 肥 3 400 吨,应用面积 7 686.67 公顷次。统供病虫防治药剂 8 次 15 个品种。推广群体质量栽培、有机肥与配方施肥、病虫草综合防治等技术。全区建立水稻千亩以上高产连片示范方 2 个、百亩以上连片高产方 38 个,面积 499.83 公顷;推广机插秧 750.67 公顷,占总面积的 17.4%;建立小麦千亩示范方 2 个、百亩连片高产方 9 个,总面积 266.67 公顷。华亭镇、外冈镇千亩示范方获得上海市水稻高产创建优秀示范方评比二等奖,分获上海市麦子高产创建优秀示范方评比二、三等奖。年内,推进科技入户工作,确定区级科技结对示范项目 21 项,选拔 23 名技术人员分 4 个技术指导小组入户指导。选出水稻科技示范社(户)18 个,面积 1 917.22 公顷,亩产量 593.99 公斤;选出小麦科技示范社(户)11 个,面积 1 587.28 公顷,亩产量 342.7 公斤;选出蔬菜科技示范户 40 户(以 14 个世博重点蔬菜生产基地为主),面积 291 公顷,亩产量 6 430.3 公斤,亩产值 15 603 元;选出园艺经济作物科技示范社 3 个,种植品种分别为草莓、食用菌和哈密瓜。

(沈佩华)

养 殖 业

【生猪出栏 22.58 万头】 2009 年,全区生猪饲养量 35.85 万头,比上年减少 4.81%;出栏生猪 22.58 万头,减少 7.61%;年末存栏生猪 13.27 万头,增长 0.3%。年末生产母猪存栏 12 840 头,减少 2.33%。供港活猪出口量有所增加,全年出口 7 167 头,增长 7.37%,外贸解交额人民币 379.75 万元,增长 13.78%。

2009 年嘉定区生猪生产统计表

项 目	2009	2008 年	比上年±%
饲养量(万头)	35.85	37.66	-4.81
出栏量(万头)	22.58	24.44	-7.61
其中:瘦肉型猪(万头)	20.13	22.56	-10.77
供港出口(头)	7 167	6 675	7.37
存栏量(万头)	13.27	13.23	0.3
其中:生产母猪(头)	12 840	13 146	-2.33

【禽、蛋产量保持平稳】 2009 年,全区上市家禽 31.97 万羽,比上年减少 2.29%。其中出栏肉鸡 30.84 万羽,出栏肉鸭 1.13 万羽,分别减少 1.85% 和 13.08%。生产鲜蛋 1761.1 吨,增长 3.39%。其中鸡蛋增长 2.49%,鸭蛋增长 10.33%。年末存栏蛋鸡 10.96 万羽,减少 5.84%;存栏蛋鸭 2.02 万羽,增长 23.17%。

2009 年嘉定区禽蛋生产统计表

项 目	2009	2008 年	比上年±%
家禽上市量(万羽)	31.97	32.72	-2.29
其中:肉鸡(万羽)	30.84	31.42	-1.85
肉鸭(万羽)	1.13	1.3	-13.08
鲜蛋生产量(吨)	1 761.1	1 703.4	3.39
其中:鸡蛋(吨)	1 546.5	1 508.9	2.49
鸭蛋(吨)	214.6	194.5	10.33
蛋鸡存栏量(万羽)	10.96	11.64	-5.84
蛋鸭存栏量(万羽)	2.02	1.64	23.17

【牛奶总产量增长8.89%】 2009年，区内3个百头以上奶牛场总存栏奶牛999头。其中属嘉定区统计的奶牛547头，成乳牛306头，分别比上年增长1.48%和4.44%。牛奶年均单产7006.7千克，牛奶总产量2042.8吨，分别增长8.86%和8.89%。

2009年嘉定区奶牛生产统计表

项　　　目	2009	2008 年	比上年±%
奶牛存栏(头)	547	539	1.48
其中:成乳牛(头)	306	293	4.44
牛奶总产量(吨)	2 042.8	1 876.1	8.89
平均单产(千克)	7 006.7	6 436.23	8.86

【淡水产品产量比上年小幅减少】 2009年，全区培育、生产各类鱼苗8.33亿尾，比上年减少0.67亿尾。生产鱼种548.28吨，减少8.02%；投放鱼种1514.58吨，增长29.07%。各类淡水产品总产量4322吨，减少0.96%,其中内陆淡水养殖产量3949吨(鱼类3588吨，虾蟹类272吨，贝类25吨，其它水产品64吨)。全区淡水养殖水面1166.07公顷，减少498.86公顷，减幅29.96%。其中精养塘211公顷，内塘408公顷，河沟547.07公顷。"名特优新"水产养殖面积205.33公顷，增长6.1%;总产量908吨，增长23.2%。

2009 年嘉定区"名特优新"水产品产量统计表

单位:吨

项　　　目	2009	2008 年	比上年±%
罗氏沼虾	85	84	1.19
青虾	24	26	-7.69
河蟹	25	31	-19.35
鳖	2	3	-33.33
南美白对虾	118	141	-16.31
加州鲈鱼	178	117	52.14

【标准化水产养殖场建设】 2009年，区农委有序推进标准化水产养殖场改造工作。5个标准化改造项目中，青冈和繁金项目完成工程建设，泉泾等项目加紧建设。年内，经市农委批准，有3个单位进行标准化水产养殖场改建。至年底，全区共有标准化水产养殖场改建项目8个。

【档案渔业建设】 2009年，全区进一步深化档案渔业建设。扩大开展档案渔业工作的养殖户范围，将养殖面积在1.67公顷以上的单位均纳入工作范围。档案渔业工作覆盖8个镇466.67公顷水面。年内，全区档案渔业工作形成常态，区水产技术推广站的技术人员定期到各镇对实施情况进行抽查，指导养殖场(户)规范填写生产记录;区渔政站将"是否建立起渔业档案"作为重要检查内容。

【重大动物疫病防控和农副产品安全监管】 2009年，区动物疫病预防控制中心组织发放消毒药品25吨;发放牲畜口蹄疫苗116.4万毫升(其中牛羊苗6.9万),免疫牲畜49.47万头次;发放家禽禽流感苗40.1万毫升，免疫127.52万羽次;发放猪瘟(三联)苗135万头份，免疫57.76万头次;发放猪蓝耳病苗50万毫升，免疫33.3万头次;发放鸡新城疫苗94万羽份，免疫95.87万羽次;实施犬只狂犬病免疫10061条。开展3次 D-H5 免疫抗体普查，免疫效果良好。对全区所有应检奶牛实施结核病检疫两次，检疫结果全部阴性;牲畜布病监测结果全部为阴性。年内，积极配合市疫控中心开展流行病学调查工作，及时了解区域内有关动物疫病的发病动态，为实施针对性的防治措施提供依据。开展盐酸克伦特罗、沙丁胺醇、莱克多巴胺尿样抽检工作，全年原产地生猪抽样检测无阳性。

【渔业资源增殖放流】 2009年，区渔政站会同区渔业环境监测站对辖区内多处渔业资源放流水域进行水质监测，在吴淞江邓家角桥、环城河北横沥河口、练祁河盐铁塘河口开展为期3天的放流工作，放流青鱼、鲢鱼、鳙鱼、鳊鱼等鱼苗共80万尾2.63万公斤。市渔政处对放流苗种进行种质鉴定，监督放流过程。区渔政站在放流点周边地区悬挂渔业资源保护宣传横幅，邀请嘉定区广播电视台和附近水产村的渔民代表参与。2006年起，区水产技术推广站从江苏省如皋市引进种苗，开展长江刀鱼的人工繁殖研究并获成功。11月，在长江口放流刀鱼鱼苗1万尾;放流鱼苗1龄左右，体长8~12厘米。4月、10月，完成在淀山湖、长江口等地的放流工作，放流翘嘴红鲌20万尾、花䱻和长吻鮠各15万尾。

水生生物增殖放流活动 （区农委供稿）

【开展"渔业科技服务年"活动】 3月15日,"渔业科技服务年"活动启动。区农委结合实际情况,积极参与全市各项活动,落实"科技入户"项目和专业渔民培训工作。全年安排科技入户项目5个,包括淡水混养技术和主导品种推广,涉及渔业科技示范户12户,由区水产技术推广站科技人员根据"科技入户"工作实施方案,做好养殖户的服务指导。年内,围绕两个专题安排专业渔民培训:组织"水产品安全生产实用技术"专题培训6次,培训学员290人次;组织"鳄龟庭院繁殖技术"专题培训4次,培训学员80人次。组织对部分养殖渔民进行引导性培训,培训学员160人次。科技人员通过下乡入户、发放宣传材料等形式,推介优质渔资,向渔民普及渔资常识,增强自我保护意识。 （顾建华）

蔬菜生产

【全年上市蔬菜19.5万吨】 2009年,全区菜田面积2410.85公顷。全年蔬菜播种9442.5公顷次,其中冬播2029.53公顷次,春播3099公顷次,秋播4313.93公顷次,复种指数3.9。全区蔬菜销售以供应市区为主,具有品种多、绿叶菜比重占50%以上的特点。1月的低温和2月的连续低温阴雨天气给全区蔬菜生产造成严重影响,其它时段天气基本正常,蔬菜作物长势良好。全年蔬菜上市19.5万吨。其中批发市场销售7.92万吨,占总量的40.6%;直销10.91万吨,占总量的55.92%;配送6793吨,占总量的3.48%。全年实现蔬菜总产值3.23亿元。 （徐志英）

【蔬菜生产安全监管】 2009年是嘉定区连续第八个"无食用蔬菜中毒事故年"。年内,实施7项安全监管工作:(1)完善和健全监管队伍,确保蔬菜安全生产措施落实。根据年初制定的蔬菜安全监管计划,明确第一责任人,全年召开安全监管例会6次;建立区、镇、村三级监管网络,组建由500余名技术人员、联户组长、协管员和检测员组成的监管队伍,层层签订安全监管责任书和承诺书,严格执行蔬菜生产安全监管承诺制度、田间档案制度和产品质量跟踪制度,实现蔬菜安全生产责任制。(2)加强宣传培训,增强安全意识。组织学习《中华人民共和国农产品质量安全法》,开展农药科学合理使用、病虫害防治技术等培训,发放安全用药宣传画1.4万份、田间档案记录本2130册。(3)加强蔬菜农药检测,形成三级检测网络。年内,镇级自测蔬菜样本9.32万份(其中自检5.53万份,市场抽检2.83万份,"一滴灵"检测9683份),合格率100%;区自测5000份,合格率100%;送农技中心、市蔬菜办、市农药研究所监测样本500份,合格率99%。全年完成样本抽检9.87万份,比上年减少4755份,抽检结果在市郊名列前茅。做好检测中超标样本的追溯核实工作,对超标样本

均作追溯处理。(4)推广高效低毒补贴农药22种16.74吨,补贴195万元。(5)继续建立蔬菜生产跟踪制度,完善农业档案。13个蔬菜园艺场和69个蔬菜种植大户分别建立蔬菜生产过程记录档案,反映蔬菜作物播种时间及使用肥料和农药的名称、用量、使用时间。下西洋、城市超市、联绿、双赢、惠和种业等13个蔬菜园艺场的生产档案纳入市农委信息中心的信息网管理渠道,上网信息6万条,确保蔬菜生产上市信息的可追溯性。(6)加强检查,查堵源头。全年开展大规模的安全监管大检查2次。重点检查散户及农民自留地安全生产责任书签订、农药残留检测、农药补贴发放、农药使用、田间档案原始记录本发放等情况,确保蔬菜安全。(7)加强4个病虫害测报点的测报方法规范化建设。年内,完成瓜类霜霉病、白粉病,番茄灰霉病及小地老虎、蚜虫、小菜蛾、菜青虫和夜蛾等10个主要病虫害的预测预报,预报准确率95%;根据病虫害发生的不同阶段,有针对性地编发病虫情报7期。 （李炯）

【推广"四新技术"】 2009年,加强"四新技术"(新品种、新技术、新药肥、新资材)在蔬菜生产上的应用。(1)推广应用高效低毒农药22个品种(杀虫剂12个,杀菌剂10个)16.74吨。(2)推广新材料覆盖技术,应用防虫网覆盖生产蔬菜323.61公顷,应用遮阳网覆盖生产蔬菜787.04公顷,应用无纺布覆盖生产蔬菜81.77公顷。(3)应用频振式杀虫灯灭虫技术,覆盖菜田面积260公顷。(4)推广应用商品有机肥3815吨,推广应用有机型蔬菜肥、BB肥、翠京元生物肥,应用面积321公顷次。(5)推广906、908、98-8、浙粉202番茄,汴椒1号、新丰4号、中椒5号辣椒,杭茄1号、黑媚茄子、申青1号、津春4号、一休靓瓜、申青1号、津优1号黄瓜,银冠和极早生55天、60天花椰菜,大叶草头,早熟5号、87-114、青杂3号大白菜,605、华王青菜和香丝瓜等品种,栽培面积1164公顷次,良种覆盖率90%。(6)推广应用设施栽培技术,利用联动6型管棚和简易竹棚等设施,栽培各类蔬菜1238.95公顷次,生产蔬菜3.01万吨。 （茅玉）

农业行政综合执法

【区农业行政综合执法大队查处各类案件677起】　2009年,区农业行政综合执法大队出动执法人员8 545人次、车辆3 847辆次、船艇45艘次,查处各类违法违规案件677起,罚没款65.51万元。受理审核行政许可733项,收取规费72.39万元,保障农产品质量安全和农业生产正常开展。

【开展"农产品质量安全执法年"活动】　2009年,区农业行政综合执法大队开展农产品质量安全整治暨"农产品质量安全执法年"活动。利用培训、咨询等形式,传授农资辨识相关知识。其间发放宣传资料1 890份,抽检蔬菜、瓜果样本978个,对不合格产品发出责令改正通知书8份,销毁不合格产品15.08吨,抽检生猪尿样5 013份、反刍动物尿样20份,经检测全部呈阴性。加强对奶牛场监管,对辖区内的兽药和饲料生产、经营企业进行专项培训和执法检查,净化兽药市场。

【农资打假专项治理】　2009年,区农业行政综合执法大队加强与质监、工商等职能部门的联合执法检查,取缔无证照农资经营商店9家。加强对统供种子的田间纯度监管,确保秋、春种子纯度超过99%。检查辖区内27家超市和卖场,检查转基因食用油样品354个,全部合格;检查卫生杀虫剂样品474个,立案处罚2起。成功调解种子、农药、肥料纠纷15起,补偿农民直接经济损失24.39万元。

【动物检疫】　2009年,区农业行政综合执法大队依据《中华人民共和国动物防疫法》《动物检疫管理办法》等法律法规,发放和开具动物产品检疫证明1.8万本、动物检疫证明168本、动物产地检疫证明26本。全区有指定动物及其产品入沪公路道口2个,全年检查入沪车辆4.58万辆次,消毒车辆4.58万辆次,销毁途亡猪184头。打击进沪动物及其产品由非指定道口进入上海市的行为,区农业行政综合执法大队会同区公安等部门开展联合执法12次。其间查处违法案件108起,受理公安部门移交案件11起,按照有关法律法规进行相应行政处罚。

【植物检疫】　2009年,区农业行政综合执法大队加强植物检疫工作,对77.07公顷蔬菜、106.67公顷小麦进行现场检疫,未发现病虫害。调入水稻、蔬菜种子3批次2 350公斤,调出蔬菜种子8批次1 577公斤,收取检疫规费2.1万元。对有害生物进行监查、布点监控,掌握有害生物发生、发展状况。

【渔政执法检查】　2009年,区农业行政综合执法大队履行中华鲟监管职责,每月至少现场监管2次。2月中旬、3月下旬,开展禁渔期专项检查2次,其间发放禁渔期告知书30份,查处案件7起,拆除违规设置网具35条。开展"碧波"、"迅雷"等专项整治系列行动,查处"电捕鱼"等非法捕捞活动。

【养殖水产品质量安全专项整治】　2009年,区农业行政综合执法大队对全区持证水产养殖场进行水产用药安全检查,发放"水产养殖质量安全告知书",签订"安全使用渔药承诺书"43份;与养殖使用证持有人、村委会签订"养殖水产品质量安全监管责任书"14份;在辖区内24家养殖场抽检水产品样本52个,经检测全部合格。

【督查兽药经营企业】　2009年,区农业行政综合执法大队对辖区内4家制药企业和14家兽药经营企业进行现场检查2次,整体情况良好。在推进GPS认证培训的基础上,加强督查,规范企业经营行为和台账记录。年内,执法人员对区内37家饲料生产企业进行全面督查,未发现严重违法行为。对区内提交"饲料生产审查合格证"申请的3家企业进行现场审核,全部通过审核。

【农机安全监理工作】　2009年,区农业行政综合执法大队分期分片对全区农机进行年检,确保农机安全运转。其间检验大中型拖拉机243台、小型方向盘式拖拉机15台、手扶式拖拉机123台和联合收割机100台。年初,区农业行政综合执法大队与镇农机专管员、农机合作社、农机手签订安全生产承诺书和责任书,在检查中纠正违章,排查、治理隐患。

【动物卫生监管】　年初,区农业行政综合执法大队向全区屠宰场、动物养殖场、超市、集贸市场和冷库发放告知书193份,与各企业签订承诺书128份,签约企业均承诺合法生产经营,积极配合相关执法检查。设立产地检疫报检点5个,检疫猪12.79万头、牛90头、羊2 030只、兔1 920只、犬482只、其它牲畜1 470只、鸡127.25万羽、鸭4 753羽、鸽4.14万羽、珍禽54羽。甲型H1N1流感疫情在国内发生以后,嘉定区积极应对,立即向区内23个规模化养猪场及生猪养殖专业户、3个奶牛场、2个屠宰场和1个养羊场发放告知书,采取驻场巡查方式督促场方落实防控措施,对全区进行督查以确保不

农资打假行动　　　（区农委供稿）

发生疫情。强化对规模化养殖场、专业户、镇兽医站、犬类养殖场的专项检查,对屠宰场每月至少进行2次专项检查。

【病死动物无害化处理】 1月起,全区实施病死动物统一收集措施,收集的病死动物送往浦南无害化处理站进行处理。至10月,共处理死猪7365头、其它动物产品8.5吨。处理措施有效规范,消灭传染源,防止疫病的发生、传染和扩散。年内,立案查处收购、运输病死(死因不明)动物的行为2起。

【食用农产品安全监管】 2009年,抽检蔬菜农药残留样本98208份,检测合格率100%。检测瘦肉精5076份、沙酊胺醇792份、莱克多巴胺741份,检测结果均为阴性。 (印霞萍)

农田水利

【全年引(排)水4.71亿立方米】 根据《上海市跨区域引清调水实施细则》和《苏州河综合调水方案》的要求,区河道水闸管理所执行嘉宝北片水闸引清调水方案,实施"南引"、"北引"和"东排"措施。墅沟水闸作为全市一座主要的引水水闸,每天引二潮水。浏河沿线的新泾、横沥、孙浜、盐北水闸在浏河水闸引水时开闸纳潮,平时按套闸控制运行。苏州河沿线的新槎浦、封浜、黄渡水闸和盐铁塘南闸配合苏州河整治,执行"只引不排"方案,蕴藻浜西水闸保持关闭。全年引水4.54亿立方米,排水1660万立方米。 (孙晟)

【汛期汛情】 2009年,汛期为6月1日至9月30日。其间,降雨量偏多,嘉定南门降雨量798毫米,比常年多227.9毫米;入梅迟,出梅早,梅雨期短,6月20日入梅,7月8日出梅,梅雨量188.5毫米,比常年少15.7毫米,是历年平均值的92.3%。汛期,南门最高水位3.4米(8月2日14时),高于警戒水位0.1米。其间经受8号台风"莫拉克"的外围影响和10次局部暴雨、大暴雨的考验。其中影响较为严重的是8月2日,全区普降大到暴雨,48小时累计降雨量:黄渡173毫米,横沥158毫米,南门108毫米。8月2日9时30分,南门水位达3.3米警戒水位;14时10分,升至年度最高水位3.4米。8月2日早晨,外围大控制水闸开始抢潮排水;12点30分,墅沟水闸开始排水,并协调蕴东水闸、宝山练祁河水闸帮助排水;16时30分,南门水位开始下降;21时,水位3.25米,下降0.15米。暴雨造成道路积水16条(段),小区积水4个,民宅进水23户,企业进水1家。暴雨期间各水闸、圩区泵站和街坊"小包围"泵站及时采取排水措施,全区无大面积或长时间积水现象出现。 (黄高明)

【农桥管理】 2009年,翻建西练祁河桥、练祁河樊家桥、漳浦河桥等6座农桥;维修横沥张家桥、孙浜竹桥、蕴藻浜勤丰桥、娄塘河渡船沟桥等20座农桥;拆除祁迁河陈泾桥、练祁河新木桥、新泾陆家宅桥等11座危桥。年内,指导各街镇完成镇、村级农桥"一桥一档"资料汇编工作。

【村沟宅河整治】 2009年,为确保对全区镇、村、宅沟河进行全覆盖整治,区水务局对未列入"万河整治"计划的274条(段)97.1公里村沟宅河开展综合整治工作。11月,工程完工。工程总投资2776.96万元,累计疏浚土方105.09万立方米,种植绿化11.23万平方米,修建护岸16.81公里。 (李加加)

农业机械化

【农机总动力增长11.26%】 2009年,全区拥有农业机械总动力23906千瓦,比上年增加2420千瓦,增长11.26%。

2009年嘉定区农业机械动力分类统计表

名 称	2009年		2008年		比上年±千瓦
	千瓦	占总动力(%)	千瓦	占总动力(%)	
耕作机械	13 034	54.5	12 734	59.27	300
农产品加工机械	1 097	4.6	1 474	6.86	-377
肥料机械	88	0.4	88	0.41	0
种植机械	486	2	459	2.14	27
畜牧机械	259	1.1	913	4.25	-654
收获机械	4 993	20.9	1 885	8.77	3 108
渔业机械	922	3.9	658	3.06	264
植保机械	2 348	9.8	2 541	11.83	-193
园艺机械设备	99	0.4	99	0.46	0
林业机械	110	0.5	150	0.7	-40
其它农业机械	470	2	485	2.26	-15
合 计	23 906	100	21 486	100	2 420

【农业机械投资 1589.8 万元】 2009年,全区新建农机专业合作社 5 个。至年底,全区有农机专业合作社 17 个。全年购置"纽荷兰"拖拉机 41 台、"久保田"联合收割机 58 台、"洋马 VP8D"插秧机 7 台、"久保田 SR-501C"育秧机 3 套、育秧秧盘 7 万只、"三久"12 吨粮食烘干机 6 台、用于蔬菜作业的小型拖拉机 13 台、植保机械 234 台、畜牧水产养殖机械 74 台及其它小农机具 172 台。农业机械总投入 1589.8 万元,比上年增加 176.2 万元。

【加强对补贴农机的监管力度】 2009年,对全区补贴农机具开展普查工作,建立"嘉定区补贴农机管理档案",对农机信息实行计算机动态管理。制定《嘉定区补贴农机管理办法(试行)》,强化对补贴农机的监管力度。

【水稻机收率 100%】 2009年,全区机收水稻面积 4302 公顷,机械化率 100%。全区出动"久保田"联合收割机 213 台次、"洋马"联合收割机 17 台次,机收水稻 1991 公顷;由外省市农机收割水稻 2310 公顷。年内,全区出动各类联合收割机 13 台次,赴江苏省、河北省作业,收割水稻 320 公顷。

【水稻机械化育(插)秧技术推广】 2009年,区农委在外冈镇、华亭镇、徐行镇、嘉定工业区和菊园新区推广水稻机械化育(插)秧技术 750 公顷。年内,成功推广水稻基质育秧 60 公顷,积极开展水稻育苗生物基质床土项目攻关工作。

【农作物秸秆机械化还田项目完成】 2009年,农作物秸秆机械化还田项目总投入 90.01 万元,其中市财政投入 45 万元,区财政投入 15.53 万元,项目实施区自筹 29.48 万元。全年购置各类农机具 38 台。秸秆机械化还田 3.3 万吨,其它综合利用 0.5 万吨,秸秆综合利用率 72%。

【农机作业人员培训】 2009年,培训农机驾驶人员 116 人,均取得农业机械驾驶证。43 人经过维修培训获农业部颁发的农机修理工中级证书。培训水稻机械化育插秧技术 70 人次,开展"三夏"农忙农机安全远程教育培训及各种机型的"一用就管"培训。

机械化插秧　　　　　　　(张建华 摄)

【农机安全监理】 2009年,区农机安全监理部门检验道路运输拖拉机 122 台、农用拖拉机 243 台、自走式和悬挂式收割机 100 台。建立"平安农机示范合作社"3 个。　　　　(吴友杰)

农 业 科 研

【承担部(市)级项目 4 项】 2009年,嘉定区承担部(市)级项目 4 项。其中,农业部的"嘉定区 2009 年测土配方施肥试点补贴"项目开展水稻、小麦、蔬菜等作物的田间试验 27 次、田块土样采集 300 个、植株样品采集 76 个,共检测养分数据 2400 项次,开展小麦、水稻投肥情况调查,积累技术数据,为全区土壤养分分区图及数据库形成奠定基础。农业部的"嘉定区农业有害生物预警与控制区域站建设"项目完成房屋主体结构建设,仪器设备招标工作结束。市级"上海市农业有害生物监测与预警体系建设"项目完成仪器设备统一采购工作。市级"嘉定区粮食良种繁育基地建设"项目建造配套库房 400 平方米,种子成套加工设备投入运行,2 套烘干机和 21 台(套)实验仪器到位。

【科技入社、农民培训工作】 2009年,区农委选派 38 名科技人员与 28 家农业合作社进行科技入社结对指导,科技入社示范项目涉及水稻、蔬菜、水果、园艺、水产和防控等 6 大类。全年培训专业农民 380 人,举办短期引导性培训 3205 人次、"转移农民"培训 116 人、农民技术骨干专项引导性培训 1844 人次、蔬菜栽培工和瓜果园艺工职业技能培训 1250 人,考核合格率 100%。

【农业科技项目】 2009年,"优质哈密瓜标准化生产技术示范推广"、"嘉定农业综合数据中心应用开发"被列入市科技兴农项目,"兰寿亲本选育及人工繁育技术研究"等 17 项农业项目被列入区年度科技发展基金项目。

【实施科技协作项目 5 个】 2009年,区农业技术推广服务中心实施科技协作项目 5 个,其中市级科技协作项目 2 个(废弃物循环利用课题,三年环保行动计划),区级科技项目 3 个(蔬菜管棚蘑菇——金福菇栽培模式研究,紫色蔬菜新品种引进及示范研究,耐热叶菜新品种的推广应用);5 个科技项目的研究和开发均有实质性进展。

【26 个单位获嘉定区农业"小巨人"称号】 2009年,上海市嘉定区农业技术推广服务中心、嘉定农业信息服务中心、上海惠和种业有限公司、上海嘉定现代农业园区农产品加工基地、上海下西洋有机蔬果园、上海万金观赏鱼养殖有限公司、上海市葡萄研究所、上海华环奶牛养殖场、上海亭苑粮食专业合作社等 26 家市级示范农民专业合作社、区级农业产业化龙头企业、标准化生产示范基地、拥有区知名农产

品商标企业和承担市级以上重大科技项目的单位获 2009 年嘉定区农业"小巨人"称号。　　　　　（李 炯）

【完成草莓优质新品种选育与示范项目】 2009 年,由区农业技术推广服务中心负责实施的草莓优质新品种选育与示范项目(2007 ~ 2009 年)完成。技术人员选育出适合上海地区种植的优质草莓品种"嘉宝",改善原品种"枥木少女"抗逆性差、不耐高温、异地繁苗的缺陷。"嘉宝"草莓亩产量 1 130 公斤,亩产值 1.86 万元。项目实施期间,推广种植 18.67 公顷,增收 176.9 万元。

【示范推广优质哈密瓜新品种"雪里红"】 2009 年,哈密瓜新品种"雪里红"研究项目(2007 ~ 2009 年)完成。项目实施期间,通过"公司+基地+农户"运作模式,建立嘉定区华亭镇、江苏省兴化市西郊哈密瓜生产基地,累计推广种植"雪里红"哈密瓜 32.33 公顷。哈密瓜单果重 2.1 公斤,中心糖度 14% 以上,亩产量 1 810 公斤,亩产值 1.27 万元。

【夏季耐热叶菜安全、高效栽培技术的示范和推广】 2009 年,夏季耐热叶菜安全、高效栽培技术项目(2008 ~ 2009 年)完成。技术人员以惠和园艺场、华亭城市超市基地、下西洋有机蔬果园为试验示范点,进行夏季耐热叶菜的高效栽培技术研究,解决夏季高温导致叶菜病害严重、产量低、质量差等问题。推广种植"早熟 5 号"大白菜、"华王"青菜等新品种,累计推广种植 277.33 公顷次,总产值 1 084.74 万元。

【蔬菜管棚栽培双孢蘑菇–金福菇模式研究】 2009 年,由区农业技术推广服务中心承担的蔬菜管棚栽培双孢蘑菇–金福菇模式项目(2008 ~ 2009 年)完成。技术人员以上海贝安菌业合作社和嘉定工业区胜辛粮食蔬果合作社为基地,利用蔬菜管棚推广双孢蘑菇–金福菇栽培模式,形成整套生产技术规程,增加蔬菜管棚复种指数,提高劳动生产率。其间,推广生产双孢蘑菇和金福菇面积 1.1 万平方米。其中金福菇产值 52.5 万元,净利润 32.5 万元;双孢蘑菇产值 28.75 万元,净利润 14.45 万元。项目总产值 81.25 万元,净利润 46.95 万元。

【哈密瓜连作障碍综合防治技术研究】 2009 年,由区农业技术推广服务中心承担的哈密瓜连作障碍综合防治技术研究项目(2008 ~ 2009 年)完成。技术人员通过合理轮作、改良施肥配方、嫁接、无土栽培、生物及物理防治等方法降低土壤盐分,改善土壤品质,总结出哈密瓜连作障碍综合防治技术。该项目的实施能减少上海地区哈密瓜生产连作障碍的发生,提高哈密瓜的品质与产量,推进上海哈密瓜产业发展。

【水稻机插秧硬地育秧技术研究】 2009 年,由区农业技术推广服务中心承担的水稻机插秧硬地育秧技术研究项目(2008 ~ 2009 年)完成。针对农村普遍存在的水泥场地、晒场、空置路面、一般平整土地等硬地资源,技术人员进行水稻机插秧硬地育秧技术研究。该技术节省土地、人力、水资源,对

水稻机插秧硬地育秧　（张建华　摄）

防治水稻秧苗期条纹叶枯病、灰飞虱呈现出较大优势,能减少农药使用,使水稻生产技术从根本上减轻劳动强度,有较高经济效益、生态效益和社会效益。

【紫色蔬菜的新品种引进及示范研究】 2009 年,由区农业技术推广服务中心承担的紫色蔬菜的新品种引进及示范研究项目(2008 ~ 2009 年)完成。项目技术人员从引进的紫色蔬菜品种中筛选出 17 个适合嘉定地区种植品种,有红米苋、红菜头、红叶莴笋、紫甘蓝、紫椒、紫薯、紫背天葵、紫冠花菜、黑珍珠番茄、紫黑糯玉米和紫衣红青菜等多种蔬菜。紫色蔬菜茬口年均亩产值 1.8 万元,比常规蔬菜的亩产值 1.42 万元提高 26.76%。　（黄海莺）

综合经济管理

编辑 宋怀常

投资服务

【审批固定资产投资项目248个】 年内,嘉定区发展和改革委员会(以下简称区发改委)审批固定资产投资项目248个,建筑面积95.2万平方米,投资额207.2亿元。审批项目建议书173份,建筑面积166.7万平方米,投资额132.7亿元。核准固定资产投资项目70个,建筑面积192.8万平方米,投资额77.15亿元。备案固定资产投资项目204个,建筑面积503.5万平方米,投资额186.1亿元。与相关咨询机构合作,开展固定资产投资项目节能评估18个,投资额45亿元。

【受理土地储备立项78项】 年内,区发改委受理土地储备立项78项,储备土地面积511.07公顷。其中工业用地45项,面积219.33公顷;经营性用地33项,面积291.73公顷。

【总投资5000万元及以上固定资产投资项目公告25个】 年内,区发改委公告7批次25个总投资5000万元及以上固定资产投资项目,总投资116.9亿元。其中工业2项,总投资3.9亿元;房地产业23项,总投资113亿元。所有项目均符合法定审批程序,经市发改委、市建交委、市规土局联合审核后全部向社会公告。

【"绿色通道"建设】 年内,区发改委针对"绿色通道"项目核准、备案和土地出让、建设手续跟踪等环节推出一系列服务举措,形成"一口受理、一人负责、一日办理、一周跟踪、先办后补"的特事特办机制,为投资服务和办证办照中心各窗口服务提供借鉴模式。

【启动项目可行性研究报告评估】 年内,区发改委就嘉定博物馆项目委托市投资咨询公司评估,在评估报告出具前组织区文广局、新城公司和投资监理等有关单位进行沟通交流,主要解决科学合理估算投资、锁定设计方案、规范限额设计依据等问题,为规范政府投资管理提供实践依据。

【通报工业项目跟踪情况52期】 年内,区发改委对全区"绿色通道"项目、历年取得土地项目、年内计划供地项目、储备工业项目进行项目跟踪和情况通报。按照项目建设程序分准入储备、土地出让、项目审批、工程报建和开工建设5个阶段,设置28个主要办理节点,由区发改委组织进行每周进展跟踪,及时掌握动态情况,向区领导和有关部门报送。

【编制社会事业和城市发展建设计划】 年内,区发改委会同区建交委等部门编制完成嘉定区2009年社会事业和城市发展建设计划并上报区政府批准。2009年计划由社会事业建设、市政基础设施建设、城市管理和维护等三部分组成,共安排各类项目286个,总投资312亿元,2009年计划财务用款116.8亿元。在保增长的背景下,投资计划充分考虑到嘉定新城、轨道交通、上海国际汽车城等重点领域的项目,也较多关注社会事业、道路基础设

考察花桥国际商务城服务外包基地　　(区发改委供稿)

施等改善民生的重点项目。

【获得市级以上补贴 8.04 亿元】
2009 年,全区累计获得国家及市级各类补贴 8.04 亿元。其中嘉定中医医院肛肠科病房楼扩建项目获得国家补贴 650 万元;与铁路配套及其它市政道路建设项目获市建设财力补助 1.06 亿元、腾地补贴 2.96 亿元、公路养路费微调资金 1 亿元;江桥和南翔地区污水管网及嘉定区污水处理厂配套管网完善工程项目获地方政府债券补贴 1944 万元;瑞金医院嘉定分院获市建设财力定额补助 2.64 亿元;嘉定生态片林、防护林项目获国家补贴 46 万元、市建设财力补助 1149 万元。

【开展五年规划评估与编制】 5 月,区发改委开展"十一五"规划纲要中期评估,对"十一五"规划前三年实施情况进行评估和总结,并在区人大常委会主任会议上作汇报。9 月起,开展"十二五"规划前期研究,拟定规划编制工作方案,多次向区委、区政府汇报。12 月 22 日,区政府召开"十二五"规划编制动员暨工作布置会议,"十二五"规划编制工作正式展开,计划在 2010 年年末编制完成。

【新农村建设融资】 年内,区发改委发挥开发性金融合作办公室职能,开展第二批新农村贷款项目的前期评审工作,协调落实南翔、马陆两镇国家开发银行贷款 1.3 亿元。下半年,嘉定区开发性金融合作办公室由区发改委调整归口至区财政局。

【产业扶持项目申报】 2009 年,区发改委通过镇(街道)推荐、主管部门会商等方式共组织 6 批次 35 家企业申报国家、市各类产业发展扶持项目,涉及高新技术、新能源、节能减排、现代服务业、循环经济等多个领域,成功推荐 15 家企业获得国家或市级专项扶持资金 3300 余万元。

【节能降耗目标考核】 年内,区发改委牵头开展节能降耗工作的目标制定与考核工作。编制《嘉定区 2009 年节能降耗目标和工作安排》,提出 7 项节能领域的量化指标,并围绕调整产业结构、强化存量管理、夯实工作基础、完善配套政策 4 个方面,制订 20 项重点工作,明确牵头责任部门。年末,会同有关部门对街道、镇的节能降耗工作进行检查、考核。

【推进社会事业重大项目建设】 2009 年,全区社会事业建设稳步推进。瑞金医院分院落户嘉定,年底正式开工建设;区妇幼保健院迁建项目列入 2009 年社会事业重点项目,至年底主体结构封顶;区中医医院肛肠科病房楼扩建项目竣工验收;南翔医院迁建工程所有单体结构全部封顶;11 月,嘉定博物馆项目开工,建筑面积 9608 平方米,投资 1.16 亿元;同月,嘉定图书馆(文化馆)新建项目开工,投资 2 亿元。

【燃气行业监管】 年内,区燃气办根据上海市燃气管理处统一部署,积极开展燃气行业安全生产"三项行动"(即综合整治、执法、宣传)。加大执法力度,打击非法经营和违规经营液化气行为。充分运用联合执法机制,开展联合行政执法 40 次,查获"黑车"37 辆,取缔非法窝点 56 处,收缴各类钢瓶 3962 只,立案处罚 35 件,罚款 6.7 万元,保证燃气市场稳定有序。

(居雪飞)

【"中心"办件 92.63 万件】 2009 年,区投资服务和办证办照中心(以下简称"中心")各服务窗口共收件 93.1 万件,办结 92.63 万件,办结率 99.5%。其中即办件 54.93 万件,占收件总数的 59%。日均办件 3690 件。

【完善建设项目审批服务跟踪系统】
"中心"项目审批网上跟踪系统自正式上线运行以来,共跟踪工业项目 202 个。年内,根据上年的运行情况和窗口工作人员反馈,对系统进行版本升级。减少跟踪环节,将原来的 49 个环节缩减为 23 个环节;进行流程控制,将原有的全并联流程改造成串、并联相结合的流程,同时提供操作人员灵活可选的工作界面。跟踪系统的版本升级使窗口的工作量大幅度减少,也使系统的运行更趋合理和人性化。4 月 20 日,新版本上线运行。

【服务群众方便办证】 2009 年,"中心"以迎世博为契机,加强软硬件的建设,开展规范化达标活动和服务创优活动,不断提升服务水平。结合迎世博工作部署,制作世博倒计时牌、标志物、宣传专栏、宣传标语,添置液晶显示屏,营造浓厚的迎世博氛围。更新、完善一批服务标识,增设洽谈室、吸烟区、等候区、填写台等。根据群众意见,通过和区机关事务管理局沟通联系,在办事大厅空调通风、停车场管理、餐饮服务、无障碍设施、环境卫生等方面为工作人员和办事群众提供方便。开展服务创优活动,要求每一位窗口工作人员都要熟悉相关条线的业务,做到"三清三零"("三清"即"一口说清、一眼看清、一做就清","三零"即"许可零距离、服务零缺陷、群众零投诉"),努力打造人民满意的服务型窗口。

【建设项目协调服务】 2009 年,"中心"加大重大产业项目协调力度,推动项目尽早落地。针对 118 个重大产业项目,"中心"积极落实"绿色通道"工作新措施,在各窗口摆放"绿色通道项目受理"标示牌,向基层和企业发放项目联系卡和告知单。进一步加快办理速度,要求窗口工作人员在两个细节上要做到"细致",即"材料受理要细致、项目审理要细致";三个环节上要"快",即"转接要快、预审要快、交件要快"。出台《关于建立重大投资项目行政审批"绿色通道"机制的实施办法》。全年召集各类建设项目初审定会 52 次,召集各类建设项目咨询协调会 18 次。另外,以函告形式对嘉定新城建设中的相关迁建企业按照"绿色通道"要求快速办理审批手续进行协调。科曼车辆项目从签订《国有土地出让合同》到办结施工许可证,区各职能部门用时由原来的 200 多个工作日缩减到 42 个工作日。

【优化工业用地项目评估准入机制】
年内,"中心"根据嘉定区经济发展的新要求,继续充实完善工业项目评估准入标准,加大评估指标中税收贡献度、土地产出率、产业导向、工艺技术水平、投资商实力等方面的评估权重。全年评估工业用地项目 58 个,准入 49 个,总净用地面积 147.33 公顷。准入项目产业主要为汽车、医疗器械、物流、石油勘探设备、仓储及电子产品等。暂缓及不予准入项目 9 个,用地面积 26.98 公顷。

【租赁型企业准入评估】 租赁型企业准入评估是"中心"贯彻落实区委、区政府关于促进产业结构调整、盘活存量资源要求的重要举措。年内,共评估新设立租赁厂房生产型企业1521家。其中准入企业总数1490家,注册总资本33.21亿元,预计税收9.21亿元,实现租赁厂房总面积189.54万平方米;未予准入企业数31家。

【"中心"网站改版】 年内,"中心"网站进行页面改版,将后台发布系统升级到2.0版本。通过与区科委协商,整合"中心"网站现有管理模块,将网站管理系统与政务网工作平台无缝对接,利用政务网完成"中心"信息发布、群众咨询、投诉处理等事务。同时对网页进行改版。10月,网站新版正式上线。

【"中心"特邀监督员队伍建设】 2009年,为提高服务质量,"中心"聘任30名特邀监督员对"中心"工作进行监督。监督员既有从事招商、办证的基层经办人员,也有人大代表、政协委员、社区工作者。3月27日,"中心"举办特邀监督员聘任仪式。年内,"中心"4次组织特邀监督员进行测评,从办事流程、外界希望、社会评价等多种角度,全面客观地分析和评价"中心"

特邀监督员聘任仪式

（区投资服务和办证办照中心供稿）

及各窗口的管理和服务情况,进一步促使"中心"各职能部门提高行政审批效率,真正使各项工作服务于民。

（张高烨）

公有资产

【国有企业资产增长23.51%】 2009年,嘉定区参加国有资产年报汇总的企业159家,比上年增加11家。经审核:区辖国有企业资产总额502.17亿元,增加95.6亿元,增长23.51%;负债总额366.29亿元,增加82.16亿元,增长28.96%;资产负债率72.94%,上升3.17个百分点;所有者权益总额135.87亿元,增加12.98亿元,增长10.56%;国有权益总额124.04亿元,增加12.2亿元,增长10.91%。

2009年嘉定区国有企业资产分布状况表

单位:亿元

单位	所属单位数（个）	资产总额			其中		负债总额		所有者权益总额			国有权益总额		
		2009年	2008年	2009年比上年±%	流动资产	固定资产	2009年	2008年	2009年	2008年	2009年比上年±%	2009年	2008年	2009年比上年±%
嘉定工业区	27	106.63	91.27	16.83	68.87	10.31	73.30	61.82	33.33	29.45	13.18	32.67	28.99	12.70
国资经营公司	50	182.14	161.87	12.52	117.52	44.38	141.99	115.55	40.15	46.32	-13.31	32.65	37.56	-13.08
城投公司	5	63.84	51.93	22.95	29.10	27.68	44.01	33.47	19.83	18.46	7.45	19.78	18.40	7.47
新城公司	8	53.27	22.04	141.67	39.04	11.54	41.21	15.02	12.05	7.02	71.67	12.05	7.02	71.67
上海国际汽车城	4	51.33	46.54	10.29	40.69	2.19	36.32	37.25	15.01	9.29	61.57	12.51	7.60	64.61
绿洲集团	15	21.80	15.81	37.89	20.05	0.85	18.07	12.76	3.73	3.05	22.30	3.71	3.03	22.44
其它	50	23.16	17.11	35.36	12.68	9.68	11.40	7.81	11.77	9.30	26.45	10.67	9.24	15.60
合计	159	502.17	406.57	23.51	327.95	106.63	366.29	283.68	135.87	122.89	10.56	124.04	111.84	10.91

【城镇集体企业资产下降 15.37%】 2009 年,嘉定区参加城镇集体资产年报汇总的企业 68 家,比上年减少 5 家。经审核:全区城镇集体企业资产总额 16.9 亿元,减少 3.07 亿元,减幅 15.37%;负债总额 6.94 亿元,减少 0.94 亿元,减幅 11.93%;资产负债率 41.07%,上升 1.61 个百分点;所有者权益总额 9.96 亿元,减少 2.13 亿元,减幅 17.62%;集体权益总额 8.45 亿元,减少 0.71 亿元,减幅 7.75%。

2009 年嘉定区城镇集体企业资产分布状况表

单位:亿元

单 位	所属单位数(个)	资产总额					负债总额		所有者权益总额					
		2009年	2008年	2009年比上年±%	其中		2009年	2008年	2009年	2008年	2009年比上年±%	集体权益总额		
					流动资产	固定资产						2009年	2008年	2009年比上年±%
集体经济联合社	7	5.16	4.73	9.09	2.32	0.31	2.39	2.00	2.77	2.73	1.47	2.13	2.14	-0.47
供销社	36	4.53	8.05	-43.73	2.42	1.58	1.79	2.79	2.74	5.26	-47.91	2.67	3.67	-27.25
城镇工业联合社	14	6.85	6.88	-0.44	3.94	1.97	2.66	2.98	4.19	3.90	7.44	3.39	3.16	7.28
其它	4	0.36	0.31	16.13	0.30	0.06	0.10	0.11	0.26	0.20	30.00	0.26	0.19	36.84
合计	61	16.90	19.97	-15.37	8.98	3.92	6.94	7.88	9.96	12.09	-17.62	8.45	9.16	-7.75

【行政事业单位资产增长 19.73%】 2009 年,嘉定区参加行政事业单位国有资产年报汇总的单位 295 个,比上年增加 9 个。经审核:全区行政事业单位资产总额 174.54 亿元,增加 28.76 亿元,增长 19.73%;负债总额 123.68 亿元,增加 23.4 亿元,增长 23.33%;国有资产总额 50.86 亿元,增加 5.36 亿元,增长 11.78%;固定基金总额 36.27 亿元,增加 3.12 亿元,增长 9.41%。

2009 年嘉定区行政事业单位资产分布状况表

单位:亿元

单 位	资产总额			负债总额		国有资产总额				主要财产情况				统计单位(个)	
	2009年	2008年	2009年比上年±%	2009年	2008年	2009年	2008年	2009年比上年±%	其中:固定基金总额	土地占用面积(万平方米)	房屋建筑面积(万平方米)	汽车(辆)	专用仪器设备(台)	2009年	2008年
文化卫生类	32.86	29.15	12.73	3.71	3.37	29.15	25.78	13.07	26.12	148.91	773.28	310	94921	164	156
行政管理类	7.59	7.07	7.36	1.44	1.52	6.15	5.54	11.01	4.59	13.33	13.08	137	706	49	46
公检法类	4.72	3.27	44.34	1.77	0.88	2.95	2.39	23.43	2.41	0.00	3.34	592	226	7	7
抚恤和社会福利类	7.65	7.82	-2.17	6.29	6.68	1.35	1.14	18.42	0.40	3.98	1.54	12	347	20	20
公交建筑类	116.20	92.90	25.08	109.29	86.53	6.91	6.37	8.48	0.81	0.78	3.35	41	158	27	28
农林水气类	3.40	3.46	-1.73	1.11	1.23	2.30	2.22	3.6	1.75	7.33	16.97	29	455	17	17
其它	2.12	2.11	0.47	0.06	0.06	2.06	2.05	0.49	0.18	1.12	0.00	3	12	11	12
合计	174.54	145.78	19.73	123.68	100.28	50.86	45.50	11.78	36.27	175.24	811.56	1 124	96 825	295	286

【309 个农村集体经济组织集体权益 38.2 亿元】 嘉定区 309 个农村集体经济组织参加上海市 2009 年度农村集体资产年报统计,其中镇级组织 12 个、村级组织 154 个、队级组织(联队)143 个,涉及 1940 个生产队。经审核、汇总,全区农村集体经济组织拥有总资产 75.6 亿元,总负债 37.79 亿元,净资产 37.81 亿元。净资产中属于集体经济组织的权益(包括集体资本和集体享有的留存收益)38.2 亿元。其中镇级 1.76 亿元,占 4.61%;村级 31.99 亿元,占 83.74%;队级 4.45 亿元,占 11.65%。

2009 年度嘉定区农村集体经济组织资产分布状况表

单位:万元

单　位	数量(个)	总资产	总负债	净资产	集体权益
南翔镇	17	79 053	51 450	27 604	27 604
马陆镇	33	111 348	82 145	29 203	29 203
徐行镇	22	21 213	13 052	8 161	8 161
华亭镇	22	26 599	13 146	13 454	13 739
外冈镇	40	30 992	18 693	12 299	12 077
安亭镇	83	209 062	47 469	161 593	162 348
江桥镇	31	147 274	86 839	60 436	63 515
真新街道	2	2 146	987	1 159	1 159
新成路街道	3	1 259	645	613	613
嘉定镇街道	1	11 937	6 749	5 189	5 189
嘉定工业区	46	95 491	45 666	49 825	49 825
菊园新区	9	19 658	11 122	8 536	8 536
合计	309	756 032	377 963	378 072	381 969

【391 家农村集体企业集体权益 87.49 亿元】 2009 年度农村集体资产统计年报显示,全区 391 家农村集体全资、控股企业(其中镇办企业 195 家、村办企业 194 家、队办企业 2 家)有总资产 367.19 亿元,总负债 248.21 亿元,净资产 118.98 亿元。企业净资产中集体经济组织可以支配和享有的权益 87.49 亿元。其中镇级 67.74 亿元,占 77.42%;村级 19.75 亿元,占 22.57%;队级 69.92 万元,占 0.01%。

2009 年度嘉定区农村集体企业资产分布状况表

单位:万元

单　位	数量(个)	总资产	总负债	净资产	集体权益
南翔镇	38	432 983	288 251	144 732	143 969
马陆镇	9	326 323	280 622	45 701	45 701
徐行镇	10	176 020	120 753	55 267	55 259
华亭镇	16	39 976	32 514	7 462	7 462
外冈镇	66	168 558	125 659	42 899	41 751
安亭镇	136	1 568 217	882 698	685 519	372 506
江桥镇	59	760 076	640 558	119 518	119 518
真新街道	17	80 412	47 097	33 315	33 315
新成路街道	8	12 076	3 816	8 259	8 056
嘉定镇街道	4	22 726	14 148	8 578	8 828
嘉定工业区	17	32 235	16 109	16 126	16 126
菊园新区	11	52 249	29 836	22 413	22 413
合计	391	3 671 850	2 482 061	1 189 789	874 903

【35 个农村集体资产评估项目进行备案管理】 年内,区农村集体资产管理办公室根据农业部《农村集体资产评估管理暂行办法》、市国资委《上海市国有资产评估项目管理暂行规定》和区农资办〔2005〕4 号文件精神,对南翔、马陆、徐行、华亭、外冈、安亭、江桥等镇及真新街道、菊园新区、嘉定工业区的 35 个资产评估项目进行备案管理。评估备案管理项目的账面净资产 2.57 亿元,评估值 4.49 亿元,评估增值 1.92 亿元,增幅 74.71%。

【批准 14 个撤制生产队处置集体资产 2 590.5 万元】 年内,区农村集体资产管理办公室根据沪府〔1996〕34 号、〔1998〕55 号和嘉府发〔2002〕61 号以及区农资办〔2008〕3 号文件精神,对安亭镇、南翔镇和菊园新区递交的 14 个生产队撤销行政建制后的集体资产处置方案进行审核,批准将 2 590.5 万元农村集体资产量化分配给集体经济组织成员。

【出台《关于进一步加强农村集体资产监督管理的若干规定》】 3 月,区农村集体资产管理办公室在 1998 年颁布的《嘉定区农村集体资产管理监督暂行办法》的基础上,总结 10 年来在农村集体资产管理中积累的经验,联合区农委出台《关于进一步加强农村集体资产监督管理的若干规定》,明确嘉定区农村集体资产管理的目标和范围,完善机构设置,确定相应职责,进一步建立健全监督管理机制。

（区国资委供稿）

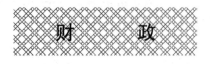

区政府领导调研财政工作　　（区财政局供稿）

【地方财政收入 67.98 亿元】 年初,经区四届人大四次会议批准,2009 年区地方财政收入预算为 62.17 亿元;后经区四届人大常委会第二十二次会议批准,调整为 66.8 亿元。2009 年,嘉定区地方财政收入实际完成 67.98 亿元,比上年同口径增长 17％。其中区本级财政完成 24.89 亿元,镇级财政完成 43.09 亿元。市财政返回税收基数及各项补助收入计 36.04 亿元,调入预算稳定调节基金 0.3 亿元。收入总计 104.32 亿元。

2009 年嘉定区地方财政收入情况表

单位:万元

项　　　　目	全　区	镇　级	区　本　级
一、税收收入	655 164	430 433	224 746
1.增值税	161 041	125 951	35 090
其中:免抵调库	36 600	29 133	7 467
2.营业税	196 208	138 727	57 481
3.个人所得税	48 937	34 412	14 525
4.城市维护建设税	7 892	5 490	2 402
5.房产税	4 915	3 672	1 243
6.印花税	24 181	18 250	5 931
7.土地增值税	31 134	22 264	8 870
8.企业所得税	109 729	81 666	28 078
其中:内资企业所得税	72 159	54 334	17 825
外资企业所得税	37 585	27 333	10 252
企业所得税退税	−15		−15
9.契税	71 127		71 127
二、非税收入	24 588	457	24 131

（续表）

项 目	全 区	镇 级	区 本 级
1.行政事业性收费收入	4 056		4 056
2.罚没收入	18 085		18 085
3.其它收入	2 043	457	1 586
4.排污费收入	386		386
5.水资源收入	18		18
合 计	679 752	430 890	248 862

【地方财政支出95.2亿元】 年初，经区四届人大四次会议批准，2009年区地方财政支出预算为89.06亿元；后经区四届人大常委会第二十二次会议批准，调整为97.07亿元。2009年，区地方财政实际支出95.2亿元，比上年增长7.4%。其中区本级支出44.13亿元，增长9.83%；镇级支出51.07亿元，增长5.4%。上解市财政支出4.88亿元，安排预算稳定调节基金3.62亿元。当年支出合计103.7亿元，当年结余0.62亿元，滚存结余3.94亿元。年内，地方财政支出结构进一步优化，加大对科学技术、环境保护和社会保障的财政投入，科学技术支出、环境保护支出、社会保障和就业支出分别比上年增长107.23%、27.8%和20.12%。

2009年嘉定区地方财政支出情况表

单位:万元

预 算 科 目	本年执行数		
	区本级	镇 级	合 计
基本公共管理与服务	61 117.24	124 008.45	185 125.69
公共安全	59 092.47	3 232.27	62 324.74
其中:武警	1 286.02		1 286.02
公安	45 719.45	2 060.53	47 779.98
检察	3 021.70		3 021.70
法院	5 479.89		5 479.89
司法	2 226.53	388.81	2 615.34
教育	91 314.44	9 020.55	100 334.99
其中:普通教育	65 201.65	2 994.36	68 196.01
教育附加支出	6 874.00		6 874.00
科学技术	7 786.94	2 660.67	10 447.61
文化体育与传媒	6 969.99	6 730.59	13 700.58
社会保障和就业	38 133.93	57 691.60	95 825.53
其中:行政事业单位离退休	19 753.88	1 000.19	20 754.07
医疗卫生	34 837.03	14 695.94	49 532.97
其中:医疗保障	6 389.96	1 837.38	8 227.34
环境保护	8 359.62	8.00	8 367.62
城乡社区事务	40 083.08	129 364.72	169 447.80
其中:城镇公用事业附加支出	2 000.00		2 000.00
农林水事务	11 544.57	19 739.29	31 283.86

（续表）

预 算 科 目	本年执行数		
	区本级	镇 级	合 计
交通运输	28 439.06	39.33	28 478.39
采掘电力信息等事务	4 822.09	135 716.65	140 538.73
其中:散装水泥专项资金支出	49.44		49.44
粮油物资储备及金融监管等事务	1 225.54	851.87	2 077.41
其它支出	47 588.80	6 921.66	54 510.46
支出合计	441 314.80	510 681.59	951 996.39

【实施"乡财县管"】 年内,区财政局根据上海市人民政府《关于推进本市农村综合改革的实施意见》和上海市财政局《关于印发〈完善上海区县以下财政体制的指导性意见〉的通知》的有关精神,结合嘉定区实际,拟定"乡财县管"制度实施方案,制定财政预算管理、财政资金专户管理、政府采购和票据管理等实施细则,确保"乡财县管"顺利实施。

【增加粮田补贴政策实施】 为贯彻落实党的十七届三中全会、《中共中央国务院关于2009年促进农业稳定发展农民持续增收的若干意见》和市农村工作会议精神,使广大农民共享嘉定经济社会发展成果,结合区内实际,制定《上海市嘉定区人民政府关于增加粮田补贴促进粮食生产和农民持续增收的实施意见》,规定农户承包土地流转后,种植粮食的每亩每年补贴300元;退休农民每人每月养老收入在原有300元基础上增至460元。区镇两级当年增加财政补贴支出3427万元。

【落实大学生就业财政扶持资金808万元】 为缓解劳动力市场结构性矛盾,切实解决嘉定区高校应届毕业生就业难题,区财政局响应上级号召,会同区人社局共同制定方案,自2009年1月至2011年6月,向嘉定区户籍2008年毕业但尚未首次就业毕业生及2009～2011年的应届大学毕业生提供就业、创业和培训补贴资金,补贴标准为就业补贴400元/人·月、创业开办费补贴2万元/年、岗位培训补贴400元/人·月。年内,区财政安排大学生就业财政专项扶持资金808万元。

【落实产业结构调整和节能减排资金6173万元】 年内,为积极应对全球金融风暴对嘉定经济发展的影响,区财政局贯彻区委、区政府"调结构,保增长"的决策,安排财政扶持资金6173万元(包括区拨3673万元),专项用于区内企业产业结构调整和节能减排工作,重点淘汰高污染、高消耗、低产出企业。

【落实经济薄弱村财政转移支付2265万元】 年内,区财政局根据《嘉定区人民政府关于新一轮扶持经济薄弱村的若干意见》的精神,为保证2009～2011年新一轮脱贫解困目标的实现,修订新一轮经济薄弱村财政转移支付办法,继续加大对经济薄弱村财政转移支付,安排区内23个经济薄弱村财政转移支付资金2265万元。其中区财政负担1323万元,相关镇财政负担942万元;区财政另安排1600万元专项资金,用于经济薄弱村道路、桥梁改造。

【修订《嘉定区区级医疗单位财政补助意见》】 年内,为适应卫生发展的需要,构建公共卫生保障体制,根据中共中央、国务院《关于深化医药卫生体制改革的意见》中"落实公立医院政府补助政策"的精神,结合嘉定区实际情况,区财政局会同区卫生局重新拟定对区级医疗单位的财政补助办法。根据医疗单位完成公共卫生工作任务、基本医疗服务和事业发展的需要,按照定员定额、项目论证立项以及零基预算等方法核定补助标准,重点提高预防保健和传染病门诊人员补贴标准,加大对精神病防治业务费和残疾人康复经费的投入。

【兑现财政扶持资金8678万元】 年内,落实国家级"先征后返"项目6个,财政扶持资金1476万元;市级"先征后返"项目92个,财政扶持资金4252万元;再生资源增值税"先征后返"项目26个,财政扶持资金2866万元。落实高新技术财政贴息项目5个,贴息金额84万元。

【落实家电、汽车、摩托车下乡财政补贴49.77万元】 2009年,为进一步扩大农村消费,提高农民生活质量,促进社会主义新农村建设,区财政局贯彻财政部、国家发改委、商务部有关文件精神,认真落实家电、汽车、摩托车下乡财政补贴。年内,受理家电下乡产品补贴申请1056台(件),兑付财政补贴31.64万元;受理汽车、摩托车下乡产品补贴申请170辆,兑付财政补贴18.13万元。

【落实义务制教育学校教师绩效工资】 年内,区财政局贯彻《义务教育法》"教师收入不低于当地公务员收入水平"的规定,按照市委、市政府的统一部署,会同区教育局、区人社局落实嘉定区义务制教育学校教师绩效工资,全区3510名义务制教育学校教师人均年收入增加12960元。

【区级行政事业单位公用经费分类分档管理】 年内,区财政局为进一步调整公共支出结构,优化公共资源配置,规范财政预算编制,强化预算约束,提高预算编制的科学性。制定区级行政事业单位公用经费分类分档新标准定额,事业单位原来按财政拨款性质分为全额、差额和自收自支单位,改为按单位工作性质划分为参照公务员管理类、行政执法类、行政管理类、公益类及一般事业单位。

【建立嘉定区政府投融资项目网络监管平台】 年内,为加强重点跟踪项目的管理,确保项目资金的使用效益,保证项目按质、按量、按期完成,区财政局、区监察局、区建交委、区发改委和区审计局组成联席会议,建立嘉定区政府投融资项目网络监管平台。对列入平台的 20 个重点跟踪项目制订管理办法,将各项目立项、招投标、资金管理、审计和评估等环节纳入全程监管,并通过相关的预警机制,对财政性资金的使用进行实时监控,确保资金的使用效益。

【稳妥推进公务卡制度改革试点】 年内,为适应财政管理制度改革的要求,规范财政资金管理,根据《上海市深化推行公务卡制度改革方案》的要求,出台《嘉定区推行公务卡制度改革方案》、《嘉定区区级预算单位公务卡管理暂行办法》等相关配套措施,稳妥有序地推进公务卡应用推广试点。9 月底完成第一笔公务卡消费还款业务的完整流程,10 月起正式启动嘉定区公务卡制度改革。区财政局、区监察局、区审计局、区发改委、区教育局等 5 个试点预算单位共办理公务卡 124 张。

【规范国有土地出让收支管理】 年内,根据国务院和上海市土地出让收支管理相关规定,区财政局结合嘉定区实际,制定《关于规范本区国有土地使用权出让收支管理的意见》。对专项资金的计提标准和使用、土地出让净收益的分配使用、土地储备资金的

财政投资项目网络监管动员会 　　（区财政局供稿）

管理等作出明确规定,从制度上规范国有土地出让收支管理。

【政府采购金额 12.17 亿元】 年内,区财政局强化政府采购监督管理,细化预算编制,规范采购流程,拓展采购范围,扩大采购规模。全年实施政府采购 376 批次,采购金额 12.17 亿元,比上年增长 34.62%。其中工程类采购 10.35 亿元,货物类采购 1.71 亿元,服务类采购 0.11 亿元。节约资金 0.9 亿元,节约率 6.89%。

【政府采购实施"管采分离"】 年内,区财政局按照市政府、市财政局"政府采购监督管理和集中采购机构分离"的要求,根据"明确职责、管采分离,紧

密配合、工作有序,平稳过渡、方便采购"的原则,会同区人大、区纪委、区监察局、区机关事务管理局制定嘉定区政府采购"管采分离"方案。年末,"管采分离"顺利实施,区政府采购中心划归区机关事务管理局。

【契税征收增长 91.78%】 年内,随着轨道交通十一号线开通和嘉定新城、江桥、南翔地区城市化建设发展,三地商品房交易活跃,同时受全市商品房交易量和成交价飙升影响,契税收入快速增长。全年受理契税纳税申报 35 779 户,征收契税 8.4 亿元,比上年增加 4.02 亿元,增长 91.78%。

【开展"小金库"专项治理】 年内,根据中共中央办公厅、国务院办公厅《关于深入开展"小金库"治理工作的意见》和中共中央纪委、监察部、财政部、审计署《关于在党政机关和事业单位开展"小金库"专项治理工作的实施办法》及市纪委、市监察局、市财政局、市审计局《关于在本市党政机关和事业单位开展"小金库"专项治理工作的实施方案》等文件精神,按照区委、区政府的部署,区纪委、区监察局、区财政局、区审计局联合组成治理"小金库"工作领导小组,制定《关于本区党政机关和事业单位开展"小金库"专项治理工作的实施方案》,组织实施嘉定区"小金库"专项治理。6 月 10 日,召开嘉定区"小金库"专项治理工作动员大会。为保证"小金库"专项治理工作效果,区治理"小金库"工作领导小组办

治理"小金库"工作动员大会 　　（区财政局供稿）

公室设立联系人制度和举报制度,公开联系电话、举报电话和举报网站,对各镇、街道财政所和区政府各委办局财务负责人进行培训。至6月30日,全区475个党政机关和事业单位进行自查,自查面100%。涉及银行账户1850个(未经财政部门批准的34个),涉及"小金库"资金金额154.39万元。按照重点检查面不得低于纳入治理范围单位总数的5%,重点领域、重点部门和重点单位检查面不得低于20%的要求,9月10日起,区纪委、区监察局、区审计局、区财政局联合组成4个重点检查小组,对32个区级行政事业单位进行重点检查。针对自查和重点检查暴露的问题,区治理"小金库"工作领导小组办公室按照相关政策规定,督促被查单位及其主管部门制定措施,落实整改。

【完成镇(街道)财政扶持资金检查】
年中,区财政局组织专题检查组,对13个镇(街道)1~6月贯彻执行区政府《关于本区进一步完善街镇财政管理体制规范财政扶持政策的意见》和区财政局《关于进一步完善街镇财政扶持资金管理的意见》的情况进行全面检查,汇总检查结果形成调查报告,为制定下一步指导意见提供依据。

【完成20家企业会计信息质量检查】
年中,根据上级文件精神,开展会计信息质量检查和会计师事务所执业质量检查。区财政局自行检查12家,采用招标方式委托中介机构检查8家。在被检查的20家企业中,发现违反《会计法》的2家,并依法作出行政处罚决定。

【组织会计知识竞赛】 年内,为进一步提高财会人员的业务素质,选拔储备优秀会计人才,提升会计人员依法理财水平,区财政局组织开展会计知识竞赛。竞赛分行政事业单位会计业务和企业会计业务两类,围绕《嘉定区行政事业单位会计业务操作实务》、企业内控制度、企业财务通则、企业会计准则、企业所得税法、企业会计实务等相关业务知识,在同一时间进行网上答题。全区472名行政事业单位会计和671名企业会计参加。

【会计事务管理】 2009年,区财政局

有质、有量、有序、有效开展会计人员继续教育,严把师资队伍关,精心组织教材,完成19834人次会计继续教育任务。评定281个企事业单位财务会计信用等级,其中A类单位2个,B类单位228个,C类单位51个,并将相关信息纳入上海市单位财务会计信用等级数据库。完成对2158家外资企业联合年检,汇总年报输入电脑汇总2114家,汇总率97.96%。完成企业年报汇总10759家。新办会计从业资格证书2499人,区外调入764人。组织会计从业资格考试报名7208人,会计专业技术资格考试报名2545人,会计电算化考试报名2112人。受理并通过会计电算化备案企业55家。审核小企业贷款担保6家,贷款金额3110万元,担保金额2643.5万元。

【财政调研】 2009年,区财政局继续贯彻"落实工作,调研先行"的方针,围绕财政工作热点、难点,完成调研课题12篇。其中,调研报告《绩效考评指标体系模式探讨》被区委、区政府采纳,依据调研结果,区财政局、区发改委、区建交委、区信息委、区审计局联合制定《嘉定区财政性资金绩效考评实施细则》,经区政府批准下发执行;《加强投融资资金监督管理的研究》等3篇调研报告分送区委、区政府有关领导和相关部门。汇集2005~2008年调研成果,出版《地方财政改革实践与探索Ⅲ》调研文集。 (陈维龙)

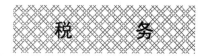

【税收收入完成218亿元】 2009年,全区税收总收入218亿元,比上年同口径增长11.6%。其中区级地方收入58.47亿元,增长12.2%,增收6.34亿元。按产业结构来分,第二产业税收完成126.17亿元,增长12.6%,增收14.1亿元。其中制造业完成税收114.52亿元,增长10.9%,增收11.23亿元。制造业中的支柱产业汽车零部件业实现税收25.44亿元,增长16.9%,增收3.67亿元。第三产业税收完成91.83亿元。其中房地产业税收完成22.49亿元,增长18.6%,增收3.53亿元;租赁和商务服务业税收完成15.89亿元,增长13.8%,增收1.93亿元。按税种分,增值税和消费税完成108.28亿元,增长17.4%,增收16.03亿元。营业税完成32.7亿元,增长11.4%,增收3.34亿元。所得税完成63.79亿元,增长1.8%,增收1.1亿元。受两税合并后所得税税率下降以及核定征收企业应税所得率下降的影响,企业所得税完成46.31亿元,比上年减少1.2%;个人所得税完成17.48亿元,增长10.5%。受经济大环境和税收政策调整的影响,私营企业税收74.26亿元,增幅仅为4%,是近10年来增幅最小的一年;涉外税收完成83.89亿元,增长14.5%。

私营经济城总经理座谈会 　　(区税务分局供稿)

【机构改革】 年内,税务嘉定分局结合实际制定机构改革实施方案并顺利完成机构改革工作。改革后税务嘉定分局共设 10 个内设机构:办公室、人事教育科、监察室、财务管理科、收入核算科、货物和劳务税科、征收管理科、所得税科、信息技术科和纳税服务科。另设机关党委办公室。共设 16 个派出机构:第一税务所至第十六税务所。设嘉定区税务稽查局为直属机构。稽查局设置综合科(举报中心)和案件审理科为其内设机构,另设 3 个检查所为其派出机构。

【重点税源管理】 2009 年,税务嘉定分局扩大重点税源监管面,重点税源户增至 1890 户。年内,及时推行纳税大户逐月预报应交税款的办法。多次召开基层所所长和重点税源管理员会议,听取意见并了解落实情况。在 4 个税务所试点大户专管员管理制度,并设置"重点税源管理小组"。配备 24 名在职税务干部,负责管理 1279 家重点税源企业,人均管理 50 家左右(按行业为主、注册类型为辅、兼顾工作量大小的分户原则)。税务人员以纳税服务、税收分析、税源监控、纳税评估等为工作重点,全面了解掌握重点税源企业的动向。

【优化纳税服务】 2009 年,税务嘉定分局贯彻落实国家税务总局"两个减负"(在依法征税过程中减轻纳税人不必要的办税负担,同时上级税务机关也要减轻基层税务机关额外的工作负担)的工作要求,以整体推进的工作思路,对现行部分征收所和征管所按照地区远近、人员比例、工作量大小相结合的标准,进行归并整合调研,提出征收大厅设置和标准化建设的初步设想。同时,为加快征管分离,分批向纳税人推广办税服务卡,落实办税公开政策,强化办税服务厅服务主渠道功能,规范和提升服务质量。此外,创新宣传方式,利用现代信息技术搭建税企沟通平台。如发送飞信、短信进行税收政策通知、宣传和提示;创建税务网络博客、税务咨询网站,张贴最新税务政策,提供涉税咨询答疑等服务。税务嘉定分局获得 2009 年度嘉定区产业发展最佳服务管理奖、2009 年度嘉定区优秀服务奖和 2009 年度推进"小巨人"计划优秀服务奖。

【纳税评估】 年内,税务嘉定分局纳税评估工作取得较大进展,评估的户数以及评估后补缴的税款都比上年翻了一番。全年完成纳税评估 2093 户,评估比例 2.34%。其中有问题的企业 276 家,选户准确率 13.19%,补缴税款 985.29 万元。

【税务稽查】 年内,税务嘉定分局改变传统的稽查模式,鼓励企业进行自查,对企业自查补缴的税款免于罚款,提高稽查效率。为保证企业自查的效果,征管所和稽查所共同努力,组织多次自查前的专项培训辅导。从检查结果来看,效果明显,自查的 2000 家企业查补税款共计 4.66 亿元。加上税务部门的检查,全年查补税款、滞纳金、罚款共计 5.11 亿元。

【发票管理】 2009 年,税务嘉定分局继续抓好发票管理工作。加强增值税发票最高限额的审批工作,把好发票的审核关,依照行政许可的审批程序上报,确保源头控制。加强对其它抵扣凭证的管理,做好"四小票"的采集、审核工作,加强对海关抵扣凭证的审查。做好税控机发票的衔接、供应工作,对原各类手工发票、定额发票及时收缴并宣传启用新版发票。加强对非正规劳动就业组织的发票管理,加强对各劳动组织领用发票的管理,统一发票购领品种,核定数量,建立发票领用情况申报制度。

【有奖发票兑奖工作】 年内,税务嘉定分局进一步开展有奖发票的兑奖工作。通过发放有关宣传材料,加大宣传力度,提高消费者索要发票的意识;为纳税人提供咨询服务,就有关问题进行解答;组织窗口人员进行岗位操练,熟练操作流程,提高兑奖速度,并提高对假冒发票的识别能力。全年有奖发票兑奖 5516 人次,兑奖总额 36.91 万元。其中获 1 万元大奖的 4 人,获 5000 元大奖的 15 人。

【年所得 12 万元以上个人所得税纳税人自行申报工作】 2009 年,税务嘉定分局深入开展宣传辅导,通过群发短信、大屏幕滚动播放相关政策、张贴告示等形式对相关纳税人进行政策宣传,共发放宣传手册和告知书 1.5 万份,受理咨询 3765 人次,举办培训 26 次,上门服务 136 次。同时,专门开辟申报"绿色窗口",方便纳税人申报。在办税大厅成立干部、党员值班的纳税咨询窗口,落实专人负责申报受理、催缴、台账登记以及相关核对工作。至 4 月 2 日,嘉定区年所得 12 万元以上个人所得税纳税人自行申报 11388 人,完成市局下达目标数的 123.78%;补缴税款 367 人,补缴税额 876.4 万元。

【税务年检和汇算清缴】 年内,全区 117 户货物运输营业税自开票纳税人参加资格审验。113 户年审合格,4 户年审不合格,年审完成率 100%。71335 家企业参加企业所得税汇算清缴,其中查账征收 19810 家,核定征收 51525 家,汇缴率 100%。382 家企业参加个人所得税汇算清缴,汇缴率 100%。

【税控收款机推广应用】 2009 年,税务嘉定分局在全区餐饮、娱乐、文化、服务、建筑、房产、商业等行业推广税控收款机 2.6 万户。同时积极推行税控收款机远程抄报税,全年完成 5623 户。

【办税服务卡推广应用】 6 月起,税务嘉定分局在全区全面推广企业办税服务卡。专门成立推广小组,落实专人层层负责。在推广过程中,各税务所将发行服务卡工作与完善企业基础资料工作有机结合,促进企业基础资料的完善,确保顺利完成集中推广发卡工作。至年底,累计发行企业办税服务卡近 8 万户,各税务所平均推广率 96%。

【税法宣传】 年内,税务嘉定分局与区经委、区科委等相关部门联手,向 200 余家综合资源利用、高新软件、集成电路企业宣传相关税收政策,详细介绍高新技术企业的认定条件和税收优惠政策等内容。通过宣传,有 157 家企业进行研发项目的登记,并在汇算清缴中给予加计扣除。召开私营经济城企业宣讲会,解读小企业普遍关注的所得税、流转税政策以及最新出台的帮扶企业发展的有关税收政策。与区农委和嘉定海关联手开展税收政策下乡、向出口贸易企业宣传出口退税政策等活动。

【落实税收优惠政策】 2009 年,税务嘉定分局加强组织领导,开展一系列税收优惠政策宣传与学习辅导活动,确保政策落实到位。年内,符合市政府 38 号文条件的 20 家会展业、物流业、专业服务机构企业在税务嘉定分局备案,其中相关业务享受税收优惠的企业 17 家,已享受差额征税抵扣税额累计 667.4 万元。高新技术企业技术研发费加计扣除政策的实施,使 157 家高新技术企业得以在成本中多列支 5.52 亿元的研发费用。涉农优惠政策使自产自销的 77 户农户减免应税所得 2.03 亿元,22 户从事农业生产资料生产加工企业减免应税收入 3.26 亿元。

【成立综合业务信息管理小组】 2009 年,税务嘉定分局从基层税务所抽调 3 名计算机专业并具有一定工作经验的工作人员,同各业务科室的业务骨干一起组成税务嘉定分局综合业务信息管理小组,着重对综合征管系统、辅助管理系统内信息数据进行分析处理,建立 20 余个系统监控指标体系,根据不同阶段的要求编制 3 期数据分析季报。

【干部培养】 年内,税务嘉定分局制定干部培养的实施意见和干部教育培训实施计划,加强干部的教育培训工作。组织干部参加市局重点项目、双休日讲座,对 300 余名职工进行会计继续教育培训,开展新进公务员专题教育培训和各类税收兴趣小组活动。分局稽查人员参加全国稽查人员考试,1 人名列全市第一,3 人进入全市前 30 名。 (陈 燕)

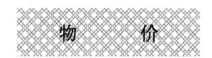

物 价

【实施经济制裁 42.26 万元】 2009 年,嘉定区物价局大力整顿和规范市场价格秩序,加强对重点行业的专项整治和节日市场的价格监管,开展涉农价格(收费)、涉企收费、药品价格和医疗服务收费、教育收费、防控甲型 H1N1 流感医药产品及相关原材料价格等专项检查,配合家电下乡活动开展市场价格监管,维护群众利益,消除价格隐患,确保区内市场稳定。年内,共查处各类价格违法案件 81 起,实施经济制裁 42.26 万元,其中退还消费者或用户 8.56 万元、没收违法所得 18 万元、罚款 15.7 万元。受理并及时处理价格举报 34 件,答复价格咨询 175 件,向消费者清退多收价款 3.03 万元。

【开展行政事业性收费年审】 年内,区物价局对全区 29 个系统下属 162 个行政事业性收费单位进行 2008 年度收费年审。经审查,2008 年度全区行政事业性收费总额 43.56 亿元,比上年增长 96.84%。其中行政性收费 4.17 亿元,下降 78.26%;事业性收费 1.42 亿元,下降 12.8%;基金及经营性收费 37.96 亿元,增长 188.74%。

【取消和停止行政事业性收费项目 21 项】 年内,区物价局认真贯彻《财政部、国家发展改革委关于公布取消和停止 100 项行政事业性收费项目的通知》精神,全区共取消和停止收费项目 21 项,涉及行政事业性收费单位 52 个。

【价格监测】 2009 年,受全球金融危机影响,市场不确定因素增多,价格形势复杂多变,价格监测预警工作的重要性日益凸显。区物价局密切关注重要商品的市场价格走势,严格执行各项监测报告制度,增加价格监测频次,开展应急监测预警和价格预期调查工作。先后对大米、食用油、猪肉、食用盐、白酒、奶粉、部分医药产品、成品油以及农用生产资料等重要商品进行应急监测和预期调查。积极落实价格监测调查巡视制度,每月一次定期走访,掌握重要商品的市场价格动态,及时报送价格信息和预测分析报告,完成各项价格监控任务。

【开展农产品成本调查】 年内,区物价局围绕服务"三农"主题,落实各项扶持政策和强农惠农举措,全年共开展养殖业、小麦、油菜籽、粳稻种植成本与收益等农产品成本调查工作 11 项,完成各类调查报告 18 篇。在开展农产品成本调查的同时,建立定期联络机制,完善农产品成本调查登记、报表和台账制度,结合"三农"热点开展课题调研,为准确预测农村经济变化趋势提供科学依据。

【政府制定价格成本监审工作】 2009 年,区物价局依有关单位申请开展一系列政府制定价格成本监审工作,先后对全区民办教育成本、区域性自来水制水成本以及原料奶生产成本进行监审,核减自来水制水企业 2008 年度制水总成本 373.53 万元,核减污水处理企业 2006 年至 2007 年度排污成本 744.17 万元,核减民办中小学校 2007、2008 年度办学成本 1 025 万元,为依法合理制定价格提供重要参考。

【调整自来水价格】 年内,区物价局稳步推进嘉定区水价体制改革,逐步理顺价费关系,促进节约用水和水环境改善。根据市发改委文件精神,在召开价格听证会和广泛征求社会各界意见的基础上,经区政府批准,先后对

价格督察工作会议 (区物价局供稿)

自来水价格和排水设施费听证会　（区物价局供稿）

区内非居民和居民用户自来水价格和排水设施使用费标准进行调整。6月1日起,上调非居民用户自来水和排水设施使用费价格,其中工业、行政和其它用户水价从每立方米1.65元调整为2元,饮料生产特种用水户从2.5元调整为3.1元,桑拿浴场特种用水户从10元调整为10.6元,洗车业特种用水户调整为5.6元,馈水调整为1.2元;非居民用户排水设施使用费标准也分别上调50%左右。9月20日起,居民用户自来水价格从每立方米1.1元调整为1.33元,排水费从每立方米0.9元调整为1.08元。

【价格公共服务】　2009年,区物价局把开展价格公共服务作为工作要点,不断拓展服务领域,丰富服务内容。通过开展各种宣传培训活动、向经营者和市民发放价格宣传资料、与有关经营者签订《价格诚信承诺书》、举办"提醒告诫会"等方式,普及价格法律法规和业务知识,提高经营者的价格自律意识。结合开展"价格公共服务进景区"工作,在全区旅游景点及周边餐饮企业、三星级以上宾馆推广"双语标价"。在宪法宣传周、"3·5"学雷锋日、"3·15"维护消费者权益日期间,开展价格咨询便民服务活动,采用展示宣传板、发放宣传资料、现场接受消费者投诉咨询等方式,宣传价格法规政策,倾听民众价格诉求,提高市民对价格违法行为的防范意识。与部分社区联合设立价格法制宣传教育基地,贴近居民生活,采用法律政策解读、案例评析、宣传培训等形式,让更多居民参与价格法制教育实践活动,深入推进"价格服务进社区"工作。通过建立网上价格综合服务窗口、编写出版《嘉定价格信息》等途径,围绕市民关注的热点,整合价格信息资源,与市民双向互动,加深群众对价格工作的了解。

【涉案财物价格鉴定和交通事故物损评估工作】　2009年,区物价局价格认证中心完成刑事治安类涉案财物价格鉴定2000余件,估价总值1350万元;交通事故物损评估8000余件,工作量列全市各区县第一位;开展出口加工贸易企业放弃财物价格认证36件,认证价值75万元。

【落实价格督察工作】　年内,区物价局召开价格督察工作会议,聘请社会各界代表担任价格督察员,落实价格督察工作。通过价格督察员对价格决策和执行环节的监督,确保价格政务公开工作的全面落实。　　（徐　凯）

工商行政

【企业登记管理】　2009年,全区新设立内资企业135家、私营企业13747家、外资企业105家。年末,全区共有各类企业95845家,比上年增长4.54%;累计注册资本1824.02亿元,增长7.77%。其中,内资企业3889家,减少4.73%;注册资本346.73亿元,增长4.34%。私营企业89711家,增长5.19%,总数继续列全市各区县第一;注册资本1159.97亿元,增长12.1%。外资企业2245家,减少3.07%;投资总额81.81亿美元,注册资本46.67亿美元,分别减少2.86%和2.49%。(1)内资企业中,持企业法人营业执照的2778家,占71.43%;持营业执照的1111家,占28.57%。国有企业215家,注册资本10.12亿元,分别占5.53%和2.92%;集体企业1185家,注册资本14.14亿元,分别占30.47%和4.08%;其它企业115家,注册资本5.15亿元,分别占2.96%和1.48%;有限责任公司2166家,注册资本313.47亿元,分别占55.69%和90.41%;股份合作制企业208家,注册资本3.85亿元,分别占5.35%和1.11%。(2)私营企业中,独资企业6730家,占7.5%;合伙企业192家,占0.21%;有限责任公司82789家,占92.29%。共有投资者179662人,比上年增长4.06%;雇工578867人,减少2.02%。(3)外资企业中,合资企业408家,占18.17%;合作企业274家,占12.2%;独资企业1563家,占69.63%。外资企业来源地区前三位分别是:中国香港特别行政区423家、日本393家、中国台湾356家。(4)全区新开业个体工商户3601家。年末全区有个体工商户19917家,从业人员33368人,资本总额3.9亿元,分别减少0.53%、增长0.37%和增长8.33%。(5)全区新设立农民专业合作社32户,注册资本0.3亿元。年末全区有农民专业合作社125户,注册资本1.37亿元。

【开展"走千家企业,送一片温暖"主题活动】　1～3月,工商嘉定分局在全区范围内开展"走千家企业,送一片温暖"和"两走一送"(走重点企业、走中小企业、送政策上门)回头看活动。共走访企业50家,帮助企业解决涉及工商行政管理方面的问题26个,收到工作建议4条。

【新增"中国驰名商标"4件】　6月,上海爱普香料有限公司的"爱普"商标、上海雷诺尔电气有限公司的"RENEL"商标、上海亚明灯泡厂有限公司的"亚"商标和上海南亚覆铜箔板有限公司的图形商标被国家工商总局商标局

品牌战略推进工作会议 （工商嘉定分局供稿）

认定为"中国驰名商标"。至年末,全区共有"中国驰名商标"10 件,占全市总数的 14.29%。

【举行"局长在线"访谈活动】 4 月 10 日,工商嘉定分局首次在"上海嘉定"门户网站举行"局长在线访谈"活动。共答复在线提问 61 个,网民在线浏览 728 人次。

【贯彻《食品安全法》】 6 月 1 日,《中华人民共和国食品安全法》正式实施,该法规定工商部门负责流通环节食品安全监管工作,并负责食品流通许可证的发放。至年底,工商嘉定分局共受理食品流通许可申请 1325 件,现场核查 421 户,查处食品案件 5 起,开展食品抽样检验 3 次。

【"农家乐"办证办照】 年内,在区人大常委会的支持下,工商嘉定分局联合相关职能部门,共同解决"农家乐"办证办照难题。全年有 18 家"农家乐"获得营业执照。

【网上年检】 2009 年,工商嘉定分局在全市率先全面开展网上年检试点工作。共有 81235 家企业通过网上申报年检,网上参检率 99.86%。年检率、网上年检率均为全市第一。网上年检以方便快捷的优势受到企业欢迎。

【商标管理】 年末,全区有注册商标企业 9721 家,注册商标 14142 件,分别比上年增长 38.81% 和 37.5%,其中上海市著名商标 65 件,占全市总数的 9.47%,继续名列各区县前列。年内,全区 24 件商标被新认定为第十三批

上海市著名商标。全年查处商标案件 255 件,比上年下降 7.94%。

【广告管理】 2009 年,全区新设立广告经营单位 1626 个。年末,全区共有广告经营单位 6374 个,其中主营广告 3323 个、兼营广告 2926 个、互联网广告经营 123 个、媒体单位 2 个。全年广告经营总额 27.05 亿元,比上年增长 18.48%;广告营业总收入 23.64 亿元,增长 53.21%。广告资金的投向前六位分别为:房地产、服务业、汽车、食品、信息产业、家用电器。按照政策规定,年内仅审批流动媒体的户外广告 4 件。全年共查处广告违法案件 97 件,比上年下降 23.02%。

【市场管理】 2009 年,全区新设立市场 12 个。年末,全区共有各类市场 116 个,其中农贸市场 67 个、消费品市场 49 个。全年共查处各类市场案件 184 件(5 件处罚市场主办单位),没收并销毁不洁食品 1296 公斤。受理申投诉 1146 件,调解处理 1146 件。全区原 10 个无照农副产品交易点中,3 个办理证照后成为合法农贸市场,7 个暂时保留为"临时交易点"。

【合同管理】 2009 年,工商嘉定分局共办理动产抵押登记 117 件,被担保主债权金额 27.95 亿元。受理合同备案 86 份,受理拍卖备案 20 份。调解合同争议 24 件,解决纠纷金额 12.97 万元。

【查处违法案件 1851 件】 2009 年,工商嘉定分局共查处各类违法案件 1851 件,其中一般程序 1000 件,当场处罚 12 件,现场收缴 232 件,特别程序案件 607 件。全年共取缔无照经营 2973 户,疏导办照 782 户。

【处理消费者举报、申诉 1369 件】 2009 年,工商嘉定分局共接受消费者来访、来电咨询 5857 次。接受消费者举报 1260 件,接受消费者申诉 109 件,办结率均为 100%。

【工商法律法规培训】 2009 年,工商嘉定分局共组织"九法"培训 9 期,参训对象 1181 人;专项培训 445 期,参训对象 18983 人;重点培训 2 期,参训对象 150 人。培训内容主要为《公司法》、《反不正当竞争法》、《商标法》、

嘉定首批"农家乐"经营户营业执照颁照仪式

（工商嘉定分局供稿）

《广告法》、《合同法》、《消费者权益保护法》、《产品质量法》、《食品安全法》、《反垄断法》。 （邵莉莉）

质量技术监督

【开展"质量和安全年"活动】 2009年是党中央、国务院确定的"质量和安全年"。年内，区质量技术监督局与市质量研究院、市质协签定"质量兴区"合作备忘录，成立全市第一个"质量创新基地"。调查800余家企业，完成6万字的嘉定区质量综合分析报告，这是全市第一个由区县发布的质量综合分析报告。部署落实"质量兴区"三年规划，建立质量诊所，开展基层质量管理小组活动。推动"质量和安全年"活动，以"共铸质量安全、同迎精彩世博"为主题开展2009年"质量月"活动和"质量兴区"工作，共组织宣传咨询服务活动10次，召开大型专题会议2次，开展专项监督检查、抽查等执法行动11次，制作发放宣传资料900余份，发布宣传信息100余篇次，组织300人次参加质量知识竞赛，组织200多名中学生开展"法制文化主题游"活动。全区参与"质量和安全年"活动的企业4000余家，市民巡访基地由4个增至10个。

【新增"上海市名牌产品"23项】 至年末，嘉定区有"中国名牌产品"4项；"上海市名牌产品"85项（其中产品类80项，服务类5项），年内新增23项，复评41项，总数列全市第三。另有3家企业、2名个人获上海市质量金奖。

【质量监督管理】 年内，区质量技术监督局对许可证企业检查219家，审查77家，年审240家，现场核查29家。对11家电热毯生产企业进行现场检查。对27家企业开展管理体系认证检查，对8家食品、农产品体系认证企业进行核查，对81家强制性认证企业的质量档案数据进行更新，对6家电线电缆产品企业、8家取得强制性认证的家用电器生产企业、40家木器漆产品企业开展专项检查。完成99家不合格产品企业后处理工作，对40家家具生产企业进行区域整治，对9家重点监管企业开展2次企业质量监督检查和

必备条件检查，配合市质量技术监督局完成监督抽查企业7家。

【开展产品质量安全整治行动20次】 年内，区质量技术监督局共出动执法人员950人次，先后开展农资、电热毯、润滑油、人造板、服装、酒店经营产品等专项执法检查及整治行动20次。受理行政处罚案件101件，结案42件，罚没款330万元。其中质量案件30件，罚没款在5万元以上的案件10件。全年接受投诉280人次、112件，涉及货值223万元，为消费者挽回经济损失110万元。

【特种设备安全监察】 年初，区质量技术监督局与4077个特种设备生产和使用单位分别签定《特种设备安全生产责任书》和《特种设备安全使用承诺书》。全年出动458人次，检查单位1102个，发现隐患562处，发出监察指令书15份。年内，完成压力管道元件制造单位、冶金用起重机械、场（厂）内车辆等5项专项整治活动。做好全区特种设备使用单位的4%（163个）、在用特种设备的5%（1030台）的现场监督检查，对100个特种设备生产单位的25%（25个）按计划进行现场监察，对13家气瓶充装企业进行年度监督检查，对列入重点监控的单位（25个）及设备（50台）进行重点检查。全面推进市政府实事工程，完成5.5万只民用液化气瓶电子标签标识粘贴工作。581家企业完成锅炉节能减排工作的自查，对186个单位进行重点考评。全年

共处理特种设备举报案件23件，调查处理特种设备事故2起，配合市质量技术监督局调查处理1起。区特种设备监督检验所全年完成机电类特种设备定检11437台，定检率100%；起重机产品制造监督检验177台，安装监督检验401台；完成承压类特种设备检验3742台，其中锅炉计1061台；压力管道检验14.52万米，压力容器产品制造监督检验31226台；锅炉产品制造监督检验53台。

【食品生产监督】 年末，全区共有食品生产加工企业272家。年内，区质量技术监督局开展乳制品、添加剂、月饼、肉制品等23项专项整治，共出动3000余人次，对874家企业进行检查。巡查企业698家次，其中食品相关产品企业102家次，抽样710件。发放生产许可证73家，变更21家；注销食品卫生许可证27家；食品中添加物质备案187家次；委托加工备案48家次。对52家食品相关产品（食品包装容器和食品用工具设备、洗涤剂等）生产企业进行分类分级监管，对37家企业进行后处理工作，对11家有供应世博会意向的企业进行资质把关。全年共受理食品举报案件43件，涉及食品生产加工企业及食品相关产品企业31家、无证窝点2个，顺利处理2起食品安全突发事件。开展5期食品添加剂专业培训，158名食品生产加工企业添加剂管理人员参加培训。举办进城务工青年免费培训20期，培训2000余人次。

电梯应急救援演练 （区质监局供稿）

超市计量检查 （区质监局供稿）

【标准化管理】 年内，区质量技术监督局受理企业产品标准备案 193 份，为 121 家企业的 507 份产品标准提供标准制定和修订服务，为 50 家企业代购相关标准 217 份，发放企业标准代号 216 个，备案标准 745 份。受理 12 家企业 31 个项目的市级标准化专项资金申请，总申请金额 583.5 万元。对 200 余家重点企业进行调研，共有 16 家企业的 35 个项目获得采标证书，实现区内食品企业采标"零"的突破。完善 8 个在建农业标准化示范区项目管理机制，组织申报 2 家企业的"国家级标准化良好行为"示范试点项目。配合国标委检查组农业标准化示范区抽查 1 次，配合市质量技术监督局标准化处调研 1 次，会同区农委开展示范区帮扶及检查 50 人次。开展 5 次迎世博公共图形信息标识联合检查，检查公共场所 20 家。对 12 家家电生产企业的 30 个产品的强制性标准执行情况进行监督检查。

【计量管理】 年内，区质量技术监督局对 22 家企业进行现场考核和发证，对 48 家企业进行日常监管检查，继续对区内 19 家销售重要计量器具的企业进行备案验证。对 20 家名牌推荐企业进行有关计量体系评价和认证方面的介绍，对 28 家企业进行中小企业计量检测保证能力考核工作，对区内年耗 5 000 吨以上标准煤的 49 家企业发放能源计量工作自查通知。对 68 个集贸市场及其周边交易点进行专项检查，抽查检定 7 000 余台电子计价秤。对 11 家集贸市场进行统一配秤工作，配秤近 600 台。开展强制检定计量监督检查，对 15 家食品连锁店的 32 台电子计价秤、29 家加油站的 127 台加油机和 248 把加油枪、52 家饭店的 58 台电子秤、7 个镇粮油管理所的粮食仓库、8 个未检定的煤炭经营行业的汽车衡、7 家连锁大超市和大卖场所用的 37 台电子计价秤以及自包装商品进行监督检查。为 75 所学校的 201 台测温仪进行免费校准，对 4 家出租汽车经营企业的 854 台出租车计价器进行监督检查，查获马陆葡萄交易市场 33 台作弊电子秤，检查 10 家医院、15 家企业的 30 台进口计量器具。区计量质量检测所全年完成计量器具检测 1.65 万台(件)，产品质量检验 708 批次，安排上门检定 544 家，为企业代送上海检定 40 家。

【组织机构代码登记】 全年共受理组织机构代码证 23 405 份，其中新申报 12 127 份，变更 2 812 份，换证 4 121 份，换 IC 卡 1 078 份，注销 1 780 份，验证 1 236 份，免费为大学生创业企业及非正规劳动组织办理 251 份。 （李小红）

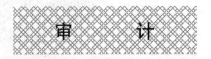

审 计

【实施计划内审计项目 43 个】 2009 年，区审计局按计划实施区本级预算执行审计、经济责任审计、专项审计调查、重点投资建设项目审计、区管企业审计和市审计局同步审计等项目 43 个，及时完成对嘉定新城企业动迁的跟踪审核、安亭镇和黄渡镇撤并审计以及对京沪高铁动迁费用的提前介入审计，主动向市审计局争取 2010 年轨道交通十一号线动迁资金审计等任务。参与"小金库"专项治理、嘉定区粮食清仓查库、薄弱村可支配收入摸底等部门联合检查工作。组织、指导各镇、街道内审机构，对全区 151 个村开展村干部经济责任审计，为村(居)委换届选举工作奠定基础，并参与对嘉定工业区 10 个村的村干部经济责任审计。

【审计纠正有问题资金 19.58 亿元】 年内，区审计局审计纠正有问题资金 19.58 亿元，其中在审计期间已即知即改的 9.86 亿元，在法定审计整改期限内已整改的 9.72 亿元。累计提出审计意见 78 条，被采纳审计建议 72 条。上报各类信息 127 条，被上级采用 103 条。促进被审计单位落实或完善制度、措施 26 条。

【区本级预算执行和其它财政收支审计】 2009 年，区审计局对 2008 年区本级预算执行和其它财政收支情况进行审计，在审计报告中共指出区本级预算执行、部门预算执行、资产管理、专项资金管理、固定资产投融资项目五方面的 15 类问题，提出政府各部门应增强预算观念、建立区级行政事业单位固定资产管理信息平台以及有关部门应重视项目前期的可行性论证的审计建议。审计工作报告在区人大常委会会议上以绝大多数票通过，揭示的问题和提出的建议得到区人大、区政府的重视，要求各相关部门认真落实整改。区审计局对各单位整改情况进行督促检查，并根据区人大的要求在 12 月作整改情况的专题汇报。审计中发现的问题普遍得到重视和整改，其中区农委根据审计建议制定《嘉定区补贴农机管理办法》。

【固定资产投资项目审计】 2009 年，区审计局转换投资项目审计理念，由通过工程审价核减建设资金逐步转向对建设项目的全过程监管；整合审计力量，将审计中心审价人员并入投资监管科室，将财务审计、工程项目管理、工程造价等各类专业人员充分整合；形成投资监管机制，重点建设项目由区审计局直接跟踪监督，其它区级

投资项目跟踪审计 （区审计局供稿）

政府投资建设项目委托中介机构审价，并加强复核监管，逐步形成"以政府审价为主导、社会审价为辅助"的监管机制；创新投资审计方法，采用纵横结合的跟踪审计方法，建立投资综合跟踪审计季度专报制度，对建设项目中普遍存在的超预算、设计和监理不到位等问题，通过季度综合报告进行揭示。年内，共组织对区司法中心、南翔医院、曹安公路下立交桥、长途客运中心、莱田设施建设5个区重点建设项目进行跟踪审计；对745个建设项目进行竣工结算审价；对京沪高铁、城际铁路、嘉定新城中心区3个重点建设项目进行前期动迁费用审计。向区领导提交专题审计报告3篇，通过审计节约财政性投资资金3.16亿元。其中通过前期动迁费用审核，节约资金0.33亿元；通过项目跟踪审计，督促建设单位规范招投标而节约资金0.95亿元；通过项目竣工结算审价，核减投资1.88亿元。

【专项资金审计与审计调查】 2009年，区审计局围绕区委、区政府重点工作，为嘉定区经济社会发展大局服务，开展基础教育经费统筹、现代服务业专项资金、社区卫生中心建设资金、新农村建设资金、促进就业专项资金等专项资金审计及审计调查。对审计中发现的教育、产业、医疗、新农村建设、就业等领域的专项资金在筹集、使用和管理方面存在的问题和现象及时分析原因，提出完善制度、加强管理等建议。审计调查报告促使相关管理部门认真研究、完善制度。

【财政财务收支及相关经济责任审计】 2009年，区审计局共完成13个单位财政财务收支及领导干部相关经济责任审计项目，提交审计报告13份。及时完成安亭镇、黄渡镇撤并审计，为区委、区政府下一步工作提供依据。继续深入探索经济责任审计新方式，在审计内容方面，制订3种类型的审计工作方案；在审计程序方面，在征求意见阶段书面征求前任领导的意见；在审计报告撰写方面，审计评价内容包括主要任务目标的完成和履行情况、重大经济事项的决策情况、财政财务收支的真实性和合法性情况以及内部管理情况。进一步深化农村基层干部经济责任审计工作，开展换届选举前的村干部经济责任审计。全年共实施村干部任期经济责任审计项目151个，查出违纪违规金额955万元，管理不规范金额2.91亿元，提出审计建议238条，建议被采纳230条，通过审计出台相关制度16项。审计工作在加强农村基层干部的监督管理、促进农村基层党风廉政建设、推进新农村建设等方面发挥积极作用。

【内部审计】 2009年，全区内审机构和内审人员完成各类审计项目915个，其中财务收支审计111个，经济责任审计311个，基本建设审计264个，专项资金审计38个，经济效益审计46个，内控评审21个，其它审计124个。查出损失、浪费金额397万元，增加经济效益3848万元，提出意见建议被采纳511条。

【审计综合业务管理系统建设】 2009年，区审计局所有计划内审计项目均已在审计综合业务管理系统中进行运转和管理。通过运用该系统，加强对项目进度、各环节质量和材料审核的管理，进一步整合审计资源，提升工作效能。区审计局运用综合业务管理系统进行网上审理的做法被《中国审计报》报道。年中，通过专家评审，正式启动投资审计业务管理系统建设，进一步加强投资审计管理，更好地发挥投资审计职能。

【审计科研工作】 2009年，区审计局按照"总结经验、探索规律、服务实践"的指导思想，组织全区审计系统深入开展群众性的审计科研活动。共撰写论文22篇，其中1篇论文获得审计署一等奖；3种审计方法被《中国审计报》报道；3个审计案例被市审计局采用。

（苑鼎宏）

统 计

【嘉定区第二次经济普查工作完成】 年内，区统计局在充分准备的基础上，组织全区千余名普查指导员和普查员严格按照普查方案、细则和工作流程的要求，对全区从事第二、第三产业的法人单位及产业活动单位进行各项指标登记采集。历经登记、抽查复核、数据上报等程序，圆满完成近4万份经济普查资料登记工作。经济普查工作的完成对于全面掌握嘉定区第二、第三产业的发展规模、结构和效益等情况，对于制订全区经济和社会发展规划、提高政府的决策与管理水平具有十分重要的意义。区统计局因出色的组织工作和优良的数据质量被评为"全国经济普查先进集体"。

【第六次人口普查和第二次 R&D 资源清查工作启动】 下半年，全国第六次人口普查和全国第二次 R&D 资源清查工作相继启动，区统计局认真按照国家统计局及市统计局的相关文件要求，迅速组建机构，落实人员，制订普查和清查方案，有条不紊地推进各项工作,为 2010 年的正式普查和清查奠定扎实的基础。

【汽车产业统计】 年内,区统计局建立汽车产业统计制度。汽车产业是嘉定区经济支柱产业,为适应汽车产业发展需求,更好地为政府全面掌握汽车产业发展现状和制定汽车产业中长期发展规划提供优质统计服务,区统计局从年初起探索建立一套集汽车研发、生产、贸易、物流、旅游、文化等汽车产业链为一体的统计体系。4 月,成立汽车产业统计科,并在上海国际汽车城大厦设立办公室。通过调研,初步摸清区内汽车产业基本状况,逐步完善汽车产业统计制度。同时,与广州、长春、重庆等国内较大的汽车城开展业务交流。10 月,主办全国部分汽车城统计信息交流会,建立良好的汽车产业信息交流和共享平台。下半年起,正式出版《上海国际汽车城统计月报》。

【统计服务】 2009 年,区统计局把握大势,增强统计分析的针对性,在对经济运行高度关注的同时,针对经济结构调整、经济发展方式和节能降耗等难点问题积极开展调研。年内,完成《汽车产业:嘉定经济发展的强大引擎》《优势收窄差距显现——2008 年嘉定区与市郊各区县主要经济指标比较分析》《调整结构,重塑信心——我区出口型企业抽样调查分析》《加快发展生产性服务业推动产业结构优化升级——嘉定区生产性服务业发展状况分析》《从规模以上工业企业看"十一五"期间节能降耗目标的实现》《转危为机,科学发展——嘉定区文化信息产业的发展分析》等一批有数据、有观点、有价值的统计分析报告,为有关部门制定政策提供参考。

【统计信息化建设】 年内,区统计局按照上级要求,加强统计信息化工作。通过招聘引进专门的技术人才,加强计算中心的工作力量,加大信息化资金投入,完善统计内网、外网建设,提高统计网站信息的准确性、及时性。积极推进和完善网上直报工作,在原有基础上增加"在地单位"投资网上直报,开创全市投资网上直报先例。同时,服务业、工业、能源、房地产、建筑业等行业的网上直报覆盖率不断扩

嘉定第二次经济普查总结表彰暨第六次人口普查动员会

（区统计局供稿）

大,上报率明显提升。加快推进劳动工资等一批专业项目的网上直报工作。年中,对统计登记网络平台系统进行更新,最快录入速度从每天 30 家提高到 120 家,保证统计登记工作高效进行,服务水平进一步提高。

【统计法制建设】 年内,区统计局以《统计违法违纪行为处分规定》(以下简称《处分规定》)和新《统计法》出台为契机,积极主动抓好统计系统内部学习与培训,邀请市统计局法规处领导重点解读《处分规定》和新《统计法》的精神实质,使全系统人员深刻领会提高统计数据质量和政府统计公信力的必要性和紧迫性。广泛开展统计法制宣传,重点面向政府部门主要领导干部和基层统计人员发放《处分规定》和新《统计法》读本。充分发挥现代媒介宣传流动性强、辐射范围广的优势,利用公交候车厅、广场大屏幕等在人群集聚处开辟宣传专栏,营造贯彻执行《处分规定》和《统计法》的良好氛围。认真开展统计督查工作,全年先后 4 次组织人员,采用巡检、整改报告和回访等形式,对各镇(街道)和规模以上工业企业单位的统计工作进行督查,有效提高基层统计工作水平和数据质量。

（樊明海）

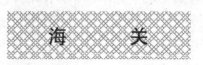

海 关

【征收税款 10.47 亿元】 2009 年,嘉定海关加大构建综合治税体系力度,通过科学的岗位配置、严密的责任机制、扎实的业务技能和规范的窗口服务,使税收征管质量及效率不断提高。全年征收税款 10.47 亿元,比上年减少 2.51%。监管进出口货物 9.7 万批,货物总量 74.9 万吨,减少 30.67%;货物总值 27.6 亿美元,减少 31.68%;审批减免税 424 批,减免税额 5379.5 万元。

【提高通关效率】 年内,嘉定海关着眼全局,正确处理好把关与服务的关系,主动为区域经济发展大局服务,从挖潜增效、服务前移、完善机制入手,实现有效监管与高效服务的有机统一。为提高通关速度,嘉定海关创新通关思路,调整作业流程,通过事后核查、风险监控相结合等措施,在保证报关单审核质量的前提下,有效提高通关速度。针对企业在节假日期间的通关需求,实行"预约加班"制度,在节假日加班为企业提供快捷的通关服务。为规范企业报关行为,每季度召开一次报关形势分析会,通报企业在报关过程中存在的问题,介绍海关最新政策,及时解答企业提出的问题。对区政府有关部门和嘉定出口加工区、马陆镇、新成路街道等单位以及纳税额较大的企业进行走访调研,详细了解地方各级政府机关及企业对海关工作的需求,征求意见和建议。响应区政府的宏观经济决策,对 15 家落户嘉定的世界 500 强企业及税收重点企业开展有计划的上门服务,营造良好的创

业环境。缩短诚信守法企业评定时间,优先办理 AA 类、A 类企业及所属报关员相关手续。至年底,嘉定海关关区共有 A 类企业 110 家、AA 类企业 7 家,分别占上海海关关区企业数的 10% 和 6%。

【F1 赛事监管】 2009 年,F1 赛事进入第六个年头,赛事日程调整到 4 月 17 日至 19 日。针对监管工作时间紧、任务重、要求高的特点,嘉定海关采取措施积极应对。成立由关领导挂帅的工作小组,提供 24 小时服务,随时受理申报、验封、查验等工作;与机场海关协调一致,加快通关速度,对急需进场的赛事物品采取"直通式"通关服务;加派 6 名工作人员对通过海运进口的 70 个集装箱货物实施"门到门"即时查验,确保赛事物品及时安装到位。比赛结束当日,做好赛事物品的退运查验、加封、出口申报等工作,确保主要赛事物品及时出运。其间,共监管赛事用品 133 批,总重量 1 055 吨。

【加工贸易监管】 2009 年,嘉定海关共审批加工贸易备案手册 4 780 份,合同备案金额 24.8 亿美元;办理合同变更 4 332 份,深加工结转 11 863 份;接受加工贸易手册报核 5 134 份;核销结案手册 4 919 份。年内,嘉定海关不断优化加工贸易监管模式,支持加工贸易企业更好地利用国际和国内两个市场,优化内销审批程序,提高通关效率,方便加工贸易企业尽快办理内销征税手续,帮助企业实现出口、内销"两条腿"走路。配合限制类商品的调整,提前核销保证金实转手册,方便企业退还保证金。在充分考察、准确评估企业风险的前提下,提高手册合同备案、核销速度,为企业提供个性化服务。积极做好外发加工、深加工结

F1 赛事物品监管　　　　（嘉定海关供稿）

转 H2000 保税核查系统申报的宣传。设置各类风险台账,及时提供风险信息,使加工贸易前后的监管联为一体。严把加工贸易商品一级单耗标准审核关,防止高报单耗的情况发生。加快联网企业的核销速度,不断总结电子联网核销经验,发挥归类、审价的作用,加强内销征税、边角料征税、后续补税报关单的审核把关,使归类差异、低报价格降到最低程度。对嘉定进出口额排名前 50 家企业进行风险调查,切实把握金融危机对海关监管带来的风险。设置专人专管,实时监控手册运行情况,确保"报核及时率"和"结案及时率"达到 98% 以上。

【出口加工区监管】 2009 年,嘉定海关驻嘉定出口加工区办事处积极发挥功能拓展作用,加工区可持续发展能力得到有效增强。全年共办理进出口(区)报关单及备案清单 10 171 份,内销征税 1 047 万元,监管进出加工区车辆 21 147 次,进出口(区)查验 225 次。

完善规章制度,防范卡口监管风险,将协管员的业务管理纳入海关整体管理之中,建立奖惩和考核淘汰制度,对多次违反海关规定的协管员予以清退。提升把关效能,加强对进出区商品的税则归类,帮助企业调整税号、工序及管理流程,提高其内部管控水平。积极辅导已入区的仓储企业,提供政策和通关作业的技术支持,为其开展保税物流业务排忧解难。　（戴连成）

【嘉定出口加工区进出口总额 1.44 亿美元】 2009 年,上海嘉定出口加工区紧紧围绕"抓机遇,拓功能,促发展"的工作主题,积极利用新拓展的保税物流功能,推进出口加工区的建设和发展。年内,出口加工区累计进出口总额 1.44 亿美元,海关征收税款 761 万元。6 月,保税物流业务正式启动。至年底,有 4 家保税物流企业在出口加工区开展相关业务,进出区货值 4 185 万美元,加工区的功能得到进一步拓展。　（丁佳贤）

劳 动 保 障

编辑 宋怀常

综　　述

2009 年,区人力资源和社会保障局(以下简称区人社局)以科学发展观为指导,切实做好就业与再就业、职业培训、人才开发、社会(医疗)保障、劳动关系处置等工作,促进社会和谐。进一步完善促进就业政府责任体系,采取政府托底办法,继续开发"万人、千人、百人"就业项目,援助就业特困群体;办好创业广场,发展创业型劳动组织,组织劳务输出,举行人力资源招聘会,千方百计扩大就业。加强职业培训,继续实施政府补贴培训制度。完善社会保障体系,深化"城保",推进"镇保",完善"农保",扩大"综保",改革"医保"。至年末,全区参加"城保"17.2 万人,退休 7.12 万人;"镇保"15.49 万人,退休 2.04 万人;"农保"7295 人,退休 1.54 万人;征地养老4.82 万人;"综保"参保人数 35.02 万人。严格执法,加强和谐劳动关系建设。加强劳动力市场建设和公共职介服务,健全各镇(街道)的村(居)就业援助服务站工作职能,更好地为劳动者提供公益性服务。加强处置突发群体性事件应急联动机制和劳动关系协调三方机制建设,积极推进劳动关系和谐企业创建活动。全年受理来信554 件,接待来访(来电)2.72 万人次,化解社会矛盾,维护社会安定。

(高琼川)

就业与再就业

【新增就业岗位 2.68 万个】　年内,区人社局进一步贯彻落实政府责任体系,强化创业,促进就业。全区新增就业岗位 26753 个,完成市政府下达目标任务的 100.6%。其中区属单位3496 个,私营企业 7033 个,股份制企业 2280 个,独资企业 1838 个,其它9111 个,非正规就业 2995 个。举办区级大型招聘洽谈会 2 次,开展公共就业服务进校园活动 8 次、进社区活动 3次,各镇、街道均组织区域性中型招聘会。

【城镇登记失业人数 7091 人】　年末,嘉定区城镇登记失业人数 7091 人,比市政府下达的控制指标数少 449 人。失业人员中,求职 2531 人,参加就业培训 178 人,申领失业保险金 3804人,延长领取失业保险金 514 人,其他64 人。

【转移农村富余劳动力 8173 人】2009 年,区委、区政府把转移农村富余劳动力作为农民增收、维护农村地区社会稳定、推进城市化进程的重要举措之一,定下全年转移农村富余劳动力 8000 人的工作目标,并纳入全区统一的促进就业和服务范围。年内,各镇、街道加强对转移农村富余劳动力工作的领导,分解任务,明确目标,加强考核。农村富余劳动力领取"求职登记卡",直接进入劳动力市场求职。全年转移农村富余劳动力 8173 人,完

2009 年嘉定区人力资源招聘洽谈会　(区人社局供稿)

成目标数的 102.2%。

【新增各类创业扶持组织 651 个】 年末,全区有各类创业扶持组织 1497 个,带动就业 3751 人。新增各类创业扶持组织 651 个,超额完成全年 600 个的工作目标。

【非正规劳动组织 991 个】 年末,全区有非正规劳动组织 991 个,其中公益性组织(不含卫生保洁)26 个、万人项目 129 个、千人项目 33 个、经营型组织 803 个。从业人员 16 868 人,其中失业人员 11 595 人、协保人员 575 人、农村富余劳动力 4501 人、其他 197 人。属于就业特困人员 4150 人,就业困难人员 7840 人。

【公益性劳动组织 39 个】 年末,全区有公益性劳动组织 39 个,从业人员 3062 人。继续实施岗位补贴制度,当月享受岗位补贴 1477 人。

【政府实事项目惠及就业人员 1.13 万人】 2009 年,"万人、千人、百人就业项目"仍是政府实事项目之一,以帮助就业困难的长期失业人员、协保人员、农村富余劳动力实现就业。年内,安排社区助老、林业养护、社区助残、河道保洁、房屋协管、商品交易市场协管、市容环境协管、环境保护协管、特种设备安全协管、劳动保护监察协管、就业援助员、交通协管、社区卫生保洁协管等"万人就业项目"129 个,实际上岗 8047 人;当月享受岗位补贴 7712 人,占 95.8%。"千人、百人就业项目"33 个,上岗 3269 人;当月享受岗位补贴 2375 人,占 72.7%。

【安置"零就业家庭"及"双困"人员就业】 年内,继续完善对就业困难人员和特殊困难人员的就业援助和托底机制。加强对"零就业家庭"的动态管理和动态援助,做到"出现一户、援助一户、解决一户"。对新出现的"零就业家庭",确保在一个月内实现其家庭成员至少一人就业。全年共认定"零就业家庭"13 户,全部在一个月内实现安置,就业 13 人,确保"零就业家庭"动态为零。就业困难人员认定 946 人,年内安置 819 人,就业困难人员认定后三个月内的就业率达到 100%。对刑释解教人员进行职业介绍 85 人次,介绍

成功 21 人次;认定就业困难 7 人,已安置 4 人。对吸毒戒毒人员提供职业指导和职业介绍服务 230 人次,推荐参加职业技能培训 48 人次,成功推荐上岗就业 84 人次。年中,开展就业援助月活动。

【"创业广场"服务创业项目 721 个】 2009 年,嘉定区"创业广场"着力突破"融资难、场地缺、能力弱"的开业瓶颈,进一步优化创业开业环境,为失业、协保、农村富余劳动力等人员开办微小型企业提供办证办照"一条龙"服务。全年服务开业项目 721 个,其中非正规劳动组织 118 个,小型企业 603 家;历年累计服务开业项目 3102 个,带动 8609 人就业。

【搭建人力资源综合服务平台】 2009 年,区人社局在整合人才市场和劳动力市场方面进行新的探索。12 月 29 日,南翔职业介绍所和人才服务分中心揭牌成立,南翔人力资源综合服务平台正式运行,有效提升南翔及周边地区人力综合资源和社会保障相关服务能力。

【举办区第四届职业技能竞赛】 年中,举办嘉定区第四届职业技能竞赛,设信息服务类、机电技术类、交通运输类、生活服务类、旅游服务类五大类 16 个比赛项目,986 人进入决赛。267 人获得国家中级职业资格证书,238 人获得国家高级职业资格证书。

【完成职业技能鉴定 1.42 万人】 年内,嘉定职业技能培训中心及各社会力量办学单位,推出以技能为主的专项能力证书,组织职业技能鉴定考核 1.42 万人,发放相应国家职业资格证书 1.01 万本。

【发放开业贷款 278 万元】 年内,共受理开业贷款担保 59 笔,成功放贷 32 笔,放贷总额 278 万元;发生贴息 19 笔,金额 16.69 万元。到期贷款 48 笔,回收金额 171.1 万元,回收率 78%。

【支出培训补贴 586.4 万元】 2009 年,继续实施政府补贴培训制度,培训失业人员、协保人员、农村富余劳动力等人员。全年培训 17 767 人,其中定向培训 1167 人、初级培训 9556 人、中高层次培训 7044 人(其中高级培训 1577 人),补贴人数 6353 人。发放培训补贴卡 6500 张,政府补贴支出 586.4 万元。完成 5553 名来沪农民工的职业技能培训。

【职业介绍推荐成功率 79.42%】 2009 年,嘉定职业介绍所及各分所和各镇、街道通过开展公益性职业介绍活动,创新职业介绍服务模式,积极进行职业指导,举办 2 次区级层面大型招聘洽谈会以及就业援助月、民营企业招聘周、高校毕业生就业服务月等活动,开展公共就业服务进校园活动 8 次、进社区活动 3 次,提高公共就业服务质量,满足企业对各种层次劳动力的需求,千方百计扩大就业。全年共

职业技能培训工作会议　　　(区人社局供稿)

有4976个次单位使用公共招聘网发布招聘信息，招聘总人数35 999人，录用5948人次。代理招聘1722个次单位，招聘7763人，录用6077人次。职业介绍所主动推荐5014人次，推荐录用成功3982人次，成功率79.42%。完善职业指导，全年提供一般指导7013人次，专门、重点指导67人次。

【新增见习基地43个】 年内，成功推荐1050人参加青年职业见习，完成率162%；结束见习的376名见习学员中有242名实现就业，见习就业率64.3%。全年新发展见习基地43个，累计103个。

【劳动力资源管理】 年内，核发《劳动手册》1.23万本，其中非农户口8866本，农村户口3385本。受理失业登记1.6万人次，失业人员劳动经历维护率100%。办理招(退)工登记10.72万人次，其中招工登记6.02万人次，通过网上办理1.79万人次，占29.73%；退工登记4.7万人次，通过网上办理1.97万人次，占41.91%。累计转出档案2.21万份，转入档案2.33万份。完成3.04万份档案的劳动经历数字化工作。

【落实就业服务和创业扶持新政策】 2月，区政府出台《关于促进嘉定区大学毕业生创业、就业的实施意见》，对大学生就业、创业、培训及见习进行补贴。全年有80家企业、150名应届大学生享受补贴。同时，组织开业专家对大学生进行"一对一"指导服务，7名大学生获得贷款支持。按照区政府上年出台的《关于扶持自主创业组织若干补贴的操作意见》，全年补贴创业组织481个，补贴金额123.05万元(其中，房租补贴253个，补贴金额25.6万元；转制补贴103个，补贴金额51.5万元；岗位补贴125个，补贴人数439人，补贴金额45.95万元)。4月，区政府出台《关于2009年嘉定区帮助困难企业减轻负担稳定就业岗位有关事项的若干意见》，全年有16家企业被认定为"特殊困难企业"，2875名从业人员享受岗位补贴。

【受理外来从业人员求职登记1.17万人】 2009年，嘉定区来沪人员就业服务中心共受理外来从业人员求职登记

"春风行动"——来沪人员春季招聘洽谈会（区人社局供稿）

1.17万人，推荐面试1.22万人次；接待招聘单位804个，招聘各类人员2.86万人，介绍成功4916人次；开展职业指导3.92万人次。根据人力资源和社会保障部的统一部署，2月1日至3月15日，针对来沪农民工开展主题为"春风送暖，帮您解忧"的"春风行动"，举办2次劳动保障政策咨询活动和1次大型来沪人员春季招聘洽谈会。各镇、街道劳动事务保障所在辖区内开展"春风行动"，举行外来劳动力政策宣传咨询活动和招聘会，对外来务工人员和用人单位进行就业服务、政策咨询、维权保障宣传。"春风行动"期间，共发放"春风卡"2.2万张、"爱心包"1800套、"进城务工须知扑克"4500副、《嘉定区来沪务工人员就业指南》2万余份。 　　　　（高琼川）

劳动力市场

【受理劳动争议案4268件】 2009年，区劳动争议仲裁院共接受劳动争议申诉材料4585件，立案受理4268件，比上年减少505件，下降10.58%；涉及劳动者4567人。其中集体争议案件18件，涉案人数317人；劳动者申诉案件4222件，用人单位申诉案件46件，分别占受理案件的98.92%和1.08%。涉及外来从业人员劳动争议案件3236件，比上年减少389件，占受理案件的75.82%；涉及本市职工劳动争议案件1032件，占24.18%。全年结案6214

件(含上年遗留2448件)，比上年增加3383件，增长119.5%；当年结案率145.6%，累计结案率92.51%。依法为当事人追回经济损失2507万元，其中为劳动者追回工资、福利待遇、各类补偿金、赔偿金等经济损失2476万元，为用人单位追回经济损失31万元。结案案件中，仲裁裁决2260件，占36.37%；仲裁调解1358件，占21.85%；其它方式结案2596件，占41.78%；调解率63.63%。用人单位胜诉571件，占结案数的9.19%；劳动者胜诉480件，占7.72%；双方部分胜诉5163件，占83.09%。劳动争议发生在私营企业3015件，占70.64%；外国投资企业793件，占18.58%；港澳台投资企业337件，占7.9%。争议原因为劳动报酬(含工资、奖金、提成等)2460件，占57.64%；解除或终止合同经济补偿金1058件，占24.79%；确认劳动关系245件，占5.74%；工伤待遇172件，占4.03%；其它争议(包括替代通知期工资、恢复劳动关系、生育待遇、社会保险等)333件，占7.8%。

【受理劳动保障监察案件1802件】 年内，区劳动保障监察部门先后开展"清理整顿人力资源市场秩序专项行动"、"保障女职工权益专项检查活动"、"整治非法用工打击违法犯罪专项行动"、"查处职业介绍中介机构未经许可外派劳务或境外就业人员行动"、"联合执法整治非法中介专项行动"、"农民工工资支付情况专项检查活动"等6项专项活动。全年受理举

报、投诉案件 1802 件，查处违法案件 857 件；作出行政处理 136 件，作出行政处罚 3 件，罚款金额 2.4 万元，申请法院强制执行案件 149 件；通过劳动监察追缴各类社会保险费 75.37 万元，涉及企业 69 家、职工 183 人；追缴外来从业人员综合保险费 624.42 万元，涉及企业 415 家、职工 7008 人；补签劳动合同 210 人，补办用工手续 11 人。查处涉及拖欠员工工资、支付工资低于最低工资标准、不按规定支付加班工资的企业 149 家。其中克扣或拖欠工资的 83 家，涉及劳动者 5718 人，涉及金额 1381.62 万元；支付工资低于最低工资标准的 22 家，涉及劳动者 374 人，均为外来从业人员，涉及金额 10.62 万元；不按规定支付加班工资的 57 家，涉及劳动者 2094 人，涉及金额 266 万元。有 14 家企业涉及 2 项以上违法行为。通过监察，149 家企业中有 124 家将所欠工资发还员工，涉及劳动者 5693 人，涉及金额 968.12 万元。对其余企业中的 21 家作出行政处理决定，4 家正在整改中。年中，为因老板逃匿拖欠员工工资的 7 家企业申请"企业欠薪保障金"，垫付工资、经济补偿金 184.39 万元，涉及员工 621 人。

【劳动关系和谐企业创建】 2009 年，区人社局积极开展劳动关系和谐企业创建活动，做好区属企业工资总量调控工作，审查集体合同和工资集体协议。至年底，全区有效集体合同计 1153 份，覆盖职工 19.49 万人；工资集体协议 585 份，覆盖职工 10.56 万人。全年办理《工资总额使用手册》备案 6800 户，工时审批 1426 件；办理外省市职工（含子女）进沪工作手续 6 人、新疆生产建设兵团回沪人员及农婚知青工龄认定等手续 9 人。

【受理劳务纠纷调解 6505 件】 年内，区人社局同相关部门联合建立区劳动争议人民调解委员会、劳动司法所，并设立综合受理窗口。全年受理外地劳动力纠纷调解 6505 件，调解成功 4526 件，成功率 69.6%，为权益受到侵害的农民工成功追回拖欠工资、加班费、工伤赔偿等 1615.4 万元。 （高琼川）

安 全 生 产

【生产安全死亡事故 16 起】 2009 年，全区共发生生产安全死亡事故 16 起，与上年持平；死亡 17 人，比上年增加 1 人。未发生有严重社会影响的重特大事故。

【"安全生产年"活动】 2009 年，嘉定区安全生产监督管理局（以下简称区安监局）认真贯彻落实国务院办公厅、市政府办公厅有关文件精神，积极开展"安全生产年"活动，推进"三项行动"（安全生产执法、治理和宣传教育行动），加强"三项建设"（法制体制机制、安全保障能力和安全监管监察队伍建设）。区安监部门结合夏季防范有毒有害危险作业场所中毒事故专项整治工作，对可能产生有毒有害气体的场所进行深入排查和治理，进一步巩固前几年专项整治的成果；公安消防部门开展公众聚集场所易燃可燃装修材料专项整治，对全区 392 处公众聚集场所进行逐一排查，针对部分存在易燃可燃装修材料的场所依法责令限期整改；建设管理部门开展以夏季施工用电、防汛防台、施工现场大型机械设备为重点的安全生产专项整治活动；质量技术监督部门发挥特种设备协管员队伍优势，对特种设备开展高密度巡查，及时掌握动态，大力整顿起重机械、场内车辆，查处"三违"行为，累计取缔"土电梯"28 台，取缔无证制造场内车辆单位 1 个；交通运输管理部门组织开展"安和"道路运输综合整治行动，重点对公交、出租、省际客运、危险货物运输等行业进行集中整治，确保"春运"、长假及重大活动期间的交通运输安全。全区共有 5593 个生产经营单位开展安全生产隐患排查治理工作，排查出一般隐患 5076 项，整改 4787 项，整改率 94.3%；排查出重大隐患 4 项，完成整改 3 项，整改率 75%。开展宣传教育活动 90 余次，参与人员 5 万人次。

【安全生产专业培训】 2009 年，区安监局累计培训企业负责人 1277 人次、安全干部 778 人次、特种设备操作人员 6026 人次、农民工 60011 人次，通过深入持久的安全宣传和教育培训工作，进一步增强全民安全生产意识。

【安全生产宣传教育】 2009 年，区安监局以"关爱生命、安全发展"为主题，开展"安全生产月"活动，全面提高群众的安全意识；区公安消防部门组织开展新《消防法》宣传活动和"119 消防日"主题宣传活动，通过在各单位开展消防宣传板面巡展、灭火演练等活动，推动消防宣传"五进"工作；区质量技术监督部门举行电梯应急救援演练活动，开展特种设备安全进社区宣讲活动，有效宣传和普及特种设备安全知识；区公安交警部门开展"迎世博文明出行"宣传活动，在事故处理窗口、城区主要路口和事故多发路段设置宣传展板、宣传横幅。

嘉定劳动关系和谐企业表彰暨"五一"国际劳动节庆祝大会

（区总工会供稿）

【安全生产责任体系建设】 年初,区政府与各镇、街道及嘉定工业区和菊园新区签订安全生产目标管理责任书,并将安全生产工作纳入党政领导政绩考核的重要内容,强化日常督查和年终考核,严格落实领导干部"一岗双责"和安全生产"一票否决"制。年内,继续实施责任制签约和告知承诺制度,充分利用法律、行政、经济手段推进企业安全生产主体责任的落实,督促企业建立和完善安全生产责任体系,严格执行安全生产规程、规范和技术标准,加大安全投入,加强基础管理,加大安全培训教育力度。在此基础上,督促各企业将安全生产责任层层落实到车间、班组、员工。全区已形成较完善的安全生产责任体系。

【安全生产基础建设】 2009 年,区安监局进一步规范危险化学品生产、储存企业的许可管理工作,加大危险化学品企业布局调整力度。年内,完成10 家危险化学品相关企业的调整、关闭或搬迁工作;区公安消防部门加大对城市火灾自动报警信息系统安装工作指导与监督力度,新增联网单位 25 个;建设管理部门加大对施工现场重大危险源的监控力度,通过施工前期备案登记、施工过程适时监控、强化安全体系第三方认证等手段,杜绝重大安全事故的发生;质量技术监督部门顺利完成气瓶电子标签的粘贴和应用任务。 （闻立）

【受理工伤认定 6766 件】 年内,区人社局根据《工伤保险条例》和《上海市工伤保险实施办法》,受理工伤认定6766 件,比上年减少 33 件;受理延长停工留薪期确认 11 件,老工伤复发确认 2 件,老工伤转基金支付确认 35 件。

【受理劳动能力鉴定 4014 件】 年内,区人社局受理劳动能力鉴定 4014 件,比上年上升 6.84%;作出鉴定结论3824 件,上升 1.78%。经鉴定:达到工伤等级 1～4 级 36 人,5～6 级 93人,7～10 级 3494 人,未达到鉴定标准的 201 人。配置辅助器具 64 件。 （高琼川）

社 会 保 障

【17.2 万人参加城镇职工社会保险】年末,全区参加城镇职工社会保险单位 1.21 万个,比上年增加 1769 个;实际缴费单位 9501 个。参保人数 17.2万人,增加 8200 人;缴费人数 17.04 万人。离退休人员 7.12 万人,增加 7700人;其中离休人员 340 人,减少 18 人。

【15.49 万人参加小城镇社会保险】年末,全区小城镇保险参保单位 4689个,比上年增加 535 个;实际缴费单位4308 个。参保人数 15.49 万人,增加3600 人;其中征地人员参保 9.18 万人,减少 1400 人。小城镇保险退休人数共 2.04 万人,增加 1000 人。

（吴 敏）

【外来从业人员综合保险参保 35.02万人】 年末,全区外来从业人员综合保险参保人数 35.02 万人（其中 4.66万人为成建制单位参保）,参保单位1.7 万个（其中 2753 个为成建制系统单位参保）,完成全年目标的 117.3%。全年办理综合保险卡 9.97 万张,发放9.38 万张;补办综合保险卡 2.04 万张,注销 1.77 万张,转移 8 张。加强外来劳动力三级就业服务网络的管理,全面发挥网络功能,提升工作人员服务能力和水平。

【7295 人参加农村社会养老保险】2009 年,全区有 7295 人参加农村社会养老保险,有 1.54 万人享受农村养老保险待遇。农村退休养老金月最低发放标准提高到 300 元。农村退休老人月均享受养老金 333.69 元,比上年提高 14.67%。年内,积极做好"农保"扩大覆盖面工作,将区内 1269 名农民纳入养老保障体系,规范务农人员的缴费标准,全区"农保"基金实行区级一级管理、统一发放。完成农副业参保人员身份证、缴费卡的复印件收集工作,启动"农保社会保险缴费卡"宣传工作。

【支付职工失业保险基金及补贴 2.1亿元】 2009 年,全区支付失业保险基金及补贴 2.1 亿元,比上年增长

56.72%。其中发放职工失业保险金费用 2341.5 万元,医疗补助金 330.96 万元,丧葬抚恤金 3.87 万元,农村失业人员生活补助 542.91 万元,职业培训和见习生补贴 858.82 万元,职业介绍补贴 1.54 亿元,其它 1500 万元。

【支付征地养老金 6659.68 万元】 年末,全区有征地养老人员 4.82 万人,其中由区征地养老所直接负责管理的6514 人。全年区征地养老所直管养老人员养老费支出总额 6659.68 万元,其中发放养老生活费 5351.72 万元、包干医药费 134.42 万元、春节补助金103.04 万元,审核报销医药费 667.15万元,支付征地养老人员参加居民医保参保费 212.09 万元、居民医保统筹金 158.87 万元、丧葬费 32.09 万元。1月 1 日起,区内征地养老人员生活费发放标准每人每月增加 100 元。调整后发放标准:外冈镇、华亭镇每人每月640 元,其它镇、街道 675 元;包干医药费每人每月 17 元不变。

【高龄无保障老人纳入社会保险 1011人】 年末,全区有 1011 名高龄无保障老人纳入社会保险。年内,办理征地项目 61 个,涉及出劳人员 1447 人（其中参加小城镇社会保险人员 1250人,养老人员 76 人,领取一次性补贴121 人）;办理土地换保障项目 14 个,涉及出劳人员 3664 人（其中参加小城镇社会保险人员 2123 人,养老人员1106 人,领取一次性补贴 435 人）;办理征地及土地换保障项目 75 个,涉及出劳人员 5111 人（其中参加小城镇社会保险人员 3373 人,养老人员 1182人,领取一次性补贴 556 人）。

（高琼川）

医 疗 保 险

【概况】 年末,全区城镇职工基本医疗保险参保 24.32 万人,其中在职17.2 万人,退休 7.12 万人;小城镇基本医疗保险参保 17.53 万人,其中在职15.49 万人,退休 2.04 万人;城镇居民基本医疗保险参保 10.97 万人,其中学校集中参保 5.3 万人,征地养老人员集中参保 4.29 万人,其他 1.38 万人;市民社区医疗互助帮困计划 2559 人;大

学生医保1.95万人;外来人员综合保险参保35.02万人。全年由医院结算申报"城保"费用2.96亿元,其中门诊费用2.09亿元,住院7304.47万元,其它(大病、计划生育等)费用1381.28万元;"镇保"费用4291.64万元;大学生医保36.29万元;离休人员1053.56万元。区医保中心窗口零星报销1229.92万元。公务员集中统筹补助24.24万元。支付市民社区医疗互助帮困计划107.41万元。支付医保定点药店3703.89万元、内设医疗机构99.52万元。 （苏永强）

【农村合作医疗】 2009年,全区合作医疗制度实现门诊、住院全覆盖。参加农村合作医疗57772人,应保尽保率100%。全年筹集基金3348.92万元,其中个人1019.93万元,村集体与企业381.48万元,镇政府1043.51万元,区政府904万元。人均保费680元,比上年增加126元。政府扶持资金与个人缴费资金之比为2.2∶1,高于市政府提出的1∶1匹配的要求。区、镇两级经办机构累计报销23.38万人次,报销金额3288.19万元。其中门诊23.03万人次,报销2114.15万元,实际报销比例51.2%;住院3682人次,报销金额1467.31万元,实际报销比例54.3%。区级统筹基金累计为2010名住院及门诊大病患者报销医药费1159.95万元,人均报销5771元,9人获6万元封顶报销。70岁及以上老

人减免个人保费的政策全面实施,全区共减免115.48万元,7027位老人受益,人均减免164元。 （张黎明）

【外来人员综合保险纳入医保管理】 4月1日起,上海市外来人员综合保险中住院医疗费用的报销统一纳入医保管理,由各区(县)医保中心负责报销。至年末,全区外来人员综合保险参保35.02万人。全年报销1468人次,支付533.3万元。

【实施社区医疗互助帮困计划】 1月1日起,市政府实施修改完善后的市民社区医疗互助帮困计划。支内支疆人员参加该计划,个人缴费70元,门急诊医疗互助帮困补贴每人每年150元,在定点医院、定点药店直接持卡结算。补贴费用完后,个人现金自付年累计超过800元以上部分,由医疗互助帮困基金支付60%,个人自付40%。不属于上海市城镇职工基本医疗保险支付范围的医疗费全部由个人支付。2009年,全区有2559人参加该计划,互助帮困基金支付107.41万元。

【征地养老人员参加"居保"】 年内,经区委、区政府批准,征地养老人员在自愿的基础上参加城镇居民基本医疗保险,报销比例提高至80%。至年末,有4.3万名征地养老人员参加"居保",就医的医院扩大到全市所有医保定点医院。"居保"实施持卡就医和结

算医疗费,大大减轻病人医疗费垫付的压力。"居保"被纳入全市基本医疗保障体系,全年为区内各养老机构节省医疗费用2000余万元。

【新增医保定点药店2家】 12月15日,区内新增2家医保定点药店,分别为江桥镇上海雷允上金鹤药店、上海医药嘉定大药房连锁有限公司方泰店。12月23日,新增医保定点医院1所,即嘉定区金沙新城社区卫生服务中心。 （苏永强）

【少儿住院基金与基本医疗保险】 2009学年,全区参加少儿住院基金86183人次,覆盖率99.54%,缴费金额517.1万元。年内,区红十字会做好少儿基金缴费减免工作,"低保"减免1158人,减免费用6.95万元;地震灾区学生减免66人,减免费用0.4万元。加强定点医院监管,市、区专家组赴定点医院审核病史1642份。2008学年,市少儿住院基金为嘉定区4605人次患儿支付医疗费479.58万元,占学年总收入的106.16%,其中为291人次大病患儿支付特殊门诊费15.16万元。开展少儿居民医疗保险费用结算工作,2008学年共受理少儿居民医疗保险住院费用结算3532人次,支付金额252.18万元;最高报销金额8.41万元。 （李海青）

城镇建设与管理

编辑 吴庆

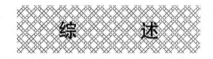

综　　述

2009年，嘉定区规划工作全面贯彻实施《中华人民共和国城乡规划法》，落实"十一五"规划确定的各项目标任务。确立"加速城市化进程，促进'两个融合'（促进二三产融合发展、城市化和产业化融合互进）"的发展战略和"聚焦一个核心、延伸两翼"（"核心"为嘉定新城，"两翼"为南翔大型居住社区和上海国际汽车城）的城市化总体发展思路。开展"两规合一"（城市总体规划与土地利用总体规划合二为一）工作，确定工作方案，将基本农田、产业区块和城市建设用地三线落地，为全区各项规划编制和项目审批提供重要依据。加强规划研究，探索不同发展阶段的城市化特征，提升城市化水平，推动区域经济结构转型。开展虹桥商务区北拓展区战略研究，推动外冈新能源汽车产业基地落地。坚持生态宜居的绿色经济理念，积极推进北郊湿地、嘉宝片林规划策划工作，明确湿地的功能布局和片林策划的重点内容。加快推进新一轮控制性详细规划（以下简称控规）的编制，完善规划编制体系。全年获批规划40项，其中经市政府批准6项，经市规土局批准2项，经区政府批准32项。深化和细化嘉定新城各组团规划。启动并基本完成嘉定新城规划后评估及新城主城区总体规划优化工作，完成嘉定新城主城区范围内新城中心区、菊园社区等4个片区控规审批；组织编制上海国际汽车城发展战略规划，启动上海国际汽车城核心区控规修编；以大型居住社区规划编制为抓手，加强南翔组团各类规划的梳理与优化。加强新市镇规划编制。开展农村集体建设用地流转试点村庄（徐行小庙村）规划。以外冈宅基地置换暨土地综合整治试点区为基础，在全区范围内启动以宅基地置换为主要内容的城乡建设用地"增减挂钩"专项规划。推进专项规划的编制与衔接。优化交通网络专项规划，配合开展轨道交通线路（十一、十三、十四、十七号线）、嘉闵高架等道路的线性规划及与地面道路的衔接规划工作，配合开展桃浦公路（嘉定段）、曹安公路（嘉定段）等主要道路的线性规划。配合完成京沪高速铁路（嘉定段）、沪宁城际铁路（嘉定段）、沪通铁路（嘉定段）的选线及站点规划控制和建设工作。聚焦重点区域和项目，以"突出解决民生问题、充分保障公共利益"为抓手，着力推进轨道交通、大型居住社区和功能性项目的规划及落地工作。加快推进嘉定新城中心区道路和市政设施、生态景观项目、功能性项目及房地产等市场化项目建设。推进南北周、远香坊二期等动迁基地建设，做好安置基地外围主要市政配套道路建设。编制完成《嘉定城北地区行动规划（2010～2015）》。加大嘉定镇老城区改造土地储备力度，落实老城改造项目。全力推进动拆迁工作，建立与相关动迁基地的联系包干制度，坚持对重点区域实行领导挂点制度，维护社会稳定，为全区经济社会发展创造有利条件。推进民生水务和各项水务保障服务工作，加强水务执法和宣传力度。年内，全面启动第四轮"环保三年行动计划"，开展迎世博综合环境整治行动和

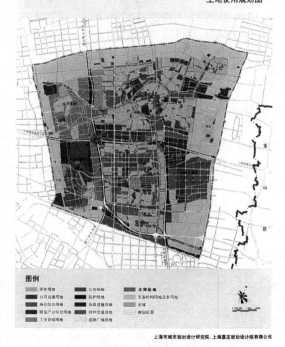

上海市嘉定主城区总体规划优化（2009-2020）

土地使用规划图

图例

上海市城市规划设计研究院、上海嘉定规划设计院有限公司

嘉定主城区总体规划优化（2009～2020）土地使用规划图

（区规土局供稿）

环保专项行动,淘汰环保劣势企业,督促企业实施清洁生产,区域环境质量稳中有升。区绿化和市容管理工作以贯彻实施迎世博 600 天行动计划为契机,开展公共环境整治工作,组织好每月 15 日的"环境清洁日"活动。加强环卫重点设施的管理,推进固体废弃物综合处理基地的选址规划编制工作和建筑渣土整治工作。有序推进绿化工作,嘉定区在全市迎世博 600 天绿化综合整治工作中率先通过考核。

(王 霞 许洁敏)

城 镇 规 划

【办理建设项目"一书两证"755 件】2009 年,区规划和土地管理局办理建设项目选址意见书 87 件,比上年减少 32.56%;办理建设用地规划许可证 154 件,减少 33.62%;办理建设工程规划许可证 514 件,减少 8.86%。核定规划设计要求 122 件,审核设计方案 342 件,核发土地储备复函 125 件,核发内部征询 83 件。 (刘 铷)

【规划管理】2009 年,区规划和土地管理局严格按照标准和要求,开展新开工项目复验灰线和建设工程规划竣工验收工作。全年完成建设工程放样复验项目 20 个,建筑面积 64 万平方米。完成建设工程竣工规划验收项目 316 个,建筑面积 504 万平方米。加强对违法、违章建筑的查处工作,进一步规范建筑市场。全年立案查处违法、违章建筑 10 件,没收金额 25.47 万元。 (朱 红)

【城建档案】2009 年,嘉定区城建档案信息中心做好嘉定区规划和土地管理局信息门户网站的日常维护,及时完成规划信息的更新和公示,积极受理网上咨询及投诉。全年受理并及时回复网上咨询 652 条、投诉 37 条和局长信箱信息 45 条。主动公开区规划和土地管理局政府信息 872 条,收到信息公开申请 102 份,全部按程序规范、及时和准确公开。至年底,嘉定区城建档案信息中心总库藏城建档案 76 515 卷(册),比上年增加 8 884 卷(册)。全年完成对外业务指导 315 人次,接收建设单位报送竣工档案 315 项 4 913 卷。整理城建档案 8 884 卷,输入计算机信息条目 1 454 条。接待城建档案利用者 233 人次,提供档案利用 510 卷次,为有关单位和个人办理房地产登记、解决规划建设和施工中的问题、调解民事纠纷及司法取证提供原始凭据。按照市城建档案馆的要求,抽调人员收集档案(2000～2008 年)中的地质资料和地下空间信息资料,为上海市地质资料信息服务的集群化和产业化服务。 (宓 艳)

2009 年嘉定区获批规划情况一览表

序 号	文 号	规 划 名 称	级 别
1	沪府规〔2009〕46 号	嘉定新城新成社区(JD010501 单元)控规(即控制性详细规划,下同)	市 级
2	沪府规〔2009〕77 号	嘉定新城中心区(伊宁路以南)控规	市 级
3	沪府规〔2009〕78 号	嘉定新城中心区(伊宁路以北)控规	市 级
4	沪府规〔2009〕79 号	嘉定新城菊园社区(JD010202、JD010203、JD010204、JD010301)控规	市 级
5	沪府规〔2009〕140 号	南翔组团东部社区控规	市 级
6	沪府规〔2009〕119 号	云翔大型居住社区控规	市 级
7	沪规土资划〔2009〕134 号	轨道交通十一号线(嘉定段)昌吉路站综合交通枢纽控规	市规土局级
8	沪规土资详〔2009〕1132 号	江桥配套商品房拓展区(一期)修规(即修建性详细规划,下同)	市规土局级
9	嘉府〔2009〕8 号	沧海绿苑四期修规	区 级
10	嘉府〔2009〕9 号	江桥文针厂地块动迁基地修规	区 级
11	嘉府〔2009〕10 号	江桥星火地块动迁基地一期修规	区 级
12	嘉府〔2009〕11 号	南翔永翔动迁基地修规	区 级
13	嘉府〔2009〕32 号	上海汽车集团股份公司技术中心修规	区 级
14	嘉府〔2009〕48 号	嘉定新城安亭组团 JD030801 单元控规	区 级
15	嘉府〔2009〕49 号	轨道交通十一号线安亭站(原墨玉路站)地块修规	区 级
16	嘉府〔2009〕50 号	嘉定新城马陆动迁基地二期修规	区 级

（续表）

序　号	文　号	规　划　名　称	级　别
17	嘉府〔2009〕52号	保利湖畔阳光苑修规	区　级
18	嘉府〔2009〕53号	江桥新镇区F、H地块修规	区　级
19	嘉府〔2009〕59号	嘉城四期修规	区　级
20	嘉府〔2009〕87号	嘉定新城B0-1、B01-2、B02-1地块修规	区　级
21	嘉府〔2009〕96号	江桥老集镇牛荷池地块修规	区　级
22	嘉府〔2009〕97号	金地格林风范城二期A地块修规调整规划	区　级
23	嘉府〔2009〕98号	上海交通大学医学院附属瑞金医院(嘉定)修规	区　级
24	嘉府〔2009〕102号	上海国际汽车城曹安景林(暂名)项目修规	区　级
25	嘉府〔2009〕104号	马陆动迁基地远香坊一期修规(调整)	区　级
26	嘉府〔2009〕115号	江桥万达广场修规	区　级
27	嘉府〔2009〕116号	上海市嘉定区菜市场近期整治规划	区　级
28	嘉府〔2009〕117号	华亭新市镇镇区控规	区　级
29	嘉府〔2009〕118号	南翔瑞林路以东、环北路以南地块修规	区　级
30	嘉府〔2009〕119号	徐行新市镇镇区控规	区　级
31	嘉府〔2009〕127号	安亭瑞仕花园修规	区　级
32	嘉府〔2009〕129号	东方汽配城综合工程修规	区　级
33	嘉府〔2009〕134号	外冈老镇政府及周边地块控规	区　级
34	嘉府〔2009〕136号	江桥三村七街坊(家旺景苑)修规调整	区　级
35	嘉府〔2009〕142号	嘉定工业区(朱桥)新市镇核心区控规	区　级
36	嘉府〔2009〕147号	轨道交通十一号线白银路站(暂名)修规	区　级
37	嘉府〔2009〕160号	嘉定工业区(北区)村庄建设布局规划	区　级
38	嘉府〔2009〕168号	江桥老镇区控规	区　级
39	嘉府〔2009〕170号	外冈新市镇镇区控规	区　级
40	嘉府〔2009〕171号	江桥北部社区控规	区　级

（陈瑞鑫）

城建资金筹措

【城投公司续借贷款6.3亿元】 2009年，嘉定城市建设投资有限公司(以下简称城投公司)续借贷款6.3亿元，新增贷款3亿元。至11月，公司贷款总额27.76亿元，为上海嘉定新城发展有限公司、嘉定自来水有限公司、嘉定公路建设发展有限公司和嘉定建业投资开发公司等单位提供贷款担保11.25亿元，达成新增35亿元贷款授信额度的协议。年内，区财政为城投公司贴息1.2亿元。公司年利润比上年增长3%，确保国有资产2%的年增值率。

【远香舫一期工程完成单体建设】 2009年，由城投公司承担的嘉定新城马陆动迁基地——远香舫一期工程完成单体建设，进入内部装饰和单体"一房一验"阶段。远香舫一期工程获第六届"上海市优秀住宅"规划建筑、房型设计奖。年内，远香舫二期因调整二期地块范围，相关手续因办理变更而相应推迟启动。调整后的二期地块跨沪宜公路，分东、西两块。至年底，基本完成动拆迁任务。

【推进老城改造工作】 2009年，为西门老街改造动迁配套实施的练祁佳苑一期工程完成地下人防车库主体结构施工。对西门历史风貌保护区进行后续设计，设计方案呈报区政府。完成石马弄至侯黄桥地段160户居民的调查摸底工作，落实该地段内的动迁安置政策编制与练祁佳苑安置房型配对工作。完成清河路5号地块、登龙广场及周边区域工程项目审计。

【推进嘉闵高架前期等项目建设】 嘉闵高架项目由上海公路投资建设发展公司立项，城投公司配合实施嘉定区域范围前期工作。2009年，完成道路红线内的绿洲房地产(集团)有限公司所属苗圃地块的动迁货币补偿协议签定。完成真新街道7.3公顷地块内实施动迁工作所需的4900万元筹资工作。

（城投公司供稿）

动迁基地——远香舫 （区城投公司供稿）

市政建设

【**市政养护与管理**】 2009 年,投资 2 271 万元,实施嘉定镇街道沙霞路(博乐路—城中路)小修、南大街及州桥老街架空线入地和安亭镇塔山路(昌吉路—曹安公路)人行道小修等 3 项工程。全年修复车行道 1.98 万平方米、非机动车道 1 372 平方米、人行道 3.35 万平方米,调换侧平石 4 636 米,油漆桥梁栏杆 8 536 米。在迎世博 600 天整治工作中,完成对区外环线以内的真新街道区管道路及嘉定镇街道主要道路整治工作。其中真新街道整治道路 8 条,整治车行道面积 1 万平方米、人行道面积 3.5 万平方米;嘉定镇街道整治道路 11 条,整治人行道面积 1.5 万平方米。完成区管城市道路路名牌更换 589 块,行业管理城市道路路名牌更换 1 011 块。

【**公路养护与管理**】 2009 年,投资 2 914.25 万元,对区内 55 条道路进行日常养护。投资 2 352.92 万元,实施嘉朱公路、嘉松北路、浏翔公路、宝安公路、嘉唐公路和宝钱公路等养护、中修及整治项目 7 个。全区公路优良率 84.9%,干线公路优良率 57.8%。结合迎世博整治行动,开展环境整治及人行道和附属设施的整治工作。全年征收贷款建设道路车辆通行费 1.75 亿元、道口通行费 3 861 万元。通过电话、信件和上门催缴相结合的方式,催

缴历年车辆欠费 213 万元。其中养路费 191 万元,滞纳金 22 万元。

【**农村路桥建设**】 2009 年,投资 2 220 万元,新(改)建农村公路 7.07 公里,改建乡道危桥 9 座。年内,全区有区管桥梁 160 座、行业管理桥梁 75 座。4~6 月,对全区 217 座城市桥梁(其中区管桥梁 151 座,行业管理桥梁 66 座)进行检查,其中 A 级 169 座,B 级 32 座,C 级 8 座,D 级 8 座。

【**无障碍设施建设**】 2009 年,以实施迎世博 600 天行动计划、创建"全国残疾人工作示范城市"和"全国无障碍建设城市"为载体,开展针对全区重点领域、区域、行业和对象的无障碍环境建设,提高无障碍设施的质量和软件管理水平,实现公共服务领域和中心城区社区无障碍设施全覆盖,建成无障碍环境设施和服务网络框架体系。年内,投资 1 280 万元,完成盲道整修 5 697 米、坡道整治 656 处、废弃路口整治 3 066 平方米,改建环卫公厕 89 座,完成家庭无障碍设施建设 30 户。

【**城市网格化管理**】 8 月,城市网格化管理区域拓展前期基础性工作启动。全区 12 个街镇的城市网格化管理区域确定,城市网格化管理范围由 16.52 平方公里扩展到 50 平方公里。万米网格和责任网格的划分基本完成,终端地图更新完成。至年底,区域拓展基础工作完成。年内,区城市管理监督受理中心平台接到上报案件 21 707 件。其中立案 21 590 件,结案 21 455

件,结案率 99.37%。 （顾袁洁）

市容环卫

【**垃圾管理**】 2009 年,安亭生活垃圾处理厂处置生活垃圾 20.08 万吨,区残渣填埋场处置残渣垃圾 19.74 万吨,回收废旧物资 6 500 吨。全年回收餐厨垃圾 2 701 吨、废弃食用油脂 108 吨。为嘉定工业区叶城环卫所和上海迎新保洁服务公司办理餐厨垃圾(废油)收运资质。在 20 个居住小区和 20 个企事业单位试点实施生活垃圾分类新方式,逐步提高生活垃圾分类质量。委托专业单位负责全区有毒有害垃圾的统一收运,回收废电池 2 657 公斤。

【**环卫管理**】 2009 年,菊园新区、嘉定镇街道、新成路街道和真新街道通过创建"市容环境卫生责任区管理达标街道(镇)"的市级考评。2 152 名环卫作业人员完成技能培训,培训率、合格率均为 100%。年内,全区新增(更新)环卫作业车辆 31 辆,新增道路快速保洁小型装备车辆 62 辆,改造(车身外体修复、污水槽整新)环卫车辆 235 辆。新(改)建环卫公厕 22 座,购置应急保障移动公厕 2 座,完成环卫公厕无障碍设施改建 89 座,完善和规范各类导向标识 78 块,新增(更新)道路废物箱 1 400 只。

【**开展"建筑渣土处置专营"工作**】 2009 年,开展"建筑渣土处置专营"工作。区绿化和市容管理局确定嘉定区汽车运输有限责任公司为嘉定区渣土专营企业,对其所属的 20 辆专营车辆配置行驶记录仪。确定在外冈镇、嘉定工业区等地设置建筑垃圾对口消纳点,初步设计可消纳建筑渣土 40 万立方米。联合相关单位开展渣土处置整治活动 42 次,乱倒渣土及散落污染等违规情况得到控制。 （许洁敏）

城市管理

【**户外广告管理**】 2009 年,"屋顶、墙面广告,地面广告,店招店牌"三年整治工作全面完成。拆除屋顶、墙面广

告设施451个,拆除地面广告设施839个,拆除"高炮"广告设施38个,整理户外广告设施3897个,整治店招店牌1.22万个。

【违法建筑整治】 2009年,逐步建立起对"两个五"区域〔五个"两侧":高速公路入沪道口沿线两侧100米内区域,国道、主干道沿线两侧100米内区域,黄浦江、苏州河两侧500米内区域,沪杭、沪宁铁路(上海段)沿线两侧100米内区域,内环、南北、延安高架桥荫下及两侧500米内区域;五个"周边":主要灯光点和文化娱乐场所周边100米内区域,主要商业点周边100米内区域,大型换乘枢纽、客运码头等交通集散点周边100米内区域,五星级宾馆和世博会接待宾馆周边100米内区域,市、区(县)人民政府所在地周边100米内区域〕违法建筑的日常巡查监管机制。在明确职责分工的基础上,加强区城管大队和区住房保障和房屋管理局、区规划和土地管理局、各街镇的综合协调。全年拆除违法建筑33.61万平方米,全区"两个五"区域内的违法搭建基本拆除。

【"三乱"小广告整治】 2009年,加强对"三乱"(乱张贴、乱涂写、乱刻画)小广告的日常清理和整治,利用"停复机"系统等执法资源,对小广告当事人采取语音告知、手机停机处理等方式,从源头上控制其产生和蔓延。年内,全区查处"三乱"案件350件,实施对当事人手机停机1672个次。 　(许洁敏)

城管员进工地宣传 　(区绿化和市容管理局供稿)

嘉定新城动迁村民正在挑选安置房
(区动迁工作指挥部供稿)

动迁拆违

【概况】 2009年,嘉定区动拆迁工作指挥部履行"联系、指导、协调、服务、解难、献策、促进、督察"工作职责,全力推进动拆迁工作。建立与相关动迁基地联系包干制度,定期听取工作汇报,协调解决疑难问题;坚持对重点区域实行领导挂点制度,维护社会稳定。年内,加大依法行政、依法动迁力度,受理行政裁决47件,发出裁决书30份,实施行政强迁4户。轨道交通十一号线(嘉定段)综合配套工程动迁全部完成。京沪高铁(嘉定段)、沪宁城际铁路(嘉定段)全线开展动迁,完成居民(农户)动迁1532户,企业动迁210家,提供建设用地396.82公顷。嘉定新城核心区一期动迁完成居民(农户)签约1202户,企业签约105家,签约率分别为99.59%和97.22%。嘉闵高架、S6公路(A17)动迁工作全面启动。启动嘉定工业区葛家宅地块动迁工作,至年底,有301户居民(农户)完成签约。年内,全区完成居民(农户)动迁5050户,完成企业动迁527家,腾空基地79个。

【动迁与拆违宣传】 年内,区动拆迁工作指挥部与各基层单位加强宣传联络员队伍建设,及时沟通,不定期反馈动拆迁现场信息。年内,编印《嘉定动迁》简报50期3.25万份。拍摄、制作电视专题片《动迁之歌》和《放飞梦想》。通过《嘉定报》、嘉定广播电台、"上海嘉定"门户网站等区内主要媒体,对动迁拆违工作开展宣传。

【动拆迁信访】 年内,区动拆迁工作指挥部收到区信访办转办群众来信8件,处理8件;信访维稳工作组受理群众来信10件,接待群众来访11批次15人次。 　(樊锋锋)

水　务

【概况】 2009年,嘉定区水务局深入学习实践科学发展观,围绕"四个确保",着力推进民生水务和各项水务保障服务工作。年内,规模15万吨/日、总投资3.31亿元的嘉定北部水厂一期工程进入设备安装阶段,确保世博会前调试运行,配套的宝钱公路输水总管工程全面推进。有计划推进供水管网改造。在完成清河路直径500毫米管道改造工程后,完成城中路(清河路—温宿路)直径500毫米管道改造任务。全区水厂完成管网改造8.1公里。年内,规划10万吨/日、一期工程规模7.2万吨/日、总投资2950万元的伊宁路泵站工程投入使用。投资2200万元,完成真新街道13个居民小区1.52万户居民住宅的二次供水设施改造。按计划敷设宝钱公路、霜竹公路、宝安公路(嘉新公路—浏翔公路、墨玉路—新源路)、嘉安公路、澄浏南路、高石路(浏翔公里—嘉行大道)等7条污水总管;完成一级管网建设11.7公里、二级污水管网建设50公里的任务。推进积水点改造工程。完成嘉定镇老城区6处积水点改造及嘉定镇东大街、北下塘街污水管道改造。按照"坚持数年、稳步推进、全面整治"的目标,推进区级骨干河道的综合整治。练祁河(三期,长6.41公里)和横沥(四期,长4.57公里)综合整治工程竣工,吴塘(北段二期,长4.04公里)和祁迁河(横沥—孙浜,长3.16公里)整治工程相继开工。全年整治村沟宅河274条(段)97.1公里,整治黑臭河道54条(段)69公里。为沟通水系,开挖河道3.1公里,拆涵建桥27座,拆坝建桥5座。落实河道保洁长效机制,实现对全区镇村河道的全覆盖,对已整治的市、区级骨干河道实行"管养分开",实行市场化养护管理。提供优质、高效、及时的农田灌溉服务。推进社会主义新农村建设,改善农村人居环境,在马陆镇大裕村开展农村生活污水处理试点工作。推进水环境、水资源调度工程建设。全年引(排)水4.71亿立方米。新建封浜泵闸,完成嘉定老城泵闸改造工程中的西门泵闸和南门泵闸改造。加大水务管理力度,提升水务管理水平,抓好水务专业规划编制。完成11个街镇的二级污水管网规划(初稿)。合理调配原水输送量,确保高峰供水。嘉定自来水有限公司供水质量保持郊区领先。完成居民及非居民自来水水费和排水设施使用费调价。年内,2个小区被评为"上海市节约用水示范小区",25个小区被评为"上海市节水型小区"。加强对污水设施的运行监管,全年完成COD减排量1.89万吨。加强水文、水质监测工作。加强水务执法和宣传力度。全年受理水事案件82起,水务"窗口"全年受理行政审批事项1250件。落实防汛防台措施,汛期经受8号台风"莫拉克"的外围影响和10次局部暴雨(大暴雨)的考验。抓好迎世博反恐重点行业安保工作。供水行业落实技防、物防、人防措施,接受市、区防恐部门检验,考验合格。 (赵云峰)

【污水泵站建设】 2009年,上海嘉定新城污水处理厂接管安亭镇漳浦河污水泵站和嘉定新城伊宁路污水泵站、白银路污水泵站。上述地区的污水纳入市政管网后经污水泵站输送至污水处理厂处理。年内,上海嘉定新城污水处理厂投资21.18万元,对新成路污水泵站屋面实施"平改坡"工程,更新门窗和内外装饰,粉刷泵站房屋和围墙。投资29.27万元,改建南翔、江桥、黄渡等地区的污水泵站围墙。改建工程提高泵站物防水平,美化站容站貌。5月21日,上海嘉定新城污水处理厂老厂停止运行。该厂建于1977年,采用鼓风微孔曝气、沉淀处理工艺;其污水处理工艺无除磷脱氮和尾水消毒,已不符合环保有关规定。 (高睿丰)

【塔城路污水管道改造工程完工】 4月,总投资1300万元的塔城路污水管道及城中污水泵站改造工程开工。该工程敷设直径600毫米污水管1.3公里、直径800毫米污水管58米。更新型号为NP3202.180、功率为30千瓦的污水泵3台及控制系统。12月,工程竣工,泵站日输送污水量比改造前增长80%。年内,完成嘉定镇东大街、北塘街污水改造工程,开槽埋管287米,疏通管道286米,新建隔油池6座、格栅井5口。工程实施后,该地段污水排放状况得到改善。 (曾 颖)

【河道护岸应急工程完工】 2009年,区水务局根据市水务局文件精神,对华亭镇境内横沥、娄塘河驳岸和南翔镇境内封浜驳岸进行应急修复。工程总投资552万元,改建护岸2080.62米,采用"A"型护岸结构,设计出水口5个。2008年11月20日开工;2009年1月30日竣工。 (孙 晟)

【骨干河道综合整治】 2009年,骨干河道整治工作取得进展。分别投资3438.24万元和4060.18万元,完成练祁河(三期,长6.41公里)和横沥(四期,长4.57公里)河道综合整治工程。年内,吴塘(北段二期,长4.04公里)和祁迁河(横沥—孙浜,长3.16公里)整治工程相继开工。

【黑臭河道整治工程完工】 2009年,根据市政府关于开展消除黑臭河道专项整治的工作部署和要求,区水务局组织、指导相关单位实施黑臭河道整治工程,完成黑臭河道整治54条(段)

漳浦河污水泵站 (区水务局供稿)

69 公里的任务。历时两年的黑臭河道整治工作全面完成，实现"至 2009 年底，全区河道消除黑臭"的水环境治理目标。累计完成黑臭河道整治 113 条（段）142.20 公里的任务，疏浚土方 210.72 万立方米，新建护岸 115.55 公里、通道 11.4 万平方米，种植绿化 158.53 万平方米，截污纳管 223.98 公里。

【河道保洁】 2009 年，全区各河道保洁社拓展河道干流保洁范围。河道保洁范围从水域向陆域延伸，重点加强对 56 条(段)8 公里视线范围内区域河道保洁工作，设置拦截点千余处。全年打捞、清除水上垃圾 1.59 万吨、水葫芦 910 吨、绿萍 2.37 万吨。

【迎世博河道环境综合整治】 2009 年，区水务局贯彻市、区政府关于迎世博 600 天行动计划的通知精神，全面开展"迎世博河道环境综合整治"工作。编制《嘉定区迎世博 600 天行动计划水环境整治任务书》，列出各单位任务明细。年内，完成主要骨干道路两侧河道整治 584 条(段)212 公里，完成对京沪高铁(嘉定段)、城际铁路(嘉定段)建设导致沿线河道受损情况的调查工作。加强河道长效管理，实时监控河道情况，多方位、多层次地加强对水事违法行为的监督和检查，强化和落实巡查考核机制，重点考核 25 条主要骨干道路两侧视线范围内和集镇、居民区等重要区域的河道保洁工作。

【水系沟通工程】 2009 年，为解决镇、村级河道由于填堵、筑坝、管涵淤塞等原因造成的水流不畅及水体自净能力降低、水质下降等问题，区水务局组织实施以实地开挖、拆坝建桥、拆涵建桥等措施为主的水系沟通工程。工程沟通河道 72 条(段)，开挖河道 3.1 公里，开挖土方 8.71 万立方米，拆坝建桥 5 座，拆涵建桥 27 座，新建调水泵站 2 座。工程实施后，河道水质持续恶化趋势得以遏制，多数河道水质稳定，部分河道水质有所改善。

【农村生活污水处理试点】 2009 年，为改善农村人居环境，在马陆镇大裕村进行农村生活污水处理工程试点。年内，建造地渗系统 26 套，铺设管道 46 公里，生活污水日处理能力 675 立方米，惠及村民 1180 户。 （李加加）

填堵河道事后监督 　　（区水务局供稿）

【水务执法】 2009 年，嘉定区水务稽查支队全面推进水务行政执法工作。开展 5 项专项执法活动：规范医院排水专项执法，私接公共供水管网专项执法，对市水务局在 2006 年至 2008 年间审批的涉及嘉定区填堵河道的行政许可事项进行实地监督检查，洗车点排水专项整治执法，对因京沪高铁、沪宁城际铁路工程建设造成的河道受损区域进行防汛检查。全年行政执法检查 522 次，出动人员 1372 人次；受理各类违反水务管理法规的案件 82 起，立案 19 起。其中水利案 5 件，排水案 12 件，供水案 2 件，处行政罚款案件 18 件，处警告案件 1 件，共实施行政罚款 30.06 万元。第十七届"世界水日"(3 月 22 日)及第二十一届"水法宣传周"活动期间，印制宣传海报和制作嘉定水务特刊各 4000 份；摄制以水安全为题材、确保防汛安全的电视教育片，在嘉定电视台《法律与生活》栏目中播放；在《嘉定报》上整版介绍嘉定区在水环境建设、管理和服务上取得的成果。

【水资源管理】 2009 年，嘉定区水务稽查支队加强水资源的监督管理工作，对全区 77 家取水户的取水许可证进行审核，年审率 100%。年内，新增取水户 4 家，暂停取水的取水户 20 家，实际有效取水户 57 家，实际取水量 825.3 万立方米。全年收取水利工程供水费 157 万元，水资源费 60 万元。 （陆晓飞）

【水文勘测和水环境监测工作】 2009 年，嘉定区水文站全年采集雨量数据 73.58 万个、水位数据 52.56 万个、流量数据 5.26 万个，完成汛期水情测报任务。实施常规河道水质监测项目 34 个，监测断面 38 个，累计监测数据 8759 个。实施黑臭河道整治后监测工作，完成水质监测数据 8400 个、监测项目 5 个，有监测点 560 个，监测河道 124 条，出具验收报告 19 份。

【水环境监测具备地表水、污水监测定性能力】 7 月，嘉定区水文站引进美国 PE 公司 ICP-MS 电感耦合等离子体质谱一套。ICP-MS 技术与传统无机分析技术相比，具有最低的检出限、最宽的动态线性范围和干扰最少、分析精密度高、分析速度快的特点，可进行多元素同时测定并可提供精确的同位素信息。该项技术填补了区水务局对地表水、污水监测定性及半定量方面的空白，提高对突发水污染事件的检测分析能力。 （许建斌）

【节水工作】 2009 年，区水务局拓展节水器具改造范围，在黄渡镇、江桥镇实施改造工程。年内，完成节水马桶改造 500 套。在嘉定镇街道试行节水花洒和节水龙头改造，完成节水花洒改造 480 套、节水龙头改造 3000 套的任务。推进节水型小区创建工作。金地格林春岸小区和塔城路 530 弄小区被评为"上海市节约用水示范小区"，李园一村小区、南苑八村小区和金汇小区等 25 个小区被评为"上海市节水型小区"。

【城市化地区污水处理率 79%】 2009年,嘉定大众污水处理厂处理污水3774万立方米,上海嘉定新城污水处理厂处理污水117万立方米,上海国际汽车城安亭污水处理厂处理污水2509万立方米,嘉定工业区北区污水处理厂处理污水948立方米,江桥镇、南翔镇地区外排污水1471万立方米。通过加强排水许可管理,提高全区污水纳管处理率。全年核发排水许可证610张,城市化地区污水处理率79%,比上年提高4个百分点。

【COD减排】 2009年,嘉定大众污水处理厂、上海国际汽车城安亭污水处理厂及嘉定工业区北区污水处理厂共完成COD减排量1.89万吨。

【积水点改造工程竣工】 2009年汛期前,区水务局组织实施嘉定镇街道环城路、新成路街道新成路、安亭镇博园路和昌吉路等6处道路的积水点改造工程,消除大雨天气所造成的路面积水隐患。　　　　(曾 颖)

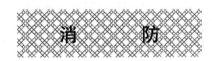

消 防

【消防安全管理】 2009年,公安嘉定分局实施防火执法检查单位2508个次,发出《责令限期改正通知书》374份,处罚违法单位205个,处罚违法者

59人次,罚款154万元。责令停止施工、停止使用、停产停业单位45个。年内,办理建筑工程审核许可项目172件、验收许可项目466件、重大保卫和开业检查项目159件、设计备案91个、验收备案349个,完成消防培训1400人次,建立上海市公安局火灾报警系统FAS联网单位25个。

【消防宣传】 2009年,公安嘉定分局广泛发动和开展消防宣传活动。全年发放宣传资料10万余份,对企业员工、村(居)民和学生进行消防教育20万余人次。开展"119"宣传系列活动。11月10日,嘉定区防火安全委员会在嘉定影剧院举行第十九届"119"消防日宣传活动,千余人参与活动。"119"消防日期间,各街镇结合本辖区实际,组织开展消防运动会、逃生疏散模拟演习、消防器材灭火演练、宣传图版展出、播放录像资料和发宣传资料等形式的消防宣传活动。年内,培训消防设施操作人员136人、危险物品"三员"675人,组织消防教育培训811人。

【火灾造成直接损失313万元】 2009年,全区发生火灾402起,比上年增长60.8%;死亡6人,受伤3人;直接经济损失313万元,下降74.67%。

　　　　(陆宝林)

地名、测绘

【概况】 2009年,嘉定区地名管理工作纳入迎世博600天行动计划体系。5月,配合公安嘉定分局对花家浜路一处住宅区(此住宅区门弄号牌以真新路为编制)门弄号牌进行调整,对调整后的配套工作进行协调。开展公共绿地名称梳理整治工作。在上年普查、梳理的基础上,对全区公共绿地名称分批进行标准化处理。至3月底,完成第一批3座公园和1块公共绿地(马陆公园、黄渡公园、新成公园、嘉宝绿地)标准化命名工作。根据嘉定新城中心区规划和建设的需要,对中心区内13条道路进行命名和起讫调整工作。6月,配合嘉定轨道交通建设投资有限公司与沿线各镇、菊园新区、嘉定工业区及区相关部门,对轨道交通十一号线嘉定境内各站点相关14条配套道路的命名、道路沿线的门(弄)牌编号等问题进行协商;9月,完成14条配套道路的命名审批工作。年内,对在用的测量标志进行定期检查。根据市测绘管理办公室的布置,开展以规范地理信息市场秩序、加强测绘统一监管和维护测绘市场秩序为主题的测绘法宣传活动。

【地名命名、更名、注销】 2009年,区地各办命名、更名、注销各类地名94个(条),其中道路名称37条,居住区、建筑物名称34个,政区名称19个,公共绿地名称4个。

2009年嘉定区政区命名、更名及注销一览表

所在地区	注 销	新 建	批准日期	备 注
嘉定区	安亭镇,黄渡镇	安亭镇	6月28日	区划调整
嘉定工业区	虬桥村,建国村	虬桥村	1月13日	区划调整
	白墙村,人民村	白墙村	1月13日	区划调整
	竹桥村,娄西村	竹桥村	1月13日	区划调整
江桥镇	星火村,虬江村	星火村	3月18日	区划调整
马陆镇	大裕村,新翔村	大裕村	3月18日	区划调整
外冈镇	水产村		7月6日	

2009 年嘉定区道路命名、更名及注销一览表

所在地区	标准名称	起 点	讫 点	长(米)	宽(米)	备 注
跨 镇	德富路	麦积路	城固路	3 550	24	向南、北延伸
	合作路	宝安公路	麦积路	140	32	向南延伸
	云谷路	麦积路	城固路	3 500	32	
	云屏路	温泉路	高台路	3 900	32	
	双丁路	沪宜公路	安辰路	3 960	35	
	塔秀路	裕民南路	温泉路	2 500	28	
马陆镇	环村路	杨泾	浏翔公路	2 900	3 ~ 5	
	香莲路	沪宜公路以东	沪宜公路	4 400	24	
	双单路	沪宜公路	温泉路	3 200	24	
	麦积路	沪宜公路	胜辛路	2 780	24	
	德立路	麦积路	伊宁路	1 770	24	起讫调整
	希望路	胜辛路	温泉路	600	24	向西延伸
	崇文路	沪嘉高速公路(S5)	康丰路	1 800	10.3 ~ 15	
	崇教路	育英南街(暂名)	永盛南路	1 000	24	
	康丰路	合作南路	崇教路	350	24	
	阿克苏南路	蕰藻浜	宝安公路	1 700	35	
	永盛南路	蕰藻浜	宝安公路	1 600	35	
	合作南路	沪宜公路	宝安公路	3 050	35	原沈徐路讫点调整至合作南路
南翔镇	佳通路	丰翔路	真南路	600	16	
	中佳路	真南路	佳通路	200	16	
	古猗园路	银翔路	真南路	1 650	20	起点南移
	古猗园南路	众仁路规划延伸段(暂名)	银翔路	2 150	32	讫点南移
安亭镇	雅丹路	曹安公路	和静东路规划延伸段(暂名)	2 000	16	
	康苏路	雅丹路	百安公路	230	16	
	安谐路	曹安公路	安驰路	340	16	
	昌吉东路	嘉金高速公路(G15)	蕰藻浜	4 800	40	向东延伸
徐行镇	启宁路	嘉罗公路	曹新公路	2 380	16 ~ 24	
	启源路	嘉罗公路	启悦路	2 050	24	
	启悦路	规划路(暂名)	澄浏公路	1 350	24	
	启秀路	规划路(暂名)	新建一路	1 160	20 ~ 32	向南延伸

（续表）

所在地区	标准名称	起　点	讫　点	长(米)	宽(米)	备　注
菊园新区	盘安路	树屏路	回城西路规划延伸段（暂名）	3 250	28	
	陈家山路	树屏路	回城西路规划延伸段（暂名）	4 500	24~28	
	皇庆路	陈家山路	城北路	460	16	
	柳梁路	陈家山路	胜辛路	350	16	
嘉定工业区	依玛路	塔秀路	城固路	1 000	24	
	临泽路	塔秀路	温泉路	1 170	16	
新成路街道	倪家浜路	塔新路	练祁河	450	24	

2009 年嘉定区居住区、建筑物命名、更名一览表

所在地区	标准名称	地　理　位　置	占地面积（公顷）	建筑面积（万平方米）	备　注
马陆镇	保利湖畔阳光苑	南至封周路,西至阿克苏路,北至双单路	11.94	21.5	新建
	明仕楼	东距德富路 60 米,北至龚家浜	0.34	0.68	新建
	通福大厦	西距阿克苏路 100 米,北至白银路	0.38	1.73	新建
	中信泰富又一城	东至胜辛路,南距双单路 150 米,西至云屏路,北至双丁路	3.77	11.86	新建
	好世凤鸣苑	东至阿克苏南路,北至崇文路,西至康丰路,南至合作南路(暂名)	2.71	6.8	新建
	远香舫新苑	东至裕民南路,南至西邢溇,西至阿克苏路,北至城固路	8	14.91	新建
	领创国际大厦	东至裕民南路,北至白银路	0.5	2.26	新建
	嘉宝紫提湾城	东至沪宜公路,南至麦积路,西至裕民南路,北至封周路	12.12	26.24	新建
	星波购物广场	东至裕民南路,南至塔秀路	0.52	1.39	新建
南翔镇	宏立瑞园	东临中槎浦,南至吾尚塘,西至宝翔路,北至南横泾	12.95	22.77	新建
	蓝天创业广场	东至黄泥泾,南至翔二河,西至楼溪路,北至银翔路	1.06	2.94	新建
	古猗商务大厦	北至真南路,东南至吾尚塘	0.47	1.28	新建

（续表）

所在地区	标准名称	地 理 位 置	占地面积（公顷）	建筑面积（万平方米）	备 注
江桥镇	盐湖新居	东至皇府别墅,南至金园二路,西至买盐江,北至曹安公路	3.81	7.32	"富友嘉园"部分更名
	中星海上名豪苑	东至临洮路,南至海蓝路,西至嘉涛路,北至西虬江	5.28	12.4	新建
	上海宏建国际钢贸城	东至东环河(规划),西至翔江公路,北至博园路	4.96	10.75	新建
	上海江桥万达广场	东至华江公路,南至鹤旋东路,西至金运路,北至金沙江西路	11.98	38.43	新建
	万达城市公寓	东至华江公路,南至鹤友路,北至鹤旋东路	6.65	17.43	新建
	翔黄雅苑	东至翔黄公路,南至星华公路,西至翔封路,北至西虬江	6.75	11.14	新建
	绿地新江桥城	东至金园一路,南至爱特路,北至鹤旋路	15.88	36.44	新建
	丽江佳苑	北至桃浦路(延伸段),东至华江支路口,南至海波路,西至嘉涌路	6.69	11.97	新建
安亭镇	上海国际汽车城创业园	南至昌吉路,西至洛浦路	4.49	5.23	新建
	汇尊国际大厦	东至安亭泾,南至曹安公路,北至泽普路延伸段(暂名)	1.73	6.37	新建
	福产财富广场	东至嘉正国际大厦,南至曹安公路,西至世昶生活广场	2.49	9.56	新建
	曹安景林苑	东至小吴塘,南至曹安公路,北至北官泾	11.84	22.62	原"西上海研发苑"更名
	龙湖郦城	东至胜辛路,南、西至温泉路,北至双单路	17.82	29.53	新建
华亭镇	鼎立高尔夫花园	南至连俊旺家村,西至连塘,北至寸心泾	9.4	4	原"协和高尔夫花园"更名
新成路街道	嘉华半岛大厦	东、北至钱家河,南至南塘泾,西至嘉罗公路	1.11	5.13	新建
真新街道	悦合国际广场	东至曹安国际商城,南至西虬江,西至环西一大道,北至曹安公路	4.59	21.86	新建
菊园新区	新城悠活城	东至红石路,西至胜辛路,南至陈家山路,北至盘安路	7.84	20.49	新建
	练祁佳苑	南至练祁河,东、北至沪宜公路	1.29	2.68	新建
	城市华庭	东、南至陈家山路,北至平城路,西近城北路	3.62	9.13	新建

（续表）

所在地区	标准名称	地 理 位 置	占地面积（公顷）	建筑面积（万平方米）	备 注
嘉定工业区	嘉杰商务楼	东距阿克苏路 50 米,北至龚家浜	0.43	0.96	新 建
	嘉禾大厦	东近阳川路,南至叶城路,西近富蕴路,北至南牛肠河	0.69	2.48	新 建
	新城金郡园	东至云屏路,南至塔秀路,西至温泉路,北至白银路	9.35	22.01	新 建

2009 年嘉定区建成公园、公共绿地命名一览表

所在地区	标准名称	地理位置	占地面积（公顷）
马陆镇	马陆公园	东至育英街,南至新第二塘,北至吴泾	2
	嘉宝绿地	南至叶城路,西至博乐南路	2.63
安亭镇	黄渡公园	南至新黄路,西至绿苑二村,北至箬园泾	3.34
新成路街道	新成公园	东至和政路,北至塔城东路	3.8

（郭建祥）

园 林 绿 化

【公园管理】 2009 年,汇龙潭公园接待游客 12.17 万人次,秋霞圃接待游客 9.04 万人次。年内,结合嘉定镇 AAAA 级景区创建,对汇龙潭公园南大门进行改造。调整汇龙潭公园绿地千余平方米,新增 6 个地被品种;为创造"绿色世博"的环境,在汇龙潭公园的北草坪边新建以宿根花卉为主、构思自然活泼的百余平方米花境,改善园内绿化景观面貌。

【新增绿地 81.7 公顷】 2009 年,重点推进 6 块 3 000 平方米以上大型公共绿地(嘉定新城的远香湖景观工程一期,石岗门塘二期,环城林带二期,海波路 A 地块公共绿地,沪宁高速以南绿地及沪宜公路塔城路南侧绿地)建设。至年底,建成绿地 81.7 公顷,其中公共绿地 52.24 公顷。年内,整治绿地 364 公顷,调整和改造绿地 138.96 公顷,形成包括黄泥泾景观绿地、沪宁高速公路两侧绿地、塔城路沪宜公路绿地等在内的一批"精品"绿地。为迎接上海世博会和欢度国庆,在主要路口和路段布置"国庆"、"迎世博"、"海宝迎宾"等大型绿化景点,布置时令花卉 15 万盆。

【开展义务植树活动】 3 月 18 日,在嘉定新城远香湖公园开展以"共建绿色家园,同迎世博盛会"为主题的植树造林活动。区四套班子领导和各街镇及委办局工作人员 600 余人参加,种植香樟、池杉、广玉兰、榉树等树木 3 680株。植树节期间,区绿化和市容管理局在嘉定镇登龙广场开展绿化宣传活动,向市民免费赠送鲜花 2 000 余盆,展示宣传板 30 块,发放爱鸟书签 580套、绿化宣传资料 3 572 份、环保购物袋百余个,向市民提供绿化咨询 2 000余人次。

【创建"上海市绿化合格单位"】 年内,区绿化和市容管理局开展"上海市绿化合格单位"创建的指导工作。年内,包括区教育局下属学校在内的 17个单位通过上海市绿化和市容管理局的考核验收,成为"上海市绿化合格单位"。

迎世博绿化景观 （区绿化和市容管理局供稿）

【举办"春游嘉定·紫藤花节"活动】
4月22日~5月3日,由区政府主办的"春游嘉定·紫藤花节"在紫藤园举行。紫藤园位于嘉定镇街道博乐路环城河旁,占地万余平方米,种植由日本大阪府八尾市、冈山县和气町日本友人赠送的27个品种百余棵紫藤。活动期间,包括入驻嘉定区的部分日资企业在内的41个单位、家庭及个人认养树木82株、绿地250平方米。

(许洁敏)

【农村绿化投入资金1.87亿元】
2009年,全区有林地资源5752公顷,森林覆盖率10.29%。年内,新建林地167公顷。"四旁"〔路旁、河(沟)旁、村(田)旁和宅旁〕植树67.6万株;集镇绿化23处,植树2.7万株;庭院绿化2405户,植树2.7万株。全年农村绿化资金投入1.87亿元,比上年增长49.92%。

【花卉果树种植面积1435.5公顷】
2009年,全区花卉种植面积81.5公顷,产值1075万元,比上年增长4.17%。切花切叶产量390万枝,盆栽植物283万盆。桃、李、葡萄等果树种植面积1354公顷,增长0.67%;总产量2.3万吨,与上年基本持平;总产值1.6亿元,增长6.67%。

【新增工程化造林面积167公顷】
2009年,新建工程化造林项目11个,分别位于安亭、马陆等10个街镇和嘉定新城,以通道防护林为主,占地总面积167公顷,项目总投资2500万元。至年底,全区累计建成工程化造林项目44个,总面积1512.53公顷,投资总额3.37亿元。

【完成第七次森林资源清查】 2009年,根据国家林业局统一部署,完成上海市第七次森林资源清查的一、二类调查工作。嘉定区作为试点单位,历时3个月,完成230个样点的一类调查;二类调查工作中,建立林地小班48557个,其中面积大于667平方米的林地小班25385个。

【林政执法与植物检疫】 2009年,查处擅自使用(毁坏)绿化案件5起,行政罚款3.22万元,并责令当事人限期恢复绿化。开展"绿盾三号行动"、"活禽和活体分类经营市场专项整治行动",与公安、工商等部门实施联合执法,出动210人次、执法车辆60车次,查处违法案件9起,罚款4.7万元,检查过境车辆800车次,查获无证调运木材事件300起,没收捕鸟网27张,没收、放生蟾蜍活体900公斤。年内,对区内11家生产或使用电缆盘为主的企业进行实地检查,开展检疫宣传。加强对道口木材调运的检查,办理调运检疫证2.44万份、运输证2.82万份。全年对75.67公顷苗圃实施产地检疫,检疫率96%。受理24个绿化工程复检复查申请,发现不规范调运植物工程7个。其中因无证调运而实施的补检工程2个,责令整改工程5个,复检复查绿化面积47.39万平方米,检

疫苗木11.3万余株,发现疫苗17株,根据相关规定进行销毁。

【林业有害生物控制】 2009年,根据"预防为主、科学防控、依法治理、促进健康"的防治方针,完善测报网络体系。定期开展专业人员培训,提升测报队伍的技术业务水平,发布《病虫快讯》18期2880份。PDA森林病虫害监测系统试点运行,实现野外调查无纸化操作。年内,为配合迎世博工作,重新确定各街镇的有害生物控制重点巡视区和重点监测病虫,全区主要景观林带无病虫害成灾现象发生。

【投入林业养护资金3372万元】
2009年,全区有林业养护服务社15个、养护人员1780人(其中女职工1047人),全年获护林(绿化、花卉园艺)初级工证书者993人、中级工及以上证书者402人,分别占林业养护总人数55.79%和22.58%。年内,市、区和街镇三级财政投入林业养护资金3372万元,累计投入1.42亿元。年内,完成林业养护社养护地块的落图和校对,养护面积2321.33公顷。其中公益林1945.67公顷,镇区绿化278.67公顷,其它97公顷。 (朱靖)

环境保护

【概况】 2009年,嘉定区全面启动第四轮"环保三年行动计划",完成污染减排年度任务。开展迎世博综合环境整治行动和环保专项行动,淘汰环保劣势企业,督促企业实施清洁生产,整治燃煤(重油)炉窑灶重点企业。组织推进行政村环境综合整治,继续加强建设项目监督管理,区域环境质量稳中有升。

【第四轮"环保三年行动计划"全面启动】 3月,"嘉定区环境保护和建设三年行动计划"(2009~2011年)确定,嘉定区第四轮"环保三年行动计划"推进会召开,各街镇与区政府签订责任书。年内,104个重点推进的项目使"嘉定区环境保护和建设三年行动计划"全年的目标任务得到分解,各项目及时启动,有序推进。至年底,全区104项环境建设和管理任务中启动96项,启

安亭工程化造林 (区绿化和市容管理局供稿)

动率 92.31%。其中,市政府下达的环境建设和管理任务 33 项,完成年度任务 15 项,启动实施 15 项,启动率 90.91%。

【农村环境调查工作完成】 2009 年,区环保局结合全国第一次污染源普查,借助高校力量,设立专项课题,开展农村环境状况调查。通过近半年走乡访户、实地踏勘,摸清农村人口(包括外来人口)和工业源、生活污染源、农村餐饮及其它农业污染详细情况。结合各街镇发展定位与环境现状,探索性地制定"一镇一计划"和"一村一方案",为该项工作提出初步对策与建议。

【农村环境综合整治】 2009 年,全区投入资金 1.9 亿元开展农村环境综合整治。至年底,全区 80 个重点行政村累计拆除违章搭建 29.8 万平方米,投入资金 2035 万元;整治河道 272 公里,投入资金 5174 万元;整治畜禽散养点 129 个,投入资金 410 万元;清理暴露生活垃圾 5.2 万吨,投入资金 2223 万元;处理"小三格"(化粪池和沼气池)生活污水 3.8 万户,新增自然宅建设中的污水集中处置设施 54 个,受益人口 2955 户 2.64 万人,投入资金 2881 万元;整治冒黑烟企业 42 家;新增绿化面积 101 万平方米,投入资金 4994 万元;发放相关宣传资料 10 万份。

【环境质量】 2009 年,全区环境质量总体状况稳中有升。区环保局监测数据显示:区控断面平均综合水质指数 5.6,属 V 类水;乡镇考核断面平均综合水质指数 5.3,属 V 类水;华亭取水口水质达到功能区要求。全年累计空气环境质量优良天数 337 天,优良率 92.33%,比上年提高 0.2 个百分点。全区平均降尘量为 6 吨/平方公里·月,下降 11.76%。城市和集镇声环境质量达到功能区要求。

【污染物总量控制和减排】 2009 年,区环保局根据总量控制和污染减排计划,对污染排放大户(占主要污染物排放总量 85% 以上)推行强制清洁生产审核,关闭环保劣势企业。全年开展企业清洁生产审核 3 家,淘汰劣势企业 394 家。其中淘汰区重点污染源企业 6 家。新增脱硫设施企业 52 家,实行清洁能源替代企业 6 家,新增纳管企业 423 家。全年二氧化硫减排 1953.55 吨,工业企业 COD 减排 400.47 吨,分别为年度指标的 5.53 倍和 1.92 倍;3 家污水处理厂 COD 减排初步核定为 3464.6 吨,提前完成减排任务。

【环保行政许可】 2009 年,区环保局以"批项目,核总量"为根本,以"十不批"为原则,加强项目中后期管理。区环保局加强与区发改委等部门的沟通协调,及时掌握、汇总"绿色通道"项目进展情况。全年审批建设项目环境影响行政许可 1524 件,其中环评行政许可 1132 件,试生产行政许可 169 件,不予行政许可 17 件,竣工验收行政许可 206 件。出具土建验收备案 198 份、土地"招拍挂"审核意见 75 份、规划方案审核意见 24 份、初步设计审查意见 52 份。

【环境监察】 2009 年,区环保局探索建立起以日常督查、专项行动、远程监控、深夜突查、随机抽查等多种形式相结合的综合监管模式,采取教育、惩处、整改相结合的管理办法,督促企业加快整改进度,持续完善处罚后管理,组织开展受处罚单位处罚后督察工作,整治违法排污企业。全年实施各类污染源现场监察 2283 家次,开征排污费 421.59 万元,组织专项执法检查 23 次。作出行政处罚决定 108 件,处罚金额 349.2 万元,比上年上升 15.44%。其中责令 62 个严重违法排污的单位停产整顿,发出限期整改通知书 28 份,移交法院强制执行 10 件,企业要求听证 3 件,实际举行听证会 1 件。

【环境监测】 2009 年,区环保局积极开展监测标准化建设,重点加强应急能力建设,全面完善《嘉定区突发环境污染事故应急预案》,建立健全环境监测预警体系,加强应急日常演练,规范应急监测操作。对区域污染源总量控制单位进行全面监测,对 2 个区大气质量自动监测点位、29 个区控地表水监测断面和 29 个噪声监测点按规定定期监测,新增 9 项重金属监测指标。全年完成污染源监督监测企业 701 家次,委托监测 349 家,应急监测 7 次;验收监测 174 家,获得监测数据 58961 个。

【环保法制宣传】 2009 年,结合"五五"普法工作、迎世博百日行动,以现场咨询、图版展示、知识讲座、书籍发放等形式深入社区和工地开展环境保护法律法规宣传。全年发放宣传书籍 8000 本、宣传海报 6800 张,举行法制宣传活动 7 场。成立迎世博生态文明宣讲团,以"迎世博,环境保护就在你身边"为主题,倡导居民做减少污染、保护环境的实践者,深入全区宣讲 175 期。筹办"迎世博,减少污染,行动起来"主题宣传大会,开展"小手牵大手"、"绿色电影进社区"、"我爱我家绿色世博"、"循环经济在身边"等环保公

农村生活污水处理设施 (区环保局供稿)

益活动,营造全民参与环境保护的舆论氛围。

【环保信访处理】 2009 年,区环保局坚持 24 小时信访值班制度和星期四局领导信访值班制度,落实挂牌督办、领导包案、带案下访等工作机制。针对重大案件进行专题调研,寻求破解难题的方法和途径,努力将环境污染信访苗头消除在基层和萌芽状态,及时化解因环境问题而产生的不和谐因素。年内,区环保局受理群众信访 936 件次,办结率 100%。其中环保热线夜间受理信访 162 件,接报后均及时出动、规范取证、按时上报。全年未发生因环保信访处理不当引发的群访和越级上访事件。

"六·五"世界环境日主题宣传　　（区环保局供稿）

2008~2009 年嘉定区河流监测断面综合水质标识指数(WQI)

河　流	断　面	水体功能类　别	2008 年		2009 年	
			WQI	水质类别	WQI	水质类别
娄塘河	华亭取水口	III	2.600	II 类	2.810	II 类
娄塘河	娄塘水厂	IV	4.720	IV 类	4.410	IV 类
练祁河	嘉定水厂		4.820	IV 类	5.221	V 类
浏河	陆渡		4.520	IV 类	5.020	IV 类
盐铁塘	葛隆		5.121	V 类	5.321	V 类
环城河	仓桥		4.320	IV 类	4.720	IV 类
顾浦	安亭水厂		5.131	V 类	5.131	V 类
蕴藻浜	大桥头	V	5.420	V 类	5.320	V 类

2008~2009 年嘉定区空气环境质量监测结果(年均值)

年　份	$SO_2(mg/m^3)$	$NO_2(mg/m^3)$	$PM_{10}(mg/m^3)$	降水 PH 值	降尘量(吨/平方公里·月)
2008	0.055	0.056	0.081	4.52	6.8
2009	0.039	0.048	0.077	4.62	6

（王　建）

科技·信息化

编辑 吴庆

综 述

2009年，嘉定区科技和信息化工作以深入学习实践科学发展观活动为契机，以实现"四个确保"为目标，围绕经济社会发展总体目标，把促进产业结构调整和转型升级、推进电子政务建设和应用工作、提升社会管理和公共服务效能作为科技和信息化工作的重点。突出新兴产业培育，着力助推"产学研"合作，加大企业自主创新能力建设，促进科技成果产业化。推进信息基础设施集约化规划和建设，加快"无线城市"建设步伐，发挥信息化在服务新农村建设、促进社会和谐方面的积极作用，推动科技和信息化进步。加强信息技术在各领域的应用，着力发展战略性新兴产业。以信息技术为手段提升城市现代化管理水平和综合发展能力，努力实现信息化在区域经济和社会建设中的支撑和服务作用。出台知识产权保护等政策，推进文化信息等新兴产业在区域内的发展。在推进区域信息化过程中，注重"迎世博"信息安全工作。健全由信息、保密、公安网络安全部门组成的工作小组，形成工作合力。完善电子政务、政府网站的信息安全制度及各项保障措施，开展信息安全专题培训。

(张 徽)

高新技术与科技成果

【深化"产学研"合作】 2009年，推进三区（校区、园区、城区）联动，深化院地合作、院企合作。科研院所总部回归进展迅速，确定华东计算技术研究所总部和产业整体回迁方案，中科院上海硅酸盐所的钠硫电池产业化、中科院上海光机所的强激光等创新项目落地。嘉定区与中科院共同召开高新技术产业化推进会，签订推进物联网产业、钠硫电池产业、强激光产业等创新项目的合作协议，促成"一基地"（中科院嘉定产业化基地）、"一中心"（中科院电动汽车研发中心）形成。11月25日，举办首届"产学研"合作洽谈会，20所高校、科研院所和180家企业参与，达成合作成果40项。在原有"产学研"合作项目扶持形式的基础上，推出"科技特派员"和上海市科技成果转化促进会的"联盟计划——难题招标项目"的扶持模式，拓展"产学研"合作渠道。

【申报、实施市级以上科技计划项目204项】 2009年，全区在重点领域申报、实施市级以上科技计划项目（包括成果转化、火炬计划、自主创新产品）204项，区级科技开发和创新项目183项，获国家级、市级科技资助款5230万元。其中"移动宽带无线接入终端基带芯片"等31个项目被科技部列入国家科技型中小企业技术创新基金计划，获无偿支持资金1760万元。国家计划项目的立项数比上年增长1.38倍，支持资金增长1.39倍。

首届"产学研"合作洽谈会　　（区科委供稿）

2009 年嘉定区列入国家创新基金项目一览表

序号	项　目　名　称	单　　位
1	移动宽带无线接入终端基带芯片	上海天朗电子技术有限公司
2	汽车开关控制内芯零部件的全自动双面点焊技术及产品	上海西渥电器有限公司
3	高效节能环保人造板热能中心设计及其产业化	上海恒纽科技发展有限公司
4	数控全自动双脉冲绿光激光切割机	上海致凯捷激光科技有限公司
5	气制动汽车气路系统油水分离成套装置	上海智源汽车部件有限公司
6	采用超纯净钢冶炼新工艺生产超低碳耐蚀高温合金	上海丰渠特种合金有限公司
7	高功率 LED 集成单元模块组合灯具	上海鼎晖科技有限公司
8	菝葜皂苷元–用于老年性痴呆的中药 1 类新药研究	上海凯锐斯生物科技有限公司
9	利用磁场集中器感应热处理汽车异形零部件	上海工业大学嘉定通用机械有限公司
10	基于 SOA 以及 "虚拟企业社区" 的供应链集成软件	上海汇驿软件有限公司
11	高强度高透水性混凝土的制备工艺与应用	上海天地特种建材有限公司
12	高速无线视频采集传输系统 V1.0	上海哲克计算机科技有限公司
13	节能环保型泡沫整理设备	上海誉辉化工有限公司
14	节能风冷环保型直联旋片真空泵	上海阿法帕真空设备有限公司
15	高效优化椭圆形翅片管空冷装置	上海朗基热工技术有限公司
16	轻型悬臂式煤巷钻掘一体机	上海万协机电科技有限公司
17	基于 SSL 协议的安全协处理器及其在安全网关中的应用	上海海加网络科技有限公司
18	环保型、无溶剂、单组分聚氨酯粘合剂	上海巨安科技有限公司
19	新型节能型智能化无线远程双向抄表系统	上海唐锐信息技术有限公司
20	GPI 金标类风湿体外定量测定诊断试剂盒	上海北加生化试剂有限公司
21	全真三维工厂配管设计辅助系统	上海派品软件有限公司
22	五轴联动精细等离子全变坡口切割控制系统	上海九天数字技术有限公司
23	水平式袋成形(三出袋)自动包装机	上海迈威包装机械有限公司
24	DY–C 远程 I/O 数据采集盒	上海微程电气设备有限公司
25	MAPS 移动管理应用平台	上海凌柯计算机系统有限公司
26	录井传感器无线传输系统	上海欧申科技有限公司
27	手持式热转移标签打印机	上海威侃电子材料有限公司
28	基于 PC 和网口的可群控的微型数控机床	上海真正数控机床有限公司
29	新能源汽车用电动转向系统的关键控制技术开发及产业化	上海罗冠电子有限公司
30	力洋机动车 VIN 码识别系统	上海力洋信息技术有限公司
31	胶体金免疫层析快速诊断膀胱癌试纸	上海柏纳生物技术有限公司

2009 年嘉定区列入上海市创新资金立项项目一览表

序号	项　目　名　称	单　　位
1	一种高精度高智能化的螺旋流量计(LHS 型)	上海自仪九仪表有限公司
2	采用纳米光子管制备一中空气净化产品	上海爱启环境科技有限公司
3	发动机排放测量全流稀释定容采样系统(CVS)	上海同圆发动机测试工程技术有限公司

（续表）

序号	项 目 名 称	单 位
4	一种基于 GSM 技术的汽车导航防盗报警系统	上海卓群电子有限公司
5	针对数字化矿井的矿用高开综合保护测控装置	上海南自电力自动化系统有限公司
6	基于 SOI 架构的 TDM 试验数据管理系统	上海达涛科贸有限公司
7	油田开采分层降水增油系统	上海嘉地仪器有限公司
8	高精度智能化过程检测多用仪表	上海仪华仪器有限公司
9	便携式个人信息综合处理终端	上海杰华科技发展有限公司
10	TD-SCDMA 网络仿真和优化测试仪	上海虹鹰通信技术有限公司
11	板坯连铸漏钢预报信息系统	上海鼎实科技有限公司
12	新一代城市轨道交通自动检票系统	上海怡力工程设备有限公司
13	燃气紧急自动切断电磁阀	欧好光电控制技术（上海）有限公司
14	海上风电机组整体安装软着陆自动定位装备	上海同韵环保能源科技有限公司
15	小型无增湿千瓦级质子交换膜燃料电池电源	上海新源动力有限公司
16	新型挠性陀螺仪及其数字动态补偿与解耦装置	上海伊科特电子科技有限公司
17	具有自动补气功能的板材用全方位真空吸附吊运装置	上海玻乐机械五金制造有限公司
18	高纯度奈帕酚胺研制与开发	上海汇库生物科技有限公司
19	M2 型抗线粒体检测试剂盒	上海亿仕龙生物科技有限公司
20	SN6100 系列内反馈斩波调速装置	上海南征电子电气成套有限公司
21	大型电加热太阳能电池组件封装层压机	上海迪伐自动化设备科技有限公司
22	N2S-40.5KV 混合气体绝缘开关柜	希捷爱斯（上海）电气有限公司
23	无限传感器网络服务质量监控和管理平台	上海诺威达信息技术有限公司
24	运用先进 CRM 分析手段在 saas（软件服务）模式应用-顾客行为分析软件	上海紫安信息技术有限公司
25	基于自适应控制技术的 III 型生物安全柜	上海瑞仰净化装备有限公司
26	光纤通信隔离器	上海伟钊光学科技有限公司
27	1080i 高清音视频硬盘录播（HDDVR）系统	上海成业科技工程有限公司
28	微生物 HJ 菌剂生态厕所技术与设备	上海华杰生态环境工程有限公司
29	TF-ZL.ZG 新型阻尼消声屏	上海拓孚环保科技有限公司
30	基于 3S 系统的车辆实时监控平台	上海摩灵电子技术有限公司
31	润满 IT 服务动态跟踪管理控制系统	上海润满计算机科技有限公司
32	XJ4834 大功率数字储存	上海新建仪器设备有限公司
33	手持式热转移标签打印机	上海威侃电子材料有限公司
34	GA 型组合除臭系统	上海露泉环境工程有限公司
35	MAPS 移动管理应用平台	上海凌柯计算机系统有限公司
36	家庭多媒体信息终端	上海宽洋数码科技有限公司
37	碳素焙烧炉炉面接口测控组件	上海恒洋仪表科技有限公司
38	DY-C 远程 I/O 数据采集盒	上海微程电气设备有限公司
39	复甲透明隔热玻璃涂料	上海复甲新型材料科技有限公司

（续表）

序号	项 目 名 称	单 位
40	立式胶浆混合机	上海立升机械制造有限公司
41	基于实时数据的 GPS 车载终端系统	上海途锐信息技术有限公司
42	齿轮对称曲柄连杆复动式电子提花机	上海中剑纺织机械有限公司
43	海岛超细尼龙/聚氨酯合成革染色用浆状染料组合物	上海禾迪化工科技有限公司
44	基于 SOI 架构思想的凌然分布式企业服务总线（ESB）	上海凌然信息科技有限公司
45	CCS、BV 船用型式认可的自动感应灭火智能电深炸炉	上海海克酒店设备制造有限公司
46	基于 4CCD 动态图像测量技术的全数字广角汽车四轮定位仪	上海一成汽车检测设备科技有限公司
47	整体硬质合金印制线路板钻头	上海惠而顺精密工具有限公司
48	SPT 系列六自由度液压伺服平台	上海科鑫电液控制设备有限公司
49	脂蛋白残粒胆固醇(RLP-C)测定试剂盒	上海北翔科贸有限公司
50	XR 无机复合保温材料	上海裕宸科技有限公司
51	"TH9100"数字电视用低(零)铜耗高清传输线核心 SOC	上海天荷电子信息有限公司
52	采用三角锥螺旋推料器的卧式螺旋卸料沉降离心机	上海瑞威机电设备有限公司
53	制冷行业多功能磁性流量控制器	上海奉申制冷控制器有限公司
54	基于 BCCP 的 3G 移动在线娱乐开发平台	上海顺动信息技术有限公司
55	油田用高压高黏度电磁流量调节系统	上海奥新仪表有限公司
56	永磁交流真空接触器	上海志远真空电器有限公司
57	剩余电流式电气火灾监控探测器	上海三开电气有限公司
58	多色高效滴塑机	上海保领电子科技有限公司
59	录井传感器无线传输系统	上海欧申科技有限公司
60	基于 3G 网络的手机视频监控嵌入式软件 Y-MCS	上海遥想通讯技术有限公司
61	力洋机动车 VIN 码识别系统	上海力洋信息技术有限公司
62	胶体金免疫层析快速诊断膀胱癌试纸	上海柏纳生物技术有限公司
63	新能源汽车用电动转向系统的关键控制技术开发及产业化	上海罗冠电子有限公司
64	基于 PC 和网口的可群控的微型数控机床	上海真正数控机床有限公司

2009 年嘉定区列入上海市重点新产品项目一览表

序号	项 目 名 称	单 位
1	颗粒氧化铁(红、黄、黑)	上海一品颜料有限公司
2	HP-2000 人造板工厂热能供应系统	上海恒纽科技发展有限公司
3	WELLSTAR 综合录井仪	上海科油石油仪器制造有限公司
4	iAStar-S3 4022 电梯专用变频器	上海新时达电气有限公司
5	发酵法天然香兰素	上海爱普香料有限公司
6	238L(卡罗拉)轿车外部灯	上海小糸车灯有限公司
7	BY617×14/31 节能型短周期贴面生产线	上海人造板机器厂有限公司
8	"CD345"动力转向机总成	上海采埃孚转向机有限公司
9	HG55/56 车身控制器(BCM)	上海沪工汽车电器有限公司

（续表）

序号	项 目 名 称	单 位
10	KQZN5-LFB 力帆 B 级车空调系统	上海恒安空调设备有限公司
11	Incoloy800H 超低碳耐蚀合金	上海丰渠特种合金有限公司
12	Φ10-219 高压锅炉、锅炉、热交换器用不锈钢管	上海上上不锈钢管有限公司
13	陶瓷球（Si_3N_4）	上海泛联科技股份有限公司
14	汽车电机用耐高温挤出成形黏结钕铁硼磁体	上海爱普生磁性器件有限公司
15	"铁链牌"精密过滤筛网（JPP4-140）	上海新铁链筛网制造有限公司
16	无规共聚聚丙烯（PP-R）塑铝稳态复合管（dn20～110mm）	上海上丰集团有限公司
17	JCC-3122 中温聚脂热熔胶	上海天洋热熔胶有限公司
18	环保型多功能涤纶染色匀染剂雅可匀（CAR/RAP/BAP）	上海雅运纺织助剂有限公司
19	NTS-2000 肌电图与诱发电位仪	上海诺诚电气有限公司
20	HM-500 一种静音型的柴油发电机组	上海恒锦动力科技有限公司
21	UD355KW 螺杆空气压缩机	上海优耐特斯压缩机有限公司
22	SD20 型多功能钻机	上海金泰工程机械有限公司
23	LZYN 型质量流量计	上海一诺仪表有限公司
24	石化重大危险源安全监控系统（YWAQJK-2008）	上海遥薇实业有限公司
25	CHA40-25C 自动精密液压校直机	上海科鑫电液控制设备有限公司
26	ARTU 四遥单元（可再生能源风力发电电力监控装置）	上海安科瑞电气有限公司
27	HCBK 无主机防爆扩音电话机	华荣集团有限公司
28	地面数字电视/广告一体机 SY1906DMB-Y	上海信颐信息技术有限公司
29	测地型双频 GPS 接收机 X91	上海华测导航技术有限公司
30	英孚经销商管理软件 Info DMS V2.0	上海英孚思为信息科技股份有限公司
31	手机功能扩展卡（零售通专用 SIM 卡）及操作系统 V1.0	上海展趣网络科技有限公司

【科技"小巨人"企业培育】 2009 年，培育、申报市级科技"小巨人"企业 54 家，其中 18 家企业（科技"小巨人"企业 5 家，科技"小巨人"培育企业 13 家）通过审核。立项申报区级科技"小巨人"企业 48 家。

【技术合同交易额增长 41.32%】 2009 年，嘉定区技术合同交易量稳步增长，全年认定登记技术合同 359 项，比上年增加 164 项；技术合同交易金额 5.37 亿元，增长 41.32%。

【科技奖励】 2009 年，全区评出区科技进步奖 34 项，其中有 29 项接近或达到国际领先水平。推荐 14 家企业参加上海市科委"最有活力企业"评选活动。11 月 3 日，区委、区政府召开 2009 年度科技奖励、高新技术产业化暨人才工作推进大会。会上，举行海外高

层次人才创新创业基地、嘉定区科技创新服务中心揭牌仪式，为获"十大杰

出人才"奖、提名奖及科技进步一、二等奖的个人和单位颁奖。

科技奖励、高新技术产业化暨人才工作推进大会

（区科委供稿）

2009 年获嘉定区科技进步奖项目一览表

获 奖 项 目	单 位	等 级
238L(卡罗拉)轿车外部灯	上海小糸车灯有限公司	一等奖
RNMV 高压固态软起动器	上海雷诺尔电气有限公司	一等奖
高浓度水溶性柑橘类香精	上海爱普香料有限公司	二等奖
节能型水源热泵机组换热器〔EMZ、E(Y)LNR〕	上海环球制冷设备有限公司	二等奖
LZYN 型质量流量机	上海一诺仪表有限公司	二等奖
软土地基条件下超落深桩基和围护施工技术	上海市机械施工有限公司	二等奖
BY617 14/31 节能型短周期贴面生产线	上海人造板机器厂有限公司	二等奖
HG55/56 车身控制器(BCM)	上海沪工汽车电器有限公司	二等奖
齐家电子商务平台 V1.0	上海齐家信息科技有限公司	二等奖
黄豆芽工厂化技术研究	上海市嘉定区农业技术推广服务中心 上海原野蔬菜食品有限公司	二等奖
高精度陶瓷球(Si_3N_4)	上海泛联科技股份有限公司	三等奖
太阳能超白压花玻璃	上海福莱特玻璃有限公司	三等奖
CRH5 高速列车旋转座椅	上海坦达轨道车辆座椅系统有限公司	三等奖
痕量重金属氧化铁颜料关键技术的开发和应用	上海一品颜料有限公司	三等奖
"铁链牌"精密印刷筛网	上海新铁链筛网制造有限公司	三等奖
真空助力器/主缸总成	上海汽车制动系统有限公司	三等奖
ZLT-280 型光缆阻水填充膏	上海鸿辉光通材料有限公司	三等奖
交互式数字电视的高效信息处理系统	腾龙电子技术(上海)有限公司	三等奖
采埃孚 6HP 输出法兰	上海飞华汽车部件有限公司	三等奖
SG40A 型液压连续墙抓斗的研制	上海金泰工程机械有限公司	三等奖
¢10-¢168 奥氏体-铁素体双相不锈钢无缝钢管	上海上上不锈钢管有限公司	三等奖
KQZN5-LFB 力帆 B 级车空调系统	上海恒安空调设备有限公司	三等奖
JCC-6200 耐酵素洗聚酰胺热熔胶	上海天洋热熔胶有限公司	三等奖
461.8 空调器专用轴流风扇叶	上海顺威电器有限公司	三等奖
JK-08 智能化、节能化动力环境监控管理系统	上海集成通信设备有限公司	三等奖
发动机悬置受力件	上海瑞尔实业有限公司	三等奖
男性尿道麻醉取样法的研究与应用	上海市嘉定区南翔医院	三等奖
阳图型热敏计算机直接制版(CTP)印刷版材	上海星信感光材料科技股份有限公司	三等奖
Super Magnet 超高性能精细磁体	上海杰灵磁性器材有限公司	三等奖
SGM18 动力转向器	上海采埃孚转向机有限公司	三等奖
N2S-12(Z)/T2500-40 户内气体绝缘金属封闭开关设备	上海天灵开关厂有限公司 希捷爱斯(上海)电气有限公司	三等奖
基于混合交通流自适应信号控制系统关键技术	上海遥薇实业有限公司	三等奖
HP-2000 人造板工厂热能	上海恒纽科技发展有限公司	三等奖
钨基高密度合金(国防应用)	上海伟良企业发展有限公司	三等奖

(张 微)

信息化建设

【信息基础设施集约化建设】 2009年，嘉定区完成集约化信息通信管线建设116沟/公里。国际互联网出口带宽40G/s，用户18.8万户，比上年增加2.5万户。

【电子政务应用平台建设】 2009年，按照区"315+X"电子政务规划要求，以延伸应用环境为目的，拓展电子政务建设的发展，打造电子政务全天候应用平台。4月1日，新版电子政务系统上线投入使用，新版电子政务系统包含政务工作平台、电子政务客户端及手机版"政务随身行"。嘉定区在上海市率先建成支持在线、远程、移动办公的"全天候"电子政务系统。移动办公平台手机用户日均访问量76人次，日均远程接入数235人。

【"上海嘉定"门户网站建设】 2009年，"上海嘉定"门户网站发布新闻1121条，设置"深入学习实践科学发展观"、"庆祝新中国成立六十周年征文选登"、"优秀人才住房保障"等新闻专题15个。网站受理"领导信箱"电子邮件和网上信访、监督投诉、建议咨询4859件，比上年增长25.1%。全年举办政府评议活动3次、意见建议征集活动4次、推荐评选活动5次、知识竞赛活动3次，29535人次参与。报送市政府门户网站信息3436条，增长12.7%；采用2972条，增长40.1%；信息录用评比总分15324分，增长32.8%；上报量、录用量和评比总分均列上海市各区县第一。首次开展网络视频直播和音频直播，举行视频直播2次、嘉定广播电台《民生访谈》音频直播12次。年内，初步建成系统架构，全区职能部门862项审批事项全部实现上网办理。举办6期"区长在线话嘉定"活动，当场答复市民提问851条，1.56万人次参与。4月10日，首次推出工商嘉定分局"局长在线访谈"活动。"上海嘉定"门户网站被工业和信息化部评为"优秀政府网站"，获中国社会科学院信息化研究中心举办的第四届"中国特色政府网站"评选提名奖。网站英文版获第三届中国政府网站国际化程度评测优秀外文版奖（第二名）、上海区县政府网站优秀英文版奖。

【"3131电子商务创新联盟"成立】 10月，智慧金沙·3131创意产业集聚区的首批入驻商户上海团购网、新蛋电子商务、京东商城、新浪媒体策略中心、驴妈妈旅游网、星尚灵动等企业发起成立"3131电子商务创新联盟"。联盟致力于推动电子商务经营理念及模式的创新，促进成员之间的经验交流、信息沟通和业务合作，建立物流、支付、营销、公关、融资等公共平台。

【全文电子化公开政府信息1269条】 2009年，政府信息公开条目全部实现全文电子化公开，全年公开1269条；页面浏览量4817.7万人次，日均13.6万人次。 （张　微）

信息化应用

【"无线城市"应用】 2009年，基本实现"以嘉定城区为核心，以辐射方式覆盖连接各街镇主要交通干道，点、线、面相结合，以室外为主"的"无线城市"网络覆盖。至年底，注册用户突破2.6万人，日均活跃用户3000人次。年内，围绕"无线城市"网络建设，全面提升"无线城市"网络整体服务水平，优化和完善IP核心网、光纤传输网、无线网络，进行网络提速，在原有20M共享带宽的基础上，引入由50M的独享带宽和50M的共享带宽组成的100M出口带宽。开展交通运输综合信息系统建设工作，探索"无线城市"在智能交通中的应用；结合"物联网"的建设和发展，在马陆葡萄公园建设农业数字化信息监控系统。

【政务办公网应用】 2009年，区政务办公网建设延伸至村（居）委，实现区、镇、村三级网络连通。政务办公网用户4935人，比上年增长29.8%。全年发布政务信息7209条、简报1447份、通知6915条、专送（传阅）件27.14万条、电子公文295件。组织机关、区管企业等106个单位开展政务平台业务工作培训；组织区财政局等11个单位开展信息化专项培训，1200人次接受培训。

【推进社会信息化服务工作】 2009年，开展"迎世博争创一流服务"活动，提升管理水平和服务质量。配合做好"两个实有"（实有人口，实有房屋）普查全覆盖工作。完成社保卡申领14717人，比上年增长10.95%；敬老卡申领3685人；临时居住证办理192513人，补办9127人，到期重办198120人，离沪退证27247人；居住证申领2552人，发卡2448人。办理学籍卡1.5万人。开展新农村信息化培训，共培训1337人；对2.45万人进行信息化宣传普及。

【城市网格化信息管理】 8月，城市网格化信息管理区域拓展前期工作启动。各街镇的城市网格化信息管理区域基本确定，全区城市网格化信息管理范围49平方公里。完成万米网格、责任网格的划分和终端地图的更新工作。区城市管理监督受理中心全年发现案件21707件。其中立案21590件，结案21455件，结案率99.37%。 （张　微）

教育·文化

编辑　宋怀常

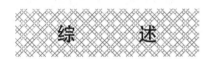

综　　述

2009 年，嘉定区教育工作以党的十七大精神为指导，深入学习实践科学发展观，认真实施《嘉定区教育事业"十一五"发展规划》，着力促进教育公平，加强教育内涵建设，推进各级各类教育协调发展。年内，全区 3 岁~6 岁幼儿入园率 99.9%；小学入学率、巩固率、毕业率均为 100%；初中入学率 100%，毕（结）业率 98.84%；高中阶段录取率 99.57%；春秋两季普通高校总计录取 2024 人，秋季高考录取率 89.04%；成人教育培训总量 116.5 万人次。

加强师资队伍建设，努力增强教育核心竞争力。加强"名校长名师工程"建设，杨文斌被评为上海市特级教师，康定、凤光宇被评为上海市特级校长，程峰被评为全国优秀教师，顾剑被评为上海市教育系统先进工作者，7 名教师被评为上海市模范教师，38 名教师被授予上海市园丁奖，98 名教师被授予嘉定区园丁奖。普通小学被评为全国教育系统先进集体，安亭中学、上海市大众工业学校被评为上海市教育系统先进集体。推进"为人，为师，为学"师德建设系列活动，推进上海市中小学教师人文素养拓展计划。选派 10 名优秀教师分赴云南省德钦县、四川省都江堰市和新疆维吾尔自治区温宿县支教。提高新教师录用标准，全年共招聘教师 256 人，其中硕士占 7.4%。组织实施义务教育阶段教师

绩效工资制度，完成义务教育阶段教师绩效工资清算和发放工作。基本完成教育系统非在编人员清理工作。全年培训教师 2.5 万人次。

加强教育基础设施和内涵建设，大力促进基础教育优质均衡发展。全面完成"学前教育三年行动计划"并接受市教委专项督导，制定"学前教育五年发展规划"并组织实施。开展"园长发展工程"和"新园丁培训工程"，对后勤园长和保育人员进行培训。9 所新校舍相继建成并投入使用，利用原实验幼儿园园舍开办梅园艺术幼儿园。投资 300 万元对 45 所学校实施光环境改善工程，全面启动中小学校舍安全工程，完成 78.8 万平方米校舍排查工作，对 33 万平方米校舍进行检测鉴定。易地新建马陆小学，加固改造嘉定一中体育馆。推进曹杨二中附属江桥实

验中学、启良中学、南翔中学委托管理工作。推动中小学评价和考试制度改革，参与国际 PISA 教育质量测评项目。以课程教学改革为重点，推进素质教育有效实施。

坚持依法行政，依法治教，切实保障教育事业健康发展。做好 2008 年度政府履行教育责任执行情况公示公报、新一轮教育公建配套学校建设、民办农民工子女学校规范管理、义务教育阶段学校规范招生和成人学校标准化建设专项督导等工作，对 20 所学校（幼儿园）进行教育综合督导。参展第六届上海教育博览会，举办嘉定教育咨询展示活动，全面推行"阳光招生"。优化调整教育局机关内设科室，出台《嘉定区教育局首问责任制》。信访件领导阅批率、办结率、署名信书面告知率和书面答复率均为 100%。年内，区

上海教育博览会嘉定教育展示活动　　（区教育局供稿）

教育局主动公开政府信息 236 条,办理各种网上咨询、便民问答 1219 项;全区中小学校、幼儿园公开信息 2284 条,办理各种网上咨询、便民问答 177 项,处理校长信箱、意见箱等收到的建议、意见 216 条。 (朱宁薪)

学前教育

【学前教育】 10 月,全区有各级各类幼儿园(托儿所)45 所,比上年增加 5 所。其中公办园 35 所,民办园 8 所,集体办托儿所 2 所。在园在托幼儿 17 204 人,3 岁~6 岁户籍幼儿入园率 99.9%,0 岁~3 岁婴幼儿带养者受指导率 96.8%。全面完成"学前教育三年行动计划",全区 90.7% 的幼儿园达"88 标准"以上,其中 39.5% 的幼儿园达到"05 标准";班额达标率从 2008 学年的 31.84% 上升到 72.1%。年内,实验幼儿园、徐行幼儿园、宝翔幼儿园、黄渡莱茵幼儿园、嘉城幼儿园、清水颐园幼儿园和安亭幼儿园(分部)等新校舍相继建成并投入使用,5 所幼儿园完成改(扩)建工程。解决实验幼儿园易地搬迁后资源继续留用问题,使 2009 学年嘉定镇、菊园新区幼儿入园难问题得以解决。举办 2 场"幼儿园实施新课程专题报告会",各园在培训基础上制定新课程实施方案。举办嘉定区民办幼儿园园本课程建设展示交流活动,促进公办、民办幼儿园之间交流学习。制定《嘉定区幼儿园"新园丁培训"工程实施方案》,在全区范围内确立 1 所新教师培训基地园、3 所新教师培训实践点及若干新教师培训基地班,形成以区本培训为引领、园本培训为主体的培训模式,开展"一节活动、一场比赛、一次展示、一项表彰、一本手册"系列活动,提高新教师的课程执行力。召开"嘉定区幼儿园幼小衔接工作研讨会",形成区域内整合资源、幼儿园与小学携手共研模式。举行"幼儿园课程管理"园长论坛,为提高园长课程领导力搭建交流平台。举行"保教合一,共同成长"幼儿园保育工作展示研讨、"儿童眼保健——防止眼病,保护视觉"培训活动。加强早教工作,开展 0 岁~3 岁婴幼儿早期教养工作专项调研,完成《加强我区人口早期教育,提高我区 0 岁~3 岁婴幼儿早教指导服务水平》调研报告。启动民办三级幼儿园审批工作,完成农民工幼儿园办园情况调研,启动民办三级幼儿园的设园指导和开办审批工作,完成 6 所农民工幼儿园设园指导,安亭镇沁富幼儿园、菲贝儿幼儿园和徐行镇少农幼儿园 3 所民办三级幼儿园申办成功。年中,4 名教师参加上海市幼儿园中青年教师教学评优活动,获 1 个一等奖、3 个二等奖;在上海市"创新运用新课程实践大擂台"第三轮评比中,嘉定区获 3 个一等奖;3 项课题获上海市教育规划课题立项;新翔幼儿园成功创建为市一级园,方泰幼儿园通过市一级园复验。出版专著《活动叙事研究:幼儿教师教学实践智慧积累与发展》。

2009 年 10 月嘉定区幼儿园、托儿所一览表

园 名	创办年份	地 址	班级数(个)	幼儿数(人)	教工数(人)	占地面积(平方米)	建筑面积(平方米)	电 话	备 注
实验幼儿园	1963	永新路 616 号	21	530	54	12 443	8 435	39523737	公办
清河路幼儿园	1904	塔城路 450 弄 21 号	17	504	49	11 195	6 404	59910425	公办
桃园幼儿园	1986	桃园新村 20 号	16	480	40	9 300	4 421	59530538	公办
沙霞幼儿园	1982	塔城路 341 弄 10 号	16	465	39	5 927	3 009	59530004	公办
叶城幼儿园	1972	永盛路 2285 号	23	795	56	11 880	9 532	69520634	公办
丰庄幼儿园	1997	丰庄北路 82 弄 46 号	19	540	36	8 809	6 186	59184961	公办
迎园幼儿园	1993	迎园新村八坊 10 号	9	294	25	2 282	1 875	59984066	公办
新成幼儿园	1998	仓场路 421 弄 51 号	9	264	26	4 888	3 605	59997585	公办
菊园幼儿园	1999	棋盘路 1000 号	26	730	56	17 945	9 604	69000756	公办
真新幼儿园	2004	金汤路 655 弄 45 号	13	362	25	6 403	4 288	69198936	公办
南翔幼儿园	1972	裕丰路 206 号	16	540	47	10 357	5 098	59122365	公办
马陆以仁幼儿园	1958	育兰路 11 号	18	536	49	13 334	8 476	59154616	公办
马陆智慧幼儿园	1973	嘉戬支路 285 号	11	300	26	9 748	5 960	59511005	公办
徐行幼儿园	1964	新建一路 1668 弄 5 号	10	291	27	7 991	5 859	59555162	公办
曹王幼儿园	1966	前曹公路 238 弄 35 号	7	214	17	5 600	2 271	59940952	公办
华亭幼儿园	1965	华谊一路 41 号	12	341	27	8 783	3 877	59970994	公办
娄塘幼儿园	1991	南新路 484 号	9	270	23	5 863	2 763	59541599	公办
朱桥幼儿园	1960	宝钱公路 3628 号	10	294	24	2 752	1 287	59961676	公办
望新幼儿园	1991	外钱公路 974 号	9	274	20	7 544	2 718	59936055	公办
方泰幼儿园	1991	泰富路 243 号	14	443	34	12 000	5 353	59509553	公办

（续表）

园　名	创办年份	地　址	班级数（个）	幼儿数（人）	教工数（人）	占地面积（平方米）	建筑面积（平方米）	电话	备注
安亭幼儿园	1924	阜康西路 254 号	24	777	56	15 006	9 224	59576611	公办
黄渡幼儿园	1944	绿苑路 71 号	16	475	36	6 558	4 518	69580156	公办
江桥幼儿园	1965	临洮路 235 号	26	748	62	19 538	12 804	59119996	公办
外冈幼儿园	1950	玉川路 588 号	14	410	35	10 358	7 392	39106060	公办
新源幼儿园	2006	新源路 1218 号	18	592	46	12 912	7 835	69571009	公办
星华幼儿园	2006	吴杨东路 333 弄 288 号	11	309	21	5 518	3 702	33514867	公办
新翔幼儿园	2004	德华西路 818 号	14	421	34	8 100	5 532	59129131	公办
温宿路幼儿园	1988	桃园新村 111 号	6	148	13	3 800	1 196	59532826	公办
鹤旋路幼儿园	2008	鹤旋路 500 弄 162 号	12	343	22	7 378	4 071	39553168	公办
百合花幼儿园	2008	茹水路 850 号	14	420	30	7 671	5 580	59991077	公办
爱里舍幼儿园	2008	叶城路 505 弄 560 号	6	140	13	2 872	1 552	59167218	公办
梅园艺术幼儿园	2009	梅园路 281 号	6	132	15	12 443	7 995	59910050	公办
宝翔幼儿园	2009	栖林路 278 弄	4	128	11	7 200	5 795	69512155	公办
莱茵幼儿园	2009	玉麦路 285 号	8	245	17	5 535	4 100	39909266	公办
嘉城幼儿园	2009	嘉怡路 279 弄 6 号	6	168	16	6 110	3 705	39525661	公办
协和南苑幼儿园	1998	凤池路 18 号	9	213	40	8 845	5 140	39160814	民办
贝嘉儿幼儿园	2001	迎园路 250 号	15	401	63	10 500	7 498	59996389	民办
青草地幼儿园	2002	新郁路 180 号	22	616	120	8 815	5 200	59182555	民办
凌云幼儿园	1977	乡思路 18 号	26	875	107	17 316	9 333	59137772	民办
白雪幼儿园	2004	沪宜公路 3885 弄 5 号	7	165	27	3 897	2 390	69916869	民办
市属联办幼儿园	1966	城中路 171 弄 3 号	6	170	26	1 340	1 163	59530347	民办
育英幼儿园	2006	永盛路双丁路口	9	268	48	16 000	5 030	59106885	民办
马荣金地格林幼儿园	2007	芳林路 318 号	12	265	27	6 655	4 250	69122062	民办
安亭托儿所	1988	阜康路 197 号	8	180				59577007	集体办

【举办第五届"活力宝宝"大赛】 5月24日，以"宝宝迎世博，健康促成长"为主题的嘉定区第五届"活力宝宝"大赛在南翔镇、外冈镇、徐行镇和嘉定工业区 4 个会场举行。区委常委、统战部部长张敏，区委常委、区纪委书记韩晓玉，区人大常委会副主任沈贵楚、张国民、王庆建，副区长夏以群和区政协副主席章宇慧等出席活动。宝宝大赛新增世博心愿祝福行动、世博知识竞赛、参与世博抽奖活动等体现文明礼仪和祝福世博的元素。全区 344 户 0 岁~6 岁婴幼儿家庭参加比赛。　（曹葆红）

基础教育

【中小学教育】 10月，全区共有小学23 所；中学 30 所，其中高级中学 5 所，完全中学 3 所，初级中学 12 所，一贯制学校 10 所；辅读学校、工读学校、青少年业余体校各 1 所。全区共计 756 个小学教学班，25 926 名小学生；690 个中学教学班，23 762 名中学生，其中高中生 6071 人。年内，区教育局加强对教学各环节质量监控力度并进行事后分析，重点加强小学五年级、初中三年级、高中三年级教学质量监控，以及对薄弱学校、薄弱学科的分析，推动教学方法和模式改进。发挥小学教育咨询

交大附中嘉定分校落户嘉定新城合作协议签约仪式
（区教育局供稿）

组、中学教学咨询中心和讲师团作用，完善题库建设，推动校本题库应用，强化教学过程管理，抓实教学工作五环节。在叶城小学召开"中小学提高辅导有效性"现场会。加强区域联片教研，发挥各校教学优势和研究优势，辐射片内学校。推动中小学评价和考试制度改革，参与国际 PISA 教育质量测评项目。开展市、区实验性示范性高中发展评价工作。上海交大附中嘉定分校落户嘉定新城。推动曹杨二中附属江桥实验中学、启良中学、南翔中学第二轮委托管理工作。加强分管教学副校长和教导主任队伍建设。聚焦二期课改，开展学校课程计划实践研究，以课改基地学校为抓手，推进学校课程计划研究与制订。组织主题为"校本课程建设"的第十轮小学校长专题研讨活动，举办课程群建设现场推广会。深化"基础教育阶段现代学校制度国家实验区"工作，出版专著《现代学校制度指南》。探索镇（街道）、社区、学校间交流合作机制，强化区域家长委员会功能建设。启动以科技教育创新为抓手的创新教育，从"领导与管理、课程与教学、资源配置与开发"等方面着重培养学生创新实践能力，引领教师致力于创新实践。做好各项课题、成果的申报评选、过程管理和指导服务工作，制定《关于加强学校科研工作管理的意见》，举办第一届教育科研骨干培训班。2009 年，获教育部立项教育科研规划课题 1 项、市教育科研课题 6 项，11 项科研成果在市第三届学校教育科研成果评比中获奖。加强民办学校管理，召开嘉定区民办教育协会年会，对 20 名民办教育先进工作者和 20 名民办教育优秀德育工作者进行表彰。组织《上海市民办中小学校会计核算办法》培训。做好各民办中小学校、幼儿园年检工作，修订考核标准，进行安全校园检查。做好 2009 年度民办教育政府扶助奖励基金核算与发放工作。民办桃李园学校被评为上海市民办教育先进办学单位、全国优秀民办中小学。　（王巍清　钱晓强）

2009 年 10 月嘉定区小学一览表

校　名	创办年份	地　址	班级数（个）	学生数（人）	教工数（人）	占地面积（平方米）	建筑面积（平方米）	电　话	备　注
实验小学	1980	平城路 625 号	37	1 562	94	34 735	15 499	69991810	公办
城中路小学	1914	梅园路 280 号	41	1 697	110	26 615	10 415	59529455	公办
普通小学	1901	东塔城路 278 号	38	1 561	97	31 128	14 010	59526427	公办
清水路小学	1946	清水路 200 号	21	576	55	42 600	11 956	69912506	公办
迎园小学	1991	迎宾路 651 号	25	872	67	11 156	4 833	59987018	公办
安亭小学	1926	新源路 828 号	35	1 364	95	23 291	14 477	59576399	公办
马陆小学	1906	宝安公路 3376 号	34	992	89	13 143	6 692	59154238	公办
南翔小学	1908	裕丰路 188 号	30	1 179	95	20 195	7 377	59129357	公办
江桥小学	1906	临潭路 520 号	30	1 181	82	18 750	12 357	59144554	公办
同济黄渡小学	1905	绿苑路 391 号	32	1 131	87	15 318	7 110	59591187	公办
外冈小学	1905	外青松公路 218 号	20	760	56	15 318	5 212	59587710	公办
望新小学	1902	望安公路 741 号	15	471	44	17 333	4 392	59936328	公办
徐行小学	1914	勤学路 58 号	25	658	48	15 555	5 498	59558572	公办
曹王小学	1906	前曹公路 328 弄 28 号	17	477	49	13 260	4 285	59946330	公办
封浜小学	1911	吴杨路 50 号	30	1 102	88	17 139	8 951	59138244	公办
方泰小学	1905	泰富路 275 号	25	814	71	15 394	5 783	39500100	公办
南苑小学	1996	富蕴路 281 号	25	836	70	21 539	5 597	69527260	公办
紫荆小学	1998	泽普路 58 号	23	895	68	17 550	10 600	59577405	公办
绿地小学	1999	延川路 455 号	21	749	59	12 000	5 092	59186664	公办
真新小学	1999	祁连山南路 2235 号	21	694	56	14 500	6 861	69181881	公办
新成路小学	2000	仓场路 260 号	20	671	54	12 690	6 283	59983113	公办
叶城小学	2004	普惠路 350 号	17	479	49	24 292	10 360	69529375	公办
金鹤小学	2006	鹤旋路 386 号	13	497	34	15 931	8 970	39551575	公办
疁城实验学校	2000	塔城路 490 弄 15 号	21	618	52	27 681	16 107	59529322	公办九年制

（续表）

校 名	创办年份	地 址	班级数（个）	学生数（人）	教工数（人）	占地面积（平方米）	建筑面积（平方米）	电 话	备 注
戬浜学校	2000	嘉戬公路 465 号	14	457	30	29 333	14 199	59511788	公办九年制
朱桥学校	1958	嘉朱公路 1851 号	15	416	39	22 436	7 692	59961869	公办九年制
苏民学校	1934	南翔镇解放街 271 号	17	650	80	20 800	9 963	59122322	公办九年制
远东华亭学校	1916	华谊一路 12 号	13	385	36	39 439	13 286	59971320	公办九年制
娄塘学校	1906	娄塘路 789 号	18	497	32	32 888	16 707	59543571	公办九年制
少体校	1958	和政路 121 号	1	20	2	7 516	5 107	59999826	公办
桃李园学校	1996	嘉定镇北大街 271 号	15	487		33 469	20 284	59535308	民办九年制
怀少学校	1998	古猗园路 718 号	15	547		23 400	11 781	59178590	民办九年制
远东学校	2002	胜竹路 1630 号	15	344		51 400	20 149	69900168	民办十二年制
上外实验学校	2005	墨玉北路 888 号	7	169		79 454	47 425	59562272	民办十二年制

2009 年 10 月嘉定区中学一览表

校 名	创办年份	地 址	班级数（个）	学生数（人）	教工数（人）	占地面积（平方米）	建筑面积（平方米）	电 话	备 注
嘉定一中	1926	嘉行公路 701 号	38	1 435	184	104 807	47 828	69983668	公办寄宿制高中
嘉定二中	1949	德华路 388 号	32	1 109	144	64 724	26 532	59127823	公办高中
上外嘉定学校	1992	金沙路 168 号	23	758	93	35 007	12 915	59520233	公办高中
马陆育才中学	1957	马陆镇育英街 355 号	22	622	82	33 709	15 131	59156725	公办初中
徐行中学	1958	新建一路 2215 号	35	1 151	93	78 060	17 514	59559005	公办初中
中光高级中学	1945	塔城路 257 号	18	636	72	28 246	17 953	69990188	公办高中
外冈中学	1956	恒飞路 688 号	22	602	87	33 621	17 851	39106432	公办完中
安亭中学	1906	和静路 1388 号	55	2 068	184	74 592	20 482	59570436	公办完中
黄渡中学	1956	绿苑路 385 号	22	715	81	46 300	10 980	59595416	公办初中
封浜中学	1959	乡思路 200 号	37	1 193	131	29 697	14 184	59137745	公办完中
南翔中学	1956	德园路 758 号	30	1 041	112	34 465	9 530	59121290	公办完中
启良中学	1946	启良路 62 号	26	809	91	32 095	15 258	59534797	公办初中
远东华亭学校	1958	华谊一路 12 号	8	215	38	39 439	13 286	59971320	公办九年制
方泰中学	1958	宝中路 68 号	14	432	55	22 609	11 344	59509253	公办初中
江桥中学	1958	靖远路 1358 号	25	869	92	28 247	12 005	69116784	公办初中
迎园中学	1995	墅沟路 600 号	33	1 291	104	53 447	27 280	59988707	公办初中
南苑中学	1959	普惠路 350 号	21	650	69	33 200	15 877	69522872	公办初中
丰庄中学	1999	清峪路 801 号	22	771	75	16 800	10 335	59184616	公办初中
嘉城实验学校	2000	塔城路 490 弄 15 号	33	1 104	117	27 681	16 107	59529322	公办九年制
戬浜学校	2000	嘉戬公路 665 号	13	355	54	29 333	14 199	59511788	公办九年制
朱桥学校	1958	嘉朱公路 1851 号	12	328	46	22 436	7 692	59961869	公办九年制
苏民学校	1934	南翔镇解放街 271 号	14	468	122	20 800	9 963	59122322	公办九年制
娄塘学校	1906	娄塘路 789 号	12	301	68	32 888	16 707	59543571	公办九年制
金鹤中学	2009	鹤霞路 136 号	6	189	23	22 349	17 311	69924285	公办初中
少体校	1958	和政路 121 号	4	129	23	6 516	5 107	59999826	公办初中
嘉一联中	1996	棋盘路 1580 号	22	981	87	24 015	14 107	69900258	民办初中
育英中学	2002	马陆镇育英街 353 号	6	143	29	9 900	9 124	59151355	民办高中
桃李园学校	1996	嘉定镇北大街 271 号	32	1 414	98	33 469	20 284	59535308	民办九年制

（续表）

校　名	创办年份	地　址	班级数（个）	学生数（人）	教工数（人）	占地面积（平方米）	建筑面积（平方米）	电　话	备　注
怀少学校	1998	古猗园路718号	18	722	6	23 400	11 781	59128292	民办九年制
远东学校	2002	胜竹路1630号	22	743	85	51 400	20 149	69900168	民办十二年制
上外实验学校	2005	墨玉北路888号	17	503	126	79 454	47 425	39502006	民办十二年制

（王巍清）

【农民工子女教育】 年内，区教育局认真做好农民工同住子女义务教育工作。挖掘公办学校潜力，提高来沪从业人员适龄子女进入义务教育阶段公办中小学就读比例。全区共有25 115名农民工同住子女享受免费义务教育，占农民工同住子女总数的80%。完成对符合条件的7所农民工子女学校的设施设备改造和纳入民办教育管理工作，关闭3所不符合区域教育规划设置的农民工子女学校。完善农民工子女学校区、镇、村、学校4级管理网络，突出镇（街道）教委属地管理职能，区镇两级政府全年共拨付补贴经费1686.8万元。健全各镇、街道农民工子女学校专管员队伍。民办农民工子女学校与镇、街道教委签订《教育服务合同》，并初步建立财会制度。按照《劳动法》与教职工签订劳动合同，规范人事管理制度。　　　（金建良）

市教委、区领导视察农民工子女学校

（区教育局供稿）

2009年10月嘉定区农民工子女学校一览表

校　名	备案年份	地　址	班级数（个）	学生数（人）	教工数（人）	占地面积（平方米）	建筑面积（平方米）	电　话
嘉定区明天小学	2007	嘉朱公路1858号	17	841	30	6 000	3 203	59964069
工业区明珠小学	2005	胜辛路嘉安公路路口南	12	576	21	4 333	2 082	59167848
南翔镇彬静小学	2000	南翔镇红翔村	9	344	14	2 411	846	69122614
江桥镇金昇小学	2005	华江路666弄30号	26	1 247	49	5 400	2 774	59145486
江桥镇寿春小学	2005	江桥镇星火村	15	604	26	2 073	1 153	69130666
南翔镇天宇小学	2005	翔乐路81号	18	849	30	4 200	2 000	27804182
江桥皖封小学	2005	通站路205号	18	770	27	5 000	1 800	59134235
真新行知学校	2003	丰庄西路380号	45	2 088	96	16 555	7 852	39101866
菊园永胜小学	2005	菊园新区永胜村	10	450	17	1 400	700	59555919

2009年10月嘉定区纳入民办管理农民工子女学校一览表

校　名	创办年份	地　址	班级数（个）	学生数（人）	教工数（人）	占地面积（平方米）	建筑面积（平方米）	电　话
民办娄塘小学	2008	娄塘大北街164号	12	648	24	4 507	2 230	59546718
民办新翔小学	2008	浏翔公路3660弄89号	11	450	24	4 467	1 250	59905429
民办葛隆小学	2008	外冈镇葛隆村608号	14	622	30	4 600	2 000	59575036

（续表）

校　　名	创办年份	地　　址	班级数（个）	学生数（人）	教工数（人）	占地面积（平方米）	建筑面积（平方米）	电话
民办庆宁小学	2008	江桥镇封浜村 638 号	11	510	22	2 530	1 100	59134167
民办桃苑小学	2008	南翔镇新丰村 675 号	12	595	34	3 493	1 494	39125581
民办育红小学	2008	勤学路 80 号	21	983	43	8 700	2 700	59556257
民办中村小学	2008	黄渡镇泥岗村 409 号	15	717	34	8 004	2 680	59598713
民办六里小学	2009	菊园新区六里桥	14	700	28	4 200	1 800	69161060
民办包桥小学	2009	马陆镇包桥村	23	1 180	36	6 000	2 000	69157455
民办仓场小学	2009	马陆镇仓场村	20	1 198	34	6 518	1 588	53302467
民办花苑小学	2009	曹安公路万家宅车站北 200 米	10	534	18	2 637	680	69591606
民办娄塘第二小学	2009	嘉定工业区泾河村 86 号	8	346	16	1 800	1 480	59549171
民办少农学校	2009	徐行镇大石皮村	24	1 045	41	6 675	3 759	39901581
民办华武小学	2009	华亭镇华谊一路	8	354	32	10 000	4 800	59971380
民办沪宁小学	2009	虞姬墩路 48 号	24	1 200	50	6 600	5 000	59144838

（金建良）

【德育工作】　年内，区教育局以"立德树人"为核心，开展主题教育活动。在纪念四川汶川大地震一周年之际，围绕"感恩、关爱"开展为四川省都江堰市灾区学生传递爱心活动。举办第六届中学生时政大赛，使中学生在关注世界、了解国情过程中传承中华民族优良传统。结合纪念"3·28"西藏民主改革五十年民族文化活动周开展民族团结教育，组织学生观看《西藏今昔》专题片，在 17 所中小学举行图片巡展活动。在"民族精神月"期间，开展"我爱我的祖国"系列教育活动。清明节、端午节等传统节庆日期间开展爱国主义教育和节庆文化教育。暑期，开展红色经典小故事讲演活动和"祖国在我心中"高中学生诗歌集体朗诵比赛。抓住迎世博契机，推进"与世博同行，以文明修身"教育实践活动，开展"百万学生千支队、清洁城市我行动——我微笑我捡起"志愿者活动，组织学生参加"创意美化生活，行动喜迎世博——上海市中小学生社团创意实践大赛"。在学生中加强行为规范养成教育，嘉定一中等 16 所学校被评为上海市中小学（含中职学校）行为规范示范校。区教育局被评为上海市未成年人思想道德建设工作先进单位。

【平安校园、和谐校园建设】　年内，区教育局加强学校安全和未成年人保护工作。在学生中开展网络道德调研活动，健全完善校园网络管理制度。推进"安全文明校园"创建工作，强化学校安全管理。开展"儿童安全步行月"交通安全教育活动，组织参加市中小学师生识险避险、自救互救知识技能展示比赛。组织刑释解教人员子女参观上海汽车博物馆和太太乐调味食品有限公司。开展"迎世博，反邪教"警示教育和毒品预防教育，11 月 25 日，邀请市禁毒办综合处处长郑雨清对全区中小学禁毒课教师进行培训。启动中学政治教师法制教育培训，组织学生观看模拟法庭，开展"青少年法制文化主题游"活动。推进"温馨教室"建设，依托"两纲"联片研修机制，开展"温馨教室"建设研讨、征文活动，举办

"温馨教室"建设工作推进会，出版创建工作专刊。推进学科德育，通过校本培训提高教师人文素养和育人意识。举办区中小学推进"两纲"工作研讨会和教学展示活动，承办市"德育校本课程的开发和实施"德育论坛。组织区中小学弘扬和培育民族精神"两纲"教学展示活动。启动"颂祖国，迎世博"区中小学生电影节活动，发挥影视育人功能。

【班主任队伍建设】　年内，区教育局加强班主任队伍建设。举办"如何创建班主任教研组"主题论坛，确定 18 所试点学校，探索班主任工作教研组

班主任论坛暨优秀班主任先进事迹巡回报告会（区教育局供稿）

试点工作。开展区第二届班主任基本功大赛，编印《班主任工作智慧——班主任教育案例集》，承办"坚定职业理想，提升专业素养"——2009年上海市班主任工作论坛暨优秀班主任先进事迹巡回报告会。

【家庭教育指导】 年内，区教育局加强家庭教育指导。举办"让家庭教育指导充满智慧"——新上海人家庭教育指导创意设计研讨会和"让孩子健康成长"——嘉定区家庭教育研讨会，开展家庭教育指导案例评选活动，"让孩子健康成长"——家庭教育宣传周暨心理咨询活动。出版专著《最令家长头疼的教育问题——家庭教育指导问答》。 （陆咏梅）

【学校体育工作】 2009年，区教育局进一步加强青少年体育工作。开展学生阳光体育运动，组队参加市级学生阳光体育大联赛各项比赛，承办2009年上海市学生阳光体育大联赛初、高中组冬季长跑比赛。参加嘉定区第四届运动会青少年组篮球、足球、羽毛球、乒乓球、游泳、田径等12项比赛，取得团体总分第一的成绩，并获得优秀组织奖和道德风尚奖。落实"三课两操两活动"的要求，组织区中小学生广播操比赛，开展"课间跑"展示活动。召开体教结合工作会议，进一步促进"体教结合"工作深入开展。加强市办二线运动队学校、市体育项目传统学校、区体育项目布点（试点）学校建设。举办"嘉定区中小学生体质现状与发展对策的研究"现场研讨会，加强体育科研，进一步促进体育师资队伍水平整体提高。

【学校卫生工作】 年内，区教育局认真做好甲型H1N1流感防控工作，制定防控预案，加强晨检、消毒、通风等一系列防控常规工作，完成全区中小学生甲流疫苗接种工作，保证学生健康、安全。开展"健康校园"创建工作，接受市教委"健康校园"中期评估。完成区政府实事项目，对中小学生进行免费龋齿检查和充填工作。 （许海蓉）

【科普教育】 年内，区教育局启动"普及科技教育，提升创新能力"嘉定区青少年科技创新工程，推进以创新教育为抓手的素质教育，青少年科技创新

能力和素养显著提高。举办第八届青少年科技节，开展区级科技教育特色学校评选，共有8所学校被命名为区级科技教育特色学校。组织学生参加市第七届青少年明日科技之星评选活动，1人被评为市明日科技之星。组织学生参加市第廿四届青少年科技创新大赛，获5个一等奖，其中3个项目被选送参加全国比赛。 （辛 敏）

【艺术教育】 2009年，区教育局扎实推进艺术教育。利用优质艺术资源，推进区艺术团和分团建设。举办全国第三届中小学艺术展演嘉定区选拔赛、区学生书画比赛、区首届学生民间工艺作品展，开展"高雅艺术进校园"和"教师走进经典"活动，开设"'十一五'艺术教师培训班"。年内，共获国家级优秀组织奖1个、一等奖（金奖）2个、二等奖（银奖）3个，市级一等奖15个、二等奖38个、三等奖60个。 （吴伟立）

【语言文字工作】 年内，区教育局加大语言文字行政执法力度，启动第二批区级语言文字规范化示范校创建工作，嘉定一中被评为国家级语言文字规范化示范校。开展百万学生"迎世博，学双语"活动，全年有5 000余名学生接受"双语"测试。稳步推进在校大学生、窗口服务行业人员语言文字水平测试试点工作，组织参加首届全国大中小学生规范汉字书写大赛、沪港澳台四地青少年朗诵比赛、第五届全国语文规范化知识大赛，营造"讲普通话、写规范字"和谐用语、用字环境。 （辛 敏）

【启动"快乐女生计划"】 4月29日，嘉定区女生教育项目——"快乐女生计划"启动仪式在疁城实验学校举行。"快乐女生计划"是区教育局与区计生委合作项目，以项目推进方式研究各年龄段女生特点，本着教育创新精神，不断改进女生教育工作，通过学校、家庭、社会三位一体，形成合力，共同关注女生教育问题，让每个女孩都快乐成长。 （陆咏梅）

【"荣威教育奖励基金"成立仪式在嘉定二中举行】 4月8日，嘉定区第二中学"荣威教育奖励基金"成立仪式在嘉定二中举行。副区长夏以群、区教

育局局长毛长红和区教育奖励基金会理事长朱文元、秘书长杨咏龄以及荣威集团董事长朱强、副总裁刘峰等参加仪式。荣威集团董事长朱强代表荣威集团全体员工，向嘉定二中捐资100万元，成立"荣威教育奖励基金"。嘉定二中"荣威教育奖励基金"收益将用于每年一次奖励该校的优秀教师和优秀学生，并资助退休教师。1999年，荣威集团在嘉定二中设立优秀教师奖励基金，每年一次对优秀教师进行奖励。2009年，荣威集团和嘉定二中扩大基金金额和奖励范围，进一步推动教育事业发展。 （王巍清）

【举办嘉定区第八届青少年科技节】 5月22日，由区科委、区教育局、区环保局主办的"探索，体验，创新——我与世博同行"第八届青少年科技节开幕式在嘉定二中举行。开幕式上进行青少年航空模型、汽车模型表演，举办嘉定区各级科技教育特色学校、知识产权示范学校、气象科普试点学校科技教育成果宣传板展示以及科技节优秀项目展示活动；表彰嘉定区青少年科技创新大赛、明日科技之星评选活动、科技节重点活动获奖学生和优秀集体，以及嘉定区优秀科技辅导员和优秀科技活动方案比赛获奖教师；举行嘉定区第二届青少年科学研究院小院士入院仪式，聘请市科技艺术教育中心陈玲菊、陈敢担任青少年科学研究院第二批导师；命名徐行中学为上海市科技教育特色示范学校、嘉定二中为嘉定区青少年科普教育实践基地。 （辛 敏）

【举行庆祝"六一"主题集会】 5月31日，由团区委、区教育局和区少工委主办的"小小世博园，雏鹰欢乐行"——2009年嘉定区少年儿童庆祝"六一"主题集会在区青少年活动中心举行。副区长夏以群、区政协副主席章宇慧以及区总工会、区妇联、区教育局、团区委等部门领导出席活动。夏以群向全区少年儿童致以节日祝贺，团区委领导宣读2008年度嘉定区"星星火炬"奖章获得者、优秀少先队辅导员、优秀共青团员、优秀共青团干部、优秀少先队员、优秀少先队队长和优秀少先队集体表彰决定。在畅游"小小世博园"板块中，1 000余名少先队员参与游园活动。模拟世博园内共设立模拟国家

馆20个。"成长进行时,世博文明行"主题阵地活动和"红领巾世博论坛"在主会场和分会场同步进行。(吴伟立)

【举行中小学生迎世博民间工艺作品展】 7月5日,"展民族技艺,迎精彩世博"——2009嘉定区中小学生迎世博民间工艺作品展在嘉定教育书画院举行。区文明办、区教育局、区文广局等部门领导出席开幕式并为获奖选手颁奖。展览以"传承民族文化,弘扬民族精神,喜迎世博盛会"为主旨,分编织类、雕刻类、雕塑类和其它类四个类别,收到作品180余件。 (李 敏)

【举办小学生迎世博原创童话故事大赛】 7月5日,"海宝的故事"——《成长进行时》嘉定区小学生迎世博原创童话故事大赛决赛在青少年活动中心举行。大赛以"海宝的故事"为主题,引导广大少年儿童关注世博,了解世博,参与世博,分享世博,增强世博小主人意识。初赛以广播录播形式在嘉定人民广播电台《成长进行时》少儿广播节目中进行,决赛以现场评比形式进行。 (吴伟立)

【嘉定二中建校60周年庆典】 10月17日,嘉定二中举行"甲子相聚,百年桃李"——建校60周年庆典活动。区人大常委会副主任张国民和区人大教科文卫委、区教育局等部门领导及近2000名校友参加活动。嘉定二中创建于1949年,秉承"励精图治、崇实求严、和谐进取"的校风,"严谨治学、务实高效、创新发展"的教风和"乐于求知、勤学多思、踏实自信"的学风,坚持"文化立校、格物修身"的办学理念,努力建设"教师队伍高素质,教育教学高质量,管理运作高效率,校园文化高品位,办学条件高标准"的现代化高中。学校先后获得上海市文明单位、上海市中学生日常行为规范示范学校、上海市中小学课程教材改革研究基地、全国现代教育技术实验学校、上海市花园式单位、全国群众体育先进学校等荣誉称号。 (黄伟杰)

【上海市学习科学研究所实验基地揭牌】 12月21日,上海市学习科学研究所实验基地揭牌暨格致初级中学、大同初级中学与启良中学结对签约仪式在启良中学举行。9月起,嘉定区教育局委托上海市学习科学研究所对启良中学实施管理工作,为切实做好今后两年托管工作,学校成立启良中学托管委员会,实行托管委员会领导下的校长负责制,托管工作以"优势互补、合作发展"为管理机制,通过专家指导、课题研究、团队结对、特色培育等8个方面措施全面促进学校的内涵发展,提升办学质量。 (王巍清)

【第五届上海市中学生社团文化节在嘉定举行】 5月9日,由团市委、市教委、市学联联合举办,区教育局、团区委承办的第五届上海市中学生社团文化节开幕式暨中学生"世博公益行"十大行动揭幕仪式在嘉定区举行。团市委、区教育局、团区委等部门领导出席仪式。上海市19个区县的中学生公益类社团代表200余人参加活动。社团文化节分"世博——我参与·我快乐"、"五四——我们的节日·青春的盛会"、"社团——我创意·我发展"3个活动板块10余项主题活动。活动覆盖全市各中等学校和千余个中学生社团,旨在引导中学生纪念和传承"五四"精神、学习和感受世博文化、推进社团可持续发展。 (唐 燕)

【举办2009年教育咨询展示活动】 5月2日,2009年嘉定区教育咨询展示活动在上外嘉定实验高中举行,包括区内各民办中小学校、幼儿园和嘉定城区内中小学校、幼儿园以及上海市大众工业学校在内的32所学校各自

第五届上海市中学生社团文化节开幕式在嘉定举行
(区教育局供稿)

设点,展示办学特色与成效,并就市民关心的教育话题进行互动沟通。区教育局有关职能科室在现场设点,为市民提供升学志愿填报、农民工同住子女入学、教育收费等方面政策咨询和家庭教育、心理健康等方面辅导服务。参与群众1.1万人次。

【普陀区与嘉定区第二轮教育对口合作交流工作启动】 6月29日,普陀区与嘉定区第二轮教育对口合作交流工作启动仪式在普陀区人民政府举行。市教委、普陀区教育局、嘉定区教育局等部门领导出席仪式。普陀区教育局介绍两区第二轮教育对口合作交流工作计划,嘉定区教育局宣读对口学校名单,6所学校代表两区对口学校签约。市教委自2005年起开展三年一轮"中心城区与郊区区县"一对一教育对口合作交流项目,普陀区与嘉定区结对。第二轮交流工作将重点围绕学校管理、队伍建设、课程改革等方面开展。 (黄伟杰)

【举行"在灿烂阳光下"大型歌会】 9月7日,嘉定区教育系统举行"在灿烂阳光下"大型歌会,庆祝新中国成立60周年和第二十五个教师节。区委书记金建忠、区人大常委会主任陈士维、区政协主席周关东、副区长夏以群、区教育奖励基金会理事长朱文元等出席活动。金建忠向全区教育工作者致以节日祝贺,肯定嘉定教育工作取得的成绩,并提出希望。大会表彰149个获得

普陀区与嘉定区第二轮教育对口合作交流启动仪式

（区教育局供稿）

各类荣誉的先进集体和优秀个人,与会领导向 22 名获奖代表颁发荣誉证书。歌会分为"民族之魂"、"教师之歌"、"世博之声"3 个篇章,采用中心舞台与全场歌队互动交替演唱形式。

（李　敏）

【教育经费总投入增长 8.12%】 2009 年,全区教育经费财政拨款 10.5 亿元,比上年增加 1.15 亿元,增长 12.3%。学生年人均教育事业费:高中 18 344 元,增长 2.38%;初中 18 777 元,增长 10.49%;小学 12 958 元,增长 1.3%;幼儿园 12 948 元,减少 0.15%;特殊教育学生 69 474 元,增长 22.57%。学生年人均公用经费:高中 3 664 元,增长 2.29%;初中 3 652 元,增长 5.98%;小学 2 222 元,减少 22.17%;幼儿园 3 207 元,减少 7.98%。全区教职工年人均总收入 94 145 元,比上年同口径增加 8 795 元,增长 10.3%。全年合计教育经费（全口径）总投入 13.05 亿元,增长 8.12%。 （龚文华）

职业教育与成人教育

【职业教育】 2009 年,上海市大众工业学校招收新生 1 840 人,其中外省市新生 280 人,外来农民工同住子女 26 人;在校学生共计 5 234 人。全年承担各类职业培训 1 685 人次,职业技能鉴定 4 036 人次,承办上海市第三届"星光计划"中职学校技能大赛和第四届嘉定区职业技能竞赛。

【上海嘉定职业教育集团挂牌成立】2 月 20 日,上海嘉定职业教育集团揭牌仪式在区教育局举行。市教委副主任尹后庆与副区长夏以群为集团揭牌,副区长邵林初主持仪式,市教委职成教处、区人力资源和社会保障局、区教育局、区总工会、区职业技能竞赛活动组委会、上海嘉定职业教育集团理事会和各区县教育局有关领导出席。尹后庆在讲话中肯定嘉定区在先行组建区域性职业教育集团工作中的经验和成效,并就集团下阶段工作提出意见。组建上海嘉定职业教育集团是嘉定区对于职业教育管理体制和办学模式的尝试与创新。该集团作为全市首个区域性职业教育集团,是在互惠互利基础上,以区域为载体,以专业项目为纽带,以实现资源共享为目的,由区政府搭台、区教育局牵头,联合区域内各级职业院校、高等院校、成人院校、相关企业共同参与举办职业教育的非独立法人组织。集团的成立对嘉定区的发展具有重要意义:能够进一步加强嘉定人才培养工作力度,为全区经济发展提供优质人力资源;优化和改革人才培养模式,提升全区职业教育整体水平;深化校企合作,推动全区资源共享;建立共享机制,发挥开放性实训中心功能;构建中高等教育立交桥,实现嘉定区"大职教"战略构思;拓展全区社会服务功能,形成职业教育新的发展点;建立就业信息网络,搭建全区人才交流平台。 （张剑锋）

【云南省楚雄州教育局与大众工业学校签约合作】 3 月 1 日,云南省楚雄彝族自治州教育局与上海市大众工业学校职业教育合作签约暨云南楚雄职教师资上海培训中心揭牌仪式在大众工业学校举行。双方商定:自 2009 年至 2011 年,楚雄州教育局在上海市大众工业学校设立职业教育师资培训基地,定期选派职业教育管理人员到基地进行培训,并在学校挂职、锻炼。同时开展校企合作、校际合作、职业教育研究和交流活动。

上海嘉定职业教育集团揭牌仪式 （区教育局供稿）

【上海市第三届"星光计划"中职学校职业技能大赛开幕】 3月21日，上海市"星光计划"第三届中等职业学校职业技能大赛在上海市大众工业学校开幕。开幕式由市教委副主任尹后庆主持。副区长邵林初代表嘉定区政府致欢迎辞。教育部职成教司副司长刘建同、市教委主任薛明扬发表祝辞。市人社局巡视员、"星光计划"组委会主任石觉敏宣布第三届"星光计划"中职学校职业大赛承办单位名单，并向承办单位授牌。市教卫党委书记李宣海宣布大赛开幕，市教育发展基金会理事长、"星光计划"组委会顾问谢丽娟按下"星光钥匙"，开启"星光之门"。大赛在全市设20个赛场，上海市大众工业学校承办机电一体化、数控、计算机等16个比赛项目，比赛日期为3月21～29日。 （郭锦川）

【成人教育】 年内，江桥镇、华亭镇成人学校完成易地搬迁，江桥镇、真新街道成人学校通过市标准化建设验收。举办成人教育"三个一"教学展示活动，组织农村劳动力职业教育和就业培训、现代农业实用技术培训、外来务工人员培训、社会弱势群体培训，完成市政府实事项目"千村万户"农村信息化培训指标1300个。区教育局被评为全国农村成人教育培训先进集体。全区各街道（镇）全部被列为上海市社区教育实验街道（乡镇）。评选出嘉定区第二轮26个社区学校示范办学点。扶持50个薄弱办学点进行信息化建设，配置260台计算机。在世博知识培训活动中，全区市民参加培训总量及网上测试合格人数均名列全市第一。举办嘉定区第五届全民终身学习活动周。全区市民年培训总量116.5万人次。加快老年教育发展步伐，召开区老年教育工作会议，认真做好远程老年教育收视点规范管理专题培训工作。安亭镇、南翔镇老年学校被评为上海市示范性老年学校，徐行镇老年学校被评为上海市特色老年学校，全区老年教育科学性、规范性、有序性进一步提高。组织区老年大学合唱队参加"上海市2009年老年教育艺术节"合唱比赛获得铜奖。

2009年10月嘉定区成人教育学校一览表

校　名	创办年份	地　址	年培训人次	教工数（人）	电　话
嘉定区成人教育学院	1989	金沙路280号	32 673	51	69990080
外冈镇成人学校	1989	外冈镇北街25号	59 360	6	59583259
华亭镇成人学校	1989	霜竹公路1388号	38 018	5	59959176
黄渡镇成人学校	1987	博园路4800号	59 235	5	69580329
马陆镇成人学校	1986	沪宜公路2228号	193 791	9	39153065
安亭镇成人学校	1988	于塘路885号	153 471	10	69576689
江桥镇成人学校	1987	虞姬墩路48号	119 479	10	59144430
嘉定工业区成人学校	1988	娄塘大北街164号	134 779	6	59542270
南翔镇成人学校	1986	众仁路385号	131 236	9	59122354
徐行镇成人学校	1989	勤学路99号	62 653	5	59558180
新成路街道成人学校	2001	迎园新村四坊16号	38 806	2	59990771
嘉定镇街道成人学校	2002	清河路196号	58 129	2	59912154
菊园新区成人学校	2003	棋盘路1255号	36 752	2	69991319
真新街道成人学校	2002	丰庄一村48号	79 215	3	69190688
嘉定区老年大学	2004	清河路196号	1 258	2	59528571

（张剑锋）

【社会力量办学】 年内，区教育局认真做好民办非学历院校（机构）的办学许可证换发、分等定级评估、年检、建校评估等工作，出台《嘉定区民办非学历院校（机构）管理实施意见和管理办法》，保证民办非学历教育健康发展。

2009年10月嘉定区社会力量办学一览表

校　名	创办年份	地　址	开设专业	班级数（个）	学生数（人）	教工数（人）	电　话
上海嘉华进修学院	1995	清河路34弄14号	会计、网络教育	53	3 352	44	59535400
嘉定区卫生人才培训中心	1998	塔城路264号	社区护士、社区医生、公共卫生	82	2 486	13	69530185
嘉定区创新进修学校	1995	清河路421号	艺术、学科	52	1 183	15	59987202

（续表）

校　名	创办年份	地　址	开设专业	班级数（个）	学生数（人）	教工数（人）	电　话
嘉定区南翔镇青少年业余学校	1996	众仁路 385 号	艺术、学科、体育、职技	37	1 081	21	59121044
上海肖邦文化艺术专修学校	1997	古猗园路 500 号	书法、美术、音乐、舞蹈、	60	1 665	11	69121589
上海新思维进修学校	2005	清河路 215 号	软件工程师、英语	21	516	4	62094875
安亭镇青少年业余进修学校	1998	墨玉路 165 号	艺术、学科、体育	22	361	23	59569452
上海求实进修学校	1998	华江路 17 号	计算机、英语、会计	30	487	9	59144448
嘉定区英姿进修学校	1999	清河路 196 号	英语	24	502	12	59923023
嘉定武术培训学校	1998	新建一路 2258 号	文化、武术	22	702	41	59553529
嘉定区嘉文业余艺术学校	1999	梅园路 210 号	艺术、学科	21	595	11	39910261
嘉定区民进学友进修学校	2000	嘉行公路 222 号	数学、英语	5	125	5	69527176
嘉定区建设人才培训学校	2004	仓场路 3335 号	建筑专业技术	7	1 269	14	59916796
上海市嘉定财税培训中心	2000	塔城路 228 号	会计专业	98	20 799	20	59535298
嘉定区正大教育培训中心	2000	棋盘路 1255 号	舞蹈、计算机、学科辅导	15	500	8	39902161
马陆镇青少年业余学校	2001	沪宜公路 2228 号	书法、美术、舞蹈、思维拓展	81	720	8	59156945
嘉定广进文化艺术进修学校	2001	嘉定镇街道东大街 22 号	书法、美术、写作、舞蹈、英语	94	2 963	18	59525787
上海市嘉定明德进修学校	2001	沪宜公路 2340 号	计算机、会计、文化	38	995	8	59107559
上海市远东进修学校	2002	清河路 34 弄 14 号	英语、科学探究、计算机	73	1 500	50	69900105
嘉定领智教育培训中心	2005	泽普路 399 弄 9 号	英语、计算机	45	900	4	59565081
嘉定新力进修学校	2001	沙霞路 100 号	英语、日语、高复、计算机	14	453	65	59913623
上海佳爱教育培训中心	2001	迎园四坊 16 号	计算机、外语、文化	68	553	12	59981147
嘉定区师源进修学校	2002	复华路 3 号	写作、书法、英语、绘画	71	2 252	24	54390848
嘉定新世纪进修学校	2002	沪宜公路 1118 号	写作、书法、英语、珠宝培训	32	865	6	59982290
嘉定区优华进修学校	2002	真新街道丰庄中学内	计算机、英语	16	506	10	
嘉定区诚明进修学校	2002	嘉定镇街道南大街 272 号	艺术类、学科类	105	7 264	62	69530481
上海思搏体验训练学校	2002	华亭浏岛	行为训练	61	7 461	27	66613322
上海国际汽车城人才培训学院	2002	金沙路 200 号	现代企业管理、企业内训	283	14 856	172	59569090
嘉定复华科技进修学校	2003	嘉定镇街道福宁弄 10 号	外语、美术	19	416	4	59925463
上海大众工业专修学院	2004	环城路 2290 号	数控技术应用	2	160	4	69987316
嘉定区嘉一人才培训中心	2003	沙霞路 111 号	学科、艺术	25	391	4	59530377
上海德馨业余进修学校	2004	塔城路 341 弄	艺术、思维	35	718	6	
上海飞鸟进修学校	2004	外冈镇北街 25 号	学科、艺术	12	419	11	39929188
嘉定信诚进修学校	2004	清河路 421 号	艺术、体育	25	945	3	69991846
嘉定天天艺术专修学校	2004	清河路 196 号	艺术、学科	142	2 391	55	69988536
上海伯奎汉语口才交际进修学院	2004	区商业培训中心内	演讲口才、英语、计算机	15	310	4	69990051
上海嘉士堡教育培训中心	2004	城中路 76 号 502 室	英语	50	700	18	69988839
上海保捷人才培训学校	2007	复华路 3 号	经营管理	45	1 816	9	59900605
上海飞儿艺术培训学校	2005	棋盘路 1255 号 312 室	表演、声乐、舞蹈、乐器	25	379	10	
上海七乐艺术进修学校	2006	新成路 118 号	声乐、舞蹈、乐器	20	300	11	59995082
上海奥林计算机业余学校	1993	清河路 196 号	计算机、美术、艺术	76	1 893	28	59528714
嘉定现代科技专修学院	2006	沙霞路 111 号	管理类	20	1 500	13	59529148
上海市新青年进修学院	2006	塔城路 228 号 501 号	管理类	9	693	20	59523315
上嘉定新希望进修学校	2006	城中路 76 号 501 室	艺术、计算机	16	453	5	59536769
上海市嘉定星光进修学校	2007	曹安公路 2167 弄	艺术、英语	32	852	10	62445578

（续表）

校　名	创办年份	地　址	开设专业	班级数（个）	学生数（人）	教工数（人）	电　话
嘉定区乐音文化艺术进修学校	2007	平城路 620 号	乐器、美术、舞蹈	8	150	5	69903687
上海天华进修学院	2008	胜辛北路 1661 号	管理类	18	860	36	39966572
上海嘉定新民培训学校	2008	于塘路 885 号	艺术类、培训	78	4 500	6	69576678
上海嘉定山木教育进修学校	2008	罗宾森广场	外语、会计	4	300	5	59537076
上海嘉定华夏文化培训学校	2008	嘉定镇街道南大街 321 号	传统文化培训	2	71	5	59922999
嘉定佳音文化艺术进修学校	2008	棋盘路 1522 号	书法、课后托班、英语	3	60	5	69902285
嘉定欢乐岛语言进修学校	2008	罗宾森广场 502 室	外语	25	220	6	69910598
上海明及教育进修学院	2008	城中路 138 号 625 室	外语、武术、艺术	90	689	21	59922567

（林照辉）

【举办第五届"全民终身学习活动周"】
11 月 6 日，嘉定区第五届"全民终身学习活动周"开幕式在嘉定工业区管委会举行。市成人教育协会会长俞恭庆、副会长顾根华和区文明办、区教育局等部门领导出席。据不完全统计，在 2005 年至 2008 年 4 届活动周期间，全区开展不同形式、不同类别的学习活动 400 余项，参与人数近 40 万人次。2009 年，区、镇（街道）两级层面共开出活动"菜单"239 项，参与人数超过 16 万人次。
（张剑锋）

特　殊　教　育

【特殊教育】 2009 年，全区 39 所中小学、14 所幼儿园开展随班就读工作，随班就读学生 160 人，其中小学 61 人、中学 80 人、幼儿园 19 人；708 名教师从事随班就读教学工作。嘉定区成佳学校有 91 名学生就读；1 所小学附设辅读班，有 4 名学生就读。11 所中小学校实施送教上门，22 名学生接受送教；10 所幼儿园实施送教上门，11 名幼儿接受送教。年内，区教育局制定实施《嘉定区特殊教育三年行动计划》，加强特殊教育学校和特殊教育康复指导

中心建设，成立嘉定区特教康复指导中心学前分中心。加强特殊教育专题研究，组织资源教室展示、第四届特教案例评比和"在活动中学"教学案例评比等活动，促进特殊教育内涵发展。加强随班就读工作，编制《中小学随班就读工作手册》，完成第一批特教教师上岗培训，有效提高一线教师工作效率和水平。完成市级课题"小学阶段资源教室补偿性教学研究"，构建三、四、五年级语文、数学、英语学科的资源教室补偿性教学体系。组织特殊学生参加上海市"阳光欢乐跑"活动，取得社区组、学校组两个第一，并代表上海参加国际邀请赛。

2009 年 10 月嘉定区特殊教育学校（班）一览表

校　名	创办年份	学校地址	班级数（个）	学生数（人）	教工数（人）	占地面积（平方米）	建筑面积（平方米）	电　话	备注
嘉定区工读学校	1985	沪宜公路 6080 号	5	110	39	13 340	4 880	59585383	公办
嘉定区成佳学校	1988	嘉定镇街道西大街护国寺 18 号	10	97	36	3 298	2 514	59914374	公办
方泰小学辅读班	1990	方泰小学内	1	3	1			39500100-202	公办
黄渡小学辅读班	2000	黄渡小学内	1	4	1			59591184	公办
封浜小学辅读班	1993	封浜小学内	1	6	2			59138148	公办
江桥小学辅读班	1994	江桥小学内	1	2	1			59144554	公办

（李红杰）

【"嘉定区特教康复指导研究基地"揭牌成立】 9 月 18 日，区教育局、区残联在实验幼儿园举行"嘉定区特殊教育康复指导中心学前分中心暨华东师范大学学前教育与特殊教育学院研究

基地"揭牌仪式。副区长夏以群等出席活动。嘉定区特殊教育康复指导中心学前分中心的成立，能够加强嘉定区学前特教管理力度，为学前特殊班、学前随班就读和学前送教上门工作提

供指导，为有特殊教育需要的学前儿童在教育诊断、咨询、矫治、康复等方面提供服务。
（曹葆红）

嘉定特教康复指导研究基地揭牌仪式 （区教育局供稿）

高等教育

【上海大学嘉定校区】 上海大学嘉定校区占地面积28公顷，建筑面积20.48万平方米。校区办学格局以悉尼工商管理学院和数码艺术学院为主体，还设有材料科学与工程学院高分子系、成人教育学院二分部以及上海光纤技术研究所、上海市电子物理研究所、上海射线应用研究所等科研机构。2009年，嘉定校区有在校本科生4400人、高职生650人、研究生250人，另有成人教育学历生2400人、非学历生600人。年内，校区各院、系及科研机构积极争取重大科研任务，获得国家自然科学基金项目6项（经费108万元），国家级重大科研项目7项（经费43万元），市级科研项目50项（经费869万元）。同时，大力参与地方经济建设，承接大量横向科研项目。嘉定校区积极参与世博服务，1100名学生被选拔为世博会志愿者。认真做好国防教育和征兵工作，应征女兵19人、男兵4人。2006年，在嘉定区委、区政府的支持下，上海大学在嘉定工业区城北路1355号启动建设上海大学国家大学科技园嘉定基地，一期一标工程顺利建成，2009年下半年投入运营。中国工程院院长徐匡迪题写园名。该基地占地4.2公顷，建筑面积6万平方米，有近2万平方米的现代化厂房和4万平方米的研发大楼。嘉定基地面向科技现代化建设，突出生态保护理念，着力营造优美的创新、创业环境，打造高新技术（产品）转化和产业化发展的平台。该基地一期二标2.3公顷4万平方米建设工程已启动。
（于 民）

【同济大学嘉定校区】 2009年，同济大学嘉定校区围绕学校"十一五"发展总体规划纲要和"人才年"、"学术年"、"质量年"的工作重点，以促进教学、服务师生，加强和完善校区各项管理，进一步推进节约型校园建设为目标，圆满完成各项工作任务。校区基本建设稳步推进，传播与艺术学院大楼竣工交付使用，大学生活动中心改造工程基本完成，第四、第五期学生公寓正式投入使用，多功能振动实验中心项目开工建设。科研方面取得重要进展，由同济大学承建的具有国际领先水平的国内首个地面交通工具风洞在嘉定校区落成并正式投入运行；新能源汽车研发取得重大突破，"燃料电池轿车、客车核心技术研究"课题通过验收，新开发的新能源汽车成为上海世博会"绿色车队"中的重要成员；作为国内唯一的"城市轨道交通综合试验系统"重要组成部分的首条轨道交通试验线在嘉定校区建成开通。为加强对嘉定校区的管理和领导，同济大学决定将嘉定校区统一纳入学校的校区管理口子，并由校党委副书记姜富明全面负责嘉定校区的领导工作。年中，嘉定校区管委会办公室领导班子进行定期换届，柳剑雄任办公室副主任（主持工作）。不断健全和完善各项管理制度，积极做好校园的安全保卫和稳定工作，努力改善教学环境，不断提高服务质量和管理水平。加强对教师班车的调度和管理，确保教职工的正常上下班和交通出行。促使"北安跨线车"公交线路以最大限度方便学生的交通出行。积极开展文体活动，成功举办"同济世博"论坛系列报告会、现代装备制造业文化展、一年一度的迎春长跑比赛、2009年"同舟杯"划龙舟比赛、"迎接世博盛会，共享健康生活，畅行绿色嘉园"嘉定校区环校园自行车比赛以及"金秋十月"大合唱歌咏比赛等活动。年末，校区共有教职工1200余人；学生11927人，其中本科生7356人、研究生4571人。3月30日，中共中央政治局委员、上海市委书记俞正声到嘉定校区调研，参观考察上海地面交通工具风洞中心和新能源汽车工程中心。5月25日，世界规模最大、由4座振动台组合而成的"同济大学多功能振动实验中心"项目在嘉定校区奠基开工，建成后将为中国众多领域内的振动和抗震试验研究、土木工程领域防灾提供开放的试验平台。
（金国伟）

【上海科技管理干部学院】 2009年，上海科技管理干部学院发挥上海市科技系统干部培训主阵地作用，共办班75个，培训学员3422人。年内，开展上海市科技系统干部教育培训情况调研，推进创新方法和知识产权培训。通过加强课程建设、教材建设，提高培训质量和实效。受科技部委托组织编写的"全国科技管理干部培训阅读丛书"3本教材由上海科学技术出版社出版。开展"县（市）科技管理"、"科技项目管理"、"创新政策和知识产权保护"等课程的建设研究。继续与上海行健职业学院合作开展全日制职前高职教育，稳定学历教育规模。继续对中西部和东北地区开展智力帮扶培训活动，承担科技部示范培训项目，共办班15期，培训科技管理干部738人。学院被评为2007～2008年度上海市合作交流与对口支援工作先进集体。年中，承办科技部全国县（市）科技局长专项轮训"县（市）科技局长管理创新培训班"。学院作为嘉定区专业技术人员继续教育教学点，注重为嘉定区域经济服务，努力拓展社会培训和社会证书考试项目。开展英语四、六级考试,上海高校计算机等级考试,全国英语等级考试等六大类市级、国家级社会考证项目,全年校内外2476人次参加考试。开设全国公共英语、大学英语四级、高校计算机一级、国际商务单证员及报检员等考证辅导班。

(张晓青)

【上海师范大学天华学院】 2009年,上海师范大学天华学院录取新生1725人,在校学生共计5896人。首届毕业生顺利离校,就业率92.43%。新引进教师45人,专任教师总数294人。新增"交通运输"专业,专业总数增至20个;新设"交通与物流"系,全院共有11个系。年内,学生参加考级考证和专业竞赛再创佳绩,英语系组织学生参加第21届"韩素音青年翻译奖"竞赛,9人获得优秀奖,占全国获奖人数的9%;英语专业2005级学生参加2009年全国专业英语八级考试,一次性通过率71.8%,比全国高校平均通过率47.33%高出24.47个百分点;经济与管理系学生"上海市人事管理岗位资格证书"考试通过率93%,"会计从业资格证书"考试通过率50%(全市平均通过率20%)。教学设施和教学条件继续改善,全年新增公共机房2间,总数增至11间,计算机总数增至1038台;扩建语音教室1间、多媒体教室10间;为艺术系新建38座渲染实验室1间,三维渲染实验室在上海高校同类实验室中处于领先水平;图书馆藏书量增至27万册,新购10万册电子图书已正常开通,另租用各种电子图书近50万册,满足师生阅读需求。为推进科研工作,经审批创办《天华教育研究》杂志,第一期已出版。4月,上海市绿化委员会授予天华学院"花园单位"称号。5月,由工业和信息化部主办、天华学院承办的2009"天华杯"全国电子人才设计与技能大赛成功举行。年中,学院被评为2008~2009年度上海市安全文明校园和2008~2009年度上海市社会治安综合治理先进集体。 (谢吕法)

群众文化

【概况】 2009年,嘉定区文化广播影视管理局(以下简称区文广局)紧紧围绕区委、区政府工作重点,结合迎世博和庆祝新中国成立60周年等重大活动,坚持以人为本,开拓创新,不断增强公共文化服务能力,提高市民文化生活质量,拓展地区文化影响力,维护文化市场安全稳定,为建设和谐嘉定、实现文化发展繁荣作出新的贡献。以嘉定新城建设为契机,积极推进区、镇(街道)、村三级公共文化设施建设,公共文化设施网络框架基本形成。以规范标准、完善服务为抓手,发挥社区文化活动中心的作用。广播电视工作成绩斐然,不断提高专题片制作水平,多部作品获得国家、市级奖项。充分发挥广播电视在建设和谐社会、推动科学发展等方面的重要作用,服务民生,狠抓队伍建设,提升媒体的社会引导力。关注群众需求,增强服务理念,不断提高公共文化服务能力。整合各类资源,搭建文化活动展示平台,区、镇(街道)两级"百姓说唱团"、"百姓书社"和农村数字电影丰富文化下乡的形式和内容,文化活动辐射面和受益面进一步扩大。深化传统文化资源保护工作,在开展第三次文物普查的基础上,新增21处文物点为区级登记不可移动文物。小青龙舞龙会、郁金香酒酿造工艺、达摩易筋经、黄渡沪书4个项目被列入嘉定区第二批非物质文化遗产保护名录。以打造"平安嘉定"、"和谐嘉定"为目标,树立文化安全发展的理念,发挥政府宏观调控作用,完善文化市场审批程序。繁荣和稳定并举,丰富执法手段,开展文化市场迎世博和各类专项整治行动,文化市场实现安全可控。

【举办群众文化活动2424场】 年内,区文广局积极搭建群众文化活动展示平台,举办"世博大家园——2009年嘉定区社区文化展演月"活动,展现群众文化的丰硕成果。围绕迎世博、庆祝新中国成立60周年等工作,举办"海宝欢乐行"迎世博系列活动,"激情嘹城,盛世欢歌"迎世博、迎国庆推进展示活动,"嘉定区庆祝新中国成立60周年系列活动","激情60年,颂歌献祖国"2009年嘉定区百姓说唱团巡回演出和"2009上海汽车文化节首届汽车嘉年华"等重要活动。组织开展大剧院艺术课堂和市民艺术大讲堂活动,组织专业院团到社区、农村演出23场,让高雅艺术走进社区、农村。全年共组织各类文化活动2424场,参与群众92.7万人次。

【69个群文作品获奖】 2009年,区文广局共举办群文业务培训200余个班次,176名群文工作者和文艺骨干获得上海市社区文化指导员证书。区、镇两级文化业务骨干下基层辅导5456人次。群文创作从地方文化中汲取大量养分,安亭镇的舞蹈《蓝花》、故事《存心勿还》,真新街道的舞蹈《马路天使》,徐行镇的舞蹈《建设者》,江桥镇的音乐类作品《海上申窑》和华亭镇的上海说唱《多难兴邦》获得2009"上海之春"群文新人新作奖;安亭镇创编的音乐类作品《农家四月艳阳天》获得优秀新人新作奖,并代表上海市参加京

百姓说唱团巡回演出 (区文广局供稿)

津沪渝青年流行歌手大奖赛,获得铜奖和最佳创作奖。南翔镇的《老街童趣》和区文化馆的舞蹈《编》参加上海市"中华元素"创意作品评比,分别获得二等奖和三等奖。在"2009 江南之春画展"、"盛世画卷——庆祝新中国成立 60 周年上海群文美术大展"等平面类作品的评比展示中,由嘉定镇街道、菊园新区、真新街道等选送的 53 件平面类作品获奖。其中,区文化馆张波的楷书作品《宋词五首》在全国群众文化美术书法大展上获得金奖。年内,全区共有 69 个群文作品获奖。

【文化下乡活动】 年内,区文广局整合上海东方文体资源配送嘉定分中心、上海东方社区文化艺术指导中心嘉定分中心和区、镇两级"百姓说唱团"的资源,实施菜单式配送服务,带动文化活动的开展。全年两个分中心共为各镇、街道配送演出 153 场,比上年增加一倍。区、镇两级"百姓说唱团"共组织文化下乡 987 场次,观众32.4 万人次。

【农村电影放映 7 108 场】 年内,完成第二批 54 家村活动室数字电影放映设备的安装工作,实现区内农村数字电影的全覆盖。利用农村电影放映阵地宣传世博知识、科技知识和禁毒工作等内容,寓教于乐,形成农村文化宣传工作的新模式。全年共放映电影7 108 场,观众 92 万人次。

【嘉定影剧院成为票房"黑马"】 2009年,嘉定影剧院完善软件服务,开展让观众舒心、暖心、开心的"三心"服务,通过举办"亲子优惠月"、"红色电影展映月"等多层次营销举措,票房销售额始终处于市郊影院前列,成为票房"黑马"。全年放映电影 2 889 场,观众20.3 万人次,比上年增长 89.72%。引进高雅艺术演出 90 场,观众 7 万人次。举办"上海大剧院艺术课堂走进嘉定"系列活动,开设音乐、芭蕾、歌剧、戏曲等 4 个专场,通过现场讲解、示范表演、经典视频、互动交流的方式,打造公众艺术教育平台。 (齐秋生)

文化市场

【文化市场管理】 年末,全区有持证

游戏机专项整治 (区文广局供稿)

文化经营单位 1 092 个,比上年增加 34个。其中印刷企业 502 家、娱乐经营单位 169 个、出版物经营单位 128 个、网吧 97 家、棋牌室 96 家、音像制品经营店 68 家、境内外卫星地面设施接收单位 17 个、电影放映单位 5 个、演出团体4 个、演出场所 1 家、演出经纪公司 1家、书场 1 家、美术品经营单位 3 个。全行业实现产值 46 亿元,其中印刷业年产值 44.65 亿元,排名全市第三位。年内,区文广局健全文化市场信息员队伍,初步形成区、镇两级文化市场信息体系,为文化市场监管打好基础。区文化执法大队加强与各镇(街道)综治办的联系,协调公安、工商等部门对歌舞娱乐、印刷、游戏机、出版等行业和学校周边地区的文化经营场所进行专项检查和整治,重点打击无证经营和非法经营。共开展专项整治行动 21项,出动检查 378 次,立案 105 件,查处出版物特大案 5 件。

【文化市场迎世博行动】 年内,区文广局以迎世博为主题,制定《娱乐场所行业规范》和《网吧规范服务标准》,规范行业从业人员的经营行为。开展对列入"迎世博重点管理行业"的娱乐、网吧、音像制品、出版印刷等行业经营业主和从业人员的宣传培训,共举办培训班 6 期,参加培训 1 600 人,场所参与率 100%。向全区娱乐场所和网吧发放各类警示标牌近 700 块、各类宣传告知书和材料 3 000 份。开展网吧、娱乐等场所迎世博"五个统一"执行情况的全面检查和"精彩世博、阳光娱乐"主题宣传周活动,展出 17 块宣传板面,提升行业的社会形象。

【完善文化市场行政审批程序】 年内,区文广局逐步完善文化市场行政审批流程,设置"嘉定区设立文化娱乐场所行政许可事前告知服务程序"。实施以来,为 96 个单位提供提前服务指导,避免投资人的盲目投资。完成利用闲置厂房开设大型娱乐场所情况的梳理分类工作,为符合条件的 6 个经营单位办理文化经营许可证,解决多年积存的矛盾。推出重点行业专管员制度,提高执法工作效率。对新列入测评范围的新闻出版行业,定期开展自查自纠工作,促进行为规范。成立由服务对象组成的政风行风监督员队伍,主动接受评议,随时接受监督。向 600 余家企业发放《文广局政风行风调查问卷》,主动征求意见。同时,利用宣传折页、展板以及广播电视、报刊加大文化执法的宣传力度,提高社会影响力。 (齐秋生)

图书和文博

【区图书馆普通外借读者证实现"即办即取"】 2009 年,嘉定区图书馆共接待读者 39.8 万人,外借文献 75.8 万册,在全市图书馆中列第三名。新增江桥消防支队图书流通点、马陆戬浜基层图书馆。全区 35 家"百姓书社"、18 个图书流通点全年更新流通图书

51 800 册。区图书馆推出普通外借读者证"即办即取"服务，新增读者证6 340 张，在全市各分馆中居首位，持证总人数 15 962 人。开展"知识惠嘉定、书卷飘宝山——2009 嘉定·宝山读书月"活动，举办 15 场迎世博系列"嘉图百姓讲座"，与 12 个镇（街道）文广中心合作举办世博图片巡展，扩大宣传的辐射面。青少年暑期读书活动获"2009 年上海市少年儿童暑期读书月优秀组织奖"，其中"共享城市阳光"夏令营系列活动被评为最佳活动奖。

【上海中国科举博物馆接待观众 9.7 万人次】 年内，上海中国科举博物馆共接待观众 9.7 万人次，包括来自美国、俄罗斯、新西兰、日本、韩国、阿曼和柬埔寨等 11 个国家的来华访问团体。开展"鎏金岁月——嘉定博物馆馆藏铜器展"、"中国画坛学术邀请展"和"纪念孔子诞辰 2560 周年——兰与儒家文化系列活动"等 9 个展览活动。推进有关嘉定史料、嘉定竹刻和科举论著的数据库建设，全年共收集到 8 000 份清代科举朱卷影印件的扫描电子版。年中，"中国科举文化展"应邀赴黑龙江禹舜美术馆和杭州江南水乡文化博物馆举办巡展。

【陆俨少艺术院举办展览 18 次】 年内，陆俨少艺术院完成"纪念陆俨少先生诞辰 100 周年"广州站、杭州站活动。举办"黄浦画院山水画展"、"盛世画卷——新中国成立 60 周年上海群文美术大展"等展览 18 次。对陆俨少艺术院院藏作品和 262 件借展精品进行作品复制。开办书画艺术工作室，为培养本土书画艺术人才搭建平台。

【21 处文物点被公布为区级登记不可移动文物】 年内，区文广局完成 143 处文物普查点的信息采集工作，21 处文物点被公布为区级登记不可移动文物。结合"国际博物馆日"，组织嘉定区第三次全国文物普查阶段性成果图片巡展，接待观众 1.5 万人次。联合市文管委考古部对工程建设中发现的南翔明代墓葬和嘉定北水关遗址进行抢救性挖掘和保护。全年征集文物 11 件，接受文物捐赠 7 件。

长三角地区民间手工编织作品邀请赛 （徐行镇供稿）

【黄渡沪书等 4 个项目入选区级非物质文化遗产名录】 2009 年，区文广局举办"嘉定区非物质文化遗产项目实物展"、"竹艺传薪——庆祝新中国成立 60 周年当代嘉定竹刻作品展"和"编之缘——徐行杯长三角手工编织作品邀请展"，展示文化品牌魅力和文化传承成果。小青龙舞龙会、郁金香酒酿造工艺、达摩易筋经、黄渡沪书 4 个项目被列入嘉定区第二批非物质文化遗产保护名录。嘉定竹刻和郁金香酒酿造工艺两个项目参展 2009 年度上海市民族民俗民间文化博览会。嘉定镇街道、安亭镇、徐行镇和外冈镇等镇（街道）在部分中小学建立竹刻、草编、蓝印花布和何氏灯彩技艺等项目示范实践基地，把民间传统技艺培训纳入社区教育和全民艺术教育体系，加强非物质文化遗产保护项目的传承与发展。

【新华书店销售净值增长 13%】 2009 年，在国际金融危机的不利影响下，新华书店嘉定区店图书销售以深化服务为手段，积极开展各类促销活动，全年实现销售净值 2 127 万元，比上年增长 13%。 （齐秋生）

"纪念陆俨少先生诞辰 100 周年"杭州站活动
（区文广局供稿）

广播电视报刊

【播出广播电视新闻 7 040 条】 2009 年，嘉定广播电视台围绕应对金融危机、学习实践科学发展观、庆祝新中国成立60周年、轨道交通建设、改善民生、加快城市化建设、促进"两个融合"等重大经济、社会建设活动，深入开展宣传报道工作。全年电视新闻共播发稿件2520条，被上级台录用349条；广播播出新闻稿件4520条，被上海人民广播电台《990早新闻》录用78条；向外宣平台发送节目作品17部。年中，嘉定广播电视台获得上海电视台年度《新闻坊》栏目集体铜奖。

【广播电视节目实施新一轮改版】 年内，嘉定广播电视台完成对广播电视设备的全面升级，建设广播直播室，对新闻演播室进行改造，以满足节目制作和播放的需要。7月1日，广播电视节目实现新一轮改版，广播推出直播节目，电视增加新闻访谈，电视专题增加节目长度，栏目的包装得到加强，节目质量得到进一步提高。《新闻追踪》、《民生热线》、《音乐晚餐》等栏目逐步获得认可。加强重点时段安全播出工作，加大视听小组意见的整改力度，节目播出差错率减小，安全性得到提高。

【专题片制作创佳绩】 年内，嘉定广播电视台立足嘉定，关注民生，以嘉定人身边事为视角，推出多部高质量专题片。专题片《巨变》获"中国广播电视协会纪念改革开放30周年优秀纪录片"银奖，《画人陆俨少》获第六届中国国际纪录片选片会三等奖，广告片《寻找就寻见》获"第三届全球华人非常短片创意盛典"最佳广告短片提名，

《游在嘉定》获"新中国城市发展形象宣传电视片"展评二等奖，另有4部专题片获得市广电协会节目评选一等奖以及电视外宣平台"彩桥奖"银奖，专题节目的策划和制作水平不断提升。

【实现农村有线电视"户户通"】 6月25日，随着华亭镇最后一批农村低保户家庭接通有线电视信号，嘉定区农村有线电视"户户通"建设宣告全面完成。嘉定区自2002年开始农村有线电视"村村通"建设以来，由于住宅分散、传输距离远等客观原因，农村地区有线电视的实际入户率一直不高。为满足广大农村居民看上有线电视这一基本文化需求，区有线电视中心在2007年制定并启动农村有线电视"户户通"三年计划，根据各镇、街道实际情况，采取补贴、投资和网络托管等多种措施，分步实施。从2007年4月起，累计投入资金1400余万元。农村有线电视"户户通"工程完成时间和平均入户率位列全市前茅。 （齐秋生）

【《嘉定报》宣传报道围绕中心、突出重点】 2009年，嘉定报社围绕区委、区政府中心工作，贴近嘉定经济和社会发展实际，做好宣传报道工作。在区委全会和"两会"召开期间，《嘉定报》着重加强对全区各项事业所取得成就的宣传力度，并出版特刊，多方位、全景式报道会议盛况，及时、准确地刊发嘉定市民对区委、区政府工作成效的反映和代表、委员的心声。针对深入学习实践科学发展观活动和迎世博工

作，报社全体采编人员全力以赴，采取多种新闻报道形式，出版《世博特刊》，较好地完成重大活动的宣传工作。另外，对嘉定新城建设、轨道交通建设、新能源研发等区内重点工作继续投入大量采编资源做好宣传工作。按照新闻工作"三贴近"原则，《嘉定报》调整部分版面内容，对来自于基层、服务于百姓的关系社会民生的内容加大报道力度，增强报纸的可读性。年内，为充分提高《嘉定报》的有效读者率，扩大读者群，报社组织力量在全区范围内对《嘉定报》的发行工作进行调查摸底。

【《嘉定报》全年出版53期】 年内，《嘉定报》出版53期，其中出版特刊1期；共扩版6个版面。全年文字量168万字，平均每期3.3万字。

【《嘉定报》出版《世博特刊》】 4月27日，根据区迎世博工作安排，《嘉定报》出版首期《世博特刊》，面向全区发行30万份，其中10万份随《嘉定报》同步发行。《世博特刊》以50天为一个出版周期。

【《嘉定报》专刊公益宣传】 年内，先后有30余个单位按规定报批程序进行免费专版宣传，宣传内容主要包括政策解读、重要节庆活动、社会民生等方面。

【《嘉定报》获奖作品数列区县报首位】 11月8日，在上海市新闻工作者协会和上海市新闻学会联合举办的区县报好新闻评比中，《嘉定报》月末版（中文）荣膺"优秀品牌"称号，加之2007年已获此誉的"新闻聚焦"，《嘉定报》在全市18家区县报已评出的12个"优秀品牌"中占2个。同时，《嘉定报》另有7件作品获奖，其中5件作品获一等奖，列全市各区县报第一。获奖的7件作品是：黄友斌撰写的《危机，转身，复苏》和沈青撰写的《嘉定新城"四个就地"展现迷人画卷》分获言论、消息类一等奖；"纪念嘉定解放六十周年"系列报道、"玩转原创天地"版面分获新闻策划类和文艺副刊类一等奖；陈启宇拍摄的《付出是我们的骄傲》获摄影一等奖；谢作灿撰写的《他把"海宝"带到人间》和孙凌编辑的第六版《盛世享太平，岁末守平安》分获

拍摄城市宣传片 （区文广局供稿）

通讯类、专刊类二等奖。

（顾洪行　沈青）

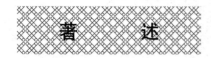

著　述

【《仁者陈龙》出版】　1月，《仁者陈龙》由上海文化出版社出版发行。该书由嘉定区政协、嘉定区卫生局组织编写，赖云青执笔，全书10万字。陈龙医师1919年出生于嘉定。在那个动乱的年代，直面百姓疾苦，他选择悬壶济世作为自己一生的事业，并放弃上海市区优越的环境，来到工作、生活条件较差的嘉定从医、从教，为嘉定卫生事业奉献自己毕生精力。通过他严谨的工作态度、踏实的工作作风、无私的奉献精神，为嘉定初级卫生保健事业从上海走向全国、走向世界起到良好的带头作用，同时为医务界树立典范。他被中国农村卫生协会授予"农村卫生终身贡献奖"。《仁者陈龙》以文学传记形式，通过20余篇文章写出"陈龙精神"，表彰陈龙作出的贡献，激励后人传承和发扬"陈龙精神"，为推动卫生事业发展、提高医疗卫生服务质量起到借鉴和教育作用。该书由上海市卫生局前局长王道民作序。

（陈雅琴）

【《菩提寺诗文赏析》出版】　6月，《菩提寺诗文赏析》由上海文化出版社出版发行。该书由金百昌编注，全书9.6万字。始建于东吴赤乌二年（239年）的菩提寺（今全名为上海菩提禅寺），饱经沧桑，几度兴废，深厚的历史文化底蕴，吸引历代文人流连驻足，留下大量精彩的诗赋文章传咏至今。《菩提寺诗文赏析》选录诗文33篇，按"原诗文、译述、作者简介、注释、赏析"五部分展开。诗文忠于原著，作者简介翔实，注释引经据典，译述采用诗化的语言，赏析围绕作者内心剖析和读诗读文心得，兼顾写作特色欣赏，分析丝丝入扣，是关于菩提寺诗文最为详尽的普及和赏析读物，具有丰富的思想艺术内涵。

【《名人与南翔》出版】　9月，《名人与南翔》由上海文化出版社出版发行。该书由严菊明策划，严健明主编，全书23.94万字。分设名人在南翔、名人写

南翔和南翔名人备考等篇章，通过113篇文章，选取在南翔历史上具有一定影响的人物，就他们人生旅途中与南翔关系密切的部分加以展开叙述，挖掘乡土历史文化，了解、认识那些在南翔的发展演变中青史留名的名人，用他们的才智、业绩教育、激励现在的人们，进而更加热爱家乡、热爱祖国。该书是继《南翔民间故事》之后南翔加强文化建设，打造乡土文化品牌"南翔古镇文化书系"的又一成果。

【《紫笔畅怀》、《蓝莹荟萃》出版】　10月，嘉定籍人士朱龙铭著作的散文集《紫笔畅怀》由经济日报出版社出版发行。该书分"东风浩荡"、"南风盎然"、"馨风芬芳"、"乡风忆趣"、"时风彰显"、"寒风彩霞"、"旅风优悠"和"古风神韵"八部分，全书35.3万字。12月，由朱龙铭著作的调研报告和"然"字研究相关文章结集的《蓝莹荟萃》由经济日报出版社出版发行。该书分两大部分：第一部分"研研天地"，包括"社会纵横"、"城市建设"；第二部分"文辞情愫"，包括"师友点评"、"然人回望"，全书28.8万字。　（申　文）

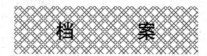

档　案

【概况】　2009年，区档案局以科学发展观为指导，认真做好档案行政执法、档案资料进馆、档案人员培训等工作。年内，认真抓好重大活动材料收集归档工作。开展深入学习实践科学发展观活动文件材料收集归档工作的指导工作。出台《区档案局关于在区政府机构改革和区委部分党委调整中加强档案工作的意见》，要求涉及的单位加强机构改革和调整中的档案工作。出台《关于加强嘉定区迎世博600天行动档案工作的通知》，要求相关部门要依法及时将区内迎世博600天行动过程中形成的具有保存价值的各类文字、照片、声像记录等电子和实物材料整理归档。制定《关于安亭、黄渡"撤二建一"机构改革中档案移交进馆的工作方案》，对原安亭镇、原黄渡镇档案移交进馆工作进行指导。继续完善新农村建设档案管理试点工作，并逐步向其它镇（街道）推广。下发《关于开展创建新农村建设档案管理示范村

活动的通知》，修订《嘉定区新农村村级档案管理办法》，加快推进社会主义新农村建设档案管理工作。根据上级要求，与区民宗办联合对区内部分宗教场所的档案工作进行抽查，对存在的问题提出整改意见并跟踪落实。举办宗教档案专题培训班，进一步提高区内各宗教活动场所的档案管理水平。年中，在嘉定档案系统认真开展学习刘义权先进事迹活动，通过收看电视节目、下发学习材料、组织座谈和举办征文活动等形式，营造学习先进、争当先进、赶超先进的氛围。

【档案行政执法】　2009年，区档案局对区国资委管辖企业档案工作检查中发现的薄弱单位进行重点指导。与区建交委联合对南翔医院迁建工程、嘉定自来水有限公司北区水厂工程等项目进行执法检查。认真贯彻执行国家档案局8号令，指导村级基层单位开展新的文件材料归档范围和文书档案保管期限表的制订工作。

【区档案馆馆藏档案17.96万卷1.27万件】　2009年，区档案局重新制定档案进馆范围和标准。6月，下发《嘉定区档案局关于档案接收进馆工作实施意见》，对进馆原则、范围、时限等作明确要求。7月，召开嘉定区档案接收进馆工作会议，确保档案接收进馆工作扎实稳步推进。至年末，馆藏文书档案129个全宗（新增1个），档案179647卷12661件。其中建国前档案5256卷，建国后档案174391卷12661件，音像档案532盒，照片档案17208张，电子档案光盘275张，缩微胶片2000幅。馆藏图书资料21896册。完善档案特藏库房的设施，做好馆藏部分珍贵档案资料的编目梳理。完成馆藏书画档案一画一档的整理编辑以及家谱档案、古籍图书、实物档案的编目整理、条形码粘贴工作，并将这四部分档案入藏特藏库，实现集中统一管理。

【档案人员专业培训】　年内，举办嘉定区第十四期档案人员岗位业务培训班和档案继续教育系列讲座，230人参加。开展日常业务指导工作，参与马陆镇、嘉定工业区等单位5期档案业务知识短训班授课工作，146人参加。举办嘉定区数字档案馆系统用户培训活动，90人参加。

【举办陈启宇摄影作品展】 12月31日，上海市档案局、上海市摄影家协会、嘉定区档案局在上海市档案馆外滩新馆联合举办"兰台光影"——陈启宇摄影作品展。其中110幅摄影作品入藏上海市档案馆和嘉定区档案馆。此次展览的举办，是响应市档案局提出的建立档案工作市区联动机制的总体要求，进一步加强档案资源建设、增强档案社会服务功能的首次尝试。

【档案信息化建设】 2009年，区档案馆完成2007~2008年馆藏档案21 971卷(件)、共90万页(条)的电脑录入、全文扫描及进出库房、清点工作。9月，嘉定区数字档案馆管理系统二期工程通过验收，区内80个单位开始使用该系统。年内，开发档案管理软件单机版，满足区内非政务网用户的需求。完善档案志鉴网站功能，发挥信息系统和网络的作用。年中，明确区检察院、区农委、区委党校、区建交委、安亭镇等单位为数字化档案室试点单位，制定数字化档案室验收标准，召开相关单位座谈会。区农委于年底率先完成室藏档案数字化工作。

【档案开发利用】 2009年，区档案馆接待利用者5 690人次，调阅档案、资料16 423卷(册)。其中，查阅婚姻、独生子女档案2 797人(次)，房屋土地、农民建房申请档案978人次，工作档案查考867人次，编史修志195人次，其他853人次；共出具各类档案证明3 630份，说明65份。收集区政府各部、委、办、局公开信息、现行文件685条(份)，各类简报400余份。接受群众网上登记查阅、来馆查阅公开信息24人次。年内，举办"档案里的嘉定足迹"展览，向社会公众免费开放。举办三期"挖掘馆藏资料，开展爱国主义教育"讲座。利用馆藏资料在《嘉定报》上介绍相关历史人物，与嘉定广播电台联合举办"嘉定故事"系列专题节目。9月，区档案馆再次被区精神文明委员会命名为区爱国主义教育基地。

【档案安全保护】 年内，区档案馆库房气体灭火工程通过验收，标志着区档案馆在运用现代化监控设施，对档案实体、库房与设备实行全过程、全方位监控上迈出扎实的一步。加强库房"十防"管理，加大对库房消防报警系

"兰台光影"——陈启宇摄影作品展 　　(陆一星 摄)

统、门禁管理系统、红外线监测系统及恒温恒湿空调机组的管理和使用。试行档案查询身份认证系统，进一步提高服务效率，加强档案安全工作。完成档案库房及查档阅览室空气净化设备的安装，使档案库房空气污染指数大幅下降。

(陈坚坚)

地方史志

【《嘉定年鉴2009》出版】 10月23日，由《嘉定年鉴》编纂委员会编纂，嘉定区地方志办公室编辑，学林出版社出版的《嘉定年鉴(2009)》面向社会公开发行。2009年版《嘉定年鉴》是1991年《嘉定年鉴》创刊以来的第十九卷地方综合性年鉴。它忠实地记录2008年度全区政治、经济、科学技术、文化、社会生活等各方面的基本情况，反映各行各业所取得的新成就、新经验和新发展。《嘉定年鉴(2009)》卷首为特载、概况、大事记、专记、专文，正文部分按党政群团、治安司法、经济发展、城镇建设、社会事业、镇(街道)、部(市)属单位选介、先进人物与集体名录等为序，卷末为附录。"特载"部分收录中共嘉定区委常委会工作报告(四届七次全会)和四届人大第四次会议政府工作报告。"专记"栏目收录"轨道交通11号线(嘉定段)建设"、"嘉定新城建设"、"抗震救灾，嘉定人民在行动"、"迎奥运，迎世博"、"全国社会主义新农村建设示范村——毛桥

村"等内容；"专文"部分收录各镇(街道)、嘉定工业区、菊园新区主要领导撰写的文章13篇；"附录"部分刊载文选2篇，设立"2008年媒体报道嘉定部分目录"。全书共设栏目25个，分目181个，条目1 364条，收录统计表格96张。全区经济和社会发展统计资料等编入附录。编制索引。全书设彩页88面，照片453幅、串文照片201幅，文字97万字(与上年持平)。《嘉定年鉴(2009)》随书制作电子光盘，扩充地图和视频内容以方便读者。《嘉定年鉴(2009)》卷末刊载由嘉定区地方志办公室和《嘉定年鉴》编辑部策划、制作的"嘉定解放60年大事图记"。该资料以大事记和图片的形式，记述嘉定解放60年的历史进程和伟大成就，激励嘉定人民在新的历史时期，以更昂扬的斗志、饱满的热情、务实的作风、勤奋的状态，开拓创新，攻坚克难，奋发进取，为把嘉定建设成为文化特色鲜明、社会和谐发展、具有较强综合实力和辐射能力的组合型现代化新城而努力奋斗。

【《嘉定年鉴(2008)》获全国年鉴质量评比综合一等奖】 12月，由嘉定区地方志办公室选送的《嘉定年鉴(2008)》被评为第四次全国年鉴编纂出版质量地州县区年鉴框架设计特等奖、装帧设计一等奖、条目编写二等奖，荣获综合一等奖。此奖项为中国年鉴界每五年一评的最高奖。此次评奖活动由中国出版工作者协会主办，中国出版工作者协会年鉴工作委员会承办。

【《练川古今谈》(第四辑)出版】 10月30日，由嘉定区地方志办公室编纂的集史料性、研究性、知识性、趣味性于一体的通俗读物——《练川古今谈》(第四辑)面世，内部发行，主编张建华。编纂出版《练川古今谈》是为了更好地宣传执行《地方志工作条例》，深入研究嘉定历史文化，开发利用档案、地方史料，为地方经济和社会全面发展服务。《练川古今谈》(第四辑)收录文章45篇，全书18万字。

【《马陆戬浜合志(1990~2007)》出版】 11月，由《马陆戬浜合志》编纂委员会编纂，学林出版社出版的《马陆戬浜合志(1990~2007)》面向社会公开发行。该志按照镇级行政区划调整实际分为三卷：卷一《马陆志》上限接1994年上海社会科学院出版社出版的《马陆志》的下限1990年；卷二《戬浜志》上限接1992年上海科学普及出版社出版的《戬浜志》的下限1989年；卷三《马陆志》的记述时限则为建立新的马陆镇后的6年（即2002~2007年）。《马陆戬浜合志》卷首设彩照、地图、序言、概述、大事记，以下采用章节体编纂方法，部分节以下设目和子目。正文大体以行政区划、土地人口、党政群团、治安司法、经济发展、镇村建设与管理、社会事业、人物为序，以记、传、图、表、录等为主要记述形式。全志98万字。

【"嘉定历史文献丛书(第二辑)"出版】 12月15日，"嘉定历史文献丛书(第二辑)"由中华书局出版发行。该丛书由嘉定区地方志办公室编辑、华宝斋印刷，是继2005年12月出版的"嘉定历史文献丛书"(辑录《练川图记》、《练水画征录》、《竹人录》)续集，收录《明清嘉定诸生录》、《涂松遗献录》、《嘉定乙酉纪事》等文献。《明清嘉定诸生录》(民国·吕舜祥著)所录明清两代嘉定县中秀才并成为县学生的大部分学生名录、简历，属于科举类的史料著作，全书5万字。所录诸生上自明万历十六年(1588年)戊子科，下迄清光绪三十一年(1905年)乙酉科(是科后，科举制度废止)，前后历317年，共收中式生员5400余名，真实地记录了古代嘉定知识分子队伍，弥补了方志科贡表的缺憾。《涂松遗献录》由清代嘉庆年间嘉定文人程庭鹭编撰，是一部较有代表性的嘉定地方史料笔记，分官司、学校、乡型、古迹、风俗、物产、志异、轶事等八个门类，主要叙述明清两代嘉定的官员行状、典章制度、科举考试、乡绅贤达、历史古迹、民情风俗、土贡物产、志怪传闻等，堪称为一部小型的嘉定百科全书。全书2万字。《嘉定乙酉纪事》又名《嘉定屠城记》，清初学者朱子素著。作为明末清初"嘉定三屠"的亲历者，作者客观、真实、详细地记录清军首领李成栋在嘉定屠城的惨相，忠实而详尽地记录嘉定士绅与民众抗清斗争历史，为子孙后代留下一份极其珍贵的历史资料。

【《话说上海(嘉定卷)》出版】 12月，嘉定区地方志办公室编纂的《话说上海(嘉定卷)》由上海文化出版社出版。《话说上海》丛书由上海市地方志办公室组织编纂，计19卷，每个区县为1卷，旨在利用地方志资源，以图说的形式，介绍上海独特的历史文化内涵，迎接2010上海世博会的召开。《话说上海(嘉定卷)》是该系列丛书出版的第二本。该书图文并茂，10万余字，通过200余帧照片和40篇文章，将嘉定深厚的历史文化积淀和独特的地域特色予以记录和展示，以助更多的人了解嘉定的文化。

【《太平村志》出版】 12月，由《太平村志》编纂领导小组主持编纂的《太平村志》经上海文化出版社审定出版发行。该志卷首设彩照、地图、序言、概述、大事记，正文设村名、建置·自然环境、人口·家庭·婚姻、新村民、党·政·群众团体、民兵·兵役、社会综合治理、民政·社会保障、农业、工业、精神文明建设、民主政治建设、教育、文化·体育、医疗卫生、村民生活、习俗、民间传说、领导调研·来访、人物名录、荣誉榜、附录等22章，以志、记、述、图、表、录等形式表述。全书25万字，主编曹少奎。《太平村志》实事求是地反映新中国成立后太平村人民在党和人民政府领导下60年的奋斗历程，真实地记录了太平村自然风貌、人文地理，以及经济变革的历史轨迹。它既是一部太平村由穷变富历程的实录，又是一部太平村民共同致富、创造和谐太平的奋斗史。该志资料信息翔实，门类齐全，语言朴实流畅，尤其是在"民主政治建设"、"新村民"、"工业"等章节独具匠心，具有一定的地方特色和时代特征，可读性较强，在嘉定区村级志书编纂工作方面领先一步。

【《嘉定钱大昕全集》等书籍获奖】 年内，上海市第二届地方志优秀成果获奖名单公布，由嘉定区地方志办公室选送的《嘉定钱大昕全集》获地情资料类书籍一等奖；《嘉定历史文献丛书》(第一辑)获地情资料类书籍三等奖；《嘉定地名志》获地方志书类书籍三等奖。嘉定区地方志办公室获优秀组织奖。

(孙培兴)

地方志优秀成果评奖活动获奖证书　　　(区志办供稿)

卫生·体育

编辑 宋怀常

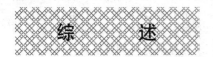

综　　述

2009 年，嘉定区卫生系统深入学习实践科学发展观，围绕"强化基础、深化改革、提升水平、优化服务"工作目标，全面完成各项卫生工作任务。

加快发展，努力满足群众不断增长的医疗卫生服务需求。针对嘉定卫生资源配置严重短缺及医院少、床位少、医生少等突出问题，区卫生局抓紧推进基本建设进程，年内完成建设项目 6 个，在建项目 6 个，处于论证储备阶段的项目 6 个；加快人才储备，营建有利于人才发展的综合环境，加大招录应届毕业生和社会人员的力度，全年共招录 280 人；进一步发挥医学会平台作用，强化科教工作，加强质控小组建设，全方位提升专业技术人员的水平。

加强基层公共卫生和基本医疗体系建设。以社区卫生服务综合改革为突破口，立足于基层、基础、基本，强化机制、完善服务，不断完善基层公共卫生网和基本医疗网。体制上，细化镇村一体化管理的目标和任务，真正做到机构设置、组织管理、人员配备、财务管理、药械管理和业务管理"六个统一"，并明确考核评估标准；探索组建医疗联合体，区中心医院与北片 6 个社区卫生服务中心、南翔医院与南片 4 个社区卫生服务中心、安亭医院与西片 3 个社区卫生服务中心建立区域医疗联合体，并推行社区首席医师制度，完善"双向转诊"。机制上，完善区镇

两级政府、三级管理体制，公共卫生专业机构、二级医院、社区卫生三位一体实施公共卫生项目；完善社区收支两条线管理，新型绩效考核分配机制普遍建立，医务人员收入与社区卫生服务中心业务收入的直接联系被基本切断。

加强农村医疗设施建设，完成 7 个镇 15 个市级标准化村卫生室建设。徐行镇 8 个站点作为上海市村卫生室新型农村合作医疗实时报销首批试点单位，通过专家组验收。零差率药品范围从 301 种扩大到 370 种，全年 228.7 万人次享受药品零差率政策，实际优惠费用 755.1 万元。零差率人次占比由去年的 44% 升至 65%，零差率金额占比由上年的 14% 升至 25%，人均优惠费用从 3.7 元升至 5.1 元，切实让百姓得到实惠。重点关注外来流动

人口、妇女、儿童、特殊困难群体，为退休和生活困难妇女疾病普查 10 043 例，为 3.3 万名儿童进行免费龋齿充填，"健康进农家"活动为 35 岁以上农业人口体检 26 142 人。

加强队伍建设，不断提高人民群众对医疗卫生工作的满意度。以"创优美环境、树文明窗口"为主题，加强行风建设。区卫生局实施督导，强化激励机制，开展一个联系、一次动员、一周自测、一月检查、一个专版的"五个一"活动，加强对基层开展迎世博工作的指导；各医疗单位在提升医疗质量、改善服务水平方面实施多种举措，推出 30 余条便民利民措施。区卫生系统迎世博文明指数明显提升，年度行风测评名列全市卫生系统第二。优化监督执法工作，加强政风建设。缩短重大产业建设项目的卫生审批时间

卫生资质审批工作现场办公　　（区卫生局供稿）

50%,卫生审批窗口被评为年度先进窗口;推进1200家企业的职业卫生申报,开展分级量化管理,深受企业欢迎;建立政府统筹、部门联动、综合执法的打击无证行医及"医托"长效管理机制,以及跨省联合执法、条块联合执法、部门联合执法等工作机制,并探索行政处罚与刑事司法衔接机制,有效震慑非法行医者。

确保公共卫生安全,全力做好甲流疫情防控工作。成立防控办公室,落实专项工作经费,制定防控工作方案,储备应急物资,加强疫情监测与报告,积极向社会公众广泛宣传科学的防控知识,并在知情、同意、自愿基础上开展对重点人群大规模疫苗接种工作。年内全区共报告甲型H1N1流感病例225例,重症甲流病例6例。无聚集性甲流疫情暴发。统筹兼顾做好手足口病、肠道传染病、艾滋病、结核病等其它重点传染病防控工作。

发挥卫生事务管理中心平台作用,加强会计基础工作,强化财务监管。初步建立财务数据管理平台,为开展经济运行情况分析及财务监管提供数据支撑;统一系统内医疗单位的会计科目体系,规范会计核算,完善内控制度,确保财务信息的真实、准确、完整。推进卫生信息化工作,搭建全区卫生数据平台。按照"统一规划、分步实施、立足当前、兼顾长远"的建设原则,全面完成嘉定卫生数据中心主体、卫生数据共享与交换平台、嘉定卫生信息专网、计划免疫信息系统试点、卫生协同办公系统、慢病无线管理系统等项目建设工作。

年内,区体育局以"庆新中国华诞、迎世博会盛事"为契机,扎实推进体制机制创新,不断提高服务水平,推动群众体育、业余训练和体育产业持续快速发展,发挥在"和谐嘉定"建设和迎世博工作中的独特作用,各项工作呈现良好态势。成功举办嘉定区第四届运动会,充分体现"全民健身、全民参与"的宗旨。开展"全民健身与世博同行"全民健身周窗口服务活动及"庆奥运一周年"全国首个全民健身日活动。完成嘉定体育场看台座位安装、跑道翻修、体育馆室外健身场地改造等项目和4个社区公共运动场、50

个农民健身工程建设。年内,体育彩票销售网点增至90个;彩票销售总额5863万元,比上年增长24.52%。

(陈雅琴 陆依岭)

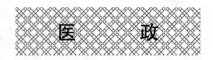

医　政

【概况】 2009年,全区卫生系统有预防、医疗、救护等单位30个,比上年增加2个,其中社区卫生服务中心13个;设病床2756张。民办医疗机构正式营业15个。全区职工总数5374人,其中卫技人员4396人。全年诊疗575.6万人次,比上年增长14.84%;入院5.8万人次,出院5.77万人次;实施手术1.88万人次,与上年基本持平。全区病床使用率87.71%,下降1.94个百分点;病床周转率21.15次/床,下降0.2次/床。户籍人口平均期望寿命81.94岁,比上年上升0.69岁。

(陈雅琴)

2009年嘉定区医疗卫生系统机构一览表

名　称	地　址	创办年月	资　质	固定职工数(人)	卫技人员数(人)			建筑面积(平方米)	业务用房(平方米)	电话号码
					合计	执业(助理)医师	注册护士			
中心医院	城北路1号	1949.10	二级医院	1114	998	338	512	72144	51916	69987008
南翔医院	南翔镇民主街144号	1975.5	二级医院	443	362	133	185	12098	8445	59123289
安亭医院	昌吉路204号	1975.5	二级医院	375	308	115	138	16565	13199	59579914
中医医院	博乐路222号	1979.6	二级医院	374	322	128	113	11076	8394	39921263
精神卫生中心	望安路701号	2009.1	二级医院	111	89	30	49	14000	11785	59935000
妇幼保健院	嘉定镇北大街128号	1981.5	二级医院	332	299	110	126	10333	6566	39911712
牙病防治所	塔城路5号	1985.1	专科防治站、所	36	26	16	2	1000	1000	59992076
疾病预防控制中心	塔城路264号	1970.3	专科防治站、所	112	86	56	0	5431	4782	59528550
卫生监督所	塔城路264号	2001	专科防治站、所	51	39	0	0	2372	2372	69530272
医疗救护站	新建一路2151号	1982.9	其它卫生机构	99	32	23	0	1734	1156	59556162
血站	金沙路255号	1990.12	其它卫生机构	21	14	3	5	1200	680	59917690
卫生工作者协会	金沙路257号	1951.6	其它卫生机构	10	0	0	0	80	80	59532494
人才服务中心卫生分中心	金沙路257号	2002.4	其它卫生机构	3	0	0	0	150	70	59522519
卫生事务管理中心	金沙路257号	2008.11	其它卫生机构	4	0	0	0	200	200	39910129
爱卫办	金沙路257号	1978.6	其它卫生机构	7	0	0	0	180	180	59530944
合作中心	金沙路257号	1980.11	其它卫生机构	6	0	0	0	250	250	59917851
医学会	金沙路257号	1979.8	其它卫生机构							59532494
嘉定镇街道社区卫生服务中心	嘉黄公路366号	1996.4	一级医疗机构	87	65	40	16	2657	2100	69168820
南翔镇社区卫生服务中心	沪宜公路1082号	2007.3	一级医疗机构	74	53	32	13	2700	2700	59179685
马陆镇社区卫生服务中心	沪宜公路2091号	1960.6	一级医疗机构	149	125	57	37	9388	7828	39150384
徐行镇社区卫生服务中心	开源路5号	1960.6	一级医疗机构	94	75	37	20	3278	3278	59946980

（续表）

| 名　称 | 地　址 | 创办年月 | 资　质 | 固定职工数（人） | 卫技人员数（人） | | | 建筑面积（平方米） | 业务用房（平方米） | 电话号码 |
					合计	执业（助理）医师	注册护士			
华亭镇社区卫生服务中心	嘉行公路 3285 号	1960.6	一级医疗机构	65	51	25	15	5 187	4 587	59951267
嘉定工业区社区卫生服务中心	宝钱公路 2890 号	1960.6	一级医疗机构	87	74	44	18	4 788	4 491	59543741
外冈镇社区卫生服务中心	祁昌路 355 号	1960.6	一级医疗机构	99	75	39	24	6 648	6 648	59588626
安亭镇社区卫生服务中心	嘉松北路 4018 号	1960.6	一级医疗机构	114	97	54	24	2 368	1 987	59509101
黄渡社区卫生服务中心	新黄路 3 号	1960.6	一级医疗机构	84	69	37	15	6 300	6 300	59590906
江桥镇社区卫生服务中心	虞姬墩路 48 号	1961.4	一级医疗机构	183	156	72	52	3 682	3 200	59144458
真新街道社区卫生服务中心	丰庄路 255 号	1998.4	一级医疗机构	134	105	55	28	4 200	3 900	59183589
菊园新区社区卫生服务中心	平城路 785 号	2002.5	一级医疗机构	45	35	15	11	2 500	2 500	59926282
迎园医院	墅沟路 400 号	1977.1	一级医疗机构	150	122	39	66	16 705	14 615	59995539

2009 年嘉定区医疗机构业务情况一览表

名　称	诊疗总人次（人次）	其中：门急诊（人次）	全身健康检查人数（人次）	手术人数（人次）	出院人数（人次）	治疗有效率（%）	病死率（%）	病床周转率（次/床）	病床使用率（%）	出院者平均住院日
合　计	5 756 354	5 631 043	411 217	18 822	57 660	93.12	1.63	21.15	87.71	12.66
一、公立合计	5 355 658	5 230 347	390 631	18 000	56 045	92.87	1.69	21.72	91.43	12.85
1. 区级医院合计	2 822 172	2 772 008	150 958	18 000	53 970	93.08	1.45	29.28	96.66	10.67
中心医院	1 164 612	1 164 612	21 608	7 142	21 066	90.55	1.85	28.86	91.13	11.56
南翔医院	444 850	444 850	34 401	2 285	8 948	94.47	1.65	38.57	88.15	8.39
安亭医院	387 750	387 157	31 661	1 996	6 045	94.83	1.6	34.94	101.69	10.72
中医医院	517 156	506 456	63 288	2 255	5 672	91.72	1.34	27.8	94.6	12.44
精神卫生中心	20 548	20 548			314	90	1.61	0.87	98.46	169.79
妇幼保健院	287 256	248 385		4 322	11 925	99.11		82.81	130.73	5.78
2. 社区卫生服务中心合计	2 437 742	2 397 190	239 673		2 075	88.22	6.89	2.81	78.38	69.35
嘉定镇街道	260 930	257 851	20 819							
马陆镇	210 790	210 790	14 082		37	91.18	5.88	1.06	14.4	101.51
徐行镇	87 734	84 847	15 657		67	97.01	1.49	1.91	8.64	18.79
华亭镇	69 110	68 860	10 859		231	95.24	0.87	9.07	23.08	8.87
嘉定工业区	116 171	115 073	4 212		6	83.33		0.24	0.71	10.83
外冈镇	110 074	109 545	8 280		530	96.77	0.86	10.6	25.63	9.74
安亭镇	167 551	166 805	10 030							
黄渡镇	204 777	204 777	9 935		567	93.47	0.18	15.32	48.6	11.49
江桥镇	383 538	381 651	41 700		95	39.08	47.13	0.59	84.01	413.56
真新街道	473 110	469 402	4 500		406	95.82	3.2	5.08	84.11	61.48
菊园新区	52 469	51 965	2 052							
南翔镇	130 053	105 663	5 526							
迎园医院	171 435	169 961	92 021		136	23.38	58.87	0.47	114.29	447.33
3. 牙病防治所	95 744	61 149								
二、民办合计	400 696	400 696	20 586	822	1 615	100		11.11	21.63	6.32
沪西医院	11 216	11 216		10	18	100		0.9	2.21	8.94
中亚医院	58 933	58 933		77	86	100		4.3	6.78	5.76

（续表）

名　称	诊疗总人次（人次）	其中：门急诊（人次）	全身健康检查人数（人次）	手术人数（人次）	出院人数（人次）	治疗有效率（％）	病死率（％）	病床周转率（次/床）	病床使用率（％）	出院者平均住院日
圣爱医院	44 219	44 219	1 876	69	77	100		3.85	5.26	4.99
欣安医院	21 787	21 787	271							
海鹤医院			11 374							
同翔医院	23 090	23 090	2 569	39	45	100		2.25	4.34	7.04
嘉华医院	48 706	48 706	3 996	120	436	100		21.8	26.67	4.36
嘉园医院	7 292	7 292								
城市女子医院	37 912	37 912		283	307	100		15.35	21.21	4.7
安国医院	57 924	57 924		224	641	100		32.05	79.16	8.34
曹安医院	1 629	1 629	500		5	100		0.93	43.15	32.4
大宅门诊部	73 526	73 526								
丰登门诊部	9 811	9 811								
瑞都口腔门诊部	3 200	3 200								
均成口腔门诊部	1 451	1 451								

（钱海明）

【医疗质量管理】　2009 年，区卫生局以开展医疗安全百日专项检查、医院管理年、医疗质量万里行、医疗质量安全管理专项督查等活动为抓手，加强临床专业质控工作。增设 4 个专业质量控制组并调整部分质控成员，使临床专业质控组达到 22 个、105 名成员。各质控组全年共聘请市级专家开展 28 次专项培训，培训医务人员 1 357人次，并开展多种形式的带教、指导、培养活动，提升各专业医务人员的技术水平。成立决策咨询专家委员会，开展医疗质量管理专题培训、专家讲坛、专家论坛等活动，加强医疗质量管理。全年无重大医疗事件发生。

（黄立新）

徐行镇新型农村合作医疗实时结算系统开通（区卫生局供稿）

【"健康进农家"活动】　年内，全区医务人员参加"健康进农家"活动 6 866人次，完成农业人口体检 26 142 人，其中 35 岁至 60 岁 10 633 人、60 岁以上15 509 人。查出疾病人数：农业人口27 236 人，非农业人口 32 855 人，新发病例数：农业人口 9 519 人、非农业人口 2 599 人。检出的病人中：高血压20 034 人，其中新发病例 4 291 人；糖尿病 5 219 人，其中新发 2 385 人；白内障6 060 人，其中新发 786 人；良性肿瘤2 193 人，其中新发 622 人；恶性肿瘤1 064 人，其中新发 468 人；肝胆疾病 14 070 人，其中新发 3 142 人；肾脏泌尿疾病 3 106 人，其中新发 1 625 人。

【医疗保障】　年内，区卫生局做好重大活动及突发事件的医疗保障工作。圆满完成 F1 中国大奖赛、MotoGP 等比赛活动的公众医疗保障任务，同时组织完成各类重大会议、动拆迁等重要活动和清明、冬至祭扫期间医疗保障工作任务。全年未发生医疗事件。

（王　涛）

【医疗急救】　年内，区医疗急救中心接警出车 16 056 次，比上年增长15.5%；急救出车 13 309 次，增长15.3%；业务总收入 235 万元，增长16.3%。完成 F1 中国大奖赛等赛事及各类重大活动医疗保障 175 车次，参与保障 350 人次。全区有医疗急救分站 6 个，救护车 31 辆，24 小时当班车 7辆，急救半径 5.93 公里，平均反应时间10.54 分钟。

【血液管理】　2009 年，全区共采血18 080 人份，其中流动车采血 8 407 人份，超额完成市政府下达的指标（多采血 1 830 人份）。用血审证率 100%，献血体检合格率 84.05%，大血复检合格率 93.75%，无偿初筛合格率 91.15%，成分离率 99.95%。分离多采血小板 696 单位，单采血小板 38 单位。划拨市血液中心 9622 袋。区内各医疗单位用红细胞悬液 6722 单位，血浆 35.22 万毫升，单采血小板 59 单位，多采血小板 818 单位，其它成分用血 1 单位。年内，积极应对各类突发事件，保质保量地满足区内临床用血的需要。

（王 萍）

【完成中小学生免费口腔检查和龋齿充填实事项目】 为 2.5 万名中小学生免费口腔健康检查和龋齿充填治疗是 2009 年区政府实事项目之一，通过龋齿早期充填治疗，可降低牙髓及根尖周病的发病率，减少学生及家长看牙所花的时间及费用，减轻家庭和社会的经济负担。至年底，完成 57 所学校的 3.3 万名中小学生的口腔检查工作，并对 1.16 万名学生的 3.56 万颗牙齿进行现场充填，充填率 70.22%，充填比 35.67%。通过实施该项目，扩大学生龋齿充填受益面，并且通过口腔健康教育与促进系列活动，增强学生的口腔保健意识。

（孙惠民）

【公立医院基本药品实行集中采购统一配送】 1 月 18 日，嘉定区卫生系统基本药品集中采购统一配送签约仪式举行，区卫生局委托上海医药股份有限公司为公立医院集中采购统一配送 383 种基本药品。实行基本药品集中采购统一配送，有利于压缩药品生产流通环节、降低药品流通费用，提高价格的合理性与质量的可靠性，大大降低药品进价成本，并直接让利于人民群众。同时有利于对医疗机构采购药品的品种、数量、价格、加价率、回款、使用等情况进行动态监管，减少不必要的中间环节，规范医疗机构合理用药，有效治理商业贿赂活动，纠正行业不正之风。

（陈雅琴）

【卫生基建项目有序推进】 2 月底，嘉定区中医医院肛肠科病房楼扩建项目开工，该项目被列入 2009 年地市级以上重点中医医院建设项目中央预算内专项资金投资计划；3 月 13 日，南翔医院迁建工程开始进行桩基工程的施工；5 月，安亭镇社区卫生服务中心建设工程开工；5 月 18 日，嘉定区妇幼保健院迁建工程开工，年内结构封顶；12 月 24 日，上海交通大学医学院附属瑞金医院（嘉定）项目举行开工典礼；江桥镇社区卫生服务中心迁建工程完成，于 12 月 25 日进行医院整体搬迁工作；12 月 28 日，嘉定工业区社区卫生服务中心建设工程开工；东方肝胆外科医院安亭院区工程建设方案确定。

（钱海明）

【建成标准化村卫生室 15 个】 年内，区卫生局完成标准化村卫生室建设 15 个，总建筑面积 5250 平方米，投入总费用 1459.99 万元，其中市政府 60 万元、区政府 75.5 万元、镇（街道）88.58 万元、社区卫生服务中心 161.36 万元、村委会 1074.55 万元。11 月 24 日，顺利通过市级验收。

（张黎明）

【卫技人员培训】 年内，区卫生局举办公共卫生人员"三基"培训、"医者大讲坛"人文素养培训、社区全科团队"公共卫生知识与技能"岗位培训、继续教育学习班、质控系列培训、境外培训等各类培训活动，参加培训 7346 人次。

【学科与人才建设】 年内，区卫生局大力扶持医疗卫生学科建设。3 月，举行嘉定区卫生系统第二批医学重点学科（项目）签约授牌仪式，确立区重点学科 4 个、扶持学科 6 个以及社区健康促进项目 3 个。组织并完成年度科研项目申报和评审、立项工作，确定区中

江桥镇金沙新城社区卫生服务中心落成典礼

（江桥镇供稿）

心医院"多发性家族性毛发上皮瘤致病基因突变研究"等 19 个项目为 2009 年局级科研立项项目，其中包括 14 个局科研项目和 5 个青年科研基金项目。同时还有 15 个区科委立项项目、3 个市卫生局科研课题和 1 项市科委科研课题。南翔医院的"男性尿道利多卡因麻醉取样法研究及应用"课题研究获 2009 年度嘉定区科技进步三等奖，并被确认为上海市科学技术成果。

（王 涛）

【卫生行政执法】 年内，区卫生局对查实的违法单位实施行政处罚 424 户次，罚款 278 户次，分别比上年上升 4.18%、21.4%。罚金共计 111.4 万元，上升 21.75%。没收违法所得 6 户次，没收金额 1.38 万元，责令停产停业 1 户次，实施听证案件 4 件，复议答辩案件 1 件。对查实的无证行医单位及个人予以取缔，共取缔 344 户次，比上年上升 38.71%。没收医疗器械 1547 件，没收药品 432.6 箱。 （金德琴）

疾病预防与医疗

【疾病控制】 年内，全区无甲类传染病；共报告乙类传染病 12 种 1763 例（其中外来人口 10 种 754 例），比上年 1698 例上升 3.83%。甲乙类传染病总发病率 139.47/10 万，上升 0.85%。其中本地甲乙类传染病发病率

184.49/10 万,上升 19.05%;外来甲乙类传染病发病率 105.14/10 万,下降 16%。全年无暴发疫情,无传染性非典型肺炎,无人感染禽流感病例。发病居前 5 位的病种分别为:梅毒 665 例、肺结核 357 例、甲流 225 例、淋病 200 例、急性肝炎 176 例。0 岁~6 岁儿童卡介苗、灰苗、百白破疫苗、麻苗和乙肝、流脑、乙脑疫苗接种率均为 100%,乙肝疫苗首针及时率 96.19%,全程接种率 100%。甲肝疫苗接种率 91.43%,其中本市儿童 98.32%,外来儿童 86.31%。开展对 1990 年及以后出生未全程接种乙肝疫苗的人群进行乙肝疫苗补种工作,全区累计排摸 16.09 万人次,需补种 17181 人次,实种 6498 人次。全年计划免疫共接种 75.89 万人次,比上年增长 35.6%。其中一类疫苗接种 62.94 万人次(本地 19.64 万人次,外地 43.3 万人次),增长 60.36%;二类疫苗接种 12.95 万人次(本地 62847 人次,外地 66683 人次),减少 22.46%。全年犬咬伤就诊 7429 人次,减少 0.73%。小学生视力不良率 36.66%,初中生 63.82%,高中生 86.13%。落实贫困和特殊人群医疗服务措施,实施肺结核病减免治疗政策,全年为 310 名病人(其中本地 122 人,外地 188 人)减免 52.93 万元。为区内贫困精神病人免费送药上门 7618 人次,药品价值 45.38 万元。　(孙惠民)

【妇幼保健】　年内,全区分娩 13265 例,其中流动人口分娩 11323 例,占 85.36%;共抢救危重孕产妇 11 例,全部成功。1 例户籍孕产妇猝死在家中,孕产妇死亡率 7.52/10 万。围产儿死亡率 5.17‰(户籍 3.58‰,非户籍 5.44‰)。孕产妇梅毒筛查 13254 例,筛查率 99.92%,其中阳性 55 例,胎传 11 例。新生儿疾病筛查(甲状腺功能低下、苯丙酮尿症)12276 例,筛查率 92.3%;听力筛查 12674 例,筛查率 95.29%。户籍孕妇建孕产期保健手册 3125 份,孕产妇管理覆盖率 99.62%,系统管理率 92.33%,孕 12 周初查率 95.26%,产后访视率 99.1%。流动孕产妇建册 17583 份,建册率 79.38%;产检率 83.15%;3 个流动孕产妇接产点共接待流动孕产妇 9910 人,其中 2050 名流动人口孕产妇受到 800 元限价接产的优惠政策。婴儿死亡率 2.74‰(户籍 2.49‰,非户籍 2.82‰),

5 岁以下儿童死亡率 3.97‰(户籍 2.49‰,非户籍 4.42‰)。继续开展退休及生活困难妇女乳腺病、妇科病免费筛查。共有 10043 人享受免费筛查,其中患病 3026 人,患病率 30.13%;发现恶性肿瘤 4 例,其中 3 例乳腺癌、1 例输卵管癌,均落实治疗措施。全区妇女病普查共计 44705 例,普查率 82.3%,患病率 32.12%。儿保门诊总次数 79264 人次,0 岁~6 岁户籍儿童保健管理率 100%。4 个月母乳喂养率 84.47%。保教人员体检 2456 例,受检率 99.84%。做好托幼机构手足口病和甲流 H1N1 流感防控工作。全年共接待婚前检查 4651 人,同期结婚登记 8536 人,婚检率 54.49%,其中初婚婚检率 70.87%;婚前医学咨询 5714 人,咨询率 66.94%。6 月起,开设免费孕前保健门诊,免费检测项目共 10 项(HIV 检测、乙肝表面抗原、肝功能 ALT、精液分析、白带常规、梅毒筛查、抗弓形虫抗体、抗风疹病毒抗体、抗巨细胞病毒抗体、抗单纯疱疹病毒抗体)。全年有 179 人接受免费咨询和免费检测,检出异常 33 人,阳性率 18.43%。对婚前保健人群、孕产妇(包括外来孕产妇)首次建卡进行免费咨询和艾滋病病毒抗体检测,年内全区共接受 HIV 免费咨询 27373 人,免费检测 26807 人,咨询率 99.32%,检测率 97.26%。实施国家重大公共卫生项目 3 个,有 62 名嘉定区户籍农村孕产妇住院分娩享受到 800 元补助;4800 名育龄妇女享受免费增补叶酸;

2000 名农村妇女享受免费乳腺癌检查,筛查出 86 例良性肿瘤,落实追踪随访。　　　　　　　　　(叶　华)

【开展甲流、季节性流感疫苗免费接种】　为有效预防和控制甲型 H1N1 流感和季节性流感等主要呼吸道传染病,保障 2010 年上海世博会顺利举办,卫生部启动重点人群甲流疫苗免费接种工作,市政府开展重点人群季节性流感疫苗免费接种工作。10 月 15 日,嘉定区正式启动接种工作。疫苗接种均按照知情同意、自愿、免费接种原则。甲型 H1N1 流感疫苗重点接种对象主要包括:保障社会正常运行的公检法司、交通、电网、民政、农委、信访、外事、企业、建筑业等部门和行业的关键岗位公共服务人员和医疗卫生保健机构一线工作人员,托幼机构教职员工,全日制高等院校、中小学校学生及教职员工。季节性流感疫苗重点接种对象主要包括:医疗卫生保健机构一线工作人员,托幼机构教师,中小学校学生及教师,公安、交通、宾馆、餐饮等行业关键岗位从业人员。区卫生局组建疫苗接种指导专家组、预防接种异常反应区级医疗救治专家组和预防接种异常反应调查诊断专家组,确保疫苗接种安全、有序、高效。按照属地管理的原则,各镇(街道)社区卫生服务中心成立接种服务团队,负责辖区内重点人群疫苗接种工作,选派经过培训、获得资质、熟悉业务和有应急处理能力的医务人员实施疫苗接种。另

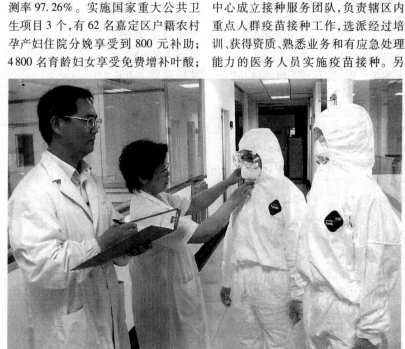

嘉定区疾控中心开展预防和控制甲型 H1N1 流感应急演练

(嘉定区疾控中心供稿)

外,为方便重点人群得到便捷的预防接种服务,保证疫苗接种质量、接种安全和接种率,在学校、有条件的企业内设立临时接种点开展集中接种。组织区疾病预防控制中心、区卫生局卫生监督所开展3轮流感疫苗接种全覆盖督查,采取询问、现场检查的方式,对各接种点的工作流程、人员资质、接种场所设置、疫苗管理、冷链运转、现场接种等情况进行监督检查,确保接种规范安全。流感疫苗接种工作未发生差错事故。年内,全区共有75 561人接种甲型H1N1流感疫苗,44 860人接种季节性流感疫苗。甲流疫苗接种共发生不良反应6例,其中过敏性休克1例、应激性滑膜炎1例、局部红肿1例、发热3例,季节性流感疫苗接种发生不良反应1例。

（张玉婷）

【公共卫生监督执法】 年内,区卫生局实施监督监测396户次,监测样品1930件,合格1831件,合格率94.87%,比上年上升5.92个百分点。全年出动卫生监督员5 344人次,监督检查9 789户次,比上年上升5.5%。受理公共卫生许可2 471件,其中公共场所1 854件,二次供水备案8件,生物实验室备案11件,放射诊疗机构许可77件,放射人员工作证153件,建设项目审批368件。受理医疗机构许可407件,医务人员许可617件,母婴保健技术人员校验69件,护士变更注册54件。

（金德琴）

2009 年嘉定区居民前十位死因情况表

位　　次	死亡原因	死亡数（人）	死亡专率（1/10 万）	占死亡总数（%）
1	循环系病	1 416	258.91	32.98
2	肿瘤	1 268	231.85	29.53
3	呼吸系病	398	72.77	9.27
4	损伤和中毒	283	51.75	6.59
5	内分泌代谢免疫病	129	23.59	3.00
6	消化系病	108	19.75	2.52
7	精神疾病	85	15.54	1.98
8	泌尿生殖系病	61	11.15	1.42
9	传染病寄生虫病	43	7.86	1.00
10	神经系病	36	6.58	0.84

注:损伤与中毒即原意外死亡。

2009 年嘉定区肿瘤患者死亡情况表

肿瘤名称	死亡数（人）				死亡专率（1/10 万）		
	计	男	女	构成比（%）	计	男	女
肺癌	287	209	78	22.63	52.48	76.77	28.40
胃癌	183	124	59	14.43	33.46	45.55	21.48
肝癌	150	105	45	11.83	27.43	38.57	16.38
食管癌	75	52	23	5.91	13.71	19.10	8.37
结直肠肛门癌	116	63	53	9.15	21.21	23.14	19.30
白血病	31	16	15	2.44	5.67	5.88	5.46
乳房癌	23	1	22	1.81	4.21	0.37	8.01
膀胱癌	17	13	4	1.34	3.11	4.78	1.46
鼻咽癌	13	9	4	1.03	4.73	3.31	1.46
宫颈癌	3	0	3	0.24	1.09	–	1.09
其它恶性肿瘤	368	185	183	29.02	67.29	67.96	66.63
良性肿瘤	2	0	2	0.16	0.37	–	0.73
合　计	1 268	777	491	100.00	231.85	285.41	178.76

注:宫颈癌死亡率以女性人口数计算。

2009 年嘉定区损伤与中毒死亡情况表		
死亡原因	死亡数（人）	构成比（%）
机动车辆交通事故	66	23.32
非机动车运输事故	12	4.24
意外中毒	4	1.41
意外跌落	93	32.86
火灾	1	0.35
自然环境意外事故	1	0.35
淹死	19	6.71
意外的机械性窒息	0	
砸死	3	1.06
切割穿刺意外事故	0	0.00
触电	3	1.06
其它事故有害效应	51	18.02
自杀	28	9.89
被杀	2	0.71
合　计	283	100.00

2009 年嘉定区死亡者年龄构成情况表		
年龄组（岁）	死亡数（人）	构成比（%）
0 ~	8	0.19
1 ~ 4	0	0.00
5 ~ 9	3	0.07
10 ~ 19	8	0.19
20 ~ 29	22	0.51
30 ~ 39	42	0.98
40 ~ 49	128	2.98
50 ~ 59	380	8.85
60 ~ 69	488	11.36
70 ~ 79	1 137	26.48
80 以上	2 078	48.39
合　计	4 294	100.00

（钱海明）

食品药品监督

【重大活动食品安全保障】 年内，上海市食品药品监督管理局嘉定分局（以下简称嘉定分局）认真做好"两会"、上海汽车文化节、南翔小笼文化展、台商庙会、F1 大奖赛等各类活动期间食品安全保障工作。先后开展迎世博食品安全监管一号、二号、三号行动，围绕公共餐饮单位、单位食堂和工地食堂、小餐饮单位等重点开展食品安全专项检查，共出动监督员 2 000 余人次，检查单位 1 000 余个次，确保不发生重大食品安全事故。

基层药品"两网"建设调研

（食品药品监管局嘉定分局供稿）

【食品安全监管】 年内，嘉定分局受理食品经营单位许可证申请 2 384 户次，现场审核 1 784 户次，发放新证 773 份，变更 319 份，发放临时许可证 294 份，注销通知书 124 份。完成 37 份企业标准的备案工作。元旦、春节、"五一"、"十一"期间出动监督员 1 420 人次，检查食品经营单位 2 033 个次。全年检查大、中型餐饮单位 3 713 个次，对 270 个单位进行监督公示和量化等

级评定，其中"笑脸"51 户，"平脸"201户，"哭脸"18 户。加强监管，强化自律，确保肉品监管安全可控。针对屠宰场、批发市场等高风险监管领域分别建立专管员制度，落实专人负责，强化监管责任。鼓励、督促屠宰场、营销户到外地建养殖场或与外地养殖场建立对接制度，实行场场对接。组织元旦、春节和"十一"前夕肉品专项集中

检查，瘦肉精快速检测 3 942 件，莱克多巴胺快速检测 500 件。对学校食堂、配送中心和学生盒饭生产单位进行春、秋季集中专项检查，完成食品添加剂专项整治工作。创建 5 条具有引领示范作用的食品安全示范街（区）。完成各类抽检任务，产品样品采样 562件，非产品样品采样 1 282 件，快速检测 10 065 件。年中，区食品药品监督

所在黄渡镇和真新街道新建2个区域分所。至年底，全区共有食品药品监督分所10个，形成食品安全监管"以块为主、条块结合、齐抓共管"的工作格局。

【药品安全监管】 年内，嘉定分局加强源头监管，加大抽检力度，打击非法活动，提升药品安全水平。加强对药品生产企业监管，服务与检查并重，确保药品源头质量；专项整治和日常监管结合，不断规范药品、医疗器械经营秩序。全年药品抽检669件；药店许可证核发27家、变更82家、换证80家、注销3家，药师挂牌审核173人次；医疗器械经营许可证核发87家、变更111家、换证22家、注销19家。加强药品安全监管和稽查工作，全年立案22件，罚没款10万余元，没收药品价值2.8万元。医疗器械生产企业监督检查37家次。药械违法广告监测1176次，发现违法广告11条。日常检查药品生产企业66家次、药品经营企业161家次、医疗器械经营企业221家次。对5家单体药店和2家连锁公司的31家门店进行GSP现场认证检查。

【食品药品安全宣传与教育】 2009年，嘉定分局认真做好食品药品安全宣传与教育工作。走访1600个行政相对人，发放企业告知书和测评模拟表。走访重点企业和部分被处罚过的企业，加强沟通和联系，听取意见，解决存在的问题。积极开展社区宣传，提高市民对嘉定分局工作和食品药品安全知识的知晓率。开展《食品法》宣传活动，全系统66名干部与109个社区结对，开展社区宣传96次，发放宣传资料、宣传品万余份（件）。组织社区居民、区内食品生产经营企业代表、区食品安全委员会组成单位的领导近千人观看大型滑稽戏《食全食美》。通过嘉定电视台、《嘉定报》等媒体报道监管工作情况，让市民了解实情，提高食品药品安全水平。　　　　（翟　武）

爱国卫生

【概况】 2009年，嘉定区爱国卫生工作围绕迎世博、迎国家卫生区复审等工作，依靠各级爱卫组织，发动市民开展各项爱国卫生工作。继续推进健康城区建设，开展系列健康促进活动；顺利通过全国爱卫会"国家卫生区"复审；组织开展有害生物防制工作，有效控制蚊、蝇、鼠、蟑密度；开展血防联防工作，巩固血防成果。

【推进健康城区建设】 2009年，区爱卫会根据《嘉定区建设健康城区三年行动计划（2009～2011年）》，以开展新"五个人人"（人人动手清洁家园、人人掌握控油控盐、人人劝阻室内吸烟、人人坚持日行万步、人人学会应急自救）健康市民行动为载体，开展系列健康促进活动。向33万户家庭免费发放控油瓶，向1.9万名民工子弟学校学生赠送健康宣传硬抄本，向921个单位发放禁烟标志4种共3.1万张；举行"嘉定区全民健康生活方式日活动暨新成路街道市民健身路揭牌仪式"，建成12条镇级市民健身路；在全区村、居委新增健康自我管理小组268个；开展第四轮"健康教育进社区"活动，为健康自我管理小组举办健康讲座57次；开展市民健康大讲坛暨健康咨询活动，市健康教育专家顾学琪为700余名市民作健康大讲坛的首讲；开展"精彩世博、健康嘉定"知识竞赛活动，4554人书面答题或网上参与；在6个镇（街道）开展"人人知道胆固醇"宣传板巡展。经年终考核评估，完成列入2009年健康城区行动计划的指标36项，完成率92.3％。南翔镇、嘉定镇街道、菊园新区被市爱卫会授予"上海市健康

社区先进"荣誉称号，上海安亭科学仪器厂等10个单位被授予"上海市健康单位先进"称号，南陈社区等3个健康管理小组被授予"上海市市民健康管理小组先进"称号，李娟等18人被授予"上海市建设健康城市先进工作者"称号。

【巩固发展卫生创建成果】 2009年，区爱卫会认真落实《嘉定区2009年巩固国家卫生区工作实施意见》，召开迎接国家卫生区复审动员大会。继续实施卫生镇（街道）季度考核及考核成绩公示制度，全年总评，南翔镇、嘉定镇街道、徐行镇分获前三名。年内，顺利通过全国爱卫会对嘉定区国家卫生区及江桥镇国家卫生镇的复审，被重新命名。

【巩固"除四害"成果】 年内，区爱卫会制定下发《关于嘉定区有害生物防制员发放岗位津贴的指导意见（试行）》，各镇（街道）对获得初、中、高级劳动技能资格证书者，分别按每月50元、80元、120元的标准发放岗位津贴。组织参加"上海市有害生物防制知识竞赛活动"，获铜奖1人。在菊园新区进行登革热案例的应急处置培训与演练。开展春、秋季灭鼠突击活动，共出动投药员2086人次，使用溴敌隆、溴鼠灵灭鼠毒饵1.5万公斤，使用鼠夹、鼠笼、粘鼠板8000只（块），投药居民户12万户次、单位7600个次，投入经费17.2万元。开展夏季灭蟑突击活

嘉定区"全民健康生活方式日"活动暨新成路街道市民健身路揭牌仪式
（区爱卫办供稿）

动,组织投药员 600 余人次,投药单位 3 271 个、居民 65 648 户,消耗灭蟑成品毒饵 1 084 公斤、灭蟑原药 700 公斤、气雾剂 1 533 罐、烟熏剂 2 712 只、灭蟑胶饵(20 克/支)1 414 支,投入经费 19.19 万元。开展夏季灭蚊蝇突击活动,全区共出动 1.2 万人次重点整治居(村)委 237 个、小区 336 个、农贸市场 41 家、建筑工地 83 家、公共绿地 127 块,清除暴露垃圾 5 万公斤、积水 2 000 处。据逐月密度监测统计,全年鼠夹法平均密度 0.86%,比上年上升 6.17%;粉迹法平均密度 1.46%,上升 8.96%;鼠征法平均密度 1.98%,上升 26.92%;外环境每 2 000 延长米鼠迹 0.74 处,上升 5.71%。蚊子密度指数 3.23,上升 28.69%。苍蝇密度指数 0.67,下降 8.22%。蟑螂侵害率 1.55%,下降 14.36%;蟑螂卵鞘阳性率 0.23%,上升 9.52%;阳性间平均每间有蟑螂 2.3 只、蟑螂卵鞘 1.2 只,分别上升 22.99% 和下降 0.83%。

【血防巩固监测】 年内,区爱卫会组织马陆镇、安亭镇的 41 个村和参加血防联防的外冈镇、安亭镇、嘉定工业区的 49 个村开展螺情监测,均未发现钉螺。全年对 508 名来沪新生、复员退伍军人等人群开展血吸虫病监测,监测结果均为阴性。市级血吸虫病监测点——马陆镇包桥村,共对 520 名血吸虫病疫区来沪人员进行血清检测,23 例血吸虫病血清检测阳性,经病原学检测均排除。在原流行区的学生和农村居民中开展血防知识知晓率调查,学生知晓率为 88.6%,居民知晓率为 76.6%,接近既定的血防中长期"十一五"规划学生 90%、居民 80% 的目标。

【迎世博工作】 年内,区爱卫会认真做好迎世博工作。逢双月牵头制定、组织实施"环境清洁日"活动方案,每月 15 日发动全区 415 个单位(社区)参加 570 条包干路段(区域)的义务劳动。开展"迎世博爱国卫生合格单位"评比活动,全年共评出 785 个,占参评单位总数的 52.6%。加强小区迎世博爱国卫生工作,重点发动基础设施较为陈旧、物业管理相对薄弱的 52 个旧小区进行卫生专项整治;全区 120 个社区(居委)的 349 个小区落实除害设施,共设置捕蝇笼 2 957 只、毒鼠盒 4 888 只、诱蚊缸 1 623 只;在各居委设

立除害药物的免费供应点,提高居民对除害工作的知晓率和参与率。

(张伟峰)

嘉定区第四届运动会

【会徽、会歌、主题口号、官方网站】 2008 年 10 月起,嘉定区第四届运动会面向社会公开征集会徽、会歌和主题口号,通过专家评议、网络投票等方式评选确定。会徽将"嘉定"的首字母"JD"融入数字"4"中,形成一个运动健儿全力冲刺的形象,表现生命的力量。会歌《与你同在》由王威尔作词,易凤林作曲,表现健康主旨,体现嘉定特色。主题口号"庆新中国华诞,迎世博会盛事"揭示区运会召开的历史背景和意义。同时设立官方网站,为广大市民提供了解、见证、参与区运会的平台。

【竞赛组别、项目、承办单位】 运动会设五个组别(成年组、老年组、领导干部组、青少年组、大学生组),25 个大项,44 个小项。区内各镇(街道)、委办局和企事业单位等 102 个代表团、1.2 万余名运动员参赛,是嘉定区运动会史上参与人数最多、参与面最广的一次。对运动员资格严格把关,首次将驻区部队和大学生纳入比赛,使在嘉定工作、学习和生活的人都能参加区运会,真正体现"公平公正、全民参与"的理念。运动会大部分比赛项目由基

层单位承办,嘉定体育场、嘉定体育馆、同济大学嘉定校区、上海工艺美术职业学院和 12 个镇(街道、新区、工业区)及 9 所中小学分别承办部分项目。

【开幕式】 9 月 26 日,在嘉定体育场举行开幕式,区委书记金建忠宣布运动会开幕,区委副书记、区长、区四运会名誉主任孙继伟致开幕辞,市体育局副局长李伟致贺辞。开幕式以"庆新中国华诞,迎世博会盛事"为主题,以"全民健身"为主线,通过 5 场团体操表演,从传统体育、青少年体育、社区体育等方面全方位展现嘉定区近年来全民健身取得的丰硕成果和"和谐嘉定"建设的崭新面貌。现场有 5 000 余名群众演员参与表演,近万名观众到场观看,并首次采用现场直播的方式将开幕式盛况传递到千家万户。

【打破区纪录 4 项次】 5 ~ 11 月,嘉定区第四届运动会在全区范围内举行,各项比赛进展顺利,运动员顽强拼搏,取得优异成绩。2 人 1 队破区记录 4 项次,胡映珠在青少年组田径比赛中以 43.32 米的成绩,打破嘉定区女子标枪纪录;嘉定二中运动员王煜 2 次打破男子 400 米区记录;沉寂多年的 4×100 米男子接力区记录被嘉定二中代表队打破。

【闭幕式】 11 月 15 日,在嘉定体育馆举行闭幕式,对 322 个获奖集体和个人进行表彰。安亭一队、区教育局、同济大学嘉定校区、嘉定二中、桃李园实验

嘉定区第四届运动会开幕式 (区体育局供稿)

学校、普通小学分获镇（街道）、委办局、大学生组和青少年高中、初中、小学组团体总分第一，区级机关党工委等 23 个代表团获体育道德风尚奖，马陆镇等 49 个代表团分获优秀组织奖、赛事组织奖和参赛组织奖，区文广局等 38 个代表团分获开幕式入场式最佳表演奖、创意奖和组织奖，上海大众经济城发展中心等 65 个代表团被评为群众体育先进集体，孙金元等 75 人被评为群众体育先进个人，外冈镇门球队等 10 支队伍被评为优秀健身团队，冯静莉等 20 人被评为优秀社会体育指导员。 (陆依岭)

群众体育

【全民健身活动】 2009 年，区体育局以"全民健身与世博同行"为主题，共承办市级以上赛事、活动 5 次，参与人数 700 人；参加市级及以上赛事、活动 30 次，参与人数 1 182 人；组织开展各类区级赛事、活动 81 次，参与人数 47 046 人；承办区内委办局及企事业单位赛事、活动 10 次，参与人数 4 475 人；组织开展镇级赛事、活动及培训 364 次，参与活动 10.34 万人次。

【公共体育设施建设】 2009 年，区体育局完成嘉定体育场看台座位安装、跑道翻修、保龄球馆球道改造、体育馆室外健身场地改造等多项硬件设施改造工作，总投资 483 万元。完成华亭

镇、嘉定镇街道、新成路街道、嘉定工业区等 4 个社区公共运动场的新建和 50 个农民健身工程建设任务，总投资 1 000 余万元，新增体育场地面积近 3 万平方米。至年末，全区拥有 17 个社区公共运动场，农民体育健身工程达到村级全覆盖，两项工程均提前并超额完成 2010 年体育设施建设规划。年内，共更新、整新健身苑点 189 个，更新、整新器材 471 件，维修器材 329 件，投入金额近 63 万元，确保器材完好率 98% 以上。

【体育设施开放和管理】 年内，区体育局结合迎世博工作，制定《嘉定区迎世博体育设施环境整治行动计划》，将体育设施开放纳入常态管理。组建环境整治督察小组和体育志愿者服务团对社区体育设施开放进行定期检查，同时开展评估考核，根据考核结果实施以奖代补。进一步明确学校场地开放主体职责，规范全区 46 所中小学体育设施向社区开放工作。组织培训提高区级体育场馆服务水平。嘉定体育中心和嘉定体育馆全年共接待市民 48.2 万人次。加强游泳池开放管理力度，年

端午赛龙舟 （区体育局供稿）

内有 10 家游泳池对外开放，夏季共接待市民 14 万人次。开放工作安全无事故，被评为 2009 年度上海市游泳场所夏季开放服务工作优秀单位。

【社会体育组织建设与管理】 2009 年，区体育局完成最后一批 5 个社区体育健身俱乐部市体育局试点考核工作，新建 10 个社会体育指导站，使俱乐部和指导站在镇（街道）全覆盖。组织开展社会体育指导员培训，新增三级指导员 103 人，晋升二级指导员 56 人；选拔 9 名二级指导员参加市一级指导员培训，1 名一级指导员参加国家级培训。全区指导员总数 1 295 人，其中国家级 2 人、一级 29 人、二级 349 人、三级 915 人，指导员占全区总人数的 1.9‰。开展健身团队登记工作，全区共有社区健身团队 500 余支，队员 8 500 余人。1 个集体和 1 个个人分别被评为全国群众体育先进集体、先进个人，170 个集体和个人被评为嘉定区群众体育先进集体、先进个人。

【体质监测和运动干预】 2009 年，区体育局完成为期 1 年多的市民体质干预活动，共组织"增强体质"干预人群 240 人。首次组织"糖尿病"干预人群近百人，取得较好效果。全民健身节期间开展嘉定区《普通人群体育锻炼

元旦迎春长跑 （陈启宇 摄）

标准》测试活动，为探索健身方式有效改善慢性病体征及增强体质积累经验。区市民体质监测指导中心被评为区迎世博首批优秀服务窗口，在区文明办和区志愿者协会组织的优秀志愿者评选活动中，获得"优秀志愿者服务基地"称号。　　　　（陆依岭）

【参加各级各类竞技体育比赛】　2009年，区体育局积极组织运动员参加各级各类竞技体育比赛。青少年运动员在国际比赛中获得金牌、银牌各1枚。在全国比赛中，获得金牌4枚、银牌5枚、铜牌4枚，有15人次列四至八名。在第十一届全国运动会上，嘉定区有5名运动员参加自行车、男子汽枪和女子足球3个项目决赛阶段比赛，在参赛人数、获得名次上取得新的突破。在市级比赛中，有394名运动员进入12个大项的决赛，共获金牌48枚、银牌48枚、铜牌57枚。

业余训练

2009年嘉定区运动员参加国际比赛成绩一览表

	姓　名	项　目	比赛名称	名　次
青少年组	施　兴	武术枪术	第五届亚洲青少年武术套路锦标赛	一
	严　暾	三级跳远	第一届亚洲青年运动会	二
	参赛单位	项　目	比赛名称	成　绩
成年组	江桥镇	门球	第四届亚洲城市门球邀请赛	银组冠军

2009年嘉定区运动员参加全国比赛成绩一览表

项　目		姓　名	比赛名称	小　项	组　别	名　次
青少年组	田径	吴婷婷	全国青少年田径锦标赛	100米栏	甲组	二
		吴婷婷	全国青少年田径锦标赛	4＊100米	甲组	一
		吴婷婷	全国青少年田径锦标赛	100米	甲组	八
	皮划艇	张诗尧	全国青年U-18赛艇锦标赛	双人单桨2000米	男子轻量级	五
		沈诗笛	全国青年U-18赛艇锦标赛	双人单桨2000米	男子轻量级	五
		张诗尧	全国青年U-18赛艇锦标赛	双人单桨8000米	男子轻量级	四
		沈诗笛	全国青年U-18赛艇锦标赛	双人单桨8000米	男子轻量级	四
	举重	陈海嘉	全国青年锦标赛	／	男子青年（17岁）	二
		陈海嘉	"体彩杯"全国青少年举重锦标赛	／	男子69公斤	二
		许丽丽	"体彩杯"全国青少年举重锦标赛	／	女子69公斤	四
		朱嘉晖	全国少年男女（13～15岁）举重分龄赛	／	男子56公斤	四
		张金伟	全国少年男女（13～16岁）举重分龄赛	／	男子56公斤	三
		沈殷一	全国少年男女（13～16岁）举重分龄赛	／	女子63公斤	
	健美	孙丹燕	全国健美锦标赛	／	女子52公斤	八
	自行车	王　炯	全国自行车冠军赛马第二站	绕圈	个人	三
		王　炯	全国场地自行车冠军赛第二站男子麦迪逊	场地	个人	二
		徐　刚	全国公路自行车冠军赛第一站男子个人赛	180公里个人	个人	二
		徐　刚	全国公路自行车锦标赛	180公里个人	个人	一
		徐　刚	十一届全运会	204公里个人	个人	四
		颜永胜	十一届全运会	场地计分赛	小团体	五
		徐　刚	十一届全运会	场地计分赛	小团体	五

（续表）

青少年组	项目	姓名	比赛名称	小项	组别	名次
	自行车	颜永生	十一届全运会	公路计时赛	个人	五
		颜永生	全国自行车锦标赛	40 公里计时赛	个人	三
	足球	刘晓燕	十一届全运会女子足球比赛	/	女子成年组	三
	射击	施浩东	全国青少年射击锦标赛	小口径 60 发卧射	青年组	七
		施浩东	全国青少年射击锦标赛	气步枪 60 发	青年组	七
		沈豫婧	全国中学生射击锦标赛	气步枪 40 发	少年组	一
	武术	施兴	全国青少年武术套路锦标赛	枪术	少年组	一
	曲棍球	周琳	全国青少年曲棍球锦标赛	/	女子青少组	五

成年组	项目	参赛单位	比赛名称	成绩
	柔力球	南翔镇	全国老年人体育健身大会柔力球交流活动	1 银 2 铜
	拔河	嘉定工业区拔河队	全国拔河锦标赛暨第四届体育大会拔河预选赛	1 个第六、1 个第八、体育道德风尚奖
	围棋	围棋协会	全国围棋之乡邀请赛	3 个冠军

2009 年嘉定区运动员获上海市冠军（一等奖）一览表

青少年组	项目	姓名	比赛名称	小项	组别
	田径	陈一获	上海市青少年田径锦标赛（达标赛）	标枪	男乙
		汤超	上海市青少年田径锦标赛（达标赛）	铁饼	男乙
		崔智博	上海市青少年田径锦标赛（达标赛）	中长跑	男乙
		吴宏涛	上海市青少年田径锦标赛（达标赛）	铅球	男乙
		胡映珠	上海市青少年田径锦标赛（达标赛）	标枪	女乙
		梅钧莎	上海市青少年田径锦标赛（达标赛）	中长跑	女丙
		崔智博	上海市青少年田径锦标赛	800 米	男乙
		崔智博	上海市青少年田径锦标赛	3000 米	男乙
		吴宏涛	上海市青少年田径锦标赛	铅球	男乙
		汤超	上海市青少年田径锦标赛	铁饼	男乙
		凌杉	上海市青少年田径锦标赛	铁饼	女乙
		夏建军	上海市青少年田径锦标赛	800 米	男丙
		吴婷婷	上海市青少年田径锦标赛	100 米栏	女青
		吴婷婷	上海市青少年田径锦标赛	200 米	女青
		吴婷婷	上海市青少年田径冠军赛	100 米栏	女青
		吴婷婷	上海市青少年田径冠军赛	200 米	女青
	皮划艇	徐晖	上海市赛艇、皮划艇锦标赛	划艇 C2 1000 米	男甲
		郏韵笛	上海市赛艇、皮划艇锦标赛	划艇 C2 1000 米	男甲
		瞿冬冬	上海市赛艇、皮划艇锦标赛	皮艇 K1 4000 米	男甲
		孙越	上海市赛艇、皮划艇锦标赛	皮艇 K2 1000 米	男丙
		徐韬	上海市赛艇、皮划艇锦标赛	皮艇 K2 1000 米	男丙

（续表）

项　目	姓　名	比赛名称	小　项	组　别
摔跤	陈秋林	上海市青少年国际式摔跤锦标赛	古典式	男甲 69 公斤
	张　雷	上海市青少年国际式摔跤锦标赛	自由式	男甲 58 公斤
	李振威	上海市青少年国际式摔跤锦标赛	自由式	男甲 63 公斤
	金泽源	上海市青少年国际式摔跤锦标赛	古典式	男乙 69 公斤
柔道	王　宇	上海市柔道锦标赛	/	男甲 55 公斤
	熊丽丽	上海市柔道锦标赛	/	女甲 48 公斤
射击	陈嘉炜	上海市射击锦标赛	气步枪	男乙
	陈嘉炜	上海市射击锦标赛	气步枪 40 发	男乙
	姜研栋	上海市射击锦标赛	气步枪 40 发	男乙
	陈冯宇	上海市射击锦标赛	气步枪 40 发	男乙
	沈豫婧	上海市射击锦标赛	气步枪 40 发	女乙
	李燕妮	上海市射击锦标赛	气步枪 40 发	女乙
	王之涵	上海市射击锦标赛	气步枪 40 发	女乙
自行车	顾葛发	上海市青少年自行车锦标赛	1 公里	男甲
	顾葛发	上海市青少年自行车锦标赛	捕捉赛	男甲
举重	朱嘉晖	上海市举重锦标赛	/	男甲 56 公斤
	陈海嘉	上海市举重锦标赛	/	男甲 77 公斤
	朱嘉晖	上海市举重锦标赛	/	男甲 56 公斤
	陈海嘉	上海市举重锦标赛	/	男甲 77 公斤
	沈殷一	上海市举重锦标赛	/	女乙 63 公斤
	吴　怡	上海市举重锦标赛	/	女乙 69 公斤
	沈殷一	上海市举重锦标赛	/	女子 63 公斤
	吴　怡	上海市举重锦标赛	/	女子 69 公斤
	张金伟	上海市青少年举重分龄赛	/	男子 16~17 岁 56 公斤
	许丽丽	上海市青少年举重分龄赛	/	女子 16~17 岁 69 公斤
	沈殷一	上海市青少年举重分龄赛	/	女子 15 岁 63 公斤
	王玉冬	上海市青少年举重分龄赛	/	男子 14 岁 62 公斤
	罗　敏	上海市青少年举重分龄赛	/	女子 14 岁 41 公斤
	张金伟	上海市举重分龄赛	/	男子 16~17 岁 56 公斤
	许丽丽	上海市举重分龄赛	/	女子 16~17 岁 69 公斤
	沈殷一	上海市举重分龄赛	/	女子 15 岁 63 公斤
	王玉冬	上海市举重分龄赛	/	男子 14 岁 62 公斤
	罗　敏	上海市举重分龄赛	/	女子 14 岁 41 公斤

（最左侧合并单元格：青少年组）

（续表）

项　目	参赛单位	比　赛　名　称
成年组		
太极拳	嘉定镇街道	上海市第十四届全民健身节"南西杯"上海市第三届社区太极拳比赛
	嘉定镇街道	上海市太极拳技能大赛
益寿保健操	江桥镇	上海市"长白杯"益寿保健操比赛
乒乓球	南翔镇	上海市社区体育大联赛乒乓球比赛
花棒秧歌	安亭镇 菊园新区	上海市"安亭老街杯"第七届民间体育大赛
扯铃	嘉定镇街道	上海市第四届"塘桥杯"扯铃赛

【备战上海市第十四届运动会】　上海市第十四届运动会定于 2010 年 10～11 月举行，以嘉定区少体校为主的 19 所学校的 600 余名运动员将代表嘉定参加青少年组 19 个项目的角逐。为提高嘉定区竞技体育水平，在市第十四届运动会上赛出风格、赛出水平，区体育局认真做好各项参赛准备工作，制定总体参赛目标分数，并把任务分解到少体校和各个基层参赛学校。3 月 11 日，区教育局、区体育局与各参赛学校举行目标任务书签约仪式。

【参加全国拔河比赛】　年内，嘉定工业区拔河队代表上海市参加第四届全国体育大会拔河预选赛，成功获得参赛资格。同时，代表上海市参加全国农民拔河邀请赛，一举夺得男女混合 680 公斤级亚军和男女混合 560 公斤级季军，创上海市拔河队在国家级拔河比赛中的最好成绩。

【体教结合工作】　2009 年，区政府落实体教结合工作专项经费 100 万元，并实施相应的考核奖励机制，通过以奖代补的形式提高学校办训的积极性。根据《嘉定区体育项目布点学校管理办法》，完成区内 24 所新一轮体育项目布点学校和 3 所区体育项目试点学校的评估工作。选派项目教练到学校进行业务指导，积极帮助学校向上一

拔河预选赛　　　（区体育局供稿）

级运动学校、各类高校输送优秀运动员。年内，共申报 3 个青少年俱乐部，累计 5 个。普通小学青少年体育俱乐部被评为市"二星级"俱乐部。

【教练员队伍建设】　年内，区体育训练中心制定教练员管理制度，加大教练员的绩效考核力度。聘请专家为全区基层学校和体育训练中心教练员作专题讲座，提高教练员的业务水平。支持、鼓励教练员在深入实践的基础上开展科研工作。区内乒乓球、篮球等项目教练员在《上海体育学院学报》、《上海师范大学学报》等刊物上发表论文 4 篇。年中，引进原国家羽毛球队的优秀运动员张雷担任教练员，同时将城中路小学作为羽毛球训练基地，开创嘉定区业余训练的新局面。

【运动员输送】　2009 年，全区向上一级体育训练单位输送 15 名运动员，其中足球 2 人、篮球 2 人、手球 3 人、自行车 2 人、举重 2 人、柔道 2 人、水上 1 人、乒乓球 1 人。　　　（陆依岭）

民政·社会生活

编辑 孙培兴

综 述

2009年,嘉定区民政工作以学习实践科学发展观为引导,着眼现代民政发展方向,围绕"服务大局、服务民生、服务基层"的总体思路,通过开展学习实践科学发展观活动,提升民政科学发展能力。抓好政策衔接,提高社会救助力度与效益;落实政府实事,推进社会福利事业和老龄工作;深化双拥共建,巩固提高双拥优抚安置工作水平;抓好社区建设,扩展基层民主,严格区划管理;立足行业文明,全力做好迎世博工作。在持续加强"三基"(基础保障、基层管理、基本服务),重点保障"三大群体"(困难群体、优抚群体、老年群体)基础上,注重各项政策有机衔接,注重协同协作,积极发挥民政在"保民生、促发展、促稳定"中的作用,较好地完成年度工作任务。年内,区民政局与嘉定区地区办密切配合,扎实开展全国和谐社区建设示范单位创建活动。10月12日,嘉定区被民政部命名为全国和谐社区建设示范城区。 （董泽林 陈晓红）

双拥优抚安置

【双拥工作】 2009年,嘉定区双拥工作围绕"军民同心促和谐"主题,以军民"同学创新理论、同树文明新风、同建和谐平安"活动为抓手,进一步深化双拥共建工作,提升嘉定区双拥共建发展水平。各级双拥工作机构积极引导、努力拓展双拥共建领域,发挥街镇主导作用,传承发展联片共创、条块协作的双拥工作经验。各单位注重依托社区平台,促进群众性双拥活动继续深入发展。继续推进"两新"组织双拥示范建设工作,不断将双拥共建活动向"两新"组织延伸,向"窗口"行业延伸,向军地基层延伸。结合庆祝新中国成立60周年、上海解放60周年和迎世博600天行动计划,进一步加强双拥工作整体环境建设,完善拥军优属服务公约和措施,充分发挥宣传媒体作用,积极开展双拥宣传,组织并参加上海市双拥书画艺术展和"鱼水情"全国第二届双拥书画艺术展。军地双方按照国防教育"十百千万"主题实践活动要求,不断推进国防知识进机关、进企业、进学校、进社区、进家庭。不断提升全民素养,形成全社会关心支持国防和双拥建设的浓厚氛围。围绕军事斗争准备工作需要,不断做好驻区部队战备、训练、演习等重大任务的支持关心工作。投入资金支持驻区部队营区基本设施、文化生活设施和环境绿化建设。建立嘉定区随军随调家属就业就学领导小组,对驻区部队、立功受奖官兵及随军随调家属开展形式多样的走访慰问和关心活动。区劳动、人事、教育等部门积极做好驻区部队随军随调家属就业就学工作。

【抚恤优待】 2009年,发放抚恤补助优待金额1975.4万元。其中定期抚恤补助852人,金额868.8万元;义务兵家属、农村籍重点优抚对象576人,优待金648.4万元;复退军人军龄补贴

转业士官双向选择招聘专场 （区民政局供稿）

和定期生活补助 921 人,金额 75.3 万元;临时补助 11 288 人次,金额 382.9 万元。建立《上海市烈士名录》嘉定区编辑组,完成嘉定籍烈士信息的核对录入。调整农村义务兵及其家属优待、安置金统筹办法,出台《关于进一步完善、规范嘉定区优抚事务受理、服务工作的意见》,完善优抚事务受理程序。实施 55 周岁~59 周岁非"城保"的 909 名复退军人免费体检,组织 3 批 69 人次优抚对象疗休养。

【安置退役士兵 149 人】 年内,接收退役士兵 149 人,其中城镇退役士兵 112 人,农村退役士兵 37 人,自谋职业率 87.5%,安置率 100%,培训率 72.5%。发放城镇退役士兵自谋职业一次性经济补助 330.3 万元,农村退役士兵自行就业一次性经济补助 130.6 万元。发放待安置期间生活费 22.72 万元。 （董泽林 陈晓红）

基层政权建设

【圆满完成村(居)委会换届选举】 5 月 8 日,嘉定区 2009 年村(居)委会换届选举工作启动。经过选举准备、宣传发动、正式选举三个阶段,至 7 月 26 日完成换届选举工作。全区参选选民 544 948 人,比上届增加 10 万余人。246 个村(居)委会(147 个村、99 个居委)进行换届选举,其中 241 个村(居)委会一次选举成功,占 98%;118 个村采用"大海选","大海选"率 80.3%;93 个居委会采用直接选举,直选率 93.9%。共选出村(居)委会成员 1 136 人,其中村委会成员 577 人、居委会成员 559 人;村(居)"两委会"交叉任职的 525 人,占成员总数的 46.2%,村(居)委会书记、主任"一肩挑"占 70.3%,其中村委会书记、主任"一肩挑"占 65.3%,居委会书记、主任"一肩挑"占 77.8%;村(居)委会成员属地化 76.9%,其中村委会成员属地化 96%,居委会成员属地化 57.2%;居委会班子专职成员 389 人,占总数的 69.6%。

【俞正声等观摩虹桥村换届选举】 7 月 18 日上午,中共中央政治局委员、上海市委书记俞正声与市委副书记殷一璀及嘉定区四套班子主要领导到嘉定工业区虹桥村,现场观摩村委会换届选举活动。在随后举行的座谈会上,俞正声指出,居、村委会换届选举,是基层民主建设的一件大事,要坚持党的领导,充分发扬民主,严格依法办事,圆满完成居、村委会换届选举工作,选出党放心、群众信得过的居、村委会带头人和班子,促进基层基础建设,维护社会和谐稳定。

【实施社区公益服务项目招投标】 年内,区民政局以公开招投标方式,用市、区两级福利彩票公益金资助社会组织开展社区公益服务项目。共有 7 个社会组织中标 7 个项目,分别是:快乐驿站特殊助学项目(菊园新区社区学校)、老来乐"睦邻温馨屋"项目(嘉定镇街道夕阳红俱乐部)、文化快餐——老年教育巡回讲课项目(嘉定区老龄科学研究中心)、快乐夕阳——让老年人老有所乐项目(嘉定区老年人艺术协会)、"半月君美"助残服务项目(真新街道残疾人服务社)、"夕阳互照"服务项目(真新街道银采为老服务社)、"阳光课堂"项目(真新街道社区工作指导服务中心)。7 个项目总标的 155.54 万元。

【280 名居(村)委会主任参加培训】 10~11 月,嘉定区 280 名居(村)委会主任分新任、连任、骨干等 4 批参加市民政局组织的 3 天集中培训,以提高居(村)委会主任的理论水平和实务操作能力。

【"撤二建一"设立新的安亭镇】 6 月 28 日,上海市人民政府沪府〔2009〕53 号文件批复,同意撤销安亭镇和黄渡镇建制,设立新的安亭镇,其行政区域为原安亭镇和黄渡镇的行政区域范围,面积 89.28 平方公里。

【居委会增至 118 个】 年末,全区共有社区居委会 118 个,较上年增加 8 个。撤销安亭镇玉兰第一、第四社区居委会,建立新的玉兰第一社区居委会;建立莱茵、沁富、新源社区居委会。撤销嘉定镇街道西大、虹桥社区居委会,建立新的虹桥社区居委会。嘉定工业区建立裕民社区居委会。江桥镇建立金中、金莱、金旺、金园社区居委会。新成路街道建立沧海、南塘河社区居委会。

【村委会减至 152 个】 年末,全区共有村委会 152 个,较上年减少 7 个。撤销嘉定工业区虹桥、建国村,建立新的虹桥村;撤销白墙、人民村,建立新的白墙村;撤销竹桥、娄西村,建立新的竹桥村。撤销安亭镇联西、联星村,建立新的联西村。撤销江桥镇星火、虹江村,建立新的星火村。撤销马陆镇大裕、新翔村,建立新的大裕村。撤销外冈镇水产村。 （董泽林 陈晓红）

村(居)委会换届选举工作动员会 （区民政局供稿）

社会救助

【社会救助546 409 人次】 2009 年,全区累计救助 546 409 人次,救助资金总额 1.8 亿元。与上年度相比,救助人次增加 0.02%,救助资金增长 6.78%。

【低保标准调整】 4 月起,城镇低保标准由每人 400 元/月调整为每人 425 元/月,每人每月增加 25 元;农村低保标准由每人 3 200 元/年调整为每人 3 400 元/年,每人每年增加 200 元。增幅为 6.25%。

【1100 余人获得城镇救助】 全年有 3 572 户 11 315 名困难对象获得各类城镇救助。全年累计救助 208 501 人次,比上年减少 11.63%;累计发放救助金 3 713.29 万元,比上年增长 4.92%。

【1500 余人获得农村救助】 年内,全区共有 346 户 1 520 名困难对象获得各类农村救助。累计救助 29 203 人次,比上年增长 36.40%;发放救助金 409.25 万元,比上年增长 4.39%。

【医疗救助 600 余人】 年内,实施日常医疗救助 6 008 人次,发放救助金 1 741.18 万元,人次、金额分别比上年增长 3.68% 和 28.54%。6 月,嘉定区建立现行医疗救助政策(项目)联动机制,年内共有 95 名对象同时享受医疗

"蓝天下的至爱"上街募捐活动　　（区民政局供稿）

救助联动三个及以上项目。

【扶志助学 150 余万元】 7 月,嘉定区调整教育救助对象和标准。扶志助学新标准为:幼儿园阶段 1 000 元/年,大学阶段 3 200 元/年。年内,扶志助学 1 330 人次,比上年减少 21.16%;发放助学金 158.03 万元,比上年减少 9.54%。

【2800 余名支内退休(职)回沪人员获补助】 年内,共补助支内退休(职)回沪人员 28 446 人次,发放补助金 1 492.9 万元。与上年相比,补助人次和补助金额分别增长 23.54% 和 18.52%。

【"蓝天下的至爱"募集善款 2 318.66 万元】 2009 年 12 月下旬至 2010 年 1 月 22 日,由区委、区政府主办,区民政局、区慈善基金会、区红十字会和各街镇承办的"蓝天下的至爱"募捐活动在全区开展,共募集善款 2 318.66 万元。

【募集衣被 21.9 万件(条)】 11 月 23 日至 12 月 14 日,嘉定区开展"送温暖、献爱心"社会捐助活动,全区市民共捐赠衣被 219 047 件(条)。

（董泽林　陈晓红）

社会福利事业

【新增养老床位 563 张】 2009 年,为缓解老年人生活照料困难,完善养老服务体系,投入资金 3 031.74 万元,完成 563 张养老床位建设任务。至年底,嘉定区养老床位总数达到 4 662 张(其中金马社区福利院 150 张养老床位建设已通过验收,因未执业,未投入使用),60 岁以上老年人口拥有养老床位数达 3.6%。

【失智老人集中住养】 针对多数养老机构缺乏专业护理技能,对失智老人的服务水平普遍不高,且失智老人易发生自我伤害、跌伤骨折和走失等意外事故,嘉定区民政局采取集中收住的办法,指导东方老年公寓安排一栋 100 余张床位公寓式楼房,专供失智老人使用。院内安装安全门,每个房间

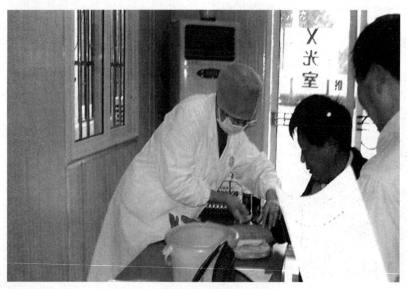

优抚对象免费体检活动　　（区民政局供稿）

配备适合失智老人居住的生活设长的专家担任副院长,安排心理医生对每位入住老人进行智能、心理(情绪)、行为等综合评估,制定个性化护理计划,开展心理疏导及一些适合失智老人的小游戏等文化娱乐活动。同时向全区养老机构内的失智老人家属印发《告知书》,争取家属理解与支持。年内共有60位失智老人集中住养于东方老年公寓。

区第三届老年人书画展开幕式　　(区民政局供稿)

2009 年嘉定区养老机构一览表

机 构 名 称	地 址	床位数(张)	收养数(人)	床位利用率(%)	法 人	电 话
马陆镇敬老院	大治西路 588 号	142	134	94.37	韩燕英	59516708
新成路街道敬老院	迎园路 450 号	68	72	105.88	叶永林	59989029
嘉定社会福利院	嘉定镇街道北大街 301 号	260	259	99.62	朱雪芬	69992702
上海市退休职工嘉定公寓	嘉戬公路 685 号	250	162	64.8	陈华龙	59511173
徐行镇敬老院	新建一路 2115 号	275	210	76.36	潘锦龙	59558470
黄渡镇敬老院	绿苑路 339 号	148	160	108.11	瞿雪英	59595715
外冈镇敬老院	仙桥路 231 号	124	106	85.48	金 静	59937660
江桥镇敬老院	星华公路 2022 号	224	195	87.05	许凤英	59135967
华亭镇敬老院	华谊一路 176 号	443	138	31.15	陈培琴	59970559
唐行镇敬老院	唐窑路 25 号	108	89	82.41	陈培琴	59951449
安亭社会福利院	鸵鸟路 555 号	426	171	40.14	孟 英	69571982
嘉定康福敬养院	新建一路 2218 号	199	138	69.35	孙启新	59554388
虹桥福利院	嘉定工业区虹桥村	270	123	45.56	金惠玉	69161202
安亭镇方泰敬老院	方中路 160 号	50	46	92	朱红英	59503437
真新街道养老院	祁连山南路 2500 号	148	185	125	陈林海	69198183
南翔福利院	众仁路 355 号	300	300	100	沈景珍	59122576
嘉定双善养老院	双单路 65 号	120	120	100	龚永根	59108221
上海东方老年公寓	沪宜公路 4800 号	350	184	52.57	白茹静	69968940
上海怡龄养老院	宝安公路 2973 号	141	117	82.98	樊月芳	59151536
永乐养老院	南翔镇永乐村 560 号	210	137	65.24	叶惠发	39199365

注:核定床位总数 4 510 张,实际收养 2 998 人,入住率 66.5%。

【社会福利企业 107 家】　至年底,全区共有社会福利企业 107 家,比上年减少 6 家(新办 1 家,注销 7 家)。职工总数 9 494 人,其中残疾职工 3 103 人,占职工总数的 32.68%。职工年人均收入 2.23 万元,比上年增长 9.85%。残疾人职工年人均收入 1.28 万元,增长 0.78%。残疾人职工参保率保持 100%。

【社会福利企业实现利税 2.08 亿元】　2009 年,全区社会福利企业实现销售收入 32.73 亿元,比上年增长 18%;实现利税 2.08 亿元,比上年增长

15%。全区镇级单位社会福利企业销售收入超千万元的有 62 家,其中超亿元的 6 家;利税总额超百万元的 39 家,其中超千万元的 4 家。

【销售福利彩票 1.19 亿元】 2009 年,全区销售福利彩票 1.19 亿元,其中电脑福利彩票销售 1.04 亿元,即开票销售 1525.37 万元。销售总量比上年增长 36.27%。年内,全区福利彩票共产出一等奖 2 注。3 月 17 日,宝钱公路 3583 号投注站中得双色球 500 万元一等奖 1 注;8 月 3 日,南翔镇解放街 160 号投注站中得"七乐彩"212 万元一等奖 1 注。全年筹集福利彩票公益金留成部分 674.41 万元,比上年增长 35.90%,全部用于扶助老年人、残疾人、孤儿和社会困难群体等社会福利事业。6 月 16 日,嘉定区民政局批复同意成立"上海市嘉定福利彩票服务中心",性质为民办非企业单位。

【落实库区移民后期扶持政策】 2009 年,核准三峡库区农村移民 729 人、落户嘉定区跨省市大中型水库移民 14 人,共向 743 名扶持对象发放扶持资金 44.58 万元。

【扶持移民安置村项目建设】 根据国家大中型水库移民后期扶持政策,年内为区内 14 个安置三峡库区移民的村申请并核拨扶持资金 362 万元,用于资助 14 个村的桥梁、健身场地、社区卫生服务站、生活垃圾中转房等项目的建设,资助额占项目总投资额的 70.07%。 （董泽林 陈晓红）

婚姻、收养登记

【婚姻登记 4524 对】 2009 年,全区共办理结婚登记 4524 对,其中异地婚姻 1875 对。离婚登记 1306 对,复婚登记 182 对,复婚率 13.93%。补发结婚证 1021 份、离婚证 62 份;出具无婚姻登记记录证明 1063 份。

【收养登记 64 件】 2009 年,嘉定区民政局按照《中华人民共和国收养法》规定,依法办理收养登记 64 件,收养 64 人。 （董泽林 陈晓红）

社 会 组 织

【社会组织登记】 年内,全区共准予筹备登记社会团体 3 个、成立登记 5 个、变更登记 17 次。至年底,区内共有社会团体 113 家,比上年增加 5 家。按照性质分类,学术性社团 25 个、专业性社团 69 个、联合性社团 15 个、宗教性社团 4 个。年内共准予成立登记民办非企业单位 43 个,其中民政类 23 个、教育类 10 个、体育类 2 个、劳动类 1 家、文化类 1 个、中介类 1 家、其它类 5 家;核准民办非企业单位注销登记 5 个;变更登记 41 次。至年底,全区共有民办非企业单位 271 家。

【社会组织年度检查合格率达 90% 以上】 3 月中旬,嘉定区启动社会组织 2008 年度检查工作。104 个社会团体和 194 个民办非企业单位按时完成年检数据的网上填报工作,其中社团年检合格率 97.1%,民办非企业单位年检合格率 90.6%。

【社会组织预警网络建设】 年内,通过社会组织三级预警网络共收集各类信息 39 条,其中对涉及的 8 条非法违规社会组织信息进行调查核实并依法予以有效处置。

【社会组织信息宣传】 年内,嘉定区社团局和辖区社会组织共向"上海社会组织网"报送信息 535 条,其中被市局采用 46 条,信息报送量和录用量指标位居全市区县之首。6 月,嘉定区社团局被评为"上海市社会组织信息宣传工作先进单位"。

【社会组织学习实践科学发展观活动】 2009 年,嘉定区参加上海市第三批深入学习实践科学发展观活动的社会组织党组织共 27 个,其中党支部 21 个、联合支部 2 个、党小组 4 个。按照《上海市新社会组织深入学习实践科学发展观活动指导小组工作方案》,嘉定区于 9 月启动新社会组织学习实践科学发展观活动。通过活动,辖区新社会组织共查找各类问题 131 个,在活动期间已落实解决的有 51 个,完善或新建工作制度 32 项。

【社会组织开展板报宣传】 9 月,嘉定区启动社会组织宣传板报社区巡展活动。本着"贴近社区、贴近群众、贴近需求"的原则,嘉定区社团局选择 20 家以提供公益服务为主的社会组织作为参展对象。巡展以实地展览和网络浏览相结合的方式开展,每一块宣传板报都被制作成书面版和电子版,书面板报在街镇实地展览,其电子版通过"嘉定区政务网"和"嘉定民政网"发送及展示给广大市民浏览。

【群团备案管理】 年初,为进一步规范社区群众活动团队的日常运作,推动群团组织健康发展,制定下发《嘉定区关于开展社区群众活动团队备案工

社会组织宣传板报社区巡展活动 （区民政局供稿）

作的实施意见》,对开展社区群众活动团队备案工作的原则、内容和要求予以明确。至年底,全区共备案各类群团组织1 023个。

【培育发展社会组织29个】 2009年,嘉定区共培育成立社区公益类、服务类和涉农类民办非企业单位28个,行业性专业社团1个,占社会组织年登记总数的58.3%。上述社会组织包括社区体育俱乐部、老年人日间照料中心、残疾人服务中心、社区幼儿园、养老机构、家庭服务中心、蔬菜研究所等,分布在体育、助老、助残、为民、中介等领域,对推进社区公益事业发展、丰富社区群众精神文化生活、提高社区建设水平起到有效推动作用。

2009年嘉定区社会团体变化一览表

	名　　　称	筹　备　时　间	
筹备登记	上海市嘉定区农民专业合作社联合会	5月21日	
	上海市嘉定区道教协会	7月6日	
	上海市嘉定区商会	9月10日	
	名　　　称	成立时间	地　　　址
成立登记	上海市嘉定区港航协会	1月13日	嘉定镇街道南大街272号
	上海市嘉定区闽商投资企业协会	1月13日	城北路651号
	上海市嘉定区社会帮教志愿者协会	3月16日	嘉戬公路118号
	上海市嘉定区农民专业合作社联合会	6月8日	新成路881号
	上海市嘉定区商会	11月11日	博乐南路111号
	名　　　称	变更时间	变更事项
变更登记	上海市嘉定区足球协会	1月23日	法人、业务范围、住所
	上海市嘉定区医学会	2月13日	法人
	上海市嘉定区光彩事业促进会	2月17日	法人
	上海市嘉定区建筑业管理协会	3月24日	法人
	上海市嘉定区乒乓球协会	4月17日	法人、住所
	上海市嘉定区基督教三自爱国运动委员会	5月25日	法人
	上海市嘉定区城市规划协会	7月6日	住所、业务主管单位
	上海市嘉定区旅游协会	8月26日	法人、住所、业务主管单位
	上海市嘉定区外省市企业协会	9月10日	名称、法人
	上海市嘉定区文学艺术界联合会	12月31日	法人

注:"上海市嘉定区外省市企业协会"变更后的名称为"上海市嘉定区各地在嘉企业协会"。

2009年嘉定区民办非企业单位变化一览表

	名　　　称	登记日期	地　　　址
成立登记	上海金颐安养院	1月5日	黄家花园路、靖远路口
	上海嘉定区黄渡老年人日间照料中心	1月5日	新黄路18号
	上海嘉定区外冈阳光之家活动中心	1月5日	仙桥路231号
	上海市嘉定华亭社区体育健身俱乐部	1月5日	霜竹公路1388号
	上海嘉博世职业技术培训学校	1月5日	浏翔公路3145-3155号
	上海嘉定区南翔少儿活动中心	1月22日	德华路818号
	上海嘉定工业区阳光之家活动中心	2月12日	嘉唐公路1666号

（续表）

	名　　称	登记日期	地　　址
成 立 登 记	上海嘉定区黄渡阳光之家活动中心	2 月 19 日	谢春路 666 号
	上海市嘉定新成路街道怡乐精神病人日间照料站	2 月 27 日	仓场路 421 弄 50 号
	上海嘉定菊园新区阳光之家活动中心	2 月 27 日	棋盘路 998 弄 30 号
	上海市嘉定外冈镇怡乐精神病人日间照料站	3 月 16 日	仙桥路 231 号
	上海市嘉定华亭镇怡乐精神病人日间照料站	3 月 17 日	嘉行公路 3182 号
	上海市嘉定安亭镇怡乐精神病人日间照料站	4 月 1 日	红梅社区 253 弄 5-6 号
	上海市嘉定港航海事服务中心	4 月 1 日	城北路 651 号
	上海嘉定区江桥阳光之家活动中心	5 月 4 日	榆中路 68 弄 134 号
	上海市嘉定菊园新区民办六里小学	5 月 4 日	嘉安公路六里桥车站北侧
	上海嘉定区真新街道阳光之家活动中心	5 月 7 日	新郁路 589 号一楼
	上海市嘉定真新街道怡乐精神病人日间照料站	5 月 7 日	新郁路 589 号二楼
	上海市嘉定嘉定镇街道怡乐精神病人日间照料站	5 月 7 日	塔城路 475 弄 74 号
	上海周春芽艺术研究院	5 月 7 日	马陆镇大治路
	上海嘉定区上外实验进修学校	5 月 26 日	墨玉路 185 号
	上海市嘉定南翔镇怡乐精神病人日间照料站	6 月 8 日	德园路 665 号
	上海市嘉定永乐养老院	6 月 23 日	翔乐路 265 号
	上海市嘉定福利彩票服务中心	7 月 6 日	新成路 129 弄 12 号
	上海市嘉定菊园新区怡乐精神病人日间照料站	7 月 20 日	棋盘路 998 弄 30 号
	上海嘉定区新成路街道阳光之家活动中心	7 月 20 日	仓场路 421 弄 50 号
	上海嘉定区和谐家庭服务中心	7 月 20 日	新成路 881 号 3 号楼
	上海金拐杖心理咨询中心	7 月 30 日	嘉定镇街道北大街 226 号
	上海市嘉定江桥镇怡乐精神病人日间照料站	8 月 17 日	榆中路 68 弄 134 号
	上海嘉定区真新街道社区体育健身俱乐部	9 月 9 日	丰庄一村 48 号
	上海市嘉定徐行镇民办少农小学	9 月 15 日	徐行镇大石皮村六组
	上海市嘉定嘉源社会福利院	9 月 15 日	大治路 577 弄
	上海市嘉定华亭镇民办华武小学	10 月 12 日	华谊一路 81 号
	上海市嘉定工业区民办娄塘第二小学	10 月 27 日	娄塘镇泾河村 86 号
	上海市嘉定安亭镇民办菲贝儿双语幼儿园	10 月 27 日	墨玉北路 288 号
	上海市嘉定安亭镇民办沁富双语幼儿园	11 月 17 日	新源路 1306 号
	上海市嘉定马陆镇民办包桥小学	11 月 17 日	宝安公路浏翔公路口
	上海市嘉定马陆镇民办仓场小学	11 月 17 日	马陆镇仓场
	上海嘉定工业区怡乐精神病人日间照料站	11 月 17 日	嘉唐公路 1688 号
	上海嘉定旅游会展推广中心	11 月 30 日	沙霞路 68 号
	上海市嘉定徐行镇民办少农幼儿园	12 月 21 日	徐行镇大石皮村六组
	上海复源社工师事务所	12 月 21 日	棋盘路 1255 号
	上海银冠花椰菜研究所	12 月 21 日	祁连山南路 2199 号

（续表）

	名　　　称	变更时间	变更事项
变更登记	上海市嘉定区江桥镇封浜敬老院	2月13日	法人
	上海大宅门诊部	2月17日	法人
	上海市嘉定区老龄科学研究中心	2月17日	法人
	上海品恒职业技术培训中心	3月17日	法人
	上海嘉定现代技术培训中心	3月30日	住所
	上海市嘉定外冈镇民办葛隆小学	3月30日	注册资金
	上海市嘉定建设人才培训学校	4月17日	法人、住所
	上海嘉定区南翔阳光之家活动中心	5月4日	法人
	上海嘉定区晓雯音乐进修学校	5月4日	名称、业务范围
	上海飞鸟进修学校	5月6日	住所
	上海市嘉定区马陆镇残疾人服务社	5月6日	法人
	上海市嘉定区徐行镇残疾人服务社	5月25日	法人
	上海嘉定区嘉定镇街道社区学校	6月8日	法人
	上海嘉士堡教育培训中心	6月17日	注册资金
	上海翔华托儿所	6月23日	法人
	上海市嘉定卫生人才培训中心	6月23日	住所
	上海嘉定区菊园新区民间组织服务中心	7月21日	法人
	上海市嘉定区马陆镇青少年业余学校	7月30日	法人
	上海嘉定德馨业余进修学校	8月11日	法人、业务范围
	上海市嘉定区徐行镇敬老院	8月11日	法人
	上海市嘉定区师源进修学校	8月11日	住所
	上海沪嘉高速职业技能培训中心	8月11日	法人
	上海市嘉定规划咨询服务中心	8月17日	住所、业务范围
	上海市嘉定殡葬服务中心	9月10日	法人
	上海市嘉定区武术培训中心	9月16日	法人
	上海飞儿艺术培训学校	10月12日	住所
	上海市嘉定真新街道社区工作指导服务中心	10月12日	法人
	上海嘉定新世纪进修学校	10月30日	法人、住所
	上海工艺美术职业技能培训中心	10月30日	法人
	上海嘉定区怀少学校	11月2日	法人
	上海市嘉定区真新新村街道社区学校	11月20日	名称、法人、住所
	上海市嘉定区华亭镇敬老院	11月20日	名称
	上海市嘉定徐行镇民办育红小学	12月30日	住所
	上海市华大教育研究所	11月6日	迁出至青浦区

（续表）

	名　称	成立时间	注销时间
注销登记	上海再生能源咨询服务中心	2005 年 4 月	2009 年 4 月
	上海市嘉定工业区敬老院	2002 年 7 月	2009 年 4 月
	上海新力职业技能培训中心	2004 年 7 月	2009 年 7 月
	上海市嘉定外商投资咨询中心	2002 年 2 月	2009 年 9 月
	上海市民办槎溪高级中学	2001 年 2 月	2009 年 9 月

注:"上海嘉定区晓雯音乐进修学校"变更后的名称为"上海乐音文化艺术进修学校","上海市嘉定区真新新村街道社区学校"变更后的名称为"上海市嘉定区真新街道社区学校","上海市嘉定区华亭镇敬老院"变更后的名称为"上海市嘉定区华亭敬老院"。

（董泽林　陈晓红）

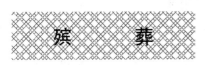

殡　　葬

【殡葬服务】　2009 年,区殡仪馆共火化尸体 5 183 具,骨灰寄存 1 200 格位;6 家经营性公墓和 1 家经营性骨灰堂销售墓穴 22 220 穴,累计已售墓穴 377 802 穴(不含嘉定殡仪馆的格位数),营业额 3.24 亿元;收取墓穴维护费 1 876 万元,累计 1.22 亿元,全部按规定存入专用账户。清理乱葬乱埋墓穴 1 800 穴,全部迁入公墓。各经营性公墓为回报社会、让利社会,全年用于公益事业金额 451.92 万元。清明、冬至期间接待祭扫人员 210.15 万人次,车辆 20.88 万辆。

【销售节地葬墓穴 10 998 穴】　2009年,各经营性墓(息)园推出占地少、造型巧、式样新、工艺精的多种新品、精品葬式,有壁葬、廊葬、草坪葬、植树葬、花坛葬等,实现骨灰安葬多样化。年内,全区销售各种节地葬 10 998 穴,累计销售 43 205 穴,有利于节约土地资源。

【望仙安息园开业】　3 月 1 日,上海市殡葬管理处印发《上海市殡葬管理处关于同意上海望仙安息园开业的函》〔沪殡发(2009)7 号〕。由上海市嘉定区钱门村村民委员会斥资 200 万元筹建的 1 300 平方米的经营性骨灰堂,经许可正式开业。

【殡葬服务进社区与帮困济丧】　嘉定区殡葬服务进社区工作自 2007 年 10月开展以来,关注民生,服务百姓,得到社会各界一致好评,特别是残疾人、"低保"对象等困难人群从中得到实惠,对缓解"治丧难"问题起到积极作用。年内,共核准市级补贴 77 人,发放补贴款 3.08 万元;核准区级补贴 116人,发放补贴款 4.6 万元。

2009 年嘉定区殡仪馆、墓(息)园一览表

单位 \ 项目	开办日期	规划面积（公顷）	已售墓穴数（穴）	可建墓穴数（穴）	联系电话	地址
嘉定殡仪馆	1958 年 5 月	2.4	1 200（格位）	3 600（格位）	39903887	嘉朱公路 320 号
松鹤墓园	1984 年 10 月	64	1 977 37	288 000	59506101	嘉松北路 3485 号
长安墓园	1993 年 3 月	30	49 611	130 000	59563564	嘉安公路 3688 号
华亭息园	1993 年 11 月	16.7	53 377	150 000	59970155	华亭镇联华村
清竹园	1994 年 5 月	43.2	20 229	638 000	59588899	嘉松北路 633 号
白鹤息园	1994 年 4 月	10	20 380	45 000	59124499	南翔镇永乐村
仙乐息园	1994 年 8 月	16.7	36 221	75 000	59947908	沪太公路 8598 号
望仙安息园	2009 年 3 月	0.13	247	10 000（格位）	69932100	外钱公路 1555 号
合　计		183	379 002	1 339 600		

（董泽林　陈晓红）

人口和计划生育

【概况】 2009 年,嘉定区人口和计划生育工作以深入学习实践科学发展观为抓手,认真贯彻《中共中央国务院关于全面加强人口和计划生育工作,统筹解决人口问题的决定》和《中共上海市委、上海市人民政府关于贯彻〈中共中央国务院关于全面加强人口和计划生育工作,统筹解决人口问题的决定〉的意见》,以"关注民生问题,构筑阳光计生,促进科学发展"为载体,将学习实践活动与人口计生各项工作紧密结合,进一步巩固成功创建全国计划生育优质服务先进单位的工作成果,为全区经济社会发展创造良好的人口环境。年内,加大依法打击"两非"行为工作力度,联合有关部门对 31 例"两非"案件开展调查取证,并依法予以打击,促进出生人口性别结构的平衡。与卫生、公安、工商、质监、药监等部门通过上下联动、综合整治,对计划生育药械经营、使用单位开展计生药械市场专项整治行动,取缔非法经营单位 15 个。年中,副区长夏以群、李贵荣通过"区长在线"分别与网友就"妇女儿童发展与计划生育政策"和"来沪人员服务与管理"开展专题讨论与交流,进一步提高群众对人口计生工作的关注度和参与度。年内,区人口计生委依托区科委研发"计划生育实有人口服务平台",该平台围绕人口计生业务工

12 月 15 日,副市长赵雯到南翔镇人口计生综合服务站考察

（区人口计生委供稿）

作要求,集信息采集、统计分析及相关业务工作于一体,整合公安、民政、卫生等相关部门的基础信息,实现数据动态对接和依权限共享,为全区实有人口进行统筹管理打下基础。该平台成为嘉定区政务网的重要组成部分。12 月 15 日,副市长赵雯实地考察南翔镇人口计生综合服务站,对服务站古朴优雅的环境布置表示赞赏,对服务人群做到广泛覆盖表示肯定,同时指出要利用好这个宣传服务阵地继续为常住人口提供各项优质的人口计生服务。2009 年,户籍人口一孩率 95.52%,二孩率 4.45%。"独生子女父母光荣证"领证率 31.96%,晚婚率 71.07%。一般生育率 26.4‰,总和生育率 0.875,生育峰值年龄为 27 岁。全区有户籍人口育龄妇女 12.32 万人。户籍人口计划生育率 99.71%,外来流动人口计划生育率 87.01%。

【户籍人口自然增长率下降 0.8 个千分点】 2009 年末,全区常住人口 119.6 万人,其中户籍人口 55 万人。年内,出生人口 11 730 人,其中户籍人口 3 440 人,出生率 6.29‰,比上年减少 1 个千分点;死亡人口 4 294 人,死亡率 7.85‰,减少 0.15 个千分点。户籍人口自然增长率 -1.56‰,比上年下降 0.8 个千分点。

2009 年嘉定区户籍人口自然变动情况表

项 目	2009 年	2008 年	2009 年比上年增减
总人口数（人）	550 228	543 585	6 643
出生数（人）	3 440	3 942	−502
出生率（‰）	6.29	7.25	−0.96
死亡数（人）	4 294	4 348	−54
死亡率（‰）	7.85	8.00	−0.15
自然增长率（‰）	−1.56	−0.75	−0.81

2009 年嘉定区户籍人口生育情况表

项 目	2009 年	2008 年	2009 年比上年增减
出生总人数（人）	3 440	3 942	−502
计划外出生人数（人）	35	63	−28

（续表）

项　　目		2009 年	2008 年	2009 年比上年增减
计划生育率(%)		99.71	99.29	0.42
一孩	人数(人)	3 286	3 785	−499
	一孩率(%)	95.52	96.01	−0.49
二孩	人数(人)	153	156	−3
	二孩率(%)	4.45	3.95	0.5

2009 年嘉定区户籍人口领取独生子女父母光荣证及女性初婚情况表

项　　目		2009 年	2008 年	2009 年比上年增减
已婚育龄妇女人数(人)		95 200	100 212	−5 012
年内发放光荣证数(份)		4 115	5 528	−1 413
领证率(%)		31.96	32.08	−0.12
女性初婚人数	合计(人)	1 946	2 251	−305
	20 岁以下人数(人)	18	18	0
	23 岁以上人数(人)	1 383	1 622	−239
	晚婚率(%)	71.07	72.06	−0.99

【计生宣传教育】 年内,区人口计生委"贴近基层、贴近群众、贴近实际",多渠道、多形式、多层面开展人口计生宣传教育活动。一是专项活动精彩纷呈。7月6日,区人口计生委和嘉定工业区管委会联合举办"嘉定区庆祝新中国成立60周年暨纪念'7·11世界人口日'20周年小品展演"活动,精心设计的春夏秋冬四个篇章从不同的角度展示了人口计生工作的不同风貌,区四套班子领导出席。二是深化宣传报道。加大人口计生工作的亮点和特色工作宣传报道的力度,采取上海市主流媒体的深度报道、个性化报道和公益性宣传等多种方式开展对外宣传。三是不断扩大宣传影响面。深入推进婚育新风进万家活动,重点宣传华亭镇"倡导婚育新风尚,构建和谐新农村"活动;强化预防艾滋病知识的宣传,将预防艾滋病知识小贴士覆盖到每个公共场所,与建交委联合将免费药具及小贴士送进工地,从源头上加以预防;加大优生优育知识的宣传力度,制作"孕前检测"温馨小贴士在婚检处分发,引导待孕夫妇接受孕前检测。

【强化依法行政】 年内,区人口计生委强化管理、规范运作,进一步落实依法行政措施。一是规范"独生子女父母光荣证"、"无子女证明"、再生育申请等行政许可工作。发放"独生子女父母光荣证"4 120张,办理再生育许可325例,出具"无子女证明"68份、"符合计划内生育第二个孩子条件的证明"7份。二是落实对计划生育家庭的奖励扶助制度。发放独生子女父母一次性计划生育奖励费323万元,奖励1 776人;发放无子女一次性计划生育费5.9万元,奖励13人;发放独生子女意外伤残一次性金额5.4万元,补助18人;发放独生子女意外死亡补助金额4.5万元,补助9人;发放农村部分计划生育家庭奖励扶助金246万元,扶助3 295人;发放计划生育家庭特别扶助金163.59万元,扶助1 114人。三是规范征收社会抚养费。对64例计划外生育对象征收社会抚养费,征收金额全部上缴国库,未发生一例行政复议或行政诉讼。

国庆六十周年暨"世界人口日"小品展演活动

（区人口计生委供稿）

【注重利益导向机制建设】 年内,区人口计生委注重利益导向机制建设,逐渐形成"纵向分层,横向分类"的工作结构。一是精神关怀暖人心。实施"金拐杖圆梦行动",通过志愿者与独生子女夭亡家庭结对,让结对家庭又添儿女、再享幸福。二是生育关怀贴人心。对于符合政策在上海市生育但不享受生育保险的非上海户籍妇女,给予一次性的补贴。全区共发放补贴35.35万元,631人受助。部分街镇将受益人群扩大到流动人口育龄妇女。三是健康关怀安人心。以计划生育家庭女性健康为主题,开展多项关怀行动。四是生活关怀显温馨。10个街镇实施低保家庭独生子女入学资助政策,全年提供爱心助学资金28.39万元,帮助213户困难家庭的独生子女顺利入学。

【改善流动人口服务管理】 年内,区人口计生委以《流动人口计划生育工作条例》(以下简称《条例》)实施为契机,不断完善以现居住地为主、流入地与流出地密切配合的流动人口计划生育服务管理机制。一是抓源头管理。与11个省、市的34个区县签订双向管理协议,引导人口有序流动;开展嘉定、昆山、太仓区域协作交流,推动三地流动人口计划生育服务和管理联动发展。二是抓现居住地管理。深入推进真新街道以集贸市场为切入点的多元化服务管理,江桥镇太平村的村组化服务管理、马陆镇"以外管外"服务管理等模式的实践,并探索建立政府引导下的流动人口"三同三自(宣传、服务、管理)"群众自治模式。三是抓市民化服务。在流动人口集聚地建立流动人口计生协会,对流动人口未婚青年开展性与生殖健康知识培训;在流动人口集聚的工厂、工地、集贸市场宣传《条例》,通过举办知识竞赛提高知晓率;设立固定宣传阵地,制作380个避孕药具自取箱并安装于138个流动人口较多的企业和108个在建工地;将流动人口纳入家庭计划指导服务体系,对5326名采取非稳定性措施的流动人口开展知情选择咨询服务,让符合条件的"新嘉定人"同享免费技术服务;出台流动人口孕产妇平产分娩优惠政策,开展"关怀在你身边"等专项行动,让流动人口在嘉定感受到第二故乡的温暖。

【推进计划生育服务体系建设】 2009年,全力推进人口计生公共服务体系建设,促进群众生育质量、生命质量和生活质量的提升。一是加强培训,优化"阿彩工作室"服务。通过举办全区性的"阿彩工作室"培训班和强化日常运作督查,建立一支作风硬、业务精、善于做群众工作的"阿彩"和"小阿彩"队伍。全区有345名"阿彩"和"小阿彩"活跃在社区的每个角落。二是夯实基础,建立和完善公共服务阵地。街镇综合服务站全部实现标准化,7个社区人口计生综合服务站被命名为2009年度上海市人口和计划生育公共服务机构标准化建设示范单位。在全区建立14个科学育儿指导中心和27个分中心,建立"1+X+Y"的社区指导服务体系。推进人口计生公共服务融入社区卫生、事务受理和文化三个中心。三是以人为本,建立和完善家庭计划指导服务体系。依托孕妇检查建卡、产后访视,依托儿保门诊及儿童计划免疫接种,利用科学育儿指导活动、家长学校等平台,主动将家庭计划指导工作渗透进去,形成从"孕"到"育"的家庭计划"一条龙"指导服务链。年内,为3581名已婚育龄妇女提供免费基本项目的计划生育技术服务,规范管理已有的385个面对面免费药具发放点和453个免费药具自取箱,保证育龄群众就近方便取得免费避孕药具。

【协会建设】 年内,区计生协会以满足群众需求为目标,关注民生,开展系列宣传、服务活动,进一步增强协会的凝聚力和影响力。一是开展基层协会评估认定工作。制定下发《嘉定区基层计生协评估工作实施方案》,对基层协会开展指导、督查、评估认定,达到"摸清底数,健全制度,规范工作,科学管理,促进提高"的目的。至年底,全区有各级计划生育协会分会合格组织502个,协会会员19913人。二是加强流动人口协会建设。年内新建流动人口协会3个,至年底共建流动人口协会28个,流动人口会员2979人。三是加强协会志愿者队伍建设。制订《志愿者队伍建设的若干规定》,规范管理,促进志愿者队伍健康持续发展;举办"金拐杖圆梦行动"志愿者服务技能培训班,提高志愿者的服务和心理疏导技能。共发展协会志愿者3806人,其中"金拐杖圆梦行动"志愿者63人。年内,菊园新区在餐饮业集聚的平城路段试点成立"菊园新区餐饮业计生协会",发展餐饮业计生会员100余人,并定期组织"青春色彩,相约餐饮计生协会之家"系列活动。通过欢快、轻松的活动让外来务工青年体会"青春需要色彩、计生关爱暖人心"。真新街道开设"凝凤博客",寓意"凝四方飞来之凤,聚八方丰富资源"。博客设置计生政策、生殖健康、优生优育、避孕节育等版块,为外来育龄妇女搭建互相认识、互相交流、互相帮助的平台,让她们在异乡感到亲情、温情和友情,增强互助、互帮、互爱的意识,多渠道提供计生知识,帮助提升婚姻质量,优化生活环境。

【"阿彩工作室"成为区计生系统品牌】

"阿彩工作室"培训班 (区人口计生委供稿)

"阿彩工作室"一线工作法自 2008 年始推广以来,区人口计生委通过"三抓"达到"三促",将"阿彩工作室"培养成人口计生系统的品牌。一是抓计划促落实。制定翔实的三年行动计划,分宣传发动、现场观摩、助推指导、独立操作、阶段性成效评估和全面推行等六个阶段逐步落实推进。二是抓制度促规范。各街镇"阿彩工作室"统一机构名称、服务时间和服务内容,按照"五个一"(即一面旗帜、一块牌子、一个本子、一个杯子、一个袋子)的工作宗旨和预告、登记、回访、绩效评估等七项工作制度规范运作。三是抓培训促提高。区人口计生委举办全区性的"阿彩工作室"培训班,为提升迎世博人口计生服务窗口文明指数奠定基础。四是抓交流促平衡。组织召开"阿彩工作室"经验交流会,通过交流取长补短,全区的"阿彩工作室"齐头并进,共同发展。

【"双检双教"服务实行无缝衔接】 年内,实行无缝衔接,积极完善"双检双教"服务链。在一检(婚前健康检查)上,部门联手实行免费婚前体检、优孕、优生、优育咨询和婚姻登记一条龙服务。在二检(孕前优生检测)上,与区卫生局联合发文,共同推进出生缺陷一级预防工作;举办"孕妈咪胎教音乐会"、"母婴健康社区行"等宣传活动 4 次。在一教(0 岁~3 岁婴幼儿科学育儿指导服务)上,深化"0 岁~3 岁婴幼儿家长及看护人员科学育儿知识培训"项目,有 3 个街镇成功创建市社区优生优育指导服务示范单位。举办育婴师培训班,联合妇儿等多部门举办"活力宝宝大赛",倡导科学育儿理念。在二教(独生子女社会行为教育)上,建立青春健康教育师资队伍,与区教育局联手开展"快乐女生计划",让每个女孩都快乐成长,该项目被评为 2009 年度嘉定区未成年人思想道德建设重点实事项目优秀奖。

【开展金拐杖圆梦行动】 该项目于 2008 年 8 月 28 日启动,2009 年被嘉定区文明委确定为 31 个"迎世博文明创建实事项目"之一。区计生协会通过专家心理疏导、志愿者结对、亲情座谈会等形式开展关怀行动,在徐行镇试点建立供独生子女夭亡家庭与志愿者交流的平台——"圆梦心屋"。关怀形

"金拐杖"志愿者与结对家庭一起包饺子

(区人口计生委供稿)

式不断拓展,更多地关注夭亡家庭的心理需求,使项目得到健康持续的发展,让结对家庭又添儿女,再享幸福。2009 年 8 月 31 日,中央电视台法制频道对项目进行专题介绍。

【"快乐女生计划"实施】 2009 年,"快乐女生计划"是区人口计生委和区教育局的合作项目,在全区 13 所试点学校实施。通过学校、家庭、社会三位一体,形成合力,共同关注女生教育问题,让每个女孩都快乐成长。项目采用分层次、分阶段,统筹与分工相结合的方式,研究各年龄段女生的特点:小学阶段主要根据学生心理特点,以过节的方式,设计丰富多彩的"快乐女孩节"系列教育活动;中学阶段以"快乐花季少女"为教育主题,帮助中学女生健康度过青春期。 (周 静)

市民生活水平与质量

【城乡居民收入稳步增长】 据抽样调查资料显示:2009 年嘉定区城乡居民人均可支配收入继续保持平稳增长。城镇居民人均可支配收入达 24 020 元,比上年增加 1 779 元,增长 8%;农村居民人均可支配收入达 13 630 元,比上年增加 1 043 元,增长 8.3%。可支配收入结构分析,城乡居民的工资性和转移性收入始终是可支配收入的重要组成部分,其中工资性收入的提

高直接拉动可支配收入增长。而经营性和财产性收入虽然有较大幅度增长,但绝对量偏小,对城乡居民可支配收入增长影响有限。(1)城乡居民工资性收入增幅平稳。城镇居民人均工资性收入达 14 388 元,比上年增加 1 216 元,增长 9.2%,占可支配收入的 59.9%;农村居民人均工资性收入达 10 635 元,比上年增加 824 元,增长 8.4%,占可支配收入的 78%;城乡居民工资性收入增长分别拉动可支配收入增长 5.5 和 6.6 个百分点。(2)城镇居民经营性收入增幅显著。城镇居民人均经营性收入为 409 元,比上年增加 90 元,增长 28.2%,增长势头较猛;农村居民的经营性收入略高于城镇,人均为 421 元,但在增长速度上低于城镇居民,比上年增加 41 元,增长 10.8%。(3)农村居民人均财产性收入增幅放缓。城镇居民的人均财产性收入达 338 元,比上年增加 66 元,增长 24.3%;农村居民的人均财产性收入达 1 014 元,比上年增加 22 元,增长 2.2%。究其放缓主要原因:一是农村居民的财产性收入主要来自于租金收入(包括农业机械)、集体分配股息和红利,2009 年农村居民人均转让承包土地经营权收入为 103 元,较上年下降 4.6%;二是农村居民租金收入迅速递减,人均租金收入 747 元,同比减少 2.6%。(4)农村居民转移性收入增幅加快。2009 年,随着"优农、惠农"养老金补贴政策的完善,嘉定区农村居民养老金最低发放标准提高至每月 300

元/人,农村居民人均转移性收入从上年的1404元增至1560元,同比增长11.1%。较城镇居民人均8885元相比,虽然农村居民的转移性收入在绝对数上远远落后于城镇居民,但从增长速度看,农村居民有较好的增长前景,增长速度较快。

2009 年嘉定区城乡居民消费支出情况表

单位:元

项 目	城 镇			农 村		
	2009 年	2008 年	增幅(%)	2009 年	2008 年	增幅(%)
消费支出	15 361	14 132	8.7	10 176	9 282	9.6
其中:食品	6 252	5 898	6.0	3 692	3 513	5.1
衣着	1 100	1 029	6.9	560	477	17.4
居住	1 087	1 536	−29.2	1 978	1 854	6.7
家庭设备用品及服务	976	1 022	−4.5	548	570	−3.9
交通和通信	2 655	1 812	46.5	1 464	987	48.3
教育文化娱乐服务	1 809	1 650	9.6	1 059	928	14.1
医疗保健	937	791	18.5	666	748	−11.0
其它商品和服务	545	393	38.7	209	205	2.0

【城乡居民消费水平不断提高】 2009年,随着社会经济的快速发展,城乡居民生活消费水平显著提高,生活质量进一步改善。据抽样调查显示:嘉定区城镇居民消费支出为15361元,比上年增加1229元,增长8.7%;农村居民人均消费支出为10176元,比上年增加894元,增长9.6%。

城乡居民消费支出呈"六升二降"态势,其中交通和通讯消费均呈两位数增长。(1)交通和通信类消费支出增长最快。2009年,由于小排量汽车购置税年内减半征收等优惠政策的实施,对城乡居民购车行为产生一定的促进作用。至年末,嘉定区城镇居民人均交通与通讯类消费支出为2655元,比上年增加843元,增长46.5%。其中用于交通的消费支出为1857元,增长84.4%。农村居民人均交通与通讯类消费支出1464元,比上年增加477元,增长48.3%。是年底,嘉定区城镇和农村居民平均每百户家庭汽车拥有量由上年的13辆和9辆,分别增至17辆和14辆。(2)食品消费稳定增长,膳食结构更趋合理。随着人民生活水平的不断提高,城乡居民对食品消费也由传统的数量型向质量型转变,食品质量不断提高,膳食营养搭配更趋合理。据调查资料显示:2009年嘉定区城乡居民人均食品消费为6252元和3692元,比上年同期增长6.0%和5.1%,分别占消费支出比重的40.7%和36.3%。(3)衣着消费增多,面料款式多元化。随着人民生活品质的不断提高,城乡居民从只注重衣着的实用性转向对衣着文化价值和科技含量的追求。在衣着拥有的数量上实现由一衣多季到一季多衣的转变。尤其是农村居民人均衣着消费从上年的477元增至560元,增长17.4%。(4)家用设备用品及服务消费呈"双减"态势。随着2008年国家关于"家电下乡、以旧换新"政策实施的不断深入,2009年嘉定区城乡居民用于家庭设备用品和服务类支出明显下降:城镇居民人均976元,同比减少4.5%;农村居民人均548元,同比减少3.9%。由此表明,随着人民生活水平的不断提高,家用设备用品已日趋饱和,生活耐用消费品已经不再是城乡居民消费的重点。

(樊明海)

老龄工作

【60 周岁以上老人占总人数的23.6%】 年末,全区60周岁及以上老年人129 653人,占常住户籍总人数的23.6%。其中男性老人59 770人,占老年人总数的46.1%;女性老人69 883人,占老年人总数的53.9%。

2009 年嘉定区 60 周岁以上人口年龄结构分类表

年 龄 结 构	人 数(人)	占老年人比例(%)
60 岁~64 岁	39 700	30.63
65 岁~79 岁	68 300	52.7
80 岁~99 岁	21 600	16.66
100 岁以上	24	0.01

2009 年底嘉定区百岁老人情况一览表

序号	姓　名	性别	出生日期	家庭地址
1	吴银彩	女	1901.7.24	真新街道新郁路 199 弄 48 号 1402 室
2	朱晓华	女	1904.2.7	嘉定镇街道塔城路 331 弄 28 号 101 室
3	杜月妹	女	1904.2.8	外冈镇钱门村 418 号
4	龚秀宝	女	1906.5.15	徐行镇劳动村丁陈村民小组
5	孙林妹	女	1906.8.3	真新街道丰庄路 450 弄 108 号 401 室
6	徐福舍	女	1906.10.16	江桥镇建华村 385 号
7	李云珠	女	1906.10.22	南翔镇民主东街 1 号
8	陆雪珍	女	1906.12.09	安亭镇罗家村东窖组
9	倪　云	女	1907.10.16	嘉定镇街道金沙路 331 弄 4 号 102
10	徐胡氏	女	1907.12.10	嘉定工业区草庵村庵桥 320 号
11	陈云娣	女	1908.4.19	江桥镇封浜村
12	卢士芬	女	1908.5.30	菊园新区西大街 504 号
13	任文伟	男	1908.10.15	嘉定工业区嘉朱公路 1315 弄 82 号
14	宋洪根	男	1908.12.23	嘉定工业区娄塘村小东街 145 弄 5 号
15	严侣舍	女	1908.12.27	徐行镇钱桥村 5 号
16	严雪岁	女	1909.2.10	嘉定镇街道城中路 171 弄 27 号 402 室
17	朱培珍	女	1909.2.11	徐行镇安新村
18	周阿英	女	1909.2.24	新成路街道澄浏中路 2500 弄 15 号 102 室
19	顾秀英	女	1909.3.3	嘉定镇街道塔城路 314 弄 5 号 501 室
20	沈蔡氏	女	1909.8.23	菊园新区红石路 46 号 102 室
21	张时芬	女	1909.8.29	嘉定镇街道金沙路 253 弄 8 号 402 室
22	陆秀珍	女	1909.10.13	真新街道铜川路 2395 弄 82 号 501 室
23	周彩堂	男	1909.10.21	嘉定工业区娄塘灯南村 148 号
24	毛贞云	男	1909.11.28	华亭镇连俊村 253 号

【老有所养老有所保】 年末，全区"城保"参保人数达 20.6 万人，对 70 周岁以上的高龄老年人养老金实施特殊增长办法，累计高龄纳保 850 人，确保老年人生活水平随着社会经济发展而不断提高。"镇保"参保人数 14.2 万人。另有 5.3 万人采用或参照征地养老方式落实社会保障。不断提高农村养老金发放标准，嘉定区财政共投入 6 197.15 万元，全区农村退休农民养老金已经达到人均 334.6 元/月。进一步推进退休职工保障工作，区属企业各级退管会发放各类救济、补助金总额 639.7 万元，比上年增长 44.49%；发放支内回沪人员补助 6958 人次，343.72 万元；发放敬老助医爱心卡 100 张，金额 5 万元；为 10 名特困退休职工实行

"三定"帮困，金额 1.2 万元。继续推进"银发无忧"工程，为全区老年人购买人身意外保险 108.4 万元，比上年增长 23 万元。

【重阳节开展系列活动】 重阳节期间，区委常委、区政法委书记、区老龄委主任贝晓曦和副区长、区老龄委副主任倪耀明分别带队走访百岁老人代表和部分敬老院，为百岁老人们赠送"百岁寿星"牌匾、慰问金和慰问品。各镇(街道)对辖区百岁老人、高龄老人、独居老人、特困老人和有重要贡献的老人普遍开展走访慰问活动，向他们送上慰问品和慰问金。参加走访慰问活动的镇(街道)干部 11750 人次，赠送慰问金 167.3 万元；参加走访慰

问活动的村(居)委干部 65 085 人次，赠送慰问金 544.1 万元。10 月 26 日，区政府在嘉定影剧院召开庆祝上海市第二十二个敬老日大会。区委常委、区老龄委主任贝晓曦代表区委、区政府向全区 12 万老年人们致以节日问候和祝福。会议表彰 12 个老龄工作先进集体和个人。部分镇(街道)老年文艺演出队表演新创作的 10 个以"久久真情、欢乐重阳"为主题的文艺节目。

【14 家服务机构社区助老】 年内，共有镇(街道)老年居家养老服务机构(社区助老服务社)14 家，其中区社区助老服务指导中心 1 家。服务人员 513 人，服务对象 7 269 人，其中享受政府补贴老人 2 005 人，共补贴金额 743.7 万元。

【建成 25 家标准化老年活动室】 年内,嘉定区完成 25 家标准化老年活动室建设,改扩建总面积达 9 617.6 平方米,投入资金 1 651 万元。上海市民政局资助 150 万元,区级配套资金 150 万元。

【新建 5 个社区老年助餐点】 为帮助独居、纯老家庭中的高龄老年人解决日常用餐困难,提高老年人生活质量,嘉定区采用"政府投入和社会资源相结合、就近便利和网络分布相结合"原则,新设立社区老年助餐点 5 个,总建筑面积 4 553.4 平方米,投入资金 883.05 万元。

【新建 3 个老年人日间服务中心】 为帮助独居、纯老家庭中的高龄老年人解决日常生活照料困难问题,新建方泰、外冈、江桥 3 家老年人日间服务中心,总建筑面积 3 360 平方米,投入资金 513.11 万元。

【改造农村敬老院 3 个】 年内,结合民政部"霞光计划",完成农村敬老院改造项目 3 个,改扩建总面积 14 651 平方米,投入资金 2 314 万元。

【加强养老服务专业化队伍建设】 年内,区民政局注重加强养老护理人才建设,在服务礼仪、护理知识、护理技能等方面强化对护理员培训工作,具备国家五级以上资质护理员已达 38%,养老护理队伍向专业化、规范化、职业化发展。9 月 22~23 日,区民政局主办、区养老公益事业协会承办以"迎世博、展风采"为主题的养老护理技能大赛,全区 20 家养老机构以"练本领、学业务、比技术、强素质"形式欢庆国庆,喜迎世博。

【有效维护老年人合法权益】 年内,认真调处涉老纠纷和处理涉老案件,信访受理总数 856 件(来信 52 件、来电 95 件、来访 709 件),处理办结率 99.9%。其中涉及赡养纠纷 85 件,住房纠纷 122 件,财产纠纷 83 件,人身侵权 21 件,婚姻问题 38 件。全年依法查处各类侵害老年人合法权益刑事案件 55 起,治安案件 71 起,打击涉案对象 134 人,为老年人挽回经济损失 38 万余元。嘉定区人民法院继续完善从立案到执行的"一条龙"服务体系,对涉老案件审查做到"四快"(即快立、快审、快结、快执),全年审理涉老案件 108 件 119 人,主要涉及老年人婚姻与房产以及赔偿类案件,有效维护老年人合法权益。　　　　(董泽林　陈晓红)

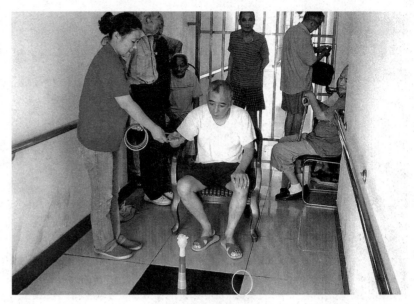

失智老人集中住养　　　　(区民政局供稿)

【重视区属企业退管工作】 年末,全区区属企业有退休职工 16 787 人(男 5 306 人,女 11 481 人),比上年减少 335 人。其中年龄在 59 岁以下的 5 338 人,60 岁~69 岁的 5 378 人,70 岁~79 岁的 4 172 人,80 岁~89 岁的 1 769 人,90 岁以上的 130 人。年内新增退休职工 571 人,死亡 382 人,转出 524 人。至年底,全区有局、镇、公司退管会 10 个,基层退管会 45 个;有专、兼职干部 48 人,块长 33 人。年内,开展社区双月为老服务日活动 30 场,536 人次志愿者接待社区老人 8 975 人次;为 70 周岁以上老人发放优待证 485 套(累计 34 833 套);有 36 631 名退休职工参加住院补充医疗互助保障,投保金额 401.72 万元,分别比上年增长 9.72% 和 10.98%。理赔 12 772 人次,金额 691.24 万元。年内,各级退管会接待来信来访 70 件次,均处理落实;组织各类报告会、文体活动 16 场次,参加人数 3 220 人。10 月 22 日,区退管会在嘉定镇街道桃园社区举行"企社联动、双重关爱"活动签约仪式暨推进会,涉及共管退休人员 283 人。下发《关于深入推进"企社联动、双重关爱"工作的意见》,完善"企社联动,双重关爱,共同助老"工作机制,切实发挥企业和社区相互支持、资源共享、优势互补的作用,让广大退休职工得到更多服务和关爱。2009 年,全区各级退管会发放退休职工帮困补助金总额 611.28 万元。其中"冬送温暖、夏送清凉"及节日慰问 24 475 人次,金额 605.88 万元;特困退休职工"三定"帮困金额 1.2 万元,10 人受助;发放支内回沪定居离退休人员一次性帮困补助金 140 人次,金额 4.2 万元。　　　　　(陈　萍)

消费者权益保护

【区消保委受理消费者投诉 2 039 件】 2009 年,嘉定区消费者权益保护委员会(以下简称区消保委)共接待消费者来电、来信、来访 655 件;受理投诉 2 039 件,与上年基本持平。其中区消保委直接受理 478 件,占 23%;"12315"投诉中心转办 1 561 件,占 77%;已处理 2 039 件(其中 2008 年遗留投诉 17 件),办结率 99%;终止调解 14 件,调解成功率 99%。为消费者挽回经济损失 67.5 万余元。"12315"联网单位自行受理投诉 150 件。

【消费宣传活动形式多样】 2 月 28 日,区消保委会同区政府门户网组织举办"区长在线话嘉定——谈维护消费者合法权益活动,区委常委、副区长、区消保委主任徐斌与网民围绕"维护消费者合法权益"这一主题进行网上交流,参与活动的网民近 3 000 人,共收到网民提问 112 条。2 月下旬,区

消费维权宣传活动　　　　（区消保委供稿）

消保委与嘉定电视台《法律与生活》栏目组合作,拍摄制作农民维权专题教育片《种子疑云》,片长 15 分钟,在嘉定电视台播放。3 月 12 日,区法宣办、区消保委会同普陀区法宣办、消保委联合在真新街道举行嘉定、普陀两区"迎世博,创一流消费环境"为主题的纪念"3·15"国际消费者权益日宣传活动。20 家行政执法部门 50 多人参加活动。共发放宣传资料 2 200 份,接待消费者咨询 120 人。3 月 15 日,区消保委牵头在东方商厦嘉定店广场举行"嘉定区迎世博,创一流消费环境'3·15'国际消费者权益日"大型咨询宣传活动,工商、药监、质监等职能部门及有关公用事业单位和部分超市卖场共 34 个单位近百人参加。现场接待消费者咨询 1 000 人次,受理消费者投诉 18 件,当场处理 5 件。消保委针对嘉定农村地区家电产品维修网点设置较少,农民缺乏家电产品使用知识和保养知识的实际情况,在积极开展"送法下乡"的同时,组织永乐、国美电器嘉定店和博尚手机维修部的维修人员,为徐行、马陆等地农民上门提供义务维修服务,开展家电产品使用、维护、保养知识咨询宣传。10 月 22 日,由区经委、区消保委联合在真新街道召开以"精彩世博,和谐嘉定,诚信为本,放心消费"为主题的商业企业迎世博工作推进会。2009 年,开展消费指导进社区 7 场,进企业 8 场,进学校 2 场。组织暑期学生开展消费体察活动 3 次,全年共发放《中华人民共和国消费者权益保护法》和《嘉定消费维权》内刊等消费维权宣传资料 1.6 万份。

编辑出版《嘉定消费维权》内刊 5 期,工作动态 60 期,案例分析 39 期,投诉分析 38 期。

【发挥消费维权志愿者作用】 2009 年,区消保委共组织消费维权志愿者开展春节等节日的市场检查、中秋月饼包装、邮政行业服务情况调查问卷、迎世博窗口服务单位测评等社会监督活动 13 次。

【"三鹿"等"问题奶粉"实施赔付】 2008 年 12 月 27 日至 2009 年 1 月 10 日,按照国务院和上海市委、市政府的部署,在区政府领导的协调组织下,由区消保委牵头,成立嘉定区问题奶粉赔偿金发放工作小组,对嘉定地区食用"三鹿"等问题奶粉的 465 名婴幼患儿实施民事赔偿,赔偿解决率为 100%,受到市工商局领导的肯定和表扬。

【表彰先进企业消费投诉联络点】 3 月 3 日,区消保委召开消费维权联络点工作会议暨"示范联络点"、"先进联络员"表彰大会。42 家商业企业消费维权联络点的分管领导、联络员参加会议。上海装饰市场等 11 家消费投诉联络点被授予"嘉定区消费投诉示范联络点"称号,8 位联络员被授予嘉定区消费维权"先进联络员"称号。嘉定区罗宾森购物广场等 10 家企业作为第三批消费投诉联络点被授予联络点铜牌。

2009 年嘉定区消保委受理消费者投诉情况一览表

序　号	类　　别	数　量(件)	占总数(%)
1	服务类	555	27
2	手机类	219	11
3	家用电器类	210	10
4	服装百货类	174	9
5	交通工具类	184	9
6	房屋及装修建材类	185	9
7	食品类	175	8
8	家具类	99	5
9	首饰工艺品类	27	1
10	其它	211	11
合　计		2 039	100

（徐丽华）

镇·街道·工业区·新区

编辑 吴庆

安亭镇

镇政府地址 墨玉路 79 号
邮政编码 201805

国家汽车及零部件出口基地 （安亭镇供稿）

【概况】 镇域面积 89.28 平方公里，其中耕地面积 704 公顷。全镇户籍总人口 84259 人（其中农村劳动力 32367 人），全年出生 583 人，人口出生率 6.94‰。有村民委员会 45 个，社区居委会 14 个，筹建居委会 2 个，别墅管委会 4 个，村民小组 343 个。全年完成增加值 141.2 亿元，其中第一产业 3300 万元，第二产业 111.9 亿元，第三产业 29 亿元。镇级地方财政收入 7.6 亿元。全年完成工农业总产值 557.89 亿元。其中工业总产值 556.95 亿元，比上年增长 10%；农业总产值 9348 万元，增长 11.43%。有规模以上工业企业 420 家，工业总产值 446.34 亿元。引进外资项目 35 个，合同外资 5600 万美元。粮豆总产 2170 吨，蔬菜总产 37177 吨，油菜籽总产 14 吨。生猪出栏 484 头，家禽上市 8900 羽，水产品总产 318 吨。有中小学 8 所，在校学生 8167 人；幼儿园 6 所，在园幼儿 2709 人；教职工 1102 人。

【政府实事】 （1）城市化建设。形成上海国际汽车城 90 平方公里战略发展规划和环同济经济圈策划方案中期成果，实施上海国际汽车城 25 平方公里核心区的详细规划编修工作。安亭镇北部新区 100 公顷地块完成规划方案征集工作，汽车零部件全球采购中心大楼、镇文体活动中心等重大项目建设结构封顶。（2）民生工作。玉兰一村、方泰花园小区二期综合改造工程竣工。新建安亭、莱茵幼儿园，完成方泰敬老院改造和方泰卫生院整修工程，安亭镇社区卫生服务中心建设结构封顶。完成翔方公路、泰富路等道路整修工程。黄渡大道建成通车。优化公共交通布局，开通公交安菊线。至年底，全镇有公交线路 18 条，其中镇域公交线路 6 条。（3）生态环境建设。全年新增（改建）绿化 7.4 万平方米，全镇林地面积 1497.5 公顷，人均绿地面积 28.96 平方米。（4）动拆迁工作。完成同济大学风洞园区、蕰藻浜大桥、22 万伏高压线路改建、城际铁路及京沪高速铁路等 9 大动迁基地的腾空工作，动迁居民 349 户、企业 33 家。完成农村集中建房项目 1.35 万平方米和绿苑七村二期项目首批 3 万平方米的住宅建设。（5）社会保障工作。全年新增就业岗位 4241 个，外来从业人员参加综合保险 53864 人，完成农村富余劳动力转移 874 人。全年发放各类救助金 1350 万元，3 万余人次受助。安亭、黄渡两镇"撤二建一"保障政策及时对接，农村征地养老金发放标准适度提高，全镇基本实现"广覆盖、低门槛、保障适度"的"医保"目标。（6）精神文明建设。加大安亭药斑布挖掘传承力度,成立百姓宣讲团、黄渡故事团。全镇村(居)委文化活动室、农村数字电影放映室、农家书屋、农村体育健身工程实现全覆盖,有线电视实现"户户通"。成功创建"全国文明镇"、"上海市和谐社区示范镇",获上海市"推进劳动关系和谐企业创建活动先进单位"称号。

【安亭镇和黄渡镇合并成立新安亭镇】 根据上海市政府〔2009〕53号批文,撤销安亭镇和黄渡镇,成立新的安亭镇。6月29日,区委召开安亭镇新领导班子成立干部大会,宣布区委常委会、区委全委会关于新组建的安亭镇、上海国际汽车城管理委员会、上海国际汽车城集团有限公司干部任免决定。调整后,安亭镇行政区域为原安亭镇、黄渡镇的行政范围,面积89.28平方公里;汽车城核心区由12平方公里增加至25平方公里,其组织架构采用"政企合一"方式。

【科技创新力度加大】 2009年,全镇有科技型企业191家,科技企业产值占规模以上工业企业产值70%以上。年内,成功申报市级企业技术中心4家、市级"小巨人"企业3家、区级"小巨人"企业2家和市级"小巨人"培育企业2家。科技创新推动节能降耗,规模以上工业企业万元产值能耗降至0.066吨标煤,比上年下降10%。

【企业转势工作取得进展】 2009年,全镇淘汰劣势企业40家,盘活土地39.8公顷。2月,针对安亭镇淘汰劣势企业的做法与经验,市委调研室撰写调研报告《抠出来的发展》,市委书记俞正声批示给予肯定。2月16日,《解放日报》头版刊登《抠出来的发展》,报导安亭镇淘汰劣势企业工作,配发评论员文章,进一步扩大安亭镇企业转势工作的影响。

【赵巷村探索农村居家养老模式】 2009年,赵巷村委会出资500万元,建成占地3000平方米、建筑面积2000平方米、拥有90张床位的村级综合养老福利院——幸福家园,提供居家养老服务。幸福家园的建立为全镇探索农村新型养老模式开辟新路。

【建立镇工会三级网络】 2009年,在联西村成立区域性工会联合会试点的基础上,镇总工会扩大工会联合会覆盖面,在全镇范围进一步建立镇总工会、村(园区)工会联合会和企业工会三级工会组织网络。至年底,全镇有8个村(园区)成立工会联合会。

【安亭老街夜景入选上海"十佳"灯光夜景】 11月中旬,安亭老街创建AAA级景区改造工程启动。12月底,工程完工。12月9日,安亭老街夜景与淮海路、静安寺、南京东路步行街等一同入选上海"十佳"灯光夜景。

【秋季用工招聘会举行】 10月17日,安亭镇2009年秋季用工招聘会在安亭苑大厦举行,88家企业参加招聘,推出就业岗位千余个,招聘岗位比2009年春季招聘会增加一倍,吸引求职者3000余人。

【迎世博工作】 2009年,以"共建年"活动为主题,实行宣传教育和执法整治并举的措施,深入开展迎世博"三五"集中行动。安亭镇、花桥镇联动,推动结合部地区常态化管理,确保周边交通有序、环境整洁。以基础设施项目建设为抓手,新增(改建)绿化7.4万平方米,完成翔方公路、泰富路道路整修工程。以"集镇、铁路、轨道、国道、水域、公共场所"为重点,开展环境综合整治。完成万河整治工作,整治河道43公里,拆除违法建筑6.3万平方米,整治、关闭环保不达标企业15家,完成标准化菜场建设6家。

【一批工农业产品服务上海世博会】 2009年,同济大学新能源工程中心研发的燃料电池发电系统应用于部分世博燃料电池示范运行车辆,同济大学汽车学院学生创新团队为世博会中国馆设计一款场馆车,上海集振电器有限公司研制生产的600套PD23-1000大型智能通讯电源分配屏在世博园安装,安亭炬阳葡萄成为上海世博会特供葡萄。 (钱亚萍)

马 陆 镇

镇政府地址 沪宜公路2228号
邮政编码 201801

清水湾公寓 (陈启宇 摄)

【概况】 镇域面积57.16平方公里，其中耕地面积422公顷。全镇户籍总人口50701人（其中农村劳动力28043人），全年出生241人，人口出生率4.75‰。有村民委员会16个（分设291个村民小组），社区居民委员会7个。全年完成增加值128亿元，其中第一产业2606万元，第二产业105.9亿元，第三产业21.8亿元。镇级地方财政收入10.04亿元。全年完成工农业总产值533.84亿元。其中工业总产值533.15亿元，比上年增长2.51%；农业总产值6889万元，下降16.83%。有规模以上工业企业484家，工业总产值331.05亿元。引进外资项目81个，合同外资2.32亿美元。粮豆总产3218吨，蔬菜总产2470吨，油菜籽总产15吨。生猪出栏478头，上市家禽4200羽，鲜蛋总产76吨，水产品总产117吨。有中小学7所，在校学生5276人；幼儿园3所，在园幼儿1106人；教职工545人。

【政府实事】 （1）"农民新家园"建设。针对上海环城高速公路噪音扰民问题，制订集中建房和农民自建相结合的政策。至年底，基地建设初具规模。（2）环境改造和基础设施建设。完成戬浜集镇大治路、嘉戬支路道路改建1.4公里，完成兴平路、机械园区污水管网敷设，新建思义路污水泵站，完成马陆街、兴盛街、马陆塘街、育兰路、育兰支路、樱花路和玉桂路的道路改建，敷设雨（污）水管道2公里，摊铺沥青路面1.53万平方米。完成农村危桥改建14座。（3）绿化建设。完成镇域11条河道4.47万平方米的河岸绿化种植，完成顾家动迁基地内2万平方米的景观绿化种植，启动兴盛街广场6000平方米绿化建设。（4）公益设施建设。完成马陆小学1.3万平方米的校舍建设和马陆村社区服务中心2万平方米房屋建设，启动马陆卫生院、世纪广场改建工程。（5）就业保障工作。加大政府扶持力度，推荐"五类"人员上岗就业1500人，新增就业岗位2800个；组织1200人参加职业技能培训，城镇登记失业率控制在4%以内。完善社会保障体系，各类社会保障覆盖面100%。深化和完善"一口上下"社会救助机制，年内发放各类补助金额434万元，镇级社会互助帮困基金增至1200万元。

【马陆镇第二届人民代表大会第三次会议召开】 1月6日，马陆镇第二届人民代表大会第三次会议召开。会议审议并通过《马陆镇政府工作报告》、《马陆镇2008年财政预算执行情况和2009年财政预算的报告》和《马陆镇人大工作报告》。71名镇人大代表和131名列席人员出席会议。补选王春为马陆镇副镇长。

【三大核心区初步形成】 2009年，三大核心区初步形成。在沪嘉高速公路以西的组团式服务业集聚区，清水湾、豪园、嘉宝紫提湾等项目完成房产销售10万平方米；文化信息产业园一期的23栋建筑主体完工，建筑面积2.49万平方米；弘基广场引进品牌连锁商业企业5家，出租率90%。在沪嘉高速公路以东的规模化工业集聚区，工业大企业支撑作用明显，有规模以上企业530家，实现产值336亿元；税收100万元以上企业465家，实现税收21.36亿元。在浏翔公路以东的生态型农业集聚区，打造精品葡萄产业，葡萄亩均产值14960元。

【2009上海马陆葡萄节举办】 7月5日，"世博之旅，相约马陆"——2009上海马陆葡萄节开幕式暨嘉定区窗口服务行动迎世博倒计时300天活动在马陆葡萄公园举行。副市长胡延照宣布葡萄节开幕，市政府副秘书长范希平、区委书记金建忠共同启动嘉定区2009城乡互动世博主题体验之旅示范点创建工作，区长孙继伟致辞，上海世博事务协调局副局长胡劲军、区委副书记曹一丁为世博会"城市与乡村互动"副主题演绎点揭牌，区政协主席周关东、市旅游局副局长沈山州为马陆葡萄公园AAA级旅游景区揭牌，马陆镇党委书记赵明致欢迎辞，上海都市旅游卡集中签约仪式同时举行。葡萄节由嘉定区人民政府主办，马陆镇人民政府、嘉定区旅游局和嘉定区迎世博窗口服务指挥部办公室承办。活动融入世博元素，推出夜游葡萄园等项目。举办期间吸引游客12万人次。

【推进新农村"美好家园"建设】 2009年，推进新农村"美好家园"建设。敷设排污管道4.6万米，改造道路7800平方米，修建窨井626口，建成生态污水处理池8座，完成28个规划点21.7

万平方米绿化种植，建成停车场和社区活动场所各9个。完成大裕村和大宏村29个村民小组1176户村宅改造。6位艺术家签订入驻协议，在大裕村建造工作室，将文化元素融入新农村建设。

【动拆迁有序推进】 2009年，嘉定新城区域内涉及动迁的108家企业中，签约105家，拆除103家，拆除面积26万平方米。完成南门商务圈、叶城路延伸段及其它地块企业动迁31家，建筑面积9万平方米。嘉定新城核心区内的1167户动迁农户签约1162户，完成其它区域农户动迁575户。规范有序地整治违章建筑，拆除违章搭建9.4万平方米。

【社会事业建设】 2009年，社区"三个中心"（社区事务受理服务中心、文化活动中心和卫生服务中心）建设稳步推进，公共服务网络逐渐向村、社区延伸。年内，举办文艺活动292场，参与群众4.84万人次。11个社区居委会建立"睦邻点"39个。全镇9个社区卫生服务站进行硬件升级，实现"医保联线"全覆盖。村务公开民主管理扎实推进，16个村全部创建成"上海市村务公开民主管理示范村"。

【马陆镇第二届运动会闭幕】 5月16日，马陆镇第二届运动会闭幕。闭幕仪式融入世博元素，大型文艺表演由"幸福"、"欢庆"、"希望"和"和谐"等4个篇章组成，展示马陆镇经济社会发展和人文特色。运动会于2008年10月开幕，其间举行竞技体育、民间体育和趣味参与3大类25项比赛，5万余人次参与赛事和活动。

【上海建筑文化中心奠基】 12月24日，上海建筑文化中心在大裕村举行奠基典礼。上海建筑文化中心是国内第一个建筑文化传播基地，是日本建筑师安藤忠雄在华的第一个文化项目。项目位于马陆葡萄公园西侧，总建筑面积5000平方米。

【迎世博工作】 2009年，开展迎世博集中专项整治188次，完成绿化种植（修补）12万平方米，整治主要道路沿线环境47公里，整治河道33公里，整治店招店牌、广告牌1200块。开展卫生创建工作,对河道污染源、道路绿化、小区和建筑工地卫生问题等进行协调、整改290件次,整改率100%。组织巡回宣讲138场,参加群众4万余人次。开展世博知识培训75场,市民参与世博网上测试10万余人次。发放宣传资料15万份,参与活动志愿者6528人。全面实施"放心店"、沪宜公路"文明诚信示范街"创建和"服务明星"评选,培育和评选出50家镇级"放心店"。

【马陆竹刻艺人全国博览会上获金奖】 11月,在第十一届中国工艺美术大师精品博览会上,马陆镇竹刻艺人蒋玉铭、苏玉蓉夫妇的竹刻作品虫罐《明月抚琴》、插屏《清风送浮华》分获博览会金奖与传统艺术金奖。 (陈莲花)

南 翔 镇

镇政府地址　沪宜公路8号
邮政编码　201802

太平桥头 　　　　　　　　　　(张建华 摄)

【概况】 镇域面积33.31平方公里,其中耕地面积206公顷。全镇户籍总人口49239人(其中农村劳动力12559人),全年出生329人,人口出生率6.71‰。有村民委员会8个,社区居委会8个,筹建居委会1个,村民小组148个。全年完成增加值69.58亿元,其中第一产业800万元,第二产业49.46亿元,第三产业20.04亿元。镇级地方财政收入9.79亿元。全年完成工农业总产值268.6亿元。其中工业总产值268.41亿元,比上年增长7.89%;农业总产值1869万元,增长5.24%。有规模以上工业企业214家,工业总产值137.74亿元。引进外资项目32个,合同外资2.52亿美元,外资到位5262万美元。新增注册企业4096家,新增注册资本56亿元。粮豆总产982吨,蔬菜总产8146吨,生猪出栏456头。有中小学4所,在校学生4602人;幼儿园3所,在园幼儿1376人;教职工523人。

【政府实事】 (1)全面开展迎世博环境综合整治工作及城乡环境综合建设。修筑宅间路面22.46万平方米,修筑河道石驳14.3公里,整理岸线12.46公里,新(改)建公厕80座,建造垃圾箱、果壳箱和清洗房72间,新建村民活动室48个、村民会所7个,拆除违章建筑1.98万平方米,种植绿化15.44万平方米,统一白化墙面166.6万平方米。启动城乡环境综合建设,投资9600万元实施全镇121个村民小组的环境综合整治。(2)实施陈翔路、蕰北路亮灯工程。(3)实施南翔双塔历史风貌保护区二期改造工程。动迁居民53户,涉及单位8个。至年底,共和街东西两侧和解放街、混堂弄及江南小庭院完成改造任务,梅墅会所周边改造接近尾声。(4)永翔新苑动迁配套房建设。永翔新苑配套房基地规划面积10.73公顷,建筑面积20.5万平方米,规划建造住宅2168套。(5)推进农村饮用水集约化改造,通过改造实现南翔镇"一网供水",直接饮用长江水。工程投资183.3万元,敷设自来水管1828米,连接村民小组10个,涉及浏翔村、曙光村和新丰村,受惠群众450户1600人。(6)推进工业园区企业污水纳管全覆盖工程,完成污水纳管企业126家。翻建南华路北段雨(污)水合流管网,完成浏翔村许介池、曙光村鸭棚头、新丰村竹筱弄和九队的农村生活污水集中收集工程,配合完成轨道交通十一号线南翔站、槎溪路、银翔路及原环球乐园区域、新丰九队的污水纳管工程,敷设污水管线4.1公里。(7)完善镇、村(社区)二级就业服务体系,新增就业岗位3000个。

【南翔镇第十七届人民代表大会第三次会议召开】 1月4日,南翔镇第十七届人民代表大会第三次会议召开。会议审议并通过镇政府工作报告、镇政府财政预决算报告及镇人大工作报告,选举严健明为南翔镇副镇长。

【推进党代会常任制试点工作】 12月30日,中共嘉定区南翔镇第十三届党员代表大会第三次会议举行。会议确立"三项机制":健全"重要事项"通报制、建立"重大决策"票决制和"重点工作"询问制。"三项机制"的实施使党代会常任制试点工作得到进一步深化。

【城市化进程加速推进】 2009 年,调整完善"一站三片"("一站"即轨道交通站点,"三片"即南翔星城、南翔新城、南翔老城)城市规划、产业规划和交通网络规划,制定"三年行动计划"。大型居住社区建设区域调查摸底工作完成,农民动迁配套商品房基地和企业动迁工作稳步推进。金地、祥腾、骏丰、路劲、和记黄埔和华润置业等房产企业入驻南翔,南翔房产板块基本形成。七星、中暨、中能和中川等 6 个企业总部落户银南翔文化商务区,蓝天创业广场结构封顶。完成 A17、永翔新苑、老街二期、南翔灯泡厂东西两侧地块、银南翔文化商务区总部地块、曙光村水牛场、卢家宅和大型居住社区配套商品房基地的动迁任务,动迁农户千余户、企业 37 家。

【南翔智地企业总部园被评为上海市生产性服务业功能区】 6 月,南翔智地企业总部园获由市经济和信息化委员会、市发展和改革委员会、市规划与国土资源局和市环保局联合认定的"上海市生产性服务业功能区"称号,成为首批上海市生产性服务业功能区之一。年内,上海南翔设备租赁交易中心、东上海文化影视、神州通信上海软件数据中心、意大利服装面料设计中心、上海国际汽车城人才培训学院、上采国际建筑设计集团和西班牙文化艺术中心等现代服务业项目注册落户。

【全国糖酒商品展示交易中心迎来首批入驻企业】 8 月 28 日,雅诺山庄酒业有限公司等 5 家企业入驻全国糖酒商品展示交易中心,成为首批入驻企业。全国糖酒商品展示交易中心一期项目的世界酒类展示大厅、中国各省酒类展示中心、进口及国产酒类包装展示大厅和酒类生产资料调剂中心等相继启用。全国糖酒商品展示交易中心由中国商业联合会、中国中小商业企业协会、全国糖酒行业管理办公室和嘉定区人民政府主办,由中国糖酒进出口经济发展集团有限公司、南翔镇人民政府和上海南翔现代企业园联合承办并组建,项目规划占地面积 57.33 公顷,建筑面积 50 万平方米,经营范围包括糖、酒、茶、饮料和食品等。

【扎实推进老城改造】 2009 年,共和街综合改造完成。修复江南小庭院 9 个,迁建金黄桥,完成梅墅会所、生产街长廊建设,推进南翔老街创建国家 AAAA 级旅游景区工作。南翔老街被授予"上海市商业特色街"称号。

【举办 2009 上海南翔小笼文化展】 9 月 25 日~10 月 8 日,2009 上海南翔小笼文化展举办。活动延续"小笼,让生活更滋味"主题,以世博为契机,围绕"主题演绎、提升能级、品牌塑造、扩大影响、走进世博"的理念,让小笼走进世博,着力打造南翔特色文化品牌。活动分为"小笼情怀"、"老街韵味"、"古镇风采"板块,举办千桌万人小笼盛会、南翔投资高峰论坛、古镇南翔文化书系丛书首发式、南翔戏曲庙会等活动,展示南翔古镇文化魅力。

【实时图像监控系统建成】 4 月 29 日,南翔镇实时图像监控系统启用仪式举行。工程投资 2600 余万元,实行监控探头 24 小时转动监控。实时监控系统的建成,实现"地上有监控、街面有巡逻、路口有卡点、社区有联防"的立体式治安防控体系,为打造"平安南翔"奠定基础。

【迎世博工作】 2009 年,结合创建"全国文明镇"工作,进一步完善迎世博工作体制、机制,全面落实迎世博 600 天行动计划。围绕镇区、入城口等重点区域,深入开展环境综合整治和社会管理综合整治,大力整治"六小行业"(小美容美发、小旅馆、小茶座、小影吧、小地摊、小黑车)。以窗口服务日、环境清洁日、公共秩序日等活动为载体,加强城市建设,提升管理水平。坚持宣传教育和突击整治相结合,规范市民公共行为。相关职能部门制定、落实长效管理机制,实施"路面白色垃圾滞留时间不超过 15 分钟"、"24 小时不间断巡查"等措施,遏制不文明行为,提高城市文明程度和市民文明素质。投资 2000 万元,对德华一村、三村、四村实施改造,受益居民 1816 户。推进村庄改造工作,完成农户的改厕、改厨工作 319 户,整治黑臭河道 25 公里,改造危桥 15 座。在区文明指数测评中获"三连冠"。

【永乐养老院落成】 10 月 21 日,南翔镇首个村级民间养老院——永乐养老院开业。养老院由镇、村联合投资 1700 万元,利用原槎溪中学校舍改建而成。院址位于翔乐路 265 号,占地 1.01 公顷,建筑面积 5525 平方米,先期安排床位 210 个。养老院内有棋牌室、阅览室、医务室、康复室,配有卫生间及空调、有线电视、呼叫器等设备。养老院优先满足本村老人入住需求,至年底,有百余位老人入住。

（张　晔）

江 桥 镇

镇政府地址　金沙江西路 555 号
邮 政 编 码　201803

江桥镇社区文化活动中心　　　（张建华 摄）

【概况】 镇域面积 42.37 平方公里，其中耕地面积 310 公顷。全镇户籍总人口 59 595 人（其中农村劳动力 22 268 人），全年出生 399 人，人口出生率 6.87‰。有村民委员会 16 个，社区居民委员会 19 个，中心村管理委员会 1 个，村民小组 175 个，社区居委会筹备组 4 个。全年完成增加值 77.7 亿元，其中第一产业 2 100 万元，第二产业 51.5 亿元，第三产业 26 亿元。镇级地方财政收入 4.97 亿元。全年完成工农业生产总值 190.69 亿元。其中工业总产值 190.24 亿元，比上年增长 2.26%；农业总产值 4 436 万元，下降 5.29%。有规模以上工业企业 335 家，工业总产值 175.59 亿元。全年引进外资项目 11 个，合同外资 3 770 万美元，增长 1.37 倍。蔬菜总产 22 506 吨，水产品总产 83 吨。有中小学 6 所，在校学生 5 026 人；幼儿园 4 所，在园幼儿 1 583 人；教职工 587 人。

【政府实事】 （1）万达项目落户江桥镇，南方航空项目办理相关手续，西郊商务区被市政府纳入全市 19 家生产性服务业功能区行列。有序推进上海市大型居住社区江桥基地项目建设和老街改造基地动迁工作，吉马项目一期 10 万平方米结构封顶，推进联华基地部分动迁农户的行政裁决工作。（2）江桥镇社区文体活动中心和绿地文化广场建成启用，贺绿汀艺术进修学校江桥分校、上海晓晖国际艺术中心、上海足球特色学校、沈坚强游泳俱乐部等一批文体产业项目入驻。（3）社区事务受理服务中心和金沙新城社区卫生服务中心落成启用。加快江桥

商业中心二期项目建设，建成商业用房 2.5 万平方米，引进南京路"新世界"等品牌企业入驻。（4）配合推进京沪高速铁路（嘉定段）、沪杭城际铁路（嘉定段）、轨道交通十三号线（嘉定段）等市政重大工程建设，完善镇区道路网络，黄家花园路 A11 上跨工程建成通车，完成临洮路北段等道路建设 14 公里。（5）扩大公交网络覆盖范围，新增直达轨道交通二号线的公交 121 路，调整公交 561 路、158 路和江桥 1 路等线路，方便居民出行。（6）加大动迁工作力度，全年腾空基地 14 个，完成动迁农户签约、拆迁 1 352 户，完成动迁企业签约、拆迁 116 家，分别占年计划的 96.2% 和 184%；推进动迁配套商品房建设，新开工建设 97.5 万平方米，竣工 31.3 万平方米。（7）新增就业岗位 2 362 个，完成年计划的 103%；城镇登记失业人数 1 000 人，失业登记率处于可控状态。（8）扩大养老、医疗、失业、生育、工伤等社会保险基本功能覆盖面，为 3.05 万名外来人员办理综合保险，完成年度计划。加强"一口上下"社会救助工作，发放救助资金 1 562 万元，其中城镇"低保"671 万元。

【嘉定区首个社会工作党委成立】 3 月 5 日，嘉定区首个社会工作党委——中共江桥镇社会工作委员会成立。区委组织部副部长、区社会工作党委书记沙建秋与镇党委书记傅一峰为其揭牌。江桥镇社会工作党委的成立，是江桥镇深化"两新"组织（新经济组织、新社会组织）党建工作的重要举措，是在"两新"组织党建工作中对组织设置、管理模式和运行机制上的探

索和实践。社会工作党委成为江桥镇"两新"组织中集政治思想、业务技能、企业发展"三位一体"的党建中心。年内，江桥镇有"两新"党组织 92 个，其中党委 1 个，新村民党支部 16 个，党员 758 人。社会工作委员会采取单独组建、联合组建、挂靠组建和委派联络员等方式。进一步规范"两新"组织党建工作，实现工作机制规范化、工作载体多元化、工作章程制度化，引导辖区"两新"组织切实发挥好党支部和党员的先锋模范作用。社会工作委员会通过抓党建促进企业经济发展、社会主义精神文明建设和企业文化建设，在构建和谐社会中发挥作用。

【江桥镇社区服务"三大中心"落成启用】 2009 年，江桥镇社区文化体育活动中心、江桥镇社区事务受理服务中心和金沙新城社区卫生服务中心先后落成启用。江桥镇社区文化体育活动中心设有图书馆、多功能影剧院、东方信息苑、体能检测室、健身房、游泳馆和射箭馆等文体活动场所，集文化、学习、娱乐、健身和休闲等功能于一体，建筑面积 7.6 万平方米。江桥镇社区事务受理服务中心建筑面积 1.6 万平方米，年内有劳动保障服务中心、社会救助所、动迁办、工商所、资产公司和物业公司等 21 个单位入驻，设置服务窗口 38 个，服务内容包含职业推介、社会保险、劳资调解和计生服务等项目，为居民提供"一门式"服务。金沙新城社区卫生服务中心由医疗大楼和行政辅助楼组成，建筑面积 1.3 万平方米。社区服务"三大中心"启用有效提升江桥镇公共社区的服务水平，为江桥镇

加快城市化建设,打造西郊商务新市镇提供支持。

【上海西郊生产性服务业功能区被认定授牌】 6月9日,上海市推进生产性服务业功能区建设工作会议在上海西郊生产性服务业功能区举行。会议对包括上海西郊生产性服务业功能区在内的19家生产性服务业功能区予以授牌。会上,南方航空公司等企业与江桥镇人民政府签订入驻合作意向书。上海西郊生产性服务业功能区于2005年6月启动建设,总规划面积4.5平方公里,先后被国土资源部评为"中国土地集体利用先进城镇"和"长三角最具投资潜力区域"。年内,功能区内建成20万平方米总部办公楼,有38家企业总部和行政、税收、金融等机构入驻。上海西郊生产性服务业功能区建设为江桥镇制造业优化升级和二、三产业融合协调发展奠定基础。

【上海市大型居住社区江桥基地建设启动】 6月24日,上海市大型居住社区江桥基地启动建设仪式举行,市委副书记、市长韩正宣布项目正式启动。江桥基地是上海市首批大型社区基地中第一个启动的项目。江桥基地也称金鹤新城二期,位于江桥镇西南部,东至金园一路,西临嘉闵高架公路、京沪高速铁路,南至爱特路,北至鹤旋路,总投资30亿元,规划建筑面积67万平方米。

【江桥镇获"上海市食品安全宣传示范镇"称号】 2009年,江桥镇获"上海市食品安全宣传示范镇"称号。年初,镇食品安全宣传示范镇创建领导小组制订创建工作计划和实施方案,拨款16.5万元用于创建工作的培训、宣传、整治和执法。全年组织开展《中华人民共和国食品安全法》培训6次,发放食品安全宣传单2万余份,播放食品安全宣传专题片80场,开设讲座6期,展出宣传板20块,发放食品安全宣传环保袋3万只、环保桶5000只,6.2万人次参与学习。以迎世博为抓手,通过创建食品安全宣传示范镇,营造"人人了解食品安全、支持食品安全、关心食品安全"氛围。

【上海江桥万达广场项目开工】 11月21日,大连万达集团规划投资40亿元的上海江桥万达广场项目开工,该项目是万达集团在上海市继江湾五角场、浦东周浦后的第三个大型投资项目。开工仪式上,万达集团向江桥镇扶贫帮困基金会捐赠30万元。上海江桥万达广场项目位于北虹桥板块,紧靠轨道交通十三号线站点,接近虹桥枢纽。规划用地18.67公顷,总建筑面积55万平方米。项目集中城市公寓、商业广场、SOHO居家创业和餐饮酒吧街等物业类型。

【10万吨级鸡精生产新工厂在江桥正式投产】 2009年,太太乐公司在江桥镇举行福赐特食品公司新工厂投产典礼,太太乐合资方雀巢大中华区总裁鲍尔、瑞士驻华大使顾博礼和区委书记金建忠、副区长费小妹等为投产典礼剪彩。太太乐公司于2008年在江桥镇辟建新厂,建立上海太太乐福赐特食品公司,项目规划占地6.67公顷,总投资3.2亿元。年内,一期工程5.4万平方米的厂房投入使用。工厂根据大规模食品生产模式,参照国际通行GMP(良好生产规范)标准设计,全部建成投产后年产鸡精10万吨。

【上海市行政管理学校新校舍工程开工】 4月25日,上海市行政管理学校迁建工程在江桥镇金运路举行开工奠基仪式。上海市行政管理学校是上海市教委直属的"普职并举、汉藏同校"全日制中等专业学校。迁建工程占地5.3万平方米,校舍建筑面积3.9万平方米,规模超过原校1.6倍,土建投资1亿元。

【开展"双迎"工作】 2009年,积极开展"双迎"(迎世博600天行动和迎国家卫生镇复审)工作,建立健全"管理网络全覆盖、管理责任全覆盖、管理区域全覆盖、管理人员全覆盖、管理考核全覆盖"的运行机制。年内,迎世博行动连续三次名列嘉定区城市文明指数考评前三名,国家卫生镇复审工作顺利通过。有7个村通过整洁村复审工作,其中华庄村通过上海市村容整洁示范村的验收工作。以"双迎"工作为抓手,统筹推进绿化景观、环境整治、土方车整顿、小区改造、物业服务费催缴等工作,新增沪宁高速公路、曹安公路、华江路两侧等地段绿化景观49万平方米,整治河道12公里,新增污水纳管3.1公里。

【举办首届上海市书法教育实验学校教师书画展】 10月22日~11月1日,"封浜杯"上海市书法教育实验学校教师书画展在封浜中学举办。全市各区县书法教育实验学校的教研员、书法教师和校长200余人受邀参观书画展,观摩封浜中学蜡染、书法课程。书画展由上海市教育学会书法专业委员会、区教育局主办,封浜中学承办。以"学书画、融两纲、提素养"为主题,展出上海市30所书法实验学校的150幅书画作品。活动旨在加强书法教育实验学校间的书画技艺交流,提高书画创作和教学水平,营造积极向上的校园文化。

(缪黎英)

徐行镇

镇政府地址　澄浏公路 542 号
邮政编码　201808

文化体育、社区事务受理服务中心　　　（陈启宇　摄）

【概况】　镇域面积 39.91 平方公里，其中耕地面积 1414 公顷。全镇户籍总人口 30783 人（其中农村劳动力 18115 人），全年出生 140 人，人口出生率 4.55‰。有村民委员会 10 个（分设 204 个村民小组），社区居民委员会 2 个。全年完成增加值 24.7 亿元，其中第一产业 7000 万元，第二产业 23.1 亿元，第三产业 9000 万元。镇级地方财政收入 2.93 亿元。全年完成工农业生产总值 134.34 亿元，其中工业总产值 132.23 亿元，农业总产值 2.11 亿元。有规模以上工业企业 195 家，工业总产值 104.52 亿元。粮豆总产 7750 吨，蔬菜总产 40120 吨，油菜籽总产 55 吨。生猪出栏 36906 头，家禽上市 8.3 万羽，鲜蛋总产 138 吨，水产品总产 588 吨。有中小学 6 所，在校学生 1489 人；幼儿园 2 所，在园幼儿 505 人；教职工 239 人。

【政府实事】　（1）新市镇功能性项目建设。社区事务受理服务中心、社区文化服务中心、市民广场、社区卫生服务中心儿童计划免疫用房、徐行菜场和徐行幼儿园等项目按期完工并投入使用。（2）基础设施建设。投资 820 万元，完成危桥翻建 19 座、桥梁改建 9 座，修筑水泥道路 3.1 万平方米；完成启宁路（泰宸家园至徐曹路）规划道路建设；投资 580 万元，完成新建一路的非机动车道路和桥梁建设；嘉盛公路建成通车；完成澄浏公路拓宽工程前期准备工作。（3）环境设施建设。投资 3700 万元，完成 18 条（段）22.6 公里黑臭河道整治，完成截污纳管企业 588 家，河道坡岸植树绿化 15 万平方米；投资 250 万元，完成区级河道 1400 米样板段建设和 3800 米河道整治；投资 2690 万元，敷设嘉行公路、宝钱公路一级污水管道 3.8 公里，敷设二级污水管道 5.2 公里，完成企业三级纳管工作 82 家。（4）农村环境建设。投资 850 万元，完成对小庙村 238 家农户的环境改造和 526 家农户的自来水改造工程；推进小庙村、大石皮村、劳动村、徐行村和安新村的"环境综合整治达标村"创建工作，年内通过验收。（5）投资 7800 万元，完成商品房基地 82 户农户动拆迁工作。（6）拆除违规建筑 1.2 万平方米，减少违法用地 1.33 公顷。（7）开展土地整理复垦工作，复垦土地 13.33 公顷。（8）加大政务公开力度，开通 10 个村和 2 个居委的政务网络。（9）投资 200 余万元，加强治安防控网硬件建设，形成辖区范围内主要道路、重点场所实时图像全覆盖，万人发案率低于全区平均水平。（10）11 月，在嘉定区竹刻博物馆举办编之缘——"徐行杯"长三角地区民间手工编织作品邀请展。（11）实施创业就业援助，转移农村富余劳动力 1008 人，新增就业岗位 1809 人，参加职业技能培训 809 人，分别完成年度计划的 100.8%、95.1% 和 144.7%。失业登记 133 人，低于控制指标。

【徐行镇第二届人民代表大会第四次会议召开】　1 月 6 日，徐行镇第二届人民代表大会第四次会议召开。会议审议并通过《徐行镇政府工作报告》、《徐行镇 2009 年财政预决算报告》和《徐行镇人大工作报告》。58 名镇人大代表和 99 名列席人员出席会议。

【招商引资】　2009 年，招商引资质量进一步提升。引进合同外资 3252 万美元，完成年计划 1.63 倍；实现外资到位 4386 万美元，完成年计划 2.92 倍。引进芬兰美卓公司地区总部，实现总部经济零的突破。民营经济招商稳中有升。有民营企业 950 个，比上年增加 278 个，新增注册资本 7.5 亿元。有 2 家企业（华荣集团、恒纽科技）获得市级"小巨人"企业称号，3 个项目（恒纽科技、华荣集团、爱普香料）被评为市级"重点新产品"，5 个项目被列为国家创新基金项目，爱普香料、恒纽科技和飞华汽车部件获区科技进步奖。上海网宿科技有限公司成为区首家创业板上市公司。淘汰劣质企业 10 家，减少能耗 6260 吨标准煤，腾出土地 4.92 公顷。建成投产项目 9 个，总投资 5.5 亿元。5 月 15 日，上海徐行经济城战略同盟会展在徐行工业园区举行，徐行工业园区内 200 余家制造、服务、商贸类企业参展。

【完成村（居）委会换届选举工作】　5 月 20 日～7 月 18 日，12 个村（居）民委员会进行村（居）委换届选举，采用"大海选"选举方式选举产生村委会委员。10 个村选民总数为 27415 人，参加选举投票人数 27404 人，参选率 99.96%。2 个居委会有选民 1521 人，参加投票 1513 人，参选率 99.5%。新一届村委会班子成员平均年龄 44 岁，比上届平均年龄低 5 岁（其中有 6 人为 1980 年后出生）。4 月 17 日～5 月 18 日，12 个村（居）党支部进行基层党组织换届选举，全部实行"公推直选"的选举方式。参加"公推直选"党员

1455 人,占应参加推荐党员数的 95%;农户 8361 户,占应参加农户数的 93%。新一届支部委员会委员 44 人,其中新进 7 人,平均年龄 44.5 岁,比上一届低 2.1 岁。

【就业和社会保障工作】 2009 年,开展"就业援助周"活动,推荐岗位 211 个,扶持创业组织 102 个。推动 21 家企业吸纳"4050"人员 300 余人。投入 210 万元,对全镇 536 人进行就业托底安置。举办大型招聘洽谈会,60 家企业进场设摊招聘,推荐岗位 800 个。农村养老保险参保 4901 人,发放养老金 1944 万元,农村基础养老金(含土地流转补贴 160 元)增至每人每月 460 元,实施农村合作医疗分段结算办法,参保 10654 人。完善社会救助"一口上下"运行机制,全年实施救助 3007 人次,发放救助款 400 万元。镇敬老院通过市级养老机构验收。启动老年人日间照料中心建设,建立残疾人阳光职业康复援助基地,完善 220 名残疾职工的生活保障。培训红十字会救护员 691 人次。

【社会事业建设】 2009 年,投入 140 万元,完成民工学校转民办学校工作,确保农民工子女与本地户籍学生享受同等义务教育。完成徐行幼儿园迁建工作。深化镇村卫生机构一体化管理工作,开展区首家村卫生室新农村合作医疗实时报销项目试点工作。开展"健康进农家"活动,为全镇 4400 余名 60 岁以上农民进行免费体检。开展"生育关怀大篷车"工作,创建上海市标准化计生综合服务站。

【"绿洲香格丽花园"开工建设】 12 月 23 日,"绿洲香格丽花园"项目举行开工典礼。项目位于徐行镇东区,占地面积 17.86 万平方米,建筑面积 22.91 万平方米;由 340 套联排、144 套叠加公寓和 338 套小高层 3 种建筑形态构成,共计 822 套,小区容积率 1.0,绿化率 36%。

【徐行镇文化体育服务中心落成】 9 月 25 日,徐行镇文化体育服务中心落成典礼举行。中心建筑总面积 7000 平方米,总投资额 3000 万元。中心拥有多功能厅、图书馆、东方信息苑、舞蹈房、特色活动室和 5000 平方米的市民广场。文化体育服务中心的落成为社区居民、外来建设者提供文化休闲活动场所,是徐行镇对外展示文化的窗口。

【迎世博工作】 2009 年,积极开展迎世博工作,形成政府主导、社会推动、全民参与的迎世博氛围。按上级要求推进"百镇千村"清洁保洁行动,通过开展"人人动手,清洁家园"活动,全镇农村市容环境卫生面貌实现"清洁、整齐、有序、卫生"的目标。先后制定 6 个"百日行动计划",每月进行"半月小结"和"一月总结",发布《每周动态》,及时汇总迎世博工作推进情况。年内,定制志愿者马夹、圆领衫、环保袋等物品分发给志愿者。在新建一路、浏翔公路、大安路等主要道路上设置世博宣传旗 1500 幅,在宝钱公路、澄浏公路、曹王集贸市场、徐行集贸市场等地设置宣传板 40 块,在镇域范围的公交候车亭设置世博宣传广告。安排世博宣传车每天在徐行、曹王集镇开展迎世博宣传。5 月,成立"世博先锋行"党员志愿者队伍。7 月,发动 700 余名志愿者在 9 条主要道路、5 个公交文明测评站点、2 个集贸市场、1 个交通文明道口开展不间断巡查工作。年中,组织开展"我们都是世博人"万人世博培训工作,安排镇世博宣讲团赴各村、居委、学校、企事业单位举办观展礼仪知识讲座。

【徐行镇第二届运动会召开】 4~9 月,徐行镇第二届运动会举办。运动会设 10 个大项、36 个小项,有 40 个单位的 1800 余名运动员参赛。4 月 28 日,运动会开幕式举行,33 支参赛队 600 余人进行广播操表演。9 月 25 日,举行"庆国庆、迎世博、展新姿"——庆祝中华人民共和国成立六十周年暨徐行镇第二届运动会闭幕式文艺演出。文艺演出以"绿色、科技、人文"为主线,分"春风绿徐行"、"科技兴家乡"和"人文谱华章"3 个篇章,4000 余名市民观看演出。 (李 益)

外 冈 镇

镇政府地址 瞿门路 518 号
邮 政 编 码 201806

外冈新苑 (外冈镇供稿)

【概况】 镇域面积 50.95 平方公里，其中耕地面积 1985 公顷。全镇户籍总人口 31 009 人（其中农村劳动力 17 935 人），全年出生 183 人，人口出生率 5.89‰。有村民委员会 19 个（分设 243 个村民小组）和 2 个社区居民委员会。全年完成增加值 27.21 亿元，其中第一产业 7372 万元，第二产业 21.43 亿元，第三产业 5.04 亿元。镇级地方财政收入 1.89 亿元。全年完成工农业生产总值 119.93 亿元，其中工业总产值 117.6 亿元，农业总产值 2.32 亿元。有规模以上工业企业 232 家，工业总产值 88.72 亿元。全年批准外资合同项目 6 个，合同外资 243 万美元。粮豆总产 13 548 吨，蔬菜总产 37 382 吨，油菜籽总产 47 吨。生猪出栏 5.59 万头，家禽上市 2.17 万羽，鲜蛋总产 129.6 吨，水产品总产 1927 吨。有中小学 4 所，在校学生 2326 人；幼儿园 2 所，在园幼儿 682 人；教职工 248 人。

【政府实事】 （1）提高农村退休养老金发放标准。1 月起，农村退休养老金最低发放标准由每人每月 411 元提高到每人每月 460 元（含医药费补贴 17 元）。（2）新增就业岗位 1555 个，城镇登记失业率控制在 3.5% 以下，转移农村富余劳动力 1752 人。（3）投资 1250 万元，建成恒裕路西段（百安公路—吴塘）道路、桥梁及排水工程。道路红线宽 16 米，长 690 米。（4）在主要交通道口、重点单位安装监控探头 32 个。（5）实施外冈敬老院改扩建工程，新增养老床位 21 张。（6）投资 70 万元，实施庙泾（百安公路—吴塘）河道整治一期工程。工程 7 月开工，9 月竣工；河口宽 28 米，长 300 米。（7）实施"彩之桥"工程。为全镇 5000 名更年期妇女提供免费体检和心理健康咨询等服务。

【工业园区建设】 7 月 18 日，上海新能源汽车及关键零部件产业基地揭牌。基地规划面积为 9.5 平方公里，将逐步建成新能源汽车及关键零部件高新技术产业化的集聚地。年内，依托区内拥有上汽集团、奇瑞汽车股份有限公司、同济大学汽车学院等生产和科研优势，大力引进国内外新能源汽车及关键零部件生产企业、研发机构入驻；至年底，有 4 个项目落户。引进英国芬纳（上海）管理有限公司地区总部，承接上海敏孚汽车饰件有限公司和上海埃福梯自动化输送技术有限公司等一批转移项目。一汽大众的美启物流项目落户。7 个优质工业项目落实用地并开工建设，26 家企业申报高新技术成果转化项目。全年淘汰高污染、高能耗、低产出劣势企业 22 家，腾出土地 4.58 公顷。

【蜡梅综合开发项目竣工】 2009 年，由农业部批准立项的嘉定区外冈镇蜡梅综合开发项目竣工，总投资 519 万元。年内，外冈蜡梅生产基地申报上海市特色农产品基地建设项目获市农委、财政局批准。基地位于外冈镇巨门村，东至墨玉北路，南至马门河，西至顾浦，北至巨门河；项目建设预算投资 744.34 万元，建设面积 35.2 公顷。至年底，外冈蜡梅生产基地核心区内路、沟等基本设施建成，《蜡梅品种改良和新品种引进规划》编制完成。

【区"三下乡"活动开幕式在外冈镇举行】 1 月 13 日，2009 年嘉定区文化、科技、卫生"三下乡"活动开幕式在外冈镇新苑社区广场举行。区委常委、宣传部部长赵丹妮等出席，开幕式上举行集歌舞、戏剧、曲艺等形式的文艺演出。"三下乡"活动通过送春联、文化活动器材、图书等服务形式，把科普知识、医疗服务、先进文化及世博知识和理念送进农村。

【举办外冈特色小镇征名活动】 3 月 18 日，外冈特色小镇征名活动开幕暨网站开通仪式在蓝郡名苑举行。区委常委、统战部部长张敏、区委常委、副区长庄木弟等参加。《解放日报》《文汇报》《新闻晨报》、东方网、嘉定电视台、《嘉定报》等 18 家媒体进行现场采访。同日，外冈特色小镇征名活动网站开通。至 10 月底，收到征名稿件 537 件，从中评出入围奖 10 个。

【迎世博工作】 2009 年，围绕主干道、商业街、菜场和居民小区等重点区域全力推进环境综合整治。在上海市市容环境综合评价体系 4 个季度的测评中，均名列全市街镇前茅。扬尘污染得到有效控制，被命名为"嘉定区扬尘污染控制镇"。通过淘汰劣势企业、采用先进工艺、清洁能源替代和升级改造等手段，实现化学需氧量减排 11.68 吨、二氧化硫减排 67.23 吨，分别完成减排目标的 1.06 倍和 3.05 倍。4 个自然村完成农村生活污水集中处理设施的工程建设，通过区级验收。完成道路沿线整治 41.5 公里、河道整治 16.2 公里，完成 9 个村"环境综合整治达标村"创建工作。改建农桥 23 座，维修桥梁 34 座，改建村道 4.19 万平方米。组织开展"三五"集中行动和世博志愿者服务等活动，坚持教育、培训和整治相结合，规范市民公共行为。组织参加区"心系祖国，相约世博"知识竞赛和"迎世博，漫画世博"创作大赛培训等活动。选送的漫画作品《讲卫生不乱扔垃圾》和《我微笑我捡起》分获优胜奖和三等奖。9 月 23 日，"迎世博，庆国庆"群文汇演在外冈中学多功能厅举行，演出节目 14 个。外冈小学选送的舞蹈《快乐的小海宝》获一等奖，葛隆村的舞蹈《世博春雨》、外冈幼儿园的《祝福祖国》获二等奖。活动期间创作《快乐的小海宝》、《动迁之歌》、《外冈人民迎世博》、《峥嵘岁月看巨变》等节目进社区开展演出活动。《快乐的小海宝》参加市、区组织的文艺演出，获上海市迎世博"海宝"广场舞大赛入围奖，在"世博大家园"2009 年嘉定区社区文化展演月活动评选中获"最佳舞台效果奖"。外冈新苑社区居委会创建为"上海市和谐社区建设示范居委会"，管家村、长泾村、冈峰村创建为"上海市村务公开民主管理示范村"。陈周村、杨甸村创建市级标准化老年活动室。成功创建为上海市文明镇、上海市村务公开民主管理示范镇。

【举办灯彩展示活动】 4 月 22 日，灯彩展示活动在外冈镇社区文化活动中心广场举办。活动以"传承民族文化，喜迎世博盛会"为主题，作品结合外冈镇的文化底蕴，历时 4 个月扎制而成，共制作灯彩作品百余件，表达群众祝愿上海世博会成功举办的心愿。

（沈建华）

华亭幼儿园　　　　　　　（华亭镇供稿）

华亭镇

镇政府地址　嘉行公路 3188 号
邮政编码　201816

【概况】　镇域面积 39.57 平方公里，其中耕地面积 1 381 公顷。全镇户籍总人口 24 139 人（其中农村劳动力 13 805 人），全年出生 77 人，人口出生率 3.19‰。有村民委员会 11 个（分设 217 个村民小组），社区居委会 2 个。全年完成增加值 11.84 亿元，其中第一产业 6 600 万元，第二产业 9.67 亿元，第三产业 1.51 亿元。镇级地方财政收入 1.12 亿元。全年完成工农业总产值 51.13 亿元。其中工业总产值 49.13 亿元，比上年增长 22.73%；农业总产值 2 亿元，下降 6.24%。有规模以上工业企业 96 家，工业总产值 45.71 亿元。年内引进外资项目 1 个，外资到位资金 355 万美元。粮豆总产 8 032 吨，油菜籽总产 60 吨，蔬菜总产 30 473 吨。生猪出栏 3.18 万头，家禽上市 10.5 万羽，鲜蛋总产 141 吨，水产品总产 858 吨。有九年制学校 1 所，在校学生 598 人；幼儿园 1 所，在园幼儿 347 人；教职工 81 人。全镇有私营企业 2 055 家，其中工业 641 家，商业 1 071 家，服务业 157 家，其它 186 家；注册资本 29.56 亿元。年底，全镇有暂住登记外来人员 19 122 人。其中男 10 646 人，女 8 476 人；务工 15 149 人，务农 865 人，经商 2 108 人；承租私房 10 817 人，居住单位工地 1 368 人，其它处居住 1 290 人。

【政府实事】　（1）投资 2 500 万元，完成社区文化活动中心、党校、影视厅、图书馆、公共运动场和会务中心建设项目。（2）投资 960 万元，完成嘉行公路北段、高石路、华谊一路、武双路和华博路的二级污水管道建设 6 051 米。

（3）投资 1 690 万元，完成高石路（宽 13 米）和华谊一路（宽 8.5 米）总长 5 公里的翻建工程。（4）完成道路改造 6.3 万平方米，翻建维修危桥 36 座。（5）实施嘉行公路唐行集镇东西两侧 410 米街面改造，实施对金昌村、华亭村的 5 个村民小组 230 户的新农村村庄改造工作。（6）华亭镇敬老院二期改造完工，老年人日间照料中心建成。（7）新增就业人员 1 162 人，转移农村富余劳动力 556 人，完成外来从业人员缴纳综合保险工作 8 331 人，解决劳动纠纷 110 起，参加职业技能培训 343 人。（8）健全“一口上下”社会救助机制，确定“低保”家庭 181 户 565 人、重残无业人员 113 人，全年发放补助款 103.5 万元。对“重大病”对象实施医疗救助 187 人次，发放救助金 82.52 万元。对 86 名困难家庭子女实施教育救助，发放助学补助金 12 万元。组织对残疾人康复上门服务 500 人次。

【农业工作】　2009 年，完成水稻种植 618.87 公顷。其中粮食适度规模经营 564.33 公顷，占水稻种植面积的 91%。组织专业农民培训 598 人次。水稻生产全部实行对种子、农药、肥料和植保的“四统供”，印发农业科技信息资料 1 万份。实施蔬菜样本检测 1.63 万份，合格率 100%。实施家禽禽流感法定免疫 22.17 万羽次，重大动物疫病法定免疫 19.48 万头次，实施生猪产地检疫 1.5 万头次，送检猪尿样 1 922 份，法定免疫后的有效抗体血样送检 849 份，血样抗体有效率和尿样阴性率均为 100%。实施河道疏浚 55 条（段）25 公里，疏浚土方 20 万立方米。完善农田

设施建设，新增蔬菜基地 20 公顷、哈密瓜基地 23.33 公顷。本着“自愿、依法、有偿”的原则，全面推进土地流转工作，全镇土地流转率 99.7%。新注册“上海赛宝瓜果专业合作社”、“上海青旺粮食专业合作社”等 11 家农民合作社。至年底，全镇有农民专业合作社 32 家。强化农业科技创新，市级小麦、水稻丰产方均获市级评比二等奖，“白花”水蜜桃获上海市优质果品评比优秀奖，“友羊”牌醉金香葡萄获区优质葡萄评比一等奖。占地 4 公顷、有 120 余个品种、集观赏与食用于一体的国际标准化栽培架式的生梨种植基地基本建成。

【完成村（居）委会换届选举】　3 月，20 个基层党组织通过“公推直选”和“两推一选”的方式完成换届选举工作。优化基层班子队伍结构，平均年龄比上一届低 3 岁，大专以上学历占 38%。经过“村官育才”工作培养的 7 位挂职青年，被选进村（居）委班子，其中 1 位当选为村党总支书记。5 月 26 日~7 月 18 日，全镇 11 个行政村、2 个居委会进行第六届村（居）委会换届选举。参与投票选民数 22 028 人，参选率 100%。

【农业部部长孙政才到华亭镇视察】　6 月 13 日，农业部部长孙政才一行到华亭镇视察农业工作。实地察看位于华亭镇的上海城市现代农业发展有限公司城市蔬菜超市基地，了解蔬菜生产情况，并与蔬菜基地负责人交谈。他对蔬菜生产种植实施企业化经营模式表示赞许，对嘉定区近年来蔬菜产

业化取得的成效表示肯定。希望现代农业发展公司在推进农业产业化的进程中发挥带头示范作用，抓好市场开拓，切实保障农民利益，实现企业发展和农民致富双赢。

【"华亭人家"获 AAA 级国家旅游景区称号】 2009 年，"华亭人家—毛桥村"通过 AAA 级国家旅游景区评审。10 月 28 日，副区长倪耀明等领导为旅游景区揭牌。景区被确定为"长三角世博主题体验之旅示范点"和"嘉定区爱国主义教育基地"，成为世博会期间嘉定区 6 个旅游定点景区之一。

【实施节能减排】 2009 年，启动实施第四轮"环保三年行动计划"，深入实施节能降耗和主要污染物总量控制方案，完成全镇污染源普查，逐步推进企业污水纳管工作。对污染企业进行技术改造，重点对高能耗、高污染、环保不达标企业进行综合整治。年内，淘汰劣势企业 18 家，化学需氧量减排 14.01 吨，二氧化硫减排 120.34 吨，规模以上工业企业万元产值能耗下降 9.1%。

【开展富民惠民行动】 2009 年，第一轮经济薄弱村扶持项目初显成效，嘉灿投资管理有限公司运作良好，全年收入 100.7 万元。全镇村级可支配资金总额 2954.2 万元，比上年增长 32.7%。向 12 个专业合作社基础设施建设、标准化生产投入扶持资金 141 万元。继续实施"哈密瓜种植"和"鳄龟示范养殖"两项富民惠民工作。农民增收扶持项目成效显著，哈密瓜种植亩均年纯收入 8500 元，增长 30.77%。鳄龟养殖进入第二年产出期，户均年纯收入达 1.35 万元，增长 1.05 倍。

【全面推行村级会计委托代理】 2009 年，随着农村经济体制改革深入和对村级各类财政转移支付资金力度的加大，为强化对村级财务监管和提高村级财务管理水平，全面推行"村级会计委托代理服务制度"和"代理记账会计百分考核制度"，在全镇 11 个村设 3 个代理记账机构驻点，招聘会计人员 4 人，全面推行村级会计委托代理服务制度。

【利比里亚共和国副总统到华亭镇考察特色农业】 7 月 6 日，来华进行正式友好访问的利比里亚共和国副总统约瑟夫·尼乌马·博阿凯一行 10 人，在区委常委、副区长徐斌等领导陪同下，考察现代农业园区设施粮田、龟鳖养殖场和华亭人家垂钓中心。约瑟夫对华亭发展特色农业的做法给予高度评价，表示将把考察学习到的成功经验和先进技术带回利比里亚，用于当地的发展。

【迎世博工作】 2009 年，全面实施《华亭镇迎世博 600 天行动计划》，加大迎世博工作推进力度。成立领导指挥部和专项整治组，成立督促、巡查、志愿者等队伍，实施对各村（居）委进行每月城市文明指数测评排名制度。利用媒体进行世博知识培训，1.7 万人通过网上测试。组成 5000 人的志愿者队伍，参与迎世博活动 10 万余人次，《今日华亭》全年发行 15 万份，营造"人人了解世博、参与世博、服务世博、奉献世博"氛围。集中力量整治有碍市容环境的疑难顽症，完成唐行集镇街面房改造和华亭、唐行集镇的沿街立面粉刷，完成沁园一村、河东小区居民住宅的立面改造和绿化道路改造，增设主要路口交通隔离带。疏浚村沟宅河 55 条（段）25 公里。实施工程化造林，全镇森林覆盖率 18.6%，镇区绿化覆盖率 30%。5 个村通过"嘉定区环境综合整治达标村"评审，毛桥村、联华村被评为"上海市生态村"。

【举办第五届"终身学习周"活动】 12 月 9 日，华亭镇第五届"终身学习周"活动开幕式在镇党校举行。"学习周"活动以贯彻落实科学发展观，构建终身教育体系，形成全民终身学习的学习型社会，促进人的全面发展为主题，在全镇各村、居委全面开展。年内，华亭镇加大"学习化社区"教育教学资源开发与建设力度，先后开展"我爱我的祖国"征文、"精彩世博，文明礼仪"小品展演、"全民读书，书香华亭"赠书捐书等系列活动，让居民在家门口就能参与学习。

（诸忠乐）

嘉定镇街道

街道办事处地址　塔城路 885 号
邮 政 编 码　　201800

塔城路　　　　　　（陈启宇　摄）

【概况】 街道区域面积 4.17 平方公里。有社区居委会 17 个,户籍总人口 63 443 人,全年出生 447 人,人口出生率 7.03‰。全年完成增加值 12.5 亿元,其中第三产业增加值 6.85 亿元。街道地方财政收入 2.39 亿元,工业总产值 22.06 亿元。全年实现税收总额 3.21 亿元,比上年增长 18.34%。完成社会消费品零售额 33.88 亿元,增长 18.92%。有规模以上工业企业 20 家,工业总产值 17.56 亿元。有幼儿园 3 所,在园幼儿 1 442 人,教职工 125 人。

【实事工程】 年内,完成城区黑臭河道整治工作和 3 座泵闸改造工程。完成城南新村等 9 个小区 23 万平方米的旧住房综合改造,实现残疾户室外无障碍设施全覆盖。推进社区节能减排,完成 3 000 户居民家庭节水型龙头改造。实施助医帮困工程,向 92 位 70 岁以上困难老人发放医疗救助卡。建成社区睦邻公共运动场和李园二村、小囡桥社区标准化老年活动室。完成居民小区住宅楼 200 扇电控防盗门安装和 5 个小区实时图像监控系统的安装。新增就业岗位 3 172 个,完成职业技能培训 528 人,城镇登记失业率控制在 4% 以下。建立残疾人阳光职业康复援助基地,帮助残疾人就业。加强"一口上下"社会救助,深入开展"三访"(访贫问苦,访怨问怒,访贤问能)、"三关爱"(关爱老年人、残疾人和困难人群)活动,全年社会救助惠及群众 1.58 万人次,救助金额 536.28 万元,廉租房受益家庭 109 户。

【嘉定州桥成功创建国家 AAAA 级旅游景区】 11 月 9 日,州桥国家 AAAA 级旅游景区揭牌仪式在汇龙潭公园举行,市旅游局局长道书明和中共嘉定区委副书记、区长孙继伟为景区揭牌,同时授牌"嘉定区城乡互动世博主题体验之旅示范点"。州桥景区位于嘉定镇中心区域,汇聚众多历史古迹和旅游景点,属上海市历史文化风貌保护区。景区内有市级文物保护单位 3 个、区级文物保护单位 24 个。

【举办上海孔子文化周活动】 9 月 22 日,上海孔子文化周开幕式活动举行。活动以"尊孔崇礼,喜迎世博"为主题,分礼乐篇、教化篇、文化篇、和谐篇 4 个篇章 13 项特色活动,市、区有关领导

为"中国历史文化名镇"、"嘉定州桥景区游客中心"揭牌,以真人雕塑、舞台情景剧等形式展现儒家文化。活动周期间,举行百姓戏台天天演、国学养生系列讲座、当代嘉定竹刻作品展和嘉定区历代文人诗词书法展等活动,弘扬尊师重礼传统,展示嘉定文化魅力。

【深化区域大党建格局】 2009 年,街道党工委理顺党建工作机制,建立单位党建和社区党建协调发展的区域大党建格局。成立街道社会工作党委和新社会组织党总支部,提高"两新"组织(新经济组织、新社会组织)党建的组织化程度。围绕服务世博、共建和谐的目标,拓展各级党组织和党员的服务内容与形式。通过开展党员世博先锋行动、社会组织回报社会、双结对等活动,完善区域化互联、互动和互补机制。年内,50 个单位的 137 个党组织参加深入学习实践科学发展观活动。

【推进社区"四化"建设】 2009 年,街道围绕"促和谐"主线,推进社区"四化"(民主化、社会化、信息化和实体化)建设,创新社区管理模式。加强社区"睦邻点"建设,建设"睦邻点"130 个,活动内容、参与人群得到拓展。年中,采取"大海选"形式完成 17 个社区居委会换届选举工作,选民参选率 92.2%。加大社会组织培育力度,培育民非企业 12 家。调动社会力量参与社区建设。建成 16 家社区网站和嘉定首家网上警务室及社区生活服务网,形成社区工作信息化网络。"数字惠民"项目获"全国社区工作自主创新成果优秀奖"。拓展六个社区服务圈(社区医疗卫生服务圈、社区文化服务圈、社区警务圈、社区生活服务圈、社区健身和教育服务圈、社区党员服务圈)功能,健全社区服务体系。7 月,在"第三届全国社区睦邻文化高层论坛"上,街道获"全国和谐邻里建设示范街道"称号。

【平安建设】 2009 年,加大对矛盾纠纷的排查和化解力度,落实领导干部下访接待和包案工作,信访调处率 95% 以上,确保国庆等重要节点期间的社会稳定。街道辖区内刑事案件发生数比上年下降 15.02%,治安案件数下降 40.2%,全年无重大安全事故发

生。完成"两个实有"(实有人口、实有房屋)普查工作,为平安建设提供有力支撑。加强防邪教工作,开展反邪教宣讲活动,获"上海市防范和处理邪教工作先进集体"称号。

【老城改造】 2009 年,完成南大街沿街立面、路面和店招店牌等综合整治工作,完成州桥地区管线入地、州桥 D 地块危(旧)房改造以及州桥景区配套服务设施建设。加快西大街居民安置基地练祁佳苑建设进程,启动石马弄以西地块居民协议安置前期工作。配合嘉定新城和轨道交通建设,完成秋霞圃西侧地块、清河路红石路地块、沪宜公路胜辛路两侧地块动迁任务,总建筑面积近万平方米。

【嘉定镇街道获"全国群众体育先进集体"称号】 2009 年,街道将群众体育工作纳入街道总体规划,围绕《全民健身计划纲要》和"人人行动计划",推动群众体育工作开展。年内,街道拥有健身团队 64 个,群众体育健身活动项目 30 个,社区体育志愿者 560 人;街道辖区内大中专院校、中小学及体育场馆全部向社区居民开放,形成长效机制。在区第四届运动会上,街道获得金牌数列全区第一。12 月,街道被国家体育总局命名为"全国群众体育先进集体"。

【迎世博工作】 2009 年,街道完善迎世博工作组织机构和工作机制,以提高城市管理水平和市民文明素质为重点,着力推进迎世博工作。通过开展世博知识培训、立功竞赛和群众性文体活动,营造良好迎世博氛围。全年接受世博知识培训 5.2 万人次,参与世博志愿服务 10 万人次。重点实施对州桥老街及周边区域的综合改造,确保州桥老街成功创建国家 AAAA 级旅游景区。开展"迎世博综合执法月"等活动,加大对城市顽症的整治力度,净化市容环境。加强对窗口单位的宣传、培训与指导,优化服务环境,提升服务形象。

【招录大学生担任社区工作者】 2009 年,面对大学生就业难的问题,街道吸纳有能力、有意愿的全日制大学本科毕业生担任社区工作者。1 月 8 日,通过笔试、面试和组织考察后,25 名大学

毕业生踏上社工工作岗位，充实社区建设人才队伍。吸纳大学生担任社工解决一部分大学生就业问题，同时优化社区人才资源，提高社区服务水平。

（秦 兰）

嘉怡别墅　　　　　　　（陈启宇 摄）

新成路街道

街道办事处地址　迎园路400号
邮政编码　　　　201822

【概况】 街道区域面积5.14平方公里。有社区居委会8个、村委会1个，有户籍总人口26 304人，全年出生227人，人口出生率8.62‰。街道地方财政收入4 088万元。工业总产值2.8亿元。完成税收总额1.27亿元，占年计划的106%。完成社会消费品零售额3.81亿元，比上年增长8.86%。有规模以上工业企业6家，工业总产值6 824万元。有中小学4所，在校学生2 972人；幼儿园5所，在园幼儿1 484人；教职工479人。

【实事工程】 （1）强化市政设施建设。对澄桥地区、沪嘉高速公路出口等重点区域进行集中整治，拆除违法建筑75间。完成对钱封浜、斜泾和蜡烛河3条黑臭河道的治理任务；完成嘉罗公路沿线立面粉刷30余万平方米，改造和新建绿地1.4万平方米，铺设彩色道砖3万平方米，敷设污水管道6公里。翻建迎园菜场蔬菜和家禽交易大棚，规范店门店牌，新增停车位856个，增设非机动车停车棚40个，新建公厕2座，改建1座，新增果壳箱82只。（2）巩固社区防范措施。在11个老居民区更新完善"六小工程"（电视监控，电动门，减速板，灯光工程，摩托车收发牌，电子巡更）设施，新增街面监控探头44个。刑事案件发案总量比上年下降5.19%，入室盗窃案件发案数下降22%，万人发案率为19.34，为全区最低，街道获"上海市平安社区"称号。（3）推进劳动就业工作。全年新增就业岗位1 792个，完成计划指标的115%；新增自主型创业组织50个，完成计划指标的200%；青年参加职业见习40人，完成计划指标；完成户籍人口技能培训373人，完成计划指标的133%；完成来沪农民工技能培训152人，完成计划指标的116.9%；完成外来从业人员参加综合保险7 115人，完成计划指标的136.8%。城镇失业人口控制在计划指标640人范围以内。

【"楼组党建"工作】 3月28日，新成路街道召开2009年"楼组党建"工作大会。中共嘉定区委书记金建忠，区委副书记曹一丁，区委常委、组织部长汪紫俊，中央党校党建教研部副主任戴焰军等出席。金建忠、戴焰军为中共中央党校党建教研部"社区党建联系点"揭牌。新成路街道社区党建联系点是中央党校党建教研部在上海市唯一的社区党建联系点，中央党校党建教研部与新成路街道党工委联合成立课题组，就"楼组党建"工作开展合作研究。6月28日，新成路街道举行"鲜艳的党旗火红的心"——纪念建党88周年暨楼组党建先进事迹演讲会。会上，8位社区党员以演讲的方式分别介绍街道部分楼组党小组长的先进事迹。街道机关全体共产党员及各基层党组织党员、社区楼组党小组长代表等300余人参加。11月，上海市首个"楼组党建"名师工作室在新成路街道成立。工作室由上海市劳动模范、新成路街道南陈社区党总支书记薛文华，嘉定区人大代表、新成路街道仓场社区党总支书记吴红领衔，由新成路街道各社区专职党群工作社工组成工作室团队。工作室致力于理论研讨和实践推进，推动街道"楼组党建"工作的开展。

【完成村（居）委会换届选举工作】 5月15日，新成路街道召开2009年居（村）委会换届选举工作动员会，全面启动居（村）委会换届选举工作。7月11日，街道辖区内新成社区、南陈社区、新望社区居委会及新成村村委会采用"大海选"的选举方式选举产生新一届居（村）委会班子成员。7月18日，仓场社区、迎园社区、嘉乐社区、源珉社区、爱里舍花园社区等5个居委会采用"直选"的选举方式，投票选举产生新一届居委会班子成员。9月27日，沧海社区、南塘河社区等2个社区采用代表选举的方式选举成立居委会。

【社区建设】 2009年，启动"上海市和谐居委会"创建工作，先后获"全国和谐社区建设共建共享先进街道"、"全国社区睦邻文化示范街道"、"上海市学习型社区"等称号及"全国和谐社区建设创新成果百花奖"。全年发放各类救济和补助金421.2万元,做到对困难家庭、贫困学生、老年人、残疾人和退伍军人等优抚对象全覆盖。设立15万元的"市民综合帮扶基金"和30万元的"应急基金",加大帮困力度。

【世博安全保卫群防群治工作动员会召开】 7月20日,新成路街道世博安全群防群治工作动员会召开。会上,街道党工委与各单位、居(村)委签订世博安保工作责任书。街道各部门主要负责人和各居(村)委书记、主任及单位代表90余人参加会议。

【举办庆祝建军82周年专场文艺演出】 7月25日,新成路街道举行庆祝建军82周年暨"世博大家园'10+1'"系列源珉社区专场文艺演出。晚会有歌舞、原创沪剧、合唱等节目形式,并对2009年度"双拥"工作先进单位和个人进行表彰。500余名社区居民观看演出。

【举行"全民健康生活方式日"活动】 9月1日,由区爱卫会、新成路街道联合主办的"嘉定区全民健康生活方式日活动暨新成路街道市民健身路揭牌仪式"在新成公园广场举行。全区各街镇爱卫办主任及市民代表300余人参与活动。

【建立社区离休老干部电教播放点】 10月22日,新成路街道举行社区离休老干部电化教育播放点揭牌仪式,新成路街道离休老干部"光荣的历史,永恒的记忆"荣誉板面展同时举行。电化教育播放点设在新成书场内,通过播放电教片等形式方便老干部就近参加学习和活动,帮助老干部更好地融入社区,在社区建设中发挥积极作用。

【举行"两新"党组织与社区党组织结对签约仪式】 10月26日,街道党工委举行"两新"(新经济组织和新社会组织)党组织与社区党组织结对共建签约仪式。街道学习实践科学发展观活动领导小组全体成员、指导组成员和社区党组织及"两新"党组织书记、党员代表120人出席。

【迎世博工作】 2009年,街道积极开展迎世博工作。2月27日,举行纪念"三八"国际劳动妇女节99周年大会暨迎世博知识竞赛。活动以"世博,让我们做得更好"为主题,300余人参加活动。3月22日,新成路街道2009迎世博社区文化展演开幕式暨"世博大家园'10+1'"("10+1"活动即新成路街道范围内的10个社区各自承办1台以迎世博为主题的文艺演出,最后1台文艺演出在社区文化活动中心进行汇总及表彰)首场文艺演出在迎园广场举行。年内,街道对13个路口、39条路段、1个公交站点、43个小区以及医院、银行、超市等50余个窗口服务单位进行全方位整治。街道市民巡访团分组开展巡访、测评活动。1.1万名市民参加社区志愿者队伍;街道举办世博知识培训157班次,2.4万名市民参加培训;4万人次参加迎世博活动。年内,基本实现每户有能力家庭至少有世博志愿者一人的目标。

【新成路街道科学育儿指导中心揭牌】 11月6日,新成路街道科学育儿指导中心在百合花幼儿园举行揭牌仪式。百合花幼儿园"小蜜蜂"指导中心面积320平方米,设有户外运动区、接待区、亲子游戏区、婴儿游泳室。中心针对0岁~3岁婴幼儿特点,致力于早期智力与潜能的开发,探索婴幼儿家庭科学育儿的途径和方法。(冯婷婷)

真新街道

街道办事处地址　清峪路885号
邮 政 编 码　　201824

上海市轻纺市场　　　　　(真新街道供稿)

【概况】 街道区域面积5.09平方公里。有社区居民委员会13个、"村改居"社区3个,户籍总人口43 639人,全年出生240人,人口出生率5.59‰。全年完成增加值11.91亿元,其中第三产业增加值11.74亿元。街道地方财政收入1.84亿元。工业总产值7 351万元。完成第三产业固定资产投资10.86亿元。完成社会消费品零售额44.53亿元,比上年增长7.38%。有规模以上工业企业3家,工业总产值5 701万元。规模以上工业企业总能耗

672.47 吨标准煤,比上年下降46.89%。完成税额4.04亿元,减少5400万元,下降11.77%。全年实有纳税民营企业1437家,增长11.2%(其中当年新增纳税企业177家,增长27.3%)。全年引进外资项目3个,合同外资111万美元。有中小学4所,在校学生4254人;幼儿园3所,在园幼儿1525人;教职工422人。

【实事工程】 年内,完成二次供水设施改造80.53万平方米。完成丰庄一村小区13.5万平方米"平改坡"工程。对建丰河、劈洪浜、小沥河和栅桥江等采取河床清淤、河面加宽等措施清除淤泥2.5万立方米,对非法排污口进行彻底封堵。对丰庄居住区8条人行道进行改造,改造路面4.5万平方米,修复破损路面6000平方米,疏通曹安公路、新郁路和定边路下水管道4公里,建成双河路808车站调度室。完成曹安公路南至外环线东2000平方米和曹安公路、万镇路5500平方米绿化建设,完成祁连山路、绥一路2000平方米绿化改造工程以及嘉美、双河绿地改造工作。全年新增绿地7500平方米。完成街道范围内2万平方米沿街立面的清洁和粉刷,整治沿街店招、灯箱1175块。新增社区就业岗位1254个,城镇登记失业人数控制在1300人以内。街道劳动部门为辖区内的企事业单位培训学员600人。

【开展"双服务"活动】 2月20日,街道举行"组织为党员服务、党员为群众服务"活动推进仪式。街道党工委与社区代表签订"百名党员结对社区百名困难党员"帮扶协议并为8支党员志愿者服务队授旗。"双服务"活动作为街道党建特色工作,旨在更好地凝聚党员群众、促进和谐。活动期间,街道从帮困援助、民事调解、宣传教育和环境保护等方面着手,设立"谋事干事、求知授知、展才显艺、传情送暖"板块,采取排定预置计划、提供必要经费、加强督促检查等举措,开展一系列社区关爱互助行动,让更多群众与党员从中受益。

【少数民族联谊会召开首届会员大会】 3月20日,首届真新街道少数民族联谊会会员代表大会举行,99名经基层推选产生的少数民族代表参加会议。全体代表一致通过《真新街道少数民族联谊会章程》,联谊会旨在团结和带领少数民族同胞为社区建设服务,更好地为少数民族居民做实事。会议选举产生少数民族联谊会首届理事会成员。街道民族工作联络小组领导宣读"真新街道为少数民族服务十大承诺"。会后,少数民族志愿者代表与街道来自四川地震灾区少数民族务工人员签署结对帮扶协议书。9月,在国务院第五次全国民族团结进步表彰大会上,真新街道被授予"全国民族团结进步模范集体"称号。

【"两区三镇一街道"同创共建文明城郊结合部】 4月15日,以"同创共建文明城郊结合部"为宗旨,嘉定、普陀"两区三镇一街道"(真新街道和普陀区真如镇、长征镇、桃浦镇)"4·15"文明行动启动仪式在百联中环广场举行。针对真新街道和普陀区三镇属于城郊结合部地区及影响市容环境的顽疾难以彻底根治等问题,真新街道提出"四方联手迎世博,共建文明结合部"的口号。通过专项行动,在两区交界地区建立一支长期联合执法队伍和城市管理志愿者队伍。以此为契机,设立"两区三镇一街道"联席会议制度,形成全方位、一体化的长效管理格局。由来自三镇一街道公安、工商和城管等部门的300名成员组成联合执法队,展开专项整治行动,解决两区交界处乱设摊、乱张贴、跨门营业、马路洗车等难题。

【举办曹安购物旅游节】 4月28日~6月28日,第二届曹安购物旅游节举行。活动通过购物与消费相结合的方式,促进商贸和旅游的联动发展,提升曹安商贸区的知名度。旅游节充分发挥创新精神,采用不拘一格的文化活动形式,融会新元素。5月9日~6月28日,"曹安杯"上海市高校乐队斗秀争霸赛举行,来自60所高校的乐团参与活动。街道协办5场"激荡世博旋律,展现真新风采"曹安商贸城旅游节路演活动,参加上海电视台《百姓戏台》节目录播工作。

【社会保障工作】 2009年,组织劳动监察协管员以定期上门巡查等方式督促用工单位为2800名外来人员缴纳综合保险,救助"低保"人员22662人次,发放粮油帮困卡(券)6659人次、助学金(券)824人次,向203人次提供医疗应急救助,受理回沪人员补助11701人次;受理廉租房申请25户,办理15户。发放救助金1900.07万元。开展"阳光"系列活动,为"低保"及低收入家庭提供上门服务,走访困难家庭350余户,向12名大(重)病患者提供医疗联动服务,帮助115名"低保"人员办理上岗后就业补贴和就业渐退手续。通过社会救助预警机制,协调解决救助个案65件。

【举办"科普医学共建社区行"活动】 5月16日,街道与同济大学医学院联合举办"科普医学共建社区行"签约揭牌仪式,同济大学医学院与街道签订共建协议。由区科委牵线,同济大学医学院与真新街道牵手建立社区和高校资源共享合作平台,双方不定期组织医务工作者、医学院学生等进入社区开展便民服务、义诊咨询、健康宣讲和课题调研等活动。在泰宸新苑广场举办义诊活动,近200名社区居民接受咨询和义诊服务。12月3日,嘉定区科普工作表彰会暨同济真新科普医学行交流会在街道举行,探讨和交流科普工作。

【赴都江堰市开展结对及助学活动】 2009年,真新街道在全区率先启动"守望相助"之旅。8月27日,在上海市对口援建都江堰指挥部支持下,街道党工委组织部分机关干部、社区书记赴四川省都江堰市中兴镇,与当地社区和学校开展结对及助学活动。街道丰庄一村社区与中兴镇社区签订结对协议,街道向中兴镇社区捐赠办公电脑及帮困助学款。延续2008年助学行动,街道向都江堰市聚源中学4名结对的遇难教师子女捐赠爱心助学金。

【创建市容环境卫生责任区】 9月4日,街道召开市容环境卫生责任区管理达标创建工作推进会。责任区涵盖辖区内23条道路和46个小区。为保障责任区创建成功,街道制定《真新街道市容环境责任区管理工作例会制度》、《真新街道市容环卫所与综合执法部门双向告知制度》。加强对沿街单位、小区业主的门责管理及动态环境问题的长效监督管理。出台《真新街道市容环境指导、服务机制》、《真新街道门责管理责任制》等制度,依托网格数字城管信息化系统,结合上级部门验收要求,开展信息反馈、问题发派和结果处理等工作。12月,通过实效考核检查,成功创建"市容环境卫生责任区管理达标街道"。

【创意产业集聚区建设取得突破】
2009年,为提升产业能级,街道重点推进金沙·3131创意产业集聚区建设和招商工作。4月,街道财经部门牵头协调,将园区整体委托给智耀谷公司统一招商、管理,引进的企业定位为电子商务、信息服务和网络机器人开发等文化信息类。年内,上海团购网、驴妈妈旅游网、九九维康网等30余家知名企业入驻。9月,金沙·3131创意产业集聚区获"上海市创意产业集聚区"称号。10月,"3131电子商务创新联盟"正式启动,园区获区"文化信息产业示范基地"称号。

【动拆迁工作】 1月,为配合上海轨道交通十三号线丰庄站点建设,街道找准动迁切入点,部署动迁工作。经过协商,涉及动迁的6家企业及时签约搬离。其中,上海四中精密江桥联营厂与上海新食品工业有限公司的动迁为街道节能减排工作创造有利条件,新食品厂的搬迁为丰庄西路辟通打下基础。下半年,曹安商贸城三期工程动迁工作完成,曹安商贸城项目基地全部腾空。完成建华小区(东栅桥地区)动迁评估工作,对该地块103户住户进行资产评估。其中签约87户,签约率84.47%。

【东方汽配城综合改造项目开工】 12月3日,上海东方汽配城综合改造项目开工典礼举行。综合改造旨在重新对区域进行合理布局和资源利用,把整体区域划分为四大板块,分为三期滚动开发。改造后的汽配城建筑面积28万平方米,形成"一个中心、五栋大厦、十大总汇"的商业建筑格局,辅以物流、办公、会展、酒店和金融服务等配套设施。

【迎世博工作】 2009年,街道扎实开展迎世博工作。采取"两区三镇一街道"联合整治模式整治嘉定区和普陀区交界处环境和治安问题。成立街道、社区和小区三级志愿者服务队伍,服务范围覆盖街道管辖范围内所有交通路口、小区等公共区域。志愿者每天提供服务800余人次。加大对市民世博知识培训力度,至年底,培训市民88301人次。对服务行业从业人员进行世博知识、礼仪等培训,建立督导监察队伍,实行每周窗口服务质量口碑排名比赛。针对街道连锁商店、酒店多的特点,将31家(其中规模以上旅馆11家)旅馆管理纳入迎世博创建工作中。更换辖区内22条道路上的400家商铺店招店牌。年内,街道持续开展突击整治行动——"飓风行动",清理垃圾和违章物品400卡车,改善街道市容环境。

【"秀德维权岗"入驻】 4月15日,"秀德维权岗"入驻真新街道丰庄一村社区。"秀德维权岗"是区检察院的特色品牌服务项目,由检察官唐秀德创立。每周六下午,唐秀德和法律维权志愿者在丰庄一村接待社区老年人,解答法律疑问,维护合法权益。真新街道是上海市较早的城市动迁安置基地,老年群体和弱势群体数量较大,法律工作者的直接参与对化解社区矛盾起到积极作用。 (张 侠)

嘉定工业区

工业区管委会地址　汇源路200号
邮 政 编 码　　　201807

沥江果园　　　　　　　　　(张建华　摄)

【概况】 嘉定工业区区域面积78.05平方公里,其中耕地面积2273公顷。户籍总人口64065人(其中农村劳动力15403人),全年出生380人,人口出生率5.98‰。有村民委员会20个,社区居民委员会13个,村民小组376个。全年完成增加值96.5亿元。完成镇级地方财政收入6.1亿元。全年完成工农业总产值452.79亿元。其中工业总产值450.12亿元,比上年增长30.24%;农业总产值2.67亿元,增长16.74%。有规模以上工业企业248家,工业总产值403.09亿元。新增私营企业注册资本25亿元,完成私营税额14.8亿元,增长22%。粮豆总产16933吨,蔬菜总产23279吨,油菜籽总产121吨。生猪出栏74267头,家禽上市9.69万羽,鲜蛋总产96.2吨,水产品总产 390 吨。有中小学 10 所(其中民工子弟学校 4 所),在校学生 5 743人;幼儿园 4 所(其中私立 1 所),在园幼儿 1 457 人,教职工 594 人。

【实事工程】 2009 年,完成嘉朱公路一期和工业园区内 8 条道路及水、电等配套设施建设,北区核心区内污水纳管率 100%,完成产业园区内道路及市政配套项目建设。完成 5 块基地动迁工作,拆除农(居)民住宅 361 户、企业 188 家,拆除各类违章建筑 158 处,拆除面积 12 万平方米。有序推进小区综合管理和实事工程,结合迎世博 600天行动计划,完成旧小区综合改造工程 10 万平方米。加大农村基础设施投入,实施村庄改造工程,受益农户 252户。完成 17 条村沟宅河的环境整治,完成农村道路建设 4.8 公里和危桥翻建 36 座。新增就业岗位 7 118 个,开设 27 个技能培训班,培训 1 230 人次;办理、变更、跟踪服务失业人员 1 075人,受理失业人员医疗费用补贴 370 人次。全年办理征地养老人员医疗费用报销 15 742 人次,报销金额 950 万元;发放征地养老生活费 8 879 万元;办理南区征地劳动力"城保"退休 85 人,缴纳参保资金 2 078 万元;办理"镇保"退休 267 人,发放"镇保"生活费 9 801人,金额 4 950 万元;办理"农保"退休 560 人,发放"农保"养老金 224 万元;实施第二批 1 154 名农村居民土地换保障工作。提供各类临时补助、一次性补助、应对性补助、常规性补助和春节期间政策性补助,救助 18 044 人次,救助资金 850 万元。

【招商引资】 2009 年,嘉定工业区引进合同外资 2.3 亿美元,其中到位资金1.5 亿美元,新批外资项目 46 个,增资项目 18 个;有 18 个项目投资超过1 000 万美元,其中 7 个项目超过 2 000万美元。汽车产业集聚度提高。上汽集团下属企业整体迁往北区,采埃孚变速器公司增资 5 200 万美元,德国曼·胡默尔公司(汽车滤清器行业)设立管理性地区总部。现代服务业发展取得突破,中科院上海光机所下属春园光电科技有限公司研发中心成立,总投资 2 400 万元;优镨绿色能源研发中

心入驻,总投资 2 800 万美元;华宝香精地区性总部入驻。

【纽约广告奖颁奖典礼首次在嘉定工业区举行】 7 月 24 日,第五十二届纽约广告奖颁奖典礼在嘉定工业区中广国际广告创意产业基地举行。这是纽约广告奖首次在中国举行颁奖典礼,来自英国、美国等 11 个国家和地区的200 余名广告创意人参加。颁奖典礼上,"奥美"等 28 家广告公司作品获得本届纽约广告奖创意成就奖,上海九木传盛广告有限公司等 5 家广告公司作品获得中国广告贡献奖。作为本次纽约广告奖主要合作方的中广国际广告创意产业基地于 2008 年 4 月落户嘉定工业区,是嘉定工业区发展现代服务业、优化园区产业结构的重要举措。年内,基地吸引来自北京、上海等地的20 余家知名广告公司入驻。

【项目建设】 2009 年,嘉定工业区完成项目开工 51 个,总投资 85 亿元。年初确定的 52 个重点工业项目中有 46个开工建设。围绕重点项目的建设落地,加快南区一批动迁企业的开工建设,加速推进南门商务圈内嘉创国际商务大楼、金宇豪五星级酒店、南北周动迁基地等项目建设和高科技园区总部基地的动迁规划工作。启动胜辛路菜场地块的动迁和改造工程。12 月 28日,朱桥学校、幼儿园、社区卫生服务中心开工建设。

【温家宝考察工业区新能源汽车企业】 11 月 28 日,中共中央政治局常委、国务院总理温家宝到嘉定工业区考察新能源汽车产业的发展状况。入驻嘉定工业区的上海中科深江电动车辆有限公司、上海贯裕能源科技有限公司生产的纯电动车辆和车用动力锂电池受到温家宝的关注。温家宝鼓励嘉定工业区做好世博新能源汽车运行的配套服务工作,指出:嘉定在新能源汽车产业方面起步比较早,技术基础好,要力争走在全国和世界的前列。提出三点要求:一要加大科研攻关力度,尽快突破关键技术;二要以消费政策引导排量小、低能耗、污染少的汽车发展,大力支持电动汽车发展;三要科学论

证,确定适合国情的电动汽车发展技术路线,首先在城市公交、出租、环卫等行业发展起来。

【俞正声等领导观摩虬桥村换届选举】 7 月 18 日,中共中央政治局委员、上海市委书记俞正声,市委副书记殷一璀,市委常委、市政法委书记吴志明,市委常委、市委秘书长丁薛祥,副市长胡延照等一行,到嘉定工业区虬桥村观摩虬桥村委会换届选举工作。在选举之后的座谈会上,俞正声对嘉定工业区换届选举工作的组织安排给予充分肯定。他指出,做好换届选举工作,要坚持党的领导,充分发扬民主,严格依法办事;在村(居)委会选举中,党的领导要更多地体现在保障选民的民主权利和依法办事上,公开、为民是搞好村(居)委会选举的两个根本。

【迎世博工作】 2009 年,嘉定工业区确保迎世博 600 天行动计划落到实处,按照迎世博工作的总体要求,把迎世博工作与提升园区形象、改善民生工作和加强文明创建结合起来,着力提高辖区环境文明、秩序文明和服务文明指数。进一步加强对客运站、主要商业街、集贸市场、北部集镇等重点区域环境综合整治力度,拆除违章搭建3.3 万平方米。坚持突击检查和长效管理相结合,加强督促检查,加大整治力度,完善管理措施。积极开展"文明快递行动"、"文明承诺"、"志愿者服务我奉献"等主题实践活动,提升居民文明素质。10 月 12 日,嘉定工业区举行"魅力世博,让生活更美好"——庆国庆、迎世博主题活动暨第三届文化艺术节开幕式。中共嘉定区委副书记曹一丁等与嘉定工业区迎世博志愿者、居民代表一同启动迎世博倒计时 200天按钮。开幕式后举办的晚会分"红色记忆"、"缤纷家园"、"绿动城市"、"激情畅想"4 个篇章,展现嘉定工业区的风采和居民对世博会的期盼。艺术节为期 8 个月,分为"礼仪世博"、"欢乐世博"、"魅力世博"系列,举办艺术表演、艺术作品、群文创作和风采展示等活动。

(周光华)

菊园新区

新区管委会地址　胜竹路 2000 号
邮政编码　　　　201800

远眺宝菊新家园　　　（张建华　摄）

【概况】　新区区域面积 18.61 平方公里,其中耕地面积 219 公顷。户籍总人口 23 052 人(其中农村劳动力 5 693 人),全年出生 194 人,人口出生率 8.6‰。有村民委员会 4 个(分设 311 个村民小组)、社区居委会 8 个。全年完成增加值 16.89 亿元。新区地方财政收入 1.86 亿元。全年完成工农业总产值 37.33 亿元,其中工业总产值 37.09 亿元,农业总产值 2 346 万元。有规模以上工业企业 48 家,工业总产值 29.11 亿元。年内引进外资项目 4 个,合同外资 37 万美元,协议引进内资 7.11 亿元。粮豆总产 1 950 吨,蔬菜总产 5 180 吨,水产品总产 32 吨。有幼儿园 1 所,在园幼儿 643 人,教职工 56 人;农民工子女学校 1 所,在校学生 851 人,教职工 38 人。

【实事工程】　(1)黑臭河道整治。工程总投资 2 038 万元,整治黑臭河道 7 条(八字塘、唐家浜、斜泾、张家河、王家花园河、蔡家村河、庞家村河),总长 5.89 公里,疏浚淤泥 10.77 万立方米,建设河道两岸绿化 5.58 万平方米,截污纳管 5 142 米,新建护岸 2 350 米,拆涵建桥 2 座(嘉行公路斜泾桥及蔡家村桥),新建泵站 1 座、橡胶坝 1 座,拆除防汛通道两侧建筑物 6 500 平方米,完成河道水环境治理目标。(2)农村危桥改造。投资 228 万元,翻建旧(危)桥 10 座(卢本桥、赵家桥、鸡鸣塘桥、永胜柴塘桥、青冈柴塘桥、张家桥、青锋桥、梁家桥、吴泾桥、杨家桥)。(3)旧小区综合改造。投入 800 万元

对永峰新苑及清河路 420 弄 5.5 万平方米旧住宅进行改造,包括“平改坡”、外立面修整、重新敷设雨(污)水管道、铺设黑色路面等综合改造项目。(4)投资 230 万元将横沥东岸 5.5 万平方米的荒地改建为绿地。(5)汇丰荷苑 5.8 万平方米动迁商品房竣工,汇丰凯苑 20 万平方米动迁商品房开工,保利 1.3 万平方米商业广场开工。(6)菊园新区社区文化活动中心全年服务群众 27 万人次,开展各类文化活动 900 余场次。其中开展文艺活动 165 场次、讲座(报告会)60 场次,放映露天电影 30 场次、农村数字电影 132 场次,开展业余文化团队活动 571 场次。

【北水湾建设起步】　8 月 27 日,北水湾 B1、B2、B4 地块被浙江步阳置业有限公司竞拍获得,竞拍价格 9.02 亿元。地块位于横沥两岸,规划为商住综合用地。12 月 10 日,北水湾陈家山公园建成开放。公园占地面积 1.93 万平方米,绿化面积 65%,总投资 1 310 万元,位于嘉定新城主城区“南北向历史文化风貌轴”北端起点,西与轨道交通十一号线嘉定北站隔横沥相望。公园在传承历史文化的基础上融入具有时代特征的现代景观元素,着力突出“人与自然的和谐共处”的理念。

【推进科研院所总部回归】　2009 年,菊园新区致力于加强辖区内科技产业发展,加强产学研合作,推进科研院所总部回归。12 月 1 日,菊园新区与中国科学院上海微系统与信息技术研究

所签订合作协议书,将总部回迁菊园新区,同时成立上海物联网中心。12 月 7 日,新区与华东计算技术研究所签订合作协议。年内,上海硅酸盐研究所扩建项目、上海等离子体研究所总部项目、华东计算技术研究所基础软件产业发展基地等合作项目启动;推进六里科技产业园、沸城创意产业园等产业园区建设,拓展科技产业资源。

【打造特色农业】　2009 年,菊园新区结合自身实际发展符合市场需求、突出地方特色的农业项目,建设都市休闲观光农业,在有机大米、蔬菜瓜果种植等方面形成产业优势。农业部门与北京市海淀区四季青镇达成合作意向,引进种植 4 公顷“北京樱桃”。至年底,菊园新区引进的 12 个品种 3 430 株“北京樱桃”完成种植工作。

【完成村(居)委会换届选举】　4～5 月,菊园新区首次采用“公推直选”和“两推一选”方式选举产生新一届基层党组织领导班子,涉及基层党组织 42 个(4 个村、7 个社区居委会、3 个直属公司、1 个机关单位、3 个事业单位及 24 个“两新”组织)。各村、社区、“两新”组织分别有应到党员 460 人、221 人、276 人,参选率分别为 92%、94% 和 97%。7 月 18 日,4 个村、7 个社区居委会经过无记名投票直接选举产生新一届村(居)委会班子成员,选举产生村(居)委会主任 11 人、副主任 11 人、委员 46 人、村(居)民小组组长 311

12 月 7 日,菊园新区管理委员会与华东计算技术研究所举行项目合作签约仪式　　　　　　　　　　　　　　　　　　（菊园新区供稿）

人、村(居)民代表 600 人。

【社区文化展演月开幕式暨首场文艺演出举行】　4 月 10 日,"世博大家园"——2009 年嘉定区社区文化展演月开幕式暨首场文艺演出在菊园新区社区文化活动中心广场举行。演出由区文广局、菊园新区、新成路街道、安亭镇和江桥镇联合主办,菊园新区承办。节目以"新人、新作"为主,包括鼓舞、锡剧、诗朗诵和对口相声等,以市民喜闻乐见的形式展现江南水乡的风土人情和嘉定人民迎接世博、参与世博的精神风貌。1 500 名社区居民观看演出。

【"千人欢歌赛"举行】　9 月 23 日,"世博风,祖国颂,一家亲"——菊园新区庆祝新中国成立 60 周年"千人欢歌赛"在菊园新区社区文化活动中心广场举行。来自新区机关和事业单位及社区、村的 9 支百人歌队及 3 支表演队参加歌赛,表达新区居民爱祖国、迎世博的热情。

【迎世博工作】　2009 年,新区扎实开展迎世博知识培训和志愿者活动。全年有各类迎世博志愿者 8 000 余人。组建一支 30 人的世博培训员队伍,完成世博知识培训 37 728 人次,组织参加"三五"集中行动和周六环境集中整治活动 1.24 万人次。投资千余万元进行迎世博环境综合整治,整治店招店牌 1 286 块 1.03 万平方米,完成建筑物立面粉刷 2.6 万平方米,种植(调整)绿化 2 万平方米,砌筑围墙 4 700 平方米,新增晾晒点 52 处,砌筑驳岸 100 米,新增护栏 620 米、安全栏杆 400 余根。六里村 1 队及青冈村 29 队建成生活污水处理系统试点自然村。结合迎世博工作完成 2009 年"上海市市容环境卫生责任区"达标工作。

【菊园幼儿园举行建园十周年庆典】
9 月 10 日,菊园新区举行"颂祖国,迎世博,话成长"——庆祝菊园幼儿园建园十周年庆典暨第二十五届教师节庆祝活动,300 余人参与。庆典以舞蹈、礼仪小品、科普情景剧和诗朗诵等形式展现菊园幼儿园的发展历程和"做中学"的教育特色。　　　　（许　晓）

部（市）属单位选介

编辑 吴庆

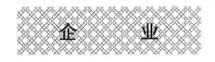

企 业

【上海大众汽车有限公司】 地址:洛浦路63号;董事长:胡茂元;总经理:刘坚;电话:59561888(总机);传真:59572815;邮编:201805

2009年,随着产品结构不断优化调整和"主动营销模式"的推进,上海大众汽车有限公司实现"双品牌、多产品"的良性发展格局。VW品牌系列车型显示结构性的竞争优势,多款产品位列细分市场前列,全年销售60.6万辆,蝉联中国汽车行业单一品牌销量冠军。SKODA品牌完成Superb(昊锐)、Octavia(明锐)、Fabia(晶锐)三大车系布局,实现产品对B、A、A0级车市的全面覆盖,逐步确立在各自细分市场的主流地位;销售12.3万辆,比上年增长1.08倍。2009年是中国汽车产业发展史上具有里程碑意义的一年,全年汽车销量突破1300万辆,创造历史新高,并首次超越美国,成为全球第一汽车消费市场。年内,上海大众克服困难,抓住契机,成为国内第一家累计销量突破500万辆的轿车企业,再获年度销量冠军,标志上海大众在产品开发、精良制造和市场营销方面迈上新台阶。10月15日,上海大众成立25周年,第500万辆轿车在汽车三厂总装生产线下线。25年以来,上海大众从最初的简单组装开始,逐步建成一支高效率、高素质的产品开发队伍和功能完善、具备国际领先水平的技术开发中心,初步具备整车开发能力。上海大众坚持"追求卓越,永争第一"的理念,通过与零部件供应商、经销商等伙伴的深入合作,深入推进"双品牌"发展战略,进一步提高产品质量和服务水平。

(侯向平)

【上海汽车变速器有限公司】 地址:叶城路506号;总经理:杨春保;电话:59165858(总机);传真:59167657;邮编:201821

2009年,上海汽车变速器有限公司(原上海汽车股份有限公司汽车齿轮总厂)作为上海汽车集团股份有限公司旗下的核心零部件企业,不断提升技术开发能力和经营管理能力,加快产品结构调整,全力开发自动变速器、新能源汽车传动系统、高档位手动变速器和商用车变速器等高科技产品,形成全系列、宽覆盖的业务范围。下半年,公司在项目开发中确定两个目标:一是联合设计、样品制造、成品批产;二是以我为主,走联合开发道路,进一步拓展市场,做好产品出口准备。努力提高各类手动纵置变速器、横置变速器及AT、DCT自动变速器系列化产品的自主设计、应用匹配、生产制造能力。全年实现销售收入37.8亿元,比上年增长21.5%;销售各类变速器146.8万台(套)。年内,公司进一步推进"五大中心"(产品发展中心、市场拓展中心、质量保证中心、费用中心、人力资源中心)管理模式,坚持走"国有性质,市场化运作"的发展道路,努力建设国内领先、具有国际竞争力的变速器专业研发与制造企业。

(李 正)

【上海航天电子有限公司】 地址:嘉定区叶城路1518号;总经理、厂长:曹建明;党委书记:薛敦伟;电话:59161666(总机);传真:69950333;邮编:201821

2009年,上海航天电子有限公司(上海科学仪器厂)围绕"建立一支队伍、构建四个体系、完成型号任务及经济指标"的年度工作目标。以整体搬迁新厂区为契机,开展完善公司体制、调整组织机构、调整干部队伍、改革激励机制等工作,在技术创新、市场拓展方面取得突破。逐步开展产品定型及生产线建设等工作,顺利完成神舟系列、嫦娥系列等多个型号配套任务,完成各项科研生产任务,承担研制的仪器设备在靶场及在轨运行正常。全年实现工业总产值3.1亿元、销售收入3.14亿元、净利润4301万元,新签合同3.31亿元,回笼资金3.21亿元。年内,进一步加强内控、监督及综合协调等工作,规范招投标工作,建立、完善型号科研生产管理体系,科研生产管理评估工作初见成效。加强技改投资,改善型号研制硬软件条件。推进信息化工作,规范工艺基础管理及标准化工作,进一步落实安全责任制。公司党委以"深入学习实践科学发展观,构建航天科技工业新体系,建设航天电子专业大型科研生产联合体,打造业内先进的综合电子产品研制公司"为主题,深入开展学习实践科学发展观活动。开展思想作风纪律整顿,进行形势任务教育,加强党风廉政建设和反腐败工作,落实监督任务,加强思想政治工作和企业文化建设。年中,"嫦娥"等多项型号获国防科学技术奖、军队科技进步奖。公司获嘉定区科技创新奖、嘉定区综合实力奖(先进制造业)银奖及"AAA"级诚信企业称号。年内,新进员工81人,其中硕士及以上占35%,本科占24.7%。至年底,公司资产规模4.15亿元,有职工743人,其中专业技术人员227人。

(丁燕飞)

【上海振华轴承总厂有限公司】 地址:嘉定南门;总经理:夏左鹊;电话:69520721;传真:69520720;邮编:201821

2009年,上海振华轴承总厂有限公司在遭受国际金融危机冲击、定单急剧减少的不利形势下,围绕"实践科学发展,转变增长方式,调整生产布局,提高竞争能力"的方针和目标,共克时艰,转危为机。实现销售收入1.46亿元,完成年度目标的100.4%,比上年下降14.4%;实现经营性利润总额832.4万元,完成年度目标的277.5%;实现出口贸易额653万美元,完成年度目标的100.6%。年内,企业经营性利润上升,现金流量充裕,应收账款和存货得到有效控制。公司依托占销售收入70%的汽车生产厂家及其二级配套企业,努力拓展新经济增长点,弥补出口的减少。成功开发管柱轴承产品,该产品销售额比上年增长5.68倍。将GKN的市场从日本、韩国拓展到斯洛文尼亚、印度和巴西等国,销售额增至1075万元,增长13.44倍。10月,按照上海电气集团总公司对所属企业整合、重组的要求,上海振华轴承总厂改制为上海振华轴承总厂有限公司,公司南门厂区动迁至外冈镇,外冈镇厂区名为"上海电气集团总公司外冈工业园区"。12月23日,南门厂区动迁协议签署仪式和上海电气集团外冈工业园区奠基仪式举行,公司布局调整实质性启动,企业进入新的发展轨道。

(张国池)

事业单位

【中国科学院上海应用物理研究所】 地址:嘉罗公路2019号;所长:赵振堂;电话:59553998(总);传真:59553021;邮编:201800

2009年,中科院上海应用物理研

究所建所50周年。4月29日,上海光源按期完成工程建设,举行竣工典礼。经专家测试、国际评议和工艺鉴定,上海光源建设质量达到世界一流水平,其性能参数均达到或优于设计指标,进入国际上性能指标领先的第三代同步辐射光源的行列,其中储存环的有效发射度、轨道稳定度、束流耦合度和软X射线谱学显微线站的能量分辨与空间分辨、生物大分子晶体学光束线总体性能均属国际上同类装置的最好水平。5月6日起,上海光源对用户开放试运行,年内首批7条光束线站累计提供用户机时14 428小时,开展公共用户课题研究395个,涉及100个单位的实验人员1520人次、用户932人;整体装置运行稳定可靠,达到国际同类装置第一年运行的先进水平,得到用户好评。加速器科学技术方面,上海极紫外自由电子激光装置实现高增益自由电子激光出光;国内首次自主研制成功真空室内波荡器。光子科学方面,成功利用同步辐射X射线吸收精细结构分析(XAFS)方法对室温下离子液体的原子内部精细结构进行测定;首次将X射线荧光全息方法应用到形状记忆合金($Ti_{50}Ni_{44}Fe_6$)随温度变化相变过程的研究。核科学技术与前沿交叉科学方面,发现了第一个反物质超核——反超氚核;利用受限于细纳米管内水分子氢键取向的协同性,提出并数值验证微弱信号可通过水传递和放大;发现纳米金粒子可以动态调节聚合酶链式反应体系中聚合酶活性,以实现类似"热启动"的高效DNA体外复制过程;发现DNA的构型变化能够有效地阻碍离子的扩散;构建一种多色纳米信标,应用该探针实现多种肿瘤基因标志物的同步检测。核能技术方面,成立所核能工作领导小组和总体组,确立以钍基熔盐反应堆为主攻方向、以核能材料研究为特色的核能发展策略,积极争取未来先进裂变核能战略性先导科技专项。全年争取科研项目52项,签订科技成果"四技"合同39项。发表论文(不包括会议论文)267篇,其中SCI收录论文174篇、EI论文14篇,以第一作者单位发表影响因子3以上论文58篇(其中影响因子5以上论文25篇);申请专利27个(其中发明专利22个),专利授权18个(其中发明专利16个)。"几种荧光量子点的制备、修饰及生物

检测方法研究"项目获2009年中国分析测试协会科学技术奖一等奖。年中,上海应用物理所举办"第四届亚太同步辐射论坛"等9个多边及双边国际会议、"同步辐射与环境科学"等3期东方科技论坛,召开"核技术与核能"等多项专题系列研讨会;与美国劳伦斯伯克利国家实验室开展先进超导波荡器技术合作研究;依托上海光源,与加拿大光源和澳大利亚光源合作开展X射线医学成像新方法及其应用国际合作。

年内,上海应用物理所结合深入开展学习实践科学发展观活动的后期工作,提出以"严谨高效、勇攀高峰的创新精神,实事求是、精益求精的科学精神,团结协作、顽强拼搏的奉献精神"为核心的上海光源精神。至年底,全所在职职工784人,其中科技人员599人,中国科学院院士1人,研究员及正高级工程技术人员66人,副研究员及高级工程技术人员129人。在学研究生357人,其中博士生156人。另有博士后18人。

(张晓斐)

【中国科学院上海光学精密机械研究所】 地址:清河路390号;所长:朱健强;电话:69918000(总机);传真:69918800;邮编:201800

中国科学院上海光学精密机械研究所(以下简称上海光机所)成立于1964年,是国内建立最早、规模最大的激光科学技术专业研究所。拥有博士学位点和硕士学位点各7个、博士后流动站3个。2009年,全所有职工790人。其中专业技术人员548人,中国科学院院士6人,中国工程院院士1人,研究员(包括正研级高级工程师)72人,副研究员(包括高级工程师)146人,中国科学院"百人计划"入选者22人。年中,录取硕士研究生102人、博士研究生83人;在学研究生451人,其中博士生216人、硕士生235人;在站博士后8人;授予硕士学位32人、博士学位53人。

2009年,上海光机所承担省部级以上科研项目178项。年内鉴定、验收成果18项。全年专利申请146件,其中发明专利135件;专利授权193件,其中发明专利119件;全年转让专利4件。1月,上海光机所"新型星载原子钟"项目通过验收。1月23日,"强场超快科学前沿交叉研究"项目取得突

破性研究结果。3月3日,上海光机所先进激光技术与应用系统实验室的高功率光纤激光研究小组的脉冲光纤激光器获得平均功率150W的高重频、窄脉宽激光输出。3月中旬至4月初,神光Ⅱ装置第九路完成"Ⅰ+Ⅱ"类KDP晶体实验。4月30日,"微小三维内窥镜成像仪器"项目完成项目计划任务书的各项研究内容,申请国家发明专利11项,发表核心论文11篇,提交国际会议特邀报告5篇、国际会议报告20篇。6月1日,高功率激光物理联合实验室测量课题组成功完成大口径方形能量计的研制任务。6月,合成孔径激光成像雷达技术研究取得突破性进展。实现实验室尺度缩小合成孔径激光成像雷达装置的二维目标同时距离向和方位向成像,实现合成孔径激光雷达的光学、光电子学和计算机处理的全过程贯通,是世界上第三个成功的实验报道。6月30日,"利用集成电路工艺改进固体照明外效率的研究"通过项目验收。7月1日,"上转换发光生物传感器"获国家发明专利。7月,成功实现阿秒脉冲的动态啁啾控制。至8月中旬,神光Ⅱ装置完成上半年运行任务。8月,上海光机所在微纳结构的高速、大面积光学制造方面取得重要进展。9月,在非线性薄膜结构的超分辨光信息存储技术方面取得突破性进展。10月,上海光机所冷原子系综量子信息存储技术—高频势阱研究小组在国际上首次实现中性原子的高频势阱囚禁和导引。12月21日,光机所高功率激光单元支撑技术研发中心研究员陈伟负责的上海市-法国罗阿大区国际合作项目"共掺Ce-Cr-Yb-Er磷酸盐系激光玻璃及能量转移光谱研究"通过市科委验收。年内,上海光机所成功举办第130期东方科技论坛、第八届环太平洋激光与光电子国际会议和第135期东方科技论坛。"嫦娥一号卫星激光高度计研制"获上海市科技进步一等奖。"铌酸锂晶体三维光学集成"等项目获上海市自然科学二等奖。　　　　　　(孙涤非)

【中国科学院上海硅酸盐研究所中试基地】 地址:城北路215号;主任:罗宏杰;电话:69987700;传真:59927184;邮编:201800

中国科学院上海硅酸盐研究所中试基地(以下简称中试基地)有近50年的发展历史,占地4.2万平方米,建筑面积3.9万平方米,是国家"七五"期间的大中型建设项目。中试基地主要从事先进无机材料技术开发研究、中间扩大实验和中试生产工作,涉及功能陶瓷、结构陶瓷和人工晶体。在闪烁晶体方面,对 BGO、BaF_2、CeF_3、$PbWO_4$、PbF_2、CsI 等进行大量的研究开发和中试生产,晶体质量达到国际领先水平,主要应用于高能物理、核物理、核医学、安检、缉私和地质勘探等领域。在高温传感压电晶体研制方面,硅酸镓镧(LGS)类晶体的生长及加工取得突破,成为国外客户合格供货商。在声光晶体方面,为意大利CUORE项目提供三百余块、总重二百余公斤的中微子探测用二氧化碲晶体(TeO_2),满足探测使用要求,获得国外专家的认可。授权专利"一种二氧化碲单晶体的坩埚下降生长方法"被评为第十一届中国专利奖优秀奖。中国科学院上海硅酸盐研究所和上海市电力公司在中试基地组建"上海钠硫电池研制基地",在大容量钠硫储能电池研制方面取得突破,研制成功具有自主知识产权、容量为650Ah的钠硫储能单体电池,使中国成为继日本之后世界上第二个掌握大容量钠硫单体电池核心技术的国家。9月18日,全国政协副主席、科技部部长万钢视察上海硅酸盐研究所钠硫电池中试生产线。11月28日,中共中央政治局常委、国务院总理温家宝考察中试基地。年内,中试基地有职工177人,其中大专以上学历99人,中高级以上职称86人。　　　　　(吴 皓 崔素贤)

【核工业第八研究所】 地址:嘉罗公路1719号;所长:周文彬;电话:39523300(总机);传真:39523388;邮编:201800

2009年,核工业第八研究所在中国核工业集团公司和上海市科技党委领导下,紧紧抓住发展机遇,积极应对严峻挑战,完成各项工作任务,科研、生产等工作取得进展。在中国核工业集团公司成立10周年之际,研究所获"中核集团杰出科技成就奖"。12月,国防科技工业局批复核工业第八研究所基础能力建设项目建议书,为加快科研提供更好的保障条件。全年重点课题结题3项,新开课题4项,获国家科学技术进步二等奖1项。研究所获

上海市2009年度"模范职工之家"称号。年内,全所主营业务收入1.67亿元,比上年增长9.9%。至年底,全所在册职工140人,其中各类专业技术人员70人(其中高级职称12人)。　　　　　　(杭 颂)

【上海微波设备研究所】 地址:沪宜公路185号;所长:杨建华;电话:59121051;传真:59125459;邮编:201802

上海微波设备研究所(中国电子科技集团公司第五十一研究所)主要从事多种电子设备的研制生产,在多个电子技术领域拥有含自主知识产权的技术,大力开拓轨道交通信号传输系统、公共信息、应急通信、先进制造等市场,具备军用装备和民用设备供给能力。2009年,研究所深入开展学习实践科学发展观活动,提出"调整结构再创业,团结一心谋腾飞"的方针,推行项目制、军品技术责任制和民品外部合作机制,整体效益显著提升。在轨道交通领域取得突破,与北京交通大学签署北京亦庄线车地传输项目合同。研究所全年实现科研生产总值3.1亿元,累计实现总收入2.43亿元,比上年增加4840万元,增长24.82%;完成全年预算指标的101.43%;完成利润794.44万元,增长80.17%,超额完成当年预算指标的36.03%。年内,研究所在国防科工委开展的新一轮结构能力调整过程中被列为核心能力保留单位。　　　　　　(陈瑞祥)

【上海激光等离子体研究所】 地址:城中路197号;所长:戴亚平;电话:69918276;传真:69918164;邮编:201800

上海激光等离子体研究所建于1984年,是专门从事高功率激光技术和激光等离子体物理研究的科研实体。研究所承担的主要科研方向有:大型钕玻璃激光装置的研制、运行、维护和改进,高功率激光总体和先进单元技术的发展研究,激光等离子体相互作用研究,激光驱动强激波及其应用,X射线激光及其应用以及激光惯性约束聚变相关的实验研究。

2009年11月,上海激光等离子体研究所承担的国家863计划课题——"材料压缩特性研究"在"神光-Ⅱ"高功率激光装置上首次开展柱形靶的压

缩实验。实验采用八路 1ns 激光驱动 CH 柱形靶压缩,采用 KB 显微成像技术诊断了柱形靶自发光的时间积分图像,在八路激光驱动下,柱形靶产生向心压缩,圆柱中心产生明显的高温区。实验还采用第九路 80ps 激光驱动 Ti 产生的 4.75keV X 射线背光照明的方法诊断了柱形靶在不同时刻的压缩状态,由于驱动激光的辐照不均匀性,实验观测到明显花瓣状密度分布。全年获国家科技进步二等奖 1 项。至年底,全所有职工 46 人,其中专业技术人员 37 人;有中科院和工程院院士 3 人,高级技术人员 18 人。 (孙今人)

【上海市众仁慈善服务中心】 地址:南翔镇众仁路 1 号;主任:张燮树;电话:59127991;传真:59173366;邮编:201802

8 月 5 日,嘉定区与中科院上海技术物理研究所签署院地合作框架协议
(区科委供稿)

上海市众仁慈善服务中心是集养老、保健、娱乐功能为一体的标准化养老机构,下辖众仁花苑和众仁乐园两个养老实体,按照"老有所养"、"老有所医"、"老有所乐"、"老有所学"、"老有所为"的标准,为老人提供衣食住行、医疗保健、休闲娱乐、文化社交等全方位服务。连续五届获上海市文明单位称号,并获"中华慈善先进机构"称号。全年接待上海市政协、杨浦区总工会等单位和来自辽宁、甘肃、内蒙古、江西、天津、山东、云南及美国、英国、新加坡、澳大利亚等地的国内外社会团体参观交流者两千余人次。

年内,众仁花苑以"迎世博,创文明单位"为主线,积极参加迎世博、讲文明、树新风"三五"集中行动,开展"文明路口"执勤活动。继续深化"五心服务"品牌内涵,践行"五心服务,让老人满意"的承诺,用真心、热心、细心、爱心、精心为老人服务。组织老人收听收看时事政治录音、录像报告,开设养生保健讲座,放映电影,邀请艺术团体进行慰问演出,组织老人外出参观、采风。举办元宵节猜谜会,组织老人举办新春、重阳节联欢会。结合迎世博活动,组织老人收看世博宣传片,定期向老人发放世博宣传资料。国庆期间,组织老人收看国庆阅兵式,举办国庆征文、书画展等活动。花苑新设糖尿病服务窗口,满足老人特殊需求。年内,全面粉刷三幢公寓楼及综合楼外墙面,更换老人房间内的电视机及天然气热水器。老人满意率 90% 以上。

众仁乐园始终坚持"乐"字当头的服务方针,为老人提供优质、人性化的服务。年内,在戏曲、书画、手工编织兴趣小组的基础上,新增桥牌、时事读报、乒乓球兴趣小组。定期为老人开设医疗保健讲座,联系嘉定区菊园新区社区卫生服务中心医生来乐园为老人义诊,与嘉定有线电视中心、上海远东学校、上海工艺美术职业学院等单位开展共建活动。为老人集体庆贺生日,每逢佳节为老人加菜,重阳节送上小礼品。至年底,乐园累计入住老人 369 人次,床位使用率 94.63%。

(郭安吉)

荣 誉 榜

编辑　袁黛英

先进个人

【全国三八红旗手 2 人】
　　顾萍兰　孙伟
【全国征兵工作先进个人 1 人】
　　胡炜
【全国第二届百名华侨华人专业人士
　　"杰出创业奖" 1 人】
　　章桐
【全国价格监管服务先进个人 1 人】
　　蔡军
【中国红十字工作者荣誉证章 2 人】
　　朱培令　李海青
【第一届全国未成年人思想道德建设
　　先进工作者 1 人】
　　戴利明
【全国孔庙保护先进个人 1 人】
　　齐春明
【"中华颂——国庆 60 周年全国群众
　　文化美术书法大展" 金奖 1 人】
　　张波
【全国安全生产监管、煤矿安全监察先
　　进个人 1 人】
　　潘金根
【全国质监系统"质量和安全年"活动
　　先进个人 1 人】
　　王国庆
【全国侨联系统先进个人 1 人】
　　杨莉萍
【全国"安康杯"竞赛先进个人 1 人】
　　齐鹏
【全国贯彻落实《城市居民委员会组织
　　法》先进个人 1 人】
　　张锦良

【2007～2009 年度上海市劳动模范、先
　　进工作者 22 人】
　　马建雄　石永明　卢雪林
　　刘国平　李俭　李玮
　　朱顺忠　张潮　张德明
　　余峰　周云华　赵静
　　赵国芳　赵宗泉　钟培松
　　俞正新　姚培娟　顾静嫩
　　顾薇华　高康　陶锦元
　　戴岱元
【上海市"白玉兰"纪念奖 2 人】
　　雷星湖　郑洁亮
【上海市重点工程实事立功竞赛记功
　　个人 1 人】
　　郁志良
【上海市老年维权十大标兵律师 1 人】
　　顾希希
【上海市民族团结进步优秀个人 1 人】
　　吴国平
【上海市社区侨务工作先进个人 2 人】
　　孙莉霞　龚丽亚
【上海市"扫黄打非"工作先进个人 1
　　人】
　　王民杰
【上海市质量技术监督局食品生产监
　　督管理工作先进个人 2 人】
　　朱加龙　邵晓东
【上海市质量技术监督局计量工作先
　　进个人 1 人】
　　周奕
【上海市质量技术监督局标准化工作
　　先进个人 1 人】
　　李勇
【2008～2009 年度"上海市职工信赖的
　　经营（管理）者" 5 人】
　　陆永泉　张锡森　魏中浩
　　张英　吴恙

【上海市"用户满意服务明星个人" 3
　　人】
　　宣红　陈婷婷　龚梅辉
【上海市五一巾帼奖（个人） 1 人】
　　单东萍
【上海市心系女职工好领导 1 人】
　　吴恙
【全国"安康杯"竞赛（上海赛区）先进
　　个人 3 人】
　　吴志明　蔡朝沪　尹成进
【上海市优秀侨联联络员 6 人】
　　杜幼平　姚建红　凌慧萍
　　陈国政　王仁子　朱健
【上海市老龄工作先进个人 1 人】
　　陈阳

先进集体

【全国和谐社区建设示范单位 1 个】
　　嘉定区
【全国城乡社区建设宣传工作地县先
　　进单位 1 个】
　　嘉定区
【全国白内障无障碍区 1 个】
　　嘉定区
【全国三八红旗集体 1 个】
　　区中心医院急诊护理组
【全国示范家长学校 1 个】
　　普通小学家长学校
【全国民族团结进步模范社区 1 个】
　　真新街道
【全国工商行政管理系统商标工作先
　　进集体 1 个】
　　工商嘉定分局
【全国农产品成本调查工作优秀集体 1

个】

区物价局

【2008～2009 年度中国红十字会总会报刊宣传表扬奖 1 个】

区红十字会

【全国红十字青少年防灾避险知识竞赛最佳组织奖 1 个】

区红十字会

【全国书画名家纪念馆联会先进集体 1 个】

陆俨少艺术院

【全国教育系统"祖国万岁"歌咏活动优秀组织奖 1 个】

区教育局

【全国"安康杯"竞赛优胜单位 3 个】

上海嘉实(集团)有限公司

上海保捷汽车零部件锻压有限公司

上海安亭科学仪器厂

【全国"安康杯"竞赛优秀班组 1 个】

沪钱专线班组

【全国"巾帼示范村"1 个】

马陆镇大裕村

【全国贯彻实施《城市居民委员会组织法》先进单位 1 个】

区民政局

【2008～2009 年度上海市网宣工作先进集体 1 个】

区委宣传部

【上海市征兵工作先进单位 1 个】

区人武部

【上海市重点工程实事立功竞赛优秀集体 1 个】

嘉定供电分公司

【上海市优秀律师事务所 1 个】

上海虹桥正瀚律师事务所

【上海市"十佳律师事务所"1 个】

上海虹桥正瀚律师事务所

【上海市"两新"组织"五好"党组织 5 个】

上海天灵开关厂有限公司党支部

美卓造纸机械技术(上海)有限公司党委

上海新翔建设工程有限公司党支部

上海市轻纺集团有限公司党支部

上海嘉定水务工程设计有限公司党支部

【上海市社区侨务工作先进单位 1 个】

新成路街道

【上海市"世界急救日"现场初级急救技能决赛(社区组)一等奖 1 个】

区红十字会

【上海市文化执法系统先进单位 1 个】

区文化行政执法大队

【上海市文化市场管理奖 1 个】

区文化市场管理所

【2007～2009 年度上海市模范集体 6 个】

江桥镇太平村新村民管理小组

飞利浦灯具(上海)有限公司产品开发部

上海杰宝大王企业发展有限公司二车间南厂区枪柜生产小组

上海贯裕能源科技有限公司车用动力电池研发项目组

嘉定区轨道交通前期工作总指挥部办公室

公安嘉定分局叶城派出所

【上海市高雅艺术优秀剧场 1 个】

嘉定影剧院

【第六届上海教育博览会展示风采奖 1 个】

区教育局

【上海市中小学生识险避险自救互救知识技能展示活动一等奖 1 个】

区教育局

【上海市未成年人思想道德建设工作先进单位 1 个】

区教育局

【上海市"星光计划"第三届中等职业学校技能大赛特别贡献奖 1 个】

区教育局

【上海市质量技术监督局"质量和安全年"活动先进集体 1 个】

区质监局

【上海市质量技术监督局产品质量监督工作先进集体 1 个】

区质监局

【上海市质量技术监督局行政打假工作先进集体 1 个】

区质监局

【上海市质量技术监督局食品生产监督管理工作先进集体 1 个】

区食品生产监督所

【上海市工会组建工作先进单位 1 个】

区总工会

【2008～2009 年度"上海市推动劳动关系和谐企业创建活动先进单位"2 个】

区总工会

安亭镇

【上海市和谐劳动关系创建活动示范单位 3 个】

上海亚尔光源有限公司

飞利浦灯具(上海)有限公司

上海医药嘉定药业有限公司

【上海市工资集体协商工作示范单位 2 个】

嘉定公共交通有限公司

重机(上海)工业有限公司

【2008～2009 年度"上海市职工最满意企(事)业单位"5 个】

上海安亭科学仪器厂

上海连成(集团)有限公司

上海爱普香料有限公司

上海遐和时装有限公司

禹辉(上海)转印材料有限公司

【上海市"模范职工之家"14 个】

上海大众经济城发展中心工会

重机(上海)工业有限公司工会

上海南亚覆铜箔板有限公司工会

上海连成(集团)有限公司工会

华荣集团有限公司工会

上海台安工程实业有限公司工会

上海遐和时装有限公司工会

禹辉(上海)转印材料有限公司工会

上海天灵开关厂有限公司工会

嘉定公共交通有限公司工会

区委组织部机关工会

区财政局工会

区中医医院工会

外冈小学工会

【上海市"模范职工小家"2 个】

上海维娜斯洁具有限公司总装科工会小组

上海东方汽配城有限公司物业班工会小组

【上海市迎世博宣传教育贡献奖 1 个】

区总工会

【上海市"用户满意服务明星班组"5 个】

上海中瑞物流有限公司淘宝项目部

嘉定镇街道社区卫生服务中心门诊护理组

区红十字会少儿基金管理办公室

上海医药嘉定大药房连锁有限公司嘉中药房

区图书馆读者服务部

【上海市五一巾帼奖(集体)1 个】

嘉定工业区总工会女职工委员会

【全国"安康杯"竞赛(上海赛区)优胜单位 5 个】

上海南亚覆铜箔板有限公司

飞利浦灯具(上海)有限公司

上海雷诺尔电气有限公司

上海曒城环境卫生服务有限公司

上海市轻纺市场经营管理有限公司

【全国"安康杯"竞赛（上海赛区）优秀班组6个】

上海弘安汽车配件厂2V生产班组

上海贝通化工科技有限公司着色体部

上海复建包装有限公司流水线班组

上海安易捷化工物流有限公司装卸作业组

上海爱普生磁性器件有限公司设备部工机班组

上海恒通机动车驾驶员培训有限公司办证组

【全国"安康杯"竞赛（上海赛区）优秀组织单位3个】

江桥镇总工会

安亭镇总工会

区交通运输管理局工会

【上海市工会经审工作规范化建设标准考核特等奖1个】

区总工会经审会

【2008～2009年度上海工会职工援助服务分中心创优考评优胜单位2个】

安亭镇职工援助服务分中心

马陆镇职工援助服务分中心

【上海工会财务竞赛优秀奖1个】

区总工会

【上海市第三批"特色侨之家"2个】

徐行镇

新成路街道

【上海市老龄工作先进单位2个】

区老龄工作委员会办公室

区老年人艺术协会

【"迎世博600天"上海市巾帼文明示范岗2个】

上海迎新保洁服务有限公司清扫组

区投资服务和办证办照中心经委（商务委）窗口

【2009年度嘉定区精神文明"十佳"好·人好事】

送医送药暖人心　德技双馨名实归

安亭镇　　　　　　　　丁　倩

关心员工亲如兄　热心公益做表率

马陆镇　　　　　　　　孟宪武

致富不忘仁义心　尊老敬老撒真情

江桥镇　　　　　　　　黄志昌

管东管西不管己　真情真心受人敬

外冈镇　　　　　　　　陈永康

乐当居民宣讲员　愿做社区守护神

华亭镇　　　　　　　　丁文生

免费理发送上门　争做文明上海人

嘉定镇街道

　　　　　　花样年华美容美发店员工

年轻教师播爱心　细微之处见真情

真新街道　　　　　　　王　萍

普通教工热公益　可贵精神育后人

区教育局　　　　　　　孙和平

艺术老人展青春　文艺巡演迎世博

区民政局　　　区老年人艺术协会

五旬民警显警威　公交车上擒窃贼

公安嘉定分局　　　　　叶永昌

干 部 名 录

编辑　孙培兴

区领导班子和各镇（街道）、各部门、区直属事业单位及群众团体干部名录

【中共嘉定区四届委员会书记、副书记、常委、委员、候补委员】

书　　　记	金建忠(2007.1~)	
副　书　记	孙继伟(2007.1~)	
	曹一丁(正局,2007.1~)	
常　　　委	张　敏(2007.1~)	
	汪紫俊(2007.1~)	
	赵丹妮(女,2007.1~2009.1)	
	胡　炜(2007.1~)	
	韩晓玉(女,2007.1~)	
	徐　斌(2007.1~)	
	贝晓曦(2007.1~)	
	庄木弟(2007.1~)	
	周金林(2009.4~)	

委　　　员（按姓氏笔画为序）

王其明(2007.1~)
甘建樑(2007.1~)
严菊明(2007.1~)
李贵荣(2007.1~)
吴　斌(2009.7~)
张德祺(2007.1~)
张黎平(2007.1~)
陆建强(2007.1~)
陆奕绎(2007.1~)
陈士维(2007.1~)
邵林初(2007.1~2009.6)
郁建华(2007.1~)
周上游(2007.1~)
周关东(2007.1~)

赵　明(2007.1~)
费小妹(女,2007.1~)
唐　忠(2007.1~)
章　华(2007.1~)
傅一峰(2007.1~)

候补委员　吴　斌(2007.1~2009.7)
杨正球(2007.1~)
郑艳辉(女,2007.1~)
袁　航(2007.1~)
吴建军(2007.1~)
孙　伟(女,2007.1~)

【中共嘉定区纪律检查委员会书记、副书记、常委、室主任、纪检员、调研员】

书　　　记	韩晓玉(女,2006.11~)	
副　书　记	陆　晞(2007.5~)	
	柏永明(2003.1~)	
常　　　委	许莉萍(女,2007.1~)	
	李　倩(女,2007.1~)	
	汪巍忠(2007.1~)	
	童伟跃(2007.1~)	
办公室主任	童伟跃(2004.11~)	
案件检查室主任	汪巍忠(2004.11~)	
审理法规室主任	顾颖健(女,2009.8~)	
纠风室主任	徐旭峰(2009.8~)	
党风廉政室主任	李　倩(女,2007.6~)	
信访室主任	许莉萍(女,2006.11~2009.11)	
	李　震(2009.11~)	
宣传教育室主任	邵启胜(2009.8~)	
纪　检　员	万伟忠(2002.9~)	
	周进发(2004.4~)	
	李　震(2007.6~2009.11)	
	孙　莉(女,2009.11~)	
调　研　员	邱锐昌(2007.2~)	
副调研员	邵启胜(2006.10~2009.8)	

【中共嘉定区委所属机构负责人、调研员】

区委办公室

主　　任　陆奕绎(2006.12～)

副　主　任　陆俊超(正处,2003.3～)

　　　　　　何志军(2007.3～)

　　　　　　陆建新(2009.2～)

　　　　　　李　超(2009.8～)

　　　　　　吴伟民(2009.11～)

副 调 研 员　余永华(2007.3～)

区委党的建设工作领导小组办公室

专职副主任　徐红斌(2009.8～)

区委机要局

局　　长　王晓华(副处,2007.3～)

区档案局(地方志办公室、档案馆)(2009年2月列入区委
　　系列,归口区委办管理)

局　　　长　蔺乐平(2007.7～)

副 局 长　高加明(1993.6～)

　　　　　　沈越岭(女,2006.5～)

主　　任　蔺乐平(2007.7～)

副　主　任　张建华(2004.12～)

馆　　　长　蔺乐平(2007.7～)

副 馆 长　沈越岭(女,2001.12～)

调 研 员　汤惠明(2004.11～2009.3)

　　　　　　朱德兴(2007.6～)

副 调 研 员　陈启宇(2004.11～)

区委组织部

部　　　长　汪紫俊(2001.12～)

副 部 长　王建新(正处,2002.6～)

　　　　　　朱明荣(1996.4～)

　　　　　　沙建秋(2007.3～)

　　　　　　金伟荣(正处,援滇,2007.4～2009.8)

　　　　　　范意萍(女,正处,2009.8～)

组 织 员　王国忠(2007.5～)

　　　　　　王宇伟(女,2007.5～)

　　　　　　魏晓栋(2008.12～)

　　　　　　姚　芳(女,2009.8～)

区社会工作党委

书　　记　沙建秋(2007.6～)

副　书　记　金立新(2007.6～)

区编办(2009年2月,与区委组织部合署)

主　　任　朱明荣(2009.2～)

区委党史研究室

主　　任　金林泉(1998.12～)

副　主　任　张明强(2009.11～)

区党代会代表联络工作办公室

主　　任　唐　军(女,2009.8～)

区委宣传部

部　　　长　赵丹妮(女,2003.1～2009.1)

　　　　　　周金林(2009.4～)

副 部 长　姚　伟(2003.12～2009.9)

顾惠清(2007.5～)

许燕华(女,2009.9～)

朱鸿召(正处,2008.12～2009.9)

燕小明(兼,2009.11～)

宣 传 员　宗解宝(1996.12～)

　　　　　　石中军(2007.3～)

调 研 员　雷瑉梓(2007.5～2009.4)

　　　　　　朱　健(女,2009.8～)

副 调 研 员　杨祖柏(2006.10～)

区精神文明建设委员会办公室

主　　任　顾惠清(2007.5～)

副　主　任　徐　嵘(2004.11～)

区委统战部

部　　　长　张　敏(2003.1～)

副 部 长　宋惠明(2003.5～)

　　　　　　甘永康(2006.11～)

　　　　　　杨莉萍(女,2007.6～)

　　　　　　陈蕴珠(女,兼,2008.12～)

区委台湾工作办公室(挂区政府台湾事务办公室牌子)

主　　任　宋惠明(2005.9～)

区社会主义学院

院　　　长　张　敏(兼,2009.2～)

常务副院长　甘永康(兼,2009.2～)

副 院 长　周建华(2008.12～)

区委政法委员会

书　　记　贝晓曦(兼,2006.12～)

副　书　记　邵林初(兼,2007.2～2009.6)

　　　　　　李贵荣(兼,2007.2～)

　　　　　　沈绍裘(2006.11～)

　　　　　　赖浪平(正处,2006.4～)

　　　　　　王　浙(正处,2008.6～)

调 研 员　姚其明(2004.11～)

　　　　　　阮永桃(2006.11～)

区委老干部局

局　　　长　黄正德(2008.7～)

副 局 长　邓苏嘉(女,回族,2007.7～)

副 调 研 员　周　伟(2007.7～)

区级机关党工委

书　　记　魏滨海(2007.5～)

副　书　记　陈彩兴(2004.11～)

调 研 员　朱汉成(2007.5～)

区委政策研究室

主　　任　冯卫星(2003.12～)

副　主　任　吴伟民(2009.11～)

　　　　　　张　旗(女,2003.11～)

　　　　　　诸　宏(2006.5～)

副 调 研 员　汤金涛(2008.7～)

区委、区政府信访办公室(与区督解办合署)

主　　任　汪志平(2007.6～)

副　主　任　徐遐蓉(女,2001.10～)

陈　刚(2008.7～2009.12)
袁　军(2009.12～)
沈元雄(2009.12～)
调 研 员　陈品良(2008.7～)
区督解办
主　　任　徐遐蓉(女,2005.5～)
中国人民解放军上海市嘉定区人民武装部
政 治 委 员　武建斌(2006.12～)
部　　长　胡　炜(2001.10～)
副 部 长　楼陆建(2006.3～)
区委党校
校　　长　曹一丁(兼,2004.1～)
常务副校长　金林泉(正处,2001.12～)
副 校 长　王建新(兼,2007.3～)
金友良(2007.3～)
调 研 员　宗小时(2007.3～)
区委保密委员会
主　　任　贝晓曦(兼,2006.12～)
副 主 任　邵林初(兼,2007.2～2009.6)
陆奕绎(兼,2005.9～)
赵志坚(兼,2006.12～)
刘　鸣(兼,2004.3～2009.10)
徐　骏(兼,2009.10～)
办公室主任　杜惠敏(1997.4～)
区委防范和处理邪教问题领导小组办公室、区防范和处理
邪教问题办公室
主　　任　韦战锋(2006.12～)
副 主 任　彭黛耘(女,2006.12～)
副调研员　李培林(2007.11～)

【中共嘉定区委下属党委(党工委、党组、直属党总支)书记、副书记】
区四届人大常委会党组
书　　记　陈士维(2007.1～)
副 书 记　沈贵楚(2007.1～)
区政府党组
书　　记　孙继伟(2006.9～)
副 书 记　徐　斌(2007.1～)
区四届政协党组
书　　记　周关东(2007.1～)
副 书 记　张　敏(2007.1～)
中共中国人民解放军上海市嘉定区人民武装部委员会
第 一 书 记　金建忠(兼,2006.11～)
书　　记　武建斌(2007.2～)
副 书 记　胡　炜(2001.10～)
区委党校党总支
书　　记　金林泉(2001.12～)
区法院党组
书　　记　章　华(2006.11～)
区检察院党组

书　　记　陆建强(2004.1～)
区总工会党组
书　　记　范意萍(女,2006.10～2009.8)
金伟荣(2009.8～)
团区委党组
书　　记　汤　艳(女,2008.7～)
区妇联党组
书　　记　郑艳辉(女,2005.9～)
区科委、科协党组
书　　记　赵　杰(2008.12～)
区工商联党组
书　　记　陈蕴珠(女,2008.12～)
区侨联党组
书　　记　杨莉萍(女,2005.9～2009.11)
区残联党组
书　　记　何　蓉(女,2006.11～2009.8)
副 书 记　王建平(2009.8～)
区红十字会党组
书　　记　王晓燕(女,2008.12～)
区档案局(地方志办公室、档案馆)党组(2009年2月列入
区委系列)
书　　记　蔺乐平(2007.6～)
区发展改革委党组
书　　记　孙　伟(女,2006.12～)
区国资委党委
书　　记　汪紫俊(兼,2005.9～2009.2)
梅旭江(2009.2～)
副 书 记　杨正球(2006.12～)
肖惠方(正处,2005.9～2009.5)
沈　杰(2009.11～)
区经济党工委(2009年2月成立新的区经济党工委)
书　　记　张才强(2004.11～2009.2)
陈　旭(2009.2～)
副 书 记　朱健民(2006.10～)
朱　敏(女,2006.11～)
区粮食局党组
书　　记　陈　旭(2005.9～2009.2)
沈　硕(2009.2～)
区旅游局党组(2009年2月实行机构单列)
书　　记　封建华(女,2009.2～)
区对外经济委员会党组(2009年2月撤销)
书　　记　梅旭江(2005.9～2009.2)
区农业党工委
书　　记　沈飞龙(1998.5～)
副 书 记　徐叶根(2001.11～)
王庆平(2004.2～)
区建设交通党工委
书　　记　王其明(2004.11～)
副 书 记　陆曙华(2005.9～)
肖惠兴(2008.7～)

区交通运输管理局党委(2009年2月更名,原为区交通管理局党委)

书　记	唐忠云(2005.5~)	
副书记	陈　彪(2004.2~)	
	徐虓军(2004.2~)	

区信息委党组(2009年2月撤销)

书　记　洪佩军(2007.3~2009.2)

区人口和计生委党组

书　记　许燕华(女,2006.11~2009.8)

　　　　何　蓉(女,2009.8~)

区公安分局党委

书　记　李贵荣(2006.12~)

副书记　曹声伟(2006.12~2009.7)

　　　　季　平(2009.7~)

区国家安全分局党委

书　记　刘　鸣(2004.3~2009.10)

　　　　徐　骏(2009.10~)

区司法局党组(2009年2月撤销)

书　记　吴建军(2007.5~2009.2)

区司法局党委(2009年2月成立)

副书记　吴建军(2009.2~,主持党委工作)

　　　　潘定生(2009.2~)

区人事局党组(2009年2月撤销)

书　记　朱明荣(1999.12~2009.2)

区劳动和社会保障局党组(2009年2月撤销)

书　记　陈　技(2005.5~2009.2)

区人力资源社会保障局党委(2009年2月成立)

书　记　娄庆梅(女,2009.2~)

副书记　陈　技(2009.2~)

　　　　毛家焕(2009.2~)

区民政局党委

书　记　归华芳(女,2006.11~)

副书记　张　潮(1998.5~)

　　　　郁　标(2008.12~)

区财政局党组

书　记　周上游(2005.9~)

区审计局党组

书　记　郑　红(女,2006.12~)

区统计局党组

书　记　王月新(2006.12~)

区教育局党委

书　记　张连龙(2007.5~2009.8)

　　　　姚　伟(2009.8~)

副书记　毛长红(2001.12~)

　　　　朱　灵(女,2007.7~)

区卫生局党委

书　记　顾惠文(女,2006.12~)

　　　　陈　宾(援藏,2007.4~)

副书记　郑益川(2005.9~)

　　　　方云芬(女,2008.8~)

区文化广播影视管理局党委(2009年2月更名,原为区文化广播电视管理局党委)

书　记　燕小明(兼,2006.12~)

副书记　郭洪其(2006.12~)

区体育局党组

书　记　杨　阳(2006.11~)

区绿化市容管理局党委(2009年2月更名,原为区市政局党委)

书　记　王庆德(2003.12~)

副书记　张家平(2001.12~)

　　　　严伟中(2005.9~)

区环保局党组

书　记　桑健明(2005.5~)

区规划局党组(2009年2月撤销)

书　记　陈　曦(2004.11~2009.2)

区房地局党委(2009年2月撤销)

书　记　温大健(2007.6~2009.2)

副书记　谢志音(2006.12~2009.2)

　　　　金　跃(2004.2~2009.2)

区规划土地局党委(2009年2月成立)

书　记　温大健(2009.2~)

副书记　陈　曦(2009.2~)

　　　　金　跃(2009.2~)

区住房保障房屋管理局党组(2009年2月成立)

书　记　谢志音(2009.2~)

区水务局党委

书　记　葛方浩(2001.12~2009.11)

副书记　汪金其(2001.12~)

　　　　赵鑫宝(2005.9~)

区安全生产监督管理局党组

书　记　陆建林(2005.2~)

区民防办党组

书　记　袁俊健(2006.11~)

区投资服务和办证办照中心党委

书　记　钱　力(2006.11~)

区税务分局党组

书　记　沈　敏(女,2001.6~2009.5)

　　　　楼忠民(2009.12~)

区工商分局党委

书　记　陈彦峰(2008.2~)

副书记　林海涵(2005.8~2009.4)

　　　　赵明华(2009.6~)

区质量技术监督局党组

书　记　王国庆(1998.7~)

副书记　金　龙(2005.3~)

区食品药品监督管理分局党组

书　记　丁耀臣(2007.10~)

【嘉定区四届人大常委会主任、副主任、委员】(2007.1~)

主　任　陈士维(2007.1~)

副 主 任 沈贵楚(2003.3~)
张国民(2006.7~)
王庆建(女,2007.1~)
余卓平(不驻会,2007.1~)
委 员(按姓氏笔画为序)
王纪明(2007.1~)
王建新(2007.1~)
卞亚芳(女,2007.1~)
朱宁宁(2007.1~)
朱楚龙(2007.1~)
汤 艳(女,2007.1~)
关宇辉(女,满族,2007.1~)
纪德法(2007.1~)
李向东(2007.1~)
何向东(2007.1~)
张伟良(2007.1~)
陈湛匀(2007.1~2009.9)
武建斌(2008.1~)
范意萍(女,2007.1~2009.11)
金建元(2007.1~)
郑艳辉(女,2007.1~)
倪建平(2007.1~)
徐秀龙(2007.1~)
唐解颐(2007.1~)
潘乐明(2007.1~)
潘志荣(2007.1~)

【嘉定区人大常委会工作委员会负责人、调研员】
内务司法工作委员会
主 任 关宇辉(女,满族,2007.1~)
财政经济工作委员会
主 任 王纪明(2006.12~)
副 主 任 许 音(女,2006.7~)
教科文卫工作委员会
主 任 朱楚龙(2007.1~)
华侨民族宗教事务工作委员会(2009年9月增设,与教科
文卫工作委员会合署)
副 主 任 顾建清(2009.11~)
城建和环保工作委员会
主 任 金建元(2006.12~)
副 主 任 周 敏(正处,2008.12~)
人事代表工作委员会
主 任 卞亚芳(女,2007.1~)
副 主 任 王建新(兼,2007.1~)
张骞倩(女,2008.12~)
办公室
主 任 潘志荣(2004.12~)
副 主 任 杭永兴(2003.8~)
杨昌盛(苗族,2004.12~)
研究室

副 主 任 谢 恩(2005.10~)
肖拥军(2006.12~)
调 研 员 张正龙(2003.6~)

【嘉定区人民政府区长、副区长、副局级巡视员】
区 长 孙继伟(2007.1~)
副 区 长 徐 斌(2006.12~)
庄木弟(2003.1~)
夏以群(女,2002.1~)
邵林初(2003.1~2009.6)
费小妹(女,2006.12~)
李贵荣(2006.12~)
倪耀明(2009.9~)
副 巡 视 员 陆明华(2006.12~)

【嘉定区人民政府所属各部门负责人、调研员】
区编制委员会(2009年2月区编办与区委组织部合署)
主 任 孙继伟(兼,2007.10~)
副 主 任 汪紫俊(兼,2003.5~)
徐 斌(兼,2007.10~)
办公室主任 朱明荣(2007.10~2009.2)
区社会治安综合治理委员会
主 任 贝晓曦(兼,2006.12~)
副 主 任 邵林初(兼,2007.2~2009.6)
王庆建(女,兼,2009.9~)
李贵荣(兼,2006.12~)
倪耀明(兼,2009.9~)
章宇慧(女,兼,2009.9~)
章 华(兼,2009.9~)
陆建强(兼,2009.9~)
沈绍裘(2006.11~)
吴建军(兼,2009.9~)
办公室主任 沈绍裘(2006.11~)
副 主 任 宗毅华(2007.5~)
倪政一(2007.7~)
区政府办公室
主 任 赵志坚(2006.12~)
副 主 任 叶晓华(正处,2009.1~)
杨海龙(2005.10~)
赵晓波(2006.5~)
沈 燕(女,2006.10~)
陈 钢(2006.12~)
滕 云(2007.3~)
副调研员 郁文杰(2001.9~2009.8)
区政府法制办公室
主 任 赵志坚(兼,2006.12~)
副 主 任 刘 勤(女,2003.11~)
区政府外事办公室
主 任 赵志坚(兼,2006.12~)
副 主 任 倪 琴(女,2007.3~)

区政府接待办公室
主　　　任　倪　琴(女,兼,2007.3~2009.3)
　　　　　　顾春华(2009.3~)
区政府合作交流办公室
主　　　任　陶维平(正处,2009.1~)
副　主　任　顾春华(2009.3~)
驻京办主任　杜文明(副处,2006.10~2009.12)
　　　　　　徐崧鹏(副处,2009.12~)
调　研　员　滕启和(2005.12~)
　　　　　　张宏兴(2008.12~)
区政府新闻办
主　　　任　姚　伟(兼,2004.2~2009.9)
　　　　　　许燕华(女,兼,2009.9~)
副　主　任　赵俊明(2005.6~)
区机关事务管理局
局　　　长　蔡国荣(2005.6~)
副　局　长　胡加明(2002.10~)
　　　　　　沈建民(2005.10~)
副调研员　芮永兴(2006.02~)
区发展改革委员会
主　　　任　孙　伟(女,2006.12~)
副　主　任　庄明秋(2003.11~)
　　　　　　张玉利(2005.10~)
　　　　　　马　梅(女,2006.1~2009.6)
　　　　　　朱建明(援疆,2008.6~)
　　　　　　王大勇(2008.8~)
　　　　　　姚轶力(2009.9~)
调　研　员　杨德林(2008.12~)
副调研员　赵贤德(2004.11~2009.5)
区物价局
局　　　长　庄明秋(2009.1~)
副　局　长　周黎明(1995.12~)
副调研员　陈培林(2008.8~)
区国资委
主　　　任　杨正球(2006.12~)
副　主　任　沈　杰(2009.12~)
　　　　　　张嘉辉(2006.12~)
　　　　　　张雪华(2007.4~)
区管企业专职董事监事管理中心
主　　　任　陈晓东(2005.9~)
区经济委员会(2009年2月成立新的区经济委员会)
主　　　任　朱健民(2006.10~)
副　主　任　陈　旭(正处,2005.10~2009.2,兼区粮食局
　　　　　　　　局长)
　　　　　　封建华(女,正处,2005.10~2009.2,兼区旅
　　　　　　　　游事业管理局局长)
　　　　　　沈　硕(正处,2009.3~兼区粮食局局长)
　　　　　　肖　伟(2005.10~)
　　　　　　陈惠芬(女,2008.8~)
　　　　　　沈　杰(2009.3~)

　　　　　　潘晓红(女,2009.3~)
　　　　　　吴文华(2009.3~)
调　研　员　王胜初(2005.9~2009.5)
　　　　　　张才强(2009.2~)
副调研员　韩正兴(2009.2~)
区粮食局
局　　　长　陈　旭(1999.10~2009.2)
　　　　　　沈　硕(2009.3~)
副　局　长　李守康(2007.9~)
区酒类专卖局
局　　　长　韩正兴(2003.1~2009.2)
区旅游局(2009年2月实行机构单列)
局　　　长　封建华(女,2005.10~)
　　　　　　袁　浩(2007.6~)
　　　　　　朱建忠(2009.3~)
调　研　员　王胜初(2009.5~)
区对外经济委员会(2009年2月撤销)
主　　　任　梅旭江(2005.10~2009.2)
副　主　任　潘晓红(女,2007.1~2009.2)
　　　　　　沈　杰(2008.8~2009.2)
　　　　　　吴文华(2008.8~2009.2)
区招商局(2009年2月撤销)
局　　　长　梅旭江(2006.8~2009.2)
副　局　长　沈　杰(2005.1~2009.2)
区农业委员会
主　　　任　徐叶根(2001.10~)
副　主　任　梁东红(2004.12~)
　　　　　　朱建忠(2006.2~)
　　　　　　陈建明(2007.9~)
副调研员　孙正祥(2002.4~2009.2)
　　　　　　步达明(2002.4~)
　　　　　　陆明干(2002.4~)
　　　　　　陈爱国(2003.12~2009.9)
　　　　　　朱永方(2003.12~)
　　　　　　张　悦(2004.11~2009.6)
　　　　　　沈建中(2004.11~2009.8)
　　　　　　徐建国(2009.8~)
区建设交通委员会
主　　　任　陆曙华(2006.4~)
副　主　任　潘玉龙(2003.5~)
　　　　　　李　华(2005.1~)
　　　　　　沈邵军(2006.1~)
　　　　　　严亚明(2009.3~2009.6)
　　　　　　赵　刚(援滇,2009.6~)
　　　　　　任少杰(2009.9~)
副调研员　明恒华(2005.9~)
区交通运输管理局(2009年2月更名,原为区交通管理局)
局　　　长　陈　彪(2004.3~)
副　局　长　陆　凤(女,2005.10~)
　　　　　　顾雪跃(2007.3~)

调 研 员　严林兴(2005.1～)

副调研员　赵　军(2007.3～)

区科学技术委员会(2009年2月成立新的区科学技术委员会)

主　　　任　赵　杰(2007.9～2009.2)

　　　　　　洪佩军(2009.2～)

副 主 任　郑东曙(2001.12～)

　　　　　　凌旭峰(2009.3～2009.9)

　　　　　　周　健(2009.3～)

　　　　　　陆荣荣(2006.1～2009.2)

调 研 员　汤洪良(2008.12～)

　　　　　　王隆泉(2009.2～)

副调研员　金龙强(2009.2～)

区信息化委员会(2009年2月撤销)

主　　　任　洪佩军(2007.3～2009.2)

副 主 任　凌旭峰(2006.1～2009.2)

调 研 员　王隆泉(2004.7～2009.2)

区人口和计划生育委员会

主　　　任　许燕华(女,2006.12～2009.9)

　　　　　　何　蓉(女,2009.9～)

副 主 任　邓惠娟(女,2003.11～)

区监察局(2009年2月更名,原为区监察委员会)

局　　　长　陆　晞(2007.7～)

副 局 长　朱琴芬(女,2000.12～2009.9)

　　　　　　许莉萍(女,2007.4～)

　　　　　　徐旭峰(2009.9～)

监察综合室主任　朱琴芬(女,2001.3～2009.9)

　　　　　　许莉萍(女,2009.12～)

区公安分局

局　　　长　李贵荣(兼,2006.12～)

政　　　委　曹声伟(2006.12～2009.7)

　　　　　　季　平(2009.7～)

副 局 长　夏玉山(正处,2005.5～2009.7)

　　　　　　张树纯(正处,2001.1～2009.7)

　　　　　　邓荣平(2008.11～)

　　　　　　孟　民(2007.2～)

　　　　　　陈　琦(2009.5～)

　　　　　　刘　为(2008.11～)

调 研 员　陆万庆(2006.8～)

　　　　　　夏玉山(2009.7～)

　　　　　　张树纯(2009.7～)

区国家安全分局

局　　　长　刘　鸣(2004.3～2009.10)

　　　　　　徐　骏(2009.10～)

区司法局

局　　　长　吴建军(2007.7～)

副 局 长　浦忠明(2006.5～)

　　　　　　陶　京(女,2006.8～)

　　　　　　徐胜祥(2007.6～)

调 研 员　汤仲良(2007.5～)

区人事局(2009年2月撤销)

局　　　长　朱明荣(1999.2～2009.2)

副 局 长　娄庆梅(女,2003.7～2009.2)

　　　　　　甘晓兵(2007.3～2009.2)

区劳动和社会保障局(2009年2月撤销)

局　　　长　陈　技(2005.6～2009.2)

副 局 长　吴顺民(2006.5～2009.2)

　　　　　　沈洪明(2007.6～2009.2)

调 研 员　潘维丰(2005.5～2009.2)

副调研员　杨翼飞(2007.5～2009.2)

　　　　　　许伟民(2008.8～2009.2)

区人力资源和社会保障局(2009年2月成立)

局　　　长　陈　技(2009.2～)

副 局 长　娄庆梅(女,正处,2009.3～)

　　　　　　甘晓兵(2009.3～)

　　　　　　吴顺民(2009.3～)

　　　　　　沈洪明(2009.3～)

调 研 员　潘维丰(2009.2～2009.4)

副调研员　杨翼飞(2009.2～)

　　　　　　许伟民(2009.2～)

区民政局

局　　　长　张　潮(1998.5～)

副 局 长　郁　标(2004.4～2009.1)

　　　　　　郁　标(2009.1～兼区社团管理局局长)

　　　　　　沈浩平(2006.12～)

　　　　　　刘　浩(2009.1～)

　　　　　　李广奇(2009.1～)

调 研 员　施久梁(2006.11～)

副调研员　杨玉勇(2004.11～)

　　　　　　胡丁捷(2008.12～)

　　　　　　董泽林(2008.12～)

　　　　　　邱裕春(2009.12～)

区财政局

局　　　长　周上游(2005.10～)

副 局 长　卢　伟(1999.2～)

　　　　　　张　枫(2003.7～)

　　　　　　周永平(援疆,2008.6～)

　　　　　　刘菊英(女,2008.8～)

副调研员　张炎奎(2006.7～)

区审计局

局　　　长　郑　红(女,2006.12～)

副 局 长　谭思翔(2002.7～)

　　　　　　徐　青(女,2007.3～)

　　　　　　陈兴华(2009.9～)

调 研 员　余宏志(2007.3～)

副调研员　吉峻岭(2006.10～)

　　　　　　任俊山(2009.8～)

区统计局

局　　　长　王月新(2006.12～)

副 局 长　吴雪芬(女,2002.7~)
　　　　　朱　青(2006.12~)
区教育局
局　　　长　毛长红(2001.12~)
副 局 长　张德海(2001.12~)
　　　　　俞勇彪(2003.11~)
　　　　　朱　芳(女,2006.8~)
调 研 员　张连龙(2009.8~)
副 调 研 员　汪卫平(2008.12~)
区卫生局
局　　　长　郑益川(2005.10~)
副 局 长　陆　璇(女,2007.6~)
　　　　　徐　峰(2005.10~)
　　　　　杨　波(2007.6~)
　　　　　许文忠(2008.8~)
调 研 员　高　翙(2006.12~)
副 调 研 员　严　鸣(2006.10~)
区文化广播影视管理局
局　　　长　燕小明(2005.6~)
副 局 长　王　漪(2001.12~)
　　　　　管育民(2002.10~)
　　　　　姚　强(2006.1~)
调 研 员　王成元(2006.12~)
副 调 研 员　冯连芳(2004.11~2009.12)
区体育局
局　　　长　杨　阳(2006.12~)
副 局 长　宋虹霞(女,2002.7~)
　　　　　宣明华(2006.8~)
　　　　　徐雪平(援藏,2007.6~)
调 研 员　严虎龙(2006.11~)
区绿化市容管理局(2009年2月更名,原为区市政局)
局　　　长　张家平(2001.12~)
副 局 长　王瑞民(2001.12~)
　　　　　张建强(2004.5~)
　　　　　严亚明(2006.2~2009.3)
　　　　　张大棣(正处,2009.1~)
副 调 研 员　王如明(2004.11~2009.7)
区环保局
局　　　长　桑健明(2005.6~)
副 局 长　顾勇国(2005.6~)
　　　　　王永国(2006.12~)
区规划局(2009年2月撤销)
局　　　长　陈　曦(2004.12~2009.2)
副 局 长　管红梅(女,2003.11~2009.2)
　　　　　周建斌(2003.11~2009.2)
　　　　　高雷平(2006.7~2009.2)
区房地局(2009年2月撤销)
局　　　长　谢志音(2006.12~2009.2)
副 局 长　宗　伟(2002.7~2009.2)
　　　　　王肖君(2005.6~2009.2)

　　　　　许俊明(2005.6~2009.2,兼区住宅发展中心主任)
副 调 研 员　周德辉(2004.11~2009.2)
　　　　　何珍瑛(女,2005.5~2009.2)
　　　　　郑英明(2008.12~2009.2)
区规划土地局(2009年2月成立)
局　　　长　陈　曦(2009.2~)
副 局 长　宗　伟(2009.3~)
　　　　　管红梅(女,2009.3~)
　　　　　周建斌(2009.3~)
　　　　　高雷平(2009.3~)
副 调 研 员　何珍瑛(女,2009.2~)
　　　　　张　伟(2009.2~)
区土地储备开发中心
主　　　任　宗　伟(正处,2009.3~)
副 主 任　龚侃侃(2006.2~2009.6)
　　　　　周志良(正处,2009.2~)
　　　　　赵伟刚(2009.11~)
区住房保障房屋管理局(2009年2月成立)
局　　　长　谢志音(2009.2~)
副 局 长　许俊明(2009.3~2009.12兼区住宅发展中心主任)
　　　　　许俊明(2009.3~)
　　　　　王肖君(2009.3~)
　　　　　邵　刚(2009.9~2009.12)
　　　　　邵　刚(2009.11~,兼区住宅发展中心主任)
副 调 研 员　周德辉(2009.2~2009.12)
　　　　　郑英明(2009.2~)
区水务局
局　　　长　汪金其(2001.12~)
副 局 长　陈　周(2001.12~)
　　　　　浦浩东(2006.12~)
　　　　　陈　波(2009.9~)
区安全生产监督管理局
局　　　长　陆建林(2004.12~)
副 局 长　李建忠(2002.7~)
　　　　　顾忠宝(2008.12~)
　　　　　肖建忠(2009.1~)
区人民防空办公室
主　　　任　袁俊健(2006.12~)
副 主 任　周金平(2005.10~)
　　　　　刘忠(2002.10~)
　　　　　朱苏(2004.3~)
调 研 员　席平阶(2006.11~)
　　　　　孙敏理(2008.10~)
区政府台湾事务办公室
主　　　任　宋惠明(2003.5~)
副 主 任　黄家善(2001.12~)
区政府民族和宗教事务办公室

主　　　任　宋惠明(2007.7~)
副 主 任　徐　葵(女,2005.10~)
副 调 研 员　朱兴华(2005.10~)
区政府侨务办公室
主　　　任　杨莉萍(女,2005.10~)
副 主 任　孙运晔(女,2002.1~2009.12)
　　　　　　孟　懿(2009.12~)
副 调 研 员　孙运晔(女,2009.11~)
区地区办
主　　　任　夏　峰(2009.1~)
副 主 任　强仁良(2003.7~)
　　　　　　袁　军(2006.10~2009.12)
　　　　　　陈　钢(2009.12~)
调 研 员　张根兴(2006.9~)
区投资服务和办证办照中心
主　　　任　费小妹(兼,女,2007.2~)
常务副主任　钱　力(正处,2006.12~)
副 主 任　丁根龙(2001.12~2009.9)
　　　　　　秦高荣(正处,2006.12~)
　　　　　　周　超(2004.12~)
　　　　　　杜文明(2009.12~)
区税务分局
局　　　长　沈　敏(女,2001.6~2009.5)
　　　　　　楼忠民(2009.12~)
副 局 长　楼忠民(1995.12~2009.12)
　　　　　　徐仁兴(1997.5~)
　　　　　　王建华(2003.11~2009.11)
　　　　　　宋其峥(2005.4~)
副 调 研 员　龚全芳(2005.9~)
　　　　　　龚孝良(2008.9~)
区工商分局
局　　　长　陈彦峰(2008.2~)
副 局 长　赵明华(1998.9~)
　　　　　　王延枫(2004.12~)
　　　　　　陶　伟(2008.2~)
　　　　　　陈登宇(2009.6~)
调 研 员　金耀祖(2008.2~)
　　　　　　汤建铭(2007.10~)
副 调 研 员　葛利民(2002.9~)
区质量技术监督局
局　　　长　王国庆(1998.7~)
副 局 长　金　龙(1993.6~)
　　　　　　杨叶青(2005.3~)
　　　　　　陈培新(2008.8~)
区食品药品监督管理分局
局　　　长　丁耀臣(2007.5~)
副 局 长　丁　喆(2006.9~)
　　　　　　刘垣升(2007.5~)
副 调 研 员　王小云(女,2005.4~)
区气象局

局　　　长　徐建中(2006.3~)
副 局 长　计浩军(2008.1~)
国际汽车城建设领导小组办公室综合处
处　　　长　万伟龙(2004.12~2009.11)
　　　　　　陆　强(2009.6~)
副 处 长　褚宝忠(2007.9~)
国际汽车城建设工作推进小组
副 组 长　沈兴才(2006.11~2009.2)
嘉定新城B地块市、区联合储备工作筹备小组
组　　　长　许炳炎(2006.10~)

【嘉定区直属事业单位负责人、调研员】
嘉定报社
社　　　长　赵丹妮(女,兼,2003.1~2009.1)
　　　　　　周金林(2009.4~)
总　　　编　朱　健(女,2004.11~2009.9)
副 总 编　黄友斌(2008.7~)
区广播电视台
台　　　长　燕小明(兼,2005.6~2009.11)
　　　　　　管育民(2009.11~)
副 台 长　管育民(兼,2001.12~2009.11)
　　　　　　赵　铭(2004.12~)

【嘉定区政协四届委员会主席、副主席,秘书长、副秘书长,
　　办公室主任、副调研员,专门委员会办公室主任、副主任,
　　常委】(2007.1~)
主　　　席　周关东(2007.1~)
副 主 席　张　敏(2007.1~)
　　　　　　章宇慧(女,2007.1~)
　　　　　　王　漪(不驻会,2007.1~)
　　　　　　朱琴芬(女,不驻会,2007.1~2009.10)
　　　　　　高雷平(不驻会,2007.1~)
秘 书 长　陈建平(2009.1~)
副 秘 书 长　胡　婷(女,2007.1~2009.7)
　　　　　　杨小弟(2009.7~)
　　　　　　张维兴(2007.1~)
常　　　委(按姓氏笔画为序)
　　　　　　马　梅(女,2007.1~2009.6)
　　　　　　王庆德(2007.1~)
　　　　　　王晓松(2007.1~)
　　　　　　包秀银(2009.1~)
　　　　　　毛炯炯(2007.1~)
　　　　　　白岸杨(2007.1~)
　　　　　　刘桂明(2009.1~)
　　　　　　朱　芳(女,2007.1~)
　　　　　　朱建新(2007.1~)
　　　　　　孙　武(2007.1~)
　　　　　　李正秀(2007.1~)
　　　　　　李立寒(2007.1~)

陈蕴珠(女,2008.12~)

周其林(2009.1~)

杨莉萍(女,2007.1~)

宋虹霞(女,2007.1~)

罗豪甦(2007.1~)

季雨生(2007.1~)

秦高荣(2007.1~)

徐 锋(2007.1~)

徐惠明(2007.1~)

梁东红(2007.1~)

嵇人凤(女,2007.1~)

慧 禅(2007.1~)

办公室主任 胡 婷(女,2003.4~2009.7)

杨小弟(2009.7~)

副 主 任 沈 蓉(女,2006.7~)

专门委员会办公室主任 杨小弟(2009.1~2009.7)

王炜芳(女,2009.7~)

调 研 员 胡 婷(女,2009.6~)

副调研员 陈玉明(2006.7~)

陆慕祥(2008.12~)

【嘉定区人民法院院长、副院长】

院 长 章 华(2007.1~)

副 院 长 杨承韬(2005.12~)

陆俊敏(2003.6~)

钱 燕(女,2007.1~)

俞大庆(2007.3~)

副调研员 周器鹏(2003.1~2009.7)

沈考林(2004.11~)

【嘉定区人民检察院检察长、副检察长】

检 察 长 陆建强(2004.10~)

副检察长 沈炜兴(1995.11~2009.11)

王群智(2003.1~)

周红亚(女,2003.1~2009.11)

王忠卫(2005.10~)

周 敏(2009.11~)

方正杰(2009.11~)

【各镇、街道党(工)委书记、副书记】

江桥镇党委

书 记 傅一峰(2006.10~)

副 书 记 张耀光(2003.5~)

田晓余(2006.11~)

黄渡镇党委(2009年6月撤销)

书 记 吴 斌(2006.10~2009.6)

副 书 记 陆 强(2006.10~2009.6)

沈 峰(2006.11~2009.6)

安亭镇党委(2009年6月撤销)

书 记 张黎平(2006.10~2009.6)

副 书 记 李 雪(女,2002.6~2009.6)

肖康元(2006.11~2009.6)

安亭镇党委(2009年6月成立)

书 记 张黎平(2009.6~)

副 书 记 李 雪(女,2009.6~)

荣文伟(2009.6~)

陆 强(2009.6~)

沈 峰(2009.6~)

南翔镇党委

书 记 严菊明(2006.10~)

副 书 记 严健明(2006.11~)

陈 懿(2008.12~)

马陆镇党委

书 记 赵 明(2006.10~)

副 书 记 刘 骏(2006.10~)

金洁民(2006.11~)

外冈镇党委

书 记 唐 忠(2003.12~)

副 书 记 陆晓忠(2003.3~)

陈庆明(2006.11~)

徐行镇党委

书 记 张德祺(2005.5~)

副 书 记 胡明华(2006.10~)

王瑛瑾(女,2006.11~)

华亭镇党委

书 记 钱锦良(2004.11~)

副 书 记 沈培新(2005.5~)

蔡金龙(2003.12~2009.10)

嘉定镇社区(街道)党工委

书 记 甘建樑(2003.1~)

副 书 记 张 锋(2006.10~)

俞 敏(女,2006.11~)

新成路社区(街道)党工委

书 记 卢建明(2000.9~)

副 书 记 徐亚兴(2004.11~)

张丽萍(女,2004.11~)

真新社区(街道)党工委

书 记 王炜芳(女,2001.7~2009.6)

吴 斌(2009.6~)

副 书 记 俞 鑫(2006.10~)

蒋洁民(2003.12~)

菊园新区党工委

书 记 袁 航(2006.10~)

副 书 记 张惠芳(女,2004.11~)

仇建良(2008.7~)

嘉定工业区党工委

书 记 郁建华(2005.5~)

副 书 记 汪 洁(2006.11~)

韩 强(2006.11~)

组织部部长 陈冬梅(女,副处,2008.4～)

宣传部部长 王方文(女,副处,2003.6～)

办公室主任 (暂缺)

嘉定工业区街道筹备组

组　　长 郁建华(2005.5～)

副 组 长 (暂缺)

【各镇镇长、副镇长、人大主席、调研员,街道办事处主任、副主任、区人大代表工委主任】(2006年10月设立街道(嘉定工业区、菊园新区)区人大代表工作委员会)

江桥镇

镇　　长 张耀光(2003.7～)

副 镇 长 匡德华(2006.12～)

　　　　 严建荣(2002.1～)

　　　　 金惠萍(女,2006.12～)

人 大 主 席 沈耀明(2006.12～)

人大副主席 张仲华(2006.12～)

副 调 研 员 顾金荣(2001.10～)

　　　　 黄仁兴(2001.10～)

　　　　 顾正元(2001.10～)

　　　　 葛云根(2001.10～)

　　　　 戴学月(2005.9～)

　　　　 王卫民(2006.10～)

　　　　 陈杏忠(2006.11～)

黄渡镇(2009年6月撤销)

镇　　长 陆　强(2007.1～2009.6)

副 镇 长 沈　飚(2007.1～2009.6)

　　　　 高志明(1999.3～2009.6)

　　　　 徐绮红(女,2006.11～2009.6)

人 大 主 席 俞建忠(2006.11～2009.6)

人大副主席 查家生(2007.1～2009.6)

调 研 员 叶遇华(2006.11～2009.6)

副 调 研 员 张建良(2004.9～2009.6)

　　　　 王建明(2005.9～2009.6)

　　　　 徐红芬(女,2006.1～2009.9)

　　　　 陈焕良(2006.11～2009.6)

安亭镇(2009年6月撤销)

镇　　长 李　雪(女,2007.1～2009.6)

副 镇 长 孙亚明(2002.11～2009.6)

　　　　 王生兴(2002.1～2009.6)

　　　　 赵学飞(2005.1～2009.6)

人 大 主 席 张伟良(2005.1～2009.6)

人大副主席 邱林兴(2007.1～2009.6)

调 研 员 邵秉文(2004.11～2009.5)

副 调 研 员 徐永明(2000.11～2009.6)

　　　　 张德芳(2000.11～2009.6)

　　　　 邵庆良(2000.11～2009.6)

　　　　 褚宝忠(2006.11～2009.6)

　　　　 刘　兴(2006.11～2009.6)

　　　　 唐泉明(2006.11～2009.6)

陈建兴(2006.11～2009.6)

安亭镇(2009年6月成立)

镇　　长 李　雪(女,2009.6～)

副 镇 长 孙亚明(2009.6～)

　　　　 高志明(2009.6～)

　　　　 徐绮红(女,2009.6～)

　　　　 盛卫华(2009.6～)

　　　　 张晓华(2009.6～)

人 大 主 席 张伟良(2009.6～)

人大副主席 朱卫兵(2009.6～)

调 研 员 叶遇华(2009.6～)

　　　　 肖康元(2009.6～)

　　　　 万伟龙(2009.11～)

副 调 研 员 张德芳(2009.6～2009.9)

　　　　 徐永明(2009.6～)

　　　　 张建良(2009.6～)

　　　　 王建明(2009.6～)

　　　　 徐红芬(女,2009.6～2009.9)

　　　　 褚宝忠(2009.6～)

　　　　 刘　兴(2009.6～)

　　　　 唐泉明(2009.6～)

　　　　 陈焕良(2009.6～)

　　　　 陈建兴(2009.6～)

　　　　 赵学飞(2009.6～)

　　　　 邱林兴(2009.6～)

　　　　 赵路明(2009.6～)

　　　　 查家生(2009.6～)

　　　　 王生兴(2009.6～)

南翔镇

镇　　长 (暂缺)

副 镇 长 严健明(2009.1～,主持政府工作)

　　　　 陈瑾芳(女,2007.1～)

　　　　 张剑铭(2002.1～)

　　　　 沈伟法(2002.1～)

人 大 主 席 唐解颐(2007.1～)

人大副主席 张德昌(2007.1～)

调 研 员 张明伟(2006.11～)

副 调 研 员 张国康(2004.11～2009.6)

　　　　 张锦德(2006.11～)

　　　　 赵根新(2006.11～)

　　　　 周建国(2006.11～)

　　　　 许六奎(2006.11～)

　　　　 桂　鑫(2007.11～)

马陆镇

镇　　长 刘　骏(2007.1～)

副 镇 长 朱维强(2005.1～)

　　　　 陈　良(2007.1～)

　　　　 王　春(2009.1～)

人 大 主 席 朱培华(2007.1～)

人大副主席 陈金兴(2007.1～)

调 研 员 王雅禄(2003.12~)
陈其龙(2004.11~2009.7)
王洪生(2006.11~)
副调研员 陈继瑞(2001.10~)
徐佳文(2001.10~)
周月奎(2001.10~)
潘雪芳(女,2005.9~)
张舜明(2006.11~)
封金龙(2006.11~)
李　敏(2006.11~)
徐永根(2006.11~)
董飞龙(2009.12~)

外冈镇
镇　　长 陆晓忠(2003.3~)
副 镇 长 徐惠忠(2005.1~)
钱小萍(女,2007.1~)
项　平(2007.1~)
人 大 主 席 邵永明(2007.1~)
人大副主席 潘祁明(2007.1~)
副调研员 张海明(2000.2~)
戴振华(2000.2~)
刘　勇(2004.9~)
许德林(2004.11~)
冯正局(2006.11~)
张富根(2006.11~)
张　敏(2006.11~)

徐行镇
镇　　长 胡明华(2007.1~)
副 镇 长 俞红辉(2007.1~)
陈振华(2002.1~)
张　敏(女,2007.1~)
人 大 主 席 徐秀龙(2002.1~)
人大副主席 张亦栋(2007.1~)
副调研员 陈根荣(2004.11~2009.7)
杜成立(2006.10~)
张全生(2006.11~)
周显明(2006.11~)
朱炳奎(2006.11~)

华亭镇
镇　　长 沈培新(2005.7~)
副 镇 长 万　平(2006.2~)
樊立新(女,2004.2~)
朱永杰(2006.2~)
人 大 主 席 沈　阳(2007.1~)
人大副主席 万京生(2007.1~)
调 研 员 潘永生(2004.11~)
副调研员 刘金龙(2001.10~2009.2)
徐建元(2006.1~)
李国兴(2006.11~)
汤宗琦(2006.11~)

吴成明(2006.11~)
苏丽娟(女,2006.11~)
章文旗(2006.11~)

嘉定镇街道办事处
主　　任 张　锋(2006.10~)
副 主 任 时　洁(女,2001.11~)
郁根兴(2001.11~)
高纪文(2006.12~)
区人大代表工委主任 李军民(2006.12~)
调 研 员 娄修权(2006.10~)
副调研员 田耀清(2005.9~)
陆建中(2006.11~)
沈雪荣(2006.11~)
吴　葵(女,2009.12~)

新成路街道办事处
主　　任 徐亚兴(2005.6~)
副 主 任 金耀明(2006.12~)
许继光(1999.12~)
王陈芳(女,2005.10~)
区人大代表工委主任 颜康平(2006.12~)
副调研员 水　洪(2005.10~)
任金国(2006.10~)
王黎明(2006.11~)
孙德喜(2006.11~)
杨浩宏(2006.11~)

真新街道办事处
主　　任 俞　鑫(2007.9~)
副 主 任 沈　飚(2009.6~)
水　洁(2006.5~)
吴国平(2008.8~)
冯传生(2009.1~)
陆建平(2004.3~)
区人大代表工委主任 张伯龙(2006.10~)
副调研员 马秋华(2006.11~)
李全荣(2006.11~)
王建明(2008.12~)
董旭东(2009.12~)

菊园新区管理委员会
主　　任 张惠芳(女,2004.12~)
副 主 任 褚建国(2006.12~)
李龙弟(2001.11~)
秦　良(2006.12~)
区人大代表工委主任 倪建平(2006.10~)
副调研员 叶　业(2001.11~2009.9)
沈　异(2006.11~)
朱永明(2006.11~)

嘉定工业区管理委员会
主　　任 费小妹(女,兼,2007.2~)
常务副主任 郁建华(正处,2005.6~)
副 主 任 汪　洁(正处,2006.1~)

谈亚芬(女,正处,2006.12~)

雷文龙(正处,2006.12~)

谈 兵(正处,2006.12~)

丁根龙(正处,2009.9~)

区人大代表工委主任 俞建忠(2009.7~)

地区工作部部长 陈 剑(副处,2009.1~)

社会发展部部长 张 敏(兼,副处,2005.1~)

规划建设部部长 印忠明(副处,2009.1~)

经济运营部部长 周 红(女,副处,2008.5~)

办公室主任 (暂缺)

调 研 员 陆洪兴(2004.11~2009.1)

华仕咏(2006.11~)

戴思福(2006.11~)

马健雄(2006.11~)

副 调 研 员 邢洪翔(2003.7~)

潘浩明(2003.7~)

徐家新(2003.7~2009.10)

印惠良(2003.7~2009.4)

钱晓龙(2007.11~)

陆永明(2008.5~)

金永兴(2008.5~)

张静明(2009.8~)

【群众团体负责人、调研员】

区总工会

主 席 沈贵楚(2004.12~)

副 主 席 范意萍(女,正处,2004.12~2009.9)

金伟荣(正处,2009.9~)

焦统骞(2005.10~)

龚 英(女,2006.12~)

杨炳康(2007.3~)

副 调 研 员 樊国强(2007.2~)

陈振发(2007.2~)

唐身桂(女,2009.12~)

共青团区委

书 记 汤 艳(女,2008.7~)

副 书 记 朱建忠(2003.3~2009.2)

金 芳(女,2006.9~)

徐 磊(2009.2~)

区青联

主 席 汤 艳(女,2007.10~)

副 主 席 田晓余(2007.10~)

朱建忠(2007.10~2009.2)

严 凌(2007.10~)

李儒新(2001.6~)

哈 蕾(女,2001.6~)

顾 杰(2001.6~)

董 英(女,2007.10~)

慧 禅(2007.10~)

区妇联

主 席 郑艳辉(女,2005.10~)

副 主 席 钱伟勤(女,2006.6~)

张永娥(女,2007.9~)

关宇辉(女,满族,不驻会,2002.4~)

副 调 研 员 王洪英(女,2007.9~2009.7)

区科协

主 席 汤洪良(2001.12~)

副 主 席 金龙强(2001.12~)

郑东曙(2001.12~)

朱志远(不驻会,2001.12~)

李儒新(不驻会,2001.12~)

周文彬(不驻会,2001.12~)

施 敏(不驻会,2001.12~)

施永鹏(不驻会,2001.12~)

赵之凡(不驻会,2001.12~)

区工商联

会 长 纪德法(不驻会,2006.11~)

副 会 长 周坚钢(2004.12~)

汤建铭(不驻会,2001.12~)

刘桂明(不驻会,2001.12~)

刘海韵(不驻会,2001.12~)

杨方军(不驻会,2001.12~)

李维德(不驻会,2001.12~)

林凯文(不驻会,2001.12~)

封德华(不驻会,2001.12~)

魏中浩(不驻会,2001.12~)

叶龙兴(不驻会,2006.11~)

邬百根(不驻会,2006.11~)

张锡森(不驻会,2006.11~)

顾 杰(不驻会,2006.11~)

章宏伟(不驻会,2006.11~)

调 研 员 卢秀臻(女,2008.12~2009.10)

区侨联

主 席 杨莉萍(女,2005.10~)

副 主 席 杜幼平(不驻会,2002.6~)

傅月琴(女,不驻会,2007.7~)

副 调 研 员 万瑞源(2005.10~2009.4)

区残联

理 事 长 何 蓉(女,2007.1~2009.9)

朱琴芬(女,2009.9~2009.10)

副 理 事 长 王建平(2008.11~)

孙建华(不驻会,2003.6~)

调 研 员 方进元(2006.11~)

区红十字会

会 长 夏以群(女,2004.4~)

常务副会长 王晓燕(女,2008.12~)

副 会 长 汪丽萍(女,2008.12~)

张 潮(不驻会,2004.5~)

毛长红(不驻会,2004.5~)

郑益川(不驻会,2006.5~)

调研员　陈进根(2008.12~)

区管企业负责人名录

【区管企业党组织书记、副书记】

嘉定区国有资产经营有限公司党总支(2009年5月撤销)

书　　　记　李　峰(2006.8~2009.5)

嘉定区国有资产经营有限公司党委(2009年5月成立)

书　　　记　肖惠方(2009.5~)

副 书 记　李　峰(2009.5~)

党建督察员　王　雷(2006.12~)

上海嘉定新城发展有限公司党支部

书　　　记　李　俭(2005.7~)

上海嘉定城市建设投资有限公司党支部

书　　　记　顾文其(2006.10~)

副 书 记　孙　军(2007.4~)

嘉定轨道交通建设投资有限公司党支部

书　　　记　严　凌(2005.7~)

党建督察员　吴　飚(2006.12~)

上海嘉加(集团)有限公司党委

书　　　记　陆永清(2006.7~)

副 书 记　张建良(2006.7~)

嘉定区供销合作总社党委

书　　　记　许为民(2006.11~)

副 书 记　祝加林(2005.12~)

　　　　　　朱华其(2005.12~)

上海嘉宝实业(集团)股份有限公司党委

书　　　记　阎德松(2008.4~)

副 书 记　钱　明(2008.4~)

　　　　　　曹　萍(女,2006.5~)

党建督察员　陈麟勋(2006.3~)

上海市新安亭联合发展有限责任公司党总支

书　　　记　荣文伟(2006.8~)

西上海(集团)有限公司党委

书　　　记　曹抗美(1998.10~)

副 书 记　江　华(女,2002.11~)

　　　　　　吴建良(2008.11~)

上海绿洲投资控股集团有限公司党委(2009年11月成立)

书　　　记　范长云(2009.11~)

副 书 记　肖方方(2009.11~)

【区管企业行政负责人】

嘉定区国有资产经营有限公司

董 事 长　杨正球(2008.10~)

副 董 事 长　肖惠方(2009.5~)

监事会主席　王　雷(2006.12~)

总 经 理　李　峰(2006.6~)

副 总 经 理　崔士贤(2001.12~2009.6)

　　　　　　赵　琴(女,2004.6~)

　　　　　　羊利锋(2006.1~)

　　　　　　茅　健(2009.6~)

上海嘉定新城发展有限公司

总　　　裁　李　俭(2004.5~)

监事会主席　张连龙(2009.8~)

副 总 裁　蒋丽敏(女,2005.10~)

　　　　　　王新南(2006.1~)

　　　　　　沈玉玲(女,2009.1~)

上海嘉定城市建设投资有限公司

总　　　裁　顾文其(2005.1~)

监 事 长　秦定杰(2005.7~2009.9)

监事会主席　施久梁(2009.11~)

副 总 经 理　宗伯兴(1996.10~)

　　　　　　徐　军(2002.8~)

　　　　　　孙　军(2008.11~)

　　　　　　邢志刚(2008.11~)

嘉定轨道交通建设投资有限公司

总 经 理　严　凌(2006.1~)

监事会主席　吴　飚(2007.1~)

副 总 经 理　王　炜(2004.1~)

　　　　　　王玉华(2005.10~)

　　　　　　蔡　宁(2006.1~)

　　　　　　罗剑龙(2008.7~)

上海嘉定花园城市发展有限公司(2009年10月成立)

董 事 长　严菊明(兼,2009.10~)

总 经 理　严　凌(兼,2009.10~)

监事会主席　吴　飚(兼,2009.10~)

嘉定工业区开发(集团)有限公司

董 事 长　郁建华(2005.6~)

总 经 理　汪　洁(2004.12~)

监事会主席　汤洪良(2009.6~)

副 总 经 理　张慰达(2007.3~)

　　　　　　赵　烨(女,2007.3~)

　　　　　　陈　龙(2008.6~)

　　　　　　曹光宇(2008.8~)

办公室主任　张慰达(2003.7~)

服务中心主任　(暂缺)

招商一部部长　张莉静(女,副处,2005.1~)

招商二部部长　王杰英(女,副处,2008.6~)

招商三部部长　周利明(副处,2003.7~)

招商四部部长　陈　龙(兼,副处,2003.7~)

招商五部部长　谈　兵(兼,正处,2003.7~)

投资审计部部长　蔡彩平(女,副处,2009.1~)

上海嘉加(集团)有限公司

董 事 长　陆永清(2006.8~)

总 经 理　张建良((2006.8~)

监 事 会 主 席　金耀祖(2009.6～)
副 总 经 理　徐 申(2006.8～)
　　　　　　朱 灏(2009.6～)
上海嘉定区城镇集体工业联合社
主　　　　任　陆永清(2006.8～)
副 主 任　张建良(2006.8～)
上海嘉定区供销合作总社社务理事会
会　　　长　祝加林(2006.2～)
嘉定区供销合作总社
主　　　　任　祝加林(2006.2～)
副 主 任　严杏明(1996.4～)
　　　　　　杨伯兴(1993.6～)
　　　　　　龚庆华(2007.1～)
监 事 会 主 席　葛方浩(2009.11～)
上海嘉宝实业(集团)股份有限公司
董 事 长　钱 明(2003.5～)
总　　　裁　钱 明(2000.11～)
副 总 裁　孙红良(2008.6～)
　　　　　　喻 杰(2008.6～)
　　　　　　陈正友(2008.6～)
监 事 会 主 席　陈麟勋(2006.6～)
上海市新安亭联合发展有限责任公司
董 事 长　沈兴才(2001.6～2009.6)
　　　　　　张黎平(2009.6～)
总 经 理　荣文伟(2001.6～)
监 事 会 主 席　高 翙(2009.6～)

副 总 经 理　杨海兵(2008.6～)
　　　　　　龚侃侃(2009.5～)
上海市嘉安投资发展有限责任公司(2009年12月撤销)
董 事 长　梅旭江(2001.7～2009.12)
总 经 理　沈兴才(2001.6～2009.12)
监 事 会 主 席　杨正球(2001.6～2009.6)
上海国际汽车城(集团)有限公司(2009年12月成立)
董 事 长　张黎平(2009.12～)
总 经 理　荣文伟(2009.12～)
监 事 会 主 席　张才强(2009.12～)
西上海(集团)有限公司
董 事 长　曹抗美(1998.3～)
总 经 理　吴建良(2001.3～)
副 总 经 理　宋健明(2001.10～)
　　　　　　向方霓(2002.1～)
　　　　　　戴华淼(2002.11～)
　　　　　　陈德兴(2002.11～)
　　　　　　陆永元(2009.2～)
上海绿洲投资控股集团有限公司(2009年12月成立)
董 事 长　范长云(2009.12～)
总 经 理　王惠琪(2009.12～)
副 总 经 理　李晓林(2009.12～)
　　　　　　徐敬松(2009.12～)
　　　　　　陆振华(2009.12～)
监 事 会 主 席　张雪华(兼,2009.12～)

（区委组织部）

编辑　宋怀常

· 文　选 ·

2009 年工业经济运行分析

2009 年,面对国际金融危机的冲击,区委、区政府果断出台各项政策措施,服务企业保增长。在区委、区政府的坚强领导下,全区工业系统坚定信心,迎难而上,积极贯彻落实各项政策措施,努力克服种种不利影响,全区工业经济实现企稳回升,经受住了金融危机的严峻挑战。

一、2009 年主要工业经济指标完成情况

1. 工业生产:2009 年,全区实现工业总产值 2 360.5 亿元,同比增长 9.3%。规模以上工业企业实现利润 116.9 亿元,同比增长 48.4%。

2. 外贸出口:2009 年,全区外贸直接出口 62.8 亿美元,同比下降 21.4%。

3. 招商引资:①外资招商:2009 年,全区引进合同外资 8.53 亿美元,完成年度计划的 100.4%;1～11 月外资企业到位资金 6.35 亿美元,完成年度计划的 141.2%。②内资招商:2009 年,全区 33 个经济小区上缴税额 123.4 亿元,同比增长 8.3%,完成年度计划的 100.2%。

4. 工业固定资产投资:2009 年,全区完成工业固定资产投资 96.4 亿元,同比增长 33%,完成年计划的 107.1%。

主要经济指标		单　位	年计划	实　绩	同比%	完成年度目标%
工业总产值		亿元	2 440	2 360.5	9.3	96.7
外贸出口		亿美元	78	62.7	−21.4	80.4
外资招商	合同外资	亿美元	8.5	8.53	−25.5	100.4
	外资到位(1～11 月)	亿美元	4.5	6.35	−3.3	141.1
内资招商	新增注册企业	户	8 330	13 818	83.3	165.9
	新增纳税企业	户	7 000	10 747	73.0	153.5
	私营税收	亿元	123.1	123.4	8.3	100.2
工业固定资产投资		亿元	90	96.4	33.0	107.1

二、工业经济运行特点

1. 重点企业生产恢复明显快于中小企业。2009 年,全区实现产值亿元以上的重点工业企业共有 348 家,全年实现工业产值 1 265.5 亿元,占规模以上工业产值的 70.4%,同比微跌 0.7%;而其它规模以上企业实现产值 530.9 亿元,同比下降 12.7%,降幅高于重点企业 12 个百分点。可见,重点企业的恢复速度明显快于中小企业。

2. 高新技术型企业抗波动能力优势明显。2009 年,全区 83 家工业规模以上高新技术企业共实现产值 297.6 亿元,同比增长高达 17.9%,实现的产值占规模以上 16.6%,占比较上年提高 5.4 个百分点。高新技术企业抗风险能力缘于其创新能力和市场活力。如江桥镇的康德莱公司积极开发新产品,开拓中东市场,2009 年实现逆势上扬,产值同

比增长18%。菊园新区的希捷爱斯(上海)电气有限公司,通过与德国 DECOM 公司联合开发新产品——氮气绝缘金属封闭开关设备(CGIS),已在国内市场稳步发展,2009年实现新产品产值同比增长50.5%。

3. 特强产业呈现爆发式增长。在燃油税改革、汽车下乡、以旧换新、车辆购置税减半等扩大消费政策措施的带动下,国内汽车消费迅速升温,从而也带动全区汽车零部件企业的快速发展。2009年,全区特强产业实现工业产值572.8亿元,同比增长25.1%,高于全区工业经济增速15.8个百分点,拉动全区工业增长5.3个百分点;累计产值占全区工业经济总量的24.3%,占比比上年提高4个百分点。

4. 工业经济效益稳步趋好,企业盈利能力进一步提高。2009年,全区规模以上工业企业实现经济效益指数167.5,比年初提高39.3个百分点;利润总额116.9亿元,同比增长48.4%,连续5个月同比增长。区内工业经济效益呈现逐步向好趋势的主要原因:一是"扩内需"政策效应显现,企业产能得到充分释放。在国家大规模投资、汽车消费政策等一系列扩内需政策的刺激下,区内企业生产明显加快,产能释放,企业效益明显提高。二是原材料价格回落,企业生产成本降低。据上海市统计局数据显示,1~11月,全市原材料、燃料、动力购进价格同比下降11.6%,企业生产成本明显降低,区内企业抓住机遇整合资源,降低生产经营成本。三是新产品研发生产加快,高附加值体现高效益。"小巨人"计划的有力推进为全区经济发展作出积极贡献,区内企业通过自主创新,调整产品结构,加大新产品的开发力度,从而也提高了产品附加值。

三、产业能级进一步提升,结构调整大力推进

在连续多年"小巨人"发展战略的推动下,企业技术创新的积极性得到充分调动。2009年,全区新增市级技术中心5家、区级技术中心15家。至2009年底,全区各级企业技术中心总量已经达到98家,其中国家级1家、市级39家、区级58家。另外,2009年,全区共申报国家、市科技创新及技术改造产业升级项目87个;获市级以上各类科技计划支持项目239项,获科技创新资金达5530万元。这些企业通过加强自主创新,加大新产品的开发生产,调整产品结构,较好地抵御金融危机的冲击,据统计数据显示,2009年,全区规模以上企业实现新产品产值103.1亿元,同比增长13.9%。

在产业能级得到提升的同时,产业结构调整积极推进。2009年全区共淘汰劣势企业392家,共节约能源14.4万吨标煤,腾出土地5221亩。其中,马陆镇成片淘汰工作有序开展,年内共淘汰企业107家,节约能源2.3万吨标煤,腾出土地1712.3亩。

四、"抓项目、促开工"成效显著,工业投入力度明显加大

2009年,全区共完成工业固定资产投资96.4亿元,同比增长33%,超额完成年度计划。投资高速增长的主要原因,一是区委、区政府为推进项目建设,转变思路,加强部门之间的协调与联动,对已供地并符合条件的项目核发提前开工函,全年共核发43个项目,有力地推动了项目开工。至2009年底,全区已供地项目中,已开工107个,其中6个已投产,年内共完成工业固定资产投资36.2亿元。二是政策效应推动,国家鼓励汽车消费政策发挥积极作用,汽车产销两旺,汽车零部件行业受汽车市场火爆的推动,企业主动扩大产能,年内该行业新增固定资产投资项目61个,投资额高达37亿元,占总投资额的38.4%。另外,增值税转型政策中固定资产进项税可以抵扣,也进一步提高企业更新设备的积极性,全年新增设备购置投资61起,完成投资27.2亿元,占总投资的28.2%。三是企业投资意愿的提高。金融危机以来,产品价格下行,但也正是企业更新技术、扩大产能、降低成本的良好契机。据统计,2009年,全区共有95个项目进行改(扩)建和技术改造,完成投资19.5亿元。

五、上市融资获突破,中小企业融资环境进一步改善

2009年10月30日,区域内上海网宿科技股份有限公司作为首批创业板28家上市企业之一正式登陆深交所创业板上市,实现嘉定区培育企业上市的突破。与此同时,为破解中小企业融资难问题,先后成立"西上海"、"银丰"、"协通"三家小额贷款公司,成立以来,已放贷252笔,放贷总额4.43亿元,为全区中小企业发展提供有力的资金保障。区内第四家小额贷款公司——"嘉加"小额贷款公司获批设立。

六、民营经济重质保量,新增注册、纳税企业双过万

2009年,民营经济继续为全区经济发展做出积极贡献。全区经济小区共实现税额123.4亿元,同比增长8.3%,占全区财政总收入的53%。在规范的同时,注重提升,各经济小区围绕特色,开展产业链招商、错位招商,不断提升区域竞争力和产业集聚力。在保证质的前提下,2009年民营经济也有量的突破,全年新增注册企业13818家,新增纳税企业10747家,分别比上年同期增长83.3%和73%,为今后发展注入强劲动力。

七、外资招商继续保持高位,总部经济成为新亮点

2009年,受金融危机影响,招商引资面临严峻挑战。但全区招商人员坚定信心,主动出击,积极开展各类招商活动,在各方的共同努力下,全年共完成合同外资8.53亿美元,完成外资到位资金(1~11月)6.35亿美元,双双完成年度计划,其中外资到位超计划1.85亿美元。总部经济招商取得新突破,全年共引进地区总部10家,占全市引进总量的13.8%,位居上海市郊区县第一。其中管理性地区总部4家,投资性地区总部1家,研发中心3家,销售中心2家。

八、外需市场仍显不足,外贸出口恢复尚需时日

2009,全区外贸出口62.8亿美元,同比下降21.4%。从全年情况看,基本处于20%的下降通道。主要原因是受金融危机影响,一方面,世界经济放缓,发达国家失业率高居不下,欧美居民消费模式发生转变,全区出口额前三的贸易伙伴——北美、日本、欧盟三个地区的外贸出口额仅为38.6亿美元,同比下降21%。另一方面,国外机电、电子等需求弹性较大的产品出口更新换代速度放缓。数据显示,2009年占全区外贸出口50%以上的机电产品完成出口32.1亿美元,同比下降25.6%,高于全区外贸出口降幅4.2个百分点。另外,全球贸易保护主义进一步加剧,在世界经济和贸易出现急剧下滑的形势下,贸易保护主义势头加剧,中国作为全球第二大出口国,面临空前的贸易保护主义重压。来自多个国家、涉及多个产业的贸易保护主义已成为影响中国出口复苏的重要因素。

(嘉定区经济委员会)

铸　就　辉　煌
——"十一五"期间嘉定区社会事业发展回顾

"十一五"期间,嘉定区的社会事业发展驶入了"快车道",2005年底,当全区工业总产值突破1000亿元,财政总收入突破100亿元,增加值突破400亿元时,区委、区政府在抓经济发展的同时,高瞻远瞩,关注民生,"高起点、高标准、高要求"、"大手笔、大思路、大规划",重点发展社会事业项目,让广大人民群众共享改革开放和社会发展的成果。经过五年规划时期的建设和发展,成绩斐然,全区的社会事业发生巨大的变化。科、教、文、卫、体"硬件"、"软件"一起上,劳动保障和民政事业等各项关乎民生的社会事业"更上一层楼"。

首先,在"硬件"建设上。卫生事业:南翔医院迁建投资1.9亿元,极大地改善嘉定南部地区的医疗卫生配置,满足南部地区居民的看病需求。投资1.8亿元新建的嘉定区妇幼保健院,缓解了人满为患的就医条件,将嘉定区妇幼保健院建在嘉定新城既为嘉定新城增加卫生资源配置,又增加一座亮丽的城市建筑。在国家4万亿投入拉动经济发展的政策下,嘉定区中医医院改建工程得到国家的财政补贴,投资1300万元(其中国家投资650万元)的中医医院改建工程在2009年底竣工,为嘉定区中医医院这一具有特色的医院增添新的活力。迎园医院的改造和精神病卫生医院的改建项目使得全区的卫生事业项目更加完善和合理。不但解决新成地区的病床问题,也使得全区的精神卫生工作迈上一个新台阶。更可喜的是总投资4.4亿元的上海市三甲医院——瑞金医院(嘉定)在嘉定新城落户,极大地提升嘉定卫生事业的品质和水平,同时也结束了全区没有三甲医院的历史。

文化事业:为满足广大人民群众的文化生活需求,投资2亿元,占地面积34亩的嘉定图书馆(含文化馆)在嘉定新城新建。结合秋霞圃的古典园林风貌,建设具有民族特色的嘉定博物馆,为嘉定人民更全面地了解嘉定的人文历史搭建平台。

教育事业:2006~2009年,全区共投资5亿多元建幼儿园16所,小学2所,中学5所,九年一贯制学校1所,并对多所学校进行校舍维修,对体育馆进行维修和改建。2007年教育类社会事业投资为1亿多元,2008年教育类社会事业投资为1.9亿多元,2009年教育类社会事业投资为3.9亿多元。由于全区在教育事业的大量投入,使得教育事业硬件条件有了很大的提高,为全区今后的教育发展打下了良好的物质基础。

全区各街镇在"中心"建设上也取得很大成绩。至2009年底,全区新建卫生服务中心、文化活动中心各6个。其中江桥镇卫生服务中心占地11亩,投资9000多万元;安亭镇卫生服务中心占地4亩,投资1800万元。全区有13家卫生服务中心和12家文化活动中心,极大地满足人民群众的公共服务需求。

其次,在"软件"建设上。卫生方面:2007年7月,中共嘉定区委四届四次全会通过《关于加快推进和谐嘉定建设的实施意见》,明确今后区级地方财政卫生事业经费投入占地方财政支出的2.5%以上,形成可持续的卫生财政保障机制。这一《意见》被上海市卫生局领导认为是上海全市第一个以法定形式保障卫生事业的文件,开上海卫生事业的先河。社区卫生服务网络得到改善,相继完成119所市级标准化卫生室创建,方便群众看病就诊。稳定人才队伍,完善社区卫生服务站,更好地为百姓提供安全、有效、经济、便捷的社区卫生服务。同时进一步完善公共卫生体系建设,深化开展健康促进、健康知识普及活动,为全区4.3万名60岁以上农村老人提供健康体检和咨询。为3.3万名退休妇女和生活困难妇女免费提供妇科检查。全区近万名参加会诊、医疗的高血压病人开始享受免费服药的优惠政策。通过实行公立医疗机构药品联合采购管理,降低采购成本,全区共有143万人次享受到基本药品零差率的优惠政策。应对公共卫生突发事件的能力进一步提高。落实H1N1甲流防控工作,完成15万人次的甲流疫苗接种工作。

文化方面:"嘉定竹刻"代表上海入展中国成都国际非物质文化遗产博览会,并且成为嘉定申遗成功的项目,同时徐行草编和道教音乐也成为嘉定第一批申遗成功的项目。上海中国科举博物馆"科举陈列"获得第七届全国博物馆十大陈列展览精品奖,顺利开展"纪念陆俨少诞辰100周年系列"活动,进一步改善全区的文化环境。迎世博600天行动计划扎实推进,嘉定成为全市唯一的城乡互动世博之旅

示范区。迎世博志愿服务、市民礼仪教育和世博知识培训广泛开展,市民文明素质不断提高。

体育方面:围绕"迎奥运、迎世博、讲文明、树新风"主题,圆满完成北京奥运会火炬接力嘉定区传递活动,承办2007年世界夏季特殊奥运会滚球比赛和国际女篮邀请赛。成功举办嘉定区第四届运动会、区第一届青少年运动会和区第一届老年人运动会等赛事。组队参加上海市第六届农民运动会。全区广泛开展各类群众体育活动和全民健身活动,参与群众近百万人次。

教育方面:以提高专业化水平为重点,进一步加强教师队伍建设,完成教师培训万余人次。全区57所学校纳入教育经费统筹管理范围,全面推进教育均衡化发展。义务教育课程改革稳步实施,学前教育三年行动计划加快推进。15所农民工同住子女学校已纳入民办教育管理,公办学校招收农民工同住子女人数增至1.75万人,享受免费义务教育的农民工同住子女比例提高到80%。组建上海嘉定职业教育集团,校企合作培养技能人才工作取得成效。推广"联合国教科文组织农村社区学习中心"项目,完善社区教育体系,成功创建全国社区教育示范区。

就业方面:深入实施"万人、千人、百人"就业项目,继续完善对"零就业家庭"和"双困"人员的就业托底机制,近千人得到妥善安置,新增就业岗位121447个,转移农村富余劳动力39428人,出台对大学生就业的优惠政策,鼓励企业吸纳应届大学毕业生就业。城镇登记失业人数控制在市下达指标以内。落实新一轮"技能振兴计划",成功举办第二届职业技能竞赛,建立和完善职业技能培训和评价体系,各类职业技能培训活动不断开展,技能型人才比重进一步提高。劳动关系和谐企业创建活动深入开展,劳资纠纷的预防、处置、化解机制不断完善,劳动者和企业合法权益得到切实维护。人民生活水平持续改善,城镇和农民家庭人均年可支配收入分别达到22 200元和12 600元(2008年数据)。

社会保障方面:落实好"城保"、"镇保"、"农保"转移衔接政策。加强社会保险基金使用管理,"农保"基金实行区级管理,农村养老金最低发放标准提高到每人每月300元(另土地流转户籍性质不变的,每月再补贴160元)。实施征地养老人员参加"居民医保",医疗保障水平进一步提高。征、用地人员出劳办法和"镇保"制度进一步完善,城镇高龄无保障老人和遗属生活困难补贴人员纳入社会保障工作稳步推进,社会保障覆盖面不断扩大。调整落实帮困救助各项政策,深化和完善"一口上下"社会救助机制,共有120万余人次获得社会救助。进一步健全劳动关系三方协调机制,推进劳动关系和谐企业创建活动,切实维护劳动者合法权益。区住房保障服务中心成立运行,住房保障工作进一步加强。完成旧住房综合改造165万平方米,配建经济适用住房11.2万平方米,廉租房受益面扩大到387户。

社会稳定方面:和谐社区创建活动不断深入,嘉定区成为首批全国和谐社区建设示范城区之一,市和谐社区建设示范街镇、示范居委会创建率均达100%。人口综合服务管理进一步加强,居住证制度加快实施,来沪人员和户籍人口计划生育率控制在市下达指标内,成功创建为全国计划生育优质服务先进单位。深入开展矛盾纠纷排查化解工作,初次信访办理和督查督办力度不断加大,认真组织实施领导干部接访和重信重访专项治理工作。"平安嘉定"建设深入推进,治安防控体系不断完善,依法严厉打击各类刑事犯罪活动,"110"报警类案件接报数持续下降。加大安全生产和食品药品安全监管力度,未发生危及公共安全的重特大事故,全区社会持续稳定可控。

(沃纯青 周莲丽 费 彬)

·文件选目·

中共上海市嘉定区委员会文件选目

嘉委发〔2009〕1号　中共上海市嘉定区委2009年工作要点
嘉委发〔2009〕3号　关于印发《嘉定区2009年党风廉政建设和反腐败工作意见》的通知
嘉委发〔2009〕4号　区委、区政府关于2009年嘉定区平安建设实事项目安排的通知
嘉委发〔2009〕6号　区委、区政府关于印发《上海市嘉定区人民政府机构改革方案》的通知
嘉委发〔2009〕7号　关于贯彻《中国共产党全国代表大会和地方各级代表大会代表任期制暂行条例》的实施办法（试
　　　　　　　　　　行）
嘉委发〔2009〕8号　中共上海市嘉定区委2009年重点工作安排
嘉委发〔2009〕9号　关于开展2009年调研工作的通知
嘉委发〔2009〕10号　关于嘉定区第一批开展深入学习实践科学发展观活动的实施方案
嘉委发〔2009〕11号　区委、区政府关于加快推进农村改革发展的实施意见
嘉委发〔2009〕12号　区委、区政府关于命名2007~2008年度嘉定区文明机关的决定
嘉委发〔2009〕13号　区委、区政府关于命名2007~2008年度嘉定区文明村、文明小区、文明单位的决定
嘉委发〔2009〕14号　区委、区政府关于命名表彰2007~2008年度嘉定区军民共建社会主义精神文明先进集体的决定
嘉委发〔2009〕15号　区委、区政府关于嘉定区举行中华人民共和国成立60周年庆祝活动的通知
嘉委发〔2009〕19号　中共上海市嘉定区第四届委员会第九次全体会议决议
嘉委发〔2009〕20号　关于在全区构建大调解工作格局的实施意见
嘉委发〔2009〕22号　关于深入学习宣传党的十七届四中全会精神的意见
嘉委发〔2009〕23号　关于进一步加强新形势下人民政协工作的实施意见
嘉委发〔2009〕25号　关于贯彻落实《中共上海市委关于贯彻〈中共中央关于加强和改进新形势下党的建设若干重大问
　　　　　　　　　　题的决定〉的实施意见》的实施方案

中共上海市嘉定区委员会办公室文件选目

嘉委办〔2009〕1号　区委办、区府办印发《2009年区委、区政府领导党风廉政建设和反腐败工作责任分工》的通知
嘉委办〔2009〕2号　转发《区委组织部关于开展社区党的建设"双创"活动的通知》的通知
嘉委办〔2009〕3号　转发《区委组织部关于认真做好村（居）党组织领导班子换届工作的意见》的通知
嘉委办〔2009〕5号　区委办、区府办转发《2009年嘉定区社区工作意见》的通知
嘉委办〔2009〕8号　区委办、区府办印发《2009年嘉定区信访工作要点》的通知
嘉委办〔2009〕9号　区委办、区府办印发《嘉定区2009年人口综合服务和管理工作意见》的通知
嘉委办〔2009〕10号　区委办、区府办转发《区档案局关于在区政府机构改革和区委部分党委调整中加强档案工作的意
　　　　　　　　　　见》的通知
嘉委办〔2009〕14号　区委办、区府办关于做好本区2009年村（居）民委员会换届选举工作的通知
嘉委办〔2009〕17号　关于开展中国共产党成立88周年纪念活动的通知
嘉委办〔2009〕18号　转发《区委宣传部关于本区围绕庆祝新中国成立60周年深入开展群众性爱国主义教育活动的实
　　　　　　　　　　施意见》的通知
嘉委办〔2009〕20号　区委办、区府办关于加强嘉定区迎世博600天行动档案工作的通知
嘉委办〔2009〕21号　区委办、区府办印发《关于进一步加强本区基层社会治安综合治理工作的意见》的通知
嘉委办〔2009〕22号　区委办、区府办印发《关于嘉定区深化法治城区创建工作的实施意见（试行）》的通知
嘉委办〔2009〕27号　区委办、区府办印发《嘉定区2009年党风廉政建设责任制工作专项考核的通知》的通知
嘉委办〔2009〕29号　区委办转发《区总工会关于进一步加强村（园区）工会联合会建设的实施意见》的通知
嘉委办〔2009〕31号　区委办、区府办关于进一步规范本区"蓝天下的至爱"募捐活动的意见

上海市嘉定区人民政府文件选目

嘉府发〔2009〕1号　关于印发《政府工作报告》的通知

嘉府发〔2009〕2号　印发《关于上海市嘉定区2008年国民经济和社会发展计划执行情况与2009年国民经济和社会发展计划(草案)的报告》的通知

嘉府发〔2009〕3号　批转区安委办关于《嘉定区2009年安全生产工作意见》的通知

嘉府发〔2009〕5号　关于调整本区征地养老人员生活费发放标准的通知

嘉府发〔2009〕8号　关于增加粮田补贴促进粮食生产和农民持续增收的实施意见

嘉府发〔2009〕12号　关于印发2009年度及近期重点工作安排的通知

嘉府发〔2009〕13号　关于表彰"嘉定区劳动关系和谐模范企业"、"嘉定区劳动关系和谐企业"、"嘉定区和谐劳动关系优秀企业家"的决定

嘉府发〔2009〕15号　关于公布第二批区级非物质文化遗产名录的通知

嘉府发〔2009〕17号　关于新一轮扶持经济薄弱村的若干意见

嘉府发〔2009〕22号　批转区爱卫会关于《嘉定区建设健康城区三年行动计划(2009～2011)》的通知

嘉府发〔2009〕23号　关于进一步加强政府信息公开工作的通知

嘉府发〔2009〕24号　关于对获得中国驰名商标、上海市著名商标、上海市名牌产品(服务)企业嘉奖的通知

嘉府发〔2009〕25号　关于聘任马建雄等31位同志为嘉定区学术带头人的通知

嘉府发〔2009〕34号　关于印发本区开展第六次全国人口普查的通知

嘉府发〔2009〕39号　关于印发嘉定区不规范生猪养殖专项整治工作方案的通知

嘉府发〔2009〕41号　关于对2008年度嘉定区发明创造专利获奖单位进行表彰的决定

嘉府发〔2009〕42号　关于对2009年度嘉定区科技进步奖获奖单位进行表彰的决定

嘉府发〔2009〕45号　印发关于进一步完善农村土地承包关系的实施意见(试行)的通知

嘉府发〔2009〕46号　批转区国资委《关于批转〈嘉定区区属企业投资监督管理暂行办法〉的请示》的通知

嘉府发〔2009〕50号　关于组织编制《上海市嘉定区国民经济和社会发展第十二个五年规划》的通知

上海市嘉定区人民政府办公室文件选目

嘉府办发〔2009〕1号　关于转发区经委2009年各街镇、嘉定工业区和菊园新区工业、商业主要经济指标指导性计划的通知

嘉府办发〔2009〕2号　关于区政府2008年督查事项完成情况的通报

嘉府办发〔2009〕8号　印发《关于促进嘉定区大学毕业生创业、就业的实施意见(试行)》的通知

嘉府办发〔2009〕11号　转发区食品安全委员会办公室关于《2009年嘉定食品安全工作实施方案》的通知

嘉府办发〔2009〕13号　关于下达区政府2009年督查事项的通知

嘉府办发〔2009〕14号　转发区国资委等三部门《关于进一步加强农村集体资产监督管理的若干规定》的通知

嘉府办发〔2009〕19号　转发区劳动关系和谐企业创建活动领导小组办公室《关于2009年嘉定区深入开展劳动关系和谐企业创建活动的意见》的通知

嘉府办发〔2009〕31号　关于转发《嘉定区危险化学品生产、储存企业准入许可管理工作意见》的通知

嘉府办发〔2009〕36号　转发区政务公开办关于2009年嘉定区政务公开工作实施意见的通知

嘉府办发〔2009〕37号　转发区人口综合服务和管理领导小组办公室关于在全区范围内组织开展实有人口、实有房屋全覆盖工作的实施意见的通知

嘉府办发〔2009〕51号　关于开展2009年度行政执法检查的通知

嘉府办发〔2009〕71号　关于本区开展"送温暖、献爱心"——向灾区捐赠衣被活动的通知

嘉府办发〔2009〕72号　关于印发嘉定区农村土地承包经营纠纷仲裁方案的通知

嘉府办发〔2009〕78号　转发区农委等六部门《关于规范蔬菜种植农药包装废弃物回收和处置的实施意见》的通知

2010 年媒体报道嘉定部分目录

一、中央级媒体

《人民日报》4 月 5 日　　　　《上海市嘉定区黄渡镇实行镇村医疗服务全覆盖——农民看病方便又便宜》　吕网大
　　　　　　　　　　　　　张庆裕　刘必华

《经济日报》9 月 3 日　　　　《上海嘉定以新理念建设新城区——依托大产业项目和市政基础设施建设新型都市》
　　　　　　　　　　　　　记者吴凯　李治国　通讯员王剑峰

《经济日报》10 月 29 日　　　《上海嘉定发展文化信息类产业》　记者吴凯　李治国

《中国产经新闻》9 月 21 日　《沪文化信息产业园进京招商》　记者赵海鸥

《中国社会报》10 月 14 日　　《嘉定区"睦邻点"搭建社区邻里文化平台》　上民

二、《解放日报》

1 月 3 日　　《给每户困难家庭找位党员"亲戚"》　记者张家琳　通讯员钱焕杰

1 月 8 日　　《政府重服务　项目忙建设——嘉定工业区推进项目早开工、早投产,加快产业集聚》

1 月 27 日　《嘉定镇街道为大学毕业生推出社工岗位》　记者沈轶伦

2 月 25 日　《嘉定为 180 家"小巨人"送去"及时雨"》　记者丁波

3 月 16 日　《亲农保农不去农——毛桥村新农村建设调查》　记者刘斌　黄勇娣

3 月 29 日　《中央党校在嘉定新成路街道设点——探索总结社区楼组党建经验》　通讯员吴云鸣　记者沈轶伦

4 月 1 日　　《总投资约百亿　建设周期五年——绿地与嘉定携手建新城》王晓东

4 月 7 日　　《大众经济城:为中小企业"保暖御寒"》　记者丁波

4 月 19 日　《汽车城 6 年将引 20 名海外高才》　记者沈轶伦

4 月 21 日　《嘉定想方设法解决"办不办在科长"现象》　记者沈轶伦

5 月 20 日　《亚洲最大宝马培训中心上海开幕》　徐健

6 月 2 日　　《国际汽车城"嫁接"同济知识圈——嘉定区与同济大学签订共建协议》　记者丁波

6 月 15 日　《法官悉心调解处理"马拉松诉讼"——七年缠讼僵局一朝破解》　史建颖　陈琼珂

6 月 21 日　《实施商标战略,培育品牌集群——嘉定著名商标企业产值平均增长 28%》　记者丁波

6 月 25 日　《大型保障性居住社区江桥基地开工——总投资约 30 亿元,韩正宣布项目启动》　记者张奕

7 月 5 日　　《嘉定社区活动欢歌盛事——12 个征集选拔点授牌,刘云耕出席》　记者沈轶伦

7 月 19 日　《俞正声要求发扬民主依法办事,圆满完成居村委会换届选举——选出党放心群众信得过带头人》
　　　　　　记者缪毅容

7 月 19 日　《上海新能源汽车产业基地揭牌》　记者丁波

8 月 2 日　　《农民没着急　企业没有跑　特色得保留　环境变更好——嘉定新城"四个就地"绘蓝图》　记者丁波

8 月 19 日　《安亭黄渡"撤二建一"——国际汽车城启动第二轮发展》　记者丁波　实习生陈盈娱

9 月 10 日　《郊区新城要有人气有生机——韩正赴奉贤嘉定调研强调宜居核心理念》

9 月 22 日　《嘉定区向优秀人才六折售房》　记者沈轶伦

9 月 29 日　《激活产业链上每一个消费需求——访嘉定区区长孙继伟》　记者丁波

9 月 30 日　《我国首个汽车风洞落成——关键技术达世界领先水平,万钢讲话》　记者彭德清

10 月 7 日　《嘉定永乐村提供廉价优质公共服务——村民会所办婚宴》　记者张家琳　通讯员钱焕杰

10 月 28 日《各地在沪商会嘉定寻商机》　记者吴长亮

10 月 25 日《首届汽车嘉年华展世博魅力》　记者丁波

11 月 4 日　《嘉定建设海外高层次人才创新创业基地——汽车城悉心打造"人才特区"》　记者朱珉迕

12 月 7 日　《嘉定区"班长工程"培育党在农村最基层领导——今天,我们该培养怎样的村支书》　记者沈轶伦

12 月 25 日《瑞金医院嘉定新城建新院——核定床位 600 张,预计 2011 年投用》　记者沈轶伦

三、《文汇报》

1 月 3 日　　《上海市嘉定一中新疆班主任王宏把远道而来的学生当成亲人——让"天山雪莲"绽放浦江》　姚要武

1 月 22 日　《嘉定区政府斥资 4.5 亿保障优秀人才住房——高层次人才可六折》　记者薄小波

2 月 18 日　《申城将成立首家区域性职教集团——政府牵线开展校企合作》　记者苏军

4 月 9 日　　《嘉定多管齐下促大学生就业——3 个月推出 10 场招聘会 5 万人应聘》　记者薄小波

5 月 26 日　《同济建世界最大规模多功能振动实验中心》　记者樊丽萍

8月2日　　《真情，与军旗一起高高飘扬——嘉定扎实做好拥军优属工作纪实》　记者朱斌　通讯员陈鸿亮　刘韬

8月29日　　《嘉定新能源汽车研发量产"提速"》　记者薄一波　通讯员谢作灿

四、《联合时报》

1月6日　　《宏源照明：专注+创新＝生存》　黄铮

1月6日　　《嘉定社区涌现"首席医师"群》　记者陈丽霞

1月12日　　《嘉定：社会公共资金要强化监管》　记者陈丽霞

3月6日　　《嘉定政协赴小企业总结"逆势飞扬"之道》　通讯员冒乃平

3月13日　　《嘉定要用好这张文化名片》　通讯员孙玉存

5月22日　　《嘉定区政协委员提案被采纳——政府投融资项目全部纳入国家审计》　通讯员袁伟青

6月12日　　《会展为"汽车嘉定"注入新鲜血液》　通讯员郑璐

8月28日　　《嘉定区区长与政协委员交流，阐述嘉定新城建城新理念——吸引更多创业者来居住来发展》
　　　　　通讯员冒乃平　沈蓉

9月4日　　《嘉定政协努力促成，政府大力推行办成一件民生工程——万名高血压患者获百万免费用药》
　　　　　通讯员孙玉存　陆慕祥

五、《新民晚报》

1月21日　　《工商部门开展"走企业送温暖"活动——上门解决企业发展难题》　记者薛慧卿

1月29日　　《嘉定黄渡镇联西村春节送出爱心大礼包——3户特困家庭新年获赠房子》　记者刘必华　许月琴　陈浩

2月3日　　《一次"头脑风暴"创意　创造一项基尼斯纪录》　实习生韩春丽　记者郭剑烽

5月9日　　《一家要求收回欠款，一家暂时无法偿还——嘉定区法院"放水养鱼"救活两家企业》　通讯员史建颖
　　　　　记者郭剑烽

6月29日　　《嘉定两"全国优秀农民工"高高兴兴拿到上海户口簿》　马文

10月1日　　《他们用一生的行动来践行"以国家利益为重"的承诺——今天，他们喜庆钻石婚》　邵宁

10月28日　　《星级饭店酒水采购基地落户嘉定南翔》　记者鞠敏

11月10日　　《嘉定成为世博会城乡互动示范点》　记者沈敏岗

六、《新闻晨报》

2月6日　　《社区发放"便民宝典"　公交时刻一目了然》　通讯员王烨　记者崔建栋

4月18日　　《学习实践科学发展观——嘉定新"无限"：无线网全覆盖》　记者魏华兵

4月18日　　《晨报专访："大学生就业在嘉定不是大问题"》

9月18日　　《"农家乐"办照乐农家——嘉定首批5户经营户昨领营业执照》　记者诸达鹤

11月10日　　《首批"居转户"人员拿到户口簿》　记者谢克伟

11月19日　　《嘉定新城"四大景观"全面动工——"海"字形远香湖响应"上"赛场》　记者张谷微

12月9日　　《京东商城华东区总部落户嘉定工业区》　记者张谷微　通讯员童燕彬

七、《新闻晚报》

8月6日　　《马陆37万元重奖葡萄农民》　记者孙财元

10月29日　　《老人七年如一日精心培育——3000株苗木无偿捐赠军营》　通讯员刘冰　吴文明

八、《劳动报》

2月5日　　《鸿元展印公司将加薪写入新集体合同——"越困难越要依靠职工"》　陈雷

2月19日　　《当前工会工作重中之重是促进企业发展和农民工就业》　记者张路

4月7日　　《嘉定区和谐企业创建活动向非公企业延伸——确保中小企业职工得到更多保护》　刘颖

4月20日　　《嘉定拟投2000万元助大学生就业》　费凡平

九、《上海科技报》

1月16日　　《为有源头活水来——嘉定菊园新区扶持企业逆势发展记实》　陆雪林　王梅娟

2月13日　　《四季皆闻梅花香——嘉定区外冈镇扶持发展蜡梅产业记实》　陆雪林　李菊

4月15日　　《嘉定围绕世博主题策划科技节方案——十六项主题活动贴近公众生活》　陆雪林

4月22日　　《嘉定绘就"汽车城市"蓝图》　记者蔡波

7月10日　　《小湖羊　大品牌——从一个例子看嘉定区徐行镇特色产业发展》　陆雪林　朱彬

7月22日　　《撬动百亿产值的支点——上海嘉定高科技园区发展纪实》　记者吴苡婷

10 月 14 日　　《院士为学子宣讲"能源经"》　陆雪林　孙武

十、《上海商报》
2 月 11 日　　《嘉定完成首个外资股权出质登记》　记者韦一心
3 月 19 日　　《宅基地换商品房试点农民受惠——嘉定区外冈镇每户农民可增收 60 万元,平均置换新房 2.5 套》
　　　　　　　　记者宋杰
6 月 25 日　　《马陆葡萄园设会员制,农民当老板》　记者宋杰
7 月 24 日　　《嘉定村委换届选举由村民们投票评选——12 名年轻大学生高票当选村官》　记者宋杰　童燕彬
8 月 31 日　　《台北时尚风情街落户嘉定区》　记者任晋
9 月 5 日　　《嘉定"以工补农",98% 粮田规模转移》　记者宋杰
11 月 19 日　　《嘉定世博论坛探讨新城建设》　记者韦一心　宋杰

十一、《青年报》
1 月 5 日　　《嘉定镇被评为历史文化名镇》　记者丁烨
2 月 13 日　　《嘉定镇街道大举招录大学生做社工》　记者丁烨　实习生曹典
2 月 24 日　　《嘉定:企业招大学生可获补贴》　记者丁烨

十二、《组织人事报》
1 月 1 日　　《"流动党员学堂"越办越红火》　记者王洪波
4 月 7 日　　《培养留得住的村官——上海嘉定工业区加强村级后备干部队伍建设》　记者王国义
5 月 28 日　　《人才与产业同步规划、联动发展——"汽车嘉定"构筑海外人才新高地》　记者蒋捷舟
9 月 10 日　　《上海嘉定真新街道完善大学毕业生培养链——打造一线社会工作人才队伍》　嘉组
10 月 22 日　　《提升"汽车城"科学发展软实力——上海嘉定区举办人才创业就业研讨会》　记者王洪波

十三、《东方城乡报》
1 月 23 日　　《嘉定区区委书记金建忠在日前召开的区委四届七次全会上提出——嘉定计划投入 700 多亿助推经济发
　　　　　　　　展》　记者吴文明
2 月 19 日　　《结对示范项目 101 项,结对农户(合作社)108 户,辐射农户 1000 余户——科技入社提升嘉定农业生产水
　　　　　　　　平》　记者顾逸玲
2 月 27 日　　《工商嘉定分局坚持"两走一送"主题活动——帮助企业抱团取暖共克时艰》　通讯员何飞　记者吴文明
3 月 10 日　　《贯彻市委全会精神　出台发展实施意见——嘉定加大投入提升现代农业水平》　记者单敏康　吴文明
3 月 17 日　　《嘉定区开设风险防范法制讲座——法治阳光,助中小企业"过冬"》　通讯员王良华
3 月 27 日　　《政府支持品牌战略　助推企业做强做大——嘉定一年新增 24 件著名商标》　记者吴文明
4 月 14 日　　《政府购买服务的又一亮点——嘉定区推出首家"社区服务网"》　记者单敏康
5 月 7 日　　《先后与多家实力公司签署战略合作协议——嘉定新城掀起新一轮建设热潮》　记者吴文明
5 月 21 日　　《"亲商大使"助推嘉定经济发展》　通讯员嘉讯
5 月 29 日　　《加大服务力度变"危机"为"契机"——马陆镇非公经济实现又好又快发展》　记者吴文明　通讯员赵霞
7 月 3 日　　《南翔将率先成为沪郊 CBD 集聚新亮点》　记者吴文明
7 月 7 日　　《嘉定区率先建立独生子女夭亡家庭社会救助系统——市郊首家心理咨询中心"金拐杖"挂牌》
　　　　　　　　记者徐生林
8 月 4 日　　《嘉定多措并举全力做好劳动争议调处化解工作——大量劳动争议在诉讼前得到化解》　记者舒鉴明
　　　　　　　　通讯员顾海峰
9 月 4 日　　《"六个结合"加速嘉定农业旅游发展》　康晓芳
9 月 8 日　　《从一个侧面生动展示建国 60 年来上海基层农村的进步和沧桑巨变——〈太平村志〉:一部村史话发展》
　　　　　　　　通讯员曹少奎
9 月 24 日　　《嘉定光彩事业助推薄弱村脱贫》　记者吴文明
11 月 26 日　　《普及科技教育　提升创新能力——嘉定区启动青少年科技创新工程》　记者李正清
12 月 29 日　　《文筑国际携手日本建筑大师联袂打造上海建筑文化中心,国内首家建筑文化传播基地落户嘉定》
　　　　　　　　记者胡晓滨
12 月 31 日　　《已成立 115 家农民专业合作社,拥有 30 多个特色农产品品牌——嘉定大力发展合作社做强现代农业》
　　　　　　　　记者单敏康　吴文明

·统计资料·

2009 年嘉定区经济和社会发展基本情况一览表

行政区划、人口、土地、劳动力统计

项　　　目	单　　位	2009 年	2008 年
一、行政区划			
镇政府	个	7	8
街道(新区)	个	5	5
居民委员会	个	114	110
村民委员会	个	152	159
村民小组	个	2 072	2 072
二、人口			
农村户数	户	84 581	90 141
农村人口	人	278 684	293 253
全区总户数	万户	19.1	18.8
全区总人口	万人	55.0	54.4
其中:农业	万人	9.66	10.0
非农业	万人	45.4	44.3
其中:男性	万人	27.4	27.1
女性	万人	27.6	27.3
出生数	人	3 440	3 942
出生率	‰	6.29	7.29
死亡数	人	4 294	4 348
死亡率	‰	7.85	8.04
自然增长率	‰	-1.56	-0.75
三、土地			
全区面积	平方公里	463.55	463.55
人口密度	人/平方公里	1 187	1 172
1.可耕地	公顷	8 935.0	9 076.0
其中:全民	公顷	-	-
集体	公顷	8 935.0	9 076.0
自留地	公顷	-	-
每一农业人口占耕地	公顷	0.092	0.091
每一农业劳动力占耕地	公顷	1.48	0.94
2.非耕地	公顷	37 420	37 279

（续表）

项 目	单 位	2009 年	2008 年
四、农村劳动力	万人	16.62	17.5
农业	万人	0.6	0.96
工业	万人	12.5	13.1
建筑业	万人	0.3	0.28
交通运输业、仓储及邮电通讯业	万人	0.4	0.45
批发零售贸易业、餐饮业	万人	0.5	0.75
其它	万人	1.2	1.19
外出从业人员	万人	3.32	2.75
出国	人	81	61
出市	万人	0.06	0.05

注:2008 年农村劳动力为常住户口,可耕地按 2006 年农普口径计算,2008 年数据按核定数修改。

增加值、工农业总产值统计

项 目	单 位	2009 年	2008 年
一、增加值合计(当年价)	万元	7 065 634	6 549 757
其中:第一产业	万元	39 927	35 150
第二产业	万元	4 712 225	4 431 225
其中:工业	万元	4 441 784	4 175 784
建筑业	万元	270 441	255 441
第三产业	万元	2 313 482	2 083 382
其中:运输邮电仓储业	万元	150 570	153 570
批发零售业	万元	482 542	438 542
住宿餐饮业	万元	56 806	50 806
金融业	万元	160 063	138 063
房地产业	万元	320 213	269 213
居民和其他服务业	万元	114 475	105 475
二、农业总产值(现行价)	万元	121 153	122 060
1.种植业	万元	67 487	66 449
#粮食作物	万元	10 705	9 620
2.林业	万元	2 963	460
3.畜牧业	万元	33 632	39 200
猪	万元	28 482	36 427
禽	万元	2 034	676
蛋	万元	1 325	1 262
奶	万元	695	529
4.渔业	万元	10 271	9 466
5.农林牧渔服务业	万元	6 800	6 485
三、工业总产值(现行价)	亿元	2 360.5	2 160.5

（续表）

项　　　　目	单　　位	2009 年	2008 年
1.内资	亿元	1 051.1	868.3
2.三资	亿元	1 309.5	499
3.私营	亿元	594.8	1 295.7

注:2008 年起启用现价农业总产值。

农 业 统 计

项　　　　目	单　　位	2009 年	2008 年
一、种植业			
（一）粮豆总产	吨	55 287	55 533
谷物	吨	53 925	54 316
豆类	吨	887	845
薯类	吨	475	371
夏粮总产	吨	17 620	16 222
晚秋粮总产	吨	37 667	39 311
（二）棉花总产	吨	0	11
（三）油菜籽总产	吨	312	214
单产	公斤	2 013	1 945
面积	公顷	155	110
（四）蔬菜总产	吨	206 733	215 511
播种面积	公顷	9 443	10 217
（五）其它农作物			
1.西甜瓜总产	吨	16 733	24 211
面积	公顷	424	644
2.水果总产	吨	23 286	22 999
面积	公顷	1 354	1 345
3.蘑菇总产	吨	564	1 156
4.香菇总产(鲜)	吨	15	53
5.其它食用菌	吨	2 037	2 403
二、畜牧业			
1.猪饲养量	万头	35.85	37.66
猪出栏数	万头	22.58	24.44
猪圈存数	万头	13.27	13.23
其中:母猪	万头	1.42	1.46
2.奶牛圈存量	头	547	539
牛奶产量	吨	2 042.8	1 876
3.家禽上市量	万羽	31.97	32.72
家禽圈存量	万羽	21.39	20.63
4.鲜蛋产量	吨	1 761.1	1 703.4

（续表）

项　　　　目	单　　位	2009 年	2008 年
三、渔业生产			
淡水产品	吨	4 322	4 364
珍珠产量	公斤	0	90
淡水养殖面积	公顷	1 166.07	1 664.9
四、农村收益分配			
营业收入	万元	10 999 624	10 953 349
营业成本	万元	9 574 562	9 599 467
国家税金	万元	394 370	370 284
农民所得	万元	370 733	351 476
五、农业机械化			
农业机械总动力	万千瓦	2.39	2.12
其中:耕作机械	千瓦	13 034	12 734
收获机械	千瓦	4 993	1 885
植保机械	千瓦	2 348	2 541
渔业机械	千瓦	922	658
六、农副产品商品产值	亿元	11.1	10.3
农副产品商品率	%	91.5	83

注:2008 年数据根据市统计局核定修改。

固定资产投资、邮电、用电、商业等统计

项　　　　目	单　　位	2009 年	2008 年
一、固定资产投资	亿元	293.5	182.1
其中:基本建设	亿元	43.3	22.5
房地产	亿元	126.8	90.3
商品房施工面积	万平方米	652.7	627.5
商品房竣工面积	万平方米	212.6	244.7
二、邮电			
邮政业务收入	万元	9 293	17 851
电信业务收入	万元	61 275	56 380
出口函件	万件	1 891	1 288.4
包件(出口)	万件	36	25.1
汇票(出口)	万张	71	70.7
特快专递	万件	156	121.7
市内电话用户(年末到达户)	户	388 590	381 944
邮政储蓄余额	万元	544 449	477 151.9

（续表）

项　　　目	单　　位	2009 年	2008 年
三、用电			
全区用电	万千瓦时	628 827	614 465
1.大工业	万千瓦时	432 691	424 915
2.普非工业	万千瓦时	115 070	115 208
3.农业	万千瓦时	1 959	1 927
4.居民照明	万千瓦时	62 628	60 719
5.非居民照明	万千瓦时	16 480	11 545
6.外省	万千瓦时	0	0
7.其它	万千瓦时	0	151
四、商品销售总额	亿元	583.2	522.6
1.零售	亿元	190.2	177.9
2.社会消费零售总额	亿元	209.1	191.6
其中:吃	亿元	62.8	58.9
穿	亿元	11.8	11.2
用	亿元	116.1	107.8
烧	亿元	18.2	13.6
3.批发销售	亿元	295.2	344.7
五、物价指数			
居民消费价格总指数		99.6	105.8
食品		102.1	115.3
衣着		99.3	101.6
家庭设备及用品		101.5	108.3
医疗保健和个人用品		99.4	103.1
交通和通讯工具		97.5	97.5
娱乐、教育、文化用品		98.0	98.2
居住		96.6	102.5
六、集市贸易成交额	万元	181 884	177 000
七、主要专业市场成交额			
汽车市场	亿元	28.6	23.7
轻纺市场	亿元	16.6	16.7
真新农副产品交易市场	亿元	16.4	15.4
东方汽配城	亿元	24.0	23.9
江桥批发市场	亿元	31.6	28.0
曹安钢材交易市场	亿元	17.3	20.9

财政、金融统计

项 目	单 位	2009 年	2008 年
一、财政			
（一）财政总收入	亿元	232.8	205.5
其中：中央级收入	亿元	124.3	110.5
市级收入	亿元	40.4	36.9
区级收入	亿元	68.0	58.1
其中：区地方财政收入	亿元	68.0	58.1
税收收入合计	亿元	218.0	191.9
1.两税小计	亿元	108.3	92.2
增值税	亿元	107.8	92
消费税	亿元	0.5	0.22
2.营业税	亿元	32.7	29.4
3.三项所得税	亿元	63.8	62.7
#个人所得税	亿元	17.5	15.8
企业所得税	亿元	30.2	30.5
涉外企业所得税	亿元	16.1	16.4
4.其它各税	亿元	13.2	7.6
（二）财政支出合计	亿元	95.0	88.4
其中：一般公共服务	亿元	18.5	11.3
公共安全	亿元	6.1	5.4
教育	亿元	10.0	9.1
科学技术	亿元	1.0	0.5
文化体育与传媒	亿元	1.4	1.3
社会保障和就业	亿元	9.6	8.0
医疗卫生	亿元	5.0	4.5
环境保护	亿元	0.8	0.7
城乡社区事务	亿元	16.7	17.0
农林水事务	亿元	3.1	2.8
交通运输	亿元	2.8	1.9
工业商业金融等事务	亿元	14.3	21.6
其它支出	亿元	5.5	4.3
基金预算支出	亿元	52.3	37.0
二、金融			
（一）金融机构存款余额	亿元	1 122.0	854.2
#企业存款	亿元	617.2	475.2
（二）金融机构贷款余额	亿元	624.4	482.5
#个人消费贷款	亿元	131.3	102.6
住房贷款	亿元	112.4	83.5

（续表）

项　　　目	单　位	2009 年	2008 年
#短期贷款	亿元	153.0	185.8
中长期贷款	亿元	370.5	253.2
（三）居民储蓄存款余额	亿元	504.8	423.0
（四）金融机构现金收入	亿元	1 289.7	1 177.4
#商品销售收入	亿元	179.3	171.0
储蓄存款收入	亿元	954.6	818.5
（五）金融机构现金支出	亿元	1 359.8	1 221.1
#工资及对个人支出	亿元	175.7	147.1
储蓄存款支出	亿元	932.2	793.1
（六）货币投放（+）或回笼（-）	亿元	70.1	43.7

注：居民储蓄中含邮政储蓄。

科技活动情况统计

项　　　目	单　位	2009 年	2008 年
一、科技企业年末数	户	1 200	900
从业人员	万人	7.3	7.5
总收入	亿元	162	140
二、科技成果转化			
项目数	项	570	500
总投资	亿元	2.78	2.5
年产值	亿元	115	100
年利税	亿元	34.2	30
三、获奖项目			
获市级奖励项目	项	5	5
获区级奖励项目	项	34	30
四、组织新产品试制			
项目数	项	36	41
总投资	万元	3 432.6	700
年产值	亿元	6.49	3.5
五、实施火炬计划			
项目数	项	33	53
总投资	亿元	3.8	2.5
年产值	亿元	11.8	10
年利税	亿元	1.2	0.98
六、技术市场			
技术合同认定登记	项	316	195
技术贸易额	亿元	4.43	3.8
七、专利申请量	件	2 563	2 000
八、开展科普活动	项	373	350

文化、教育、体育、卫生、计划生育、广播、电视统计

项　　　　目	单　　位	2009 年	2008 年
一、文化			
区镇图书馆(室)	个	13	14
图书馆(室)藏书	万册	89	87
市级文物保护单位	个	5	5
区级文物保护单位	个	45	46
影剧院	个	2	2
座位数	只	2 054	2 017
全年放映场次	场次	6 892	2 106
观众人次	万人次	35	16
区(镇)文化馆(站)	个	13	14
二、教育			
幼儿园	所	43	40
幼儿生	人	17 365	17 168
托儿生	人		512
幼儿园工作人员	人	1 127	1 017
小学	所	23	23
学生	人	25 842	24 488
教职员工	人	1 888	1 906
中学	所	31	31
学生	人	23 747	23 924
教职员工	人	2 279	2 298
中等教育	所	1	1
教职员工	人	133	157
学生	人	5 290	5 160
三、体育			
区级运动竞赛	项次	91	275
参加运动员	人次	103 502	263 550
参加市级竞赛	项次	55	115
获团体冠军	个	18	12
获个人第一名	个	48	65
破区田径记录	人	7	1
等级运动员发展数	人	159	
等级裁判员发展数	人	32	
通过国家学生体质健康标准	个	44 131	
其中:小学组	人	25 417	
中学组	人	23 576	23 841

（续表）

项　　　　目	单　　位	2009 年	2008 年
四、卫生			
区级医院（卫生系统内）	所	6	6
社区卫生服务中心	所	13	12
医院病床	张	2 756	2 647
其中：区级医院	张	1 843	1 960
社区卫生服务中心	张	733	537
职工总数（全区合计）	人	5 374	5 156
其中：卫生技术人员	人	4 396	4 165
其他技术人员	人	25	27
管理人员	人	471	477
工勤人员	人	482	487
村卫生室	个	120	136
五、计划生育			
人口出生数（户籍人口）	人	3 440	
计划内出生人数	人	3 405	3 942
计划生育率	%	99.7	99.29
出生一孩人数	人	3 286	3 785
独生子女发证数（户籍人口）	人	4 115	5 528
领证率（户籍人口）	%	31.96	32.08
女性结婚人数（户籍人口）	人	1 946	2 251
晚婚率	%	71.07	72.06
六、广播			
全区广播机构	个	11	12
广播专线	杆公里	—	—
电缆	公里	3 000	3 000
光缆	公里	800	500
区台平均每天播音时间	时分	14：00	14：00
其中：转播中央台节目	时分	1：30	2：00
转播市台节目	时分	1：00	1：30
自办节目	时分	11：30	13：30
七、电视			
电视台	座	1	1
覆盖人口	万人	54.36	53.79
覆盖率	%	100	100
有线电视用户	万户	23.6	21.9
全年购买电视放映时间	小时	2 004	2 677
电视节目频道数	个	1	1

（续表）

项　　　　　目	单　　位	2009 年	2008 年
平均每周播出时间	时分	84：00	98：00
全年制作节目时间	小时	8 205	7 217

人民生活统计

项　　　　　目	单　　位	2009 年	2008 年
一、职工人数、工资（区属单位）			
（一）职工数	人	134 150	137 074
其中：国有	人	19 619	20 249
集体	人	4 254	4 637
其他	人	110 277	112 188
（二）职工工资总额	万元	492 917	472 125
其中：国有	万元	136 715	133 773
集体	万元	12 904	14 354
其他	万元	343 298	323 998
（三）职工年平均工资	元	36 962	33 102
其中：国有	元	68 556	66 563
集体	元	30 535	30 976
其他	元	31 440	27 481
二、农村家计调查			
（一）调查户数	户	600	600
平均每户人口	人	3.5	3.5
每户整半劳动力	人	2.2	2.2
（二）全年人均纯收入	元	13 630	12 587
（三）全年人均支出	元	11 740	10 758
人均年生活消费支出	元	10 176	9 282
其中：食品	元	3 692	3 513
衣着	元	560	477
居住	元	1 978	1 854
设备用品	元	548	570
医疗保健	元	666	748
交通、通讯	元	1 464	987
文娱用品	元	1 059	928
其它商品和服务	元	209	205
（四）每百户拥有			
电脑	台	67	54
热水器	台	107	102
空调器	台	201	176

（续表）

项　　目	单　位	2009 年	2008 年
电话机	部	106	105
手机	部	202	176
彩色电视机	台	228	211
电冰箱	台	110	107
洗衣机	台	108	103
摩托车	辆	60	62
微波炉	台	88	82
影碟机	台	24	23
汽车	辆	14	9
（五）人均居住面积	平方米	66.1	67.4
三、城镇家计调查			
（一）调查户数	户	300	300
平均每户人口	人	2.83	2.69
就业人口	人	1.46	1.34
（二）人均可支配收入	元	24 020	22 241
（三）人均消费支出	元	15 361	14 132
其中：食品	元	6 252	5 898
衣着	元	1 100	1 029
家庭设备用品及服务	元	976	1 022
医疗保健	元	937	791
交通和通信	元	2 655	1 812
教育文化娱乐服务	元	1 809	1 650
居住	元	1 087	1 537
其它商品和服务	元	545	393
（四）人均住房建筑面积	平方米	29.3	29.3
（五）平均每百户拥有			
汽车	辆	17	13
助动车	辆	55	43
电视机	台	206	201
洗衣机	台	103	102
电冰箱	台	104	103
空调器	台	208	207
电话机	部	105	102
音响	套	37	35
手机	台	182	162
电脑	台	100	82
微波炉	台	96	94

2009 年各镇、街道（新区）经济和社会发展基本情况一览表

工农业总产值、工业产值、农业产值（现行价）

单位：万元

	工农业总产值	工业总产值	农业总产值
南翔镇	2 686 001	2 684 132	1 869
安亭镇	5 578 881	5 569 533	9 348
马陆镇	5 338 355	5 331 466	6 889
徐行镇	1 343 381	1 322 278	21 103
华亭镇	511 292	491 340	19 952
外冈镇	1 199 257	1 176 015	23 242
江桥镇	1 906 882	1 902 446	4 436
嘉定镇街道	220 645	220 645	0
新成路街道	27 999	27 986	13
真新街道	7 351	7 351	0
菊园新区	373 273	370 927	2 346
嘉定工业区	4 527 850	4 501 168	26 682
农场	5 273		5 273

粮豆、油菜籽、蔬菜总产量

单位：吨

单 位	粮豆总产	油菜籽总产	蔬菜总产
南翔镇	982		8 146
安亭镇	2 170	14	37 177
马陆镇	3 218	15	2 470
徐行镇	7 750	55	40 120
华亭镇	8 032	60	30 473
外冈镇	13 548	47	37 382
江桥镇			22 506
菊园新区	1 950		5 180
嘉定工业区	16 933	121	23 279
农场	229		

生猪出栏、家禽上市和鲜蛋、水产品总产量

单 位	生猪出栏数（头）	家禽上市量（万羽）	鲜蛋产量（吨）	水产品产量（吨）
南翔镇	456			
安亭镇	484	0.89	39.9	318
马陆镇	478	0.42	76	117

（续表）

单　　位	生猪出栏数(头)	家禽上市量(万羽)	鲜蛋产量(吨)	水产品产量(吨)
徐行镇	36 906	8.3	138	588
华亭镇	31 780	10.5	141	858
外冈镇	55 894	2.17	129.6	1 927
嘉定工业区	74 267	9.69	96.2	390
农场	25 520		1 140.4	9

总人口、农村劳动力、出生率、出生人数、耕地面积

单　　位	总人口 （人）	农村劳动力 （人）	出生率 （‰）	出生人数 （人）	耕地面积 （公顷）
南翔镇	49 239	12 559	6.71	329	206
安亭镇	84 259	32 367	6.94	583	704
马陆镇	50 701	28 043	4.75	241	422
徐行镇	30 783	18 115	4.55	140	1 414
华亭镇	24 139	13 805	3.19	77	1 381
外冈镇	31 009	17 935	5.89	183	1 985
江桥镇	59 595	22 268	6.87	399	310
嘉定镇街道	63 443		7.03	447	
新成路街道	26 304	46	8.62	227	
真新街道	43 639		5.59	240	
菊园新区	23 052	5 693	8.60	194	219
嘉定工业区	64 065	15 403	5.98	380	2 273

农村营业收入和劳均、人均收入

单　　位	营业收入(万元)	劳均收入(元)	人均收入(元)
南翔镇	1 599 937	20 206	12 791
安亭镇	1 023 188	25 828	15 286
马陆镇	3 454 480	22 833	13 286
徐行镇	257 122	15 859	9 585
华亭镇	515 159	13 663	7 725
外冈镇	284 995	18 529	11 035
江桥镇	1 626 191	25 728	15 287
嘉定镇街道	94 463		
新成路街道	928	19 742	14 502
真新街道	1 261 390		1 981
菊园新区	118 685	20 524	13 792
嘉定工业区	763 085	15 799	9 333

上海市郊区县统计信息交流资料(一)

	单位	闵行区 2009年	比上年 ±%	宝山区 2009年	比上年 ±%	嘉定区 2009年	比上年 ±%	松江区 2009年	比上年 ±%
1.总人口(户籍)	万人	94.3	3	86.4	2.1	55	1.2	55.9	1.6
2.区域面积	平方公里	370.75	0	293.71	0	463.55	0	604.67	0
3.增加值(现价)	亿元	1236.3	10.3	549.1	12.1	706.2	11.2	757	6.3
#第一产业	亿元	1.7	-14.5	2.1	-8.8	3.4	0.5	7.6	5.1
第二产业	亿元	802.1	3.3	246.4	7.5	471.2	11	504.07	2.9
#工业	亿元	766.2	3	200	4	444.2	11.1	478.61	2.2
第三产业	亿元	432.6	26.6	300.6	16.8	231.4	11.7	245.3	14.2
4.财政收入	亿元	342.8	7.4	151.6	8.2	232.8	13.2	209.6	9.2
#区(县)级财政收入	亿元	110.3	14.3	62.7	9.1	68	17	67.3	17.3
5.工业总产值(现行价)	亿元	3533.6	1.1	1033.6	-0.4	2360.5	9.3	3354	-8.6
6.社会消费品零售总额	亿元	372.8	15.3	272.5	15.4	209.1	9.1	251	15.1
7.固定资产投资额	亿元	295.9	0.1	217	32.2	293.5	40.6	225.9	7.2
8.外贸出口商品总额	亿美元	175.7	-3.2	12.1	-49.7	62.8	-21.4	280.9	-14.7
9.合同外资	亿美元	12	-25.4	1.6	-54.5	8.5	-25.5	5.2	-36.4
10.城镇职工年平均工资	元	40394	12.8	52490	6.6	36962	11.7	36754	9
11.农村居民人均可支配收入	元	16082	10.9	14493	10.1	13630	8.3	12726	9.8
12.城镇居民人均可支配收入	元	24969	9.5	24368	10	24020	8	23811	10.5
13.城乡居民储蓄余额(含邮政)	亿元	990.4	21.7	825.2	20.3	504.8	19.3	392.9	24.1

注:增加值增长速度按可比价计算。

上海市郊区县统计信息交流资料(二)

	单位	金山区 2009年	比上年 ±%	青浦区 2009年	比上年 ±%	奉贤区 2009年	比上年 ±%	崇明县 2009年	比上年 ±%
1.总人口(户籍)	万人	51.73	-0.27	45.9	0.2	51.9	0.3	69	-0.5
2.区域面积	平方公里	586	0	668.49	0	720.44	0	1411	0
3.增加值(现价)	亿元	312.2	3.9	521.5	13.3	429.1	13	170.6	18.4
#第一产业	亿元	10.7	4.2	8.5	-4.8	14.5	2.2	17.9	1.3
第二产业	亿元	184.8	-0.8	305.7	11.6	280.1	13	94.1	26.4
#工业	亿元	171.3	-1.7	295.7	11.6	260.5	12.3	73	34
第三产业	亿元	116.7	12.9	207.4	16.9	134.5	14.4	58.7	12.7
4.财政收入	亿元	80.1	4.6	164.5	6.2	106.5	13.7	47.5	-6.4
#区(县)级财政收入	亿元	24	4	48.8	10.5	32	11.9	23.4	6.5
5.工业总产值(现行价)	亿元	912.1	-8.8	1402.2	6.4	1211	5.7	293.5	54.4
6.社会消费品零售总额	亿元	182.8	6.5	207.7	17.9	213.2	15.7	39.5	15.9
7.固定资产投资额	亿元	96	-6.7	170.8	7.3	162.8	10.6	76.4	36.6
8.外贸出口商品总额	亿美元	13.9	-19.2	55.8	-8.7	35.9	-13.1	2.9	-28.2

（续表）

	单位	金山区		青浦区		奉贤区		崇明县	
		2009 年	比上年±%	2009 年	比上年±%	2009 年	比上年±%	2009 年	比上年±%
9. 合同外资	亿美元	1.3	-58.7	5.2	-3.2	5.1	-7.3	0.1	-13.4
10. 城镇职工年平均工资	元	38175	14.6	36979	12.7	40392	15.8	58831	24.9
11. 农村居民人均可支配收入	元	11157	8.2	11594	8.6	11813.8	10.3	8556	10.2
13. 城镇居民人均可支配收入	元	23890	8.1	22848	8.1	21712.5	8.6	–	–
14. 城乡居民储蓄余额（含邮政）	亿元	239.45	18.2	271.6	18.7	324.4	19.4	247.3	13.9

注：增加值增长速度按可比价计算。

沿海部分地区统计信息交流资料（一）

指标名称	计量单位	江苏武进区		江苏常熟市		江苏张家港市		江苏锡山区		江苏江阴市		江苏昆山市		江苏宜兴市	
		2009 年	2008 年	2009 年	2008 年	2009 年	2008 年	2009 年	2008 年	2009 年	2008 年	2009 年	2008 年	2009 年	2008 年
1. 年末总人口	万人	99.0	98.2	106.6	106.5	90.0	89.8	41.1	40.6	120.4	120.0	70.0	69.0	107.2	106.8
2. 区域面积	平方公里	1247.0	1247.0	1094.0	1094.0	998.0	998.0	396.8	396.8	987.5	987.5	927.7	927.7	1996.6	2038.7
3. 增加值（现价）	亿元	965.0	849.9	1280.2	1150.0	1402.0	1250.3	335.2	302.0	1713.4	1530.0	1750.1	1500.3	680.7	609.6
#第一产业	亿元	34.2	25.1	21.7	20.0	20.0	14.8	12.8	11.9	32.4	21.6	17.9	12.4	32.0	29.6
第二产业	亿元	631.4	586.5	723.2	669.5	870.3	783.0	198.0	182.6	1028.4	942.7	1137.2	978.8	382.6	348.6
第三产业	亿元	299.4	238.3	535.3	460.6	511.7	452.6	124.2	107.5	652.6	565.8	595.1	509.1	266.2	231.5
4. 农业总产值（现行价）	亿元	56.3	52.3	46.2	43.0	35.7	34.1	20.3	14.3	52.8	49.2	30.5	28.5	51.6	47.7
5. 工业总产值（现行价）	亿元	2900.2	2537.5	3010.6	2897.6	4002.1	3790.3	872.3	1014.9	4701.2	4466.6	5803.2	5000.5	1801.5	1714.5
6. 全社会固定资产投资	亿元	485.1	403.5	360.9	317.8	363.5	316.0	253.5	199.3	500.8	400.3	430.1	370.0	287.6	229.5
#工业投资	亿元	337.0	280.7	200.0	187.1	224.1	200.0	140.8	120.6	271.0	250.4	193.2	190.3	178.1	150.4
#房地产投资	亿元	61.3	62.1	78.1	74.7	48.0	51.6	37.1	35.3	79.0	77.8	155.2	120.1	35.5	38.1
7. 社会消费品零售总额	亿元	222.5	198.3	304.6	263.7	199.2	167.2	98.6	85.2	348.1	293.3	298.1	257.0	249.9	210.1
8. 当年实际利用外资	万美元	75018	53546	81500	85248	88009	59700	32162	30090	71865	68264	166485	160285	45701	50010
9. 外贸出口总额	万美元	321191	382297	780900	865805	651789	1028000	165779	192351	617483	879107	4075931	3866432	154966	199856
10. 财政总收入	亿元	203.8	163.9	190.0	162.8	276.6	253.8	58.3	52.3	271.3	245.0	328.4	272.6	103.9	88.0
#地方财政收入	亿元	62.9	53.0	78.1	70.2	105.0	104.0	28.3	24.8	110.8	102.2	133.1	115.7	45.0	38.1
11. 金融机构存款余额	亿元	1062.1	821.8	1394.3	1108.6	1397.2	1112.1	486.4	354.1	1649.1	1251.6	1491.0	1245.0	903.5	637.5
12. 金融机构贷款余额	亿元	731.6	552.3	958.2	699.1	1145.4	788.0	360.4	241.3	1359.3	993.3	1106.1	809.5	667.0	448.4
13. 城乡居民储蓄余额（含邮政）	亿元	494.9	400.8	657.7	559.1	526.0	443.8	212.1	177.0	570.5	491.5	492.1	418.5	441.0	360.5
14. 城镇在岗职工年平均工资	元	40980	34308	37095	33420	36597	32964	40494	36543	43282	38766	37394	33735	37041	33149
15. 农村居民人均可支配收入	元	12341	11219	13102	11804	12969	11785	12433	11296	13172	11975	15726	13987	11230	10191
16. 城镇居民人均可支配收入	元	24591	22302	27320	24602	27548	24859	25200	23603	27119	24214	27609	24808	23201	20752

注：增加值增长速度按可比价计算。

沿海部分地区统计信息交流资料(二)

指标名称	计量单位	江苏通州市		江苏靖江市		江苏启东市		江苏江宁区		江苏海门市		浙江绍兴县		浙江萧山区	
		2009 年	2008 年	2009 年	2008 年	2009 年	2008 年	2009 年	2008 年	2009 年	2008 年	2009 年	2008 年	2009 年	2008 年
1. 年末总人口	万人	124.2	124.3	66.7	66.6	111.6	111.4	92.7	90.9	99.8	100.1	71.8	71.5	121.0	120.2
2. 区域面积	平方公里	1525.7	1525.7	664.8	664.8	1208.0	1208.0	1573.0	1573.0	939.0	939.0	1177.0	1177.0	1420.0	1420.0
3. 增加值(现价)	亿元	432.3	390.3	364.4	291.1	359.5	325.0	503.4	428.8	415.0	376.1	655.3	608.3	1044.9	988.7
#第一产业	亿元	36.2	33.5	15.4	10.8	49.3	45.6	30.2	29.0	33.4	27.9	24.0	21.6	43.4	40.1
第二产业	亿元	252.3	227.1	214.7	176.0	188.5	169.5	312.8	269.7	248.0	227.4	408.2	388.6	652.7	634.2
第三产业	亿元	143.8	129.7	134.3	104.4	121.7	109.9	160.4	130.1	133.6	120.8	223.1	198.0	348.8	314.4
4. 农业总产值(现行价)	亿元	56.9	53.0	21.6	19.9	88.4	77.7	44.5	43.4	54.3	50.1	35.8	33.4	69.1	63.9
5. 工业总产值(现行价)	亿元	1355.2	1174.4	1913.3	1000.1	1205.1	1082.5	1140.2	983.6	1623.0	1542.3	2372.3	2252.7	2732.9	3580.2
6. 全社会固定资产投资	亿元	251.8	209.5	194.7	145.0	236.5	201.3	520.1	420.4	235.5	200.7	272.1	242.4	399.7	346.9
#工业投资	亿元	202.2	175.0	103.9	75.6	197.6	169.1	315.3	280.1	196.1	169.8	156.1	140.6	183.4	163.7
#房地产投资	亿元	9.5	10.3	21.3	17.4	11.4	16.6	76.5	61.3	19.8	15.4	61.4	60.8	61.3	64.3
7. 社会消费品零售总额	亿元	150.9	129.4	80.9	68.7	145.9	122.9	167.1	132.4	150.4	126.8	105.9	91.0	237.7	203.5
8. 当年实际利用外资	万美元	6065	25807	31483	27742	12318	38285	60100	61000	37300	34542	10230	23221	77301	65782
9. 外贸出口总额	万美元	142701	145994	165556	186344	122065	117943	241000	299000	67498	66876	600002	642142	561665	672905
10. 财政总收入	亿元	55.4	41.6	68.7	54.1	45.4	34.8	163.7	130.8	53.0	41.0	81.2	75.7	137.1	126.8
#地方财政收入	亿元	24.2	16.6	27.1	20.8	21.3	16.2	71.6	55.0	22.7	16.5	43.6	38.5	69.5	63.2
11. 金融机构存款余额	亿元	497.0	374.7	434.8	305.7	400.7	315.5	714.0	494.1	443.1	329.5	1030.2	820.9	1633.2	1185.0
12. 金融机构贷款余额	亿元	254.3	190.7	246.1	139.8	215.0	156.6	471.0	321.8	227.4	156.7	794.9	597.5	1908.0	1502.8
13. 城乡居民储蓄余额(含邮政)	亿元	336.3	281.1	204.0	165.2	298.7	252.8	261.5	200.1	308.9	253.2	421.3	354.8	703.6	556.4
14. 城镇在岗职工年平均工资	元	32451	29013	30751	26438	30164	26680	–	30053	33272	30797	35599	33562	–	31101
15. 农村居民人均可支配收入	元	9250	8363	8976	8072	9287	8376	10008	9081	10002	9008	14682	13372	14390	12987
16. 城镇居民人均可支配收入	元	20550	18508	19526	17491	18368	16608	24750	22604	20603	18558	28496	26155	29229	26542

注:增加值增长速度按可比价计算。

沿海部分地区统计信息交流资料(三)

指标名称	计量单位	浙江鄞州区		浙江诸暨市		浙江慈溪市		广东顺德区		广东南海区		广东三水区	
		2009 年	2008 年	2009 年	2008 年	2009 年	2008 年	2009 年	2008 年	2009 年	2008 年	2009 年	2008 年
1. 年末总人口	万人	80.3	79.6	106.7	106.4	103.5	103.1	121.3	120.3	117.5	115.9	39.2	39.0
2. 区域面积	平方公里	1346.0	1346.0	2311.0	2311.0	1361.0	1361.0	806.0	806.5	1073.8	1073.8	874.2	874.2
3. 增加值(现价)	亿元	709.9	650.8	527.5	495.9	626.2	601.4	1711.9	1562.3	1542.2	1396.9	478.4	429.3
#第一产业	亿元	26.2	24.1	31.5	30.2	31.4	28.1	32.9	31.9	29.2	29.5	20.5	21.0
第二产业	亿元	437.0	421.2	317.6	304.3	372.1	373.7	1076.2	1012.6	951.3	889.4	338.3	308.1
第三产业	亿元	246.7	205.5	178.4	161.4	222.7	199.6	602.8	517.8	561.8	478.1	119.7	100.2
4. 农业总产值(现行价)	亿元	38.6	36.0	48.5	45.4	45.9	41.2	68.4	68.9	58.8	58.6	43.7	44.1
5. 工业总产值(现行价)	亿元	1921.7	1880.0	1858.7	1750.2	1731.3	1730.3	4289.4	3906.7	3670.4	3486.4	1397.9	1238.5
6. 全社会固定资产投资	亿元	302.0	273.3	227.8	204.8	216.1	196.3	342.6	301.8	475.1	414.1	233.1	185.1
#工业投资	亿元	123.8	122.6	145.1	130.5	118.8	112.6	102.9	98.2	140.5	140.3	160.0	130.2
#房地产投资	亿元	116.0	97.6	27.1	22.2	33.5	25.2	103.2	94.6	147.6	177.9	31.8	31.0
7. 社会消费品零售总额	亿元	183.5	149.9	144.0	124.2	246.9	215.1	473.5	396.8	460.7	375.7	112.4	94.1
8. 当年实际利用外资	万美元	26814	46510	23225	20510	38149	40500	43031	55425	59210	59996	30900	28081

（续表）

指标名称	计量单位	浙江鄞州区		浙江诸暨市		浙江慈溪市		广东顺德区		广东南海区		广东三水区	
		2009 年	2008 年	2009 年	2008 年	2009 年	2008 年	2009 年	2008 年	2009 年	2008 年	2009 年	2008 年
9. 外贸出口总额	万美元	568867	660086	321264	353605	513802	603469	1108836	1299642	609692	733852	60981	72541
10. 财政总收入	亿元	145.1	133.7	54.7	50.3	91.0	86.0	335.0	272.6	199.8	184.9	75.7	65.8
#地方财政收入	亿元	83.3	72.8	29.6	26.5	49.1	43.4	89.3	79.3	85.8	76.2	16.5	14.5
11. 金融机构存款余额	亿元	1076.9	834.3	626.9	481.4	1009.0	791.5	2323.3	1667.2	2287.4	1866.4	371.0	296.5
12. 金融机构贷款余额	亿元	889.4	706.4	508.0	366.3	852.6	642.3	1208.9	931.9	1075.4	793.0	182.2	130.0
13. 城乡居民储蓄余额	亿元	456.0	384.2	289.7	235.8	507.5	420.2	1321.7	1150.1	1355.0	1217.2	204.8	180.9
14. 城镇在岗职工年平均工资	元	40095	35938	30923	29356	37933	34889	35772	32145	38276	34820	29588	27381
15. 农民人均可支配收入	元	13930	12508	12762	11612	13538	12263	11850	11179	12326	11158	9613	8480
16. 城镇居民人均可支配收入	元	28044	25749	27897	25678	28311	26385	28417	26433	28309	25961	19078	16690

注:增加值增长速度按可比价计算。

沿海部分地区统计信息交流资料（四）

指标名称	计量单位	广东高明区		上海嘉定区		上海青浦区		山东莱州市		山东荣成市		福建晋江市	
		2009 年	2008 年	2009 年	2008 年	2009 年	2008 年	2009 年	2008 年	2009 年	2008 年	2009 年	2008 年
1. 年末总人口	万人	29.3	29.1	55.0	54.4	45.9	45.8	85.9	85.9	66.9	66.7	105.7	105.0
2. 区域面积	平方公里	937.8	960.2	463.6	463.6	668.5	668.0	1878.1	1878.1	1495.0	1495.0	649.0	649.0
3. 增加值（现价）	亿元	348.2	310.5	706.6	655.0	521.5	478.6	455.4	410.3	613.5	550.0	775.9	697.7
#第一产业	亿元	12.3	12.8	4.0	3.5	8.4	8.5	41.8	38.2	54.2	52.7	13.1	13.4
第二产业	亿元	277.6	245.4	471.2	443.1	305.7	292.0	273.0	244.4	360.4	324.9	500.9	449.5
第三产业	亿元	58.3	52.2	231.4	208.3	207.4	178.2	140.6	124.7	198.9	172.4	261.2	234.9
4. 农业总产值（现行价）	亿元	25.7	26.4	12.1	12.2	21.6	22.3	73.0	67.0	97.2	94.5	25.1	25.1
5. 工业总产值（现行价）	亿元	1321.4	1160.2	2360.5	2160.5	1402.2	1318.1	1184.5	1008.7	1921.5	1537.2	1724.5	1537.9
6. 全社会固定资产投资	亿元	145.8	117.6	293.5	182.1	170.6	159.1	225.7	188.3	319.9	254.3	230.2	190.8
#工业投资	亿元	83.3	69.6	96.4	52.8	48.4	50.9	138.7	112.5	117.7	106.1	114.4	97.6
#房地产投资	亿元	6.8	9.6	126.8	90.3	81.1	76.3	7.1	11.8	17.2	10.7	40.5	33.0
7. 社会消费品零售总额	亿元	59.6	48.4	209.1	191.6	207.7	176.2	145.8	121.0	149.4	125.9	209.0	181.2
8. 当年实际利用外资	万美元	11505	10030	63548	65734	39374	45526	8250	7594	7460	11000	57020	57015
9. 外贸出口总额	万美元	100296	115063	627673	728313	557844	610751	72687	84565	143245	130000	592060	529005
10. 财政总收入	亿元	37.6	24.5	232.8	205.5	164.5	154.9	62.3	45.5	52.9	42.0	81.5	72.0
#地方财政收入	亿元	11.8	10.0	68.0	58.1	48.8	44.2	19.1	16.5	27.7	25.4	37.1	32.8
11. 金融机构存款余额	亿元	175.6	139.0	1122.0	854.2	634.1	508.2	305.5	253.9	320.9	259.0	694.7	539.8
12. 金融机构贷款余额	亿元	117.1	84.9	624.4	482.5	366.9	296.7	99.7	79.4	203.8	163.3	420.7	300.9
13. 城乡居民储蓄余额	亿元	107.2	90.7	504.8	423.0	271.6	228.7	223.8	192.3	231.5	179.9	424.4	351.7
14. 城镇在岗职工年平均工资	元	20329	18812	37812	33505	37533	33041	26447	24719	28827	25584	25606	22562
15. 农民人均可支配收入	元	7238	6473	13630	12587	11842	10924	9238	8450	9900	9116	9828	9202
16. 城镇居民人均可支配收入	元	—	14378	24020	22241	22848	21133	18999	16965	19810	18009	19553	17576

注:增加值增长速度按可比价计算。

（嘉定区统计局）

索 引

编辑　孙培兴

说　明

(1)本索引采用主题分析索引法,按主题词首字汉语拼音字母顺序排列。

(2)索引名称后的数字表示内容所在的页码,数字后面的 a、b、c 表示栏别(即指该页码自左至右的版面区域)。通栏文章所作的索引,页码后面无 a、b、c 栏别之分。

(3)栏目、分目和特载、专文、专记、附录中的文章标题用黑体字标明;附表索引、串文图片索引按页码顺序排列。

(4)党政机关、企事业单位名称一般不冠以"嘉定"、"区",如"人大"、"政府"等,易产生歧义者除外,如"嘉定工业区"、"嘉定影剧院"等。

(5)为便于读者检索,有的内容在本索引中将重复出现。

附 表 索 引

串文图片索引

嘉定区规模以上汽车零配件企业选介

德尔福派克
电气系统有限公司

　　总部位于上海国际汽车城的德尔福派克电气系统有限公司是全球领先的汽车电子零部件及系统技术供应商——美国德尔福公司于1995年在中国投资建立的中美合资企业，是中国最大的电子、电气分配系统供应商和第二大连接系统供应商。除了设立在上海的亚太区总部以及遍布全国的8个制造基地外，在嘉定安亭和长春设立客户服务中心。德尔福派克位列中国汽车零部件企业20强和上海市外商投资生产型企业20强，并跻身中国机械工业百强和中国500强外商投资企业行列。

　　德尔福派克为国内主要整车制造商供货，公司的宗旨是"成为客户心目中的最佳供应商"，在技术、价格、质量和服务上表现突出，被主要客户评为最佳供应商。

　　公司自1997年起连续多年被评为"上海市外商投资先进技术企业"；2001年，公司技术中心获上海"市级企业技术中心"称号。2008年，德尔福派克亚太区工程中心再次扩建，为全球客户服务。

德尔福派克电气系统有限公司
Delphi Packard Electric Systems Co.,Ltd

上海小糸
车灯有限公司

上海小糸车灯有限公司是中外合资企业，创建于1989年2月。中方股东为上海汽车工业（集团）总公司，外方股东为株式会社小糸制作所和丰田通商株式会社。投资总额202亿日元，注册资本74亿日元，投资比例为50:45:5。公司占地面积12.47公顷。

公司专业生产销售各种汽车电子照明灯具，共500多个品种。公司产品主要为国内各主机厂配套。有40多种产品出口北美、日本等国际市场。

2001年公司建成市级企业中心，并先后被评为上海市先进技术型企业、高新技术企业、技术密集和知识密集企业、上海市知识产权示范企业、专利示范企业，获国家标准化良好行为AAAA证书、上海名牌称号，并连续多年被评为中国机械500强、中国车辆专用照明及电气信号设备装置制造行业排头兵企业、上海企业100强。

1999年始，上海小糸着手开发汽车电子照明，并承担"十五"国家科技攻关计划重大项目，任国家半导体照明协会理事。上海小糸已形成信息化、标准化的自主开发体系。1996起，公司先后通过ISO9002、ISO9001、ISO14001、QS9000、VDA6.1、VDA6.4、ISO16949、ISO/IEC17025和GB/T28001的贯标体系认证，建有科学的管理体系。

公司规模不断扩大，"上海小糸车灯照亮你的前程"，以对用户真诚的信誉和优质的服务，产品在全国乘用车灯具市场占有率达40%以上，并朝着全球一流供应商的目标飞速发展。

嘉定区规模以上汽车零配件企业选介

上海汽车
变速器有限公司

上海汽车变速器有限公司（原上海汽车股份有限公司汽车齿轮总厂）始建于1925年，已有80多年的历史。作为上海汽车集团股份有限公司旗下的全资子公司，上汽变速器是国内最具影响力的汽车变速器专业制造企业之一。

近年来，在公司总经理杨春保的带领下，公司创建"五大中心"管理模式，坚持走"国有性质，市场化运作"的发展道路，已先后成为上海大众、上海通用、美国通用等30多家国内外著名整车厂的OEM供应商，产品覆盖各类乘用车、商用车变速器领域。在上海、江苏、沈阳、烟台、柳州、重庆等地建立起10余家汽车变速器和专业零部件制造基地。

公司拥有一支实力雄厚的技术研发团队，具备较强的变速器总成开发与试验能力，并拥有国家级技术中心和国家级试验试制中心。此外，公司还建立完善的质量保证体系，相继通过ISO9002、VDA6.1、QS9000、ISO/TS16949质量体系认证。

公司不断提升技术开发能力和经营管理能力，加快产品结构调整，全力拓展自动变速器、新能源汽车传动系统、高档位手动变速器和商用车变速器等高科技产品，形成全系列、宽覆盖的业务范围，为成为国内领先、具有国际竞争力的变速器专业研发与制造企业而不懈努力。

上海先锋电声器材有限公司

上海先锋电声器材有限公司是一家成立于1993年的中日合作企业，投资总额1.75亿美元，注册资本6770万美元，占地11.22公顷，建筑面积47648.72平方米。

公司以生产高、精、尖数码产品为主。现设SP、MC、FA、部品4个事业部，6家分公司，1个外省市办事机构，1个技术研发中心。主要产品为"Pioneer"品牌的扬声器、车载音响、DVD主机、CD主机、DVD-R自动流水线等，同时生产模具及相关零配件等，产品90%以上远销海外。

在公司总经理泽田嘉夫领导下，3400余名员工共同努力，在2009年实现销售收入11亿元，上缴税额5000余万元。连续6年被评为"全国外商投资双优企业"，连续10年位列"上海工业500强"榜单前100名，连续12年被评为"上海市产品出口企业"，连续6年被评为"上海市先进技术企业"等。

公司本着对客户、环境、员工负责的态度，先后通过ISO9001、ISO14000、ISO/TS-16949、SA8000等体系认证。

嘉定区规模以上汽车零配件企业选介

KOSTAL 上海科世达华阳
汽车电器有限公司

上海科世达华阳汽车电器有限公司创建于1995年，为中德合资企业。

公司位于上海国际汽车城内，有员工1300多人，2009年销售额达到13.48亿元。主要经营范围是开发、制造、销售汽车电器和电子开关/模块。主要客户有上海大众、一汽大众、上海通用、中国福特、一汽轿车、上汽、南汽、奥托立夫以及华晨宝马等。此外，还成功地开拓国际市场。公司已成为科世达集团在亚洲的开发中心、生产制造基地、采购中心。

公司全面使用SAP系统，实现生产运营数据网络的集团全球化共享。同时，公司通过ISO9001、QS9000、VDA6.1、ISO14001和TS16949体系认证。2003~2009年，公司连续七年被评为"安亭十强"企业，多次获嘉定区政府的综合实力奖，获先进技术企业认证，2006年被评为上海市技术中心，2008年被评为上海市高新技术企业，多项产品技术获国家专利。

公司融中德文化之精华，踏实创新，诚信为本，突破极限，追求卓越，形成在团队、技术、标准和效率四个方面特有的核心竞争力。

TRW 天合汽车零部件（上海）有限公司

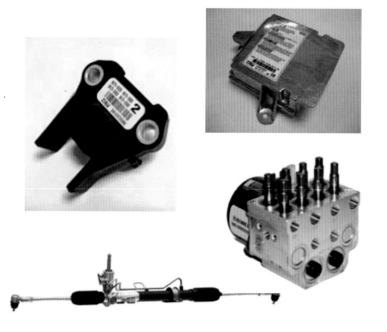

天合汽车零部件（上海）有限公司成立于2002年10月，注册资金3200万美元，坐落于上海国际汽车城，是总部位于美国密歇根州的天合汽车集团在中国的全资子公司，主要生产汽车转向器、安全电子和防抱死刹车系统等零部件产品。

经过八年的发展，天合汽车零部件（上海）有限公司的产品和业务不断壮大，2009年销售额达到1.95亿美元。公司秉承"最佳质量，最低成本，全球分布，技术创新"的战略愿景，长期服务于客户。八年来，每年都有新的生产线投入生产。公司服务的客户有本田、丰田、福特、现代、马自达、奇瑞、上海大众、上汽、通用等。通过整个团队的不懈努力，获得客户的肯定与支持。先后获2005年本田优良感谢奖，2007年天津一汽丰田品质达成奖，2007年广州丰田品质协力奖，2007年天津一汽丰田安全达成奖，2008年天津一汽丰田品质达成奖，2008年天津一汽丰田安全达成奖，广汽丰田2008年原价优秀奖，东风本田2008年度优秀供应商，福特Q1奖。

嘉定区规模以上汽车零配件企业选介

大陆泰密克汽车系统（上海）有限公司

大陆泰密克汽车系统（上海）有限公司，其母公司系德国大陆集团，为全球500强企业，主要业务为汽车零部件和橡胶制品，是欧洲第二大、全球第五大汽车零部件供应商，同时也是全球最大的橡胶及塑料产品专业厂商。集团下属190个分支机构遍布全球35个国家，员工14万人。2009年实现销售额200亿欧元。大陆泰密克汽车系统（上海）有限公司系大陆集团在华独资子公司，于2001年8月成立于上海嘉定工业区，主要生产汽车电子产品，注册资本2040万欧元，有员工近700人。

公司主要生产电子制动系统。拥有11条生产线及全球领先的MES控制体系（生产执行系统），主要产品为ER70，ER60E等。客户遍及全球。国外客户有宝马、戴姆勒、尼桑、大众、奥迪、通用、雷诺三星及标致等。国内客户有吉利、夏利、奇瑞、东南汽车和长安等。

此外，公司还拥有国际领先的厚膜电路生产线，拥有1000级的洁净室。主要产品为用于双离合器自动变速箱电子控制单元的DQ200的厚膜电路基片。

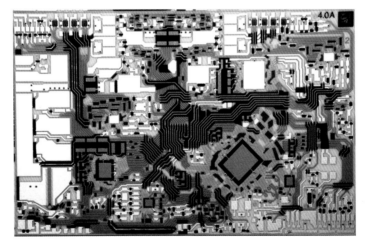

福耀集团（上海）汽车玻璃有限公司

福耀集团(上海)汽车玻璃有限公司地处上海国际汽车城的园福路588号，于2002年4月注册成立，注册资金3804.88万美元，总投资为6000万美元。占地面积18.67公顷，主营业务为制造和销售汽车安全玻璃和工业技术玻璃。

福耀上海主要为长江三角洲地区提供汽车玻璃全配套。其中包括为大众、通用、福特、悦达、江淮等国内外汽车品牌提供汽车玻璃全配套，并占有国内近70%的市场份额。

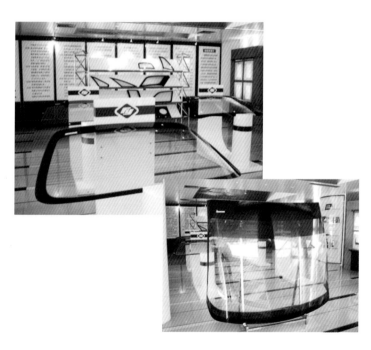

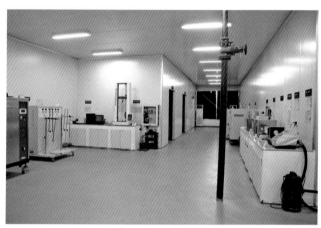

嘉定区规模以上汽车零配件企业选介

延锋彼欧汽车外饰系统有限公司

延锋彼欧汽车外饰系统有限公司是由延锋伟世通汽车饰件系统有限公司和法国彼欧公司共同投资组建。公司成立于2007年3月，总投资额 7.6亿元。公司主要从事保险杠、保险杠总成模块、防擦条、门槛、翼子板及其他汽车外饰零部件的设计、开发、试验、制造和销售。依托上海国际汽车城强大的技术中心和法国彼欧先进技术的支持，延锋彼欧产品逐步从单一的保险杠产品扩展到塑料尾门、前端模块、塑料翼子板等新产品的开发制造。公司的主要客户有上海大众、上海通用、上汽汽车、长安福特马自达、一汽大众、长安铃木等知名汽车企业。公司在上海安亭、上海浦东、南京栖霞、南京江宁及沈阳建有生产基地，并在成都、重庆和广州建有合资公司。通过持续的产品技术能力提升和先进的企业管理，公司将为客户提供更高质量的产品和服务，致力于成为客户首选的汽车外饰系统供应商。

TRW 上海天合汽车安全系统有限公司

上海天合汽车安全系统有限公司（STASS）成立于1997年7月，是华域汽车系统有限公司与美国TRW Automotive公司合资经营的生产型企业，位于上海国际汽车城零部件配套工业园区。公司占地面积3公顷，建筑面积1.28万平方米，拥有现代化的安全带车间、气袋车间、安全气囊车间、国家级安全系统实验室、仓储物流室等。

公司主营产品为汽车安全带和安全气囊，销售收入从1997年的3500万元增长到2009年的9.02亿元。产品主要应用于上海大众、上海通用、上汽制造、长安福特、一汽大众、北京奔驰、华晨宝马、安徽奇瑞等知名汽车生产企业，已成为国内乘员安全系统制造业的领军企业。

嘉定区规模以上汽车零配件企业选介

大众汽车变速器
（上海）有限公司

大众汽车变速器（上海）有限公司为2001年10月成立的中德合资企业，企业总投资为1.26亿美元，注册资金为4700万美元。公司主要产品为手动变速器，客户分别为上海大众及一汽大众、一汽轿车股份有限公司，国外客户主要在德国和波兰。

公司主要产品为MQ200横置式手动变速器，该产品是德国大众二十世纪末新开发的高新技术产品，具有结构紧凑、传动力矩大、体积小、重量轻、传动效率高等特点，可与较大动力的发动机匹配，并具有较好的动力性和经济性。产品技术属国际先进水平。它可与A00至A级车型的多种发动机进行匹配，如波罗、途安、明锐、晶锐、郎逸、宝来、高尔夫、速腾、新捷达、新宝来、新高尔夫、奔腾B50和开迪等。

公司有一支较强的专业技术队伍。专业人员被派到德国大众总部进行专业的技术培训。

公司具有完善的质量保证体系，自2003年4月起，分别通过DQS关于ISO9001:2000的质量体系认证、VDA6.1的升级审核。2004年始，每年被评为上海市外商投资先进技术企业，2005年获大众汽车质量卓越奖。2005年12月，通过ISO14001环境管理体系的认证。近几年，公司在嘉定区先进制造业评比中榜上有名，2009年获嘉定区先进制造业金奖。

上海乾通汽车附件有限公司

上海乾通汽车附件有限公司成立于1992年7月，总投资额5990万美元。

公司主要生产各种型号汽车、内燃机大型有色金属压铸件、机油泵、水泵、活塞销等产品。国内主要客户有上海大众、上海通用、上海汽车、上汽通用五菱、南京依维柯、上汽菲亚特红岩、二汽东风、长安福特、长城汽车、上海柴油机等。2009年公司实现主营业务销售近5.2亿元。

公司注重新产品开发，特别在压铸模设计、制造中全面采用PRO/E和UGII的最新版本软件，引进MAGMA软件实现铸件成型过程的计算机流态模拟分析，并能实现CAD/CAM三维立体造型生成加工指令，具有开发、制造各种复杂铸件的雄厚实力。

公司积极引进国外先进技术和大型压铸设备，实现压铸生产全自动化生产，压铸机吨位覆盖160T-3550T，适用于各类大型、复杂压铸件的生产。具备年产200万模铝合金铸件的生产能力。

公司与加拿大MERIDIAN技术有限公司合资组建的上海镁镁合金压铸有限公司，具备年产110万模镁合金铸件的生产能力。

公司致力于技术进步，先后引进先进的加工中心和各类数控机床，加工各类复杂的铸件，为压铸件深加工打下扎实基础，机油泵、水泵生产能力达到200万只，生产的水泵、机油泵性能可靠，技术含量高。公司是国内少有的兼具机油泵、水泵生产能力的厂家之一，综合配套能力强，工艺能力国内领先。

公司拥有完整的质量检测设备，建立健全严格的质量保证体系，顺利通过ISO9002、QS9000和VDA6.1质量体系认证及ISO/TS16949质量认证、ISO14001环境体系认证和OHSAS18001职业安全体系认证。

嘉定区规模以上汽车零配件企业选介

上海江森鹤华汽车
金属零部件有限公司

上海江森鹤华汽车金属零部件有限公司成立于2007年5月，由美国江森自控集团和上海延锋江森座椅有限公司共同出资组建。公司注册资金2000万美元，有员工1100余人。公司坐落于嘉定区安晓路255号。

江森自控国际有限公司创建于1885年，列2009年财富杂志全球500强排名198位；在125个国家有分支机构1300多家，拥有员工14万名。在汽车内饰业务、设施效益业务和动力方案业务方面居世界领先地位。上海延锋江森座椅有限公司是专业设计、开发、制造和销售汽车座椅总成、汽车顶饰系统和机械零件、面套、发泡、遮阳板、顶蓬等座椅零部件的供应商。

上海江森汽车以上海、武汉、烟台和芜湖为制造基地，具有强大的汽车座椅骨架研发能力和丰富的制造经验，产品销售辐射国内十余个城市，不仅为上海大众、上海通用、东风神龙、奇瑞汽车、合肥江淮等国内整车厂生产的许多车型配套供应汽车座椅金属骨架及零部件，同时还为日本尼桑系列车型配套生产座椅骨架，产品大量出口海外。

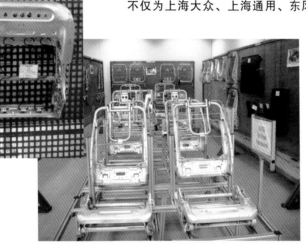

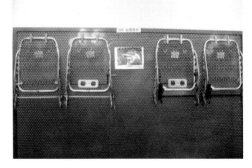

福斯润滑油（中国）有限公司

德国福斯油品集团于1931年在德国创立，现已成为世界最大的独立润滑油供应商。福斯创新的润滑油产品和工业相关的特种润滑油获得国际广泛的认可，已在40多个国家设立生产厂。

福斯润滑油（中国）有限公司自1988年来一直向众多行业提供高品质的润滑油产品，先后通过ISO 9001，ISO TS 16949质量体系认证和ISO 14001 环境体系认证。福斯在中国有2个生产厂、20个销售办事处和10个仓库，覆盖中国主要经济区域，保证优异的客户服务。从地下矿井到汽车、设备、航空航天等复杂的机械制造，福斯都有产品能满足客户特定的需求。特别是在汽车行业，福斯中国是中国汽车制造业（整车厂及零部件加工）最重要的润滑油供应商，在国内OEM用油市场上占据领先地位，先后为上海大众、一汽大众、上海通用、北京奔驰、东南奔驰、东南汽车、奇瑞汽车、江铃福特、吉利集团等国内外著名汽车公司提供汽车发动机初装油、售后服务用油及齿轮油等产品。

FUCHS LUBRICANTS (CHINA) LTD.
福斯润滑油（中国）有限公司

嘉定区规模以上汽车零配件企业选介

上海宝钢阿赛洛
激光拼焊有限公司

　　上海宝钢阿赛洛激光拼焊有限公司位于上海国际汽车城零部件配套工业园区内，投资总额4.43亿元，注册资本2.12亿元，由宝钢国际、大众联合和阿赛洛公司共同投资组建，持股分别为38%、37%、25%。宝钢阿赛洛引进阿赛洛激光拼焊生产技术，采用世界顶级的 Muller Weingarten开卷落料设备和Soudronic激光焊接设备。公司专注于发展激光拼焊产业，秉承"精益、信赖、开放、创新"的企业精神，专门为汽车制造企业生产激光拼焊板，同时提供开卷落料服务，拥有六条激光拼焊线和一条落料线，是国内最大的激光拼焊企业。2007年销售额3.3亿元，2008年销售额4.5亿元，2009年销售额5.77亿元，始终保持良好、健康的发展势头。

上海保捷汽车零部件锻压有限公司

上海保捷汽车零部件锻压有限公司（上海汽车齿轮二厂），是上汽集团上海汽车变速器有限公司下属的一家专业锻压企业，占地面积5万平方米。

公司在20年的发展中，致力于技术进步和科技创新，被认定或授予"上海市高新技术企业"、"上海市企业技术中心"和"上海市科技小巨人企业"称号。在各类汽车零件锻造及精密锻造、冷挤压、直齿伞齿轮制造、锻件正火等方面拥有雄厚的技术优势和后续加工能力，荣获多项国家发明和新型实用专利。在绿色锻造、节能降耗方面，相继采用余热正火工艺、中频分选功能、循环利用水资源、错峰生产，使每年的生产能耗与原材料损耗始终保持8%的下降速度。

公司是上海锻造协会的理事单位，中国锻造协会的会员单位，拥有国家核准的锻造生产许可证、环保部门核发的水处理许可证，通过ISO/TS16949：2002的质量体系认证审核以及国家级材料检测中心的评审，享有国家批准的锻造行业退税政策。

公司向上海大众、上海通用、沈阳金杯、猎豹系列、ABB公司、北美FORD、美国EATON等公司提供配套产品，并积极拓展各类零部件和汽车配件的销售和生产。

嘉定区规模以上汽车零配件企业选介

上海英提尔交运汽车零部件有限公司

上海英提尔交运汽车零部件有限公司由加拿大麦格纳之英提尔座椅公司与上海交运股份有限公司双方共同组建，各投资50%，注册资金1.25亿元。主要从事为中国汽车市场配套座椅系统产品，例如MODEL-Y系列、MODEL-F系列、POLO系列等产品。

公司位于上海国际汽车城零部件配套工业园区，有员工800多人，占地7万平方米，公司在双方母公司的支持下，完善人员配置、更新技术能力、吸取先进的管理经验，除拥有冲压、焊接、金切（剪）、涂装等各种先进的生产设备之外，还配备独立的质量实验室设备和自主研发的能力。除了为上海大众及上海通用系列轿车配套汽车座椅骨架以外，还为中国其他汽车制造商配套相关产品，并逐步努力打开出口市场的大门。

公司坚持按国际质量标准组织生产和管理，通过并已采用ISO/TS16949:02作为公司内部以及供方质量评审和生产的基本要求。2009年3月，公司通过ISO14001:2004和OHSAS18001:2007环境健康安全体系第三方认证。公司的目标：提供质量一流的产品及完善的服务，吸收具有创新意识的员工，满怀激情共同工作，为中国汽车业做出应有的贡献。

上海汽车齿轮一厂

上海汽车齿轮一厂地处上海市嘉定区菊园新区,创建于1985年,是上海汽车变速器有限公司控股的国集联营企业。企业占地面积4.97公顷,建筑面积3.07万平方米。

主要产品有为上汽集团自主品牌独家配套的SH78系列汽车变速器总成,为上汽变速器有限公司配套的桑塔纳变速器、猎豹变速器关键零部件。同时,企业还生产OTIS电梯轴、EVS电机轴、安川电机轴及各类外贸伊顿齿轮、汽缸等,产品立足国内,远销欧美,2009年企业销售收入为3.35亿元。

1999年企业通过ISO9002:1994第三方认证,2004年通过ISO/TS 16949:2002第三方认证,已形成较完整的质量管理体系,为确保产品质量的稳定起到重大作用。在产品开发能力上,企业拥有一支实力雄厚的技术开发队伍,新产品开发中的各类软硬件设施齐全,2008年底企业通过上海市首批高新技术企业的认定。

嘉定区规模以上汽车零配件企业选介

川岛织物 （上海）有限公司

川岛织物（上海）有限公司是于2002年3月注册成立的日本独资企业。

公司坐落于上海市嘉定区徐行镇潘桥路，占地5.5万平方米，员工450人。公司主要生产汽车座椅专用面料和汽车座椅套等相关产品。以日本先进技术为依托，引进世界最先进的汽车用面料生产线，集开发、编织、后整理、海绵复合、裁剪缝纫为一体的专业制造公司。产品种类涵盖所有汽车内饰面料。自2003年投产以来，产品已进入大部分国内合资汽车公司，如本田、丰田、日产、马自达、通用和福特等，并出口到日本、北美、南美、东南亚等国家和地区。公司本着客户满意为第一的宗旨，依照保护环境、节能减排的方针，努力开发技术领先、多功能性特种面料。积极拓展汽车行业以外的领域，如高速列车、飞机内装饰用布等。以科技进步统领企业的发展，使企业的技术创新和研发水平始终处于国际同行前列。公司已取得ISO14001环境、ISO9001、TS16949和CCC质量体系认证。

上海沪工汽车电器有限公司

公司成立于1997年11月，是上海飞乐股份有限公司的子公司，隶属于上海仪电控股（集团）公司。公司坐落于上海国际汽车城谢春路1288号，占地49237平方米，注册资金7050万元。

公司主营汽车电子电器产品，是集研发、生产、销售为一体的高新技术企业，为众多国内外著名汽车厂商提供配套设备，是上海大众、一汽大众、一汽集团、沈阳金杯的A级供应商，在国内市场占有率方面居同行业前列，并供应通用、大众、法雷奥等公司。

沪工公司技术中心是上海市级企业技术中心，拥有业内领先的汽车电子电器产品研发队伍和一流的试验室。公司产品获国家、上海市成果奖达20余项。已申请专利45项，通过ISO/TS16949质量体系认证和ISO14000环境管理认证。"沪工"牌汽车继电器连续8年获上海市名牌产品称号，2009年"沪工"商标被认定为上海市著名商标称号。2001年起连续被评为上海市高新技术企业，被认定为上海市科技"小巨人"企业，是中国汽车零部件继电器行业龙头企业。

嘉定年鉴 JIADING

嘉定区规模以上汽车零配件企业选介

上海瑞尔实业有限公司

上海瑞尔实业有限公司成立于1995年，坐落在上海国际汽车城大众工业园一区，是一家集汽车零部件设计研发、生产制造、销售服务于一体的民营高新技术企业。

公司拥有大批进口生产设备，具备强大的研发和生产能力，主要生产汽车底盘、车身类零部件，产品包括汽车ABS控制器阀体、车轮装饰盖、车身金属及非金属装饰件、汽车制动零部件、精密机械加工零部件及其它功能性铝合金铸件等，是通用汽车、福特汽车、宝马汽车、大众汽车、本田汽车等20余家世界五百强企业的全球配套供应商。

公司坚持人才与投入并重的原则，在产品开发方面，吸引大批高素质的专业人员。公司拥有由享有国务院特殊津贴的国家级材料学专家挂帅的强大研发团队，投资创建先进的理化检测实验室和汽车工程实验室，建立汽车零部件轻量化研究所和博士后工作平台，从事汽车零部件及新材料的前沿研究，为企业的可持续发展打下坚实基础。

公司坚持"诚实、敬业、严谨、负责"的企业精神，把握机遇，开拓进取，以科技型、专业化、规模化、产业化为方向，技术创新与扩大生产齐头并进，提升企业管理水平，努力将企业发展成为世界一流的汽车零部件集团。

389

嘉定区规模以上汽车零配件企业选介

上海大众联合发展车身配件有限公司

上海大众联合发展车身配件有限公司是上海大众联合发展有限公司的全资子公司。公司成立于1997年初，主要为上海大众和上海汽车配套生产汽车白车身零部件。产品涉及上海大众10个系列车型的183种白车身分总成以及上汽自主品牌。公司拥有员工近2000人，其中管理和技术人员占到15%左右。公司拥有激光焊机、自动化机械手、点焊机、CO_2焊机、悬挂焊机、螺柱焊机、凝胶炉以及各种专用夹具和三座标测量仪等先进的生产和检测设备。公司于2007年通过TS16949质量体系认证，是上海大众汽车有限公司认可的A级生产线和A级供应商。

在生产设备中，我们有先进的激光焊机及点焊专用ARO焊枪，此些设备大大提高产品质量。

嘉定年鉴

JIADING

嘉定区规模以上汽车零配件企业选介

上海日安
电子有限公司

上海日安电子有限公司系日本独资企业，创建于2003年4月，投资总额1300万美元。坐落在嘉定区江桥镇，占地面积1.93公顷，有员工1000名。

公司集研发、生产、销售和服务为一体，具备迅速满足客户要求的机制。以高质量的车载天线和通讯设备天线为主流产品，不仅为中国的汽车产业和情报通讯产业作贡献，并且通过日本天线株式会社的销售网络，将产品提供给世界各地的客户。

上海日安电子公司的母公司是位于东京的日本天线株式会社，它诞生于1953年，凭借专业的技术和丰富的经验，占据21世纪情报通讯的领先地位，生产基地和销售网点遍布日本、中国、菲律宾、英国、美国等，形成向世界所有市场提供高质量产品和优质服务的体系。

公司于2006年5月建成756平方米的大型电波暗室，内部空间长30米、宽14米、高14米，是中国最大的大型电波暗室，测定范围从70MHz到80GHz，能够测定车载天线、手机天线、基地局天线、卫星天线等各类天线的性能。大型电波暗室完成后，上海日安电子公司成为国际性的开发基地。

上海日安电子有限公司始终以高品质为目标，不断满足客户需求。从开发、设计、试生产、量产到检查、发货、收集客户反馈、调查、改善各个阶段建立质量保证体系，按照 ISO/TS16949，ISO9001 标准实行质量管理。公司已取得 ISO9001、ISO/TS16949 及 ISO14001 的 国际规格 认证，是世界主要汽车厂商的合作伙伴，得到所有客户的高度评价。

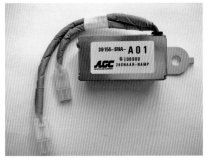

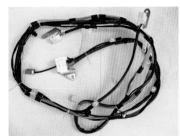

上海飞众汽车配件有限公司

上海飞众汽车配件有限公司创建于1982年，是一家镇属集体性质股份制企业。公司位于安亭镇谢春路666号，是上海大众、上海通用、上汽集团等汽车制造厂家的定点配套企业，主要生产汽车用冲压、焊接拼装、注塑、橡胶等各类零部件。公司总占地面积9.8万平方米，总资产达3亿多元。公司连续7届被评为上海市文明单位，并通过ISO / TS 16949质量体系认证。

公司拥有各种吨位的冲压机床及各类进口高科技机械设备，其中包括五轴加工中心、三轴加工中心、数控磨床以及多台高科技含量的技术检测设备和相配套的近百台挂式焊机和10余台焊接机械手。

公司主要产品有：桑塔纳轿车排档操纵机构总成、蓄电池支架；PASSAT轿车ABS支架、POLO轿车螺纹板、水箱前围板等；别克轿车油门盖、水箱框架、轮罩、天窗板；凯迪拉克的轮罩；上汽荣威轿车通风板、加油口小门、前大灯安装框架、水箱上横梁等各种车型千种型号零部件。

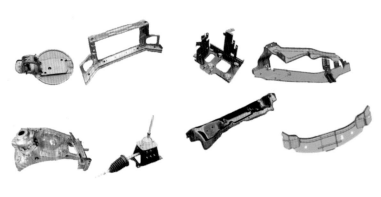

嘉定区规模以上汽车零配件企业选介

上海华特
汽车配件有限公司

上海华特汽车配件有限公司坐落于嘉安公路3555号，注册资金3350万元。公司成立于1998年元月，是一家从事汽车声音衰减系统及真空成型件的集研发、设计、生产、制造为一体的专业公司。公司引进德国先进的PU浇注系统、真空成型系统、EPP成型设备和气体辅助注塑技术，并自主开发EVA/EPDM/TPO/HDPE/ABS等高分子复合挤出材料生产线，具备整车NVH系统的开发和设计能力，公司成功研发遮阳板内烫缝技术和EVA/EVM隔音膨胀块材料，填补国内空白，并申请几十项国内专利。

公司具备年生产160万套整车隔音隔振垫、100万套汽车座椅泡沫总成、200万件真空成型轮罩、1万吨EVA/EPDM/TPO板材及60万套车用地毯复合材料的供货能力，300万套遮阳板、150万件换档手柄线、300万件气辅拉手、1200吨EPP系列产品的生产能力，并具备从80T-2500T注塑产品的生产能力。

公司于2007年12月通过ISO14001&OHSAS18001环境职业健康安全管理体系认证。公司已成为上海大众、上海通用、一汽大众的A级供应商。

公司拥有雄厚的技术研发力量，积累丰富的汽车内饰件开发经验，有专业的技术软件CATIA\UNIGRAPHICS格式，具有遮阳板总成、中间扶手总成、NVH材料及系统等产品的自主设计研发能力。涉及概念设计、三位建模、数字化样件匹配、快速成型、配方研制，以及工装、模具、检具设计、制造，可与客户实现同步设计开发。2000年10月，通过上海通用的GP-10实验室认可，拥有声衰减、化学/排放、盐雾等实验室和INSTRON5565型万能试验机、PL2G调温调湿箱、XPW-300Bvicat/HDT温度测定仪、H1010燃烧特性仪等先进实验室设备，建立VOC测试平台并成为德国大众指定的遮阳板台架试验机构。公司2010年通过国家实验室认证。

上海延华汽车装备有限公司

上海延华汽车装备有限公司主要产品有：汽车、摩托车座椅发泡件，汽车座椅头枕、扶手总成，汽车座椅钢丝。公司有340名员工，专业管理、技术人员占19%，具有较强的新产品开发能力和良好的产品质量保证体系。

公司有高压、低压发泡生产线。2008年9月，新增80工位小件发泡自动生产线一条。年生产座椅中、大发泡件180万件，小件发泡件1000万件，总成包覆300万件，各种形状汽车座椅钢丝3000多万根。

百年际会 嘉定的世博情缘 BAINIANJIHUI

前言

　　中国2010年上海世博会已进入了倒计时的最后时刻，在迎办世博的日子里，在关注世博、了解世博、奉献世博的过程中，我们从馆藏的老档案里，梳理近百年的嘉定世博信息，感受着那一段段令人自豪的文字和一幅幅耐人寻味的图片。嘉定作为一个江南小城，她与世博会的渊源竟是如此深厚！从1905年嘉定人徐家庠任比利时列日世博会赛会大臣助理官，嘉定就此与世博会结缘。1911年，意大利都灵世博会上，嘉定人吴宗濂出任中国政府代表团团长；1926年，嘉定人吴蕴初研制的"佛手牌"味精在美国费城世博会上得"大奖"（世博会最高奖项）；嘉定一绝的竹刻、黄晖吉酱园的"飞鹰牌"酱油、"白鹤牌"天花粉、白玫瑰酒等获得历届世博会金、银奖。

1905年比利时列日世博会中国馆国亭

　　此次展览，正是这一连串历史的短暂定格，期望您能通过它们，感受到那穿越了百年的"嘉定的世博情缘"。

嘉定区档案局

百年际会 嘉定的世博情缘 BAINIANJIHUI

世博会简介

世界博览会（Universal Expo，Expo是Exposition的缩写；也称World Fair或World's Fair），它是一个富有特色的讲坛，它鼓励人类发挥创造性和主动参与性，它更鼓励人类把科学和情感结合起来，将种种有助于人类发展的新概念、新观念、新技术展现在世人面前。因此，世博会被誉为世界经济、科技、文化的"奥林匹克"盛会。

嘉定世博情缘·人、物一览表（民国时期）

时间	世博会举办国/城市	嘉定参加者	获奖商家及物品	备注
1905年	比利时列日世博会	徐家库		比利时列日世博会赛会大臣助理官
1911年	意大利都灵世博会	吴宗濂 吴匡时		吴宗濂为此届世博会中国政府代表团团长
1911年	意大利都灵世博会		黄晖吉酱园的"飞鹰牌"酱油获金奖、"白鹤牌"天花粉获银奖	
1915年	美国旧金山巴拿马太平洋博览会		黄晖吉酱园的白玫瑰酒获金奖	
1926年	美国费城世界博览会	吴蕴初	"佛手牌"味精获大奖	
1926年	美国费城世界博览会		张文玉斋和时文秀斋选送的竹刻作品均荣获金奖	
1930年	比利时列日世博会	吴蕴初	"佛手牌"味精再获奖	
1933年	美国芝加哥世界博览会	吴蕴初	"佛手牌"味精又获大奖	
1937年	法国巴黎艺术世界博览会	顾维钧	顾维钧获法国政府颁发的该届世博会纪念章	顾维钧所获纪念章现保存在嘉定顾维钧陈列室

嘉定区档案局

吴宗濂

——早期参加世博会的嘉定人

吴宗濂
（1856－1933）

吴宗濂，字挹清，号景周，嘉定人，毕业于上海广方言馆，近代著名外交家。现西门虹桥堍东侧有其故居——崇德堂。吴宗濂1909年出任驻意大利钦差大臣。1911年的世博会在意大利都灵举办。经吴宗濂多方努力，清政府同意参加都灵世博会。为此吴让其儿子吴匡时做助手，一起策划中国参展事宜。都灵世博

吴宗濂故居崇德堂
（西门虹桥堍东侧）

会参展的中国货品有江西瓷器、北京景泰蓝、上海中西服装、嘉定竹刻、山东玻璃等，获得奖项266个，超过俄国的241个。嘉定黄晖吉酱园的"飞鹰牌"酱油、"白鹤牌"天花粉在此次会展上分获金、银奖。

嘉定区档案局

黄晖吉酱园旧广告

黄晖吉系列产品广告

黄晖吉产品获奖广告

意大利都灵世博会嘉定参展货品

嘉定区档案局

百年际会 **嘉定的世博情缘** BAINIANJIHUI

黄晖吉酱园介绍

　　黄晖吉酱园位于嘉定西门外，清同治年间由黄姓徽商创办，嘉定黄氏家族参与经营。原晖吉酱园占地20余亩，雇工100余名，是当时规模较大的酱园。"飞鹰牌"酱油用嘉定本地出产的大豆作原料，加工严格，生产周期较长，味道鲜美。"白鹤牌"天花粉以本地野生的栝楼（俗名"杜瓜"）根为原料，碾成粉末，再在水中沉淀制作而成，洁白如雪、味甜爽口。除营养滋补外，尚能消痰止渴、清凉解毒，是当时产妇、胃病患者流行的保健食品。

黄晖吉酱园工商登记证

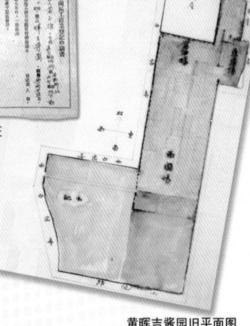

黄晖吉酱园旧平面图

黄晖吉酱园旧照

嘉定区档案局

嘉定普通百姓结缘巴拿马赛会

巴拿马万国博览会全称为"庆祝巴拿马运河开航太平洋万国博览会"，后人简称"巴拿马赛会"。当时嘉定有识之士为了能在这届赛会上充分展示嘉定人文及物产，根据江苏行政公署规定，于1914年2月15日，成立了"巴拿马赛会嘉定出品分会"事务所，广征县内各类物产，此举得到了当时嘉定农、工、商、学各界积极支持。同年5月7日，又在明伦堂举办物产会，民众参观踊跃，世博会从此与嘉定普通老百姓结缘。

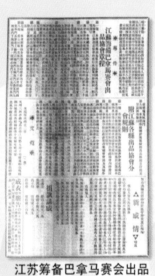

江苏筹备巴拿马赛会出品协会章程

巴拿马万国博览会嘉定参展广告

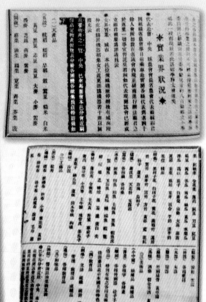

嘉定物产一览表

嘉定区档案局

在巴拿马赛会的嘉定黄晖吉

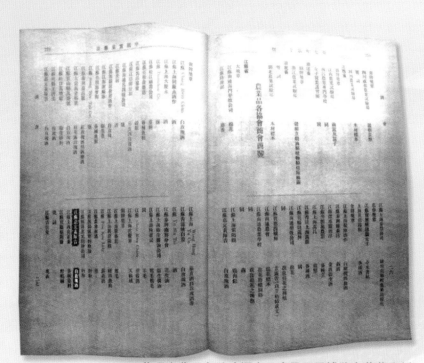

黄晖吉酱园白玫瑰酒在巴拿马万国博览会获奖资料

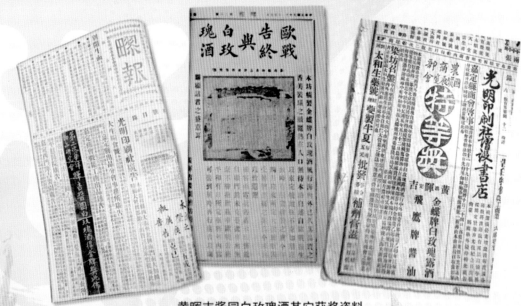

黄晖吉酱园白玫瑰酒其它获奖资料

嘉定区档案局

吴蕴初的世博情缘

吴蕴初
（1891—1953）

吴蕴初，字葆元，嘉定人。著名化工实业家，我国氯碱工业的创始人。上世纪二三十年代，他研究成功廉价生产味精的方法，并在我国创办了第一个味精厂、氯碱厂、耐酸陶器厂和生产合成氨与硝酸的工厂。他为我国化学工业的兴起和发展作出了卓越的贡献。

吴蕴初生前使用的字典

吴蕴初生前使用的打字机

老樹歲前新花
花香飄遍四海

祝賀上海天廚味精廠建廠六十五周年

江澤民 一九八六年 五月 日

嘉定区档案局

佛手牌味精在英美获专利

1925年，吴蕴初将自己的味精生产工艺公开，以做好向欧美行销的准备。1926～1927年吴蕴初还将"佛手牌"味精的配方、生产技术等，向英、美、法等化学工业发达国家申请专利，并获批准。这也是中国历史上，中国的化学产品第一次在国外申请专利。

天厨味精申请专利公函

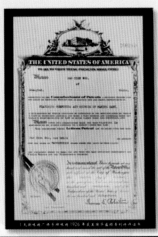

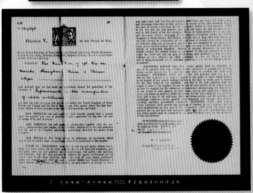

天厨味精在海外获得的专利证书

中华工业化学研究所成立纪念

挽回利權 賴此精品

天厨味精廠

蔡廷锴题

佛手牌味精费城获大奖

1926年，"佛手牌"味精由中国选送至美国费城和宾州世界博览会参展，即以纯正的中国制造和典型的东方艺术色彩包装赢得了参观者的青睐。经过评审，大会评审团"以天厨味精厂对食品改善的贡献"授予中国调味品制造商大奖证书。

1926年美国费城和宾州世界博览会
"佛手牌"味精获奖证书

1926年费城世博奖牌

天厨味精厂雅鉴

色香並美

李宗仁题

天厨味精厂厂区旧照

天厨味精厂实验室旧照

嘉定区档案局

佛手牌味精比利时再获殊荣

1930年比利时列日世博会，是南京国民政府成立后首次参加世界博览会。中国政府积极参与，并取得了获奖总数第三名的好成绩。但是，通过观察和比较各国展品，也使人们深切地认识到了我国工业与西方国家之间存在着巨大差距。通过参加此次世博会，更激发起当时有识之士赶超西方的民族忧患意识，"佛手牌"味精在此次产业科学世界博览会上，再获大奖。

1930年比利时列日产业科学世界博览会
"佛手牌"味精获奖证书

上海市政府颁予天厨味精厂的奖状

抗战时期天厨味精厂向政府捐献的飞机

嘉定区档案局

佛手牌味精芝加哥又获大奖

1933年，美国芝加哥世博会，主题为"一个世纪的进步"。吴蕴初紧扣主题制作了"百年中国调味品也之进步"的宣传手册，以及红木的展示台。由于产品品质优异，加上宣传到位，"佛手牌"味精又获大奖。

1933年美国芝加哥世界博览会
"佛手牌"味精获奖证书

1933年美国芝加哥世界博览会海报

天厨味精厂包装车间旧照

嘉定区档案局

费城世博会的奇葩——嘉定竹刻

　　费城世博会上，嘉定传统工艺——嘉定竹刻获奖。当时嘉定张文玉斋和时文秀斋选送的作品均荣获金奖。张文玉斋善刻圆雕人物、走兽、形象栩栩如生；时文秀斋为清宣统年间的竹刻高手时大经创办，该坊则以雕刻笔筒、笔架等文房用具见长。

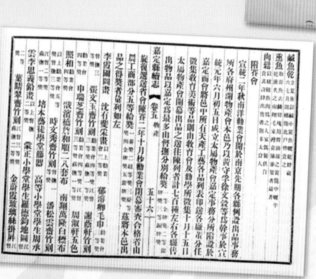

嘉定竹刻获奖资料

民国　潘郑竹雕酒杯

民国　潘郑竹雕松鹤笔筒

嘉定区档案局

嘉定的世博情缘

巴黎世博会的中国声音

1937年巴黎世博会主题"现代世界的艺术与技术"，44个国家接受了巴黎的邀请，在世博会上建立自己的展馆，集中展示本国的文化与资源。1937年世博会在 "和平与进步" 的呼声中落下帷幕。

1937年法国巴黎世界博览会海报

中国参加1937年法国巴黎世界博览会资料

嘉定区档案局

迎世博盛会 展嘉定风采

嘉定区迎世博600天行动动员大会

在区委、区政府的领导下，嘉定区以"迎世博盛会，展嘉定风采"为主题，与市区对接联动，积极开展迎世博600天行动。全区迎世博各项工作扎实推进，成效显著。城市基础设施、环境面貌、民生工程、城市管理水平有了明显改善。办好世博盛会是每一个上海人的职责和荣耀，全区人民将全力以赴、奋力拼搏，为举办一届精彩、成功、难忘的世博会做出努力和贡献！

区迎世博400天暨"海宝欢乐行"活动

区迎世博600天暨 "世博进社区" 主题宣传日活动

嘉定区档案局

百年际会 嘉定的世博情缘 BAINIANJIHUI

迎世博盛会 展嘉定风采

博乐广场上的世博吉祥物

徐行草编亮相世博会

世博景

"戏"迎世博

志愿者服务

轨交11线首发列车

嘉定区档案局

嘉定区21处登记不可移动文物图录
二〇〇九年七月二十一日公布

"润德堂" 娄塘东大街118—122号

陈氏（公茂）住宅 娄塘大北街129弄2—10号

王氏住宅—1 娄塘莨竹弄29号

"春蔼堂" 娄塘大北街82号

娄塘天主堂 娄塘人民街141—158号

玉虹桥 马陆镇励学路三号桥西侧

王氏住宅—2 南翔镇生产街116号

"敦谊堂" 娄塘路626弄11号

陆氏住宅—1 安亭镇星民村754号

陆氏住宅—2 安亭镇星民村785、786号

黄渡碾米厂旧址　黄渡东横街62号

孙氏手工作坊遗址　华亭镇华亭村838号西侧

水塔　南翔镇生产街166号前

沈家祠堂　江桥镇虬江村东陈村

陆氏住宅　娄塘中大街140弄2号

和平楼　嘉定镇北大街271号

西成桥　南翔镇胜利街跨封家浜

中光中学旧址　娄塘路780号

池氏住宅　南翔镇永翔村翔二组

济生井　南翔镇民主街64号前

"涵春堂"　戬浜王楼村四王宅

图书在版编目（CIP）数据

嘉定年鉴.2010 /《嘉定年鉴》编纂委员会编.—上海：
学林出版社，2010.9
ISBN 978-7-5486-0057-2

Ⅰ.①嘉…　Ⅱ.①嘉…　Ⅲ.①嘉定区-2010-年鉴
Ⅳ.①Z525.13

中国版本图书馆CIP数据核字（2010）第147831号

嘉定年鉴（2010）

编　　者——	《嘉定年鉴》编纂委员会
责任编辑——	宋黎刚
装帧设计——	张建华　陈启宇

出　　版——　上海世纪出版股份有限公司

　　　　　　　学林出版社（上海钦州南路81号3楼）
　　　　　　　电话：64515005　　传真：64515005

发　　行——　新华书店 上海发行所
　　　　　　　学林图书发行部（上海钦州南路81号1楼）
　　　　　　　电话：64515012 传真：64844088

印　　刷——　上海展强印刷有限公司
开　　本——　890×1240　1/16
印　　张——　24.5
字　　数——　105万
版　　次——　2010年9月第1版
　　　　　　　2010年9月第1次印刷
印　　数——　2100
书　　号——　ISBN 978-7-5486-0057-2 / Z·6
定　　价——　180元

（如发生印刷、装订质量问题，读者可向工厂调换。）